LES VIOLEURS D'ÂME

DOMINIQUE MAISONS

LES VIOLEURS D'ÂME

LES NOUVEAUX AUTEURS

Cet ouvrage est paru précédemment sous le titre :
Le Psychopompe

MIXTE
Papier issu de sources responsables
FSC® C003309
FSC
www.fsc.org

Pocket, une marque d'Univers Poche,
est un éditeur qui s'engage pour la préservation
de son environnement et qui utilise du papier fabriqué
à partir de bois provenant de forêts gérées
de manière responsable.

ISBN : 978-2-266-22300-3

1

Alice serre son sac sous son bras puis, en frissonnant, elle remonte son col et rentre le menton sous l'épaisse doublure de son duffle-coat noir. La bise mordante qui s'engouffre dans le tunnel vient de lui donner un avant-goût de ce qu'elle va devoir affronter pour rentrer chez elle. Elle maudit ce conseil de classe qui s'est éternisé et l'a contrainte à rentrer, si tard, dans ce froid glacial.

Ils ne sont qu'une poignée à emprunter l'escalier de sortie de la station de métro École Vétérinaire. Une fois passées vingt-deux heures, les rues de Maisons-Alfort sont désertes, les rideaux tirés des magasins regardent silencieusement passer les rares voitures circulant sur le boulevard. Les autres passagers se dispersent rapidement dans la nuit, pressés de regagner la chaleur de leurs foyers.

Alice passe devant la camionnette du vendeur de pizza arménien, installée sur le trottoir à la sortie de la station, où elle s'est si souvent nourrie sans même jeter un œil vers les portions exposées sous plexiglas. Elle n'a pourtant plus rien à manger chez elle, mais cela dure depuis des semaines sans qu'elle fasse le moindre effort pour y remédier.

Elle ajuste les écouteurs de son iPod et se replonge dans le concerto d'Aranjuez. Bien qu'elle l'ait écouté pendant tout son trajet, elle ne cherche pas un morceau plus léger. Elle sait qu'elle n'a téléchargé que des musiques mélancoliques, car elle ne se sent pas capable d'écouter autre chose.

Depuis la mort de son mari, deux mois plus tôt, son humeur est invariablement morbide. Elle ne sourit plus, ne mange que le strict nécessaire pour ne pas défaillir, limite ses rapports sociaux à leur plus simple expression, fuit les contacts avec son frère, ses sœurs et amis dont les paroles maladroitement infantilisantes ne lui apportent aucun réconfort. Sans vouloir lutter, elle se replie sur elle-même dans une boule épaisse de tristesse et d'incompréhension.

Elle ne veut plus s'ouvrir, jamais. Sa seule tentative visant à reprendre le cours normal de sa vie s'est soldée par une douleur encore plus grande. Un sentiment de gâchis et d'humiliation est venu s'ajouter à la rage incrédule de se voir brutalement arracher l'amour de sa vie.

Son retour au collège où elle enseigne la biologie, au prix d'un terrible effort sur elle-même et sur l'inertie de sa douleur, lui a valu d'apprendre ce que tous savaient déjà. Son mari la trompait depuis des mois avec l'une de ses collègues. Tout l'établissement bruissait de cette rumeur depuis le décès de Thierry. Juste après son décès, sa maîtresse avait craqué devant plusieurs de ses confrères et avoué leur liaison extraconjugale avant de partir en arrêt maladie soigner une dépression, qualifiée de « diplomatique » par le reste du corps enseignant. Cette fuite aura au moins épargné à Alice d'avoir à la croiser chaque matin.

Malgré la réserve gênée de ses collègues, elle n'a

pas tardé à découvrir son infortune, qui lui a été confirmée par une fouille extensive de la boîte mail de son défunt mari.

Pendant qu'elle lui parlait d'enfant à venir, Thierry planifiait sa vie future avec une autre. C'était ça la réalité de son mariage : une trahison sur laquelle elle essayait de construire.

En plus de sa douleur, Alice doit maintenant affronter les regards compatissants de tous ceux qui connaissent sa situation. Pire encore, elle subit les moues discrètes de ceux qui trouvent, du coup, cette mort étrange et inexplicable : « Un AVC à 30 ans, c'est tout de même difficile à croire, vous ne trouvez pas ? » Sans l'exprimer, certains se demandent si l'épouse bafouée n'en est pas responsable.

La trahison n'a pas allégé son deuil, au contraire, l'incompréhension le lui rend encore plus difficile. Elle l'aimait vivant, elle ne peut pas le haïr une fois mort, mais toutes les questions et explications restent en suspens, pour toujours.

En traversant le boulevard, Alice tente de chasser ces pensées et de se remémorer les décisions prises par le conseil de classe. Elle peine à y parvenir, car sa présence y était plus physique que mentale. Aujourd'hui, comme chaque jour, elle s'est traînée comme une ombre de salle en salle sous les regards dépités et impuissants de ceux qui la connaissent. Yves Bertrand, le proviseur, a bien tenté, ce soir encore, de l'inciter à rester au pot organisé en fin de séance, mais elle en était bien incapable, et elle doute des motivations de Bertrand qui ne cesse de la regarder avec cet air concupiscent qui lui est encore plus insupportable depuis la mort de Thierry.

Elle passe sous les arcades longeant un bloc de

bâtiments récents planté en bord de Marne dont la froideur métallique ajoute encore à la dureté de cette soirée. Elle presse le pas pour lutter contre le froid, au risque de glisser sur le sol verglacé dès la nuit tombée. Pour éviter cela, elle s'appuie l'espace d'un instant à la paroi vitrée donnant sur l'accueil désert de l'entreprise, et entreprend de chasser la neige des semelles de ses bottes à talons. « Ils sont trop hauts pour la saison », constate-t-elle pour la dixième fois de la journée.

En se redressant, elle aperçoit une ombre qui se faufile derrière elle, entre deux sas d'accès au grand bâtiment et disparaît derrière un des piliers. Elle se retourne avec inquiétude, le boulevard est désert et elle n'a croisé personne qui pourrait être à l'origine de cette présence fugitive. Mais elle ne voit plus rien bouger sous les arcades éclairées par les phares des quelques voitures qui passent sur le boulevard.

Elle chasse son inquiétude, en se disant qu'il n'y a pas de prédateurs sexuels assez motivés pour chasser par un tel froid. Elle reprend la marche vers son domicile qui se trouve quelques centaines de mètres plus loin, sur un petit quai bordé de maisons individuelles cossues.

Elle contourne le siège social vide et sombre qui se trouve maintenant entre elle et la route. Elle s'apprête à descendre, par un chemin glissant qui descend sous la voie ferrée vers les berges aménagées de la Marne, quand elle aperçoit de nouveau l'ombre passer fugitivement derrière elle.

Cette fois-ci elle se retourne vivement, retire ses écouteurs, et ne voyant toujours personne, elle lance un appel qu'elle veut ferme et assuré.

— Il y a quelqu'un ?

N'obtenant en réponse que la rumeur sourde du boulevard, elle peste quelques secondes puis reprend son chemin, espérant avoir affaire à un des sans domicile fixe qui mendient la journée au passage piéton à quelques mètres de là.

Elle descend le petit chemin en plantant énergiquement ses talons pour éviter de déraper. Une fois en bas, ne parvenant plus à dissiper son angoisse, elle se retourne. Là, dans l'espace séparant les berges de l'immeuble, l'éventuel suiveur ne pourra plus trouver de recoins où se dissimuler. Elle fixe donc l'obscurité quelques secondes et, satisfaite de ne constater aucune perturbation dans le noir silencieux et glacial de cette nuit d'hiver, elle se retourne et passe sous la voie ferrée. Ses écouteurs pendent le long de son col, elle ne les réajuste pas, attentive au son de ses talons claquant sur le béton, lequel, à l'abri du pont, est sec et résonne à chacun de ses pas.

Une fois sortie de ce passage couvert, elle arrive à la partie la plus délicate de son aller-retour quotidien, le chemin aménagé en lattes de bois traité qui, une fois recouvert de neige, constitue un redoutable piège à talons si on n'y marche pas prudemment. Elle ralentit son pas et se dresse sur la pointe des pieds pour éviter cet écueil qui lui a déjà coûté une paire de bottines.

Elle se concentre sur cet exercice périlleux quand, quelques mètres derrière elle, elle entend le bruit de végétaux que l'on brusque et le frottement d'un tissu sur la pierre. Une fois de plus, elle se retourne et, saisie par l'angoisse, elle cherche dans l'obscurité l'origine de ce bruit. Sa respiration se bloque quand elle y distingue pour la première fois la présence d'une menace réelle.

Un homme descend du terre-plein longeant le pont

de la voie ferrée. Il se démène pour s'extirper des buissons épineux qui en interdisent l'accès. Pour Alice il n'y a pas de doute, il a contourné le pont et traversé la voie ferrée pour tenter de la surprendre à sa sortie du passage couvert sans lui donner la possibilité de l'apercevoir. Il a dû sous-estimer la difficulté de ce raccourci et il peine au travers des fourrés à rejoindre le chemin qu'elle a emprunté.

Le sang se met à bouillonner dans ses tempes, une main se referme sur son estomac et elle exhale une longue colonne de fumée blanche matérialisant son angoisse à la lueur d'un lointain réverbère.

Comme si elle n'avait pas assez souffert.

Elle écarte l'envie de se jeter sur l'inconnu pour le rouer de coups et exorciser ainsi ce mauvais sort qui s'acharne sur elle sans rémission. Mais son instinct de conservation prend le dessus sur ses pulsions vengeresses et suicidaires, car ses chétifs soixante kilos ne l'autorisent pas à avoir cette attitude bravache. Elle se retourne et part en courant.

L'inconnu en est encore à se débattre au milieu du hallier et de la neige accumulée en contrebas de la ligne de métro. Elle dispose d'une assez solide avance qui devrait lui permettre d'atteindre, si ce n'est sa maison, au moins la partie habitée de ce quai où elle pourra appeler à l'aide.

Toute à sa peur, elle néglige dans sa course la prudence à adopter pour traverser le ponton de bois enneigé et, au bout de quelques foulées, elle se voit punie de son imprudence. Son talon traverse la couche de neige, s'enfonce entre deux lattes, se casse et elle se tord brutalement la cheville. Elle crie de surprise et de douleur et arrête sa course instantanément.

Gémissante, elle masse sa cheville endolorie qui,

après une palpation rapide, la rassure sur sa capacité à continuer de courir, mais, plus embarrassant, son talon cassé reste coincé dans le caillebotis. Elle tire sur sa jambe avec toute la force dont elle dispose, il lui semble entendre les bruits de pas de son agresseur s'enfoncer dans la neige à quelques mètres d'elle.

Elle ne se retourne pas. La panique lui confère un afflux de force dont elle se serait crue incapable, elle arrache littéralement sa jambe du piège, laissant son talon entre les planches qui le retiennent, et elle reprend sa course.

Mais sa fuite est entravée par la différence de hauteur entre ses deux jambes, malgré sa volonté et sa peur elle ne peut que claudiquer et ses espoirs d'atteindre la rue éclairée à quelques mètres de là s'amenuisent inexorablement. Dans un nouvel accès de courage, elle se retourne et, face aux ténèbres qui s'étendent en contrebas, elle hurle :

— Ça suffit, fichez-moi la paix ou cela va mal finir !

À ce moment, une rame de métro passe dans un déferlement de bruits métalliques sur le pont derrière son agresseur, la lueur projetée par ce convoi assourdissant lui permet de distinguer la silhouette atroce de son assaillant.

Une silhouette hirsute, celle d'un sauvage, celle d'une caricature de vagabond, avec des cheveux longs, une barbe et une tenue anormalement légère par un tel froid.

Elle ne peut distinguer son visage, mais l'attitude de l'homme est sans ambiguïté, il donne l'assaut final vers la jeune femme, impitoyablement et sans hésitation. Elle comprend immédiatement l'inutilité de son appel et elle reprend sa course le plus rapidement qu'elle le peut.

Au bout de quelques mètres, alors que se dessine la rue éclairée où se dresse sa maison, elle peut presque entendre le souffle de son agresseur qui se rue sur elle. Malgré un dernier effort pour augmenter son allure, elle sent des mains se refermer sur ses épaules et la tirer en arrière. Toutes ses forces l'abandonnent, le poids de son chagrin pèse sur elle autant que la traction de son agresseur, elle se sent molle comme une évanouie et résignée à une souffrance supplémentaire. Fût-elle la dernière.

Elle tombe en arrière, sans douleur, car la neige amortit sa chute. Ses lèvres laissent échapper un faible « Non » quand son agresseur l'enfourche et se place sur elle avec autorité. La première chose qui l'assaille c'est son odeur, une odeur infecte, une odeur de pourriture et de crasse, une odeur de sang.

L'odeur de la mort.

La lueur des réverbères est trop faible pour qu'elle puisse distinguer son visage tant qu'il se tient droit. L'agresseur semble regarder autour de lui, puis entendant le bruit d'une portière qui claque dans la rue à quelques mètres, il plaque sa main sur le visage d'Alice. Il a les mains pleines de terre et des ongles longs effrayants, il est à peine vêtu d'une chemise blanche couverte de boue, mais ne semble pas affecté par le froid. Il fouille d'une main dans le sac d'Alice tout en la bâillonnant de son autre main glacée. Sans hésitation, il se saisit de l'agenda de la jeune femme et avec un grognement de satisfaction, il se penche vers elle avec un sourire moqueur.

Pour la première fois, Alice peut apercevoir son visage et sa résignation se transforme en l'effroi le plus pur. Comme frappée par un éclair blanc glacial, la jeune femme se raidit et se tend comme un arc malgré le poids de son agresseur.

Ce qu'elle vient de voir à la lueur du réverbère l'arrache à sa torpeur, bouscule les limites de son deuil et de son renoncement et la fait vaciller jusqu'aux fondements de sa raison.

2

Avachi sur le fauteuil de sa Mégane banalisée, Victor laisse échapper un soupir de soulagement. Son attente est enfin récompensée. Du pas nonchalant d'une victime qui s'ignore, sa cible sort du hall de l'immeuble HLM où réside sa petite amie, du moins la plus régulière d'entre elles, selon ce que Victor a pu glaner comme informations. Le flic jette, après une dernière bouffée, sa gitane sans filtre par la fenêtre entrouverte de la voiture puis met le contact.

Il démarre et suit à distance, toutes lumières éteintes, le jeune Noir à la tenue vestimentaire soignée qu'il attend depuis plus de deux heures. Mise recherchée, mais un peu voyante : « Dans quel magasin peut-on trouver des doudounes blanches avec des inscriptions en lettres dorées dans le dos ? »

Il coupe les deux scanners radio, celui qui équipe la Mégane et celui qu'il promène partout avec lui. Il se l'est approprié à la faveur d'une erreur d'inventaire provoquée par ses soins et il ne se sépare plus de cet appareil plus puissant que ceux de l'équipement standard crypté Acropol des voitures de patrouille. Les mâchoires serrées, il ne tolère plus aucun bruit et le crépitement conjoint des deux appareils nuit à sa concentration de chasseur, il veut goûter ce moment pleinement.

Le gamin déambule avec morgue, il se prend sans doute pour le mec le plus cool du quartier. Victor jubile à l'avance à l'idée de lui apprendre le respect dans les minutes qui viennent. Il ne lui a pas encore parlé, mais ce qu'il a entendu dans la bouche de ses nouveaux collègues du commissariat d'Alfortville lui permet par expérience de deviner tout ce qu'il y a à savoir du jeune homme. Un caïd local à l'influence grandissante qui se contente pour l'instant du trafic de stupéfiants. Mais, peu à peu, il va vouloir en imposer à ses pairs, gonfler ses biceps, faire le fort et ramasser plus de pognon sur des trafics plus risqués avec moins d'intermédiaires. La taule ne l'arrêtera pas, au contraire, elle lui fournira un stage en accéléré avec toutes les ordures expérimentées de la région.

Victor a une idée pour infléchir cette trajectoire, selon une méthode qui lui est propre et qu'il compte expérimenter dès ce soir.

Le gamin passe devant une allée qui descend en pente douce vers une entrée de parking. La cité est déserte, comme Victor l'escomptait, ce n'est pas un quartier difficile, il est toujours calme la nuit, mais encore plus avec ce temps de chien.

C'est le moment de passer à l'action.

D'une main assurée, Victor braque le volant, allume ses phares, écrase l'accélérateur et fonce vers le môme. Il le voit ouvrir de grands yeux ébahis et partir en courant vers l'entrée du parking, c'est la réaction qu'il attendait et il s'engage à sa suite dans l'allée.

Après une dizaine de mètres de course, le gamin se retrouve face aux portes fermées du parking et vient buter contre elles avec une colère démonstrative. Victor freine, braque les roues de sa Mégane et vient déraper jusqu'à quelques centimètres du môme qui le regarde, droit comme un i, le menton relevé et du défi plein les yeux.

Victor sort son Sig-Sauer et ouvre sa portière. Le gamin coincé entre la porte et la Mégane le regarde sortir sans se départir un instant de son attitude de défi. Ils ne s'échangent pas un mot, le môme attend sûrement que le flic lui annonce la raison de cette intervention musclée, mais Victor ne desserre pas les dents.

Il contourne la voiture et fait un signe au gamin lui ordonnant de se tourner.

— Quoi ? Mais ça va pas, non… J'ai rien fait, moi !

Victor ne lui laisse pas le temps d'en dire plus, il l'agrippe par l'épaule et le plaque sans ménagement sur la voiture, le jeune homme essaye bien de résister, mais sa jeunesse ne compense pas la différence de gabarit ni de puissance et il se retrouve en quelques secondes avec les mains attachées par une paire de menottes serrée jusqu'à lui entailler les poignets. Il continue de plaider son innocence et de menacer à mots couverts de représailles ce flic qui ose lui manquer de respect.

Victor apprécie qu'il renforce ainsi sa détermination, il ouvre la portière et le pousse sur le fauteuil passager, prenant soin au passage de déchirer la doudoune du jeune homme sur une vingtaine de centimètres. Il claque la porte sur lui et regagne sa place. Toujours muet, il s'allume une gitane sous les injures de son passager qui indique le prix d'achat du blouson déchiré. Victor crache sa fumée et demande d'un ton placide.

— Tu viens d'où, Mario ?

— Alfortville.

— Ça je sais, mais tes origines ?

— Le Cap-Vert, qu'est ce que ça peut vous foutre ?

— C'est beau, les *mornas*. C'est triste, mais c'est beau.

— Ouais... Ma mère aime beaucoup. Si vous aviez envie de parler de musique, fallait aller à un concert.

Bellanger ne répond pas, il allume son iPod et recherche quelques instants un titre approprié, il sourit avec satisfaction quand la voix de Cesaria Evora retentit dans l'habitacle. Sous le regard médusé du gamin, il remet le Sig dans son holster, il ouvre la boîte à gants de la voiture et attrape le Manurhrin F1 qu'il y a laissé. Il ouvre le barillet de ce 357 à canon court qui l'a accompagné pendant ses quinze années à l'Antigang et dont il peine à se séparer. Il sent le regard étonné du gamin qui ne doit pas comprendre pourquoi cette arrestation se déroule d'une manière aussi étrange. Victor sent aussi ce regard se poser sur son cou, sur cette cicatrice qui lui part du menton et qui descend jusqu'en dessous de sa pomme d'Adam.

Cette cicatrice qu'une barbe de trois jours est bien incapable de masquer, une cicatrice bien trop récente pour être discrète et qui indispose tous ceux qui la regardent. Victor ne fait rien pour la dissimuler, au contraire il l'exhibe presque, comme une décoration, un souvenir de son voyage aux portes de la mort, la preuve matérielle de son engagement sans limites et sans retour dans un combat perdu d'avance.

— Elle te plaît, ma cicatrice, Mario ? Tu voudrais la même ?

— J'ai pas envie d'avoir la tête de Quasimodo.

— Je croyais que c'était Scarface, votre idole.

— C'est Nicolas Sarkozy mon idolé, je suis un mec réglo, moi.

— Tu veux que je te raconte comment je l'ai eue ?

— Vous n'avez pas d'amis à qui raconter votre vie ?

L'ironie du jeune homme agace Victor, il veut avoir le dessus. Or l'intelligence et la repartie du gamin perturbent son projet. C'est une partie sérieuse qu'il compte jouer. Alors, il referme le barillet du Manurhin, tend le bras violemment et vient frapper la lèvre supérieure de Mario avec le canon court du 357.

— Tu préfères qu'on en finisse tout de suite ?

Plaqué contre la portière, le gosse perd un peu de sa superbe, louche sur le canon appuyé fermement sous son nez, passe une langue timide sur le filet de sang qui coule de sa lèvre et comprend, comme l'escomptait Victor, que cette interpellation impromptue pourrait déraper et qu'il ferait mieux d'adopter un profil bas pour la suite de la conversation.

— Non, non… Allez-y, racontez-moi comment vous avez eu votre balafre.

— Ça ne fait pas longtemps que je suis au commissariat d'Alfortville. Avant j'ai passé quinze années à la BRI-PP, au 36 quai des Orfèvres. L'Antigang, ça doit te dire quelque chose non ?

— De nom, oui.

— C'est long, quinze années à l'Antigang. Les mecs craquent au bout de dix ans au maximum. Mais moi, comme disait un de mes anciens patrons, j'ai « brûlé mes vaisseaux », je n'avais nulle part ailleurs où aller, alors je m'y accrochais. Jusqu'à ce qu'on s'acharne à m'en faire partir.

Victor, sans retirer l'arme dû visage du jeune homme, tire une dernière bouffée de sa gitane et écrase son mégot sur le sol jonché de détritus de la Mégane, où il rejoint une dizaine de ses semblables.

— Il paraît que je suis devenu incontrôlable, plus assez fiable, dangereux pour l'équipe. « Un franc-tireur incapable de respecter des consignes précises et mettant le travail de la brigade en danger par des initiatives hasardeuses. » Tu vois, j'ai bonne mémoire, je me rappelle de ce qu'ils ont écrit dans mon dossier. Après quinze piges, des centaines d'interpellations, deux balles dans la peau…

Bellanger pointe avec le canon du revolver l'emplacement de ses blessures, une dans la cuisse et une dans le bras, et le replace sous le nez de Mario.

— J'ai toujours été un des mieux notés. Et clac, à 38 ans, à la casse le capitaine Victor Bellanger. C'est dégueulasse non ?

Il marque un temps d'arrêt guettant l'assentiment du jeune Capverdien, qui tarde à venir, alors il appuie un peu plus fort sur le canon du Manurhin, en guise de répétition de sa question.

— Oui, oui… C'est dégueulasse, marmonne Mario d'une voix lasse.

— Mais je ne me suis pas laissé faire. Je me suis battu pour leur donner tort. Ils m'ont mis sur des affaires de merde : du trafic de shit, de la paperasse, des voleurs de scooters, de portables. Mais je n'ai pas lâché.

— Vous avez eu raison.

Comme satisfait de la réponse du jeune homme, Bellanger retire le canon de son visage et repose son bras sur la cuisse du gamin, le canon pointé vers son entrejambe.

— Mais il y a eu ça.

Il montre sa cicatrice en longeant le bourrelet du

bout des doigts de sa main libre, avec un sourire désabusé. Puis il désigne les deux scanners posés sur le tableau de bord.

— J'en ai toujours un avec moi. Une nuit, il y a trois mois, j'ai entendu un appel signalant des coups de feu dans un bar de nuit mal famé, à deux pas de chez moi. J'ai foncé, et j'y suis arrivé en premier.

Victor retire son flingue des jambes du jeune homme et ouvre le barillet. Il laisse tomber les balles entre ses cuisses dans un tintement métallique. Le gamin, tétanisé, reste collé le long de la vitre passager. La fumée blanche de son souffle court se mêlant aux volutes des gitanes de Bellanger qui tardent à évacuer l'habitacle étouffant de la Mégane. La chanson de Cesaria Evora est terminée, laissant un silence pesant entre les deux hommes. Puis Bellanger reprend :

— C'était un règlement de comptes, deux gitans qui braquaient une serveuse pour faire venir le patron et s'expliquer avec lui. Ils avaient l'air allumés, j'ai pas attendu mes collègues, je suis entré dans le bar avant que ça tourne mal.

Il prend une des balles, la tend devant lui et l'inspecte à la lumière du réverbère. Un homme passe avec son chien en laisse, sans jeter un œil vers la voiture arrêtée devant l'entrée du parking. Victor est satisfait de son examen du projectile, mais surtout de ne pas avoir croisé le regard du promeneur. Il ne veut pas de témoin susceptible de l'identifier.

— J'ai essayé de les raisonner. Mais il y avait déjà un serveur à terre. Raide mort : une balle dans la tronche… Du sang partout. Les clients allongés se chiaient dessus. Les deux gitans demandaient sans cesse à voir le patron, un nom corse, ça puait le règlement de comptes mafieux qui dérape. Ils n'ont pas voulu m'écouter. Mes collègues sont arrivés et ont bouclé le quartier. Les deux types ont paniqué. C'étaient des paumés, rien à perdre : tout était déjà perdu.

Il remet la bastos sélectionnée dans le barillet, le referme avec un claquement sec et commence à le faire tourner machinalement du bout des doigts.

— Tout ce que j'ai réussi à faire, c'est de jouer sur leur honneur de machos pour les convaincre de me prendre, moi, comme otage plutôt que la serveuse. Une pauvre gamine qui n'avait rien à voir dans tout ça. Ils ont demandé une bagnole. Ils perdaient les pédales et ça pouvait vraiment finir en boucherie.

Victor cesse de jouer avec son Manurhin et se rallume une gitane. Après avoir bruyamment inspiré deux bouffées, il sourit au jeune homme et lui glisse en indiquant sa cigarette.

— Va savoir, c'est peut-être ma dernière. Ce serait con, tu n'aurais pas la fin de l'histoire.

Et il s'enfonce le canon court du revolver dans la gorge, la gueule légèrement orientée vers le haut, pour être sûr de se brûler le cerveau. Il appuie sur la détente, le percuteur s'écarte et claque sur une cavité vide du barillet.

Le môme, qui n'a pas eu le temps d'esquisser un geste, tremble de la tête aux pieds, il lui semble même voir poindre des larmes au coin de ses yeux écarquillés. Sans changer de ton, malgré le geste incroyable qu'il vient de réaliser, Bellanger reprend son histoire.

— La caisse est arrivée après une petite heure de palabres. Je suis sorti avec les deux gitans, le plus costaud des deux me tenait devant lui avec un couteau sous la gorge et son pote marchait derrière en me braquant avec son flingue. J'étais coincé, mais ils ont fait une connerie.

Il joue de nouveau avec le barillet du revolver, le faisant tourner sans discontinuer avec son pouce pendant qu'il termine son histoire, sous le regard terrorisé et effaré du Capverdien dont il n'est pas certain qu'il soit encore capable d'en suivre le fil.

— Le porteur du pétard a fait le tour de la bagnole pour prendre le volant me laissant seul de l'autre côté avec le mec au surin. Il me serrait fort ce con et j'avais son schlass enfoncé dans la peau, juste là.

Il pointe du doigt la pointe basse de sa cicatrice, sous sa pomme d'Adam, là où elle est large comme une pièce d'un euro avant de s'affiner en remontant vers le menton.

— Je ne leur ai pas laissé le temps de faire une deuxième connerie, j'ai chopé le bras qui tenait le surin. Il a essayé de me découper la carotide, mais il ne l'a qu'entamée. J'ai eu le temps de me libérer et de plonger à terre. Après je suis parti dans le coaltar. Il m'a pas loupé, le voleur de poules. J'ai bien failli crever, tu peux me croire. Mais les deux pourritures sont en taule aujourd'hui. L'affaire a fait un peu de bruit, on a loué mon « comportement héroïque ».

Victor hausse les épaules pour signifier ses regrets.

— J'avais perdu trop de sang et j'étais dans le coma, alors j'en ai pas profité. Dommage. Mais qu'est-ce que tu crois qu'on m'a offert quand je suis sorti du cirage ?

Ce coup-ci le môme ne laisse pas à Victor l'occasion de répéter sa question. Il lui demande d'une voix chevrotante, d'où a disparu la moindre trace de l'assurance qui l'habitait dix minutes auparavant.

— Je sais pas… Du pognon ? Ou une médaille ?

— Ça aurait été sympa. Mais non. On m'a poussé

à atterrir à Alfortville. Une affectation plus calme, la banlieue paisible, pas trop bourgeoise, mais juste assez pour me reposer et terminer ma carrière tranquillement. Il paraît que je l'ai bien mérité.

La voix de Victor devient plus forte, elle trahit son énervement, sa rage et son ressentiment. Il martèle en écrasant sa gitane.

— Ils ont cru se débarrasser de moi. Ils ne pouvaient plus me foutre dehors. Un héros qui fait la une du *Parisien* sur son lit d'hôpital… Alors, ils ont cru me mettre sur la touche dans ce trou à rats. Mais ils se trompent. Il n'y a pas de quartier tranquille, ni de petits truands. Il n'y a que des petits flics bien tranquilles, planqués, leur gros ventre derrière un bureau. Je vais leur montrer ce qu'on peut faire avec un peu de volonté dans une ville comme celle-ci. C'est aussi important que l'Antigang. Et tu vas m'aider Mario, tu vas devenir mon meilleur ami.

Victor pointe son arme vers la tête du jeune homme et lui appuie le canon sur le front. Avec son pouce, il tire le percuteur en arrière, en laissant ce bruit funeste remplir l'habitacle, et pose son doigt sur la détente.

— Je veux que tous les deux jours tu me fasses un point sur tout ce qu'il se passe dans les cités d'Alfortville, de Maisons-Alfort et de Choisy-le-Roi. Je sais que tu y as plein de potes et que tu sais tout ce qu'il s'y trafique. Je veux tout savoir : les braquos, le shit, la coke, les téléphones, les scoots… tout. Si je me rends compte que tu en oublies ou que tu me racontes des conneries, je viens jouer avec toi. Dis-moi que tu es d'accord, Mario.

— Je ne suis pas une putain de balance ! Merde !

Victor presse la détente, le percuteur frappe une nouvelle fois dans le vide, le môme chanceux a les yeux fermés, mais il tente de faire bonne contenance malgré son teint pâle et serre les dents avec une moue volontaire. Un peu déçu de la résistance du gamin, Victor comprend ce qui l'empêche de craquer. Il allume ses scanners et baisse la fenêtre de la voiture.

— Tu crois que c'est une balle à blanc c'est ça ?

Il passe son bras armé par la fenêtre de la Mégane, il appuie sur la détente à trois reprises. À la troisième, le coup retentit, la balle va frapper le béton et provoque un nuage de poussière et de neige à cinq mètres de la voiture. La descente du parking résonne de longues secondes en écho à la détonation brutale du 357.

— Tu vois. Je ne triche pas. Sans danger, ce jeu n'aurait pas beaucoup d'intérêt.

Il ouvre le barillet et replace une balle. Cette fois-ci le gosse est tétanisé, il ne s'était pas trompé, jusque-là Mario avait cru à un bluff, maintenant il est mûr. Bellanger montre le scanner du doigt.

— Ils ne vont pas tarder à signaler le coup de feu. D'ici là, on a juste le temps de se refaire une petite partie entre potes.

Il dirige le canon vers sa bouche et dans un sourire glisse au jeune homme qui se colle de plus en plus à la portière et qui a maintenant vraiment les larmes aux yeux et les lèvres tremblantes.

— Je crois que c'était mon tour. Non ?

Puis, semblant se raviser après mûre réflexion, il lui adresse une moue paternaliste demandant l'approbation tacite du jeune homme, qui en est bien incapable tant il paraît paralysé par l'angoisse.

— Ah non ! Toi tu croyais qu'il était chargé à blanc. Ça ne compte pas. On commence par toi ce coup-ci. Chacun son tour d'avoir peur en premier. Il faut être fair-play quand on joue.

Il pointe le canon sur le front du jeune Capverdien qui se raidit et semble vouloir faire disparaître sa tête couverte de nattes dans sa doudoune blanche. Mais la gueule du Manurhin vient impitoyablement se coller à son front couvert de sueur, et le pouce de Bellanger tire sur le percuteur avec un claquement lugubre.

3

La brusque ruade d'Alice surprend son assaillant qui ne s'était vu jusque-là opposer aucune résistance. Il perd l'équilibre et bascule en arrière entre les jambes gainées de collants noirs de la jeune femme.

Survoltée par la terreur qui la submerge, Alice se retourne et commence à se sauver à quatre pattes dans la neige, tentant de rejoindre la rue éclairée à dix mètres de là, où il lui a semblé, quelques secondes plus tôt, entendre une portière de voiture claquer.

Elle fait quelques mètres en se traînant ainsi sur le sol, s'agrippant de ses mains gantées aux lattes de bois qui recouvrent le chemin sous la neige. Quand elle décide de se redresser pour reprendre sa course, les mains de son agresseur se referment sur une de ses chevilles.

Elle bascule sur le dos, et dans la lumière maintenant assez forte du réverbère elle voit, cette fois-ci distinctement, ce visage qui l'a remplie d'effroi quelques secondes auparavant. Sa totale incompréhension et la confirmation de l'horreur de la situation lui insufflent une réaction d'une rare violence. De sa jambe libre, elle frappe à coups de talons le visage terreux et hirsute qui grimace à ses pieds.

Elle frappe avec le talon pointu de sa botte causant des dommages terribles à la face de celui qui essaye de ramper vers elle. L'individu ne pousse aucun cri, n'arrête pas sa progression. Tout au plus est-il ralenti par la violence des chocs, mais sa prise d'airain autour de la cheville d'Alice ne se relâche pas. Poignée après poignée, il se rapproche d'elle dans une lente reptation qui a pour but de reprendre sa position dominante et de la plaquer au sol.

Devant la progression implacable de son assaillant, la jeune femme redouble d'effort et se voit récompensée d'une atroce manière. Son talon rencontre quelque chose de mou, un endroit où la résistance du visage de l'agresseur est moins forte, son talon s'y enfonce et se casse avec un bruit sec.

L'agresseur lâche sa prise et se redresse, il semble à Alice entendre un cri rauque s'échapper de sa bouche. Elle se rend compte avec dégoût de ce qu'elle vient de faire, son talon s'est enfoncé dans l'œil de son agresseur et le visage de l'homme se couvre de sang tandis qu'il tente, à deux mains, d'arracher le talon profondément enfoui dans son orbite sanguinolente.

Alice n'attend pas de savoir comment il y parviendra, elle profite de la situation pour récupérer son sac à main retombé à côté de l'agresseur et se redresse. Elle court dans la rue. Maintenant mieux équilibrée par la perte de son deuxième talon, sa course est plus rapide. Elle se rue vers sa maison à quelques centaines de mètres de là. Le quai est désert, elle a dû imaginer les bruits de portière.

Malgré son désir de savoir ce que fait son assaillant, elle ne se retourne pas et concentre ses efforts sur sa course rendue malaisée par ses bottes détruites sur un sol glissant.

Haletante, elle parvient jusqu'à son porche, celui d'une grande bâtisse de trois étages du début du XXe siècle, séparée de la rue par un jardin mal entretenu, mais en ce moment couvert d'une épaisse couche de neige cache-misère. Elle se retourne et constate avec soulagement que la rue est toujours déserte. La neige retombe à gros flocons dans la rue déjà recouverte d'une cotonneuse pellicule blanche, et la lumière des réverbères peine à percer cette ambiance irréelle.

Mais, devant ce calme que ne troublent même pas les clapotis de la Marne, elle pense que la terrible blessure qu'elle lui a infligée a forcé son agresseur à abandonner sa traque.

Elle tremble, sa vue est brouillée et ses mains comme engourdies, elle ne comprend pas ce qu'il vient de lui arriver. Elle ne peut pas croire une telle ressemblance possible. Elle l'a bien vu, la deuxième fois, à la lumière du réverbère, elle ne peut pas douter de l'avoir reconnu. Pourtant c'est impossible. Elle est la personne au monde la mieux placée pour savoir que c'est impossible.

Elle devient folle, il n'y a pas d'autre explication rationnelle.

Elle ouvre son sac, constate que son agenda a disparu et qu'elle n'a donc pas rêvé, et elle tente d'attraper ses clefs malgré ses gestes hésitants. Comme dans un cauchemar, le trousseau lui échappe, plonge au fond du sac à plusieurs reprises, mettant au supplice les doigts gourds de la jeune femme qui, après s'être crue trahie par ses sens, se voit maintenant trahie par ses propres mains.

Elle finit par s'en saisir, sélectionne la clef pour ouvrir la porte de fer forgé qui ouvre sur le jardin de la demeure dont l'apparat et la grandeur lui semblent aussi absurdes que le mariage qu'elle abritait. Et, au moment où elle l'introduit dans la serrure, une voix la fait sursauter.

— Vous allez bien ?

Elle se retourne, avec sans doute sur le visage l'air hagard d'une survivante au bord de la rupture nerveuse, et elle reconnaît un voisin, un sympathique jeune médecin qui habite dans un immeuble moderne au bout de la rue. Elle tente de faire bonne contenance pour s'épargner de trop longues explications :

— Oui, ça va. Je vous remercie.

— Je vous ai entendue hurler et je vous ai vue traverser la rue en courant. J'étais en train de me garer un peu plus haut. Vous vous êtes faite agresser ? Vous êtes blessée ?

Alice s'apprête à nier, elle a juste besoin de s'enfermer chez elle et de prendre un somnifère pour tenter d'être, demain matin, en mesure de donner ses cours. Sa raison vacille et elle a besoin de se raccrocher à des objectifs simples, réalisables et à court terme, sinon elle sent qu'elle va s'effondrer.

Elle sourit du mieux qu'elle peut et prépare sa réponse la plus rassurante quand elle aperçoit derrière son jeune voisin une ombre furtive qui se déplace à l'abri des voitures.

Sa vision est fugace, mais elle a le temps de distinguer la chemise blanche crasseuse et le pantalon noir maculé de celui qui l'empoignait quelques instants auparavant.

Sa réponse assurée reste bloquée dans sa gorge, son agresseur n'a pas abandonné la partie, dès qu'elle sera seule, malgré sa blessure, il reprendra son assaut. Aussi impitoyablement que dans le chemin. Elle a besoin d'aide.

— Un vagabond dans le chemin sous le pont du métro. Mais ça va, je n'ai rien. À peine une égratignure ou deux. Il m'a juste volé mon agenda.

— Il faut aller porter plainte. Ça fait plusieurs fois qu'on alerte la police sur le comportement des clochards qui traînent sous le pont. Ça devait finir par se produire. Venez je vous emmène au commissariat.

Aller au commissariat d'Alfortville raconter ce qui vient de lui arriver est bien la dernière chose au monde dont ait envie Alice. Dormir et oublier est son seul objectif. Mais la perspective de rentrer seule dans son immense maison noire, froide et déserte avec ce cauchemar pouvant redémarrer à tout instant est encore bien plus au-dessus de ses forces.

Elle se soumet entièrement à la volonté sécuritaire et procédurière de son voisin, probablement préoccupé par la valeur du mètre carré de son acquisition menacée par les clochards squattant dans les alentours, ou soucieux de se rendre aimable à une jolie jeune blonde propriétaire d'une des plus belles maisons du bord de Marne. Quelles qu'en soient les raisons, cette volonté est trop franche et trop rassurante pour qu'Alice puisse y opposer une quelconque résistance.

Elle se laisse traîner par le bras comme une poupée de chiffon jusqu'à une Peugeot rouge vif garée peu après sa maison. Elle s'installe sur le siège passager, aidée par son voisin prévenant et sans doute un peu dragueur, mais elle est tellement loin de ces préoccupations qu'elle y prête à peine attention.

Pendant que le jeune médecin s'installe au volant, Alice aperçoit deux choses dans la rue qui sortent de l'ordinaire. Elle voit sa voisine la plus proche, une métisse d'une soixantaine d'années, artiste peintre un peu originale qui vient d'emménager dans le quartier, qui regarde avec attention la scène depuis une fenêtre latérale de sa maison. Plus effrayant, elle croit apercevoir la silhouette blanche et tachée de sang de son agresseur se faufiler le long de la Marne entre les quelques arbres qui garnissent les berges boueuses.

Elle ferme les yeux pour oublier ce spectacle hanté. Elle est à bout de nerfs, si elle ne se retenait pas elle s'endormirait ici, sur le siège de la voiture de ce jeune médecin un peu trop obligeant. Elle se demande pourquoi, depuis deux mois, sa vie tourne inexorablement au cauchemar. D'abord le décès de son mari, puis la révélation de son infidélité et maintenant, pour finir, la folie qui la menace.

C'est bien de sa santé mentale dont elle doute à ce moment, plus que l'attaque de ce vagabond. Ce qui la ronge, c'est le visage de son assaillant. Un visage identique trait pour trait à celui de son défunt mari. Une ressemblance telle qu'elle ne peut pas n'être qu'une ressemblance.

Pendant que la ville défile par la vitre, elle se ressasse cette vérité, cette évidence difficile à appréhender : soit elle est complètement folle, soit son mari, mort depuis deux mois, vient de l'agresser à quelques mètres de là où ils habitaient.

Elle vient d'être agressée par un mort ; on perdrait la raison pour moins que cela.

4

Mario hésite quelques instants, Victor pourrait presque voir, derrière son front crispé et couvert de sueur, les rouages de son cerveau tourner frénétiquement dans le vide. C'est difficile pour un apprenti caïd comme lui de baisser pavillon et de s'avouer vaincu par un flic ; plus difficile encore de sceller un pacte avec son tortionnaire et de poser les bases d'une collaboration. Mais Victor a placé la barre très haut, trop haut pour un gamin de 18 ans à peine et sa décision ne fait aucun doute. Il finit par lâcher d'une voix faible, comme s'il avait peur d'être entendu en dehors de la voiture.

— Vous êtes malade. C'est bon, arrêtez. Je vous dirai tout ce que vous voulez savoir.

Le gosse souffle sa capitulation avec un soulagement manifeste, il est heureux de voir ce cauchemar prendre fin. Bellanger ne le fait pas languir et rabat le percuteur du 357 avec un sourire chaleureux.

— J'ai adoré jouer avec toi, Super Mario. C'est toujours sympa de s'amuser entre amis. On se retrouve après-demain, à cette heure-là, devant la tour.

Mario acquiesce et trépigne sur son siège, pressé

de sortir de l'habitacle nauséabond de la Mégane et d'oublier, jusqu'à après-demain, son tortionnaire et son infortune. Victor lui retire ses menottes et lui donne un Post-it griffonné.

— Tiens, c'est mon numéro de portable, en cas de retard. Et n'essaye pas de te barrer. Je te retrouverai et je n'aurai plus envie de jouer.

— Je suis chez moi, ici. Tu ne me feras pas partir.

Le scanner crépite et, comme Victor s'y attendait, le coup de feu qu'il vient de tirer est signalé aux voitures de patrouille de la circonscription du nord du Val-de-Marne. Il fait signe au gamin de se sauver rapidement et il annonce à ses confrères sa présence à proximité immédiate du lieu.

Après une brève manœuvre, il fait marche arrière dans l'allée en regardant la doudoune blanche déchirée du gamin s'enfoncer dans la nuit. Une fois en haut, il fait un tour du parking, pose son gyrophare sur le toit, l'allume, et fait mine d'arriver et de chercher l'endroit indiqué par la radio.

Il s'arrête en haut de l'allée, sort de la voiture en pestant contre l'averse de neige qui reprend de plus belle et regarde autour de lui comme s'il était à la recherche de traces d'une agression.

Il est rejoint quelques minutes plus tard par une Ford d'îlotiers en uniforme à qui il résume les informations qu'il est supposé avoir glanées depuis son arrivée.

— Un impact de balle, au sol, gros calibre et faible distance. À vue de nez tiré depuis les portes du parking et vers le sol. Je n'ai vu ou entendu personne sur le parking. Ça ressemble à un accident. Des gamins qui jouent aux durs avec leur gros flingue et se sauvent comme des lapins après leur connerie.

— Les mômes dans le coin n'ont pas de gros calibres sur eux, lui répond une jeune îlotière vertueuse qui a déjà le don d'exaspérer Bellanger avec sa volonté permanente de minimiser les situations et de protéger les jeunes délinquants.

— Tout change, Isabelle… Tout a une fin, comme l'amour et les culottes. Faudra t'y faire.

Constatant que personne ne rit à sa plaisanterie et que l'inimitié doit être partagée, il repart vers sa voiture en faisant un signe de main en direction de l'impact.

— Je vous laisse faire votre rapport et interroger le voisinage. Le central doit avoir le numéro du type qui a signalé le coup de feu. Ne perdez pas trop de temps à faire des bonshommes de neige.

Il remonte dans sa Mégane et regarde les îlotiers s'accroupir autour de l'impact et vérifier les indications qu'il vient de leur donner. Il jure entre ses dents en se demandant combien de temps il devra travailler avec des demeurés ramollis. Puis, constatant l'heure avancée, il décide qu'il est largement temps d'aller célébrer le recrutement du premier indic de sa nouvelle affectation dans son bar préféré, juste en face du commissariat.

5

Son énorme sac de voyage posé à ses pieds, il s'est installé au coin du bar d'où il peut, tout en buvant ses whiskies sans glace, surveiller les allées et venues autour du commissariat. Le café est exclusivement fréquenté par la communauté portugaise pour laquelle il est transparent, et cela lui convient parfaitement. Victor sait pourtant que sa présence dérange le propriétaire, et pour cause : avant que Bellanger n'élise domicile dans ce café, il pouvait compter sur les visites régulières du personnel du commissariat, des gardiens de la paix et des lieutenants, mais depuis, plus aucun ne se risque à pousser les portes de l'établissement de peur d'avoir à supporter la présence de Bellanger.

Il est donc reçu fraîchement par le patron et par sa femme. Un accueil similaire à celui suggéré par une petite figurine de plâtre qui trône au-dessus du percolateur et qui adresse un bras d'honneur vigoureux à ceux qui demanderaient un crédit au patron. Là encore, il n'y voit aucun inconvénient, cela le dispense même d'avoir à supporter les banalités d'usage sur la météo, ou autre civilité insipide, que sa fréquentation régulière de l'établissement obligerait ses tenanciers à échanger avec lui.

Il se place à l'entrée, derrière la vitre du petit bar qui s'étire, tout en longueur, en un couloir sombre d'une dizaine de mètres. Ainsi placé, ceux qui passent devant le bar le voient et peuvent donc éviter de rentrer quand il s'y trouve et s'épargner une conversation déplaisante pour tous les participants. Il peut y rester, sans être dérangé, quatre heures d'affilée, le soir ou le week-end, à regarder la rue, calme sauf les jours de marché, et à lire. Quand le patron du bar monte un peu trop le son de la chaîne de télévision portugaise qui passe en continu, il se couvre les oreilles de son iPod et se ferme un peu plus à ce qui l'entoure. C'est une bonne planque, sauf les soirs de match où la communauté portugaise se réunit pour la retransmission d'obscures arabesques footballistiques lusitaniennes.

Bellanger prend un plaisir certain à être détesté de tous dans cette nouvelle affectation. Après tout, il déteste être là, alors la réciproque lui paraît légitime et il n'a plus guère de goût pour les rapports sociaux. Sa vie tient dans ce gros sac posé à ses pieds, une collection de pantalons et de pulls noirs interchangeables, des affaires de toilette, quelques livres, son scanner radio et son Manurhin. Depuis un mois, il dort dans les vestiaires du commissariat, il ne peut plus supporter de remettre les pieds dans son appartement.

Cette intolérance avait déjà commencé quand il était encore à l'Antigang, mais entre les planques, les nuits au 36, ses errances et quelques séjours à l'hôtel, il n'avait pas trop à se poser la question. Mais depuis sa sortie de l'hôpital et son affectation à Alfortville, il ne supporte plus de rentrer dans le XVIIIe et de dormir dans l'appartement qu'il a acheté il y a une dizaine d'années avec Julie, et où il vit seul depuis le départ de la jeune femme.

L'appartement est mis en vente dans plusieurs agences depuis trois mois, il devra la moitié du produit de celle-ci à son ex, mais il manque volontairement tous les rendez-vous, refuse de négocier le prix et décourage tous les acheteurs qui le contactent au téléphone. Au bout d'un an, faire le deuil de cette relation lui est impossible, vivre dans ses vestiges aussi.

Il passerait volontiers la nuit à Nanterre en bas de l'immeuble où résident désormais Julie et son nouvel ami, mais le juge qu'elle a abusivement saisi lui a interdit ce qu'il considère comme du harcèlement. Tout ça parce que son nouveau mec a voulu jouer au dur et s'est fait casser le nez. Qu'est-ce que ça pouvait bien leur faire qu'il reste en bas de chez eux à regarder les fenêtres ?

Il termine son quatrième verre et se tourne vers le patron, trapu et ombrageux, pour lui en commander un autre, celui-ci lui fait un signe de main vers la pendule indiquant que le bar va fermer. Victor laisse un billet sur la table, sort une cigarette et s'apprête à sortir quand il voit passer devant les vitres du bar un couple se dirigeant vers le commissariat qui retient son attention.

Une belle jeune femme blonde dans un manteau noir, tenue par le bras par un jeune médecin qu'il a déjà croisé dans le commissariat. La jeune femme a une démarche presque comique, ses talons sont cassés et elle boite maladroitement sur la neige.

Victor les regarde passer avec une moue contrariée, il n'aime pas qu'il y ait de l'agitation au commissariat quand il rentre s'y installer pour dormir, il ne souhaite pas que l'on sache qu'il y passe ses nuits. Il veut bien faire peur, mais pitié, non, c'est hors de question.

Comme si elle se sentait observée, la jeune femme ne cesse de se retourner et de regarder autour d'elle. Victor pense qu'elle doit se sentir ridicule avec ses talons cassés et qu'elle souhaite rester discrète sur son passage au commissariat. Malgré la vitre et l'obscurité, leurs regards se croisent. Instinctivement, Victor met sa main sur sa cicatrice, comme s'il souhaitait éviter à la jeune femme la vision de ses chairs meurtries. Il s'étonne de son geste prévenant, se retourne vers le bar, allume sa cigarette.

Il veut attendre que le couple soit entré et pris en charge avant d'y aller à son tour, il n'a aucune envie de se retrouver contraint de prendre leur déposition. Il a en revanche envie de savoir ce qui les amène. La jeune femme a un petit quelque chose qui l'intéresse, une forme de désespoir et d'angoisse dans le regard qui ne peut pas être le fruit d'une banale affaire de vol à l'arraché.

Le patron du bar lui fait remarquer qu'il n'a pas le droit de fumer à l'intérieur, en guise de réponse, Victor lui tend son verre vide.

— Puisque tu as dépassé l'heure de fermeture, c'est un endroit privé maintenant. Tu vas même payer un verre à un de tes plus vieux potes. Et je te promets de ne plus venir ici pendant trois jours.

La proposition est acceptée sans hésitation par le barman qui lui sert même une double dose de whisky avec un soupçon de sourire relevant ses épaisses moustaches.

— C'est si bon de se savoir aimé, trinque Bellanger avec amusement.

6

Derrière l'ordinateur obsolète d'un box exigu, la sous-brigadière Perruzzi fait de son mieux pour masquer son agacement. Enregistrer une plainte pour vol avec violence à dix minutes de la fin de son service, c'est une poisse rare. Surtout ce soir, où elle est seule dans le commissariat en attendant le retour des îlotiers et l'arrivée de son remplaçant pour la nuit. Mais elle ne veut pas laisser paraître son impatience, la victime a l'air déjà assez secouée et le moins qu'elle puisse faire, c'est de lui montrer un peu de sollicitude.

La jeune femme a l'air très atteinte, Perruzzi soupçonne qu'il y a plus qu'un vol dans cette histoire, elle se prépare au difficile enregistrement d'une plainte pour agression sexuelle en se demandant comment les mecs peuvent être capables de violer par un froid pareil sans se congeler les testicules.

Pour l'instant, la jeune femme est presque muette, catatonique, c'est le jeune médecin qui fait les réponses à sa place, ça finit par perturber Perruzzi qui se sent obligée d'intervenir.

— C'est le témoignage de madame qu'il me faut. Désolée, mais vous, vous n'avez pas vu grand-chose.

Le jeune homme se tortille sur la chaise en plastique qui lui torture les fessiers, il a du mal à se contenir, il voit se profiler un *statu quo* sur la sécurité des quais qui ne lui convient guère. Ces vagabonds alcoolisés qui campent sous le pont du métro font fuir une bonne partie de sa clientèle et il se retrouve avec une majorité de patients CMU. Il est venu à de nombreuses reprises signaler leurs insultes et leurs dégradations en pure perte. Maintenant qu'il y a eu une agression, il compte bien faire valoir ses droits à une surveillance policière digne de ce nom. Mais pour cela, il faut que la victime joue le jeu, alors il pousse un peu la jeune femme.

— Allez, madame Jourdan, vous ne craignez plus rien, vous pouvez tout dire.

Mais Alice ne sait pas quoi dire, sa confusion mentale est complète. Elle voit défiler des images de son agression, du visage de Thierry, de Thierry couvert de sang tentant de retirer le talon planté dans son œil sans s'arracher le globe oculaire, le tout entrecoupé d'images de son mariage, de leurs vacances en Italie. Le commissariat lui paraît flou et lointain, c'est tout juste si les voix lui parviennent. Elle sursaute au moindre mouvement aux limites de son champ de vision, elle croit voir le vagabond qui a les traits de son mari tapi dans chaque recoin, prêt à lui bondir à la gorge.

Elle n'aspire qu'à rentrer chez elle et à plonger dans un sommeil chimique le plus long possible. Elle va appeler Bertrand et lui annoncer qu'elle n'assurera pas ses cours cette semaine, elle va se reposer, dormir et oublier.

Au milieu de son délire cotonneux, elle se rend compte que la pression conjointe du médecin assis à ses côtés et de la jeune policière qui lui fait face devient plus forte. Elle parvient à sortir de sa torpeur quand on lui secoue le bras et qu'on la regarde avec insistance.

— Je ne sais plus. Tout est confus. Je ne me rappelle plus bien.

La sous-brigadière pense à ce moment que c'est la présence masculine du jeune médecin qui empêche le témoignage libre de la victime. Sans ménagement, elle demande au médecin de sortir du box où elle les entend et d'aller patienter dans la petite salle d'attente aux magazines en lambeaux qui dessert les trois boxes du commissariat. Le jeune homme lui lance un regard noir et sort en la laissant seule avec la victime : il n'aime pas se voir déposséder de son acte de bravoure.

— Voilà, vous pouvez tout me dire maintenant. Reprenez depuis le début de l'agression et n'hésitez pas à signaler s'il vous a touchée… ou s'il s'est exhibé, enfin vous voyez ce que je veux dire…

La flic n'ose pas la regarder dans les yeux en prononçant ces mots qu'Alice comprend à peine, elle tente de reprendre le fil de sa soirée et d'en donner suffisamment de détails cohérents et précis. Elle a compris que la seule manière pour elle de se sortir de cet oppressant et insalubre purgatoire est de lâcher au plus vite ce qu'ils veulent entendre. Elle a beaucoup de mal à parler à voix haute et claire, les mots s'accrochent à ses lèvres et tombent mollement sur la table de Formica où ils roulent jusqu'au clavier de la jeune flic qui tente de transformer cette bouillie en un procès-verbal réglementaire.

Malheureusement, elle ne parvient pas au bout de son calvaire, quand elle en vient à évoquer l'assaut final de l'agression, l'émotion la submerge et elle se met à pleurer à chaudes larmes. La flic lui tend une boîte de mouchoirs en papier avec un petit sourire compatissant qui tranche avec son regard las et agacé.

À ce moment l'attention du policier est détournée, elle regarde par-dessus l'épaule d'Alice avec un air surpris. Remarquant ce regard, Alice est comme frappée par la foudre, et, persuadée que le démon est derrière elle, se retourne d'un seul coup, prête à hurler.

En laissant une traînée de boue neigeuse sur le sol crasseux du commissariat, Bellanger passe dans son bureau poser son sac, il n'entend rien en provenance de la salle d'accueil, pourtant le jeune couple doit y être en ce moment, pour leur déposition. Ils parlent sans doute trop bas, il va lui falloir aller s'installer dans un des boxes mitoyens s'il veut savoir ce qui les a amenés jusqu'ici. Le commissariat pue la sueur et l'encens brûlé dans l'espoir vain de dissiper la première odeur. Bellanger se console en se disant que, la nuit, il peut recouvrir cette double puanteur d'une couche de fumée de gitane.

Tenaillé par la curiosité, il prend l'air le plus détaché qu'il peut et il se dirige vers l'accueil quand il entend des pleurs sortir du premier box. Par réflexe, il ouvre la porte et jette un regard sur la scène qui s'y déroule.

Il est reçu par une réaction de panique de la jeune femme blonde qui a l'air aussi épouvantée que s'il était entré avec une hache ensanglantée. Devant cette peur panique, il ne peut que bredouiller.

— Pardonnez-moi. J'ai entendu des pleurs et j'ai voulu voir si vous aviez besoin d'aide.

— C'est bon, capitaine, je vous remercie.

Perruzzi le congédie en reportant ses yeux sur

l'écran de son vieux PC, lui rappelant son insignifiance. Sa déroute est consommée. Il retourne dans la salle d'attente et interroge des yeux le jeune médecin qui hausse les épaules, paumes levées vers le plafond sans décrocher un seul mot. Conservant sa contenance, il ouvre le box mitoyen et s'installe derrière un ordinateur éteint. Dans la salle voisine, il entend parfaitement Perruzzi reprendre.

— C'est normal, madame Jourdan, vous subissez un contrecoup émotionnel. Vous voulez un café ?

Alice refuse d'un mouvement de main et d'une voix mourante :

— Non, ça ira.

— Quel était l'objet de l'agression, selon vous ?

— Mon agenda. Il m'a volé mon agenda.

— Qui contenait quelque chose de précieux ?

— Juste quelques photos, les coordonnées de mes relations et mon emploi du temps.

— Pas d'argent ?

— Non, il y en avait dans le portefeuille, mais ça ne l'a pas intéressé.

— Vous pourriez reconnaître votre agresseur ?

Perruzzi se frotte le visage en posant cette question, ses yeux lui tirent, la fatigue la ralentit et l'indécision de la jeune femme l'achève à petit feu.

— Oui… Enfin, je ne sais pas. Peut-être, oui.

— On ne va pas s'en sortir comme ça. Un petit effort. Vous pourriez le reconnaître, oui ou non ?

— Oui, entre mille.

La voix de la jeune femme indique toute la lassitude du monde, elle s'est voûtée sur elle-même et regarde ses pieds fixement. « Elle le connaît » pense Perruzzi, maintenant persuadée d'avoir affaire à une agression motivée par des raisons sentimentales. La jeune femme protège son agresseur, car elle le connaît et elle en a peur. Elle attend quoi ? Qu'il la découpe en morceaux ou la tabasse à mort ? Perruzzi en voit trop passer de ces femmes victimes consentantes d'une ordure qu'elles croient aimer. Même chez les bourges comme cette jeune femme, « C'est même pire chez eux ». La jeune flic refuse d'abandonner la partie, il faut que cette femme lâche le nom du type qui la met dans cet état, elle est au bord de la dépression et le silence ne l'aidera pas.

— Vous le connaissez ?

— Oui.

— Vous vivez avec lui ?

— Non.

— Vous avez eu une liaison avec lui ?

— Oui.

— Vous l'avez quitté ?

— Non.

— Il vous a quittée ?

— Non, enfin si… Il est parti.

— Et vous ne voulez pas le reprendre ?

— C'est pas possible…

La jeune femme recommence à pleurer. Perruzzi s'essuie les mains sur son pantalon en se demandant combien de temps cette comédie va durer.

— Qui c'est ?

— Mon mari.

— Vous êtes divorcés ?

— Non.

— Vous voulez divorcer ?

— Ça n'a plus de sens.

— Si ! On pourrait lui interdire de s'approcher de vous. Je peux vous indiquer une personne des services sociaux qui…

— Non, c'est pas possible. Vous ne pouvez pas comprendre, coupe Alice.

— Mais il ne faut pas vous laisser faire, madame ! Il habite où, maintenant ? On peut aller lui parler.

— Non, vous ne le pouvez pas. Personne ne peut.

Alice agite convulsivement la tête de bas en haut, cet interrogatoire est un supplice. Il faut que cela cesse. La flic reprend de son ton faussement compatissant.

— Si, je vous assure, on peut essayer de le raisonner, tout le monde a peur de la police. On peut envoyer notre collègue balafré que vous venez de voir. Je peux vous dire qu'il ferait peur à n'importe qui.

Perruzzi tente sans succès de détendre l'atmosphère, juste un sourire et la jeune femme se livrera, elle en est sûre, mais il faudrait que ça vienne vite, maintenant… Elle espère que Bellanger ne l'a pas entendue, ça n'arrangerait pas son caractère de merde. Injustement en plus, car même avec sa balafre il reste assez beau mec, un peu comme le pirate dans Angélique dont elle ne se rappelle plus le nom, basané, ténébreux, mystérieux… S'il était juste un peu moins taré… Déconcentrée, elle se laisse aller à bousculer un peu la jeune femme.

— Bon, madame, si vous voulez on y passe la nuit… mais un jour ou l'autre il va falloir qu'on en finisse. Alors, il est où votre mari ?

Dans le box voisin, Bellanger tapote nerveusement sur son paquet de gitanes, nullement affecté par le rôle de croque-mitaine qu'on lui attribue, il en est au même point de réflexion que Perruzzi sur les raisons de l'agression et de la peur de la jeune femme. Il sursaute et laisse tomber ses cigarettes quand le cri de la jeune femme retentit dans le commissariat.

— Il est mort ! Il est mort ! Vous comprenez ? Je

l'ai enterré il y a deux mois, à Thiais ! J'ai été agressée par un mort ! Mon mari est mort…

Elle continue de crier « Il est mort ! » sans discontinuer. Perruzzi est abattue. Elle voit les quelques lignes laborieusement enregistrées de sa déposition s'effacer peu à peu. Elle ne peut pas enregistrer ça, cette femme n'est pas dans un état mental normal, son cas est du ressort de la psychiatrie.

— Je ne vais pas enregistrer votre plainte ce soir, madame, il faut que vous vous reposiez. Vous avez quelqu'un à appeler pour veiller sur vous ce soir ?

— Je ne suis pas folle… je ne suis pas folle !

Perruzzi sort du box pendant que la jeune femme continue d'implorer. Elle se dirige vers le jeune médecin qui a l'air catastrophé et déçu.

— Vous pouvez la ramener chez elle et veiller à ce qu'elle appelle quelqu'un pour la garder cette nuit ?

— Oui, je vais la ramener chez elle. Mais je ne connais pas sa famille.

— Elle peut parler, elle vous le dira. Pour la plainte, on verra demain… ou quand elle ira un peu mieux dans sa tête. Mais ne la laissez pas seule.

— Bien sûr, je suis généraliste.

Elle raccompagne la jeune femme jusqu'au médecin, et les regarde partir en priant pour que la jeune femme ne sombre pas dans la folie. Elle le regrette, mais à ce niveau de pathologie, elle se sait incapable de l'aider.

En haussant les épaules, elle fait demi-tour et retourne dans le réduit où, sans surprise, elle retrouve Bellanger en train de consulter son ordinateur. En un mois, elle a appris à connaître ce fouille-merde lunatique. Qui fume ostensiblement une de ses horreurs sans filtre en relisant la plainte encore à l'écran.

— Vous manquez de lecture, capitaine ?

— Il ne faut pas l'effacer, votre plainte. Indiquez ce qu'elle a dit sur son mari.

— Je veux bien, si vous me le demandez. Mais vous allez voir la tête du commissaire Tussaud quand il va lire ça.

— Il faut la prendre au sérieux, ça peut l'aider à s'en sortir.

— On n'est pas des assistantes sociales, capitaine.

— Le désespoir entraîne le crime, Perruzzi.

La sous-brigadière se range à ses arguments pour abréger une conversation stérile qui risque de retarder inutilement son retour chez elle. Profitant de cette capitulation, Bellanger lui prend une copie de la plainte et, chose rare, la remercie. « Elle n'est pas trop con cette Perruzzi, si elle n'avait pas un postérieur de percheron… » se ment Bellanger qui n'a rien ressenti pour une femme depuis un an maintenant.

Il se sent mal à l'aise avec la déposition de cette jeune femme, comme un capitaine au long cours qui ne se serait pas détourné de sa route pour venir en aide à un bateau en détresse, car il n'a pas compris la langue utilisée pour le SOS.

7

Bellanger achève de découper en morceaux minuscules une affiche de recrutement de la police qui décorait son bureau, il n'a pas réussi à se plonger dans la paperasserie du jour. Son esprit revient continuellement vers la douleur de la jeune femme blonde et la rageuse impuissance qu'il a ressentie. Dans un soupir, il jette la poignée de papier déchiqueté sous le bureau de son collègue absent et se lève, décidé à combattre le mal par le mal et à aller jeter un œil à l'adresse indiquée par la jeune femme. Il reprend son scanner, son sac, les clefs de la Mégane et repart en chasse pour la nuit.

Quelques minutes plus tard, il reste admiratif, sa gitane se consumant seule dans ses doigts, devant la demeure de la jeune prof, une très belle villa avec un jardin à la taille hors du commun pour le quartier. La plus belle demeure de ce petit bout de quai résidentiel anachronique, coincé entre des immeubles de bureaux, la voie ferrée et des constructions massives récentes « de standing ». Ce n'est pas tout à fait ce qu'il s'attendait à trouver comme logement pour une jeune fonctionnaire. Les pieds enfoncés dans l'épais tapis neigeux il regarde les lumières allumées du rez-de-chaussée de la villa, séparé du jardin par une véranda aux vitres opacifiées par la buée. Il ne peut distinguer aucune activité. Il hausse les épaules, constatant que tout semble rentré en ordre pour la jeune femme, et se dirige vers le lieu indiqué de l'agression.

Le quai est désert, il semble que personne n'ait recouvert, de ses pas, les traces de lutte, mais la neige s'y est déposée à lourds flocons. Les empreintes sont donc difficiles à interpréter. Mais, avec un peu d'acharnement, courbé et pensif, Bellanger finit par identifier le lieu de l'agression : une tache de sang grande comme sa paume, entourée d'une constellation de petites projections de la même origine est en train de disparaître sous les bourrasques.

Il se penche et saisit une poignée de neige souillée qu'il glisse dans un petit sachet. Il n'a aucune idée de ce que la police technique et scientifique pourra en faire, mais au cas où le commissaire Tussaud accepte, et obtienne, l'ouverture d'une enquête, cela pourrait s'avérer utile.

Il distingue la trace d'une lutte, la neige est encore enfoncée par endroits et il devine le parcours fait par la jeune femme en rampant vers la rue, qui s'estompe sous les assauts mous d'une averse de coton. Elle ne fabule pas sur ce point, il y a bien eu une agression avec violence sur ce chemin, et vraisemblablement son agresseur en est sorti blessé. Il descend à pas prudents vers le métro franchissant la Marne entre Charenton et Alfortville, peu avant la passerelle desservant l'A4. Par ce froid sibérien, le pont est désert. Les quelques clochards qui y élisaient domicile ont dû fuir vers les abris chauffés du SAMU social.

Sur le talus, quelques arbustes cassés et de la neige foulée corroborent les déclarations de la jeune femme : quelqu'un a effectivement traversé la voie ferrée pour la surprendre de ce côté du pont. Ce comportement inconscient tend à indiquer que l'agresseur était résolu à faire de cette jeune femme sa victime, elle et personne d'autre. Un vagabond agissant sur l'injonction de ses instincts, ou de l'opportunité, n'aurait pas pris un tel risque. Bellanger remonte par le même chemin, écarte les buissons, manque de tomber, s'accroche aux barres d'acier qui soutiennent le pont et, après quelques efforts, il arrive sur la voie ferrée.

Surplombant le quai, il profite du panorama après avoir, en vain, cherché une trace du passage du vagabond sur les rails. De là où il se tient, il a une vue parfaitement dégagée sur le quai, sur la rue qui le longe, et sur les bâtiments qu'elle dessert, la demeure cossue d'Alice, les quelques maisons mitoyennes des années cinquante et, au bout du quai, deux bâtiments récents de cinq étages, avec balcons. Derrière un muret de béton, le long des berges blanchies, il voit aussi le bord de Marne, qu'il ne pouvait pas voir depuis la rue.

Surtout, il le voit, lui… L'objet des terreurs irraisonnées d'Alice, créature irréelle et malfaisante, tapie, les genoux plantés dans la boue. Vêtu d'une simple chemise blanche et d'un pantalon noir, le vagabond regarde furtivement vers la villa. Sur ce point-là, aussi, la jeune femme n'a pas menti. Il observe minutieusement le comportement du vagabond en se demandant comment il peut supporter depuis plusieurs heures un froid si mordant avec si peu de vêtements, alors que lui, pourtant peu frileux, exposé depuis à peine un quart d'heure, grelotte malgré son pull et son trois-quarts en cuir. Absorbé par ses pensées, il sursaute quand il entend le tumulte sourd annonçant l'arrivée d'une rame.

Le pont, en trafic alterné, ne comprend qu'une seule voie. Absorbé par sa surveillance, il s'est laissé peu à peu entraîner jusqu'au milieu de la Marne et il voit les lumières du métro sortir du tunnel et commencer sa descente depuis les hauteurs de Charenton, à quelques centaines de mètres de là où il se trouve. Comme un animal sauvage pris dans les phares, il reste quelques secondes tétanisé par la compréhension de la stupidité de sa situation. Il ne peut descendre des rails, sauf à sauter dans les eaux glacées du fleuve dix bons mètres plus bas. Puis, avec un soubresaut, il fait demi-tour et part en courant vers son point de départ.

Il court comme un possédé, après un rapide calcul il se dit qu'il devrait avoir le temps d'atteindre la rive avant de se faire renverser par le métro qui dévale la pente en grinçant et craquant, il court aussi vite qu'il le peut sur les tasseaux inégaux et verglacés qui couvrent le pont. Ses membres engourdis par le froid ne lui offrent pas la souplesse nécessaire et, gêné dans ses mouvements par ses vêtements, l'inévitable chute se produit.

Il se tord la cheville, comme Alice quelques heures plus tôt. En jurant, il se remet debout aussi vite qu'il le peut sans prendre le temps de vérifier l'état de son articulation.

Une fois à la verticale, il constate que sa cheville ne souffre pas trop, mais qu'il n'aura plus le temps d'atteindre la rive. Le conducteur du métro doit s'être rendu compte de sa présence, car il entend le crissement strident du freinage d'urgence de la rame. Mais la distance est trop courte pour que le métro s'arrête. Il ne lui reste qu'une solution à part le saut dans la

Marne. Il se colle le dos aux montants d'acier du pont. Il se fait aussi mince que possible, retient son souffle.

Il s'étonne lui-même de la peur qui l'envahit. Pourtant depuis plusieurs mois, et encore plus depuis sa sortie du coma, il est devenu insensible à l'idée de mourir. Deux heures plus tôt il jouait encore à la roulette russe avec Mario. C'est sans doute la stupidité de la situation qui le saisit. Finir comme ça, ce serait vraiment idiot.

Il ferme les paupières de toutes ses forces, la rame arrive comme un tonnerre de métal et de lumière. Il se crispe à s'en faire mal aux dents, plaqué contre une poutre glaciale. La rame lui passe devant dans un souffle presque brûlant, il ne la voit pas car il n'ose pas ouvrir les yeux, mais il la sent passer à quelques centimètres de lui dans un fracas assourdissant. Peu à peu la tension le quitte, son heure n'est pas encore venue, il souffle et ouvre les yeux pour voir passer le dernier wagon à une main de son visage.

Puis le calme revient. La rame s'est arrêtée dans un crissement agonisant juste après le pont, il marche vers elle d'un pas soulagé. Il scrute vers le quai et voit la silhouette du vagabond regarder vers le métro à l'arrêt. « Il ne faudra plus compter le prendre par surprise » regrette Bellanger qui maudit son imprudence. Le conducteur du métro sort de sa motrice au moment où Bellanger arrive au bout du pont. Le tractionnaire l'interpelle avant qu'il ne s'éclipse piteusement.

— Vous n'avez rien ?

— Non, ça va. Merci.

— Qu'est-ce que vous foutiez là ? J'ai eu une de ces peurs.

— Police. Je suivais un suspect. Désolé. Il faut que je continue.

Bellanger lui montre furtivement sa carte tricolore et descend sur le terre-plein sans donner prise à une discussion plus longue, il doit essayer de mettre la main sur le vagabond maintenant, il n'a pas le temps pour les arguties. Mais l'homme tente de le retenir :

— Eh ! Il va falloir que je fasse un rapport d'incident, moi !

— Faites. Mais là, vous pouvez repartir.

Victor descend du terre-plein assez souplement, ses muscles sont chauds maintenant et il y parvient sans trop de peine. Sans hésitation, il court sur le chemin et une fois dans la rue, saute par-dessus la rambarde. Il tombe les deux pieds dans une boue neigeuse qui le recouvre jusqu'aux chevilles et il court en clapotant vers la silhouette du vagabond qui s'enfuit déjà, une centaine de mètres plus loin, alerté par l'arrivée pour le moins voyante de Bellanger.

Ils se livrent à une course-poursuite irréelle. Les bords de Marne enneigés et obscurs sont un véritable bourbier duquel le fuyard ne semble pas vouloir s'extraire. Alors, Bellanger patauge à sa poursuite, dans la poudreuse glacée, quand elle n'est pas couverte d'une couche de glace. Il manque tomber à plusieurs reprises, mais le vagabond ne maîtrise pas plus sa course que lui et, peu à peu, il gagne du terrain.

Quand il le perd de vue dans les arbres et dans les courbes du fleuve, il peut toujours le repérer au bruit que font ses pas dans la gadoue, et lorsque ce bruit ne lui parvient plus, il continue droit devant lui jusqu'à ce qu'il aperçoive, soulagé, la silhouette frêle du fugitif éclairée par un lampadaire au milieu d'un halo de flocons tournoyants.

Après une centaine de mètres de cette parodie de poursuite, ils sortent du passage au bord de l'eau et débouchent sur une zone aménagée des berges où le fleuve est encaissé et où sont stationnées quelques péniches. Le sol plus dur leur permet de prendre un rythme de course plus élevé. Bellanger grimace, son souffle commence à être court et il regrette, comme souvent, ses deux paquets de gitanes quotidiens, mais il continue de gagner du terrain.

Le clochard n'est plus qu'à une vingtaine de mètres devant lui quand ils passent au niveau des écluses dont le vrombissement couvre pour un temps le souffle court de Victor. La rivière y chute sur un dénivelé d'un bon mètre, sur l'autre rive une voie latérale permet aux péniches de changer de niveau de navigation. Au-dessus des écluses, un passage métallique traverse la Marne, mais son accès est fermé. Le fuyard jette un œil vers les grilles, Bellanger comprend qu'il a l'intention de traverser.

Il y parvient une centaine de mètres après les écluses, la silhouette s'engage sans ralentir sur une étroite passerelle piétonnière qui enjambe l'eau jusqu'à Saint-Maur. Le vagabond avale la volée de marches en trois enjambées, Victor pose le pied sur la première marche quand il le voit passer par-dessus la barrière de protection, et, avant que Victor ne puisse raccourcir la distance, le fuyard saute, au milieu des flocons de neige.

Sans un bruit, un spectre famélique chute de dix mètres dans les eaux noires, flegmatiques et glacées de la majestueuse rivière, tel un revenant qui retourne dans le royaume qui l'a, pour un temps, laissé s'échapper.

Bellanger arrive à la hauteur du saut, pose les mains sur la barrière gelée et voit une tache blanche emportée par les eaux vers l'aval : il n'a pas rêvé. Si l'homme survit à cette baignade, ce qui est presque impossible, le seul endroit où il pourra s'extraire de l'affluent est l'écluse.

Le souffle court, les poumons en feu, Victor reprend sa course dans l'autre sens. Il retourne au niveau des fosses de délestage en béton, grimpe dessus et surveille le courant.

Il est transi, ses vêtements sont trempés par la course dans la neige, il est couvert de boue, mais il serre les dents quelques minutes, le temps d'être sûr que personne ne sorte de l'eau.

Il profite de ces minutes d'attente inconfortable pour appeler les pompiers et prévenir ses collègues de la patrouille de nuit. Il ne s'étend pas trop sur les circonstances du drame, se contentant de mentionner un suicide qu'il n'a pas pu empêcher. La perspective de voir une affaire médiatique naître de la mort d'un suspect poursuivi par la police le dérange trop pour qu'il indique les vraies circonstances du drame. Il répond machinalement à leurs interrogations, les yeux rivés sur le bruissement des eaux de l'écluse, s'attendant à chaque instant à voir surgir le corps décharné de son spectre vagabond.

Il les prévient qu'il ne sera pas sur les lieux quand ils arriveront, car il doit aller se sécher et se réchauffer de toute urgence, mais qu'il les rejoindra dès qu'il sera revenu à un état normal. Il sent bien que les pompiers ne sont guère enthousiastes à l'idée de procéder à des recherches sur les berges en pleine nuit par des températures inférieures à zéro, mais il est, lui, très impatient de mettre la main sur ce corps.

Puis, presque tétanisé, et convaincu de la noyade du spectre, il se décide à retourner vers le quai et vers sa voiture. Il lui faut effectivement, de toute urgence, un pantalon sec, une bouteille de pur malt et un paquet de cigarettes en état d'être fumées. Qui que soit l'homme qui a agressé Alice Jourdan, ce n'était pas un individu ordinaire, certainement pas un simple vagabond. Mais bien plus un fou suicidaire et fanatique, un désespéré… ou un fantôme.

« De quoi filer froid dans le dos à Tussaud » pense Bellanger dans une esquisse de sourire.

Quand, au bord de l'hypothermie, il arrive devant chez Alice, il voit le jeune médecin accueillir un petit bonhomme dégarni d'une cinquantaine d'années qui doit être le conducteur du break Volvo garé devant l'entrée du garage de la villa. Il regarde les deux hommes échanger quelques mots, puis il attend le généraliste qui se dirige d'un pas rapide vers la grille. Il sursaute quand Bellanger l'accoste, mais ne s'étonne pas de sa présence, ni de sa tenue d'épouvantail boueux et gelé.

— Elle va mieux ?

— Elle est calmée, mais elle ne parle pas beaucoup. Je lui ai donné un somnifère. Un de ses amis vient d'arriver. Moi, je dois y aller. J'ai mon compte pour ce soir.

Victor le regarde regagner son immeuble du pas, proche de la course, d'un homme pressé de fuir le souvenir d'une soirée cauchemardesque.

En se retournant vers la demeure, il voit, à la fenêtre de la maison voisine, une femme noire d'une soixantaine d'années dans une improbable chemise de nuit turquoise regarder vers chez Alice en portant à ses lèvres une tasse au contenu fumant.

Bellanger soupire et pense que cette rue est le théâtre permanent de scènes étranges, il décide d'y revenir passer la nuit dès qu'il aura retrouvé le sec et une allure normale. Car il est maintenant persuadé que la jeune femme et cet endroit sont au centre d'une affaire tortueuse susceptible de lui faire oublier pour un temps Julie, son coma et l'Antigang.

8

Alice écarquille les yeux, ce cauchemar lui réserve chaque instant de nouvelles désillusions. Elle se trouve bien dans son salon, sur le cuir réconfortant de ses canapés, elle force sa vue à s'éclaircir et obtient la confirmation de la présence qui la désole. Elle regarde Yves Bertrand avec effarement. Elle cherche ce qui a pu l'amener à cette situation insupportable et, petit à petit, malgré l'effet du somnifère qu'elle a ingurgité, elle se remémore la demi-heure qui vient de s'écouler.

Le médecin, Patrick Bouchard, puisqu'il a fini par se présenter – ou plutôt puisqu'elle a fini par faire attention à ses présentations –, l'a ramenée sans un mot jusque chez elle. Elle a senti pendant tout le trajet qu'elle l'avait déçu, elle ne comprenait pas pourquoi, mais ce jeune homme attendait quelque chose d'elle qu'elle ne lui avait pas fourni. Il l'a aidée à traverser son jardin, elle se souvient avoir eu toutes les peines du monde à marcher, rien que se tenir debout lui paraissait un effort colossal. Il l'a déposée sur ce canapé, où elle est toujours assise, lui a posé plein de questions sur ce qu'elle voyait, ce qu'elle sentait, ce qu'elle prenait comme médicaments, ce qu'elle avait bu et mangé. Elle a fait de son mieux en ânonnant des réponses pour la plupart monosyllabiques. Puis, il s'est absenté pour aller inspecter son armoire à pharmacie, il en est revenu avec le tube de somnifères qui lui faisait envie depuis deux heures maintenant. Il lui en a tendu un, elle l'a imploré de lui en donner au moins deux. Il a cédé et, sans que les somnifères soient en cause, sa tête s'est mise à tourner. Effet du contrecoup ou de la fatigue, elle ne sait pas trop, mais elle est devenue apathique, incapable de fixer sa concentration et de comprendre ce qui l'entourait.

Se sentant défaillir, dans un état de confusion complète, sa dernière pensée a été pour les cours qu'elle ne pourrait pas donner le lendemain et pour le coup de fil qu'elle devait passer à Bertrand pour le prévenir. Elle se souvient avoir prononcé le nom du proviseur et avoir été heureuse de voir Bouchard chercher le numéro de Bertrand dans son répertoire.

C'était aussi tragiquement bête que cela, le jeune médecin, qu'elle comprenait pressé de se débarrasser d'elle, avait appelé le proviseur et avait cru répondre à sa demande en le convainquant de venir s'occuper d'elle. Alors qu'il était la personne qu'elle avait le moins envie de voir dans ces circonstances. Mais elle allait devoir donner le change au moins quelques instants, le temps de le convaincre de la laisser seule sans appeler la police, un médecin ou qui que ce soit d'autre.

Elle n'en peut plus d'attendre qu'on la laisse en paix.

Elle reporte son attention sur Bertrand qui lui parle en pure perte depuis quelques minutes déjà, et tente de reprendre le fil des paroles qui flottent entre eux deux.

— Je suis très touché que vous ayez pensé à moi

pour venir vous tenir compagnie en ce moment difficile, Alice.

— C'est surtout pour les cours.

— Ne vous inquiétez pas pour cela, Alice. Vous êtes la seule chose importante ce soir.

— Merci Yves, mais je ne voudrais pas abuser de votre temps.

Retrouvant un peu de sa lucidité, Alice fait de désagréables constatations. Yves Bertrand sent l'alcool à plein nez, le pot organisé par ses soins – avec une autorité militaire – après tout conseil de classe, lui aura servi, comme presque à chaque fois, de prétexte à une consommation excessive d'alcool. Alice se remémore ces fins de journées interminables où, dès que Thierry était occupé dans une autre pièce, le proviseur venait se frotter à elle sous des justifications diverses, mais souvent ridicules. Elle frémit au souvenir de ces instants odieux, de ces secondes de malaise interminables et, instinctivement, elle se recule un petit peu sur le canapé.

— Vous n'abusez pas de mon temps, Alice. Vous savez combien vous êtes chère à mes yeux, lui susurre le proviseur avec un insupportable ton mielleux.

— Ça me touche beaucoup, Yves… mais votre famille va s'inquiéter.

— Ne vous en faites pas, ça fait longtemps que ma femme se moque de ce que je fais de mes soirées. Je suis comme vous, Alice : seul.

En se laissant aller à ces débordements mélodramatiques, Bertrand se rapproche insidieusement d'Alice qui se tasse de plus en plus sur le coin du divan et s'obstine à prendre l'attitude et le ton distant et léger d'une personne ne se rendant pas compte des propositions cachées dans les propos qu'on lui tient.

— Non, Yves… C'est déjà beaucoup d'être venu, je vous assure que je peux me débrouiller seule maintenant. Vous devriez y aller.

— Et vous laisser dans cet état ? Jamais, Alice !

Pour appuyer ses propos, Bertrand s'empare d'autorité de la main de la jeune femme et, à son très grand effroi, la serre entre les siennes avec effusion. Alice se sent comme dans des sables mouvants, chaque mouvement de sa part la fait plonger un peu plus dans l'intolérable, elle ne sait plus comment se comporter et elle peine de plus en plus à garder sa concentration. La fatigue et les effets des somnifères se conjuguent et la font glisser vers un endormissement profond. Elle lutte de ses dernières forces, extrait sa main de l'étau moite du quinquagénaire échauffé, et tente de se faire plus ferme.

— Yves, j'ai besoin d'être seule. S'il vous plaît, partez… Maintenant.

Loin d'obtenir l'effet escompté, sa demande pourtant exprimée résolument agit comme un coup de fouet sur Bertrand, il augmente sa pression physique dans des proportions affligeantes, lui pose un bras lourd sur les épaules et une main d'une chaleur fébrile sur la cuisse en lui faisant subir son haleine chargée.

— Je ne me pardonnerais jamais de vous avoir abandonnée ainsi troublée. Le médecin m'a bien demandé de ne surtout pas vous laisser seule cette nuit, vous avez besoin de réconfort.

— Mais vous allez me laisser dormir… je n'en peux…

Les mots s'éteignent dans la gorge d'Alice, le sommeil vient de la terrasser sans lui laisser terminer sa phrase qui n'aurait, de toute façon, certainement pas altéré la motivation d'acier de son envahisseur dont le visage se rapprochait dangereusement du sien. Elle plonge dans un sommeil narcoleptique lourd et sans rêves, soulagée d'échapper à la présence oppressante d'Yves Bertrand.

Pendant un laps de temps qui lui paraît infime, elle obtient enfin le repos complet et l'oubli qu'elle attendait. Mais l'obscurité généreuse qui l'enveloppe ne dure pas, elle se déchire alors qu'elle commençait à peine à profiter de la sensation d'abandon et de paix d'un sommeil sans rêves. Son corps refuse l'abandon, l'alerte, la tire vers le réveil. Elle ressent une sensation d'étouffement. Quelque chose lui sert la poitrine, elle se sent moite et oppressée. Elle s'agite mollement et ouvre les yeux.

Passé un instant de confusion, elle prend conscience de la situation abjecte dans laquelle elle se trouve.

— Oh Alice ! J'ai attendu ce moment depuis si longtemps… Tu ne peux pas savoir combien tu m'as obsédé depuis ton arrivée au collège.

Elle se rend compte qu'elle a la chemise ouverte et le soutien-gorge abaissé, que sa poitrine est dénudée, pâle et incongrue, entre les pans écartés de son corsage noir. Entre ses jambes, elle voit le crâne luisant de Bertrand fourrageant avec ardeur dans sa jupe qu'il tente de remonter avec le front. Et ses mains… Alice retient un haut-le-cœur, ses mains disparaissent sous sa jupe, se glissent dans ses collants, elles écartent sa culotte, violent son intimité, la fouillent avec rudesse, lui font mal, la dégoûtent. Elle crie.

— Lâche-moi, espèce de porc !

Elle le repousse des deux jambes, avec une violence comparable à celle qu'elle a eue pour repousser le fantôme de son mari. Bertrand, surpris, part à la renverse et se retrouve allongé sur le dos au milieu du salon. Son pantalon baissé l'entrave dans ses mouvements quand il tente de se rétablir, son pénis en érection sur un buisson de poils blancs sursaute à chacun de ses mouvements. Devant son ridicule, Alice reprend confiance.

— Dégage tout de suite, pauvre type !

— Mais c'est toi qui me l'as demandé, salope !

Il se tient devant elle, sa virilité en débandade. Alice sent bien qu'il ne faudrait pas grand-chose pour qu'il essaye de la violer malgré son réveil. Mais un soupçon de lucidité doit lui faire comprendre que sa présence chez elle ce soir est connue de trop de monde et qu'il ne s'en sortirait pas. Alors, il remonte son pantalon en continuant à la couvrir d'insultes.

— Tu n'as pas intérêt à parler de ça. Je te le ferai payer très cher. Tu l'as bien cherché.

Il sort, enfin. Alice écoute la porte claquer, se relève péniblement, réajuste sa jupe et va fermer la porte à clef.

Elle pleure, elle sait qu'il lui faudra bien plus que des somnifères et une douche pour effacer toutes les traces de cette soirée.

L'oubli lui semble même, à cet instant, impossible à imaginer.

9

L'épicier arabe attitré de Bellanger est… un Chinois. Il s'amuse souvent de ce jeu de chaises musicales ethniques, signe visible des lignes de force des différentes communautés du territoire national. Le commerce en question est ouvert presque toute la nuit sur le boulevard qui relie Alfortville à Ivry-sur-Seine, serviable et doté d'une réserve de whisky suffisante pour résister aux assauts nocturnes répétés de Bellanger.

Devant les yeux exorbités du détaillant, Victor profite de la chaleur et de la lumière de sa petite épicerie de nuit pour se changer, devant les cartons d'eau minérale. L'épicier ne se risque à aucun commentaire. Il a, depuis un mois, appris à connaître les habitudes étranges de Victor, et, puisqu'il lui sert de point de vente unique pour tout ce qu'il consomme, il a pris le parti d'en sourire. Bellanger pose son sac, se déshabille, roule en boule son jean détrempé et le glisse dans un sac plastique. Quand il retire son pull, le commerçant jette un regard inquiet derrière sa vitrine, de peur qu'un autre client n'entre et ne découvre un homme en slip dans la petite épicerie, mais la rue est déserte et le flic peut se rhabiller sans être dérangé par un improbable noctambule assoiffé d'eau minérale.

Bellanger remercie son épicier d'un sourire et prend deux bouteilles de pur malt, un paquet de chips et un quatre-quarts sous cellophane, de quoi passer une nuit de rêve sur les quais, et sort rejoindre sa Mégane garée en double file devant la boutique.

Il ouvre l'une des bouteilles, en avale une longue rasade pour activer son flux sanguin et cesser de claquer des dents. Il résiste à la tentation d'en avaler plusieurs autres, de se laisser emporter par les caresses soyeuses de l'ivresse. C'est la perspective d'une vraie nuit de chasseur sur une enquête aux promesses cicatrisantes qui la lui fait éloigner de ses lèvres. Il s'allume une gitane et se convainc de rester lucide pour la nuit, malgré la douce alchimie qui se produit dans sa gorge, quand l'âpreté du tabac vient embraser l'effluve du malt pour lui interpréter une petite ode aux boulevards de banlieue la nuit.

Il se gare à deux pas de la villa d'Alice et, quand il sort de sa voiture, il aperçoit un petit homme chauve sortir précipitamment et enfiler son manteau en traversant le jardin. Il presse un peu son pas pour intercepter le visiteur avant qu'il ne monte dans son break. À la lueur du réverbère, il peut constater le regard noir et les mâchoires crispées du quinquagénaire quand il interrompt de la main l'ouverture de la portière de sa Volvo.

— Vous la laissez seule ?

— Oui. Je vous assure qu'elle va bien.

— Vous êtes médecin ? lui jette Bellanger avec une agressivité palpable.

— Et vous, qui êtes-vous ?

En guise de réponse Bellanger ouvre son manteau et montre le holster d'où émerge la crosse de son Sig-Sauer. Cette vue calme le fuyard qui reprend d'un ton plus posé.

— Elle dort. Jusqu'à demain, elle ne risque rien. Et je vous assure qu'elle allait mieux.

Bellanger regarde vers la villa, voit les lumières du rez-de-chaussée allumées et désigne la demeure d'un mouvement du menton.

— Elle dort avec les lumières allumées ?

— Oui… Elle me l'a demandé… Ça la rassure.

Bellanger remarque que l'homme a hésité avant de répondre d'une voix manquant d'assurance, il tend la main vers le proviseur.

— Je peux voir vos papiers ?

Bertrand lui sort son permis de conduire, Victor mémorise l'identité du proviseur mais, ne pouvant pas le retenir plus longtemps sans motif, il s'écarte de la portière et le laisse monter dans son break.

— J'espère qu'elle va bien et que vous ne vous trompez pas, monsieur Bertrand.

La voiture s'éloigne dans la rue enneigée, il ne sait pas quoi penser de cette fuite, il hésite à aller frapper à la porte. Mais, si la jeune femme dort, elle a été suffisamment secouée pour la journée. Sa visite serait plus supportable pour elle au lever du soleil. Il est mal à l'aise à l'idée de la laisser sans surveillance, mais il doit aller voir si les pompiers retrouvent le cadavre du vagabond.

Il voit la lumière des gyrophares bleus transpercer le couvert des arbres au moment où il arrive au niveau des péniches. Deux camions de pompiers et la Ford de la patrouille de nuit sont arrivés, et stationnent toutes lumières allumées sur le chemin menant à l'écluse. Une fois à côté d'eux, il se dirige vers le capitaine des pompiers en pleine discussion avec l'éclusier de garde qui baîlle et piétine sur place en regardant le ballet des lampes torches qui ondulent déjà sur les deux berges. Il se présente au capitaine aux moustaches aussi fournies que son regard est embué de fatigue.

— C'est vous qui avez signalé le suicide ?

— Oui. Il a sauté devant moi.

— Vous le connaissiez ?

— Non, il avait un comportement bizarre, je l'ai suivi, mais je ne pouvais pas deviner qu'il…

— Il ne pouvait pas plus mal choisir sa nuit. Il fait un de ces froids. Normalement, on devrait le récupérer au niveau de l'écluse, mais on regarde sur les berges, au cas où…

— Si par miracle vous le récupériez vivant, ne le laissez pas partir. J'aurais des questions à lui poser. Il y a eu une agression pas loin d'ici ce soir.

Le pompier opine avec une moue qui signifie qu'il doute que quelqu'un puisse survivre à une plongée dans la Marne par ce froid. Ils sont rejoints par les gardiens de la paix, les mêmes qu'à la cité quelques heures plus tôt, ce qui arrache une grimace à Bellanger.

— Vous avez le chic pour être aux bons endroits avant tout le monde ce soir, capitaine.

Il sent une forme de défi et d'arrogance dans les yeux de l'équipe de nuit. Il comprend qu'ils ont dû obtenir des témoignages signalant sa présence dans la cité avant le coup de feu. Il ne s'en préoccupe pas trop pour autant, la nuit toutes les Mégane sont grises.

— Vous feriez mieux d'aider aux recherches au lieu de venir commenter mon emploi du temps. Je n'ai pas envie que des enfants tombent sur le cadavre demain, en faisant des boules de neige.

Sur cette injonction, les policiers retournent vers les berges et se joignent au ballet des lampes torches. Bellanger partage un café du Thermos du capitaine des pompiers en grillant une cigarette. Il attend une demi-heure, immobile, à regarder les recherches s'enliser. Transi et épuisé, l'éclusier finit par rentrer se coucher, leur indiquant qu'avec le débit du fleuve en cette saison le cadavre aurait dû depuis longtemps arriver aux écluses.

Victor s'impatiente de retourner dans la rue surveiller la villa. L'angoisse qu'il a éprouvée ne le quitte pas, mais il peut difficilement abandonner ces hommes qui luttent contre le froid pour faire avancer son enquête.

Le temps s'étire et il sent le capitaine des pompiers de plus en plus près d'ordonner l'arrêt des recherches quand, depuis le côté opposé des berges, une voix masculine retentit, signalant une découverte. Bellanger et le capitaine bondissent, traversent le pont pour rejoindre au pas de course le lieu qu'on leur signale. Ils s'avancent dans les broussailles, les pieds s'enfonçant profondément dans la neige.

Au bout de leur lente progression, ils retrouvent un jeune pompier à peine pubère qui leur montre, du faisceau de sa Mag-Lite, une tache blanche accrochée à une branche basse d'un frêne penchant vers le fleuve. La chemise, rien que la chemise, mais elle est pour Bellanger la confirmation précieuse qu'il n'a pas rêvé.

La défroque est trop loin pour qu'ils puissent s'en saisir, alors ils forcent la branche à se plier et le capitaine l'attrape, du bout d'un bras hésitant, de peur de chuter dans l'eau glacée. Bellanger reconnaît le vêtement du vagabond, surtout à la tache de sang qui la macule. Le capitaine des pompiers lui demande :

— C'est la sienne ?

— Sans aucun doute.

— On va continuer les recherches et se concentrer sur ce côté du fleuve.

Pendant que le capitaine donne ses consignes à ses hommes, Bellanger remonte et sort des fourrés. Une fois extrait de leurs griffes, il fait une constatation à la lueur de sa torche qui le fait douter de la possibilité de retrouver le corps.

Il s'avance jusqu'au bord d'une série d'empreintes de pas, de deux hommes, très profondes, bien plus que les siennes. Deux hommes chargés, de toute évidence, qui sont revenus des berges et sont remontés vers le parking d'une résidence quelques dizaines de mètres plus haut. En cherchant avec sa lampe, Bellanger trouve les empreintes du trajet aller des deux futurs porteurs, moins profondes, et, dès lors, sa déconfiture est consommée. Il fait voir sa découverte au capitaine des pompiers qui vient de le rejoindre.

— On continue de chercher ?

— Oui, je peux me tromper. Mais moi, je vais devoir aller surveiller quelque chose.

Cette découverte fait craindre à Bellanger qu'une menace sur Alice subsiste. Si le vagabond n'agit pas seul, il doit s'assurer de la sécurité de la jeune femme.

Pendant qu'il se précipite vers la rue, il craint d'avoir été devancé et d'arriver trop tard pour la secourir. Il passe devant des pompiers, étonnés de sa course en sens contraire, refait le trajet de l'écluse jusqu'à la villa au pas de course. Il arrive dans la rue, à bout de souffle, les jambes lourdes et la peur au ventre.

La demeure est complètement sombre, les lumières du rez-de-chaussée se sont éteintes, signe d'une activité qu'il espère être le fait de la jeune femme. Il hésite un petit instant, mais se sent incapable de rester les bras ballants sans aller s'assurer de la santé et de la sécurité d'Alice. Il ouvre la grille et la referme avec un grincement qu'il ne peut éviter, traverse le chemin menant au porche sur lequel il dénombre trop d'empreintes pour pouvoir en identifier l'origine.

Devant la porte d'entrée, il a encore un instant d'hésitation, mais il empoigne la clenche. L'huis n'est pas verrouillé, il le pousse lentement, tentant de ne pas reproduire le bruit causé par la grille. La villa est sombre et silencieuse. Il entre à pas de loup, le parquet lui cause les pires difficultés mais il parvient à rester discret. Il passe l'entrée, hésite entre un escalier et une porte latérale. Il choisit de vérifier le rez-de-chaussée en premier, et entre dans un vaste living aux baies vitrées faiblement éclairées par la rue au travers de la véranda.

Il contourne une table à manger massive et se glisse dans une salle plus sombre au sol recouvert d'un tapis épais. Son instinct l'alerte. Il a l'impression diffuse de n'être pas seul dans la pièce, que quelqu'un se cache non loin de lui, tapi dans l'obscurité. Tous ses sens en éveil n'y suffisent pas, il ne voit plus suffisamment pour espérer se rassurer. Il renonce à utiliser sa Mag-Lite pour rester discret et sort son téléphone, la lueur faible de l'écran lui permet de se repérer. Il ne voit personne.

Il reprend sa progression, contourne des fauteuils, une table basse et se retrouve au milieu d'un grand salon. Il s'arrête, il lui a semblé cette fois-ci entendre une respiration venant du fond de la pièce.

Il range son téléphone et, à tâtons, essaye de se diriger vers la source de ce bruit. La respiration vient d'une forme allongée sur un canapé, soulagé, il ressort son téléphone et éclaire indirectement le visage d'Alice qui dort profondément, les mains serrées sur sa poitrine, une feuille de papier tenue entre ses doigts crispés.

Il range son téléphone et s'apprête à faire demi-tour, avec un poids en moins sur l'estomac, quand il entend distinctement la grille du jardin crisser. Il étouffe un juron, comprenant qu'il n'était effectivement pas seul dans la maison et que quelqu'un vient de lui filer entre les mains. Il retourne assez rapidement vers la porte d'entrée, sort et court dans le chemin.

La grille est grande ouverte, il va jusqu'au milieu de la rue, se tourne de droite et de gauche, mais ne constate aucun mouvement dans la rue déserte. Il enrage d'avoir laissé s'échapper une nouvelle fois sa proie, mais il se rassérène en pensant qu'Alice dort indemne et qu'il ne quittera plus sa surveillance de la nuit. Il reste aux abois quelques minutes, mais aucun bruit ni aucun mouvement ne viennent troubler la blancheur immobile du voisinage.

Il regagne sa voiture, branche son iPod et le scanner, se range toutes lumières éteintes sur la sortie de garage de la villa, s'octroie une rasade de whisky, se détend la nuque et se réjouit de passer une nuit à guetter un faux pas des ombres qui tournent autour de la jeune femme.

10

Malgré la douche et le rasage qu'il s'est octroyés au petit jour au commissariat avant que celui-ci ne se remplisse pour la journée, il craint d'avoir une apparence très peu rassurante pour la jeune femme. Ses traits tirés par une nuit sans sommeil, passée à surveiller pour rien la villa, sont peu engageants. Et puis il n'est pas dans sa nature d'être avenant. Il a tout de même pris la précaution de mettre un foulard noir autour de son cou pour masquer sa balafre, et humaniser son apparence, le premier effort en ce sens de sa part depuis sa sortie de l'hôpital. Il ne se rappelle plus la dernière fois où il s'est ainsi soucié de son aspect. Ses cheveux noirs ont un peu repoussé depuis sa dernière coupe aux standards militaires, tant mieux, rasé de près et la cicatrice dissimulée, il se trouve l'air presque normal dans le rétroviseur de la Mégane.

Il sonne à l'interphone de la villa et, après une brève attente et une présentation rapide, la porte s'ouvre. Il entre dans la propriété en étant, cette fois-ci, dûment invité par la maîtresse de maison.

Rien de notable n'est venu troubler la quiétude de la rue pendant sa surveillance à peine entrecoupée par des endormissements ponctuels de quelques secondes. Sur le coup des trois heures du matin, il a eu le capitaine des pompiers qui lui a signalé l'arrêt des recherches, alors que rien d'autre que la chemise n'a pu être retrouvé sur les berges. Il est convaincu que le corps du vagabond a été récupéré par des complices avant même le début des recherches. Complices de qui et de quoi ? Il entend bien le découvrir au plus tôt.

Alors qu'il traverse les cinquante mètres de jardin enneigé, c'est sans grande surprise qu'il voit réapparaître à sa fenêtre la silhouette en peignoir bariolé de la voisine curieuse. Cette fois-ci, elle doit se rendre compte qu'il la regarde, car elle disparaît aussitôt de son poste d'observation, mais Bellanger n'en pense pas moins : il lui faudra rendre bientôt visite à cette chouette multicolore un peu trop curieuse.

Sur le pas de la porte, la jeune femme qui l'attend cligne des yeux devant la lumière vive de cette matinée ensoleillée, la première depuis de longues semaines. Bellanger constate avec soulagement qu'il ne la réveille pas. Depuis la veille, elle s'est changée, avec élégance, et a les traits frais et reposés. Elle fait entrer Bellanger et le guide jusqu'au living qu'il a visité la nuit précédente, lui sert un café en s'excusant de n'avoir rien d'autre à lui proposer, et s'installe dans un fauteuil, face au canapé où s'est assis le capitaine. La jeune femme le regarde avec de grands yeux curieux, elle semble étonnée de sa visite.

À la lumière du jour, la décoration du salon est magnifique, Bellanger est peu au fait de ces choses, mais il constate aisément la finesse et le goût des meubles anciens, la beauté des masques et statues africains qui décorent la pièce. La jeune femme remarque son regard circulaire, ainsi que sa maladresse à boire le café dans une fine tasse de porcelaine et lui indique poliment, avec un sourire amusé.

— Les œuvres d'art sont des souvenirs de ma mère. Tout vient du Dahomey, en Afrique de l'Ouest, mes parents y ont travaillé avant ma naissance.

— La maison aussi leur appartenait ?

Une demande faussement naïve et courtoise de Bellanger qui aimerait bien connaître l'origine de ce bien qui doit assurément valoir plusieurs millions d'euros.

— Non. Elle, je me la suis achetée moi-même. J'ai hérité d'un joli pactole à mes 18 ans.

— Vos parents sont décédés ?

— J'avais neuf ans, mon frère douze et mes sœurs jumelles trois.

Il sent au ton de la jeune femme qu'elle s'impatiente et s'agace de ses questions périphériques. Il termine son café, extirpe le doigt qu'il a coincé dans l'anse de la petite tasse et en vient aux faits :

— Vous avez des raisons de penser qu'on pourrait vous en vouloir ?

— Vous voulez dire à part l'agression d'hier soir ?

— Oui, vous croyez toujours qu'il s'agit de votre mari ?

La jeune femme ferme son visage et reste impassible, les yeux dans le vague pendant que Bellanger regrette sa question abrupte. La jeune femme ne répond pas et lui demande d'une voix péremptoire.

— Vous avez lu ma déposition ?

Il lui tend la feuille qu'il a roulée dans la poche de son manteau. Il craint qu'elle ne la déchire et refuse de revenir sur ces événements, mais il a besoin de sa confiance, et il prend ce risque. La jeune femme la relit avec soin, Bellanger se ressert un café. Sans lever les yeux, elle pose un cendrier devant lui.

— Merci, mais comment avez-vous deviné ?

— Vous sentez le tabac froid et vous avez les doigts brunis.

Il ne se fait pas prier et attend, cigarette en bouche, qu'Alice termine la lecture de sa déposition. Elle roule la feuille et la lui rend.

— Je n'ai pas un mot à ajouter ou à retirer. Je sais ce que j'ai vu.

Bellanger ne cherche pas à masquer son soulagement, après les événements de la nuit il n'avait pas envie de perdre du temps à convaincre la jeune femme du danger qu'elle encourt. Il souffle et demande avec une moue complice indiquant qu'il ne souhaite pas remettre en question la déposition qu'elle a faite la veille.

— Vous avez une photo de votre mari ?

— Attendez. Je vais chercher ça.

Elle quitte la salle. Bellanger est très impatient de voir ce cliché, il n'a vu le vagabond que de dos, et de nuit mais, si les silhouettes sont dissemblables, il sait pouvoir les distinguer. Il termine le pot de café sans pour autant réussir à se débarrasser d'une apathie liée à son manque de sommeil. Il bâille lourdement au moment où Alice revient dans la salle et lui jette un regard amusé quand il met précipitamment sa main devant son visage pour masquer son gosier impoliment exposé.

— Mal dormi, capitaine ?

— Pardon. Pas dormi du tout. Je ne vais pas tarder à vous dire pourquoi.

Elle lui tend la photo d'un homme d'une trentaine d'années, brun, mince, athlétique, séduisant avec qui elle devait former un très joli couple. Il examine la photo et doit bien convenir qu'il est tout à fait possible que cet homme, en l'imaginant avec des cheveux plus longs et une barbe hirsute, soit celui qu'il a coursé pendant la nuit. Il ne peut pas en être sûr non plus mais, s'il ne le savait pas mort, il croirait même volontiers que le vagabond est le jeune homme qui lui sourit sur cette photo de vacances.

— Excusez ma question : votre mari, vous l'avez bien vu mort ?

— Comme je vous vois. Il est enterré au cimetière de Thiais.

Il glisse la photo dans sa poche après avoir recueilli son assentiment d'un regard interrogateur. Puis il se repousse au fond du canapé et demande d'une voix lente :

— Est-ce que vous savez qui pourrait vous en vouloir ?

— Mais personne ! Je suis une prof sans histoires. Pourquoi me demandez-vous cela ?

Aussi posément que possible, Bellanger entreprend de lui raconter les événements de la nuit, sa course-poursuite et la disparition du corps. Se sentant en confiance, il lui raconte aussi sa visite dans la villa, et la fuite d'une personne qui, très probablement, s'y trouvait. La jeune femme accuse le coup, le visage sombre. Il remarque un léger tremblement de sa main quand elle boit son café. Il s'en veut d'avoir brisé l'assurance presque joyeuse qui l'habitait à son arrivée, mais elle doit savoir pour prendre les mesures nécessaires et comprendre les questions qu'il compte lui poser. Il lui demande de ne pas s'en étonner et – après un signe indiquant son accord – il se libère des questions qu'il gardait en suspens : éventuel frère jumeau du mari, fortune, ennemis, frères, sœurs, famille, travail, secte… Tout ce qui lui passe par la tête est listé, sans pour autant fournir au flic une piste valable.

Devant l'émotion qui gagne la jeune femme, et la difficulté croissante qu'elle manifeste pour répondre précisément à ses questions, il interrompt son feu roulant d'une dernière demande :

— Pour en avoir le cœur net, accepteriez-vous que l'on exhume le corps de votre mari ?

— Oui : je veux savoir. Je sais ce que j'ai vu, je ne peux pas rester comme ça.

Il se sent comme un ours devant la détresse de la jeune femme, tout ce qu'il trouve à faire est de réajuster son foulard autour de sa cicatrice, il n'a ni les mots, ni les gestes pour lui venir en aide. Elle sanglote, rejette la tête en arrière et essuie ses larmes d'un revers de main volontaire.

— Je ne veux plus être la victime.

Il se dresse, lui met la main sur l'épaule et s'engage avec maladresse dans un effort fruste pour lui apporter du réconfort.

— Je ne vous laisserai pas tomber. Je vous aiderai jusqu'à ce qu'on comprenne ce qui s'est passé cette nuit.

Il doit passer au commissariat, mais il peine à laisser la jeune femme seule. Il la noie de recommandations : s'enfermer, n'ouvrir à personne, toujours avoir son téléphone sur elle… Ils échangent leurs coordonnées téléphoniques. Puis, n'arrivant toujours pas à éteindre sa mauvaise conscience, il lui laisse son Manurhin après en avoir vidé le barillet.

— Ça devrait les impressionner, au cas où…

La jeune femme reprend des couleurs au fil des recommandations de Bellanger qui, lui-même, se sent mieux, ayant l'impression de reprendre le contrôle des événements. Alice l'accompagne jusqu'au pas de la porte, et alors qu'il a la main sur la poignée de porte, pris d'une impulsion subite, il la serre brièvement dans ses bras en signe d'encouragement. Alice, surprise, lui affirme que tout va bien et qu'elle l'attendra sans bouger de chez elle.

Étourdi par cette poussée de compassion, bien étrangère à ses habitudes, il sort de la villa sans plus dire un mot.

11

Le commissariat fourmille de l'activité d'un début de journée. Il le traverse sans un bonjour, comme chaque matin. Sur son passage les conversations s'éteignent, peut-être un peu plus vite que d'habitude, avec des regards un peu moins gênés et sans doute frondeurs. Il y voit un signe que les événements de la nuit sont déjà connus de tous et que sa réputation de fauteur de trouble s'ancre chaque jour davantage.

Il baîlle profondément en s'installant à son bureau. Devant lui, on a redéposé les déchets de l'affiche en un tas régulier. Sur le mur, elle a été remplacée par un autre exemplaire de propagande interne, plus récente mais à l'obscurantisme tout aussi consternant. Le combat continue. Les anticorps tentent toujours de rejeter ou d'anéantir le corps étranger introduit dans l'organisme. Il s'amuserait volontiers à ce petit jeu jusqu'à l'extinction du stock d'affiches de recrutement mais il a, ce matin, une affaire qui lui tient à cœur au point d'interrompre pour un temps cette lutte territoriale.

Il entreprend de chercher dans tous les fichiers auxquels il a accès d'éventuels antécédents notables de la famille et des proches d'Alice Jourdan, née Montserray, et de son mari. Il passe en revue tous les noms apparus à ce point de ses recherches dans la multitude de fichiers de la police nationale, STIC, FIJAIS et FPR[1], mais n'en ressort pas grand-chose à se mettre sous la dent. La voisine mystérieuse est haïtienne, s'appelle Isabelle Lepestre et fait des demandes de permis de séjour, acceptées régulièrement depuis dix ans, elle est artiste peintre, plutôt cotée à en juger les résultats d'une recherche rapide sur Google. Le frère d'Alice, Romain Montserray s'est fait arrêter pour possession de stupéfiants et a écopé d'une peine avec sursis, il y a quatre ans. Il est acteur, plutôt inconnu selon les résultats de la même recherche Internet. Chou blanc sur Thierry Jourdan, sur les sœurs, les parents et les grands-parents : rien à signaler, même pas une adresse pour les jumelles. Il demande et reçoit une copie du permis d'inhumer de Thierry Jourdan signé par un des pontes de l'hôpital Mondor de Créteil, *a priori* inattaquable.

Il n'est pas plus avancé, il se lève pour aller à la machine à café renouveler son courage quand son voisin de bureau, le lieutenant Pons, le plus farouche adversaire de son intégration, entre dans leur espace commun avec un sourire narquois.

— Pas en train de dormir ? Après le bazar que tu as mis cette nuit.

— Le bazar en question, c'est notre métier, Pons. Flic. Tu te rappelles ?

— On ne doit pas le voir de la même façon ce

1. Successivement : Système de traitement des infractions constatées ; Fichier judiciaire national automatisé des auteurs d'infractions sexuelles ; Fichier des personnes recherchées.

métier, soupire Pons qui s'assoit à sa table, pose son café, attrape une pile de dossiers et ajoute sans un regard pour Bellanger :

— À ce propos, Tussaud veut te voir d'urgence. Sûrement pour te féliciter d'avoir si bien fait ton métier, hier.

— Désolé de vous avoir réveillés pendant la sieste.

— Qu'est-ce que tu connais du métier de policier, Bellanger ? Tu as passé ta vie à jouer aux cow-boys et aux voleurs avec tes semblables. Moi je dois maintenir la tête en dehors de l'eau à des gamins de vingt ans qu'on jette dans la fosse aux lions et qui en font quarante de plus au bout de six mois, qui n'osent plus dire à leurs voisins qu'ils sont flics et qui ne connaissent plus que la terreur et le rapport de force. Le tout dans un commissariat qui pue, où les toilettes et les douches marchent un jour sur deux. Allez… va voir Tussaud, ça vaut mieux pour tout le monde.

Pons s'emporte et jette son stylo sur la table avec un bruit sec qui complète et conclut sa tirade, il aurait crié « Connard » que ce n'aurait pas été plus éloquent. Bellanger résiste à la tentation de jeter son stylo à son tour, en rétorsion, mais se contente de sourire. Si aller voir le commissaire dans la matinée faisait bien partie de ses projets, Bellanger espérait le faire une fois collectés des éléments un peu plus tangibles. À cet instant, il est démuni, ce qu'il a se résume à son témoignage et à celui, peu crédible, d'Alice. Tussaud va difficilement accepter l'ouverture d'une enquête, le parquet encore moins. Pourtant, s'il veut obtenir un permis d'exhumer et l'analyse du sang retrouvé dans la neige et sur la chemise par un labo de la PTS[1],

1. Police technique et scientifique

c'est la voie réglementaire. Malgré tout le mépris qu'il ressent pour ce déserteur, ce gros flic pusillanime et laxiste, il a besoin de Tussaud et il ne peut donc différer cette explication.

Il traverse le couloir désert et frappe à la porte du bureau de Tussaud, ou plutôt son arsenal tant le bureau est couvert de maquettes, de tableaux et de modèles réduits de bateaux de tous types, sur les murs, sur les étagères, sur le bureau, sur l'ordinateur. Ça exaspère Bellanger qui crève d'envie de suggérer au lourd et débonnaire commissaire de franchir le pas, de se mettre pour de bon à la navigation et de dispenser la police de sa présence inutile, voire démobilisatrice. Seul point positif qu'il lui reconnaisse, Tussaud fume en permanence et n'interdit pas à ses visiteurs d'en faire autant. Il allume donc une gitane alors que son supérieur, au téléphone, lui fait signe de patienter un moment.

Le commissaire remplit l'intégralité de son fauteuil basculant en cuir fauve, son ventre tend sa chemise dans des proportions rendant vaine toute velléité d'élégance. Il évoque à Bellanger un morse, ce gros animal marin taciturne. Il sait qu'il est adulé par son équipe, mais il est tellement facile d'être aimé quand on ne pousse qu'à la facilité et au confort. Tussaud a bien essayé de l'amadouer, lui parlant comme à un ami, tentant de lui expliquer le fonctionnement de l'unité, lui promettant même une succession possible d'ici quelques années. Victor l'a vite fait déchanter, il a exagéré son agressivité, son asociabilité et sa réelle inaptitude au management. Ses pulsions suicidaires et sa consommation d'alcool ont fait le reste, Tussaud a rapidement abandonné tout effort d'intégration, Bellanger a atteint son but, il est libre. Le morse repose le combiné et regarde Bellanger avec un air contrarié.

— Tu as fait très fort, cette nuit !

— J'ai eu du boulot, oui, le coupe presque Bellanger qui ne supporte pas qu'il fasse passer son investissement pour une perturbation de l'ordre public, ce retournement des valeurs l'horripile et il a déjà du mal à garder son sang-froid.

— Coup de feu dans la cité sud, rame de métro arrêtée sur le pont de Charenton, mobilisation des pompiers d'Ivry pendant cinq heures, en pure perte. J'aurais préféré que tu dormes.

— Ceux qui agressent Alice Jourdan aussi.

— Alice Jourdan ? Ah, la folle qui croit être poursuivie par son mari décédé. C'est ça ?

Bellanger hoche la tête. Il voit sa demande mal engagée, mais fait de son mieux pour conserver son calme. Pourtant il bouillonne et s'agite sur son fauteuil. Comme souvent lorsqu'il manque de sommeil, ses nerfs prennent le dessus et il se sent prêt à exploser d'un moment à l'autre.

— Elle a vraiment subi une agression. J'ai vraiment poursuivi un vagabond qui surveillait sa maison, et il y avait vraiment quelqu'un chez elle quand je suis revenu.

— Ouais. Qu'elle prenne quelques jours de vacances et tout ira mieux. Elle est prof, c'est ça ? C'est un début de dépression et une mauvaise blague de ses étudiants, rien de plus.

« Minimiser, évacuer les problèmes et améliorer des statistiques, voilà le métier de cet homme », pense Bellanger qui refrène son envie de déclencher un ouragan sur les maquettes de bateaux qui couvrent la rade, plutôt que la table, devant lui.

— Je n'ai pas imaginé la fuite du vagabond, ni son saut dans la Marne, ni sa chemise.

— Tu en étais à combien de litres de whisky à ce moment-là, Victor ? Tout le monde t'a vu te soûler dans le bistrot d'en face. Que tu boives en dehors des heures de service, à la limite je m'en balance. Mais en public, à Alfortville, ça me dérange pour l'image de notre commissariat. Et que tu reprennes le service sans avoir dessoûlé… Ça, ce n'est plus possible.

— Mais je sais ce que j'ai vu ! crie presque Bellanger.

Tussaud le regarde en massant son visage d'une de ses grosses mains poilues de maquettiste qui doivent sentir la colle à bois, et lui répond d'une voix qui se veut apaisante :

— Peu importe. Pas de corps, pas d'enquête. Fin de l'affaire. Passe à autre chose.

— Mais j'ai besoin d'analyses de sang de la PTS… et d'un permis d'exhumation.

— Déterrer le corps du mari ? Mais ça ne va pas, Bellanger ? Tu dérailles complètement !

Pour cette fois le commissaire perd son ton placide et hausse la voix d'une manière inattendue, voire inespérée par Bellanger. Mais le contenu de la réponse ne sert guère ses intérêts, il n'abandonne pas sa requête :

— La veuve est d'accord, ça la rassurerait définitivement.

Tussaud secoue la tête dans une dénégation pleine de dépit. Il tend la main vers un dossier portant le nom de Bellanger, l'ouvre, en sort un document et fixe des yeux désabusés sur Victor.

— J'aurais sincèrement aimé éviter en arriver là au vu de tes états de service dans la maison et de ce qu'il t'est arrivé, mais tu ne me laisses pas le choix.

Il tend une feuille de papier à en-tête d'un laboratoire dont le nom évoque quelques souvenirs à Bellanger.

— Ça vient des laboratoires Lucius, spécialisés en psychologie et neurologie. Les spécialistes français du coma, en particulier des expériences de mort imminente et de leurs conséquences sur les patients.

Bellanger se rappelle avoir reçu la visite d'un scientifique de ce labo au sortir de son coma. Il ne garde que des souvenirs très vagues et incohérents de son passage en coma profond et de l'EMI[1] qui l'a accompagné. Il ne souhaite pas revivre ces moments, les occulte complètement et a refusé d'apporter son témoignage à la banque de données du laboratoire, malgré la demande insistante du scientifique.

Mécaniquement, il porte la main à sa cicatrice sous le foulard. Il jette un œil sur le papier, il y est question des conséquences psychologiques des EMI. Tussaud lui en épargne la lecture en lui citant de mémoire.

— *Les souvenirs de ces expériences demeurent longtemps vivaces, mais sont parfois volontairement refoulés. De nombreuses personnes font état, après de telles sensations, d'un intérêt accru pour la spiritualité, le mysticisme, la philosophie, les sciences, la psychologie, ainsi qu'une diminution de la peur de la mort pouvant entraîner des comportements à risque, voire suicidaires.*

— Je suis supposé dire « Ah bon sang, mais c'est bien sûr ! » et me ranger à l'avis de la science, c'est ça ? Mais le hic, c'est que je sais ce que j'ai vu.

— Je n'en doute pas. Mais, moi, je sais que tu représentes un danger pour tes collègues et pour les citoyens de cette ville, que nous sommes censés protéger.

1. Expérience de mort imminente.

Bellanger a des rêves de désastre naval, de sabordage de l'Invincible Armada plein la tête, mais il se retient de dire que le danger, pour les citoyens, c'est les flics démissionnaires comme Tussaud. Il espère encore obtenir l'ouverture de son enquête.

— Vous avez gagné, je ferai des efforts pour être plus politiquement correct, commissaire. Mais il faut m'ouvrir cette enquête.

— Tu n'y es pas, Bellanger. Je vais te mettre à pied, à titre conservatoire, pendant quinze jours. Pendant ce temps, tu contactes le laboratoire Lucius et tu entames une thérapie. À ton retour, on fait un point et on avise. Si tu t'engages sur la voie de la guérison, je te laisse le temps de te redresser, sinon je balance tes conneries d'hier à l'IGS[1] et tu sautes.

— Mais vous ne pouvez pas… ânone Bellanger, qui sent un étau se refermer sur lui.

La chasse est sa dernière raison d'être, on ne peut pas la lui retirer comme ça.

— Oh si ! Je peux. J'ai des déclarations indiquant que c'est toi qui as tiré le coup de feu depuis la Mégane hier soir. Une recherche de poudre dans la voiture le confirmera aisément. J'ai des témoignages attestant que tu as bu plus que de raison, avant de reprendre ton service. Un autre indiquant qu'après cette alcoolisation, tu as fait arrêter un métro en te promenant sur les voies. J'ai des pompiers furieux d'avoir passé une nuit dehors pour rien. Et j'ai les protestations de tous tes collègues qui se demandent si tu ne vas pas finir par leur tirer dessus, un jour ou l'autre.

— Vous ne pouvez pas, je n'avais pas bu beaucoup…

1. Inspection générale des services.

Les mots lui manquent. Pourtant, il aurait pu s'attendre à une telle fin, au vu de son comportement du mois dernier, mais il était aveuglé par sa colère. Ses pensées vont vers Alice qu'il a promis de protéger, il se jure de ne pas l'abandonner quelle qu'en soit l'issue pour lui.

— Allez, Victor. Tu as besoin de te faire aider. Laisse-moi ton Sig-Sauer, les clefs de la Mégane et ta carte du club. Oublie-nous pendant quinze jours et va voir les gens de chez Lucius.

Dans ses songes, en réponse à cette compassion pesante, il écrase tous les bateaux en criant : « Touché, coulé ! » Mais, avec un dernier effort sur lui-même, il pose son flingue, carte et trousseau de la voiture sur le bureau. Le morse vient de gagner une bataille, mais Bellanger ne renonce pas pour autant : il compte bien créer les conditions d'une revanche aux contours d'un Pearl Harbor. Il se lève, glisse un « Au revoir » et, sans écouter la réponse, se dirige vers la porte.

Dans le commissariat tous le regardent comme s'ils connaissaient déjà son infortune. « Il faut croire qu'elle était inéluctable », ou que le Morse avait déjà annoncé ses intentions aux plus ardents détracteurs de Victor. Il constate malgré tout quelques regards pleins de regrets, au milieu des sourires ironiques. Il trouve assez réconfortant qu'il y ait encore des gens pour compatir à la déchéance d'un paria comme lui.

Sans un mot, ni pour Pons ni pour personne, fuyant les contacts de peur d'exploser, il récupère son sac, son scanner et sort sans se retourner.

Les pieds dans la neige sale du trottoir, il regarde la circulation mollassonne du centre-ville, sans savoir vers où orienter ses pas. L'évocation de cet incident par ce lâche de Tussaud font revenir des images confuses de son EMI. Il les écarte tant bien que mal, comme il repousse l'idée d'aller servir de rat de laboratoire à l'institut Lucius.

Il ne sait pas encore ce qu'il va faire de la demande du Morse. Mais, dans l'indécision qui le tétanise presque, il sait que la seule mission qui lui reste dans l'immédiat consiste à s'occuper de la sécurité d'Alice.

12

« Sois vrai, sois convaincu, sois énergique. Tu as les fondamentaux du rôle, il faut que tu les vives et que tu les dépasses. » Romain, le frère d'Alice, se remémore les consignes de son agent, il se les répète pour se convaincre d'en avoir saisi l'essence. Il ne veut pas, cette fois-ci, échouer à quelques centimètres de son objectif. Ses derniers castings pour des rôles de cinéma se sont joués à des détails, des susceptibilités et des sensibilités de directeurs de casting. Il n'a jamais été aussi proche de décrocher la timbale, mais il ne faut pas que la pression l'inhibe et le fasse une fois de plus retomber dans des excès d'une théâtralité maladroite qui lui ferme toutes les portes du cinéma depuis des années.

Il a accumulé les petits rôles au théâtre dans des salles privées secondaires et les premiers rôles dans des troupes amateurs. Au cinéma, il n'a eu que des miettes, de la figuration et des rôles d'une ligne. Sa seule activité notable vient de la pub, comme voix radio principalement, et du doublage, à 31 ans, il reste un anonyme, galérien de la profession.

Pourtant, il continue de croire en son destin, il a la

chance d'avoir eu cet héritage de ses parents, qui lui permet d'insister dans cette voie sans trop se soucier de gagner sa vie. Son confort est relatif, mais bien suffisant. Il le serait bien davantage s'il n'avait pas flambé pendant des années, dilapidant la majeure partie du pécule. Mais, hormis quelques débordements, il ne regrette rien, il a bien vécu sa jeunesse, et il espère avoir aujourd'hui la maturité nécessaire pour se faire enfin un nom dans le métier d'acteur.

Il a garé son Audi TT dans un parking proche des Champs-Élysées, il a un peu d'avance et il flâne en regardant les jeunes femmes qui profitent de la fin de leur pause déjeuner pour se promener sur les Champs. Il est allé jeter un œil aux bureaux de la production à l'adresse indiquée par son agent, dans un quart d'heure il jouera une drôle de partie. Il lutte pour ne pas s'emballer, il aurait besoin d'un petit pétard, voire de deux, mais ça aussi son agent le lui a formellement défendu : « Tu crois que ça te détend, mais ça te donne juste l'air con ! Attends d'être Depardieu pour jouer bourré. » Il tripote la boulette dans sa poche nerveusement, il se le fumera juste à la sortie, ce petit pétard, il l'aura bien mérité.

Après tout, cette histoire aurait de quoi rendre nerveux un acteur confirmé. Un coup de fil de son agent aux aurores, excité comme un puceau, qui piaille dans sa messagerie qu'il a un casting énorme et urgent pour lui le jour même, à Paris. Et il faut bien reconnaître que c'est effectivement énorme, un gros second rôle d'une dizaine de scènes dans une comédie populaire destinée à cartonner au box-office. Un film un peu niaiseux, financé par des télés en manque de *prime time* familiaux, mais pour un débutant inconnu comme lui, c'est là un tremplin et une opportunité inespérée de se faire un nom dans ce petit milieu consanguin.

À peine le temps de chasser, fort impoliment il doit bien le reconnaître, la fille rencontrée la veille qui se réveillait dans son lit – mais qui de toute façon aurait dû déguerpir avant le retour de Naïma –, de boire un café et de lire le script arrivé sur sa boîte mail, le tout entrecoupé de trois appels à son agent et le voilà sur les Champs, prêt à jouer son avenir sur une entrevue de moins d'une heure. Dans quelques minutes, il pourra monter au ciel ou retomber dans la boue sur le simple ressenti de deux personnes. Dépendre du désir des autres, le difficile quotidien de l'acteur, surtout quand personne ne le désire.

Il sourit en pure perte à une belle brune à l'élégance un peu voyante qui regarde la devanture d'une bijouterie, se disant qu'après un ou deux rôles comme celui-là, aucune femme ne le snobera plus aussi froidement. Il se retourne vers la vitrine et vérifie pour la douzième fois son apparence générale. Il est mal rasé, mais ses poils blonds ne se voient pas, il commence à perdre son visage juvénile, tant mieux, les directeurs de casting le trouvaient « trop fade », alors il doit voir comme une bonne nouvelle ces rides qui commencent à marquer son front et le contour de sa bouche.

Il se concentre sur des pensées positives, comme le lui a appris son prof de théâtre, il pense au plaisir de Naïma, à celui de ses sœurs, s'il décroche enfin un rôle. Il pense à la belle fête qu'ils feront tous ensemble pour la sortie du film, il pense à Alice en train de rire, cela fait trop longtemps qu'il ne l'a pas vue. Les jumelles n'ont besoin de personne, mais Alice a besoin de lui, il faut qu'il aille la voir. Elle a toujours été là pour lui et, alors qu'elle a perdu son mari, il est à peine capable de l'appeler tous les quinze jours. Il est nul, comme frère et comme mec. Pauvre Naïma, qu'il ne cesse de tromper, dès qu'elle s'absente.

Il se convainc que décrocher un rôle l'aidera à avoir un meilleur comportement vis-à-vis de ses proches, il sera en paix avec lui-même et il pourra se tourner vers les autres, sans chercher en permanence à se prouver qu'il peut plaire. Pour cela il faut juste qu'il soit bon. Dans cinq minutes maintenant.

Il rentre dans le bâtiment cossu, l'un de ces luxueux immeubles de bureaux aux innombrables boîtes à lettres des Champs-Élysées, il sourit aimablement au gardien et se fait indiquer les bureaux des *Productions du Cercle d'or*. Il se répète le texte de l'audition une dernière fois dans l'ascenseur, il le connaît à la perfection, il ne devrait pas avoir besoin de le lire. Ce petit détail lui donne confiance et c'est avec un sourire radieux qu'il traverse un couloir sombre, couvert de boiseries et à l'épaisse moquette rouge. Il sonne d'un doigt décidé aux portes des *Productions du Cercle d'or*, comme indiqué sur une plaque qu'on croirait du même métal.

13

— On enregistre tout, bien sûr, mais je n'ai pas le droit de vous y donner accès.

Le responsable de la sécurité de la Socatec se drape dans sa rigidité vertueuse. Bellanger se force à lui sourire. Il l'a pourtant fait attendre une bonne demi-heure à consulter des brochures sur la passion du tuyau en PVC qui anime tous les salariés de la Socatec depuis 1973. Ce qui, en temps normal, aurait suffi à rendre Bellanger hystérique et prêt à fracasser le crâne du hiératique Sénégalais contre les vitres du hall de l'immeuble. Mais il n'a plus la légitimité, il doit éviter de faire des vagues, rester consensuel, pour éviter de se retrouver dans une situation plus catastrophique encore. Il prend des risques avec cette visite. Personne ne lui demande sa carte, car il est déjà passé deux fois dans l'immeuble depuis son arrivée pour des affaires de vol d'ordinateurs portables dans les bureaux pendant l'heure du déjeuner. Mais s'il donne une raison à quelqu'un de se plaindre ou de se renseigner, il est foutu. Il est suspendu et donc exerce illégalement sa profession.

Il lui faut donc composer avec les scrupules et le

goût du palabre de monsieur Traoré. Il prend son ton le plus amical et tente d'établir une relation de connivence.

— Si je dois demander un mandat au juge d'instruction, je voudrais juste m'assurer que je ne le fais pas pour rien. Mais rien ne saurait être utilisé hors de votre bâtiment sans un respect strict des procédures.

L'idée lui est venue en allant chez Alice à pied, il est passé devant l'immense siège social, à l'angle du boulevard, et il a remarqué les nombreuses caméras de surveillance disposées dans le hall. Il a fait le tour du bâtiment en regardant l'angle de vue qu'elles couvrent et en a repéré au moins trois susceptibles d'avoir filmé le passage d'Alice et de son agresseur hier soir.

— Vous savez ce que c'est. Si je lui demande un mandat et que je ne ramène rien, il va me prendre pour un homme pas sérieux et la prochaine fois, il me fera attendre.

— C'est privé, monsieur le capitaine. On garde les vidéos pendant vingt-quatre heures et on détruit tout sans les avoir visionnées, sauf incident interne ou requête légale formulée par les autorités compétentes. C'est la règle et j'en suis le garant.

— Le temps que j'obtienne la demande *ad hoc*, les bandes seront effacées.

— Je regrette, mais je ne peux rien y faire capitaine, c'est automatique.

— S'il y a des vagabonds qui agressent des passantes juste devant l'immeuble, vous pouvez comprendre qu'on ne peut pas rester sans rien faire.

— Agissez par la voie légale, capitaine. Par la voie légale.

À voir le doigt levé de monsieur Traoré fendre l'air au rythme de sa diction, Bellanger comprend que soit il est tombé sur un magistrat idéaliste réincarné en responsable de la sécurité, soit l'affable vigile attend une contrepartie à son coup de main. Il penche pour la deuxième option, lui sourit et glisse d'un air entendu.

— Vous avez des problèmes de stationnement dans le quartier ?

— Oh la la ! Ne m'en parlez pas, capitaine ! Le parking est bien trop petit pour tous nos collaborateurs, comme la police municipale passe tous les jours dans le quartier, et qu'elle est très pointilleuse sur les horodateurs, c'est assez pénible à gérer.

— Vous pensez qu'ils pourraient passer un peu moins souvent ?

— Une fois par semaine suffirait largement.

— On en parle dans le local vidéo ?

— Volontiers ! Vous voulez un café, capitaine ?

Ils entérinent cet accord tacite en se rendant dans une pièce tapissée d'écrans, dans les sous-sols du bâtiment. Ils en chassent le vigile qui y buvait un thé. L'endroit est exigu mais ils s'installent côte à côte face au plus grand des moniteurs, relié à une unité centrale bourdonnante.

Traoré manipule avec dextérité une molette de contrôle et fait s'afficher l'enregistrement des quatre caméras dont l'orientation leur permet de capter ce qui se déroule devant le bâtiment. Bellanger demande un point de départ dix minutes avant le début de l'agression.

Traoré s'exécute et, assez rapidement, ils voient la silhouette de la jeune femme passer devant l'immeuble, captée, seule, par les deux premières caméras donnant sur le boulevard. Puis elle apparaît, toujours seule, sur une des caméras situées à l'arrière de l'immeuble, il la voit se retourner, retirer ses écouteurs et appeler un interlocuteur toujours invisible. La jeune femme se retourne et s'éloigne, seule, toujours seule.

Bellanger commence à enrager, Traoré pose sa main sur la molette, prêt à interrompre le défilement des images quand, sur la dernière caméra où vient de passer la silhouette d'Alice descendant sous le pont du métro, Bellanger voit passer une ombre qui grimpe sur le talus menant à la voie. Il pose sa main sur celle de Traoré pour l'empêcher d'interrompre la diffusion et il regarde avec un intérêt renouvelé la suite de la vidéo.

La silhouette, vêtue d'une chemise blanche et d'un pantalon de costume noir, tourne la tête un instant vers le chemin, semblant guetter un passant éventuel, et reprend sa progression vers la voie ferrée.

— Là ! Faites marche arrière. Je veux voir son visage.

Traoré obtempère, et arrête la vidéo sur l'image où l'on voit l'homme de profil regarder vers le chemin. L'image est trop lointaine et trop sombre, il ne distingue pas les traits. Mais Traoré manipule l'image et la lui agrandit, augmente la luminosité, renforce les contrastes et élimine les sources de lumière parasite.

— Sans logiciel de traitement d'image, je ne peux pas vous donner mieux.

L'image reste sombre et floue. Mais la ressemblance est nette. Traoré lui en imprime une copie, Bellanger sort la photo de Thierry Jourdan de sa poche et compare les deux clichés. Comme il reste fixe, les yeux rivés sur sa découverte, Traoré regarde par-dessus son épaule et lui confirme.

— À mon avis, c'est bien la même personne, et je suis un très bon physionomiste. La forme des oreilles, ça ne trompe pas. Croyez en mes dix ans d'entrée de boîte de nuit.

Bellanger reste interdit, il ne sait que faire de cette découverte. Tussaud ne voudra pas en entendre parler, surtout au vu de la manière dont il l'a obtenue. Il va lui falloir creuser jusqu'à avoir entre les mains toutes les cartes. D'ici là, il va devoir continuer à faire cavalier seul.

Mais il a déjà une certitude : de toute évidence, Thierry Jourdan n'est pas aussi mort que son certificat de décès l'indique.

14

La belle assurance de Romain coule de toute part. Comme une glace un jour de chaleur, il essaye de la rattraper, mais la fonte est trop rapide et ses images positives ne contiennent pas la boule qui lui ronge l'estomac. Il serre les dents, ce n'est pas parce que les deux responsables du casting sont intimidants qu'il va flancher, il ne le veut pas, il sera à la hauteur cette fois-ci.

Il fait face à la caméra, il n'a pas pris son texte, il a un moment d'inquiétude, la panique pourrait le lui faire oublier, il tend le bras vers sa mallette, s'excuse et en sort le script de ses scènes. Les deux hommes, presque de concert, lui font signe de prendre le texte.

— Ce n'est pas un test de mémoire. Vous n'avez pas eu le temps de l'apprendre. Ce qu'on attend de vous c'est de l'authenticité.

Leurs efforts pour être aimables ne diminuent qu'à peine l'impression étrange qu'ils lui font. Le grand au crâne parfaitement lisse a le teint pâle et la peau couverte des gouttelettes d'une transpiration maladive, alors qu'il ne fait pas si chaud dans les bureaux déserts, sa chemise est imbibée de sueur et il sent mauvais.

Son haleine est si effroyable que Romain a pensé, ayant du mal à retenir une grimace quand ils se sont salués, qu'il devait se nourrir de viande faisandée. Il ne regarde pas le jeune acteur en face, il a toujours les yeux baissés quand on lui parle, et passe sans cesse sa main osseuse sur son crâne luisant.

Par déformation professionnelle, Romain adore décrypter les attitudes des gens auxquels il est confronté, ce qui fait de lui un dragueur efficace. Mais là, il est interloqué. Il a vu des choses étonnantes dans ce métier, mais ce duo est le plus improbable auquel il ait eu affaire dans sa carrière.

De l'autre côté de la caméra, le deuxième *casting manager* est, lui aussi, déconcertant, aussi volubile que son collègue est silencieux, aussi gros et trapu que l'autre est sec et élancé. D'un noir d'ébène, il porte un improbable costume trois pièces rouge vif avec une chemise de la même teinte. Il ne cesse de le regarder avec un sourire toutes dents dehors tellement prononcé qu'il en paraît artificiel, il a quelque chose dans le regard qui met Romain mal à l'aise, une sorte de fêlure, de folie, qui le rend difficile à cerner et à prévoir.

Romain reprend le contrôle de sa respiration, essaye de respirer par le ventre. Il va être bon parce qu'il le doit. Il jouera dans ce film.

— Vous pouvez nous faire le passage du téléphone ? C'est un monologue, ce serait parfait.

Depuis son entrée, c'est l'homme au costume rouge qui parle, de l'autre il n'a entendu qu'un « Bonjour » prononcé d'une voix blanche lors de son arrivée. Il n'est donc pas muet, mais économe de ses paroles. Romain ne partage pas le choix de la scène – une rupture téléphonique –, non comique, et donc décalée par rapport au reste du film. Il trouve dommage d'être jugé sur un extrait peu représentatif. Il le leur signale en essayant de ne pas passer pour une diva.

— Si vous le voulez, on fera une scène drôle ensuite. Mais commencez par celle-là, d'accord ?

Il acquiesce. Il se laisse envahir par l'émotion nécessaire à ce texte de discorde amoureuse. Avant de démarrer, il regarde la caméra, le grand chauve qui s'est posé un casque audio sur les oreilles lui fait signe que l'enregistrement vient de débuter et qu'il peut y aller.

— Allô, Laurence ? C'est moi…

Il fait de son mieux : un mélo devant un auditoire aussi étrange n'est pas un exercice facile. Mais il a l'impression d'être bon, meilleur que lors de ses auditions précédentes pour le cinéma et la télévision. Il regarde à intervalles réguliers les réactions de ses deux interlocuteurs, mais ils sont aussi déconcertants pendant l'exercice que lors de la prise de contact. Le grand chauve a les yeux fermés et s'absorbe avec concentration dans l'écoute au casque de la sortie son de l'appareil d'enregistrement. Son acolyte sourit toujours, un air qui se veut chaleureux, mais qui commence à agacer Romain par son côté mécanique et forcé.

Il se demande ce que pense réellement ce type, il a du mal à supporter le décalage entre ce sourire figé et les ombres indéchiffrables qui passent dans le regard de l'homme au costume rouge, qui s'est présenté sous le nom d'Orphée Tchiboko. Il réussit pourtant à ne pas se laisser déconcentrer et vient au bout de ce monologue lacrymogène, assez bien écrit, étonnement bien pour une comédie populaire. Orphée hoche la tête en signe de satisfaction.

— C'était bien. Vraiment. Mais il me manque un

soupçon d'authenticité. C'est normal pour une première tentative.

— C'est vrai que je n'ai pas eu le temps de me préparer. Et je m'attendais plus à être auditionné sur une scène plus légère.

Il veut une autre chance. Dans ce milieu feutré, la moindre réserve est un abîme dans lequel sombrent les espoirs. Il croit avoir été bon, mais il se sait capable de faire mieux sur une deuxième scène. Il insiste.

— D'accord pour une deuxième prise. Refaites-nous les dix premières lignes du monologue ça suffira. Pour vous aider à être authentique, appropriez-vous la situation. Elle s'appelle comment votre petite amie ?

— Naïma. Pourquoi ?

— Pensez que c'est à elle que vous parlez. Remplacez le prénom indiqué par le sien, vous verrez ce sera plus sincère.

Romain est mal à l'aise, ces conseils pour troupe amateur sont presque humiliants, il n'a pas besoin de ces artifices de débutant pour jouer juste. Il rechigne, s'efforçant de rester poli. Orphée fait la moue :

— Bien. Si vous ne voulez pas faire d'efforts. On garde celle-là.

— Non, non… D'accord, je vais la refaire selon vos indications.

Romain se dit qu'ils testent peut-être sa maniabilité, sa souplesse. Si le metteur en scène est dirigiste, c'est peut-être un critère important. Dans ces grosses productions, on n'aime pas trop les états d'âme qui font perdre du temps, surtout ceux d'un acteur inconnu. Il interroge le chauve des yeux qui lui fait signe que tout est prêt pour la deuxième prise.

— Allô, Naïma, c'est moi…

Pris dans son élan, il refait tout le monologue, les

deux hommes ne l'interrompent pas, gardent leur attitude indéchiffrable. Mais ce coup-ci, Romain n'y prête pas attention, il se sent porté, il est bon, il va avoir ce rôle. Il termine le texte, presque essoufflé, les yeux en larmes. Sans rien laisser paraître de son appréciation, Orphée se tourne vers son collègue qui retire le casque de ses oreilles.

— Elle est bonne, Pierre ?

Romain s'étonne de les voir se préoccuper surtout de la qualité de leur enregistrement, qui lui semble, à lui, assez secondaire. Le taciturne répond par un signe indiquant sa satisfaction. Orphée se tourne vers Romain et lui sert un verre d'eau.

— Buvez un peu d'eau et reposez-vous une minute, on va visionner votre prise et on vous dira si on a besoin d'un autre essai. Sur celle-là… ou sur une scène de comédie.

Romain est tenté d'insister pour avoir sa chance dans un registre plus léger, mais il reste sur sa ligne de conduite d'apparente docilité. Il avale d'un trait le verre d'eau bienvenu pour soulager sa gorge sèche, elle a un goût bizarre, mais tout est bizarre dans cette audition.

Les deux hommes se penchent sur l'écran de contrôle et se concentrent sur le visionnage de sa prise, dont le son lui parvient par les haut-parleurs de la caméra. Il se trouve juste, émouvant, précis. Il en tirerait une grande satisfaction s'il ne se sentait pas gagné par un étourdissement malvenu.

Sa vue se trouble un peu, il a l'impression que ses membres s'engourdissent. Il fait quelques mouvements pour chasser les fourmis qui lui grimpent dans les bras et les jambes. Il trouve ses membres lourds et peu réactifs. Il s'alarme. Ce qu'il ressent est autre chose que le contre-coup de l'angoisse et de l'émotion. Il vacille sur sa chaise attirant l'attention des deux hommes qui lèvent la tête du monitor.

— Vous vous sentez mal, monsieur Montserray ?

Les deux hommes sourient, leur expression est décalée, Romain a la nette et inquiétante impression qu'ils se réjouissent de son malaise.

15

Victor se crache dans les mains et les frotte pour les réchauffer. Jusqu'ici tout se passe parfaitement, mais il sait qu'il aborde la partie la plus longue, la plus difficile et la plus illégale de sa virée nocturne.

Se laisser enfermer dans le cimetière a été un jeu d'enfant. Les cent hectares du parc et ses milliers d'arbres sont une source inépuisable d'endroits où se dissimuler. Il est arrivé au cimetière de Thiais juste avant la fermeture, une pioche cachée sous son manteau de cuir bien assez long pour dissimuler les manches d'un outil. Il a repéré la tombe, à l'endroit indiqué par Alice : *Secteur 112, emplacement 189*, a caché sa pioche et est ressorti récupérer une pelle. Hormis une petite frayeur quand un gardien l'a abordé pour lui dire que le cimetière fermait dans moins d'une demi-heure, tout s'est passé sans encombre.

Il est maintenant devant la tombe de Thierry Jourdan, seul dans l'immense cimetière, peu après la fermeture de ses grilles, et la nuit vient de tomber sur l'infinité des tombes enneigées.

Cette escapade profanatrice s'est imposée après son retour chez Alice. La jeune femme avait passé une matinée calme, aucun événement n'était venu troubler son repos, mais elle restait dans un état de tristesse et d'incompréhension profondes. Il lui a caché sa mise à pied, il n'a pas jugé prudent de lui retirer l'illusion d'une enquête officielle. La jeune femme lui a paru fatiguée et perturbée, il préfère être le plus rassurant et « officiel » possible. Il a seulement prétexté une envie d'accélérer la procédure, de contourner les lourdeurs administratives. Il effacera ses traces, et l'heure de l'exhumation légale viendra en temps et en heure.

Contrairement à ce qu'il pensait, la photo extraite de la vidéo où le visage de son ex-mari apparaît ne lui a apporté aucun réconfort. Elle n'a pas besoin d'une confirmation, elle sait ce qu'elle a vécu et ne doute plus de sa raison. Les faits sont là, c'est leur explication qui fait encore défaut.

Bellanger a envisagé d'aller interroger le neurochirurgien qui a signé l'acte de décès de Thierry Jourdan, deux jours après son hospitalisation dans un état critique suite à une rupture d'anévrisme cérébral, survenue sur son lieu de travail, entre deux cours. Mais il est trop risqué d'aller chatouiller la susceptibilité d'un mandarin avec une histoire aussi étrange hors du cadre d'une enquête légale, encore plus pendant une mise à pied.

Il n'a pu joindre personne au numéro de l'entrepreneur de pompes funèbres qui s'est occupé du corps. Les *Pompes funèbres générales du Cercle d'or* ne doivent pas courir après les clients, et là encore, il ne pourrait pas appuyer ses demandes au-delà de la courtoise curiosité, son statut empêchant toute mise sous pression. Ce n'est pas tant qu'il craigne de perdre sa place dans la police, même si cette perspective ne l'enchante guère mais, s'il se fait prendre dans les filets de l'IGS, Alice se retrouvera seule, et cette perspective inacceptable l'oblige à une prudence qu'il n'aurait pas eue pour lui-même.

Voir Pons et Tussaud triompher devant la preuve de sa folie et de son inaptitude meurtrirait son amour-propre, mais pas autant que de devoir décevoir la jeune femme.

La seule voie permettant d'avancer et de collecter des éléments incontestables les entraîne vers le cimetière. Alice l'a conforté dans cette idée. Puisqu'on lui refuse le permis d'exhumer le corps, il ne lui reste qu'à vérifier par lui-même. Victor a dû dissuader la jeune femme de l'accompagner dans cette virée macabre. Mais il a pris des outils dans le garage de la villa, emprunté la voiture du défunt, et a décidé de mettre en application cette idée le soir même.

Si le corps de Thierry se trouve dans son cercueil, il devra admettre qu'ils ont affaire à une bande de vagabonds dont un possède une ressemblance étonnante avec le mari défunt et une résistance à la douleur hors du commun, comme en atteste sa blessure à l'œil et sa plongée dans la Marne. Si le corps n'y est pas, il pourra, dès sa réintégration, demander l'ouverture d'une enquête et, en s'appuyant sur la vidéo, obtenir un permis d'exhumer sans risquer de voir sa demande tourner au fiasco et au ridicule dès l'ouverture du cercueil. Ce qui risquerait de conforter Tussaud dans son envie d'envoyer Bellanger prématurément à la retraite.

Le froid mordant qui règne sur le cimetière est un allié précieux. Il est peu probable que les rondes des agents de sécurité soient minutieuses et rapprochées cette nuit. Et, autre élément utile à sa manœuvre délicate, la neige amortit les bruits et pousse les gens à se calfeutrer, ce qui devrait limiter les risques d'être repéré à cause du bruit que l'ouverture de la tombe ne va pas manquer de générer.

Autre signe indiquant que la nuit lui est favorable, elle est assez claire et la lune presque pleine lui permet de se dispenser d'une lampe. Et, dernière circonstance favorable dont il se réjouit, la tombe de Thierry Jourdan est assez sommaire. Une croix où sont indiqués son nom suivi de ses dates de naissance et de décès, et une plaque de marbre nue d'un mètre de large au pied de celle-ci. Il devrait pouvoir s'en sortir seul. Il a eu peur en constatant, lors de son arrivée, la complexité et la lourdeur de certaines sépultures qu'il aurait été incapable d'ouvrir. Ce n'est pas le cas, loin de là, mais la difficulté n'est pas non plus négligeable, il va devoir desceller la pierre tombale, la déplacer, casser le coffrage en ciment, creuser un trou de deux mètres de long pour, au moins, un mètre cinquante de profondeur, ouvrir le cercueil, reboucher le trou et remettre la plaque en place dans la nuit. Le tout en priant pour qu'un gardien ne passe pas par le secteur 112 cette nuit.

Il ne se laisse pas démobiliser par l'ampleur titanesque de sa tâche et se lance sans plus attendre à l'assaut du marbre. Il insère la tête de la pioche dans la terre sous l'extrémité de la plaque et appuie de tout son poids sur le manche de l'outil. Il est agréablement surpris par la faible résistance du bloc de pierre qui se soulève sans trop d'effort, il n'est pas scellé au coffrage de ciment. Bellanger s'en étonne un peu quand il remarque que le coffrage n'est pas aussi profondément ancré dans le sol qu'il s'y attendait, il n'espérait pas pouvoir le déplacer et pensait devoir le casser, mais sa faible épaisseur rend envisageable cette option plus discrète.

Vingt bonnes minutes d'effort lui permettent de le sortir de son renfoncement et de le déplacer latéralement d'un mètre. Victor est en sueur, il ne souffre plus du froid et fume de chaque partie de son corps dans le froid glacial du cimetière.

Il ne se repose pas, l'adrénaline et l'euphorie d'avoir passé cette première épreuve en moins d'une heure lui donnent des ailes pour commencer à creuser. Il prend la pelle et attaque avec ardeur le sol dévoilé par le déplacement du coffrage.

Le sol est plus meuble qu'il le pensait, il n'est pas gelé et n'a pas été tassé, il se laisse déchirer par la pelle de Bellanger sans offrir une grande résistance. Tout en creusant, il se demande si cette facilité d'accès n'est pas le signe d'une activité passée ou future autour du corps de Thierry Jourdan. Sa tombe semble préparée à une ouverture de ce type, ou a déjà été visitée de cette manière.

Plus d'une heure d'effort lui est tout de même nécessaire pour mettre le cercueil à nu, à moins d'un mètre cinquante de profondeur. Il s'accorde une cigarette et une rasade de whisky, assis au bord du trou, comme un profanateur de tombe professionnel du XIXe siècle. Puis, il s'attelle à l'ouverture du cercueil.

Il n'a pas été ouvert, ou s'il l'a été, celui qui l'a fait a pris le soin de le sceller de nouveau sans laisser de traces de son forfait. Victor casse le joint étanche avec la pointe du couteau qu'il a emmené. Il tire sur la poignée, s'y reprend à plusieurs reprises, ses muscles commencent à donner de très nets signes de fatigue. Il craint d'être perclus de courbatures le lendemain matin, mais il parvient à ses fins.

Le cercueil s'ouvre et libère ses secrets.

16

La joie malsaine qui irradie des yeux d'Orphée Tchiboko plonge Romain dans une panique complète. Ces deux individus étranges ne sont pas ce qu'ils prétendent être, il en est maintenant convaincu. L'anormalité de cette audition était plus qu'une impression, il n'a pas voulu admettre la vérité, aveuglé qu'il était par son désir de décrocher enfin un rôle important au cinéma. Mais il réalise que les *Productions du Cercle d'or*, inconnues de son agent jusqu'à ce jour, ne sont qu'un leurre.

— Mais pourquoi ?

Il articule laborieusement, ses lèvres s'engourdissent elles aussi, et il a du mal à se faire entendre des deux hommes qui se sont à nouveau concentrés sur l'enregistrement de sa prestation. Orphée se retourne vers lui avec son sourire odieux :

— Un appât, Romain, tu es un appât. Vivant... pour le moment du moins.

— Mais pourquoi cette vidéo ?

Il laisse échapper une question qu'il sait inutile, mais la concentration des deux hommes sur cet écran lui fait penser qu'elle a une importance dans sa situation.

Pourtant, Romain sait qu'il devrait fuir, mais il a les jambes si lourdes que tenter de se lever lui demande déjà un effort colossal. Il entend à peine la réponse d'Orphée.

— Avec elle on sera tranquilles, on ne veut pas de la police dans notre affaire. On va régler ça entre nous.

« Ils sont dingues, complètement dingues. Je suis entre les mains de deux dangereux malades », pense Romain qui ne voit absolument pas qui de son entourage pourrait bien les intéresser au point d'avoir besoin de l'utiliser comme appât ? Pour le moment il concentre ses forces sur sa fuite, il se retourne et il essaye de les surprendre en profitant de leur suffisance pour partir en courant.

Mobilisant toute l'énergie disponible de ses jambes engourdies, il se rue sur la porte de la salle. Elle est ouverte, il s'engage dans le couloir en direction des doubles portes d'entrée des bureaux déserts, il sait pourquoi ils le sont maintenant. Tout ceci est bidon, des bureaux loués pour la semaine et une plaque posée sur des portes, rien d'autre. Il ne comprend pas l'attitude des deux hommes, la porte n'est qu'à cinq mètres et, une fois dans le hall, il sera difficile de l'emmener discrètement. En luttant pour s'enfuir, il se reproche sa légèreté, il aurait dû se renseigner sur ce film, il s'est fait berner, et son agent aussi, par un script bidon récupéré sur Internet auquel ils ont ajouté leur scène mélodramatique. Mais comment aurait-il pu envisager un tel traquenard, et surtout dans quel but ? Tout ceci est ridicule. Si c'est pour l'argent, ils surestiment la richesse de la famille. Ils doivent se tromper, mais il ne se voit pas essayer de le leur expliquer, il doit plutôt essayer de fuir.

Il pense avoir une chance de s'en sortir, derrière

lui les deux hommes ne réagissent toujours pas. Il fait encore deux mètres dans le couloir, mais ses jambes flanchent plus vite qu'il ne l'espérait, il s'appuie contre le mur et continue, à la force des bras, sa progression vers la sortie. Il les entend finalement se lever et parler, mais leurs paroles ne lui parviennent pas distinctement. Il arrive aux portes, tend la main vers la clenche mais, avant qu'il ne s'en saisisse, il sent ses bras s'engourdir et ne parvient pas à se décoller du mur. Il glisse, incapable de se retenir, la face contre les tentures vertes du couloir, et s'avachit sur le sol.

Sur le dos, les yeux rivés sur le plafond, il constate qu'il ne peut plus bouger du tout, tous ses membres lui sont étrangers, figés dans une paralysie totale qui l'emprisonne. Il voit les deux hommes arriver à son niveau, se pencher vers lui, le sourire odieux d'Orphée se teinte d'un peu d'ironie.

— Ça a été juste, Pierre. Le dosage est parfait, mais juste. Garde un œil sur lui, il ne faudrait pas que la drogue le mette en état de détresse respiratoire. On va avoir besoin de lui un petit moment.

Puis, s'adressant à Romain pendant que le toujours silencieux Pierre se dirige vers le comptoir d'accueil des bureaux et se penche derrière eux pour ramasser quelque chose qu'il assemble dans un cliquettement métallique :

— Tu vas rester conscient. Tu ne pourras plus bouger, mais tu vas profiter du spectacle, lui souffle Orphée, son visage moqueur à quelques centimètres du sien.

Pierre revient du comptoir en poussant un fauteuil roulant. Orphée l'attrape par-dessous les bras, le soulève comme un enfant, sans effort apparent, et le pose sur le siège. Romain aimerait hurler sa colère, mais sa gorge est aussi morte que ses jambes. Pierre retourne dans la salle et revient avec le matériel d'enregistrement. Il ouvre les portes et ils sortent sur le palier.

Comble du supplice, ils prennent l'ascenseur en compagnie d'un couple qui, bien qu'indisposé par l'odeur de Pierre, regarde le « handicapé » avec compassion, alors que Romain hurle intérieurement pour qu'ils lui viennent en aide.

Dans le parking, ils le poussent jusqu'à un énorme break noir, un corbillard, sur lequel Romain peut lire *Pompes funèbres générales du Cercle d'or*.

L'ironie odieuse des deux ravisseurs lui arrache un dernier hurlement muet.

17

Vide. Le cercueil est vide.

Son capitonnage de soie rouge est impeccable, aucun des fluides corporels libérés inévitablement par un cadavre dans les jours qui suivent l'inhumation n'est venu le souiller. Si le corps de Thierry Jourdan y a été enseveli, il n'y est pas resté longtemps.

Mais Victor pense plutôt qu'il n'y a jamais été déposé. Il va devoir s'expliquer avec l'entrepreneur des *Pompes funèbres générales du Cercle d'or* sur la manière dont s'est déroulée cette inhumation. Car entre l'exposition à ses proches et le dépôt en terre les occasions d'extirper le corps du cercueil ne sont pas nombreuses et elles sont toutes entre les mains du croque-mort et du fossoyeur.

Pourquoi avoir préparé la tombe de Thierry Jourdan pour une ouverture aisée ? Pour l'y remettre ? Cela semble absurde, mais Victor se dit que, tout, depuis le début de cette affaire se complaît, dans l'absurde, alors…

Victor referme le cercueil et regarde l'heure. Il est minuit et demi, s'il veut avoir fini avant l'aube, il faut qu'il s'y remette. Harassé par sa nuit blanche de la veille, il se demande s'il parviendra à ses fins, mais tant que son corps obéit, le doute est permis. Il rebouche le trou à pelletées volontaires, n'accordant aucune attention aux papillons de fatigue qui dansent devant ses yeux, ni aux douleurs qui lui scient les reins et les épaules. Il lui faut une heure pour reboucher la fosse, une demi-heure pour remettre le coffrage en place et une poignée de minutes pour la plaque de marbre. Ce coup-ci, il est cuit, carbonisé, atomisé. Avant de chercher un moyen de fuir du cimetière, il fume une gitane pensif au clair de lune en remerciant la frilosité des gardiens de nuit de l'endroit.

Il est en train d'effectuer quelques mouvements d'assouplissement quand son téléphone l'interrompt. C'est Alice, effrayée, paniquée.

— Il est de retour ! Il tourne autour de la maison, je l'ai aperçu par la fenêtre. Il est horrible ! Qu'est-ce que je fais ? J'appelle la police ?

— Il va se sauver quand ils vont arriver avec leurs gros sabots. Vous êtes enfermée et vous avez le flingue ?

— Vide. Mais je l'ai.

— Ne bougez pas, j'arrive au plus vite. S'il essaye de rentrer dans la maison, vous appelez les flics. Sinon, vous deviez vous en douter, sa tombe est vide.

— Le contraire m'aurait étonnée.

Après quelques mots d'encouragement pour la jeune femme, il lui faut trouver une sortie rapide, il court vers le mur d'enceinte le plus proche de là où il a garé la voiture. Embarrassé par ses outils, il y parvient néanmoins, le souffle court, au bout de dix minutes pénibles. Ce cimetière est immense, une mer de tombes dans laquelle il n'est qu'un fétu de paille. Les murs sont hauts de trois mètres et n'offrent aucune prise pour l'aider dans une tentative d'escalade. Il tourne et retourne sur lui-même pour trouver une solution et il se dirige vers un platane dont les branches enjambent le mur à une centaine de mètres de là où il se trouve. Arrivé au pied de l'arbre, il jette pelle et pioche par-dessus le mur en croisant les doigts pour ne pas détruire une voiture stationnée de l'autre côté. Il n'entend aucun fracas.

Victor s'attaque à son escalade du grand platane. Il n'a pas dû s'adonner à cette activité depuis le début de son adolescence, mais la perspective d'une Alice harcelée par ce fantôme, ce mort vivant, ce vagabond hirsute qu'est devenu son mari décuple son énergie, à défaut d'améliorer sa souplesse. Il se hisse jusqu'à une branche qui surplombe le mur du cimetière, l'attrape à deux mains et commence à se rapprocher du mur à la force de ses bras. Il est à mi-chemin vers le mur quand le faisceau lumineux d'une lampe torche vient l'éblouir. Surpris, il manque de relâcher la branche et de chuter, il a un réflexe de survie et crispe ses doigts autour de la branche en fermant les yeux. Il entend la voix d'un gardien lui crier de ne pas bouger. Il sourit intérieurement du peu de crédibilité de la menace, si les gardiens de cimetière étaient armés, ça ferait du grabuge à la sortie des bistrots. Il reprend sa progression en essayant d'accélérer l'allure. Il entend des jurons et le bruit de course sur le gravier de l'allée et voit les deux faisceaux se rapprocher de lui à toute vitesse. S'il ne veut pas terminer sa nuit au poste de police pour une embarrassante garde à vue et laisser Alice se débrouiller seule avec son revenant, il va devoir s'inventer un tempérament d'acrobate.

Il remonte ses genoux sous son menton, ses abdominaux vont rejoindre la liste des muscles qui le feront souffrir le lendemain, les bascule vers le mur, il rejoint ses mains dans une prise unique, redescend les jambes en initiant un mouvement de bascule du mur à l'arbre, il remonte les jambes vers le tronc, recommence et finit par prendre un mouvement de balancier qu'il accentue aussi rapidement qu'il le peut. Les deux lampes se rapprochent, les voix des gardiens vociférant se font plus précises, des mains se tendent, il est temps pour Victor de tenter sa chance comme trapéziste. Il relâche la branche quand ses jambes sont au sommet de leur course vers le mur, il pousse sur ses bras et prie d'avoir assez d'élan. Il est en partie exaucé, il retombe les reins sur le faîte du mur d'enceinte, il encaisse la douleur, mais il se sent basculer et glisser du mauvais côté, vers les gardiens hystériques qui sont juste en dessous de lui.

Dans un sursaut, il s'accroche des deux mains au sommet du mur et tire sur ses abdominaux dans un hurlement de douleur furieuse. Il se retrouve assis sur le mur, les jambes pendantes dans la rue. Il soupire, et dans sa satisfaction il ne peut retenir une petite moquerie pour les gardiens qui lui crient leurs injonctions inutiles.

— Je me casse, c'est mortel votre club.

Indifférent aux injures, il se laisse glisser le long du mur, tombe sur les talons avec une grimace de souffrance. Il ramasse ses outils et fonce vers la Clio grise avant que les gardiens ne sortent par une porte latérale. Il s'engouffre sur l'A86 avec une oreille attentive au scanner qu'il a installé dans la voiture pour être averti d'un éventuel signalement de sa fuite par les gardiens aux forces de l'ordre.

Il appelle Alice en arrivant, elle n'a pas vu le spectre depuis son appel, mais elle le sent toujours roder autour de la villa. Il décide de garer la Clio sur le boulevard et d'arriver discrètement pour faire un tour dans le jardin et tenter de surprendre leur rôdeur imputrescible.

Il passe sous le pont du métro et marque une pause devant la grille. Le jardin semble désert, mais il compte bien le fouiller de fond en comble avant d'aller enfin dormir. Il attend le passage d'une rame pour profiter de son bruit et couvrir le grincement de la grille qu'il ouvre lentement.

Il se glisse dans le jardin. Le ciel s'est couvert, et une averse de neige redonne à la rue l'atmosphère de la nuit précédente. La lueur diffuse du réverbère ne permet pas une vue d'ensemble du jardin. Côté rue, il est pourtant découvert, trois arbres nus, une pelouse et des parterres couverts de neige, mais Victor prend le temps d'inspecter les angles morts de la véranda et des murs latéraux de la villa. Ils sont calmes, pas de borgne squelettique tapi dans un coin sombre.

Il n'a pas d'arme. S'il le trouve il lui faudra maîtriser le spectre à mains nues. Mais il n'a, de toute façon, pas l'intention de tuer le vagabond : cet homme est malade, en souffrance physique et mentale. Bellanger ne sait pas ce qu'il a traversé, mais imagine cela terrible. Alice et lui doivent essayer de lui venir en aide, il doit pouvoir être soigné. De plus, l'attraper vivant serait la meilleure réponse à apporter à Tussaud et à son scepticisme, de quoi effacer les accusations de folie proférée à son encontre et de lui redonner un peu de crédibilité.

Il contourne la maison. L'arrière, un petit jardin cerné par les immeubles gris, n'offre pas de cache possible, seul un cabanon de jardin collé au mur du fond nécessite une vérification. Il est fermé par un cadenas et une chaîne, intacts. Ses planches sont jointes et solides, il ne peut pas abriter d'intrus. Victor se retourne et regarde machinalement vers la fenêtre de la maison voisine. Une lumière y est allumée sous les combles malgré l'heure tardive, mais il n'aperçoit pas la voisine à sa fenêtre. Il voit, par contre, en reportant son regard vers la villa, une forme allongée sur le toit du garage.

Il rabaisse vite son regard pour ne pas lui donner l'alarme. Il pense à un moyen de le surprendre et il se dirige vers la porte d'entrée de la demeure. Il frappe, fait comprendre la situation à Alice et se rend au pas de course vers le second étage de la villa qui surplombe le toit du garage. Il entre dans une chambre sans allumer, il la traverse et regarde par la fenêtre.

En dessous de lui, il voit le vagabond, torse nu dans la nuit glaciale, se redresser et regarder vers la porte d'entrée, il le domine d'un étage, il peut le surprendre. Bellanger ne veut pas lui laisser le temps de fuir, il ouvre la fenêtre le plus silencieusement possible pour ses mains engourdies par le froid et il enjambe le rebord. Quand il se penche vers le toit du garage il jure entre ses dents en constatant que la silhouette a disparu. Il saute immédiatement sur le toit, glisse sur le ciment en déclivité pourtant légère et se rattrape au bord. Il reprend ses appuis en jurant entre ses dents.

Il ne voit plus de rôdeur, ni dans le jardin, ni dans la rue, auquel cas il aurait entendu la grille grincer. Il se redresse et il voit à la fenêtre en face de lui la voisine qui le regarde. La vieille femme au chignon impeccable regarde attentivement vers la villa, elle voit qu'il la regarde et au lieu de détourner son attention, elle lui fait un signe de la main lui montrant le mur derrière lui. Comprenant qu'elle lui signale un danger, il se retourne d'un bond.

Un vasistas donne sur un escalier de la villa, il est allumé, alors qu'il a demandé à Alice de rester dans le salon. Il se précipite vers la vitre. Le bois du montant a été méticuleusement découpé avec un instrument tranchant, le mécanisme d'ouverture a été dénudé et forcé. Mais l'intrus l'a refermé derrière lui. Victor essaye de forcer le loquet avec ses doigts, mais il voit bien qu'il lui faudrait un tournevis pour y parvenir. Il a le visage presque collé à la vitre quand il apparaît.

Le visage blanc et hirsute du vagabond surgit et la surprise arrache un cri d'effroi au flic. La face horrifiante est collée contre la vitre à quelques centimètres de lui, où leurs souffles se rejoignent. Ils restent quelques secondes immobiles, dans une attitude de défi. Victor a le regard planté dans celui du spectre, son œil mort est une plaie immonde d'où pendent des lambeaux de paupière qui ne masquent plus un œil détruit et sanguinolent, entouré d'une auréole de sang brun séché qui s'étend jusqu'au cou. Mais dans son œil valide, Bellanger croit distinguer une joie mauvaise. De rage, Victor frappe des deux poings contre les montants du vasistas. Thierry Jourdan se recule avec un sourire, lui tourne le dos et se dirige vers le rez-de-chaussée. La silhouette squelettique disparaît dans l'escalier. Victor attrape son téléphone et appelle Alice.

— Il est dedans ! Enfermez-vous dans une pièce. Ou éteignez la lumière du salon et ne bougez plus, j'arrive.

La jeune femme ne panique pas et appuie sur l'interrupteur. Bellanger saute du toit du garage, ses chevilles lui font un mal de chien, mais il sert les dents et entre dans la maison. Toutes les lumières sont de nouveau éteintes, il essaye de se repérer dans le noir quand il entend un hurlement d'Alice, un hurlement de stupeur. Il se précipite vers le salon sans avoir trouvé d'interrupteur. Il tâtonne dans la salle à manger et, à la lueur de la véranda, il allume un halogène qui lui révèle la jeune femme.

Alice est prostrée dans le canapé et le regarde avec des yeux exorbités.

— Il était là. Il m'a touchée dans le noir.

Victor s'apprête à lui tenir des propos réconfortants quand il entend la grille d'entrée du jardin crisser, une boule de colère lui noue la gorge.

— Pas encore. Non !

Il fait demi-tour et se précipite vers l'entrée, il court aussi vite que ses chevilles douloureuses et son épuisement le lui permettent, et arrive à la grille du jardin à temps pour voir une camionnette tourner au coin de la rue à une vitesse bien excessive pour l'heure et l'état de la chaussée. La voiture est trop loin pour qu'il aille la chercher, il court vers le boulevard sans grand espoir de rattraper la camionnette grise. Il la perd de vue et ne la revoit plus, il arrive à une intersection sans savoir quel chemin emprunter. Des phares épars s'éloignent dans toutes les directions, l'entrée de l'autoroute A4 est à une centaine de mètres, il ne pourra rien faire à pied. Il s'est encore fait avoir. Il accepte avec aigreur ce nouvel échec et il se précipite vers la villa pour ne pas laisser Alice seule un instant de plus.

Il retrouve la jeune femme, toujours prostrée dans le salon. Il s'assoit à côté d'elle dans le canapé, il souffle de dépit et d'impuissance et il lui avoue son échec. Il ramasse son Manurhin et s'emploie à le recharger. Il lui demande si elle veut qu'il prévienne ses collègues.

— Pourquoi ? Pour qu'ils me prennent encore pour une folle ?

— Si on leur raconte tout ce qu'il s'est passé depuis l'agression, ils seront au moins obligés de vérifier.

— Je vais y réfléchir cette nuit, mais je ne veux plus qu'on me tienne pour une cinglée.

— Il faut le retrouver rapidement. Les gens qui utilisent ce… pantin pour un jeu macabre ne se rendent pas compte que votre mari va y laisser sa peau pour de bon, cette fois-ci.

— Ce n'est pas mon mari.

Elle se raidit sur le canapé et regarde Bellanger avec une intensité soudaine et brutale.

— Cette… chose n'a rien à voir avec Thierry Jourdan. C'est son corps, mais son âme n'est plus là. Je me fiche de ce qui peut lui arriver.

Puis, comme si cette sortie avait épuisé ses dernières forces, elle s'effondre et pleure à sanglots, hoquetant. Au bout de l'épuisement, Bellanger la prend dans ses bras et tente de la réconforter de nouveau. Elle tremble contre lui, il est ému comme il ne l'a plus été depuis sa dernière étreinte avec Julie, il y a de cela une éternité.

— Je vais tout fermer et dormir ici, ils ne reviendront pas ce soir.

— Oui, ne me laissez plus seule.

18

Ils ne lui ont pas menti. Romain regrette pourtant que ce soit le cas. Il voit tout et entend tout. Et ça ne lui plaît pas. Il a fait le trajet enfermé dans un cercueil, terrorisé par cette torture mentale odieuse. Ils n'ont pas complètement refermé le couvercle pour lui laisser assez d'air et il entend donc les chants incessants d'Orphée. Son kidnappeur en costume rouge chante à tue-tête pendant tout le trajet des chants dans une langue inconnue de Romain, mais la joie moqueuse de son timbre se passe de traduction. Il tourne et retourne en vain ses hypothèses de mobile ayant amené les deux hommes à le kidnapper sans en trouver un qui ait suffisamment de sens.

Il se demande même si quelqu'un se souciera de sa disparition, son agent a d'autres chats à fouetter et ne sera pas affligé par la perte d'un acteur non rentable qui lui prend du temps. Ses sœurs ont l'habitude de ses errances et de longues périodes sans donner de nouvelles, les jumelles ne se soucient jamais de lui et Alice a, en ce moment, d'autres préoccupations. Quant à ses amis, il les voit quand ça lui chante. S'il disparaît, aucun d'entre eux ne s'en inquiétera avant un bon mois.

Son seul espoir réside en Naïma. Sa fidèle Naïma, aimante et patiente, qui lui passe toutes ses incartades depuis plus de trois ans, qui encaisse toutes les saloperies qu'il lui fait subir et qui trouve toujours la force de lui pardonner. Il souffre à ce moment de ne pas pouvoir lui dire à quel point il regrette son comportement, à quel point il s'en veut d'avoir été égoïste et insouciant.

Dans sa geôle de soie rouge, il n'a pas trop la notion du temps, mais il ne lui semble pas être resté ainsi plus d'une heure, à se morfondre et à regretter ses choix passés, lorsque le corbillard s'arrête.

Ils ne le sortent pas du cercueil. Il entraperçoit, par l'ouverture latérale, un hall d'exposition d'un magasin de pompes funèbres qu'ils traversent d'une traite pour entrer dans une grande salle blanche complètement silencieuse. Ses deux geôliers posent « son » cercueil sur une table, ouvrent le couvercle, lui sourient et l'empoignent. Et Orphée cause :

— Bienvenue dans ta dernière demeure, Romain. Tu as de la chance, tu ne dois pas sentir le froid.

Il lui dit cela dans le halo de vapeur blanche qui s'échappe de ses lèvres. Romain comprend qu'il se trouve dans une chambre froide. Il constate qu'effectivement la drogue qu'ils lui ont administrée l'empêche de ressentir le froid et la douleur, car il ne sent rien quand il se cogne le crâne sur la table métallique où ils le posent sans ménagement. Quelle est la température dans ce réfrigérateur grand modèle ?

Il a le temps d'apercevoir une salle, longue d'une dizaine de mètres, dont un des murs est couvert de tiroirs en métal d'un mètre sur un. Sur le mur opposé,

Romain a le temps d'apercevoir une fresque indéchiffrable, peinte en noir sur le mur blanc : un enchevêtrement sophistiqué de formes géométriques simples et de symboles mystiques élémentaires : cœurs, serpents, flèches, éclairs… Un décor assez peu conventionnel pour une chambre froide.

Il entrevoit également d'autres corps étendus, nus, sur des tables identiques et parallèles à la sienne. Il lui semble en avoir vu trois, de cadavres, plus à en juger par leur extrême pâleur que par leur immobilité, puisqu'il est bien placé pour savoir qu'en ces lieux, l'immobilité ne signifie pas la mort. Son tortionnaire en rouge remarque son regard et commente :

— On te laisse en bonne compagnie, tu as beaucoup à apprendre d'eux, vous faites le même voyage. Ils sont juste partis un jour ou deux avant toi.

Orphée Tchiboko quitte la salle dans un éclat de rire méprisant que Romain, dans son impuissance, rêve de lui faire payer un jour. Pierre le suit, non sans un regard étrange vers Romain, comme s'il lui donnait un rendez-vous secret. Cette perspective inquiète le jeune homme, qui ne croit pas que Pierre puisse lui annoncer un quelconque secours et qui craint donc ce qui est induit par cette promesse muette.

Romain se retrouve seul face au plafond blanc, dont l'ampoule nue lui brûle les yeux. Il les ferme pendant un assez long laps de temps, mais il ne tient plus à rester ainsi coupé du monde sans parvenir à trouver le sommeil. Il est bien trop anxieux et torturé pour pouvoir compter sur un voyage salvateur dans l'inconscient. Alors, il ouvre les paupières et tente d'orienter son regard vers le mur et la fresque. Il parvient, au prix d'un effort intense contre sa paralysie, à orienter sa nuque de façon à rapprocher son menton de sa poitrine et à avoir la fresque murale dans son champ de vision. Il prend le temps de la détailler, et surtout de découvrir ce qui la domine. Le long du plafond, dans une sorte de renfoncement creusé dans le mur il voit un gigantesque serpent, manifestement empaillé, qui s'étend sur toute la longueur de la chambre froide. Il le suit des yeux et au-dessus de la porte d'entrée, il voit la tête du serpent tournée vers la salle. La tête énorme d'un python aux dimensions exceptionnelles, un serpent d'une dizaine de mètres de long dont la tête à la gueule ouverte doit faire cinquante centimètres de diamètre. Les crocs du reptile fascinent Romain pendant quelques minutes, tant ils lui paraissent blancs et luisants.

Pendant sa contemplation, il se rend compte que ses deux ravisseurs doivent vouer un culte à cet animal. Cette perspective lui donne enfin une clef pouvant expliquer sa présence dans cet endroit. Il pense être tombé dans les griffes d'une secte… Animiste, vaudou, Dieu sait quoi… Mais si sa perspective est de finir en victime sacrificielle, il n'y voit pas motif à soulagement. Et il continue de se demander pourquoi il a été choisi par ces deux fous pour cette triste fin.

Il concentre ses efforts sur son corps, essayant de solliciter ses muscles et tendons. Il note une petite amélioration de son état par rapport à son arrivée dans la morgue. Il parvient, au prix d'un effort colossal, à remuer un peu les doigts de ses deux mains, et il arrive à solliciter ses muscles faciaux, particulièrement entraînés par son métier de comédien. Il est pourtant très loin de pouvoir envisager un mouvement suffisamment fort pour prendre la fuite ou tenter de donner l'alerte, mais il est toujours capable de bouger et son état s'améliore. Ce qui lui redonne espoir : si ses deux geôliers continuent à être aussi insouciants et suffisants, peut-être aura-t-il une opportunité de le leur faire regretter.

Il en vient à envisager l'existence d'un troisième ravisseur, les deux clowns qui l'ont enlevé sont trop frustes pour avoir conçu le scénario méticuleux de son rapt et pour avoir dupé son agent. Ce ne sont que des hommes de main fanatisés au comportement outrancier. S'il veut avoir une chance d'être entendu, de discuter de sa situation, c'est sûrement avec celui qu'ils servent…

Cette perspective lui redonne le moral… quand il entend la porte de la morgue s'ouvrir et se refermer dans un claquement sec. La lumière de l'ampoule décroît jusqu'à plonger la pièce dans une pénombre grisâtre. Il voit Pierre passer devant lui, dans un nuage d'haleine, en lui adressant un sourire vide de sens. Romain se demande si cet homme n'est pas un attardé mental tant son comportement est difficile à cerner. L'odeur épouvantable qu'il dégage lui parvient malgré le froid et malgré l'engourdissement de ses perceptions. Une odeur fétide, pire que celle de la saleté ou de la décomposition, une odeur plus malsaine que celle de la pourriture, une abjection qui conforte Romain dans l'idée que cet homme est un demeuré. Une personne saine d'esprit ne pourrait pas supporter une telle odeur, c'est impensable.

Il entend Pierre s'affairer sur sa gauche, auprès de l'un des cadavres. Il ne le voit pas, car il est hors de son champ de vision à la fixité exaspérante. Romain imagine un instant pouvoir communiquer avec le grand chauve. S'il est réellement simple d'esprit, il pense parvenir à le manipuler et à le convaincre de l'aider à s'enfuir. Il échafaude un argumentaire, sollicite ses talents d'acteur pour préparer un petit discours visant à faire peur au demeuré, à lui faire croire que des amis vont venir le chercher et que s'il ne l'aide pas, il ira au trou. Pour l'instant Romain sait ne pas pouvoir émettre d'autres bruits qu'un vague grognement, mais il sait aussi que ses occasions de parler en tête à tête avec le grand chauve seront peut-être rares : il se doit d'essayer.

Il tente de tourner la tête vers Pierre, force sur ses muscles engourdis et obtient une petite réaction qui lui donne de l'espoir. Il insiste pendant de longues minutes quand il entend le bruit d'une scie circulaire en provenance de la table voisine. Un peu dégoûté par la perspective d'assister à une autopsie, ou à la préparation d'un cadavre pour ses funérailles, il insiste quand même et continue son effort. Il s'inquiète un peu du fait que la scie circulaire masque les faibles bruits qu'il sera capable de produire et espère pouvoir attirer l'attention du grand chauve par le regard.

Son cou refuse de tourner, il a réussi à revenir à sa position initiale, avant d'avoir orienté sa tête vers son torse, mais il ne parvient pas à solliciter les muscles lui permettant de faire un mouvement latéral, il sent qu'il serait capable de ce mouvement vers la droite, mais vers la gauche il n'y parvient pas. Ce qui le fait enrager. Il utilise sa technique d'images mentales positives pour se donner de la force, il essaye de penser à Naïma, il se remémore leur dernière dispute, les larmes de la jeune femme avant de partir passer quelques jours chez ses parents.

Il sent monter sa colère, la colère contre lui-même, l'envie profonde et violente de retrouver Naïma pour se faire pardonner son comportement, pour se montrer enfin digne d'elle, justifier ces mois d'attente et de souffrance pour la jeune femme. Il lui fera un enfant comme elle le souhaite et il se comportera en homme responsable.

Cette décision convoque suffisamment de force en lui pour tirer de la faible réponse de ses muscles la puissance nécessaire pour lui faire pivoter la tête. Centimètre après centimètre, son visage tourne vers la gauche, il a l'impression d'être un marathonien puisant au plus profond de lui-même pour terminer une course épuisante et qui voit se dessiner la ligne d'arrivée. Un sentiment proche de l'euphorie l'envahit quand il sent sa tête rouler, finalement emportée par son propre poids et lui permettant de voir en intégralité un atroce spectacle.

Romain ne peut ni bouger, ni crier, ni vomir pourtant ce qu'il voit maintenant justifierait ces trois réactions. Il regrette cruellement d'avoir réussi son exploit : ce qu'il voit réduit presque ses espoirs à néant. Pourtant comme fasciné par l'abomination il garde les yeux grands ouverts, exorbités sur la folie de Pierre Laveau qui vient de se matérialiser à ses côtés.

Pierre Laveau se tient nu, au-dessus du cadavre d'une jeune femme à trois mètres de Romain. Son corps aussi pâle que celui du cadavre est totalement glabre, ses os pointent sous la peau à de multiples endroits, comme sur le corps d'un anorexique, et son sexe lui pend entre les cuisses comme un fil de suture obscène. Au milieu d'un halo de buée blanche, il est occupé à découper la boîte crânienne de la morte avec une scie circulaire de petit diamètre qu'il tient des deux mains, courbé en avant vers la tête de la victime de sa profanation. Pendant qu'il découpe le crâne couvert d'une épaisse chevelure brune, dont des mèches tombent une à une sur le sol, Laveau prie.

Il prie de sa voix caverneuse, couverte par le bruit strident de la scie, mais quand il s'arrête pour changer d'angle ou de position ses paroles parviennent distinctement à Romain qui entend les vers d'un *Je vous salue Marie* odieusement sorti de son usage légitime.

La scène dure quelques minutes puis Laveau arrête sa scie et, tout en continuant de psalmodier, la range dans un étui noir posé à ses pieds. Il regarde l'ouverture qu'il a pratiquée sur le haut du front de la morte jusqu'à la moitié de la boîte crânienne sur quelques centimètres de large. Il a l'air satisfait et ramasse méticuleusement les cheveux et les pose sur un plateau métallique où se trouve déjà posé le bandeau d'os aux bords nets qu'il a extrait du crâne. Romain espère un instant que la profanation s'arrête là, qu'il puisse entrer en contact avec le grand chauve, mais ses espoirs sont vite balayés.

Laveau se place aux pieds de la jeune femme, il joint ses mains sur sa poitrine en signe de recueillement et prie maintenant à pleine voix, nimbé du nuage blanc de son haleine pestilentielle dans le froid de la morgue. Son *Je vous salue Marie* infernal résonne dans toute la pièce avec le même écho que dans une église, mais son sexe semble lui animé d'une pulsion qui n'est en rien mystique. Romain est affligé du spectacle, mais il voit le sexe misérable du chauve se soulever en une érection vigoureuse même si sa taille est presque ridicule, comparée à la carcasse pâle du grand chauve.

Écœuré, Romain s'apprête à vivre une pénible scène de nécrophilie, mais il se convainc de ne pas craquer et de guetter une opportunité de communiquer avec le malade dégénéré qui s'apprête à souiller le corps de la morte. Il se surprend à prier lui-même pour le repos de la jeune femme dont le corps va être aussi odieusement insulté.

Le grand corps pâle de Laveau se penche sur celui de la morte, en écarte ses cuisses de la main et se glisse en elle après quelques tâtonnements sans cesser pour autant de prier à voix haute. Il se couche sur elle et la table métallique se met à claquer et à grincer sous ses va-et-vient nerveux et saccadés. Romain subit le spectacle avec détermination, après tout, cette victime-là est morte, et celui qui a besoin d'aide dans cette morgue, c'est bien lui et, à la limite, ce pauvre cinglé. Pour se livrer à de telles pratiques, il doit être dans un état de délabrement mental incroyable. Romain fait face à sa peur et à son dégoût avec un courage qu'il ne se soupçonnait pas. Mais la scène dégénère encore.

Laveau se met à genoux entre les cuisses de la morte et se redresse sur la table sans pour autant cesser son macabre ouvrage, tous les pores de sa peau exhalent une fumée blanche nauséabonde et offrent à Romain une vision digne d'un avant-goût de l'enfer. Laveau tend les bras, se saisit du torse de la morte et le tire vers lui. La jeune femme d'une taille normale possède un tronc bien plus court que celui étiré de Laveau et l'ouverture crânienne se trouve donc juste devant le visage du profanateur.

Loin de le déranger, cela semble être le but recherché par le nécrophile dans son étreinte.

Sa prière est de plus en plus entrecoupée des râles annonciateurs de son plaisir indigne, il souffle dans son ouvrage et peine à continuer ses psalmodies sacrilèges, mais il s'obstine et avec un effort palpable parvient, entre chaque râle, à en énoncer un couplet, puis un vers, puis un mot quand son souffle devient trop saccadé.

Alors que sa satisfaction se rapproche et que ses râles remplacent complètement sa prière, le paroxysme de sa profanation est atteint. Il plonge son visage dans l'ouverture de la boîte crânienne et dévore à pleines dents le cerveau de la morte, la matière organique de la jeune femme se répand sur son visage dans un clapotis obscène. Romain croit basculer dans la folie quand Laveau laisse retomber en arrière la tête de la morte et qu'il le voit ingurgiter à grand bruit une bouchée pleine de substance cérébrale avec un grognement de satisfaction qui va crescendo jusqu'à accompagner l'atroce jouissance du monstrueux violeur.

Le paroxysme atteint puis dépassé, Laveau se calme, entièrement nimbé d'un brouillard blanc, il reste allongé sur le corps de la jeune femme quelques minutes en murmurant d'une voix éteinte sa prière incessante. Son visage couvert de sang semble apaisé, comme débarrassé d'une tension terrible et irrésistible.

Il se lève et entreprend de refermer le crâne de la jeune femme à l'aide d'une colle qu'il dispose généreusement sur l'ouverture avant de replacer le morceau d'os découpé avec un soin attentif et une précision experte, puis il recouvre les traces de son forfait avec les mèches de l'épaisse chevelure.

Romain pleure et sent ses larmes geler sur ses joues et autour de ses yeux, il a abandonné tout espoir de ramener Pierre à la raison, il en est bien trop loin.

Le grand nécrophile et nécrophage se rhabille et vient se placer à côté de Romain, son odeur envahit l'atmosphère jusqu'à l'écœurement sans que Romain ne parvienne à s'y accoutumer. Pierre lui redresse le visage et le regarde dans les yeux.

— J'espère que le spectacle t'a plu, ce sera bientôt ton tour, mais toi tu seras encore vivant quand je te ferai ça, du moins au début.

Romain se jure de le tuer de ses propres mains… s'il sort de là vivant.

19

Victor se masse la nuque pour chasser les douleurs cervicales récoltées à dormir la tête coincée sur l'accoudoir du canapé. Il a refusé avec obstination la chambre que se proposait de lui préparer Alice, car il souhaitait dormir au rez-de-chaussée pour faire barrage à un éventuel intrus nocturne. Mais après une petite demi-heure passée à écouter le scanner radio de la police à la recherche d'un message concernant un vagabond ou une camionnette grise, il s'est endormi comme une masse, terrassé par la répétition de ses efforts et par sa nuit blanche de la veille.

Contrairement à la majorité de ses nuits précédentes, il n'a pas été tenaillé par l'angoisse au point de se réveiller en sursaut à plusieurs reprises et d'avoir à se relever pour boire abondamment du whisky avant de retrouver le sommeil. Il pense avoir atteint une sorte de sérénité dans sa nouvelle enquête, l'impression d'avoir trouvé sa place, une raison de se lever. La protection d'Alice et la mise hors course de ceux qui la harcèlent pour des raisons encore obscures auront au moins servi à recycler un flic maltraité par le système, il a recouvré la paix que confère l'action. C'est du moins ce à quoi il songe en se dirigeant vers la cuisine d'où émane une irrésistible odeur de café.

Il n'a qu'une idée brumeuse de la suite qu'il compte donner à ses investigations, mais pour l'instant il sent que son cerveau et ses muscles douloureux n'accepteront pas de nouvelles sollicitations sans avoir préalablement sacrifié au rituel d'un petit déjeuner roboratif.

Il trouve Alice souriante et chantonnant un air des Beatles, tout en lui faisant frire des œufs au plat. Satisfait de cette transmission de pensée qui a permis à la jeune femme de devancer ses souhaits, il s'installe devant la baie vitrée de la cuisine qui donne sur la partie arrière du jardin. Alice termine de se débattre dans sa cuisine high-tech noir et rouge qui, manifestement, n'allie pas l'esthétisme et l'ergonomie, et vient s'installer à ses côtés.

— Mon garde du corps a eu une petite absence ? Je vous avais dit de prendre un lit. J'ai cinq chambres d'amis et vous dormez dans un canapé !

Elle lui sourit avec un air moqueur qui lui va à ravir et qui retire à Victor toute velléité de dénégation. Il se rend compte qu'il a oublié de masquer sa cicatrice avec un foulard et il porte sa main sur son cou, comme s'il était impudique. Alice remarque son geste et le rassure en posant la main sur son bras.

— Ne vous en faites pas, je ne suis pas si fragile. Et puis, j'aime bien l'idée d'être protégée par Albator.

Bellanger lui répond sur le même ton léger et moqueur, il est content que la jeune femme reprenne du poil de la bête et de la joie de vivre, il n'a pas à se forcer outre mesure pour se mettre sur la même ligne. Il ne se souvient plus de la dernière fois où il a pu prendre un petit déjeuner complice et détendu avec une femme, mais il regrette d'avoir laissé passer tant de temps avant d'y goûter de nouveau. Il dévore ses œufs, une demi-baguette de pain grillé et une pleine cafetière de café fort et brûlant.

— Elle va me coûter cher, cette protection rapprochée : il va falloir que j'aille faire des courses. Vous mangez autant qu'un régiment !

— Je suis bien moins salissant. J'aimerais autant que vous ne sortiez pas sans moi. Faites-moi une liste, je passerai nous ravitailler et dissiper ces accusations odieuses.

— Me voilà la prisonnière d'un pirate sans cœur, mais susceptible.

Il s'apprête à répondre sur le même ton badin, mais ils sont interrompus par le téléphone portable d'Alice. Bellanger la laisse répondre et se rabat sur une septième tasse de café. Son sourire s'efface entre deux gorgées quand il voit le visage d'Alice se décomposer. Elle discute quelques minutes avec une dénommée Naïma que Bellanger finit par identifier comme la petite amie de son frère. Elle tourne dans la cuisine, rendue trop nerveuse pour rester en place, par l'annonce de la disparition de son frère. Quand elle finit par raccrocher et qu'elle se rassoit face à Victor, elle est pâle comme un linge, abandonnée par la moindre trace de la bonne humeur qui l'habitait.

— C'est Romain, il a…

— Disparu.

— Oui, il a laissé un long message larmoyant à Naïma lui disant qu'il la quittait et qu'il partait pour Amsterdam refaire sa vie. Il a toujours eu des problèmes de drogue et n'allait pas très bien en ce moment. Naïma est persuadée qu'il est parti se défoncer pour oublier un casting raté.

— Il va revenir dans quelques jours, les poches vides et la tête à l'envers. Pas de quoi s'affoler.

Alice baisse la tête et regarde son verre de jus d'orange vide posé devant elle. Quelque chose la travaille et elle a du mal à le formuler, Victor l'interroge avec une moue indiquant son incompréhension.

— Naïma a peur, il est paumé en ce moment et elle redoute qu'il fasse une connerie. Il ne répond à aucun de ses appels… Alors elle va partir pour Amsterdam pour essayer de le retrouver.

— En écumant les *coffee-shop* du *Red Light district*, elle a ses chances, tente de la rassurer Bellanger.

— Mais je n'y crois pas.

— À quoi ?

— À sa fuite.

Elle reste silencieuse dans la même attitude d'inquiétude catatonique qui irrite Bellanger. Il lui pose la main sur le bras et, en la secouant légèrement, il insiste :

— Qu'est-ce qu'il y a, Alice ?

— Je ne crois pas aux coïncidences.

— Ce n'est pas un flic qui vous contredira.

— Romain a été enlevé par ceux qui utilisent Thierry pour me rendre folle.

— Il a laissé un message à Naïma.

— Sous la contrainte, ou je ne sais quoi…

Victor soupèse la possibilité d'un enlèvement, il ne croit pas non plus aux hasards, mais tant qu'il sera dans le brouillard quant aux motivations de ces inconnus, il se sent incapable de trancher par la raison. Seule l'intuition qui lui demande depuis le début de croire et de protéger Alice pourra continuer à le guider.

— Je ne demande qu'à vous croire, mais pourquoi l'aurait-on enlevé ?

— Je ne sais pas, mais il faut protéger mes sœurs. Vite.

Bellanger demande à rappeler Naïma et à écouter le message laissé par Romain. Celui-ci est sans ambiguïté : le jeune homme y évoque son mal-être, son besoin de faire une pause, de se libérer d'un quotidien étouffant en partant pour un temps à Amsterdam. Il annonce qu'il ne sera plus joignable, qu'il redonnera signe de vie quand il l'estimera nécessaire et qu'il aura digéré sa situation. Bellanger se le fait repasser plusieurs fois par Naïma, laquelle s'apprête à partir pour Amsterdam. Il ne tente pas de la dissuader de le faire, il n'a aucune certitude. Comme la jeune femme, il trouve simplement que Romain était étonnamment démonstratif pour un message laissé sur une boîte vocale, et qu'il ne mentionnait aucun détail de sa vie quotidienne. Un message très neutre dans la description de sa situation. Si le ton de Romain n'avait pas paru aussi sincère, on aurait pu croire à un message dicté sous la contrainte, mais l'émotion du jeune homme empêche Victor de conclure dans ce sens.

Il laisse la compagne du « disparu » partir à sa recherche, en proie à une inquiétude palpable. Là encore, il est conscient que la police ne leur sera d'aucune aide : Romain est adulte, il a laissé un message… Ils ne bougeront pas pour calmer les seules angoisses d'une petite amie abandonnée.

Alice est restée à ses côtés pendant ses échanges avec Naïma, il la sent tendue. Elle ne parvient pas à se calmer, reste convaincue que Romain a été enlevé et que ses sœurs sont elles aussi en danger. Pour rassurer Alice et garantir la protection des deux jeunes femmes, la solution la plus simple serait de partir immédiatement les retrouver. Toutes deux étudient à Strasbourg où elles se préparent à intégrer l'ENA. Pourtant, il doit continuer l'enquête sur place : les pompes funèbres, la camionnette grise, l'acte de décès, tous ces éléments ne pourront pas être débrouillés depuis Strasbourg. Ne pouvant se couper en deux, ni laisser Alice seule, il a besoin d'aide.

Alice sort de la cuisine et appelle ses sœurs en marchant dans le salon. Entre deux cours, elles semblent pressées et peu disposées à s'inquiéter de la disparition de Romain, dont ce n'est pas la première frasque. Alice ne leur parle pas de ce qui lui est arrivé à elle, sans doute par peur de passer pour folle, et elle ne réussit qu'à les convaincre d'être un peu vigilantes, d'éviter de rester seules et d'appeler la police au moindre événement suspect. Les deux jeunes femmes s'engagent à faire attention. C'est trop peu pour rassurer Alice.

Durant l'appel, Victor, en suivant ses déambulations des yeux, fait le point sur les ressources mobilisables dont il dispose. Il a quelques amis encore fidèles à l'Antigang, mais ils ne sont pas responsables de département et ne pourront pas, depuis Paris, être d'un grand secours pour une surveillance à Strasbourg.

Son ami le mieux placé est un officier de la DCRI[1], Paul Rochat, chez qui il s'est réfugié quelque temps après sa séparation d'avec Julie. Un vrai ami qu'il n'a pas l'habitude de solliciter dans le cadre de son travail, mais nécessité fait loi. Il s'ouvre à Alice de cette possibilité, mais elle reste très méfiante et blessée par ses derniers contacts avec la police.

— Il nous croira ?

— Je ne lui dirai pas tout, mais s'il peut m'aider il le fera. J'ai besoin de lui pour interroger les

1. Direction centrale du renseignement intérieur.

pompes funèbres, le chirurgien de Mondor et surtout pour demander une surveillance de vos sœurs. Ça, il peut le faire.

— Et nous, que faisons-nous ?

— On se concentre sur la recherche des mobiles. Il doit bien y avoir quelque chose dans votre histoire familiale qui a un rapport avec tout ça.

La jeune femme s'assoit sur le canapé, là même où Victor a passé la nuit. Elle lisse les coussins chiffonnés par son sommeil, soupire et regarde Victor avec un air résigné.

— Mes parents sont morts depuis plus de vingt ans. Mes grands-parents depuis une dizaine d'années. Nous n'avons plus de famille à part de très lointains cousins que je n'ai plus vus depuis des lustres.

— Ils sont morts comment, vos parents ?

— Dans un accident, le laboratoire dans lequel ils travaillaient a brûlé. C'est l'argent des assurances et leurs parts dans le laboratoire que nous avons perçus à nos 18 ans.

— Ça représentait beaucoup d'argent ?

— Dix millions d'euros, partagés en quatre parts.

— Ce n'est pas rien… Comment s'appelait ce labo ?

— Montserray-Lancerne. Il n'existe plus… Comme l'argent, dont il ne reste plus que quelques centaines de milliers d'euros. On n'est pas des millionnaires, on a tous acheté de l'immobilier et un peu trop dépensé, surtout Romain.

Victor ne croit pas que l'argent puisse être un mobile crédible aux événements étranges qui ne cessent de se produire. Même vieille de vingt ans, l'histoire du laboratoire tiraille plus sa curiosité de flic.

— Ils travaillaient sur quoi ?

— Le labo était spécialisé dans les pharmacopées

primitives, l'ethnomédecine si vous préférez. L'étude des médications traditionnelles de ces peuples alors dits « primitifs ». Ils n'ont déposé que quelques brevets, pour des cosmétiques surtout mais, si la boîte avait pu continuer… Mes parents étaient brillants, vous savez.

— Montserray, c'était eux, donc… Mais Lancerne, c'est pour qui ?

— Pour leur associée, Élizabeth Lancerne. Elle doit toujours être vivante, elle avait leur âge. Mais je n'ai jamais eu de ses nouvelles.

— L'origine accidentelle de l'accident n'est pas douteuse ?

— Il y a eu des enquêtes, de la police et des assurances. Toutes ont conclu à l'accident. Mais j'étais trop jeune, je n'en sais pas beaucoup plus.

Il note de faire une recherche sur cette Élizabeth Lancerne et sur la mort des parents d'Alice. Même froide, cette piste est la seule qu'il possède. Puis il se lève et assène pour la énième fois ses consignes de sécurité. Il lui laisse son arme chargée en lui expliquant comment retirer le cran de sûreté et comment tirer sans se déboîter l'épaule. Il a maintenant beaucoup plus peur de ce qu'on peut faire à Alice que du désespoir éventuel de la jeune femme, et il se sent assez confiant pour lui laisser une arme chargée. Elle le remercie avec émotion.

— Il n'y a pas de quoi, une arme n'est jamais un cadeau.

— Je voulais dire : « Merci pour tout ce que vous faites. » Je ne sais pas où j'en serais sans vous.

Fier et souriant, il sort de la maison en sifflotant, d'humeur à renverser une montagne et à la manger à la cuillère. Il s'allume une gitane épanouie, la première de la journée, la meilleure, se dirige vers la

Clio… quand il voit la voisine encore installée à sa fenêtre. Il est sur le point de franchir sa porte pour aller lui parler, mais se rend compte que s'il veut voir Paul Rochat au siège de la DCRI avant qu'il ne parte déjeuner, il n'a pas le temps pour cette visite. Mais dès son retour, cette vieille chouette aux robes multicolores aura le droit à un interrogatoire en règle et devra lui expliquer par le détail ce qui l'intéresse tant que cela chez sa voisine.

20

Testament de Virginie Montserray.

Mes enfants,

J'imagine dans quel état d'étonnement et d'incrédulité vous êtes à la lecture de ces lignes. Mais après tout ce que vous avez enduré durant les jours qui viennent de s'écouler, je pense que vous avez terriblement besoin d'explications. Sachez que je vous aime de tout mon cœur et que tout ce que j'ai fait l'a été avec la préoccupation constante de votre bien-être et de votre sécurité. Il m'est difficile de vous expliquer ce qui vient de se passer sans revenir aux origines de cette incroyable histoire. Je vais remonter au tout début et je pense que vous saisirez peu à peu ce qui s'est passé, ce que j'ai fait et pourquoi je l'ai fait. Vous devriez comprendre ainsi pourquoi vous vous êtes retrouvés aujourd'hui dans cette situation.

Je ne pense pas pouvoir être à vos côtés au moment où vous lirez cette histoire testamentaire : j'ai bien peur que nous ne puissions jamais nous revoir. Si je me trompe, je vous serrerai contre mon cœur avec joie ; si je ne me trompe pas, j'espère que vous me pardonnerez ce que vous avez subi. Je vous aime comme j'ai aimé votre père. Nos destins auront été compli-

qués, inimaginables même, et nos chemins se seront séparés bien trop tôt, mais mon amour pour vous a résisté à toutes ces épreuves.

Ce qui nous est arrivé prend ses racines en Afrique, dans ce qui était alors la toute récente République du Dahomey – le Bénin d'aujourd'hui – fraîchement libérée de la colonisation française au milieu des années soixante.

Quand nous avons atterri – votre père, Élizabeth Lancerne et moi – au printemps 1966 à l'aéroport de Porto Novo, après un voyage éprouvant aux escales interminables, notre situation ne manquait pas de piquant. Il faut dire qu'un pays qui, dans son histoire a connu une période où il était gouverné par deux rois – un pour la nuit et un pour le jour – ne pouvait pas être garant de stabilité politique. Mais là, la situation était plutôt déconcertante.

Votre père et moi étions deux militants communistes revendiqués, mais nous avions pris nos distances avec l'URSS, le PCF et avec tous ceux qui justifiaient et toléraient Staline et son héritage. Après nos études de médecine et de biologie, nous étions entrés tous deux au CNRS, votre père trois ans avant moi, et nous nous y sommes rencontrés, mais ça vos grands-parents ont déjà dû vous le dire…

Nos engagements anticolonialistes nous avaient placés en tête de liste des scientifiques français acceptés dans des missions d'études dans les pays récemment libérés qui refusaient les expéditions dirigées par des chercheurs ayant eu des attitudes ou des propos contraires à l'indépendance des pays visités. Nous ne devions en revanche jamais, sous peine de retour en France, nous mêler à la vie politique locale.

Nous étions jeunes et sans enfants, notre passion pour les pharmacopées coutumières et la biosphère tropicale nous désignait particulièrement pour les missions d'études de la flore des pays en voie de développement. Après une mission au Mexique, où votre père et moi nous étions mariés, plus par romantisme que par croyance en ces rites petits-bourgeois, on nous confia une importante mission d'inventaire, de classification et d'analyse de la flore de la région centrale du Dahomey, ainsi que de ses usages médicinaux potentiels.

Cette mission avait été accueillie avec bienveillance par les autorités dahoméennes comme un signe de rapprochement avec l'ancien colon, dans une relation d'égal à égal et de développement scientifique et économique.

L'administration du président Sourou Migan Apithy avait donné son feu vert et des gages de coopération avec notre mission, mais au moment où nous atterrissions le pouvoir avait changé de mains trois fois pour échoir à un gouvernement militaire orchestré par le général Soglo, qui n'avait jamais validé notre venue et qui la découvrait avec méfiance.

Notre séjour a donc débuté par une étape forcée de dix jours, faute d'hôtel et d'autorisation de circuler sur le territoire, dans une salle des douanes de l'aéroport de l'ancien protectorat français. Les échanges avec l'administration locale étaient longs et fastidieux, nous n'étions pas non plus leur priorité. Nous fûmes à de nombreuses reprises proches de revenir en France, Élizabeth Lancerne poussait en ce sens, mais ne voulait pas perdre la face en rentrant seule, et nous, nous étions obstinés.

Nous avons résisté, il faut dire que le Mexique nous avait déjà accoutumés aux climats tropicaux et que nous brûlions de découvrir l'Afrique autrement que dans les livres. J'ai donc passé ces dix jours avec sérénité, occupée à relire Levi-Strauss et Sartre dans cette pièce vétuste pendant que votre père s'escrimait à démêler notre cas et à nous obtenir les autorisations nécessaires. Ce furent pour moi des jours heureux, c'est pour cela que j'insiste sur cette période, nous nous isolions avec votre père plusieurs fois par jour dans un petit local à bagages qu'on nous laissait utiliser pour notre intimité, et ces moments figurent parmi les plus beaux de ma vie.

Au bout de ces dix jours, votre père, le meilleur diplomate d'entre nous, nous avait obtenu l'autorisation de commencer nos travaux dans la région d'Allada, plus au sud que ce que nous avions prévu, mais le centre du pays était le théâtre d'affrontements entre les troupes de Soglo et les factions de ses opposants politiques et ethniques. Nous avions accepté, notre équipement nous avait été rendu et nous avions pu nous mettre en route pour Allada, à cinquante kilomètres de Porto Novo, passé le lac Nogoun et le fleuve Oueme.

Ce hasard qui bouleversait nos prévisions serait aujourd'hui appelé « sérendipité », cette part de hasard à l'origine des plus grandes découvertes. À l'époque le concept ne nous était pas parvenu, on se préoccupait plus de structuralisme et d'étude des mythes des peuples primitifs. Mais je dois dire que ces deux facteurs sont sans doute, à parts égales, à l'origine de la découverte que j'allais faire dans les mois qui suivraient cette arrivée rocambolesque.

J'avoue que, durant ces premières semaines, mes relations avec Élizabeth Lancerne furent délicates. Je la soupçonnais, à tort je dois bien le reconnaître, d'être l'œil politique du CNRS sur notre mission de recherche, veillant surtout à ce que nous ne nous mêlions pas au débat démocratique local.

Élizabeth était une riche héritière vosgienne pour qui ce voyage en Afrique s'apparentait à une mission caritative dans les colonies, un mal nécessaire pour asseoir sa réputation au CNRS et lui ouvrir les portes d'un poste de direction, loin de la recherche et du terrain où elle ne montrait pas d'aptitudes particulièrement saillantes. Son côté offusqué de bourgeoise m'énervait un peu, mais surtout son attitude vis-à-vis de votre père m'horripilait : une insatiable séductrice. Pourtant, je n'étais pas particulièrement jalouse, nous formions un couple des années de Sartre et de Beauvoir, libre et débarrassé des conventions. Votre père avait eu une liaison avec une shaman, lors de notre séjour au Mexique, sans que cela ne me pose de problème ; au contraire nous en avions retiré une expérience des propriétés pharmacologiques du peyotl particulièrement saisissante, j'y reviendrai plus tard. Nous avions une vie sexuelle libre et épanouie... Néanmoins, il était hors de question pour moi que votre père ait une relation avec Élizabeth.

Il haussait les épaules en disant que je me faisais des idées quand je lui en parlais, mais malgré ses dénégations, mes rapports avec Élizabeth ont commencé sous le signe de la méfiance et de la jalousie. Dans une ambiance d'hypocrisie amicale que toutes deux nous nous efforcions d'entretenir.

Nous avons eu besoin de quelques jours pour trouver notre camp de base. Nous ne manquions pas de guides, au contraire, nous en avions recruté une demi-douzaine à Allada, désœuvrés par le départ des derniers colons et tout à fait disposés à nous aider. Mais nos souhaits leur posaient problème. J'étais intéressée, légitimement, par l'étude et l'inventaire des écosystèmes que l'empreinte humaine n'avait pas trop abîmés. Je n'avais aucun intérêt pour les zones agricoles, ni pour la savane semi-désertique, ni pour les zones fluviales et maritimes déjà largement étudiées. Ce qui m'intéressait, c'était l'étude des zones vierges, des forêts et des tribus ayant eu jusqu'ici peu de contact avec les colons. Plus les guides nous dis-

suadaient d'adopter un lieu d'implantation trop éloigné et mal desservi, plus il m'intéressait.

Nous nous installâmes en plein cœur d'une région connue pour être le berceau de la « religion des serpents », à quelques kilomètres d'Allada, cette petite sous-préfecture paisible, mais cœur culturel historique du Dahomey. Il a fallu tout mon pouvoir de persuasion pour convaincre votre père – qui au départ, tout comme Élizabeth, était enclin à établir notre camp sur la route d'Abomey, en bordure du fleuve Kouffo, dans une zone bien desservie par la route menant à Ouidah, principale zone d'activité économique du pays. Mais je leur ai tenu tête : cette partie du Dahomey, pourtant dans la zone régulièrement défrichée depuis l'installation des comptoirs esclavagistes sur la côte, à Ouidah notamment, était étonnamment peu documentée dans les archives coloniales.

Pourtant Allada était reconnue comme étant le siège historique du premier royaume connu du Dahomey, le royaume fon des Ardres, au XVI*e siècle. J'espérais pouvoir mener la première étude complète sur la flore de la région ainsi que sur son peuple, ses mythes et ses pratiques religieuses, le tout étant intimement lié dans cette partie du pays.*

Nos premières semaines ont été consacrées à l'adaptation de notre mode de vie aux rudes exigences de notre campement de brousse. Nous nous étions installés dans une ferme abandonnée par des colons allemands à la fin du XIX*e siècle et il nous a fallu beaucoup de travail et de temps pour en faire un endroit habitable, au début sans eau ni électricité. Nous n'étions qu'à une demi-journée de route de Ouidah et nos conditions, bien que spartiates, n'étaient pas non plus insupportables. L'approvisionnement était sécurisé dans cette partie du pays, contrôlée autoritairement par l'armée de Soglo.*

Avant même de pouvoir installer notre matériel et

le groupe électrogène qui devaient nous arriver de France via le port de Ouidah, je me préoccupais d'établir le contact avec les habitants de la région, et je commençais à appréhender les langues locales, à collecter histoires et légendes qu'ils acceptaient de me communiquer. Leur méfiance vis-à-vis de la femme blanche que j'étais se révélait difficile à lever.

Il faut dire que, jusqu'à cette époque, leurs croyances étaient au mieux méprisées par le colon qui ne les tolérait que s'il ne les voyait pas et qui, la plupart du temps, les réprimait brutalement quand elles se faisaient trop envahissantes. J'ai fait preuve d'une diplomatie et d'une persévérance que n'aurait pas reniées Claude Levi-Strauss et, peu à peu, j'ai réussi à convaincre quelques sages de mon honnête curiosité et de mon profond respect pour leurs croyances ancestrales. À vrai dire, je crois que je les amusais : ils ne comprenaient pas pourquoi – après les avoir occupés pendant des siècles sans se soucier de leur culture et de leurs traditions on venait maintenant, après avoir été chassés – une Occidentale leur posait des questions sur ces cultures que nous avions failli faire disparaître.

Ce paradoxe égayait tellement les anciens qu'ils ont fini par se prêter à mon questionnement, comme si c'était la plaisanterie de saison. Alors, je n'ai rien fait pour les en détourner et j'ai même exagéré mon côté « ingénue de la brousse ». Aux plus réceptifs, j'essayais d'expliquer les changements dans notre vision du monde, le respect qu'avaient gagné leurs mythes auprès de nos sages, insistant sur le fait qu'aujourd'hui nous étions prêts au dialogue des civilisations, sans arrière-pensée conquérante.

Avec les plus jeunes, mon discours ne passait pas du tout : ils ne voyaient en nous qu'une résurgence du colonisateur, et nous eûmes à gérer de nombreuses situations tendues où nous ne dûmes qu'à l'interven-

tion des militaires de ne pas avoir été pillés, maltraités – et pour Élizabeth et moi... je vous laisse deviner. Mais une fois gagné le respect des habitants d'Allada et des alentours, ces intimidations cessèrent. Nous avons néanmoins continué par sécurité à nous promener armés de pistolets chargés et, la plupart du temps, escortés par des hommes en armes en en uniforme, délégués par l'administration du général Soglo qui, à travers nous, voulait montrer à l'ancien colonisateur qu'il avait le parfait contrôle de son territoire.

Pendant que je me consacrais à la prise de contact avec les sages et les bokors *– sorte de sorciers médecins – de la région de la Côte des serpents, et que je constituais mes premières notes et analyses, votre père s'occupait d'améliorer nos conditions de vie et de pacifier nos relations avec les autorités. Il passait son temps en d'incessants va-et-vient en Jeep vers Ouidah pour ramener des provisions, du matériel et pour prolonger la bienveillance des militaires à notre encontre.*

Au début, Élizabeth se débrouillait toujours pour avoir une raison de l'accompagner, alors je m'arrangeais pour en avoir une aussi. Elle finit par comprendre que je ne la lâcherais pas et qu'elle ne pourrait pas profiter de ces voyages pour séduire votre père. Elle se consacra alors entièrement à sa mission de collecte et d'analyse des spécimens de la flore locale.

Tout ceci fit qu'au bout de deux mois notre campement et notre mission étaient confortablement installés. Nous avions l'électricité grâce à un vieux groupe électrogène arrivé de France en état de marche ; votre père s'était même fait envoyer un électrophone et nous passait en boucle les quelques disques qui lui parvenaient. Je peux encore vous réciter sans erreur tous les textes de Aftermath *des Stones, de* Blonde on Blonde *de Dylan et de* Revolver *des Beatles... Le cannabis que nous avions planté poussait à merveille et rendait nos soirées douces et détendues. De son côté, Éli-*

zabeth avait installé un laboratoire, sommaire mais opérationnel, et se faisait envoyer des échantillons de plantes de tout le Dahomey et du Nigeria voisin. Moi, je commençais à tisser des liens solides avec les populations locales. C'est à cette période que j'ai rencontré Landri Monakale.

Landri venait régulièrement au marché d'Allada, en profitant pour visiter les sages de la petite ville. Il était beau comme un guerrier sauvage, sec et noir comme la nuit. Il parlait peu, mais ses yeux et son sourire en disaient plus en une seconde que cent discours en une heure. Il portait en toutes circonstances une tunique noire sans aucune broderie qui contrastait au milieu des boubous colorés, comme un poignard d'ébène planté sur une nappe fleurie.

Je dois avouer qu'il ne me laissait déjà pas insensible. C'était un bokor, il passait voir les « docteurs feuilles » – les herboristes – d'Allada, et échangeait avec eux loin des regards des plantes et des conseils pratiques. Il ne disait à personne, ou personne ne le répétait, d'où il venait. Je ne l'avais jamais croisé dans un des villages de la région d'Allada et il ne résidait pas non plus dans la ville même. Jusqu'à ce que je tombe sur lui et sous son charme au détour d'une ruelle ensoleillée un jour de marché : je le percutais en sortant trop rapidement d'une échoppe et il m'aida à ramasser mon paquetage avec un sourire ensorceleur, personne ne m'avait parlé de lui.

Pourtant, après cet incident, quand il me prit l'envie d'en savoir plus sur ce ténébreux inconnu, je me rendis compte que tout le monde le connaissait, même si la plupart le nièrent au début, puis s'étonnèrent de constater que moi je le connaissais. Son existence même était un secret gardé loin des oreilles occidentales par tous les habitants d'Allada. Il apparaissait et disparaissait à sa guise et me filait entre les doigts quand j'essayais de le suivre. Il était très réticent à me parler, je devais développer des trésors de malice pour provoquer nos rencontres. Il faisait semblant au début de ne parler que des dialectes fons que je ne maîtrisais pas, mais à chaque fois que j'apprenais des rudiments de l'un d'eux, il ne le parlait plus.

Tout Allada le respectait, il était craint, voire vénéré par tous les sages et les bokors de la région. Ne pas pouvoir communiquer avec lui me hantait.

Je le désirais, physiquement et intellectuellement, il incarnait sensuellement tout ce que je voulais découvrir en Afrique. Parvenir à établir le contact avec lui et percer le secret qui l'entourait devint une obsession. Il fut pour moi l'appât, le piège irrésistible, involontaire, qui allait me faire plonger dans les forêts sacrées du royaume secret de Vilokan.

21

Il peut distinguer une forme d'inquiétude sur le visage de son ami malgré le sourire chaleureux qu'il arbore en venant le chercher au portique de l'accueil de la Direction centrale du renseignement intérieur. Le message que Victor lui a laissé est un peu anxiogène, il doit bien le reconnaître, mais s'il voulait voir au plus vite le commandant Paul Rochat, de la *Direction de la subversion violente*, comme indiqué sur sa carte de visite, il fallait bien bouleverser un peu les convenances et demander à le voir de toute urgence avec une voix angoissée.

Ils se saluent chaleureusement, leur dernière rencontre remonte à une visite de Paul à l'hôpital quand Victor est sorti du coma et que ses médecins l'ont jugé apte à recevoir des visiteurs. Il est heureux de le retrouver dans des conditions un peu meilleures. Tout en montant dans les étages, ils se chambrent avec une insouciance un peu forcée, sur la supposée préretraite sur les plages du bord de Marne de l'un, et sur le costume bleu sombre hors de prix et la carrière de bureaucrate assortie de l'autre. Arrivés à destination après la traversée de bureaux froids et aseptisés, à des années-lumière de la ruche bouillonnante du 36, quai des Orfèvres, ils entrent dans le bureau de Rochat sous les yeux inquisiteurs d'une assistante rousse et boulotte qui se demande manifestement qui est ce visiteur balafré reçu en urgence et hors agenda.

Le commandant s'installe derrière son grand bureau d'angle offrant une vue sur Paris qui laisse deviner son nouveau statut à la DCRI, tout comme l'embourgeoisement de son tour de taille laisse deviner qu'il y a pris goût.

— On dirait que tu ne fréquentes plus trop les rings de boxe ? persifle Victor.

— Je me contente maintenant de filer des coups sans en prendre. Question d'expérience.

Victor constate avec soulagement que de grandes peintures reproduisant des pochettes de disques de jazz des années cinquante décorent la pièce, indiquant que son ami n'est pas si différent de l'anticonformiste frondeur, impulsif et charismatique qui l'a recueilli chez lui un an auparavant pour l'aider à se remettre de sa séparation avec Julie. Il ne sait pas bien par quel bout commencer son histoire et laisse la conversation dériver sur l'évocation de leurs exploits passés, alternant coups d'éclat policiers et beuveries irresponsables. C'est Paul qui interrompt le flux de leurs divagations.

— C'est quoi cette histoire de mise à pied, Victor ?

Bellanger s'embrouille dans des explications un peu bancales sur son adaptation difficile à Alfortville, sur l'humiliation qu'il a ressentie d'être écarté du service auquel il a donné sa vie, sur sa difficulté à gérer sa vie sans Julie. Paul lui conseille de prendre du recul, lui suggère qu'un congé sabbatique de six mois ne serait pas honteux au vu de ce qu'il vient de traverser, qu'il faut déjà être un surhomme pour avoir repris aussi vite le travail. Il pousse Victor à se faire aider en essayant d'éviter de se retrouver chargé d'antidépresseurs et de ne pas hésiter à l'appeler chaque fois qu'il en éprouvera le besoin. Puis en montrant son bureau d'un geste de la main nonchalant, plantant son regard bleu acier dans ses rétines avec une dureté qui rappelle à Victor que – malgré les UV, son costume et son allure de play-boy sur le retour – Paul Rochat reste un flic exceptionnel qu'il vaut mieux compter parmi ses amis.

— Mais si tu as voulu me voir ici plutôt qu'à la maison, c'est que tu as aussi un problème de flic, non ?

— Oui, cette mise à pied me plante une enquête, et risque de mettre en danger des personnes qui comptent sur moi.

— Si une enquête sensible est ouverte, le SRPJ 94[1] va prendre le relais. Va leur en parler, tu les connais comme moi, ils ne sont pas si mauvais.

— Il n'y a pas d'enquête ouverte, je suis seul sur ce coup-là.

Devant l'air étonné de son ami, Victor entreprend de lui raconter son enquête, il édulcore les apparitions nocturnes du spectre pour ne pas passer pour un illuminé, mais il raconte la réapparition furtive de l'époux décédé, la tombe vide ouverte sans permis d'exhumer, la disparition du frère, les menaces sur Alice et sa peur pour ses sœurs.

— C'est un scénario de film d'horreur cette histoire, ça ne m'étonne pas que tu aies fichu les pétoches à Tussaud avec tes profanations de sépultures.

1. Service départemental de police judiciaire, ici du Val-de-Marne.

— Ah, le Morse… Ce gros lard aquatique aurait peur d'une fillette avec un pistolet à eau.

— Que veux-tu que je fasse ?

— Il y a forcément quelque chose de tordu au niveau du certificat de décès et des pompes funèbres. Si je vais les interroger et qu'ils découvrent que je ne suis plus dans la maison, je suis bon pour l'IGS. Il me faudrait aussi tout ce que tu peux trouver sur les parents d'Alice, Virginie et Nicolas Montserray, sur leur labo aussi. Et, pour couronner le tout, il faudrait aussi que tu fasses assurer la sécurité des sœurs d'Alice à Strasbourg.

Paul s'assombrit. Ce que lui demande Victor est un peu… copieux, et surtout hors des sentiers battus. Victor sait que son ami s'est fixé une ligne de conduite, pour parvenir au sommet de la hiérarchie policière, qui exclut désormais ce type de débordements irrespectueux des procédures. Mais il n'en a pas toujours été ainsi et il espère que pour venir en aide à un vieil ami qui l'a, lui aussi, souvent aidé dans le passé il saura faire ressurgir le flic fouille-merde qui somnole sous le costume sombre et les dorures des ministères. Sans dire un mot le commandant ouvre son *Laptop Apple* et pianote ses mots de passe.

— Je ne te promets rien, je regarde ce qu'on a comme infos sur les individus concernés et je te dis ce que je peux faire.

Victor n'argumente pas, il sait qu'insister le desservirait, plus encore de jouer sur la corde sensible : Paul n'aime pas être manipulé, ni qu'on lui rappelle ses devoirs. Il le laisse faire ses recherches en répondant à ses demandes de précisions sur les noms, et leur orthographe, des personnes concernées.

Ils restent quelques longues minutes dans le silence

d'un bureau un peu trop froid. Aux expressions contrariées de Rochat, Victor voit bien qu'il trouve des choses étonnantes. Il est au supplice, mais il ne peut pas questionner le commandant sur les causes de ces mimiques, il ronge son frein en attendant la fin des recherches. Il regrette amèrement l'absence de cendrier et la propreté maniaque de son ami lui interdisant la perspective d'une cigarette de patience. Une bonne vingtaine de minutes s'écoulent avant que Paul sorte de son mutisme.

— Je ne sais vraiment pas ce que je peux te dire, Victor.

— Je suis flic, Paul !

— Ce que j'ai là sort du cadre de la police, on navigue dans des eaux… poisseuses.

— Il y a des vies en jeu.

Paul referme son *Laptop* comme s'il ne voulait plus voir ce qu'il affiche et se recule dans son siège. Il réfléchit quelques instants, sourit à Victor et se croise les mains derrière la tête en tendant son costume de sa musculature trop développée pour être celle d'un bureaucrate.

— J'imagine qu'il y a des gens qui sont nés pour se retrouver hors la loi. Je vais t'aider, parce que je suis trop curieux, mais si ça s'avère aussi tordu que ce que me crie mon instinct, on arrête tout. Je ne t'ai rien dit et on oublie tout.

— S'il n'y a plus personne en danger.

— On arbitrera, mais je ne te promets pas de faire le justicier suicidaire.

Le commandant lui restitue ce qu'il vient de trouver.

La mort des parents d'Alice n'est peut-être pas si limpide que ce que la jeune femme le croit. Un seul corps a été retrouvé dans les décombres, celui de son père, Nicolas Montserray. Une nuit, un incendie s'est déclaré, puis le laboratoire a explosé, alors que seules trois personnes s'y trouvaient : Élizabeth Lancerne et les parents d'Alice. Il a brûlé en quelques minutes. L'explosion a été si forte qu'il est possible que le corps de Virginie ait été carbonisé ou déchiqueté au point qu'il ne puisse être retrouvé dans les décombres, mais c'est sur la base du témoignage d'Élizabeth – qui seule a réussi à sortir de la fournaise avant l'explosion – que Virginie Montserray a été déclarée morte. L'origine accidentelle du sinistre n'a jamais été réellement prouvée, le contraire non plus… Mais l'enquête semble avoir été arrêtée un peu rapidement. Rien de ceci ne justifierait les inquiétudes de Paul, c'est la suite de la carrière d'Élizabeth Lancerne qui lui fait craindre des implications problématiques.

Après la destruction des laboratoires Montserray-Lancerne en 1988, Élizabeth a récupéré l'argent de l'assurance et a fondé un nouvel institut de recherche affilié au CNRS. Paradoxalement, ce laboratoire est à peine mentionné sur le site du CNRS et n'a pas sa propre vitrine sur Internet, il n'a trouvé aucune trace de ses publications alors que Google regorge littéralement de publications d'instituts similaires en taille et en ancienneté. Il ne peut même pas savoir sur quoi travaille ce laboratoire.

Mais ce n'est pas encore la cause principale de son inquiétude.

Ce qui fait peur à Paul Rochat, c'est qu'Élizabeth Lancerne a disposé depuis lors d'un dispositif de protection rapprochée de la part des services secrets de l'armée. Seuls quelques physiciens nucléaires et experts dans des domaines militaires sensibles bénéficient de protections de ce genre. Autre point inquiétant, le site même du laboratoire, dans la forêt de Rambouillet, est classé zone militaire et interdit de survol, et tous les chercheurs qui y sont rattachés font l'objet d'une surveillance serrée de la part des militaires. Pire encore, mais sur ce point il y a une contrepartie positive, les membres de son comité de direction sont tous fichés comme personnalités à surveiller et à protéger par tous les renseignements intérieurs. Sur la liste de ces membres, Rochat a reconnu le nom d'une personne qu'il connaît bien : le colonel Dussart, un ancien des renseignements généraux qui a fait une partie de sa carrière dans les services secrets de l'armée et qui a siégé de 1992 à 1996 au comité de direction de l'institut. Rochat le connaît bien puisqu'il a été sous ses ordres à son entrée aux Renseignements généraux, et il estime pouvoir lui soutirer quelques infos sans que cela fasse trop de vagues.

Dernier point : il y a deux mois, Élizabeth Lancerne a fait valoir ses droits à la retraite, elle est depuis cette date l'objet d'une surveillance plus routinière. Elle est localisée dans les Vosges, dans la commune qui est mentionnée comme étant également son lieu de naissance.

Victor reste pensif, il ne s'attendait pas à un tel imbroglio militaro-scientifique, il comprend aisément les réticences de son ami. Mais lui, il ne se sent pas le droit de fléchir, Alice compte sur lui, et il n'a pas grand-chose à perdre.

— Il s'appelle comment ce labo ultrasecret ?

— Un nom amusant : Institut Lucius.

Victor reste étourdi quelques secondes. S'il ne s'agit pas d'une homonymie, c'est le nom de l'institut qui l'a contacté pour faire des tests suite à son coma et à son EMI. Il sort la carte de son portefeuille, regarde l'adresse indiquée et constate qu'il s'agit bien du laboratoire d'Élizabeth Lancerne. Il en fait part à Rochat.

— Tu t'intéresses à eux… ils s'intéressent à toi, pas illogique.

— Mais il y a un truc qui ne colle pas, ils sont venus me voir alors que je ne connaissais même pas encore Alice.

— Coïncidence ?

— Pour quelqu'un qui croit aux coïncidences, peut-être.

Paul se frotte la bouche de la main droite, l'air pensif. Victor ne sait plus quoi lui dire, mais il se sent encore plus perplexe qu'avant de connaître ces informations. En positivant, il se dit qu'il pourra au moins accéder facilement au laboratoire, puisqu'ils insistent pour le voir et pour l'aider. Il lui reste à demander la protection pour les jumelles. Paul acquiesce et décroche son téléphone.

En quelques minutes, sans avoir à donner de longues explications, privilège des renseignements intérieurs, il obtient le passage toutes les heures d'une patrouille devant l'appartement des jeunes femmes pendant la nuit et une filature discrète à la sortie de leurs cours. Puis après avoir hoché la tête en réponse aux remerciements de Victor, Paul regarde sa montre, se lève et prend son manteau.

— J'ai un déjeuner de travail avec le préfet de police de Paris et une réunion de coordination au ministère de l'Intérieur. Mais en fin d'après-midi je m'occupe de ton mandarin de Mondor et de ta bande de croque-morts.

Devant le regard surpris de Victor, Rochat ajoute en ouvrant la porte avec un grand sourire d'enfant farceur, malgré ses tempes légèrement grisonnantes, et en l'invitant du geste à se secouer un peu :

— Ce n'est pas en restant le cul vissé à ta chaise qu'on va comprendre quelque chose à ce bazar.

Une heure plus tard, après avoir fait quelques courses, Victor retourne chez Alice. Il entre dans la villa et, inquiet de n'entendre aucun bruit, en fait le tour rapidement. Il appelle la jeune femme à plusieurs reprises sans obtenir de réponse, puis il étouffe son appel en découvrant la jeune femme endormie sur la véranda. Elle s'est assoupie dans un fauteuil à balancelle de bois clair et a ses pieds nus posés sur les coussins verts du fauteuil qui oscille très doucement.

Elle a un roman de gare posé sur le ventre, des cheveux plein le visage et respire doucement. Victor se félicite de ne pas l'avoir réveillée avec son entrée tonitruante et inquiète. Il fait un peu froid sur la véranda malgré le soleil qui la baigne et le chauffage de la villa. Il retire son blouson et le pose sur les pieds nus, blancs et fins de la jeune femme. Il prend le livre et le pose sur la table basse, écarte les cheveux qui s'humidifient aux coins de ses lèvres et, après une minute de contemplation satisfaite, sort pour regagner la cuisine, déballer ses provisions et préparer un déjeuner.

Il a presque terminé de préparer une omelette quand Alice le rejoint dans la cuisine, s'étirant et bâillant comme une chatte paresseuse avant de s'excuser de dormir autant. Il la pardonne volontiers, lui annonce l'aide de Rochat, la protection des jumelles et les progrès dans l'enquête.

Sans savoir par quel bout commencer pour lui expliquer l'imbroglio militaro-scientifique dans lequel ils risquent de se trouver, il lui raconte confusément les grandes lignes des découvertes de sa matinée, sans mentionner ses contacts antérieurs avec Lucius, pour ne pas déconcerter davantage la jeune femme déjà secouée par les événements précédents.

En lui servant à manger, il l'interroge tout de même sur l'absence du corps de sa mère, Victor trouve étonnant que la jeune femme ignore ce point, la tombe de sa mère est vide, ce n'est pas un détail qu'on oublie. La jeune femme lui assure ne jamais l'avoir su, elle pense que ses grands-parents auront voulu la préserver d'un espoir inutile et perturbant de voir sa mère revenir un jour les chercher. Les grands-parents décédés ne pourront plus expliquer cet étonnant silence, mais la famille d'Alice dévoile peu à peu un passé torturé.

Après leur rapide déjeuner, il sort de la villa et regarde la fenêtre de la voisine. Sans surprise, il y retrouve la vieille femme devant une tasse fumante. Elle ne fuit pas son regard. Sans l'inviter à venir la voir, elle ne fait rien en tout cas pour l'en dissuader. Il sort du jardin et ouvre la grille de la maison de la dame curieuse comme s'il rendait visite à une vieille connaissance.

22

À ce point de notre séjour, je consacrais l'essentiel de mes recherches à un inventaire et à une classification des forêts sacrées de la région d'Allada. Ces lieux saints, qui sont plus des bosquets plus ou moins étendus que de véritables forêts au sens où nous l'entendons, ont un rôle essentiel au Dahomey, et encore aujourd'hui au Bénin, où on en dénombre sur l'ensemble du territoire – malgré la déforestation massive – deux mille neuf cents pour une superficie de 19 000 hectares. Leur rôle se divise en trois natures distinctes.

Les plus nombreuses sont les forêts cimetières. Ces lieux servent de sanctuaire, de temple, où les communautés viennent célébrer leurs morts, elles doivent être entretenues et respectées sous peine de s'attirer les reproches des morts et des divinités qui veillent sur elles. Le culte des morts est fondamental dans les rites dahoméens. Dans la région côtière dont dépend Allada, la religion dominante est celle du Serpent : le vodun *en langage fon, la forme primitive du vaudou. Dans ce culte, parfois violent, où les sacrifices furent pratiqués jusqu'à une période récente, le lien avec les ancêtres est mystique, rien ne se fait sans les consulter, leur poids est primordial dans chaque décision de la vie quotidienne. Et le lieu où on les interroge est la forêt cimetière.*

Les plus protéiformes sont les forêts vodun. Une forêt peut être consacrée aux innombrables divinités du panthéon : Dan, le dieu Serpent ; Legba, le Gardien des portes ; Manwhu et Lissa, les principes créateurs ; Zhango, le dieu de la foudre… En fonction des saisons et des besoins des communautés, ces forêts voient leur fréquentation fluctuer, mais elles sont le lieu des cérémonies traditionnelles, mariages, intronisations, naissances, déclarations de guerre…

Les plus inaccessibles sont les forêts des sociétés secrètes. Elles sont l'apanage d'une petite partie de la communauté qui s'y réunit pour symboliser un pacte qui les unit. L'existence de ces forêts est un des éléments du pacte et leur emplacement ne doit pas être divulgué sous peine de rupture de ce pacte. Ces sociétés secrètes ont souvent un lien d'allégeance et de patronage avec une divinité vodun.

À cette époque, le rôle de ces forêts sacrées était sous-estimé et peu documenté dans les archives coloniales du Corps des forestiers d'outre-mer, si on excepte quelques paragraphes dans l'ouvrage d'André Aubréville, Richesses et misères des forêts de l'Afrique noire française. *C'était une erreur grossière, preuve du mépris et de l'aveuglement du colonialisme pour tout ce qui touchait aux croyances primitives. Ces forêts ont joué, et jouent toujours, un rôle majeur dans la vie sociale, publique et politique du Bénin, du Nigeria et du Togo.*

Je n'ai eu aucune difficulté à visiter les forêts cimetières, on m'y emmenait volontiers à partir du moment où je m'engageais à respecter ces lieux et à y célébrer mes propres ancêtres pour ne pas attirer leur réprobation sur la communauté.

On m'indiquait aussi volontiers l'emplacement et les divinités vénérées des forêts vodun, mais on ne m'autorisait qu'à assister à des cérémonies populaires et festives. Pour les autres cérémonies, je devais me cacher et observer en silence les rituels de possession, de purification et de danses tribales qui constituaient l'essentiel de ces liturgies forestières.

Il m'était en revanche complètement impossible d'identifier et encore moins visiter les forêts des sociétés secrètes. Certaines me furent indiquées en confidences un peu honteuses, mais mes promenades sous les frondaisons des irokos et des manguiers qui les constituaient ne me permirent pas, à l'époque, d'en faire une étude précise. Il faut dire que les forêts dans cette région fluviale étaient de petite taille et innombrables.

Je dois aussi avouer que mon esprit s'éloignait souvent de ces préoccupations et de l'inventaire des espèces composant la biodiversité de ces forêts. Landri devenait ma principale motivation. Je ne sais pas comment je parvenais à dissimuler cette obsession à votre père, avec le recul je pense qu'il l'avait peut-être remarquée, mais qu'il respectait mon silence et ma liberté pour préserver notre couple. Votre père était intelligent, beau, tendre et honnête, un peu paresseux et jouisseur, mais ce ne sont que de bien petits défauts au regard des qualités qui ont fait de moi sa femme et votre mère. Mais, malgré cela, il n'était plus à ce moment l'homme qui hantait mes nuits.

Nos relations avec Élizabeth n'allaient pas en s'arrangeant. Elle nous reprochait, non sans raison, à moi mon idéalisme et l'absence totale d'objectifs concrets de mes recherches plus anthropologiques que biologiques ; et à votre père une certaine indolence et un désintérêt presque total pour le travail de laboratoire. Elle estimait, à juste titre, être la seule à travailler dans le sens d'une meilleure utilisation des ressources biologiques du Dahomey, et nous jetait nos incohérences au visage avec la rancœur d'une femme jalouse. Elle nous menaçait de plus en plus souvent de tout plaquer et de dénoncer nos errances au CNRS pour qu'il nous coupe les vivres, et ordonne notre retour en France. C'est Paul qui se chargeait à chaque fois de la ramener à de meilleurs sentiments, et nous tentions temporairement d'infléchir nos comportements et de faire avancer nos travaux dans le sens attendu par nos commanditaires.

*Mais ces périodes, où nous devions faire semblant de nous intéresser aux développements possibles de la culture du palmier à huile, ou des propriétés cosmétiques potentielles de l'*anona senegalensis*, étaient pour moi une torture insupportable : je voulais découvrir les secrets de Landri. J'avais acquis la certitude qu'il était le gardien d'une forêt de société secrète et que percer son secret me permettrait une avancée considérable dans la compréhension des mythes et croyances de la région. Et surtout, il me fascinait en tant qu'homme et servait de creuset sensuel à toutes mes élucubrations.*

Le début de la saison des pluies printanières et des grandes crues qui l'accompagnèrent fut une période de grande agitation politique. Les affrontements entre des ethnies yoruba et l'armée régulière, dans l'est du pays, se faisaient tellement violents que nos protecteurs se sont désintéressés totalement de notre sort. La région d'Allada a été, elle aussi, le théâtre d'échauffourées sérieuses entre l'armée encore présente dans l'ouest et des factions d'obédience marxiste financées et équipées par des séides du KGB, en pleine partie d'échecs planétaire avec les amis de l'oncle Sam. Notre situation devenait précaire en termes de sécurité, à tel point qu'il aurait été plus raisonnable de renoncer.

Nous étions coupés du monde. À cause de l'inondation des routes, l'approvisionnement depuis Ouidah ne nous parvenait plus et nous devions nous débrouiller avec nos ressources et le marché local d'Allada. Les conditions météorologiques étaient très pénibles, la ferme prenait l'eau de toute part et le groupe électrogène ne fonctionnait plus qu'épisodiquement à cause de l'humidité. Nous n'avions plus de protection et nous avons passé plusieurs nuits blanches à craindre l'attaque d'une des bandes de révolutionnaires locaux. Nos nerfs étaient mis à rude épreuve.

Suite à une de ces éprouvantes nuits blanches, Nicolas nous a convaincues d'engager des jeunes de la région pour assurer notre sécurité. Je n'étais pas très confiante, car j'étais persuadée qu'ils s'enfuiraient à la moindre menace et que leur aide serait un leurre. Mais ça rassurait au moins Élizabeth, qui remettait sans discontinuer la question du retour sur la table. Nous avons donc fait le nécessaire pour nous retrouver flanqués d'une dizaine de gamins à peine pubères qui nous suivaient partout avec des bâtons et des machettes.

Malgré cette situation préoccupante, mon objectif ne variait pas et, un jour où la pluie faisait une pause, un incident se produisit qui marqua le début de mon aventure personnelle.

Après des jours de déluge, je profitai de ce jour de liesse populaire. Les pauses dans les pluies incessantes étaient l'objet de fêtes et de célébrations dans tout Allada. C'était un jour idéal pour aller au marché de la ville nous réapprovisionner en ignames, mangues, mil, volailles et poissons séchés. Pour éviter d'enliser notre fourgonnette dans la gadoue des pistes, nous y allions à pied. Une petite heure de marche par ce temps n'était pas un problème. Par-

venue au marché, je pris un peu de repos et m'occupai à regarder l'amoncellement des paniers et la valse des boubous colorés sous les paillotes couvertes de feuilles de palme, quand les membres de mon escorte improbable montrèrent les signes d'une agitation anormale.

Je me suis levée, me suis jointe à eux et j'ai constaté moi aussi un brouhaha de cris et de bruits de bois cassé en provenance de la partie du marché la plus proche des vestiges du palais royal de Togoudo. Malgré les incitations à la prudence de ma troupe effrayée, j'ai tenté de m'insérer dans le flux des curieux qui se dirigeaient vers l'origine du tumulte. Enjambant paniers, tapis et présentoirs renversés sous les cris des marchands paniqués je suis parvenue à me rapprocher suffisamment pour avoir une vue sur la cause de l'agitation. En soi, le spectacle qui s'est offert à moi n'avait rien d'effrayant, ce n'est qu'au travers du prisme de la culture dahoméenne qu'on peut comprendre ce qui terrorisait la foule tout autour de moi.

Sur un des pans de mur intacts du palais en latérite rouge était disposé un autel sacrilège, un signe manifeste que les pires tourments allaient s'abattre sur la population d'Allada. Une tête d'hippopotame tranchée au niveau du cou était plantée sur un solide bâton. Son sang coulait le long de ce pal et maculait le haut du mur, l'ensemble avait l'air sec et devait avoir été disposé pendant la nuit. Dans la gueule de l'hippopotame, un python mort de deux mètres de long pendait mollement, planté sur les dents saillantes de l'animal sacrifié.

Pour saisir la réaction de la foule, il faut savoir que l'hippopotame est un animal sacré dans cette partie de l'Afrique, un peu comme les vaches en Inde, il bénéficiait d'un traitement particulier. Un adage disait par exemple : Dègbo non gba houn bo non do houè do ahossou houé a, *ce qui signifie « L'hippopotame ne peut pas être interpellé par la justice lorsqu'il casse une pirogue. » En d'autres termes, qu'on ne pouvait pas lui porter atteinte. Cet animal débonnaire était pour tous le garant de la fertilité des terres et de l'abondance de la pêche et de la chasse.*

Quant au python, il était l'incarnation du dieu Dan, celui que tous les habitants de la Côte des serpents vénéraient, celui qui soignait, celui qui insufflait la vie. Mon œil exercé à ces détails reconnut aussi le bois du bâton sur lequel ils étaient assemblés, de l'iroko, le bois des forêts cimetière, le bois des morts.

Le sacrilège était total, on voulait signifier par ce message que la communauté était maudite, qu'elle avait transgressé les rites et manqué de respect aux dieux et aux anciens et que son avenir était sombre et miséreux. Les prêtres vaudou, les oungans, accouraient de tous les temples de la ville pour tenter de conjurer ce présage terrible, et la foule craintive reculait pour laisser la place à leurs chants et à leurs incantations.

Je me suis reculée avec eux, je sentais se poser sur moi des regards pesants, agressifs et vindicatifs. Je n'ai pas tardé à comprendre que, pour beaucoup de gens présents, ma curiosité et ma présence étaient la cause de ce sacrilège. Je sentais monter la colère contre moi et je commençais à entendre des insultes fuser dans ma direction.

Avant que cette aigreur ne vire au lynchage, je m'esquivai à toute vitesse. Je m'enfonçai dans une ruelle du centre d'Allada, boueuse et déserte. Mon escorte ne m'avait pas suivie, retenue par la foule compacte amassée sur la place du marché. Je m'emparai d'un grand boubou vert émeraude, sur l'étal déserté d'un marchand, et m'en suis soigneusement affublée de manière à masquer ma peau et ma tenue d'Occidentale. J'ai aussi noué mes cheveux trop blonds dans un turban rouge traditionnel et j'ai baissé la tête pour continuer à zigzaguer dans Allada. Je voulais éviter la foule et atteindre la sortie de la ville par des chemins détournés.

*Ce sont ces chemins détournés qui m'ont fait croiser la route de Landri. Je sortais de la ville par un terrain vague où s'amoncelaient des débris de bois et de matériaux de construction quand je l'ai vu. Il marchait dans la savane d'un pas ample et rapide, il tenait à la main un petit sac que je devinais plein d'*Afzelia africana*, cet arbre dont les feuilles étaient utilisées pour chasser les esprits, et dont Élizabeth prétendait pouvoir extraire un traitement contre la migraine. Il venait s'approvisionner régulièrement sur le marché d'Allada. Le prudent Landri, qui faisait toujours en sorte de quitter la ville discrètement et de ne pas être suivi, ne s'attendait pas à ce que je sorte de la ville par un terrain vague et l'aperçoive retournant dans sa résidence cachée.*

Je jubilai de cette aubaine : pouvoir suivre Landri de loin, sans être vue, était une occasion que j'avais attendue depuis des semaines. Alors, j'ai oublié très vite les présages et l'hostilité de la ville et je me suis mise à le pister avec une ardeur et une détermination qui ont compensé largement mon manque d'expérience dans ce genre d'exercice.

J'ai dû marcher plus de quatre heures à un rythme soutenu. Débarrassée de mon déguisement, je me cachais au moindre signe de ralentissement de la marche de Landri. Mes pieds étaient horriblement douloureux et j'étais couverte de boue de la tête aux pieds, mais le feu qui m'habitait m'a permis de tenir, de m'accrocher, jusqu'au bout du trajet.

Au terme de son cheminement dans la savane, loin des pistes, Landri s'engagea sans hésitation dans une forêt que je n'avais jamais visitée.

Coincée entre deux collines rouges et abruptes,

appelées les Cornes de Vilokan par les habitants d'Allada, elle n'offrait qu'un couloir d'une végétation épaisse et sombre qui ne portait pas les indices d'un passage régulier de fidèles. Il est possible que mes pas m'aient déjà amenée à sa lisière, mais elle ne m'avait jamais particulièrement intéressée. Ces gros bosquets, je le rappelle, se dénombraient par centaines dans cette partie du Dahomey. Je connaissais pourtant le nom de celui-là : Vilokan. C'était aussi le nom de toute cette partie inhabitée de la région d'Allada. Ce lieu sacré devait lui avoir donné son nom.

Le temps d'en rejoindre l'orée avec prudence et discrétion, Landri avait totalement disparu entre les arbres et j'étais bien incapable de trouver la moindre trace de son passage. Pourtant, ma curiosité me poussa à entrer sous la frondaison des irokos et à pénétrer dans l'inextricable hallier, seule et sans équipement. La forêt de Vilokan était silencieuse et majestueuse, pas un singe ou un oiseau dont le cri viendrait troubler son calme minéral. J'ai marché prudemment, m'enfonçant dans le couloir dessiné par les deux collines et je me suis rendu compte que cette forêt était bien plus grande que ce que je pensais. Il aurait fallu une reconnaissance aérienne pour la contempler dans son ensemble. Passé le défilé, elle s'élargissait et devait couvrir plusieurs centaines d'hectares étonnement vierges de toute présence humaine.

Tout autour de moi se dessinait un impressionnant sanctuaire de la biodiversité, je ne cessais d'avoir le regard attiré par des espèces inconnues. La saison des pluies donnait à la vie sylvestre une luxuriance et une abondance merveilleuses, source potentielle d'années d'étude pour un botaniste passionné.

Un signe qui ne trompait pas, et renforçait encore ma détermination. Passées quelques centaines de mètres, au milieu des essences endémiques des forêts de la région sèche du couloir dahoméen, et des irokos toujours présents dans les futaies rituelles, se trouvaient de nombreux baobabs. Tout botaniste ayant visité l'Afrique sait que le baobab ne pousse pas en forêt, il ne pousse que seul, le plus souvent amené par l'action des hommes. Et il y avait tout autour de moi de nombreux baobabs, majestueux, qui devaient avoir pour certains plusieurs siècles.

Certains de ces géants mesuraient une quinzaine de mètres et leurs larges troncs auraient pu abriter une maison. Cette implantation était visiblement très ancienne et elle ne pouvait être qu'une œuvre humaine. Pour parvenir à cet équilibre merveilleux, un travail patient, fastidieux, précis et savant avait dû être nécessaire sur des générations de forestiers ancestraux.

Un tel ouvrage devait être à la religion dahoméenne l'équivalent d'une cathédrale. Celle-ci était merveilleuse, digne de Saint-Pierre de Rome ou de Notre-Dame de Paris.

Sous le charme de ces lieux hiératiques, silencieux et envoûtants, j'ai laissé filer les heures, et ce n'est que lorsque j'ai remarqué que le soleil déclinait que je me suis préoccupée de regagner l'orée de ce temple sylvestre. Je retrouvai la direction du défilé et me dirigeai vers ce couloir qui m'avait vue arriver, lorsque je tombai sur une bâtisse étonnante, visiblement abandonnée depuis longtemps.

C'était une maison coloniale en bois, parfaitement construite sur deux étages, avec une avancée couverte et un balcon. Peinte en vert, cette maison était presque invisible dans le feuillage. À l'aller, j'avais dû passer à quelques dizaines de mètres d'elle sans la voir. Mais là, je tombais le nez presque contre ses murs. Elle paraissait assez ancienne, une centaine d'années, mais elle n'était pas complètement délabrée. La végétation reprenait doucement ses droits et la recouvrait peu à peu, mais je pus y entrer sans dif-

ficulté et constater qu'elle était vide. Son plancher branlant ne me donna guère envie de m'aventurer à l'étage, mais son rez-de-chaussée avait été préservé, et le plafond ne montrait que quelques traces d'humidité, signe que la toiture devait encore remplir son office. Elle était en meilleur état que la ferme allemande que nous avions retapée à notre arrivée. Je me décidai aussitôt à rechercher dès que possible dans les archives coloniales qui avait construit cette demeure dans la forêt de Vilokan, et quelle était son histoire. Mais, avant que la nuit ne se ferme sur moi, je dus activer le pas et regagner la lisière de la forêt aussi vite que possible.

Quand je suis arrivée à la ferme, j'ai entendu le ronronnement du groupe électrogène, ce qui était un signe encourageant, une Jeep de l'armée était arrêtée devant la porte, à côté du vieux Citroën rafistolé qui nous servait pour nos allers-retours à Ouidah. À l'intérieur, je fus accueillie par des cris de soulagement. Votre père était attablé avec le colonel Adebarri, le préfet d'Allada, autour d'une bouteille de sodabi – un alcool local à base de noix de cola – à moitié vide. Mon mari se leva d'un bond et me serra contre lui à m'en briser les côtes.

Les événements en ville et ma disparition avaient mis la région sens dessus dessous. Craignant un enlèvement à des fins sacrificielles, pour conjurer le mauvais sort attiré par la profanation du marché, votre père avait demandé de l'aide aux autorités. Les militaires disponibles interrogeaient tout Allada et cherchaient dans les temples de la ville des traces de mon rapt, voire de mon immolation. Me voir vivante était une immense consolation pour Nicolas et un souci en moins pour le colonel. Même Élizabeth parut soulagée, sans que je sache si elle était contente pour moi, ou juste heureuse d'éviter l'échec retentissant de notre mission.

Je leur ai raconté que j'avais été effrayée par la profanation et par la réaction de la foule à mon encontre et que je m'étais enfuie à travers la ville en courant comme une folle, jusqu'à me cacher dans un recoin boueux, loin des habitations, et à n'oser sortir qu'à la nuit tombée pour rentrer sans être vue. Mon état de saleté corroborait ma version et malgré quelques questions sur l'endroit où j'avais pu me cacher pour ainsi échapper à toutes les recherches entreprises depuis l'après-midi, ils me crurent et nous vidâmes le reste du sodabi pour fêter mon retour, saine et sauve.

Malgré ce geste convivial, le colonel Adebarri nous ordonna de ne plus aller à Allada jusqu'à ce qu'il nous donne à nouveau son accord, et surtout de ne plus jamais poser, à qui que ce soit, de questions sur les pratiques religieuses de la Côte des serpents. Il me regarda en me déclarant sans ciller que s'il me voyait roder autour d'une forêt sacrée, il me sacrifierait lui-même dans un temple d'Allada pour apaiser les dieux. Deux militaires nous furent de nouveau rattachés, au grand dam du colonel qui nous fit bien comprendre qu'il avait d'autres chats à fouetter que gaspiller des hommes à assurer la sécurité d'une bande de Français sacrilèges.

Une fois le militaire parti, Élizabeth et votre père – qui avaient dû déployer des trésors de diplomatie pour obtenir qu'on me recherche et qu'on ne nous renvoie pas illico à Paris – m'ont fait répéter cet engagement. J'y ai consenti, tout en sachant que mon obsession pour Landri, et ma découverte de ce jour, ne me permettraient pas de tenir cette promesse très longtemps. Mais je gardai le récit exact de ma journée pour moi, et je me proposai d'accompagner votre père à Ouidah dès le lendemain, soi-disant pour reprendre mes recherches sur les travaux d'André Aubréville au bureau des archives coloniales. J'espérais en fait trouver dans ces archives le nom du colon qui avait construit la maison abandonnée, et lever une partie du voile entourant Vilokan, cette forêt sacrée, Landri et sa société secrète.

23

« Un musée, je visite un musée. »

Victor regarde autour de lui avec déférence, il est entouré de toiles colorées, inspirées, parfois assez figuratives, parfois radicalement abstraites, mais toutes œuvres du même peintre : Isabelle Lepestre, dont il a pu consulter la biographie et une partie du travail sur son site Internet quand il s'est renseigné sur l'identité de cette voisine un peu trop curieuse.

Elle ne l'interroge pas sur le but de sa visite, leur échange de regard de la nuit précédente et son aide, relative, pour localiser le vagabond aura créé un lien suffisant entre eux pour justifier cette visite de Victor. Ils ne parlent même pas de l'incident de la nuit, Isabelle se comporte comme si elle recevait un ami, et elle lui fait visiter sa maison et son atelier, en lui présentant ses œuvres avec une politesse distinguée qui met Victor un peu mal à l'aise.

Tout en suivant mécaniquement les explications de la vieille dame sur son œuvre et sur la tradition de la peinture haïtienne, Victor ne peut s'empêcher de lister les éléments dont il aimerait avoir l'explication. Cette femme a emménagé à côté de chez Alice il y a trois mois, soit un mois avant la mort de Thierry Jourdan. Elle passe son temps à les observer, sans prévenir la police ni même s'étonner de tout ce qui se produit dans le jardin voisin.

Ils arrivent dans son atelier spacieux, sous les combles, dont la seule fenêtre donne sur la villa d'Alice. Le parquet grince sous les pieds de Victor qui est presque gêné du tintamarre qu'il déclenche. La vieille dame lui sourit en lui disant que les greniers sont faits pour les souris, par pour les bulldozers. Elle lui indique un vieux fauteuil poussiéreux qu'il époussette sommairement pendant qu'elle s'assoit dans un siège similaire en face de lui.

Autour d'eux sont accrochées ses toiles les plus récentes, celles sur lesquelles Isabelle travaille en ce moment, elles sont pour certaines encore en cours de finalisation. Victor remarque qu'elles représentent toutes une forêt dense, sombre, aux arbres majestueux. Sur toutes les toiles, il peut voir un autre point commun, un petit serpent d'un vert vif, seul dans un coin du tableau ou lové sur une branche. « Un peu comme l'épagneul du Titien » se dit-il en se souvenant de l'une de ses lectures nocturnes. La beauté de la forêt l'impressionne suffisamment pour aiguillonner sa curiosité.

— Elle est où, cette forêt ?

— Je n'en sais rien.

— Vous l'avez imaginée ?

— Non, elle doit exister. Tout ce que je sais d'elle, c'est son nom : elle s'appelle Vilokan.

Victor la regarde avec étonnement en se disant que si, parlant peinture, il ne la comprend déjà pas, ses explications sur les raisons de sa curiosité risquent d'être difficiles à appréhender. Isabelle lisse les plis de sa longue jupe turquoise, assortie à un collier de larimar aux énormes pierres et, en réponse à l'air étonné de Bellanger, elle prend un ton professoral.

— Vous connaissez les peintres magiciens d'Haïti ?

Sur Haïti, mis à part les tremblements de terre, les Duvalier, un peu de vaudou de cinéma et des rudiments de géographie, Victor ne sait pas grand-chose, il le lui fait comprendre avec une moue désolée.

— C'est une communauté de peintres installés dans un village de montagne appelé Saint-Soleil, un peu au-dessus de Port-au-Prince. Le point commun de nos travaux est que nous trouvons notre inspiration dans la transe.

— Une pratique vaudou ?

— Oui, pour l'essentiel, même si nous ne sommes pas tous croyants. Certaines toiles ont un message et une finalité religieuse, on les appelle des « toiles fétiches ». D'autres, comme les miennes, ne sont pas liées à la religion. Je ne crois pas au vaudou. C'est une superstition assez poétique, mais je suis un esprit libre qui ne croit qu'aux forces de l'esprit et de la vie. Mais nous puisons tous notre inspiration dans une communication avec les esprits, ceux des morts, ceux des puissances de la nature.

Devant le regard atterré de Victor qui se dit qu'au moins les musiciens dans les années soixante-dix avaient le courage d'avouer quand ils consommaient des drogues, Isabelle se raidit.

— La peinture haïtienne n'est pas un folklore pour touristes. Saint Brice, Dieuseul, Denis Smith, Pierre Louis… sont tous des peintres reconnus qui exposent dans les plus grandes galeries !

— Je n'en doute pas, c'est l'inspiration mystique qui me déconcerte.

Victor bat en retraite avec des mouvements de mains appelant à l'apaisement. Mais Isabelle a l'air profondément vexée.

— Que savez-vous de l'inspiration et de la foi ?

— Rien, excusez-moi. Je ne voulais pas être insultant.

Il a rarement mangé son chapeau à ce point, une telle capitulation lui serait impossible sans l'impérieux besoin de faire parler l'illuminée sans avoir recours à la coercition, ce qu'il ne peut plus faire sans avoir ni la carte ni la menace induite par la fonction. Il regrette de n'avoir jamais été un flic « psychologue », l'Antigang ne forme pas à ça. La menace et le rapport de force, dans lesquels il excelle, sont inadéquats dans cette ambiance de salon de thé pour mamie foldingue. Se demandant ce que ferait Hercule Poirot à sa place, il demande du ton le plus courtois que lui permet la boule de colère qui s'installe dans sa poitrine :

— C'est comme cela que vous trouvez votre inspiration ? En transe ?

— Oui, je viens de Saint-Soleil. J'ai reçu ce don dans ma jeunesse et mes parents m'ont envoyé peaufiner mon talent auprès des peintres de la communauté.

— Votre don, c'est d'avoir des visions ?

— Et de pouvoir les peindre. Je n'ai jamais pris un cours de peinture ni de dessin, et je peins ainsi depuis mes huit ans.

Victor regarde autour de lui et constate de nouveau la précision extrême et la maîtrise technique des toiles, qui contredisent une exécution par une autodidacte, aussi douée soit-elle. En marchant sur des œufs, il émet une réserve.

— Vous avez dû quand même un peu étudier la peinture ?

— Jamais, cela polluerait mon travail. Je ne dois être qu'un vecteur neutre.

Constatant le scepticisme courtois de son interlocuteur, Isabelle argumente sans manifester, cette fois-ci, d'irritation.

— Nous sommes quelques-uns dans ce cas à être issus de la communauté de Saint-Soleil, sans avoir connu aucun parcours éducatif artistique conventionnel.

— Le résultat est très impressionnant. Cette forêt vous apparaît depuis quand ?

— Depuis mon arrivée dans cette maison. Elle est devenue mon seul sujet depuis trois mois.

— Vous pensez que c'est lié à cette demeure ?

— Ou à ce qui l'entoure… Je suis sensible à l'invisible des endroits où je réside, mais c'est moins puissant, d'habitude.

— J'ai cru remarquer que vous vous intéressiez beaucoup à mon amie Alice, votre jeune voisine, votre inspiration serait liée à elle ?

Victor est satisfait d'avoir amené le sujet sans dévier du fil de la conversation, il se trouve plutôt habile pour un éléphant en chaussons de ballerine.

— Il faut dire qu'il se passe souvent des choses étranges dans son jardin et que la seule fenêtre de mon atelier donne sur lui. Comme je suis un peu claustrophobe, il faut que je regarde souvent dehors… Mais je dois dire que je me suis posé la question. Le reste du voisinage est d'une banalité consommée.

Il oriente la conversation sur le détail des scènes auxquelles la vieille dame a assisté depuis son perchoir. Elle se prête sans difficulté au questionnement, se cachant derrière l'excuse de sa mauvaise vue et de sa peur maladive des forces de l'ordre, héritée de ses années sous la dictature à Haïti, pour justifier ses imprécisions et son manque de réaction. Mais dans l'ensemble sans convaincre complètement Victor de son éloignement de l'affaire, elle ne lui offre pas d'aspérité suffisante pour s'accrocher et pousser plus loin les interrogations.

Elle profite de l'un de ses silences hésitants pour lui offrir une infusion, un mélange de plantes aromatiques tropicales qui lui favorise l'état de transe, au goût âcre, mais qui reste sans effet sur l'intuition policière de Bellanger. Puis ils mettent courtoisement terme à cette visite qui laisse Victor sans avancée significative dans son enquête.

Il descend de l'atelier, suivi par les craquements que son poids arrache au bois du plancher et de l'escalier. À mi-chemin vers la porte d'entrée, son regard est aimanté par l'une des toiles accrochées sur le mur du couloir. C'est le seul portrait qu'il ait vu depuis son entrée chez Isabelle, celui d'une femme d'une quarantaine d'années, blonde, belle, d'une intensité assez saisissante. Il se dégage de ce visage une douceur et une sensualité à laquelle Victor est sensible. Il reste quelques instants les yeux rivés sur le tableau. Isabelle, remarquant son intérêt, demande :

— Vous la connaissez ?

— Non. Qui est-ce ?

— Je n'en sais rien. Je vous ai dit comment mon inspiration me vient. C'est un des inconvénients, mes modèles ne me laissent pas leurs coordonnées.

Ils se saluent sur le pas de la porte. Victor encore sous le coup de l'émotion qu'il a ressentie devant le portrait d'une inconnue, se demande ce qui a pu lui causer ce sentiment, il finit par attribuer son état à la tisane étrange de l'artiste peintre.

Il fait quelques pas dans la rue enneigée, les mains fouillant ses poches à la recherche d'un paquet de cigarettes fugueur, quand tout autour de lui devient flou. Il a l'impression de flotter, un étourdissement fulgurant le saisit. Il trébuche, s'appuie sur la clôture de la maison d'Isabelle. Il se sent partir, il n'a pas le temps de s'asseoir pour reprendre ses esprits que ses pensées se déconnectent de la réalité.

Il ne sait plus où est son corps, il n'a plus de lien avec lui, il n'est plus que pensée pure, et sa mémoire fait ressurgir des moments de son passé dont il n'avait pas le souvenir. Des moments que son esprit avait des raisons d'occulter et qu'il ne revoit pas avec plaisir.

24

Malgré ses efforts pour rester lucide, Romain a perdu toute notion de l'heure. Il est resté seul pendant une durée qu'il ne peut estimer. La lueur faible de l'éclairage de la morgue ne connaît aucune variation et aucun son, ni lumière, ne lui provient de l'extérieur. Son état semi-léthargique brouille sa perception instinctive du temps, il pourrait être là depuis des jours ou des minutes qu'il ne ferait pas la différence.

Il reste figé sur la table, et n'a fait aucun progrès sensible dans la mobilité de ses membres, il peut tourner la tête et remuer doigts et orteils. C'est insuffisant pour envisager un scénario d'évasion. Il peut ouvrir la bouche et articuler une plainte, mais pas une phrase. Il n'aurait rien pu tirer d'une conversation avec le nécrophile dégénéré qui lui a rendu visite. Enfin, à elle plutôt…

Il ne ressent pas le froid, mais le halo de buée qu'il dégage et un léger picotement autour de ses yeux lui en signalent la morsure. Il est vêtu pour affronter un rude hiver, il ne pense pas que sa vie soit menacée par la température glaciale de la morgue, mais il craint de se retrouver en hypothermie si cette situation se prolonge trop longtemps.

Il parvient à ne pas perdre espoir et à ne pas sombrer dans un désespoir morbide qui l'entraînerait vers la folie et l'abandon de toutes ses chances d'évasion et de survie. Son moteur, c'est Naïma. Du fond de sa prison glaciale, il se rend compte du temps perdu et de son immaturité émotionnelle. Ce n'est pas la première fois qu'il se fait la promesse de changer, il est même coutumier de ces engagements, souvent éthyliques. Mais il sent, cette fois-ci que le souffle de la mort le frôle avec insistance, que son engagement pourra se refonder en permanence sur ces instants et acquérir la solidité immuable sur laquelle se basent les métamorphoses réussies. Plus qu'une promesse, il a la certitude de devenir un homme meilleur, plus fidèle, plus stable et d'arrêter ses gamineries et ses coucheries incessantes pour se consacrer à une famille, à un projet durable.

Pour elle, pour tout cela, il ne peut pas lâcher.

Il concentre ses efforts sur la mobilité de ses jambes, il constate une amélioration dans cette partie de son corps : ses pieds bougent lentement, mais il peut les orienter et les plier. Il sent les contractions de ses tendons jusque dans ses mollets. Il n'est plus très loin de pouvoir bouger ses genoux, ses espoirs sont fondés. Ragaillardi, il continue de tirer sur ses muscles jumeaux quand la porte de la chambre froide s'ouvre et laisse apparaître Orphée et Pierre, chargés de matériel.

Les deux ravisseurs n'ont pas un regard pour Romain, pas plus que pour les autres corps stockés dans la morgue. Ils installent une couche médicalisée, en tout point semblable à un lit de service de réanimation. Puis ils coupent le moteur qui réfrigère la pièce, et s'emploient à sortir les cinq corps qui y sont entreposés. Romain les entend parler des crémations de ces cadavres, programmées le lendemain dans la matinée, en présence des familles. Il se met à espérer pouvoir bouger et attirer l'attention de visiteurs durant ces cérémonies.

Quand la dernière dépouille, celle de la jeune femme profanée, quitte la morgue, le nécrophile passe en souriant devant Romain, terrorisé par les sous-entendus atroces de cette attitude, et s'y attarde quelques secondes. Il est le seul corps sur lequel ce malade pourra exercer ses sévices pendant la soirée qui va venir, et c'est le message qu'il vient de lui faire passer par ce rictus. Romain prie de toutes ses forces pour qu'il ne puisse pas venir lui rendre visite cette nuit et que ses espoirs soient prolongés jusqu'au lendemain.

La vision obscène de la copulation nécrophage de la nuit lui revient avec dégoût, et il redouble ses prières pour en chasser l'image.

Les deux hommes entrent en tenant par les aisselles un individu à l'allure de clochard hirsute, qui semble évanoui. Ils le placent sur leur nouveau lit et s'affairent autour de lui. Ne pouvant tourner la tête pour le regarder, car il souhaite se faire oublier des deux ravisseurs, il ne peut pas voir ce qu'ils font, mais il entend des bruits qui indiquent qu'ils installent des appareils médicaux sur le vagabond inconscient. Romain se demande de quelles atrocités il va encore devoir être le témoin impuissant.

Il entend un téléphone sonner, Orphée répond et il saisit des bribes de conversation derrière les bruits des appareils que Pierre continue de brancher et de tester. Il devine aux paroles qu'il intercepte que le Noir reçoit des consignes, ce qui conforte Romain dans l'idée que le duo n'est pas autonome, trop déséquilibré mentalement pour être l'organisateur de cette entreprise. Après quelques minutes d'échanges où il est aussi question de sa santé et de celle d'une troisième personne qu'il devine être le nouvel arrivant, Orphée raccroche et s'adresse à Pierre :

— Dépêche-toi de le brancher, on a du pain sur la planche. Le piège se referme. Notre contact vient de nous signaler qu'il a repéré une trace de sa présence.

Pierre grommelle une réponse inaudible, puis s'affaire en silence pendant qu'Orphée vient s'asseoir sur la table de Romain et se penche vers lui avec son éternel sourire malsain.

— Ça avance notre affaire. Tu as de la chance si Pierre ne passe pas la nuit ici : la tienne devrait être plus tranquille.

Il pose une main sur le front de Romain dans une parodie du geste d'un parent inquiet de la température de sa progéniture malade.

— Tu es froid comme un mort. C'est bon pour toi de t'habituer progressivement. La mort est partout. Vous avez tort de la cacher et de refuser de la voir. La mort et la vie sont… consubstantielles.

Il peine sur ce dernier mot qu'il articule lentement, Romain pense qu'il n'est pas de lui, qu'il l'emprunte à son mentor, gourou de ces deux psychopathes, celui qui est la cause de ces horreurs. Mais il continue sa tirade, sérieusement, comme si un réflexe de prosélyte le poussait à convaincre Romain du bien-fondé de leur délire :

— Vous cachez les morts. Vous les enfermez dans une boîte pour surtout ne plus jamais les voir. Et quand vous leur rendez une dernière visite, vous demandez à ce qu'ils aient l'air de vivants, pour qu'ils ne vous fassent pas peur. Mais qu'est-ce qu'une société qui a peur de ses ancêtres ? Qui a peur de la nature même de la vie ? On ne peut pas refuser la mort, elle est partout. À trop vouloir la cacher, vous rendez effrayante la plus naturelle des choses. Il faut *aimer* la mort, les morts. Leur voix nous guide, si nous y faisions attention, nous connaîtrions la vérité.

Il a un geste de la main vers son acolyte, et il le désigne à Romain.

— Pierre était prêtre, moi aussi. Lui catholique, et moi vaudou. Mais nous avons fait face à la vérité, nous sommes revenus du royaume de la Mort et nous savons ce qu'il cache, on nous a soignés, on nous a montré la Voie. Maintenant nous savons ce que nous servons et c'est nous qui ouvrons ce chemin pour les autres. La mort peut être la plus belle chose qui soit, Romain : un accomplissement. Pour celui qui le mérite. Prépare-toi à regarder la vérité en face, la tienne est pour bientôt.

Pierre, qui a terminé son installation, vient confirmer à Orphée de sa voix atone que tout fonctionne et qu'ils peuvent partir.

— Tu prépareras une nouvelle injection pour Romain, on la lui fera demain matin. Mets le paquet ! Que ce soit la dernière…

Sur cette dernière promesse, l'incroyable duo quitte la morgue sans même un regard pour celui à qui ils viennent pourtant d'annoncer sa mise à mort prochaine. Romain n'a pas peur de cette annonce, il est au-delà de la peur depuis la nuit dernière. Mourir ne lui fait plus peur, décevoir Naïma ou passer une nuit avec le nécrophage lui font peur, la mort non.

Toutefois, pour Naïma, il doit tenter de se battre jusqu'à son dernier souffle. Alors, il reprend sa lutte contre l'engourdissement de son corps. Il a une limite, une échéance contre laquelle il peut se battre. Demain matin, ils le mettront à mort, il doit être en mesure de se battre d'ici là. Peu à peu, la nuit lui permet d'avancer dans son combat. D'abord, il parvient à plier les genoux de quelques centimètres, puis il redresse ses poignets, plie ses coudes. Il sent le processus de libération de ses membres s'accélérer : les deux monstres ont surestimé de quelques heures l'effet de leur drogue. Du moins l'espère-t-il.

Épuisé par ses efforts, il réussit enfin à se redresser, à s'asseoir sur le bord de la paillasse. Sa tête tourne, il a beaucoup de mal à maintenir une position verticale, son cœur s'emballe, bat dans sa poitrine à un rythme forcené, un plus fragile que le sien ferait un infarctus pour moins de sollicitations. Mais il tient bon et reste quelques longues minutes à recouvrer ses esprits. Il parvient, en tâtonnant de ses doigts gourds, à retrouver son téléphone, mais constate qu'il n'a plus de batterie. Il le range soigneusement, lentement, puis laisse glisser ses jambes vers le sol. Il teste leur capacité motrice, elles sont très faibles… Ses bras le sont aussi. Il doit s'appuyer sur le mur, s'agripper aux poignées des macabres tiroirs métalliques pour se déplacer dans la morgue.

Son premier objectif est la porte de sortie de la chambre froide, il se traîne jusqu'à elle, et tente d'en actionner l'ouverture en poussant sur sa grande barre transversale. La barre s'abaisse, mais la porte ne bouge pas d'un centimètre, il insiste de toutes ses maigres forces, mais elle ne s'ouvre pas : fermée de l'extérieur. Précaution inutile pour une morgue ordinaire, mais il faut croire que son usage comme geôle a été prévu et organisé de longue date par ses ravisseurs.

Romain rumine sa déception en évitant de croiser le regard du serpent qui trône au-dessus de la porte. Il fait une inspection visuelle du reste de la pièce. Elle ne contient aucune autre issue : seules deux aérations, bien trop étroites pour permettre son passage, se trouvent au fond de la pièce au niveau du plafond.

Ne se faisant plus d'illusions quant à une possible fuite pendant la nuit, Romain se dirige vers le vagabond allongé sur son lit médicalisé, d'où provient le bip-bip régulier d'un électrocardiogramme, ainsi que le soufflement d'un respirateur artificiel. Il se traîne le long du mur et vient se placer au pied de la couche.

Il y fait une nouvelle découverte, effroyable.

L'homme allongé sur le lit, portant le masque transparent d'une assistance respiratoire et relié de toute part à un appareillage médical pour personne en coma dépassé est son… beau-frère !

Thierry Jourdan, c'est sans aucun doute Thierry Jourdan…

Il ne l'avait pas reconnu tant il a maigri, tant ses cheveux et sa barbe ont poussé. Mais de près, en prenant le temps de le regarder avec attention, il n'y a pas l'ombre d'un doute : cet homme allongé et maintenu en vie au prix d'un déploiement technologique complexe est bien son beau-frère.

Romain se demande où se trouveront les limites de ce cauchemar : le mari d'Alice est décédé. Il l'a vu sur son lit de mort le jour de ses funérailles. Il a assisté à son enterrement auprès de ses sœurs en larmes. Thierry Jourdan est mort depuis plus de deux mois ! Il lui était indifférent de son vivant, n'appréciait pas ses leçons de morale permanentes et sa condescendance quant à son mode de vie et à son métier d'acteur. Ils ne se sont jamais appréciés, Romain le supportait pour sa sœur, une fois par an au grand maximum. Aussi n'est-il pas submergé par l'émotion, ce n'est pas la joie de le revoir vivant qui domine, mais bien l'incompréhension et la stupeur.

Il détaille le dispositif relié à Thierry, beaucoup d'appareils de contrôle et de mesure, électroencéphalogramme, électrocardiogramme, respirateur… Son cœur bat sans assistance, mais un dispositif de secours est prêt, le cas échéant. Il a plusieurs tuyaux fixés sur un cathéter. Une perfusion lui délivre un goutte-à-goutte dont Romain regarde le contenu au dos du flacon. Ce qu'il y lit est conforme à ses espérances, un cocktail vitaminé de sels minéraux, d'anti-inflammatoires, d'anabolisants et d'amphétamines. Exactement ce qu'il lui faut pour se remettre sur pieds rapidement. Il s'excuse auprès de Thierry et lui enlève son aiguille, se convainc de la justesse de son geste en considérant qu'il est leur meilleure chance de sortir d'ici vivant, tous deux. Il retire son blouson, remonte la manche de sa chemise et se pique, non sans mal dans une veine, en essayant de viser la même que celle de son beau-frère. Puis il s'assoit à côté de Thierry.

Après quelques minutes, quand il commence à se sentir mieux, il se met à parler à voix haute. Il parle à Thierry comme si celui-ci l'entendait. Il s'excuse de n'avoir jamais fait d'efforts pour qu'ils s'entendent mieux, il lui annonce que s'ils s'en sortent il changera, qu'il sera un meilleur frère pour Alice, et un meilleur beau-frère.

Il lui parle sans discontinuer pour exorciser ses peurs pendant que la perfusion le remet peu à peu d'aplomb et qu'ils attendent le retour de leurs deux tortionnaires pour une ultime confrontation dont Romain espère sortir vainqueur.

Comme un putain de casting !

25

Victor se voit allongé, non pas les bras en croix sur le trottoir, le dos dans la neige, entre la villa d'Alice et la Marne, mais sur le trottoir du café sordide où il s'est fait égorger par un truand de seconde zone deux mois auparavant. Il se souvient des instants qui ont précédé son expérience de mort imminente, comme s'il les revivait de nouveau.

Il cherche à se relever mais s'étiole comme une poupée de chiffon : on lui a retiré toute force dans les jambes. Il se retrouve face contre terre sur le revêtement poisseux, sent distinctement le contact du bitume humide sur sa joue. Il y a des cris autour de lui, deux coups de feu sont tirés, et la rue bruisse soudainement d'une activité frénétique. Mais il n'y participe pas : il est lent, immobile, reposé, une sensation de chaleur lui coule sur la poitrine, c'est son sang qui se répand en une onde chaude et douce. Il ne souffre pas, il ne sent progressivement plus rien, la sensation de chaleur s'évanouit, celle du macadam sur sa joue aussi.

Des mains l'empoignent, on le retourne, des gens crient, il entend : « Merde, il se vide de son sang ! » Les mains s'affairent sur la plaie béante qui descend depuis son menton jusqu'au bas de son cou. Il voit des blouses blanches arriver autour de lui, on lui murmure des « Tenez bon, on s'occupe de vous. » Puis les toubibs se parlent entre eux : des ordres précis, rapides, efficaces. Mais il ne sent plus rien, il n'entend presque plus, il ne ressent aucune peur, aucune agitation. Il est calme, il se sent décalé par rapport à tous ces gens qui s'agitent, qui s'affolent, qui ont des regards effrayés. Il se sent bien, lui, parfaitement à l'aise. Serein.

C'est à ce moment qu'il cesse de voir par ses yeux, sa vision prend de la hauteur alors que son corps reste plaqué au sol. Il voit son propre regard, son visage, son torse ensanglanté, son corps allongé sur le trottoir, les infirmiers qui l'entourent et le manipulent, les brancardiers qui arrivent en courant, la foule de curieux qui s'agglutine autour de la scène, il voit les deux truands embarqués sans ménagement dans la voiture de ses collègues, il croit même entendre le commissaire Marchand leur promettre une sale soirée « si jamais il meurt », il voit la rue Myrrha encombrée de véhicules à gyrophare.

Sans rien entendre, il sait ce que tous disent, il sait même ce que tous pensent sans que cela retienne son attention.

Il flotte au-dessus de la mêlée, sans haine ni rancœur. Il pardonne aux deux truands, il pardonne tout à tous : ce n'est pas si important. Parmi les badauds, il remarque des visages qui regardent vers le ciel. Julie. Bien qu'il sache que c'est impossible, Julie est là et regarde vers lui, elle lui sourit avec une tendresse qui avait disparu depuis de longues années. Il sait ce qu'elle lui dit, elle regrette de le voir partir sans qu'ils se soient pardonné. Il a été odieux avec elle, violent, jaloux, injuste… Elle n'a pas su l'aider, elle a perdu patience, elle a perdu l'amour. Il part sans avoir pu lui dire combien il s'en veut, qu'il aurait dû cesser de la harceler et la laisser vivre sa nouvelle vie sans chercher à lui faire peur, à lui gâcher le bonheur auquel lui ne pouvait plus avoir accès. Il voit aussi le visage de sa mère, qui vit seule dans un petit appartement au sud de Perpignan, là où il a grandi, où il ne va plus depuis des années. Elle le regarde avec amour, comme s'il était le fils qu'elle méritait, comme s'il n'avait pas été incapable de rendre l'amour qu'elle lui donnait et était resté lointain, distant et incompréhensible.

Puis les couleurs de la scène s'affadissent, les gyrophares s'estompent, les lumières de la rue ternissent et la scène de crime devient floue. Comme une peinture dont les couleurs fondraient sous la pluie, le tableau disparaît peu à peu, révélant la trame de sa toile, noire et intense, sans nuance ni clarté, elle finit par apparaître tout autour, reléguant au passé la vision de la rue Myrrha et de son agitation. Victor flotte au milieu de cette obscurité, elle ne lui fait pas peur, il est à l'aise en son sein. Il sait qu'elle n'est que transitoire.

Dans cette immensité, la première chose qui lui parvient est le flux et le reflux de vagues régulières et douces sur un littoral sablonneux. Puis une douce lumière blanche et diffuse supplante progressivement les ténèbres. Il se sent retrouver une pesanteur, ses pieds touchent le sol et le sable. Ses yeux s'accoutument à la lumière blanche dévoilant un paysage paradisiaque. Une longue plage au sable presque blanc et aux eaux turquoise, bordée d'une rangée de palmiers immenses. Il est pieds nus, il marche dans le sable chaud et laisse ses pieds se faire immerger dans les eaux fraîches de cet océan inconnu. Tout sur cette plage inspire la paix et le repos.

Il se retourne et voit un homme assis, adossé à un des palmiers, sans voir son visage, il sait qu'il s'agit de son père, décédé lorsqu'il avait quatre ans dans un accident de voiture. Cet homme inconnu, revenu alcoolique de la guerre d'Algérie, dont sa mère n'a conservé que des blessures et des photos jaunies. Il s'allume une gitane et marche vers lui. Il s'assoit à côté de l'homme qui a sensiblement le même âge que lui et lui ressemble comme un frère. Ils ne se parlent pas, Victor a l'impression de savoir tout ce qu'il y a à savoir. Il est apaisé, repu, pour la première fois de sa vie. Si ce qu'il expérimente est encore la vie.

Le temps n'a pas de sens sur cette plage, son soleil ne bouge pas, pas plus qu'il ne brûle. Il ne saurait dire si ce moment dure une seconde ou une éternité, mais il est merveilleux. Même sa gitane ne s'y consume pas et se laisse fumer inlassablement. Puis, son père lui pose la main sur le bras, le regarde avec un sourire compatissant et tout autour de lui s'obscurcit. En un instant, il se retrouve seul dans le noir. Frappé par un sentiment d'injustice et d'incompréhension, il crie un « Pourquoi ? » retentissant qui reste sans réponse.

Le sol se dérobe sous lui.

Il chute, l'air siffle à ses oreilles et il a l'impression de ne plus pouvoir respirer. Il étouffe, l'air lui manque atrocement, et la chute dans les ténèbres s'éternise. Il ressent des chocs dans la poitrine, comme si on lui appliquait des fers à repasser brûlants sur le torse, il transpire, l'air lui manque de plus en plus, il a mal, il a peur, il ferme les yeux. Il ressent une terrible injustice, on l'arrache au paradis et on le jette aux enfers, il crie, pleure, supplie. Et il ressent de nouveau une brûlure violente qui le transperce de part en part.

Il ouvre les yeux, il se tend, raide comme du fer, arqué, le dos soulevé d'un lit sur lequel il est sanglé. Il aspire de l'air froid et nauséabond à s'en faire mal aux poumons. Il est dans une ambulance du SAMU à la lumière criarde qui fonce dans un Paris haché par le gyrophare, la sirène hurlante, des infirmiers aux yeux cernés sont penchés sur lui et lui appliquent un défibrillateur sur la poitrine. Ils lui font un mal de chien. Il les entend s'exclamer : « On le tient. Il est revenu ! » Les salauds, s'ils savaient le mal qu'ils lui font. Il leur crierait volontiers sa haine, mais il ne peut plus bouger. La douleur est tellement insoutenable qu'il perd connaissance alors que les infirmiers le secouent en lui demandant de rester avec eux.

C'est cette expérience qu'il a racontée aux médecins qui ont accouru à son chevet quand il est sorti du coma dix jours plus tard. C'est elle qui lui a valu l'intérêt d'un médecin envoyé par Lucius qui lui a proposé de participer à une étude sur les personnes ayant connu une expérience de mort imminente et qui lui a laissé sa carte. C'est cette expérience qu'il a préféré occulter, car le souvenir de ce bonheur fugace l'empêchait de revivre normalement.

Mais ses réminiscences ne s'arrêtent pas là, et il revit, juste après, une scène qu'il avait en revanche réellement et totalement oubliée.

Ce souvenir jusqu'alors inaccessible débute par une douleur. Quelque chose lui vrille le crâne, le souvenir de la souffrance est si vif qu'il se sent vomir sur lui dans la rue. Mais cet incident n'interrompt pas le flux des sensations. La douleur masque une autre impression, pendant qu'il souffre, des parties de son cerveau travaillent hors de sa volonté. Elles sont visitées : il a une impression de subir un viol cérébral, ce sentiment est pire que la douleur, car il est complètement impuissant contre cette intrusion. Son sang bourdonne dans ses tempes, il se souvient de s'être débattu en vain au milieu de son coma contre ce viol odieux pendant un temps qui lui paraît interminable. Puis l'intrusion s'est faite plus douce, hypnotique, lancinante, presque maternelle. Il se calme, son pouls reprend un rythme normal, il a l'impression de sortir d'un sommeil interminable qui ne l'a pas du tout reposé. Bien au contraire, il se sent faible et si fatigué qu'il ne peut même pas ouvrir les yeux.

Dans son état de semi conscience, il entend des voix autour de lui, une femme demande à ce qu'on l'aide à se relever. Il entend un bruit de chaise qu'on recule et le grincement de roues métalliques. Des voix résonnent de nouveau, mais il ne les entend plus distinctement, car un bruit strident envahit tout l'espace sonore. Une alarme, il identifie ce son et sous l'influence de cette urgence, il essaye d'ouvrir les yeux. La lumière tamisée de la chambre lui brûle les rétines comme un soleil au zénith. Il ne voit rien, mais il entend une réaction à son réveil. Une voix de femme qui intime l'ordre de se presser, car il se réveille. Il perçoit de l'agitation, le claquement d'une porte qu'on ouvre sans ménagement. Et ce souvenir enfoui rejoint le premier souvenir qu'il a de son réveil dans sa chambre de l'hôpital du Val-de-Grâce.

La première image qu'il ait vue est celle d'une femme aux cheveux noirs, de dos, dans un fauteuil roulant poussé par deux hommes, un grand chauve et un Noir musculeux, tous deux en blouses blanches, s'éloignant dans le couloir. Il se souvient du bruit de l'alarme lui vrillant les tympans, il se souvient de la sensation d'oppression qu'il ressent à être harnaché à d'innombrables appareils de mesure et d'assistance. Il se remémore la douleur vive ressentie le long de son cou, dans ses poumons et dans son thorax. Il se rappelle ses premiers efforts pour arracher tout l'appareillage électronique qui le contraint quand les portes de sa chambre s'ouvrent de nouveau et laissent entrer un flux d'infirmiers qui l'en empêchent en lui souriant : « Un peu de patience, ce sera pour bientôt, bienvenue parmi nous, monsieur Bellanger. » Puis se succèdent ses souvenirs de convalescence un peu brumeux et entrecoupés de longues périodes de sommeil et de quelques rares visites.

Il est interrompu dans cette évocation par le bruit de la sonnerie de son téléphone qui le réveille. Il se relève, il fait nuit dans la petite rue du bord de Marne. Il est trempé d'être resté allongé dans la neige, il est couvert de vomissures malodorantes. À côté de lui, il voit son portable qui s'allume au rythme de ses sonneries. Sur l'écran, le nom de Mario s'affiche. Il regarde l'heure, il est déjà 22 heures, il comprend qu'il est resté allongé sur le trottoir pendant plusieurs heures. Personne ne l'aura remarqué, ou on l'aura pris pour un clochard aviné et on aura détourné son chemin. Bellanger soupire en se disant qu'aujourd'hui quelqu'un peut mourir au milieu de la foule sans qu'on lui prête assistance. Il hésite à répondre à Mario. Il y renonce, car le jeune homme appartient à un passé, proche dans le temps, mais qui lui paraît sur l'instant très lointain, comme s'il appartenait déjà à une autre vie. Il se contente de ramasser son téléphone et de le glisser dans sa poche. La conversation avec Mario attendra son éventuel retour au commissariat d'Alfortville.

Il se lève et titube un peu. Il prend des poignées de neige pour faire disparaître de son blouson les traces les plus visibles de sa pitoyable salissure et fait quelques pas en direction du domicile d'Alice.

Il reprend peu à peu ses esprits. Il a déjà eu un malaise de ce type quelques jours après qu'il est sorti de l'hôpital, dans une chambre d'hôtel où il avait élu domicile avant de reprendre le travail. C'est la femme d'étage qui l'avait retrouvé allongé par terre, baignant dans son vomi, et qui l'avait réveillé en le secouant avec la voix pleine de reproches de celle qui doit nettoyer les saloperies d'un poivrot invétéré. Mais la première fois, ce malaise n'avait pas été accompagné de ces réminiscences troublantes. Il ne sait pas trop quoi penser du souvenir qui lui est réapparu. Il est fort possible que ça ne soit qu'une invention, une illusion générée par son cerveau au moment de son réveil. Mais la sensation de voir sa volonté brisée et manipulée par une personne inconnue reste saisissante et dérangeante.

Il rentre dans la villa et retrouve Alice attablée dans le salon au milieu de classeurs et de papiers répandus, éparpillés tout autour de la salle. Il la salue depuis l'entrée et se précipite dans la salle de bains, il ne pense pas un seul instant que son comportement n'est pas bienséant car il n'a nulle envie que la jeune femme se rende compte de son lamentable état. Cet excès de familiarité est un moindre mal. Il jette en boule sur le carrelage de la salle de bains, décorée à l'orientale, les reliquats souillés de sa carapace noire quotidienne. La douche chaude et prolongée qu'il s'accorde chasse les sensations physiques de son malaise, mais il reste perturbé par l'incident. Seule satisfaction, il constate en se regardant dans la glace que sa barbe commence à être assez fournie pour masquer sa cicatrice, il taille un peu cette broussaille pour lui donner un air présentable. Puis, il se rhabille de propre et descend rejoindre la jeune femme.

Il s'allume une cigarette et reste sur le seuil du salon à la regarder fouiller dans les papiers et masser nerveusement sa nuque fragile, avec un soupir fatigué et désabusé. L'envie de la serrer dans ses bras le tenaille, mais il résiste et fait remarquer sa présence d'un toussotement. Alice lui sourit avec un air dépité.

— J'ai passé la journée à fouiller dans les papiers que m'ont laissés mes grands-parents pour voir si je trouve quelque chose, mais ce n'est pas très éloquent. Il faut dire que je ne sais pas quoi chercher. Et vous ? Vous avez trouvé quelque chose ?

— Mettez votre manteau. On remonte sur Paris pour trouver un restaurant encore ouvert et je vous raconte tout ça. J'ai une faim de loup et vous devez avoir envie de changer d'air.

— Oh oui, je vous attendais pour manger et je commençais à trouver le temps long.

Alice joint le geste à la parole et, en moins d'une minute, elle est prête à sortir. Bellanger la taquine en lui disant qu'il n'a jamais vu une femme mettre aussi peu de temps à se préparer.

— J'ai faim et je ne tiens plus enfermée. Pourquoi, je ne suis pas présentable ?

Il cherche en vain le mot juste pour lui dire à quel point il la trouve plus que présentable, mais même s'il la trouve radieuse avec sa queue de cheval et son pull en cashmere à l'échancrure prometteuse, les compliments n'ont jamais été son point fort. Il se contente de grogner une autre plaisanterie :

— Pas grave, on prendra une table dans le noir et loin de l'entrée.

— Espèce de gros mufle mal rasé.

Elle rétorque en riant, il voit bien dans sa pétulance qu'elle n'a pas besoin qu'il lui dise qu'il la trouve belle pour qu'elle le sache, ses yeux enveloppants parlent bien suffisamment.

26

Rochat claque la porte de son coupé Mercedes et lui jette un dernier regard en s'éloignant sur le trottoir enneigé de la rue de Courcelles, il n'aime pas trop le garer dans la rue, mais le quartier est sûr et il n'y a pas de parking assez proche de sa destination pour lui épargner une longue marche dans la neige. Il n'est pas chaussé pour et préfère arriver à l'heure prévue et les pieds secs chez le colonel Dussart.

La réunion de coordination de l'OCRB[1] au ministère s'est éternisée. Il aurait pu l'anticiper, la prochaine publication d'une série de statistiques démontrant une hausse certaine de la criminalité avec violence pouvait laisser présager une réunion houleuse. Elle le fut, et interminable. Il est pourtant satisfait, il a bien tiré son épingle du jeu avec des prises de parole opportunes et faisant avancer les discussions. Il est convaincu d'avoir marqué des points auprès du préfet et du directeur de cabinet du ministre. Peu à peu, il efface son image d'homme de terrain brutal et impulsif pour se muer aux yeux du pouvoir en collaborateur avisé et expéri-

1. Office central de lutte contre le crime organisé.

menté. Son parcours est déjà inespéré pour un ancien légionnaire et flic des Mœurs, mais il ne fait plus de complexes, il se considère aussi intelligent, plus déterminé et plus expérimenté que la plupart de ces rats de bureaux qui n'ont jamais vu un truand à moins de dix mètres. Quand il parle, lui, on l'écoute parce qu'il sait de quoi il parle et parce qu'il en a la silhouette. Il sourit en sonnant chez Dussart tout en se souvenant d'une citation de Michel Audiard, dans *Cent mille dollars au soleil*, le film de Verneuil :

Quand les types de cent trente kilos disent certaines choses, ceux de soixante kilos les écoutent.

À la dernière pesée de sa carrière de boxeur amateur, il en faisant quatre-vingt-sept et, à l'époque, il était sec comme un marathonien. Ce qui n'est plus vraiment le cas. Dussart lui ouvre et il pénètre dans l'immeuble cossu où réside le colonel. L'heure tardive l'a contraint à changer son fusil d'épaule, il est trop tard pour aller faire la virée en grande banlieue qu'il a promise à Bellanger. Ni le chirurgien, ni les croque-morts ne seront visibles à cette heure, et le trafic aurait été abominable. Par chance, Dussart a répondu immédiatement à son message, lui proposant de passer dès ce soir s'il était sur Paris. De la place Beauvau à la rue de Courcelles, il n'y avait que quelques coups de volant, il a sauté sur l'occasion et accepté de passer juste avant l'heure de dîner.

Il est accueilli par une jeune femme brune, méditerranéenne, au regard lourd et au port de tête indolent qui lui cause une douce brûlure au creux de l'estomac. Il remercie en silence le colonel d'avoir une aussi jolie fille.

— Bonsoir, mademoiselle. Excusez-moi pour l'heure tardive, j'ai rendez-vous avec votre père.

— Vous devez plutôt avoir rendez-vous avec mon mari. Mon père est, hélas, décédé, lui répond madame Dussart avec un sourire espiègle.

Rochat bafouille sa confusion, le colonel doit avoir trois fois son âge, Rochat en conclut que le militaire a su rester vert au-delà de ses tenues de travail. Souriant de sa méprise, Rochat flatte la jeune femme en lui disant qu'elle a l'air bien plus jeune qu'elle ne doit l'être, et se laisse guider par l'aguicheuse à la croupe ondulante le long d'un corridor sombre et austère.

L'appartement sent le propre et l'encaustique, la rigueur et la monotonie, tentures sombres sur les murs et tableaux représentant des batailles de l'Empire alternant avec des portraits de maréchaux. Le maquillage et la robe vaporeuse de l'épouse du colonel sont les seules notes incongrues de gaîté sensuelle dans cette ambiance d'état-major. Dans les couloirs de la DCRI, Dussart a toujours eu la réputation d'être un homme de devoir, dur, intransigeant et parfois obtus. Le temps que Rochat a passé sous ses ordres, durant les années quatre-vingt-dix, a été trop court pour qu'il se fasse une opinion contraire. Mais leur collaboration aura au moins permis à Rochat de se savoir apprécié par le colonel, qui prise les hommes de terrain qui affichent leurs ambitions.

La jeune femme lui ouvre le bureau et le salue avec une œillade frivole, elle n'aurait pas été la femme du colonel Dussart qu'il lui aurait glissé son numéro de téléphone, mais là c'est, avec regret, hors de propos. Le colonel, aux cheveux plus gris, mais aussi courts et drus que quinze ans auparavant, est plongé dans un épais volume compilant les rapports de la DGSE sur la situation en Afghanistan, qu'il repose à l'entrée du commandant. De mémoire, Rochat sait que le colonel est passé au renseignement militaire extérieur depuis plusieurs années, mais ce soir c'est de sa mémoire concernant le territoire français dont il aura besoin.

Dussart, en uniforme au nœud de cravate serré comme pour une revue d'effectifs, se lève et vient à la rencontre de son visiteur.

— Commandant Rochat, c'est un réel plaisir que de vous revoir.

— Il est partagé, mon colonel. Merci de votre réponse rapide.

— J'ai peur de ne pas être trop disponible dans les semaines à venir. La situation de nos troupes en Afghanistan évolue et je dois partir là-bas dès demain pour une mission d'instruction des officiers en place.

Lui montrant un fauteuil Empire face à son bureau, le colonel se rassoit le dos droit et pose ses mains à plat sur la table, fixant Rochat de son regard aussi dur et inquisiteur que dans les souvenirs du commandant.

— Que me vaut la joie de cette visite, commandant ?

— De l'aide que je souhaite apporter à un ami dans une situation inhabituelle.

Rochat sert le petit mensonge qu'il lui a préparé à partir de suffisamment de réalité pour paraître crédible, et avec toute la conviction qu'il peut mobiliser. Le colonel est un vieux matou madré et il ne le grugera pas avec des sornettes débitées sans conviction. Il lui raconte que son ami a fait un coma dépassé et a du mal à surmonter l'expérience. Il a été contacté par le laboratoire Lucius qui se propose de l'aider et, déconcerté par l'opacité de l'institut, il voudrait savoir s'ils sont en mesure de lui apporter une aide, et laquelle. Le colonel sourit amèrement en entendant prononcer le nom de Lucius, mais ne montre pas de signe indiquant sa méfiance quant à l'histoire que Rochat lui raconte. Le point de départ est un peu restrictif, mais le commandant espère pouvoir élargir l'échange, sans trop y paraître, durant la suite de la conversation.

— Lucius… C'est un échec intégral, ce laboratoire. Ils étaient en pointe sur certains aspects des neurosciences, mais ils ne nous ont jamais rien amené de valable depuis plus de vingt ans. Mon avis, c'est que vous devriez emmener votre ami ailleurs.

— C'est vrai qu'ils n'ont jamais rien publié comme résultats. C'est pour ça que je me suis interrogé.

— Vous avez tort, ce n'est pas le problème, ils auraient découvert quelque chose qu'ils n'auraient rien publié de toute façon. C'est un labo militaire.

— Je les croyais rattachés au CNRS ?

— C'est pour la galerie. Leur financement vient du ministère de la Défense. Pourquoi croyez-vous donc que je siégeais à son conseil d'administration ? Pour mes connaissances en neurologie ?

Rochat se maudit de sa question naïve, il ne doit pas prendre le colonel pour un idiot sinon son histoire va s'effondrer comme un château de cartes.

— Pourquoi ce rattachement, alors ?

— Ils ont besoin de collaborer avec des hôpitaux et des universités dans le monde entier, un labo militaire ne pourrait pas faire ça sans entraîner des questions embarrassantes sur le but réel de ses recherches.

— Ils travaillent sur quoi ?

— Secret défense, Paul. Vous savez bien que je ne peux pas vous répondre là-dessus. On va dire que, pour ce qui est des applications civiles, que ce sont des spécialistes du coma et de ses conséquences sur le cerveau. Toutes les situations critiques et paradoxales du cerveau les intéressent. Votre ami a fait une anoxie ?

— Un arrêt de l'oxygénation du cerveau ? Non, il a fait un coma suite à une hémorragie.

— Avec une EMI certainement, alors. Sinon il ne les intéresserait pas.

— Oui, c'est même la source de son problème.

Dussart regarde sa montre ostensiblement, ce que Rochat est venu lui demander le met manifestement mal à l'aise et il souhaite abréger, quitte à paraître malpoli. Déstabilisé, Rochat relance trop rapidement, comme il s'en aperçoit à la réponse du colonel.

— La femme qui est venue lui parler s'appelle Lancerne, la connaissez-vous ?

— Elle ne travaille plus chez Lucius. Vous m'étonnez, elle est à la retraite depuis deux mois.

— Ça date d'avant son départ, se rattrape le commandant avec un ton peu convaincant.

— Vous en avez mis du temps, à vous renseigner, alors.

— Il a juste mis du temps à me poser la question.

— Lancerne était brillante, c'est pour elle qu'on a monté ce labo dans les années quatre-vingts. À l'époque on se croyait la troisième puissance mondiale et tout était bon pour le rester. Il fallait la mettre sous cloche avant que les Américains ou les Russes nous la volent. Mais elle n'a pas répondu à nos espérances.

Le soupir dans la voix du colonel laisse présumer de sa lassitude, causée par l'évocation de ce bilan peu reluisant et par son peu d'entrain à expliquer ce qui doit être un échec pour lui. Lancerne est un sujet douloureux. Rochat essaye d'abonder dans son sens tout en déroulant le fil de sa curiosité.

— Brillante, mais avec un passif judiciaire inquiétant, d'après ce que j'ai pu voir.

— Vous n'avez vu qu'un peu d'écume. On a fait

en sorte que rien d'autre ne se voie. Pour ce qui est de votre ami, je vous conseillerais une fondation hollandaise : la *Near Death Experience Research Foundation*, il y serait mieux soigné.

Rochat cherche une manière de relancer la discussion qui ne soit pas trop voyante, mais le « On a fait en sorte que rien d'autre ne se voie » est déjà assez éloquent. Il ne peut qu'en déduire qu'il s'est passé quelque chose de très suspect dans ce labo la nuit du drame, mais que le parquet a dû, par sujétion à la raison d'État, interrompre son instruction et laisser le joujou des services secrets militaires en paix. Détourné par cette réflexion, il n'a pas le temps de fourbir sa relance que le colonel met un terme aux échanges en se relevant et en souriant d'une manière un peu rigide.

— Voilà ce que je pouvais vous dire. Mais, si vous le voulez bien, je dois emmener ce soir mon épouse au théâtre, et donc me préparer. Je pars pendant trois semaines en Afghanistan, et il faut que je lui consacre un peu de temps. Vous comprendrez…

— Bien sûr. Je vous remercie du temps que vous m'avez consacré dans ces conditions.

Congédié sans ménagement au bout de cinq minutes, Rochat ravale sa fierté et regagne la porte du bureau sous le regard inquisiteur de Dussart, il espère que le colonel sera très occupé par sa jeune épouse d'ici son départ, sinon il est à peu près certain qu'il se penchera de manière approfondie sur les raisons de cette visite. Il n'a plus qu'à espérer que l'Afghanistan l'absorbe rapidement, et que sa jeune femme réclame toute son affection d'ici là. Il salue Dussart et retraverse le long corridor sinistre de son appartement.

Quand il arrive à la porte, il entend un « Bonsoir, commandant » prononcé d'une voix excessivement langoureuse. Il se tourne vers l'angle opposé du couloir, et voit madame Dussart fumant une cigarette adossée au chambranle de sa chambre, une jambe remontée et pliée dans une pose de pin-up révélant son genou et sa cuisse fine gainée de bas noirs. Ils échangent un regard complice et il lui retourne ses salutations. À la mine exaspérée qu'elle affiche en entendant son mari l'appeler, Rochat constate qu'il ne devra pas trop compter sur les ardeurs de la jeune femme pour détourner la curiosité du colonel.

Inquiet, mais émoustillé par l'échange d'œillades et par la jarretelle entr'aperçue, il sort de l'appartement en laissant ce drôle de couple à sa soirée au théâtre.

À défaut de pouvoir le recommander comme lieu de traitement à Victor, il aura au moins eu la confirmation que l'institut Lucius est en fait un laboratoire militaire et que la mort des parents d'Alice Montserray-Jourdan n'a certainement pas été si accidentelle que ce que la version officielle affirme. À en croire la réaction du colonel, il n'est pas impossible que Lancerne ait échappé au contrôle des services secrets et que l'imbroglio auquel se trouve mêlé Victor Bellanger soit la conclusion de cette ancienne affaire.

Mais même s'il commence à le croire, il est encore loin de pouvoir affirmer que l'institut Lucius a une part de responsabilité dans le vrai faux décès de Thierry Jourdan ; ni dans la disparition du frère d'Alice.

L'attitude de Dussart le place en porte-à-faux, il ne s'attendait pas à voir le colonel lui dévoiler un quelconque secret – on ne fait pas carrière dans le renseignement en se laissant aller à cela à la première sollicitation d'un ancien collègue – mais il escomptait quelques indications amicales, à demi-mot. Non seulement il ne les aura pas eues, mais il a l'impression que sa démarche aura suscité l'agacement du colonel, et qu'il n'est pas exclu qu'il ait à rendre des comptes quant aux raisons de son intérêt pour Lucius dans les jours à venir. Il se prépare à devoir y faire face sans que cela altère en rien sa détermination à aider Bellanger à voir plus clair dans cette affaire.

Après tout, au-delà de l'aide légitime qu'il apporte à un ami qui en a fait de même pour lui à de nombreuses reprises par le passé, cette affaire et ses secrets recèleront peut-être une opportunité de se mettre en valeur sur la scène du renseignement militaire, sphère opaque et élitiste qui a ses entrées dans tous les ministères. « Qui ne risque rien n'a rien. » Ça sera peut-être aussi l'occasion de rendre la monnaie de sa pièce à Dussart, il n'a pas aimé être congédié de la sorte, après à peine trois mots échangés, et il se fait fort de faire regretter sa morgue au colonel à la première occasion.

Il laisse un message à son assistante la prévenant qu'il sera à l'extérieur toute la matinée du lendemain, il sait n'y avoir que des rendez-vous modifiables, pour pouvoir rendre une visite impromptue au neurochirurgien et aux pompes funèbres. Mais pour ce soir, il est temps pour Paul Rochat de rejoindre quelques relations politiques pour un dîner à *La Cantine*, rue du Faubourg-Saint-Honoré.

Il se répète « Être en vue, comme être élégant, demande un effort constant à celui qui s'y destine », son mantra quotidien en montant dans sa voiture vierge de toute souillure neigeuse.

27

Orphée arrête le moteur de sa camionnette et coupe ses phares, il regarde les maisons bordant cette petite rue qu'il commence à connaître sur le bout des doigts, et constate avec satisfaction que toutes les lumières donnant sur la Marne sont éteintes. Il enfile une cagoule noire et intime l'ordre à Pierre d'en faire autant, son physique serait bien trop reconnaissable si on l'apercevait tête nue l'espace d'un instant. Orphée soupire en se disant que de loin, au moins, son odeur ne peut pas être reconnue.

Regardant l'effrayant croque-mort enfiler sa cagoule, Orphée se dit que ce voisinage est un petit prix à payer au vu de la récompense qui l'attend. Il sourit à Pierre en lui disant que s'il portait une cagoule en permanence, il aurait plus de succès auprès des femmes. Il continue à faire des plaisanteries pour lui-même sans aucun écho, Pierre ne répond ni ne rit jamais à ses saillies. Le nécrophage ne rit jamais, tout simplement. Il n'était déjà que peu enclin à la plaisanterie quand il était dans les ordres, mais depuis sa descente aux enfers, seule la perspective d'une cruauté potentielle lui arrache un rictus spontané.

À l'arrière de la camionnette de fleuriste au sol maculé de traces de pourriture végétale, vestiges de l'ancienne vie d'Orphée Tchibokor, ils récupèrent un sac à dos dans lequel ils ont glissé le matériel nécessaire à leur virée nocturne. Si l'informateur de leur maîtresse a vu juste, ils feront dès ce soir une avancée remarquable vers la connaissance. Orphée est rendu nerveux par cette perspective, ils ne doivent pas se louper. À aucun prix.

Pour dissiper sa nervosité et s'attirer la réussite, Orphée adresse une prière à Baron Samedi, son *Loa-met-tet*, cette divinité tutélaire à laquelle il a prêté allégeance comme serviteur et prêtre vaudou. Il triture nerveusement ses fétiches, glissés dans les poches de l'imperméable noir qu'il a glissé sur son costume rouge sang, et implore Baron Samedi, le gardien du monde des morts, de lui ouvrir de nouveau les portes de son royaume s'il faillit.

Sa prière terminée sous le regard impavide de Pierre, indifférent à ces superstitions, ils se dirigent vers la maison voisine de celle d'Alice Jourdan comme deux fantômes noirs sur la neige immaculée, la lueur des réverbères qui déforme leur ombre en fait des créatures de contes de fées, aux dos voûtés et aux doigts crochus. Arrivés devant la grille de la maison, ils regardent de droite et de gauche et, ne constatant aucune activité, ils s'agenouillent devant la grille.

Orphée se penche sur la serrure avec un appareillage sophistiqué qu'il a acheté dans une petite boutique discrète du XVIIIe arrondissement, spécialisée dans le matériel de surveillance et d'enquête. Il s'en est fait expliquer le fonctionnement, il a toujours été doué de ses mains et il se débrouille parfaitement avec les dizaines de clefs à assembler pour reconstituer celle qui peut ouvrir la grille. La serrure rudimentaire ne lui résiste que quelques minutes, le temps pour Pierre de huiler les jointures de la grille qui, du coup, s'ouvre dans un silence parfait.

Avançant prudemment sur la neige de l'allée, les deux ombres menaçantes arrivent sans un bruit jusqu'aux fenêtres de la maison et Orphée sort une autre de ses récentes acquisitions : un petit diamant ventouse. À l'aide de cet ustensile, il s'emploie à découper un cercle parfait dans le double vitrage de l'une des fenêtres du rez-de-chaussée. Là encore, ils parviennent sans le moindre bruit à pratiquer une ouverture suffisante pour que Pierre, plus grand et plus mince, passe le bras à l'intérieur de la pièce et attrape la poignée de la fenêtre. Il tourne la poignée, mais ne l'ouvre pas. Orphée allume alors le plus sophistiqué de ses appareils de cambrioleur, un scanner détecteur d'alarmes biométriques qui leur a coûté une fortune. Il glisse le capteur externe du scanner par l'ouverture de la fenêtre et attend avec inquiétude la réponse de l'appareil. Le contour du salon de la maison s'affiche sur son écran, quelques secondes plus tard, l'appareil émet un léger bourdonnement tandis qu'un message s'affiche : *Alarme thermique localisée*. Orphée manipule l'appareil nerveusement en étouffant des jurons, la fichue baraque est protégée par un dispositif qui détecte les variations de chaleur. Ça va singulièrement compliquer leur intrusion. La source d'émission des ondes détectée par le scanner est située au fond du salon, trop éloignée pour pouvoir la neutraliser avant que l'alerte ne soit donnée.

Il explique la situation à Pierre qui hoche la tête pensivement. Orphée ne voit qu'une solution : tenter d'entrer par l'étage supérieur. La demeure comporte un étage et des combles. Le niveau des chambres n'est sûrement pas couvert par une protection de ce type : elle serait trop perturbée par les habitants de la maison. En revanche, ils risquent de tomber sur une pièce occupée et d'être repérés avant d'avoir pris possession des lieux.

Pierre fait un signe de dénégation à la fin de ce rapide conciliabule, il opte pour une autre solution. Orphée s'apprête à la contredire, mais le chauve pose un doigt sur sa bouche lui intimant l'ordre de se taire, inversant brutalement leur rapport hiérarchique tacite. Orphée ne répond pas, il n'a pas de prise sur son acolyte et le moment serait malvenu pour une dispute.

Pierre se redresse et se débarrasse de son imperméable noir, il retire son pull-over malodorant et ses chaussures. Il lui reste sur la peau un tee-shirt à manches longues aux taches innombrables, un pantalon de toile beige, des chaussettes et sa cagoule. Même dans ce vent glacial, Orphée, pourtant accoutumé à ce désagrément, a du mal à supporter l'odeur qui se dégage du corps décharné. À l'abri de la haie ceinturant la maison, le nécrophage entreprend de se rouler dans la neige, méticuleusement, sans marquer la moindre réaction au froid mordant qui doit l'étreindre. Il trempe ses vêtements de neige fondue en roulant sur le côté de part et d'autre. Orphée comprend où il veut en venir, mais il craint que ça ne soit pas suffisant pour lui donner le temps de débrancher l'alarme thermique. Il s'apprête à le lui dire quand Pierre se relève et attrapant la neige par pleines poignées il se met à glisser des plaques de neige glacée entre ses vêtements et sa peau. Patiemment, sans précipitation ni réaction, il s'entoure d'une épaisse couche de glace, remplissant cagoule, tee-shirt, pantalon et chaussettes de manière à ce que sa peau soit complètement recouverte par cette froide pellicule.

Orphée renonce à l'en dissuader. Il pense qu'ainsi, ça a des chances de fonctionner, et qu'il ne parviendra pas à lui faire faire machine arrière. Alors, il pousse la croisée et prépare l'entrée de son complice. Sans hésitation, Pierre traverse le jardin et enjambe le rebord de la fenêtre pour se glisser dans l'obscurité complice de la maison. Pendant qu'Orphée scrute l'intérieur dans l'attente angoissée du déclenchement de l'alarme, Pierre laisse ses yeux s'adapter au manque de lumière et se dirige vers le boîtier noir de l'alarme, fixé au niveau du sol à côté d'un canapé rétro. La perturbation de température provoquée par l'entrée du nécrophage ne doit pas être suffisante pour le détecteur thermique, qui ne signale rien. Pierre localise son objectif et étudie son fonctionnement. Pour l'éteindre, il faut une petite clef. Le coffret du commutateur est vide, le sésame doit être ailleurs, mais où ?

Calmement, Pierre ouvre les tiroirs d'une table de lecture voisine et fouille son contenu. Il n'y voit pas suffisamment, il retourne à la fenêtre et demande une lampe à Orphée qui commence à paniquer. Pierre ne prête pas attention aux suppliques étouffées de son complice. Il retourne dans la maison et entreprend de fouiller silencieusement tous les tiroirs qu'il rencontre.

Ses premières tentatives sont infructueuses, il en profite néanmoins pour débrancher le téléphone et fouiller un sac à main trouvé dans l'entrée. Il déniche un portefeuille qu'il tend à Orphée, puis reprend ses fouilles. L'eau commence à ruisseler de son pantalon, sa carapace thermique s'effiloche, il presse sa fouille au risque de perdre un peu en discrétion. Il finit le tour du rez-de-chaussée, mettant la main au passage sur un téléphone portable qu'il empoche, mais reste incapable de retrouver la clef de l'alarme. Il est proche du renoncement quand une intuition lui vient, il se dirige vers l'escalier desservant l'étage. Le long du mur, sur une corniche, en dessous de peintures naïves et colorées, sont disposées des potiches artisanales africaines, il soulève la première et trouve l'objet de ses recherches. Son intuition était bonne, l'endroit idéal pour servir de cachette à une personne montant se coucher après avoir branché son alarme et voulant garder la clef à portée de main pour une descente nocturne au rez-de-chaussée.

Il retourne dans le salon, l'appareil émet un bip léger puis un second plus soutenu, Pierre comprend qu'il a été détecté et qu'il ne dispose plus que de quelques instants pour la désactiver avant que l'alarme ne se déclenche. Mais il a la clef, il va au boîtier, l'introduit et désactive l'alarme qui émet un dernier avertissement avant de s'éteindre.

Il va prévenir Orphée qui entre à son tour dans la forteresse vaincue.

Pierre se débarrasse de la neige qui le recouvre sur le pas de la porte-fenêtre en se secouant vigoureusement. Il se dénude, son corps squelettique en virgule lugubre au milieu du salon, et se frotte énergiquement pour réchauffer son corps gelé, malgré la satisfaction qu'il éprouve à se sentir aussi froid qu'un cadavre. Une fois ce rituel achevé, ils se dirigent vers l'entrée. Orphée subtilise l'imposant trousseau de clefs pendu à la serrure de la porte d'entrée, et ils se dirigent vers l'étage supérieur où doivent dormir les occupants de la maison.

Sur la pointe des pieds, à gestes précis, ils inspectent une à une les pièces de l'étage. Ils découvrent trois chambres, un bureau et deux salles de bains… vides.

Orphée constate avec une grimace qu'un téléphone mains libres d'appartement est absent de son socle de chargement. Dans l'une des chambres, Pierre pose la main sur le lit et constate qu'il est encore tiède, l'occupant a dû le refaire rapidement, mais il n'a pas pu dissimuler les traces de sa chaleur corporelle. Orphée ricane en constatant l'efficacité de leur propre détecteur thermique, mais s'inquiète de se savoir repéré. Il fait signe à Pierre de surveiller l'escalier pour prévenir toute fuite et il entreprend de fouiller les placards et le dessous des lits, son revolver à la main. Ses recherches sont vaines, il fait signe à Pierre qu'il monte au grenier.

Pierre descend dans l'entrée et saisit le téléphone posé sur le socle principal. Il branche à nouveau la prise, mais garde le combiné collé à l'oreille. Le téléphone ainsi débranché ne pourra toujours pas émettre d'appels, mais il entendra si quelqu'un essaye d'utiliser un téléphone sans fil rattaché à cette ligne.

Orphée monte les dernières marches menant aux combles, elles grincent terriblement, mais maintenant qu'il se sait repéré cela ne le perturbe plus. Il ose même parler.

— Allons, allons, nous ne vous voulons pas de mal. Ne nous obligez pas à employer la violence en restant caché. Montrez-vous, nous serons gentils.

Il n'obtient aucune réponse, il allume la lumière et découvre un atelier d'artiste encombré de toiles en cours de réalisation. Il recommence son appel, tout en fouillant progressivement l'atelier sans grand ménagement pour les œuvres exposées.

Cachée derrière une toile, Isabelle Lepestre serre compulsivement son pistolet à grenaille. Elle entend se rapprocher les pas de son visiteur nocturne, elle jette un œil à l'angle du cadre qui l'abrite et voit un homme trapu avec un imperméable noir fouiller, une arme à la main, derrière ses réserves de toiles vierges. Elle remercie le ciel d'avoir le sommeil si léger et d'avoir entendu son alarme signaler une intrusion. Malheureusement, elle a été déconnectée avant la fin de la minute qui permet aux occupants de la maison de venir l'éteindre. Elle ne s'explique pas comment cet homme a pu si rapidement trouver la clef.

Pour couvrir ses peintures qui ont une valeur marchande importante, son assurance l'a obligée à installer cette alarme. Elle ne le regrette pas, pas plus qu'elle ne regrette d'avoir demandé une licence pour détenir un pistolet à grenaille. Elle a grandi à Haïti, elle sait faire face à la violence. L'homme lui tourne le dos, ce sera peut-être sa seule chance. Elle sort de sa cachette, braque son pistolet à grenaille et essaye de prendre une voix assurée.

— Ne bougez pas ou je n'hésiterai pas à tirer ! Lâchez votre arme immédiatement !

Orphée se pince les lèvres de dépit, il vient de se faire pincer par une mamie, à en juger au timbre de la voix. Mais, s'il n'obtempère pas, elle serait capable de paniquer et de l'abattre, alors il obéit et laisse tomber son 38, il garde les mains loin du corps et se retourne. Isabelle est soulagée, elle le garde en joue et compose le 17 sur le téléphone sans fil qu'elle coince entre sa joue et son épaule une fois le numéro composé. Elle voit le visage défait de son agresseur et gagne en confiance. Elle entend la voix grave d'un policier résonner dans le combiné.

— Police nationale, j'écoute.

— J'habite au 28, quai de la Marne à Alfortville.

Je tiens en joue un cambrioleur avec mon revolver. Il faut que vous veniez d'urgence.

— Gardez votre calme, madame. Une patrouille est à proximité, nous arrivons dans cinq minutes. Ne paniquez pas et ne tirez que si c'est indispensable.

— D'accord, mais faites vite.

— Nous arrivons, madame.

Isabelle souffle et se laisse tomber dans son fauteuil tout en gardant en joue l'intrus qui ne parle toujours pas, mais qui lui sourit avec un air narquois. Elle s'apprête à le moucher quand elle entend des pas dans l'escalier, il a un complice, elle aurait pu s'en douter, même si elle ne les a pas entendus parler. Elle redresse son arme, se lève et se place derrière Orphée.

— La police est prévenue et je n'hésiterai pas à tirer. Je tiens votre complice, ne bougez pas.

Pierre entre dans la pièce, toujours totalement nu, et son corps à la maigreur et à la blancheur irréelle fait trembler la vieille dame, d'autant plus qu'il a son sourire cruel figé sur le visage. Il tient à la main le téléphone avec lequel il s'est fait passer pour un policier quelques secondes auparavant, il marche vers Isabelle sans hésitation et lui répète en levant la main qui tient encore le téléphone de l'entrée.

— *Gardez votre calme, madame. Nous arrivons dans cinq minutes.*

Il se rapproche malgré les injonctions paniquées d'Isabelle, qui ne voit plus d'autre solution que de tirer. Après une dernière supplique, alors que le nécrophage ne se trouve plus qu'à deux mètres d'elle, elle vise et tire : il ne lui a pas laissé de choix. Elle le touche à la poitrine. Pierre bascule en arrière et la déflagration du pistolet à grenaille envahit l'atelier, Isabelle ferme les yeux, car le bruit lui vrille les tympans.

Avant qu'elle ne puisse reprendre ses esprits, Orphée lui saisit le bras et le lui tord sauvagement. Elle crie de douleur, tombe à genoux et laisse échapper son arme. Orphée lui fait une clef dans le dos et la pousse dans le fauteuil.

Pierre se relève, il a du sang plein la poitrine, une trace d'impact et de brûlure grosse comme le poing sur l'emplacement de son cœur. Au milieu de cet impact, ses chairs sont déchirées sur plusieurs centimètres et saignent abondamment. Il se saisit d'un chiffon maculé de peinture et le presse contre sa plaie sans manifester de douleur ni de colère. Orphée le regarde avec stupeur, tardant à comprendre.

— Comment tu as fait ? Tu n'es pas…

— Mort ? Non. Pas encore. C'est un pistolet à grenaille.

— Comment tu as pu le savoir ?

— Si tu avais été prêtre comme moi, tu connaîtrais suffisamment les personnes âgées pour savoir que ça ne pouvait qu'en être un.

Orphée a un sourire d'approbation admirative. Puis il regarde par l'unique ouverture de l'atelier pour voir si le coup de feu a alerté le voisinage. Il ne voit aucune fenêtre allumée et se dit que le coup de feu, absorbé par l'insonorisation du grenier, aura été couvert par le bruit du métro. Puis il s'occupe d'attacher Isabelle sur son fauteuil. Pierre la regarde avec déception, la vieille dame ne correspond pas à la personne qu'ils recherchent, l'âge correspond, mais la couleur de peau ne laisse aucune ambiguïté. Pourtant, leur source les a envoyés ici, il doit donc y avoir dans cette maison, ou dans la tête de cette vieille femme, des informations permettant de retrouver l'objet de leurs recherches. Orphée termine de ficeler Isabelle et la regarde attentivement avant de parvenir aux mêmes conclusions que Pierre.

— Il va falloir fouiller la maison de fond en comble. On va en avoir pour un moment.

Orphée soupire en jetant un dernier regard à l'extérieur pour s'assurer de la tranquillité du voisinage, il voit la Clio d'Alice Jourdan se garer devant la villa et ouvrir ses portières sous le halo d'un réverbère autour duquel tourbillonnent de gros flocons de neige.

— Éteins la lumière, vite.

Pierre obtempère et plonge l'atelier dans le noir. Peu de temps après, en dessous d'eux, Victor et Alice passent en chahutant comme des adolescents. Victor a un regard machinal vers la fenêtre qui les fait se reculer un peu sous le couvert des rideaux mais, dans le noir, ils ne risquent pas d'être vus. Ils regardent le couple pénétrer dans la villa, de retour après une sortie tardive, de toute évidence, inconscients du drame qui se joue à quelques mètres de leurs rires complices.

Une fois le couple entré dans la villa, Pierre tire les rideaux de velours vert qui masquent la fenêtre et rallume. Il ne veut pas perdre trop de temps, car leur nuit va encore être longue, et il l'espère suffisamment longue pour leur permettre de trouver le secret caché dans cette maison. Leur informateur ne peut ni se tromper ni mentir, sa fiabilité est aussi mécanique que celle d'une machine. Ils vont trouver ici un élément significatif de leur quête. Il le faut, c'est pour eux une question de vie, mais surtout de mort.

Ils se retournent vers Isabelle qui jette des regards terrorisés vers Pierre, la nuit va être longue.

« Surtout pour elle » pensent-ils de concert.

28

Je profitai de cette période de mise à l'écart forcée et de la surveillance accrue de Nicolas, d'Élizabeth et de notre escorte dahoméenne pour rassembler, analyser et comparer toutes les notes que j'avais pu prendre sur les mythes et les pratiques religieuses de la région de la Côte des serpents, qui s'étendait de l'océan jusqu'à Allada.

Cette région marécageuse aux lacs et aux forêts innombrables rendait un culte à des dieux nommés Dan, Dambala et Wédo toutes trois des divinités serpents que l'on vénérait dans l'Ouest africain, puis aux Antilles, sous l'égide du vodun – devenu vaudou en français et à Haïti. Selon les villages et les communautés, ces trois dieux changeaient d'attributs et de nombre, on pouvait les rassembler sous une seule entité et fonction, à la personnalité et aux attributions changeantes, des requêtes qu'on lui adressait, des situations dans lesquelles il était décrit.

Cette figure unique était Dan, le dieu Serpent, dont le nom, joint à celui de l'ethnie majoritaire, avait baptisé le pays – Dan-Homé, le « Peuple de Dan », changé en « Dahomey » – et dont le culte était le socle commun de la région. Cette religion correspondait à une version primitive du vodun, débarrassée des apports syncrétiques du catholicisme que le vodun dahoméen a incorporé au fil des ans jusqu'à devenir le vaudou haïtien.

Je retrouvai dans mes notes un texte écrit à la fin du XVIII*e siècle, 1797 exactement :* Description topographique, physique, civile, politique et historique de la partie française de l'île de Saint-Domingue, *d'un certain Moreau de Saint-Méry. Il décrivait fort bien ce qu'était le vodun originel aux Antilles avant son « métissage » :*

Selon les Nègres d'Allada, qui sont les véritables sectateurs du vaudou dans la colonie et qui en maintiennent les principes et les règles, vaudou signifie un être tout-puissant et surnaturel, dont dépendent tous les événements qui se passent sur ce globe. Or, cet être, c'est le serpent non venimeux, ou une espèce de couleuvre, et c'est sous ses auspices que se rassemblent tous ceux qui professent la même doctrine. Connaissance du passé, science du présent, prescience de l'avenir, tout appartient à cette couleuvre, qui ne consent néanmoins à communiquer son pouvoir et à prescrire ses volontés que par l'organe d'un grand prêtre que les sectateurs choisissent, et plus encore par celui de la Négresse, que l'amour de ce dernier a élevé au rang de grande prêtresse.

On était loin du panthéon interminable et bariolé du vaudou haïtien emprunté aux saints catholiques. La religion originelle ne vénérait qu'un seul dieu, un serpent, porteur de connaissance et de pouvoir, loin du rôle de démon tentateur dans le jardin originel que lui conférait la Bible, le serpent du vodun contenait en lui toutes les potentialités de l'univers.

Géographiquement, j'étais de plus en plus convaincue que la région d'Allada où nous nous trouvions était le berceau originel de cette religion. En déchiffrant toutes les pratiques religieuses du Dahomey et du vaudou et en les débarrassant des apports extérieurs et des déformations culturelles, je retrouvais la trame du culte vodun d'Allada, tel que les hougans et bokors de la ville le pratiquaient. Les pratiques fondamentales pouvaient se résumer ainsi :

— Le sacrifice cérémoniel et rituel d'animaux : coq, poule, cabri ;

— L'union mystique avec les esprits de la nature, manifestations de la volonté de Dan ;

— La possession et la transe ;

— Le culte des morts ;

— La narration d'expériences de voyages astraux dans les anneaux de Dan.

Malheureusement pour moi, mon expérience des pratiques religieuses de la région d'Allada était parcellaire. Malgré ma volonté et ma curiosité, cette pratique restait secrète et ne s'ouvrait que partiellement à de nouveaux initiés, encore moins s'ils étaient occidentaux.

Plus je lisais et relisais mes notes, et plus l'image de Landri et de la forêt secrète de Vilokan venait me hanter. Une intuition irraisonnée et dévorante me poussait à croire que Landri et ses secrets pouvaient me révéler l'acte fondateur de cette religion sans livre, sa source initiale, sa première communauté de fidèles qui se refusaient à tout prosélytisme et même à toute extension de leur culte. Je n'arrivais pas à m'enlever cette idée folle de la tête, mon obsession sensuelle et scientifique pour Landri et sa forêt se muait en une démarche presque mystique. J'avais l'intuition folle que dans la forêt de Vilokan se trouvait l'origine de la religion des serpents, le vodun originel.

Malgré mon obsession, j'essayais de faire bonne figure devant votre père et Élizabeth. J'aidais le premier dans ses démarches et ses incessants allers-

retours à Cotonou, sur une piste régulièrement inondée et très difficile pour notre camionnette Citroën exsangue ; et la seconde dans ses travaux et analyses. Nous commencions à avoir des résultats intéressants sur des possibles usages de certaines plantes dans la composition de produits antirides, marché qu'Élizabeth nous annonçait très porteur pour les années à venir.

Pour le CNRS nous pouvions aussi nous targuer d'avoir réalisé des avancées conséquentes quant à l'inventaire et l'analyse de la flore de la Côte des serpents. Pourtant, notre séjour touchait à sa fin, le crédit qui nous était imparti pour cette mission était épuisé. Malgré mes suppliques et mes prières, votre père ne parvenait pas à justifier une prolongation, coûteuse et politiquement périlleuse, de notre séjour. Je me mortifiais de devoir vivre mes dernières semaines au Dahomey sans avoir percé le secret de Landri.

Mais le destin allait changer cette situation en deux occasions.

La première d'entre elles se déroula par un après-midi de printemps où le ciel était resplendissant et où Élizabeth et moi n'étions pas d'humeur à rester enfermées dans notre laboratoire. Mes relations avec elle avaient trouvé un rythme de croisière, nous savions que nous convoitions le même homme, mais elle ne tentait plus rien pour m'évincer : elle s'était résignée à une paix des braves et avait cessé de tourner autour de Nicolas et de chercher des occasions de se retrouver en tête-à-tête avec lui. Nos relations s'étaient donc apaisées, d'autant plus que je ne bravais plus les interdits et que je restais l'aider au laboratoire. Mais nos rapports ne parvenaient à revêtir une apparente cordialité que quand votre père n'était pas avec nous.

C'était le cas ce jour-là, Nicolas était parti pour Cotonou et nous avions décidé, comme deux copines de fac lassées de leurs révisions, d'aller nous baigner pour nous rafraîchir un peu et oublier nos éprouvettes le temps d'un après-midi. La région d'Allada ne manquait pas de points d'eau, mais rares étaient ceux qui n'étaient pas infestés de serpents mamba ou de pythons, voire de crocodiles ou d'hippopotames. Ces derniers étaient, paradoxalement, de loin les plus dangereux pour l'homme. Un hippopotame femelle n'hésitait jamais à charger un humain si elle sentait un danger pour sa progéniture. Plus rares encore étaient les points de baignade où nous ne risquions pas de croiser des habitants d'Allada venus chercher de l'eau ou se laver.

En fait, il n'y avait qu'un petit lac correspondant à ces critères, assez éloigné de la ferme, mais aussi suffisamment lointain de tout village ou tribu pour ne pas générer de refus obstiné de la part de notre escorte paramilitaire.

Il faut bien avouer qu'Élizabeth savait obtenir ce qu'elle voulait des sbires qui nous surveillaient. C'était même une des raisons qui lui permettaient de se montrer un peu moins envahissante avec votre père. Pour Élizabeth, la notion de « garde du corps » avait des acceptions que la reine d'Angleterre aurait désapprouvées. Ça ne me dérangeait pas, bien au contraire : une fois ses pulsions assouvies, Élizabeth était une rivale moins forcenée et je trouvais, comme elle, que le rôle de prédateur sexuel pouvait de temps en temps revenir à la femme. Que cela se passe dans un pays africain machiste à l'extrême ne faisait que rajouter du sel à la situation. Élizabeth consommait son équipage rapproché quand l'envie lui prenait, et cela se produisait souvent quand les gardes étaient jeunes, secs et musculeux.

Cette relation particulière fit que nous n'avons eu aucune difficulté à les convaincre de nous suivre jusqu'au petit lac, distant d'une dizaine de kilomètres de la ferme, ni même à obtenir de leurs collègues d'Al-

lada qu'ils nous y déposent en Jeep, et s'engagent à revenir nous chercher avant le couchant.

Les quelques heures passées au bord du lac furent très plaisantes, la fin de la saison des pluies était une période bénie. La nature était verdoyante comme jamais, les acacias étaient en fleur et les manguiers regorgeaient de fruits. Le lac était un petit éden à l'eau tiédie par le soleil. Nous batifolions dans l'eau avec notre escorte peu scrupuleuse, mangions des mangues et écoutions les cantilènes de nos deux militaires attitrés, qui nous chantaient magnifiquement des mélopées traditionnelles en s'accompagnant au djembé. J'étais loin de penser que ces moments de paix allaient tourner au cauchemar.

Élizabeth avait succombé aux charmes de nos deux compagnons et ses jeux devenaient de moins en moins innocents. À leurs regards, je sentais plus une invitation à me joindre à eux qu'une gêne, mais je n'y étais pas disposée. Un autre jour, avec d'autres personnes sûrement, mais pas avec Élizabeth et pas cette fois. Je m'éloignais donc du lieu où la musique s'estompait et où les rires se faisaient de plus en plus complices.

Les laissant à leurs jeux, je marchai le long du petit lac en direction d'un grand baobab qui présidait, à l'écart du plan d'eau et de ses acacias, quelques centaines de mètres plus loin sur la rive opposée. Je plongeai, pour le rejoindre plus rapidement, et je me promenai avec délice sous sa frondaison. Je m'allongeai sous sa protection et j'allais m'assoupir, quand un bruit m'a fait sursauter. Un bref hurlement venait de retentir en provenance de l'autre rive du lac, je tendis l'oreille, pensant que s'il s'agissait d'un cri de plaisir, Élizabeth se surpassait. Mais les autres bruits qui me parvenaient n'étaient guère rassurants ; des insultes, des bruits de lutte. Je ne savais pas quelle attitude adopter, y aller seule n'aurait sûrement été d'aucune aide si nous étions victimes d'une attaque.

Au contraire, il valait mieux que je me cache en attendant que les agresseurs déguerpissent. Je me retournai pour aller me dissimuler derrière le baobab... quand je vis Landri.

Majestueux dans une tunique noir geai, il se tenait entre l'arbre et moi. Il me dévisageait et me souriait. J'étais incapable de fuir ou de parler, aurais-je risqué la mort que je n'aurais pas bougé d'un centimètre. Je le regardais, bouché bée, préoccupée d'avoir l'air idiot avec mon tee-shirt Peace and Love *trempé et ma culotte de gamine. Landri fit les quelques pas qui nous séparaient et vint se coller à moi. Nos peaux n'étaient distantes que de quelques millimètres, mais j'étais couverte de frissons, comme si de l'électricité me parcourait l'épiderme. Landri inclina sa tête vers mon oreille et me murmura ces quelques vers dans un français parfait qu'il niait comprendre auparavant :*

Écoute plus souvent
Les choses que les Êtres.
La Voix du Feu s'entend,
Entends la Voix de l'Eau.
Écoute dans le Vent
Le Buisson en sanglots :
C'est le souffle des ancêtres.

Ceux qui sont morts ne sont jamais partis :
Ils sont dans l'Ombre qui s'éclaire
Et dans l'Ombre qui s'épaissit
Les Morts ne sont pas sous la Terre :
Ils sont dans l'Arbre qui frémit,
Ils sont dans le Bois qui gémit,
Ils sont dans l'Eau qui coule,
Ils sont dans l'Eau qui dort,
Ils sont dans la Case, ils sont dans la foule :

Les Morts ne sont pas morts.

Il laissa un silence à la fin de son poème, dont j'appris plus tard qu'il était l'œuvre de Birago Diop, un auteur sénégalais qui adaptait en français des contes traditionnels de l'Ouest africain. Puis il se recula un peu et sa voix se fit moins douce et plus tranchante :

— Si tu comprends cela, tu auras toute la sagesse dont tu as besoin. Cesse donc tes recherches et rentre chez toi. Ce qui vient de se passer aujourd'hui n'est qu'un avertissement. Sévère, mais ce n'est qu'un coup de semonce. On ne veut plus de vous ici. Partez avant qu'il ne soit trop tard.

Il ne me laissa pas le temps d'argumenter, il me posa un doigt sur les lèvres. Je voulais lui crier mon désir, mais il m'interdisait de le faire. Sans doute parce que lui savait que les circonstances étaient trop odieuses pour donner libre cours à nos désirs. Avec le recul, je dois dire qu'il avait raison, mais, sur le moment, ma frustration en était presque douloureuse. Il me tourna le dos et partit en marchant sans se retourner. Je crois que je pleurais.

Sur l'autre rive les bruits s'étaient tus, je n'ai pas eu la force de traverser le lac en nageant et j'en ai fait le tour du pas résigné d'une condamnée à l'exil, à peine inquiète de ce que j'allais y trouver, cruellement blessée dans mes espoirs.

Une fois arrivée à la plage où nous nous étions baignées quelques instants auparavant, la première chose que je vis – et qui me fit comprendre que quelque chose de très grave venait de se dérouler – furent les pieds ensanglantés d'un de nos jeunes gardes qui dépassaient d'un buisson.

Je me suis précipitée vers lui et j'ai découvert sa nudité et l'ampleur de son infortune. Il avait la gorge tranchée, très nettement et avec une brutalité sans retenue, sa tête inclinée en arrière ouvrait ses chairs qui laissaient apparaître ses vertèbres dans un sourire contre-nature. Son sang coulait encore le long de la large plaie, mais ce n'était pas celui qui souillait ses pieds. Ce qui lui avait coulé le long des cuisses jusqu'à teinter de rouge ses orteils provenait de son entrejambe où son sexe manquait. Son pénis avait été tranché à la base et avait disparu.

Il était mort, je ne pouvais absolument plus rien faire pour lui.

Je ne me mis pas à hurler ou à appeler, j'avais peur que les assassins soient encore dans les alentours, mais j'entrepris de fouiller les buissons à la recherche de l'autre garde et d'Élizabeth. J'ai trouvé l'autre jeune sbire, allongé dans les buissons quelques mètres plus loin, dans le même triste état que son ami, gorge et sexe tranchés, mort et au-delà de toute aide terrestre.

J'ai eu peur qu'ils l'aient enlevée mais, après quelques minutes de recherches fébriles, j'ai fini par retrouver Élizabeth.

Même si je ne l'aimais pas, je n'ai pas pu m'empêcher de la plaindre de toutes mes forces. Il y a des choses qu'on ne peut pas souhaiter à qui que ce soit, même à son pire ennemi.

29

Victor grimace avec incrédulité devant les intimidantes portes grises métalliques de la forteresse high-tech qui abrite l'Institut Lucius. Les panneaux interdisant l'accès prolifèrent le long de ses murs couronnés de fils barbelés. Il ne peut que constater que l'endroit ne ressemble absolument pas à un établissement médical, et qu'il est l'exact contraire d'un endroit accueillant.

Il a eu du mal à le localiser, malgré son GPS. Le labo se trouve aux confins de la forêt de Rambouillet, passé un parc animalier et une volée de chemins vicinaux plus ou moins exactement répertoriés sur sa carte, difficilement identifiables sous la neige. La forêt est déserte et d'un calme minéral en cette froide matinée d'hiver. Il n'a croisé aucune voiture depuis sa sortie de la route départementale et il a failli rebrousser chemin à plusieurs reprises avant de tomber sur ces portes, au bout d'un chemin mal déneigé, longeant un lac sur plus d'un kilomètre. Il a craint par moments que la Clio, avec ses pneus usagés, dérape sur le chemin gelé et l'entraîne dans les eaux glacées en contrebas, mais il a eu le coup de volant assez sûr pour parvenir jusqu'au bout de ce chemin périlleux.

Les portes ne comportent aucune inscription, seuls les panneaux plantés le long du mur d'enceinte indiquent le caractère privé, protégé et interdit du site. Il sort de la voiture en frissonnant pour se diriger vers un interphone massif orné d'un seul bouton rouge. Malgré sa laborieuse arrivée et l'austérité de l'endroit, Victor est d'humeur plutôt légère. Sa soirée avec Alice a été agréable, ils ont perdu beaucoup de temps à trouver un restaurant ouvert correspondant aux souhaits de la jeune femme, végétarienne convaincue et prosélyte. Mais une fois la perle rare exotique trouvée, sous un passage couvert près de la place de la République, leur repas a été fort aimable, animé d'une conversation émaillée de nombreuses chamailleries et éclats de rire.

Victor est surpris de la rapidité avec laquelle ils ont établi cette complicité chaleureuse et ludique. Ils ont pourtant gardé une distance respectueuse, tous deux ont des passés perturbés qu'ils ne peuvent pas évoquer sans soulever des doutes et des peines. C'est aussi pour ça que leur conversation est restée légère et souvent moqueuse, cette ironie et cette distance qu'ils partagent leur évitent de faire ressortir des sujets plus pénibles.

Malgré la convivialité des moments qu'ils ont passés, et la légèreté de leurs discussions, Victor a vu plusieurs fois les yeux de la jeune femme se voiler, il a respecté ses silences, la laissant reprendre ses esprits et le cours de la conversation. Elle lui a paru aussi parfois éloignée de la réalité, survoltée sur le sujet de l'écologie et très en pointe sur la défense de l'environnement et sur les problématiques du Tiers-monde, mais souvent perdue sur des sujets plus prosaïques. Victor connaît ces dénis de réalité, il en a fait son quotidien pendant des mois, et jusqu'à quelques jours encore. Il se sent fort et stabilisé de savoir qu'il peut, lui l'éclopé, aider quelqu'un à surmonter ce type d'épreuves.

Il souffle pour chasser un flocon posé sur son nez et appuie sur le bouton rouge de l'interphone. En se plaçant face aux caméras qui surplombent les portes, il s'annonce et explique qu'il vient voir le professeur Dubreuil pour lui parler de son EMI suite à la visite du professeur à l'hôpital où il était en traitement. On lui demande de patienter. Le lac impassible est gelé sur presque toute sa surface, une carapace glacée comme celle qu'il s'est lui-même constituée, et qu'il sent mollir sous l'effet de la mission qu'il s'est assignée. Il hésite à regagner la voiture pour échapper au vent glacial qui se fraye un chemin entre les arbres dénudés, et l'empêche d'allumer sa cigarette, quand la voix à l'interphone lui accorde le droit d'entrer.

Il est surpris de ce que dévoilent les portes en s'ouvrant, il n'y a aucun bâtiment, l'espace entre les murs est désert. Seule une dizaine de voitures sont garées le long du mur, là où la voix lui a demandé, à lui aussi, de s'arrêter. Il entre dans un espace blanc et parfaitement plat de plusieurs hectares, incongru au milieu du mur d'enceinte sécurisé. Il laisse sa Clio sur le parking, et, en sortant de la voiture, il voit un homme, sorti de nulle part, se tenir debout au milieu du parc désert. Plongeant ses mains dans ses poches et serrant ses bras pour se protéger du froid, Victor se dirige vers l'apparition, seule petite touche verticale et sombre au milieu de ce champ blanc immaculé.

L'homme, de petite taille, serré dans un manteau trop léger pour le blizzard de cette plaine sans abri, se présente comme l'assistant du professeur Dubreuil et l'invite à le suivre. Il se retourne et Bellanger aperçoit une ouverture creusée dans le sol où s'enfonce en colimaçon un escalier de ciment brut absolument invisible sauf à se trouver juste au-dessus. Victor se risque à une petite plaisanterie sur la sécurité du lieu.

— Vous ne risquez pas d'être dérangés.

— C'est notre souhait, comme tout laboratoire, nous veillons à la confidentialité de nos travaux. Mais pour ce qui est de l'ensevelissement du site, il a été réalisé avec une visée symbolique et écologique, nous respectons la forêt et nous avons construit notre catabase.

— Catabase ?

— Le nom donné dans la littérature aux voyages au pays des morts, un jeu de mots pour désigner à la fois notre base souterraine et l'objet de nos recherches. Vous voyez ?

L'assistant indique du doigt le sens de leur chemin vers les entrailles de la forêt, Victor comprend le jeu de mots, mais ne parvient pas à trouver quoi que ce soit de drôle à cet escalier sinistre et interminable, ni à leur humour de carabins attardés. Les marches aboutissent à une porte que l'assistant ouvre en composant un code sur un clavier dont le renfoncement masque à Bellanger les numéros qu'il saisit. Victor s'en amuse presque, car il a déjà fait une croix sur une éventuelle incursion frauduleuse dans ce bunker high-tech.

Ils entrent et l'assistant guide Bellanger jusqu'à une salle sombre, aux fauteuils en cuir très bas où il lui demande d'attendre le professeur Dubreuil. Il l'attendrait toute la journée s'il le fallait, il ne veut pas sortir de ce souterrain sans savoir s'il y a un lien entre les travaux de ce laboratoire et ceux des parents d'Alice avant leur mort. La bizarrerie des lieux renforce son désir de savoir ce qui se déroule exactement dans cette « catabase » sombre et silencieuse.

Dans le mur droit de la salle est encastré un immense aquarium rempli d'espèces multicolores aux formes surprenantes, de l'autre côté trône un immense tableau représentant Orphée à genoux et jouant du luth pour obtenir la libération d'Eurydice par le dieu des enfers et son épouse. Eurydice se tient derrière Orphée, nue et d'une grâce délicate et lumineuse. Victor est absorbé par sa contemplation quand un toussotement l'en arrache. Un homme d'une soixantaine d'années au teint couperosé et aux épaisses lunettes se tient au seuil de la salle, il reconnaît le professeur qui lui a rendu visite à l'hôpital.

— Vous admirez notre Serangeli ? C'est l'original, on nous l'a prêté pour étudier sa symbolique, fantaisiste au demeurant, mais profiter de sa beauté est un des avantages que nous avons à être un organisme public.

Le professeur suinte de vanité en regardant le tableau, Bellanger enregistre ce penchant à l'autosatisfaction, potentiellement utile pour l'interrogatoire masqué auquel il va devoir se livrer et il suit le professeur au travers d'un dédale de couloirs aussi sombres et calmes que la salle d'attente.

Certains bureaux sont entrouverts et apparaissent vides d'occupants et de mobilier, Bellanger remarque même une couche de poussière substantielle sur certains ordinateurs. De toute évidence, cette partie du laboratoire ne déborde pas d'activité. Le professeur remarque les regards en coin de Bellanger et se veut rassurant :

— Nous avons abandonné une partie de nos recherches, mais elles ne concernaient pas nos travaux sur les EMI et leurs conséquences psychologiques. Ne vous inquiétez pas.

— Elles concernaient quels domaines ?

— Neuropharmacologie, neurobiologie… De beaux domaines d'étude, mais nous nous sommes recentrés… Restrictions budgétaires. Vous êtes policier, je ne vous fais pas un dessin.

Ils entrent dans le bureau spacieux du professeur, ses murs sont couverts de rayonnages surchargés de livres de toutes tailles et de toutes époques, Dubreuil s'installe derrière son ordinateur et ouvre un fichier.

— D'après votre dossier, vous êtes resté dix jours dans un coma de Glasgow 7[1] suite à une perte de sang massive, il y a de cela deux mois. Vous réagissiez à la douleur avec des mouvements d'évitement.

Le professeur se retourne vers Victor et l'inspecte de bas en haut, avec un sourire amical :

— Normalement à votre âge et avec votre constitution ça ne doit pas laisser de séquelles physiques. Mais il y a aussi eu une expérience de mort imminente au début de votre coma, si ce qui est indiqué est correct.

— Oui, je suis sorti de mon corps, j'ai vu la scène depuis le ciel et j'ai retrouvé mon père décédé.

— Nous reviendrons en détail longuement sur ce que vous avez vécu, si vous acceptez d'être suivi ici. Mais avant cela, savez-vous exactement ce qu'est une EMI ?

— À part ce que j'ai vécu ? Non.

Le professeur le scrute avec ses yeux de mouche derrière ses gros carreaux, il attrape une maquette représentant le cerveau humain et en pointe diverses zones d'un doigt sautillant.

1. L'échelle de Glasgow, ou score de Glasgow (Glasgow coma scale, GCS), est un indicateur de l'état de conscience. Dans un contexte d'urgence, elle permet au médecin de choisir une stratégie dans l'optique du maintien des fonctions vitales.

— Quand vous approchez de la mort, votre cerveau connaît une situation de stress critique que son vécu ne lui permet pas d'analyser. Tous les échanges de molécules sont activés pour chercher une solution, une représentation déjà connue, un moyen de surmonter et de comprendre ce qui arrive. Cette surstimulation entraîne le déclenchement simultané de plusieurs structures du tronc cérébral comme le noyau pédonculopontin, le tegmentum latéral, le raphé dorsal, le locus cœruleus.

Devant l'air perdu de Victor, le professeur suspend son énumération, calme son débit et essaye de se rendre plus intelligible.

— Bref, une suractivité paradoxale et unique impossible à reproduire chimiquement qui engendre des perceptions différentes de la réalité et de la mémoire très intéressantes pour comprendre le fonctionnement de notre cerveau et les origines de la conscience humaine. Mais cette expérience peut avoir des incidences majeures sur la santé psychologique de la personne qui la subit.

Bellanger opine tristement et restitue ce qu'on lui a reproché depuis ces deux mois, il n'en est toujours pas convaincu, mais il joue le jeu :

— Chez moi, on a constaté une desinhibition épisodique, mais totale par rapport à la mort et un recul critique très fort sur le quotidien, une perte d'intérêt pour mon métier, un besoin de sensations fortes.

— C'est assez fréquent. J'ai connu des cas pathologiques plus extrêmes. Un de nos premiers patients était un prêtre catholique de Bretagne qui s'occupait d'une douzaine de paroisses. Un homme très bien, admiré par ses fidèles et irréprochable de foi et d'altruisme. Malheureusement à vouloir célébrer dix messes de mariage dans la même journée, il a eu un accident de voiture, fait un coma de Glasgow 5, et connu une EMI terrible.

— La mienne était plutôt agréable.

Victor essaye de recentrer la discussion sur son cas, mais le professeur est impossible à arrêter dans l'évocation de son souvenir et fait mine de ne pas avoir entendu la remarque.

— Il a revécu les supplices du purgatoire, tels que décrits dans *Le Purgatoire de saint Patrice*, de Marie de France.

Il prend un ouvrage ancien posé sur l'étagère la plus proche de son bureau, l'ouvre et le feuillette en expliquant que l'étude des représentations culturelles collectives de la mort est capitale si on veut comprendre l'imagerie générée par les EMI individuelles, puis il tend le livre ouvert sur une gravure reproduite en double page représentant des hommes nus plongés dans un fleuve noir et hurlant de désespoir.

— Mais malheureusement pour lui, il est resté bloqué au « huitième tourment », ou « huitième Cercle » : plongé nu dans un fleuve glacial descendant d'un mont enneigé au milieu de milliers de cadavres gonflés par les eaux et balayé par un vent putride. Le problème c'est que l'EMI abolit la notion du temps, pour lui il a l'impression d'avoir vécu ce tourment pendant plusieurs centaines d'années.

Victor écarquille les yeux, sincèrement affligé pour l'homme qui a dû subir cette abominable torture. Il passe la main sur sa cicatrice à l'évocation des séquelles.

— Il en est revenu dans quel état ?

— Ravagé. Vivre des centaines d'années parmi les morts lui a causé des pulsions morbides, sadiques, nécrophiles, il n'a plus aucune foi, un oublié de la lumière de Dieu, complètement insensible au froid et à la douleur. Aujourd'hui, il ne vient plus, mais je ne pense pas qu'il soit soigné.

Dubreuil referme et range le livre, il laisse passer un silence, regardant Bellanger avec intensité et humanité.

— Si je vous raconte ça, c'est pour que vous compreniez l'importance de vous faire aider. Sinon ce que vous vivez ne s'améliorera pas. On a beaucoup de cas de suicides chez les personnes ayant connu des EMI, même positives et agréables.

Victor acquiesce du menton et le professeur se lance dans une explication détaillée de sa méthode thérapeutique. Une bonne part de psychanalyse de divan lacanienne accompagnée d'analyses biométriques et d'électro-encéphalogrammes pour essayer de comprendre ce qui prédisposait Victor à connaître ce type d'incident et tenter de modaliser l'expérience en neuro-informatique. Il ne compte pas lui prescrire d'antidépresseurs, il l'évite généralement, mais ne l'exclut pas pour autant. Bellanger a l'impression d'être en consultation chez un psychiatre assez bienveillant et convaincant, mais cette impression le piège, il n'est pas venu pour se faire soigner, mais pour découvrir ce que cache ce laboratoire concernant la mort des parents d'Alice.

Il faut qu'il reprenne la main avant de se retrouver comme un imbécile à sortir son chéquier et à payer sa consultation sans avoir avancé d'un pouce.

— Je ne vous cache pas que certains de mes amis ont tenté de me dissuader de me faire soigner ici. La fondatrice du laboratoire n'a pas très bonne presse.

Le professeur ne dissimule pas son étonnement, il recule la tête en arrondissant ses gros yeux globuleux et prend une moue dubitative.

— Élizabeth Lancerne était une grande scientifique. Je ne vois pas qui aurait pu salir sa réputation. Mais de toute façon, elle ne travaille plus ici.

— Elle a soigné le mari d'une connaissance commune, Thierry Jourdan. Le beau-fils des cofondateurs du premier laboratoire d'Élizabeth Lancerne, le laboratoire Montserray-Lancerne, vous devez connaître ?

— Ce nom ne me dit rien. Je n'ai commencé à travailler avec le professeur Lancerne qu'à la fin des années quatre-vingt-dix et nos relations étant strictement professionnelles, je ne connais rien de son passé qui soit antérieur au début de l'aventure Lucius. Pour ce qui est du patient, ça ne m'évoque rien, mais, ça, je peux le vérifier.

Refusant de ne pas avoir le dernier mot, Dubreuil regarde sur son ordinateur, se fait épeler le nom. Regarde la fiche et se retourne vers Victor qui, ne se faisant pas d'illusion sur l'obtention d'informations concernant le premier labo, jubile de le voir mordre à l'hameçon « Thierry Jourdan », mais s'efforce de contenir son sourire.

— Ce n'est pas un de ses patients, on a bien une fiche à son nom créée par Lancerne pour le suivi d'un cas de rupture d'anévrisme cérébral. C'est dans ce cas que les EMI sont les plus fréquentes, donc nous y sommes très vigilants, mais malheureusement, il est décédé à l'hôpital Henri Mondor de Créteil sans ressortir de son coma et donc avant d'être un de nos patients.

Victor serre les poings, il y a un lien entre Jourdan et Lucius, il y a un lien entre Lucius et la mort des parents d'Alice, il y a un lien entre Lucius et lui. Il lui faut savoir ce que cache ce laboratoire.

— Vous n'étudiez pas les EMI au moment où elles se déroulent ?

— On essaye, on y arrive parfois. On ne peut pas toujours anticiper le moment où elles se produisent et les gens qui les vivent ont surtout besoin de soins urgents. Mais si on le faisait, ce serait dans nos locaux et pas à Mondor.

— On m'a aussi dit que vous n'aviez rien publié comme résultat de vos recherches depuis la création du laboratoire. C'est peu encourageant.

Ce coup-ci le professeur semble piqué au vif, son teint couperosé tourne au cramoisi, et sa voix devient sèche et autoritaire, Bellanger constate avec satisfaction ses progrès dans les interrogatoires en douceur et se félicite d'avoir touché la corde sensible. L'orgueil, si développé chez les scientifiques qu'il suffit de le frôler pour les manipuler. Et manifestement, comme l'atteste la désertion partielle du laboratoire, celui-ci est tellement contesté que le professeur est devenu épidermique sur le sujet de son apport à la science.

— Je vais vous montrer quelque chose que vous garderez pour vous. Vous allez voir si notre laboratoire ne sert à rien depuis vingt ans.

Les yeux en feu, le professeur Dubreuil se lève, va à la porte de son bureau d'un pas ferme, et d'un mouvement de bras, intime l'ordre à un Bellanger captivé de le suivre plus profondément dans les entrailles du laboratoire.

30

Il ne s'attendait pas à une telle résistance. La petite vieille cachait en elle des trésors d'endurance et de volonté. Une dure, habituée au mal et à la violence mais, à Pierre, personne ne peut résister longtemps. Ce qui avait vraiment inquiété Orphée c'était qu'il la tue avant qu'elle ne leur ait révélé son secret. Dans le feu de sa cruauté, le nécrophage ne connaissait pas de limite, une fois exalté par ses profanations, il pouvait en un clignement d'œil pousser les supplices un peu trop loin et éteindre l'étincelle vitale de la petite dame.

Il était donc resté de longues heures à regarder son complice à l'ouvrage, sans joie ni écœurement, se contentant de sourire de son air moqueur à chaque supplique de la vieille dame. Il ne fallait pas s'attendre à de la pitié de sa part, il est indifférent aux souffrances des autres. Au pire, il ressent une vague nausée quand le spectacle devient trop extrême, mais sinon, il a trop conscience que la vie n'est qu'une farce, une mascarade pitoyable montée de toutes pièces par des dieux moqueurs et joueurs et que les souffrances qui s'y déroulent ne sont rien qu'un battement de cils pour eux. Alors quelle importance ?

Il referme l'ordinateur du bureau d'Isabelle, la fouille exhaustive de sa boîte mail ne lui a rien apporté de plus que ce que la peintre a fini par leur avouer entre deux gémissements de douleur. Il ne tirera rien de plus de cette bécane usagée et d'un modèle dépassé, quelques mails d'apparence anodine, échanges de nouvelles entre deux vieilles amies et une demande, celle de venir à Alfortville et de veiller sur Alice. Le tout depuis une adresse sans grande signification « nowherewoman66 » utilisée depuis un compte Google créé en Suisse. Pas grand-chose sur la voie de la connaissance, mais tout de même la confirmation de l'existence d'une piste encore chaude. Il envoie sur cette adresse le petit texte qu'on lui a dicté dans l'espoir de faire sortir le destinataire de là où il se terre.

La fouille de la maison lui a aussi appris que la vieille dame est haïtienne. Il l'a interrogée sur le sujet du vaudou pour se voir cracher le mépris d'une athée au visage, tant pis pour elle, il aurait pu prier pour le salut de son âme, il sait cela inutile, mais elle aurait pu mourir en paix. Elle ne croit pas, alors qu'elle crève seule et sans son soutien.

Il enfile ses gants en latex et entreprend d'effacer leurs traces, tâche longue et difficile tant ils ont sillonné la maison en long et en large, touché à tout ce que la maison comporte de tiroirs et de portes. Mais il est méticuleux et patient, et surtout, il ne veut pas monter au grenier. Là-haut, c'est maintenant le territoire du nécrophage et il n'a pas envie de voir ce qu'il y fait. Orphée est blindé pourtant, depuis trois mois qu'on lui a demandé de travailler avec Pierre il a vu et senti le pire de ce que la terre peut porter, ce qui n'est pas grand-chose, mais il trouve cela tellement vain et sordide qu'il n'a pas envie de se salir les rétines à son contact.

La répétitivité de ces tâches manuelles laisse son esprit divaguer. Il brûle de découvrir le secret promis, celui qui lui rouvrira les portes sombres. Cela fait près de dix années qu'il attend cela, et qu'il se prête à la mascarade de l'existence. Dix ans que son passage sur la Terre a perdu tout son sens par une belle nuit d'été. Il ne s'attend pas à la revivre à cet instant, mais, sûrement à cause de l'effet des plantes de la petite vieille, dont elle leur a avoué les propriétés hallucinogènes, qu'il s'est empressé de goûter, son EMI lui revient soudainement, alors qu'il recolle le carreau de la fenêtre découpé pendant la nuit.

Le verre tranchant lui en rappelle un autre, celui du pare-brise de sa voiture constellé de fêlures et sur le point d'exploser. C'est la dernière image consciente qu'il a eue avant le choc, quand sa tête est venue le percuter. C'est son dernier souvenir d'être humain. Il y a ensuite un grand passage noir, accompagné de bourdonnements lancinants dans ses oreilles qui lui perforent le crâne comme des aiguilles chauffées à blanc. Il crie et vomit de douleur, il hoquette et se sent pris dans une violente aspiration verticale. Il monte vers les cieux à une vitesse folle, transperce les nuages, flotte quelques secondes, et, soudain, il est ébloui par une lumière blanche implacable.

Il a beau fermer les yeux et mettre ses mains devant son visage, rien n'arrête la clarté aveuglante. Il endure ce tourment de longs instants et la lumière disparaît aussi soudainement qu'elle est apparue.

Il se retrouve dans un jardin en fleurs, un ruissellement doux et le chant des oiseaux accompagnent son soulagement. À ses côtés se tiennent sa femme et ses deux enfants, ils sont tous nus et rient de bon cœur de se retrouver ensemble. Jamais il n'a éprouvé de bonheur plus simple et plus pur. Et il dure ce bonheur, il a l'impression qu'il dure une éternité sans aucune lassitude ni altération. Cristallin, calme, parfait. Dans ce monde le bonheur, qui n'est que fugace ici-bas, peut durer pour l'éternité.

Mais ce n'est pas ce qui a été choisi pour lui, pour sa famille. Après cette longue plage heureuse, l'harmonie se brise et tout devient flou autour d'eux. Ils perdent connaissance au même moment que le jardin s'évanouit.

Ils se réveillent, debout, chacun tremblant sur le sommet d'un interminable pilier qui plonge à perte de vue dans des abysses noirs, glaciaux et malodorants. Sa femme et ses enfants le regardent avec un air suppliant, mais il est trop loin d'eux et ne peut rien faire pour leur venir en aide.

Devant eux, dans une ligne droite dont ils ne voient pas la fin se tiennent des rangées parallèles de piliers, chacun la sienne. Une voix leur dit qu'au bout, elles se rejoignent, que si tous les quatre ils parviennent à sauter de pilier en pilier jusque-là, ils seront réunis pour l'éternité. Mais si l'un d'eux échoue, ils recommencent tous au point de départ. Indéfiniment, jusqu'à ce qu'ils parviennent tous les quatre au bout de l'épreuve.

Sa première réaction est de crier, de hurler et d'insulter ceux qui jouent ainsi avec leurs vies. En réponse un de ses enfants est précipité dans le vide, il l'entend hurler de terreur et de douleur pendant de longues minutes, avant de ne plus rien entendre, si ce n'est la certitude que ce qu'il doit endurer est terrible. Les voix leur disent que s'ils refusent de jouer, chacun leur tour ils tomberont et remonteront dans un cycle de douleur sans fin.

Alors, ils jouent. Ils font de leur mieux pour sauter de pilier en pilier. Mais ceux-ci s'espacent de plus en plus, leur sommet devient de plus en plus étroit. Sur la fin du parcours, ils sont éloignés de plus d'un mètre cinquante et ne sont larges que de quelques centimètres. L'épreuve est tellement difficile qu'ils s'acharnent sans jamais parvenir tous à terminer ce parcours, les enfants ne parviennent jamais jusqu'au bout, lui et sa femme parfois, mais cela ne suffit pas, et tout recommence à zéro. À chaque chute des éclats de rire retentissent, commentant leur échec et susurrant des moqueries cruelles.

Quand il tombe lui-même, il est précipité dans des ténèbres glaciales et visqueuses, il se sent entouré par d'autres personnes connaissant la même chute ignoble, et ils terminent dans des puits de feu où ils ont l'impression de rôtir pendant des heures. Il ne peut espérer aucune accoutumance, aucun répit, les sensations sont chaque fois plus atroces. Pénibles, épuisantes. Et ce jeu dure ce qui lui semble être une éternité avant que les voix n'expriment leur lassitude et leur imposent un nouveau jeu qu'ils ne peuvent jamais gagner, puis un autre, puis un autre... Toujours sous des rires sonores et ponctués de souffrances.

Ils perdent tout espoir de ne connaître autre chose que la douleur éternelle, ils sombrent dans la folie, leurs esprits se brouillent, ils ne vivent plus que par réflexe et par douleur, elle toujours aussi pure qu'au premier instant. Puis, après ce qui lui semble être des dizaines d'années de désespoir, les voix se lassent de nouveau. Il se retrouve sur une sorte d'arène de sable noir, aux gradins bas.

Un homme se tient assis au premier rang de la tribune. Il rit à gorge déployée, du même rire qui les harcèle depuis une éternité. Le monstre porte un chapeau haut de forme, une redingote noire, fume un cigare et, sur son visage noir, est peint le crâne de squelette blanc. Il reconnaît la silhouette de Baron Samedi, le gardien des morts vénéré par les croyants du vaudou.

— Vous n'êtes pas doués pour les jeux. Qu'allons-nous faire de vous ?

— Laissez-nous en paix, je vous en supplie.

— Tout a un prix. Je manque de fidèles sur Terre. Les catholiques et leurs combines me volent mes hounsis par milliers.

Orphée écarte les bras et hausse les épaules en signe d'impuissance, Baron Samedi se dirige vers lui et caresse sa joue du dos de la main, il sent la charogne, il a les dents pourries, noires, écartées et luisantes. Il lui sourit de cette gueule de démon.

— Si, au contraire, tu y peux quelque chose. Je vais te renvoyer sur terre et tu vas prêcher ma parole. Tu vas devenir un de mes prêtres. Un bokor ! Et si tu me sers bien, à ta mort, tu reviendras parmi nous, tu retrouveras ta famille dans le jardin et on vous y laissera en paix.

Il regarde son corps et constate qu'il est vêtu de rouge : un costume trois pièces écarlate et des mocassins du même ton l'ont recouvert. Baron Samedi lui fait signe de se retourner, derrière lui se trouve maintenant une grande fosse rougeoyante et fumante d'où émane une odeur de soufre qui le prend à la gorge. Au fond de cette fosse, il voit sa famille qui se consume. Tous rongés et agonisants, ils le regardent avec une incompréhension douloureuse dans les yeux.

— Détourne-toi de cette voie, suicide-toi ou déçois-

moi dans ta conviction et tu les rejoindras dans cette douleur pour l'éternité.

En guise de pacte Baron Samedi rit aux éclats et lui montre du doigt les énormes portes noires qui se dressent au bord de l'arène.

— Va dans le monde et sois digne de moi !

Orphée marche d'un pas lourd vers les portes, le sable noir de l'enceinte lui colle aux pieds, et les cris de sa famille lui résonnent aux oreilles, entrecoupés des saccades sauvages du rire de Baron Samedi. Il se tient devant les portes qui s'ouvrent lentement devant lui et laissent apparaître un rai de lumière sale. Il se convainc qu'il n'a d'autre choix que d'obéir au maître de l'arène et de retourner dans le monde prêcher Sa parole. Il lève la jambe et reste interdit.

Juste avant la porte une déchirure dans les ténèbres se forme, comme une transparence fragile qui lui permet de voir une autre réalité. Une silhouette aux contours incertains se tient de l'autre côté de cette ouverture et lui parle :

— Il te ment, tout pour lui n'est qu'un jeu. Il ne veut que rire de toi comme il le fait ici, tu ne gagneras jamais contre lui. Ta seule chance c'est de trouver le moyen de franchir ces portes par toi-même et de lui reprendre les tiens. Sois fort.

Il ne sait plus que faire, mais déjà, les portes sont ouvertes et la lumière sale l'aspire dans un tourbillon aux remous similaires à la confusion qui règne dans ses pensées.

Il se réveille dans des draps sales, harnaché dans un amoncellement de tuyaux, de sondes et de drains. Son corps est percé de toute part, maintenu en vie par un ensemble de câbles et d'électricité sans pitié.

Il n'est qu'à demi conscient, il lui faudra de longs mois pour reprendre contact avec ce monde. Mais il ne fera plus jamais partie de la vie, elle lui restera étrangère. Il n'a plus aucun souvenir antérieur à son EMI, amnésie totale due au choc subi.

On lui a dit qu'il s'appelle Jean-Louis Tchibalde, qu'il est fleuriste, que sa femme et ses enfants sont morts dans un accident de voiture. Il a essayé deux fois de raconter ce qu'il a vécu et on lui a dit que les EMI sont souvent influencées par l'environnement culturel, qu'il a dû lire ou voir quelque chose traitant du vaudou dans les jours qui ont précédé l'accident. Bref, que tout ça n'a été qu'une forme réaliste et implacable de cauchemar... rien de plus.

Il n'a jamais pu accepter cette version : il sait ce qu'il a vécu, il sait que le monde n'est qu'une farce obscène, un jeu pour dieux cruels en manque de distraction, rien de plus. Il a choisi un nouveau nom, Orphée Tchibokor, pour sa nouvelle vie, et il a tenté de servir le baron du mieux qu'il a pu. Il a tenté toutes les expériences de voyage astral, toutes les drogues, que ce soit le soma indien, le peyotl mexicain ou la « chair divine » du teonanacalt maya, sans résultat probant. Il a manipulé ses psychiatres pour obtenir des traitements par chocs électriques dans le cerveau, ou par suggestion hypnotique, en vain. Il n'est parvenu qu'à revivre ponctuellement son EMI en accéléré, ou à vivre des expériences dégradées de sortie du corps. Mais il n'a jamais revu les portes noires, et il commençait à se croire sans défense ni recours.

Jusqu'à ce qu'on lui demande de se joindre à cette quête, celle de ce secret qu'ils cherchent à percer, le seul moyen d'espérer franchir les portes dans l'autre sens, de prendre Baron Samedi à son propre jeu, de se montrer son égal et de rejoindre les siens pour toujours.

Reprenant ses esprits, il termine de colmater la fenêtre avec habileté. Personne ne pourra remarquer son camouflage. Si le nécrophage a bien effacé les traces de ses monstrueuses distractions, ils pourront partir. Il fait maintenant grand jour, mais à mi-journée, la rue est calme et il ne leur sera pas trop difficile d'éviter les regards. Il se tourne vers les escaliers et constate avec soulagement que Pierre descend. Son corps décharné, baigné par la lumière du jour, paraît encore plus blanc que la neige qui couvre le jardin. Il a la bouche couverte de sang et des gants chirurgicaux souillés par ce même fluide. Il porte à la main la mallette contenant son matériel d'embaumeur. Il ramasse ses vêtements et hoche la tête quand Orphée lui demande si, une fois son petit jeu terminé, il a bien effacé toutes ses traces. Ils ne doivent toujours pas attirer sur eux les forces de l'ordre, aussi pitoyable que soit cet ordre terrestre et ses représentants.

Une fois le nécrophage rhabillé, ils font un dernier tour d'inspection et sortent rejoindre leur camionnette.

31

Victor suit le crâne vaniteux de Dubreuil dans une nouvelle salve d'escaliers qui les enfoncent de plus en plus profondément sous la forêt de Rambouillet. À force de descendre, il s'attend à tout moment à voir de la lave en fusion apparaître sous ses pieds, mais ils ne débouchent que sur des couloirs d'une blancheur immaculée d'hôpital. Ils croisent enfin quelques rats de laboratoire en plein travail, devant d'immenses écrans d'ordinateur, ou des appareils divers que Bellanger serait bien incapable de nommer. Le professeur, absorbé par son orgueil blessé ne prononce plus un mot, se dirigeant sans saluer ni dévier de sa course vers le centre de l'étage.

Dubreuil place le bout de son index sur un petit capteur digital, et des portes coulissantes s'écartent pour les laisser entrer dans une large pièce centrale rectangulaire aux murs vitrés. Quatre personnes travaillent dans ce laboratoire, derrière ces plaques de verre. La grande salle, baignée dans une lumière bleu nuit, contient un ensemble de machines complexes ressemblant à des scanners. L'air ambiant pulse une électricité statique vibrionnante.

Le professeur demande aux scientifiques présents de les laisser seuls, mais il en retient un par le bras quand il se dirige vers les portes, et lui demande de lui ramener l'enregistrement « 12/08/2001/LAN ». Son collègue marque une certaine surprise, regardant subrepticement Bellanger, mais Dubreuil lui fait un geste de la main coupant court à un éventuel commentaire, et il invite Victor à s'asseoir devant un des grands écrans plats de la salle. Pianotant nerveusement sur le clavier voisin, Dubreuil demande à Bellanger d'une voix acide :

— Vous avez entendu parler des travaux du *Coma Science Group* de l'Université de Liège ?

— J'ai dû lire un article sur le sujet.

Bellanger s'en rappelle assez bien, il faut dire qu'au moment de la diffusion récente de cette étude, le sujet du coma était encore pour lui d'une actualité brûlante, alors la parution à grand bruit des résultats étonnants de ce laboratoire avait retenu son attention.

— Alors vous savez qu'ils viennent d'avoir leur heure de gloire en démontrant qu'il était possible de communiquer avec une personne en état de coma végétatif.

— La transmission de pensée par IRM.

— Tout à fait. En posant des questions simples à une personne placée dans un caisson de neuro-imagerie fonctionnelle par tomographie positronique et par imagerie par résonance magnétique, ils ont pu démontrer que l'activité cérébrale du patient pouvait indiquer une réponse positive et négative aux questions posées.

— Je n'aurais pas mis tous ces mots dans le bon ordre, mais j'ai vu ça.

Bellanger évite de faire voir le sourire moqueur que la tirade orgueilleuse et volontairement incompréhensible du professeur à l'ego tourmenté lui inspire. L'assistant revient avec l'enregistrement demandé, et le pose devant Dubreuil tout en continuant de regarder Bellanger avec un air perplexe. Dubreuil insère le DVD dans l'ordinateur et avec une attitude pleine de fierté et une jubilation emplissant ses épais carreaux, il indique.

— Ce que vous allez voir remonte à l'été 2001, soit près de dix années avant les Belges.

La même salle baignée de bleu derrière les vitres apparaît sur l'écran. À l'image, un Dubreuil un peu plus jeune et chevelu se tient de dos, installant deux personnes placées chacune dans l'alvéole d'un scanner prévu pour accueillir simultanément deux patients. Le Dubreuil virtuel se retourne vers la caméra et prend la parole :

— Expérience du 12 août 2001, dirigée par Élizabeth Lancerne pour le laboratoire Lucius.

Une voix féminine, faible, mais assurée, lui répond, celle de Lancerne que Bellanger découvre avec intérêt.

— Deux sujets. Monsieur Louis Preval, victime d'atteinte hypoxique ischémique sévère du cerveau, en état de conscience minimale, coma de Glasgow 4 depuis une semaine. Et le professeur Bernard Moncassin, volontaire pour participer au test. Tout est prêt, professeur Dubreuil ?

— Oui, ils ont reçu l'injection de P8 il y a une heure, et les caissons d'études électrophysiologiques sont opérationnels.

— Messieurs, nous commençons. Envoyez les stimuli.

Une musique planante envahit la salle, un pot-pourri *New Age* assez cotonneux ; puis au bout d'une minute, la musique change pour passer à une symphonie de Wagner ; ensuite à des bruits d'automobiles en pleine course. Devant Dubreuil, des écrans de contrôle séparés en deux moitiés d'écran montrent une imagerie en couleur de l'activité cérébrale de chacun des cobayes. Il ne se passe rien de notable pendant quelques minutes, seul le cerveau du professeur Moncassin montre une activité régulière et réagit aux différents stimuli en indiquant une modification de ses zones activées. Peu à peu, le cerveau de Louis Préval indique une légère réponse, une réponse presque parallèle à celle du professeur, en plus limitée mais la réponse est visible. Dubreuil semble excité et se retourne vers la vitre.

— Ça marche, Élizabeth, le P8 est efficace, ses substances actives pénètrent la membrane cérébrale !

S'ensuit une série d'expériences du même type, visant à démontrer les activités cérébrales parallèles des deux cobayes. Après quelques minutes, la voix de Lancerne interrompt ses collègues :

— Nous avons suffisamment de résultats pour la phase 1. Préparez les appareils pour passer en phase 2. Leur réponse est excellente, je veux que nous tentions tout de suite la stimulation séparée.

— D'accord, professeur, je lance la diffusion des images de l'IAPS sur l'écran du scanner numéro 1. Moncassin, vous décrivez ce que vous voyez, lentement et à voix haute.

Sur l'écran de Dubreuil apparaissent des images que Moncassin commente une à une, sa voix parvient par un haut-parleur installé au-dessous de l'écran. Des images simples : des fleurs, des couchers de soleil, une famille avec ses enfants. Le cerveau de Moncassin réagit à chacune d'elle différemment, et peu à peu, le même phénomène se produit, le cerveau de Préval montre les mêmes signaux d'activité, en moins prononcé, mais en simultané. Le patient dans le coma réagit comme s'il voyait les images lui-même, ce qui est physiquement impossible, l'écran est hors de sa vue, et il est toujours dans un état végétatif profond qui le lui interdit. À l'écran, Dubreuil jubile et se retourne vers Lancerne.

— C'est prodigieux, Élizabeth. Ils communiquent !

Dubreuil interrompt la vidéo, et regarde Bellanger avec son air triomphant, les quelques minutes de ce DVD le plongent dans un océan de fierté un peu condescendante.

— Dix ans avant Liège ! Monsieur Bellanger. Dix ans. Et eux ne sont capables d'obtenir qu'un oui ou un non !

— Où avez-vous une avance ? Sur le P8 ? Qu'est-ce que c'est ?

— C'est notre avance et notre secret, un neurotransmetteur de synthèse qui amplifie les réactions aux stimuli.

Bellanger hoche la tête avec une admiration non feinte, il ne voit pas en quoi ces expériences pouvaient captiver l'armée et quelles applications militaires auraient pu en être tirées, il se demande si ce n'est pas là la raison du désengagement des militaires. Mais dans ce cas, pourquoi garder tout ceci secret, et laisser l'Université de Liège attirer la lumière et les crédits ? Avec son air le plus candide, Bellanger relance le professeur en pleine autosatisfaction.

— Pourquoi avoir gardé tout cela secret ? C'est une avancée considérable.

— Pour la même raison qui aurait dû inciter les

Belges à garder leurs résultats pour eux. On communique certes, mais avec qui ?

— Je ne comprends pas, avec le patient, non ?

— Qu'est-ce qui caractérise une personne humaine, monsieur Bellanger ?

— Sa conscience d'exister ? Sa pensée autonome ? Son libre arbitre ?

— Oui. *Cogito ergo sum.* Et comment savoir ce qu'est la conscience d'une personne dans le coma ? Comment savoir ce dont il se souvient ? Sait-il qui il est ? Où il est ? A-t-il accès à toute sa mémoire ? A-t-il seulement conscience de sa propre existence ?

— Vous n'avez rien révélé pour un problème d'éthique ?

— Évidemment que cela pose un problème d'éthique. On peut faire dire n'importe quoi à une personne dont la conscience de soi est altérée. Cette communication n'a pas de sens. Alors quand j'entends qu'ils comptent ainsi faire partager les décisions médicales au patient… Lui demander s'il veut vivre ? Il ne sait peut-être plus ce que cela veut dire ! C'est un non-sens complet.

Victor acquiesce, la vidéo vient de lui montrer avec quelle facilité le professeur avait imposé ses réactions au patient dans le coma. Il n'avait pas eu de réaction propre, mais n'avait fait que reproduire celles qu'on lui suggérait avec une évidente absence de volonté autonome. Une conscience sans sens critique, sans mémoire, recul ni protection, prête à répondre à toutes les sollicitations. C'est peut-être dans cette direction que les militaires avaient l'intention de pousser les recherches, des cerveaux sous influence. Il tente une dernière question dans ce sens.

— Vous n'avez jamais été tentés d'utiliser ce type

d'expérience pour contrôler les gens ? Le patient dans le coma semble pouvoir être influencé facilement.

Le professeur change d'attitude à la seconde où Bellanger lui pose cette question, son visage triomphant se ferme et ses yeux deviennent sombres. Il regarde Victor avec des sourcils rapprochés et une lueur dubitative dans le coin de ses lunettes.

— Nous sommes des scientifiques et des médecins ! Vous avez de drôles de préoccupations, monsieur Bellanger. Je me demande où vous allez chercher des idées pareilles.

Victor bat en retraite constatant qu'il est impossible d'insister sur ce sujet, il tente de prendre l'air détaché de celui qui ne pensait pas à mal, sourit, et ajoute avec un soupir admiratif :

— Je ne comprends pas comment madame Lancerne a pu abandonner des recherches aussi passionnantes.

— Élizabeth Lancerne est mourante. Elle a bien le droit à quelques mois de repos avant de rejoindre notre Créateur, vous ne croyez pas ?

Cela finit de couper la voix à Bellanger, Dubreuil éteint l'ordinateur, et tout en continuant à regarder Victor avec scepticisme, il ajoute :

— Je pense que vous en avez assez vu pour savoir que nous ne sommes pas des charlatans. Nous allons en rester là pour aujourd'hui, monsieur Bellanger.

Il n'insiste pas, l'envie de retrouver l'air libre et de fumer une cigarette le tenaille depuis trop longtemps, et il sent bien à l'attitude du professeur Dubreuil que l'heure des confidences est définitivement révolue, qu'il se fera congédier quoi qu'il demande. S'il veut préserver un peu de crédit pour une éventuelle seconde visite, il doit cesser le combat pour ce jour.

Il se laisse guider vers la sortie, absorbé par ses

pensées et répondant très machinalement aux questions de l'assistant de Dubreuil qui le ramène au parking.

Le bilan de ses réflexions est plutôt encourageant : il ne sait, pas plus qu'avant de venir, quelles ont été les circonstances et les causes de la mort des parents d'Alice, mais il a maintenant une idée assez précise de ce qui a provoqué le retour de Thierry Jourdan.

Il espère que les recherches de Paul Rochat à Mondor et au funérarium lui en donneront la certitude, voire une preuve tangible qui lui permettrait de moucher Tussaud le Morse et de réintégrer la police avec les honneurs.

32

Malgré le froid, Paul Rochat a les doigts assez vifs pour faire tourner la molette de son Blackberry à la vitesse de l'éclair. Il ne tape pas encore assez vite à son goût et il pollue ses communications par ce support de nombreuses fautes de frappe qui le mettent mal à l'aise. Mais il progresse et, comme pour le reste, il ne lâchera rien. Il remercie son assistante d'avoir collecté aussi rapidement des informations sur les deux personnes qu'il doit voir ce matin.

Il n'a pas le temps de les consulter, le docteur Lafitte reçoit ses patients à l'hôpital Mondor toute la matinée. Avec un peu de chance, il le coincera entre deux consultations ou, au pire il l'interceptera quand il ira prendre un café. Mais il ne faut pas qu'il traîne. Il se fait orienter à la réception immense et s'engouffre dans un ascenseur jusqu'au service de neurochirurgie, perché dans les étages supérieurs d'une tour qui en compte près de quarante.

Il se pose devant le bureau d'accueil où deux infirmières essayent d'endiguer un raz-de-marée de tracasseries administratives en vitupérant, sans se soucier des patients qui attendent. Il n'a pas envie de patienter jusqu'à ce que les paperasseries du mois soient terminées. Il sort sa carte et frappe du poing sur le bois du bureau.

— Commandant Paul Rochat. Je dois voir le docteur Lafitte de toute urgence.

Une des deux quadragénaires en blouse blanche, mèches blondes décolorées, lève sur lui un regard indifférent.

— Il est en consultation. Je ne peux pas vous laisser entrer.

— J'attendrai la fin de celle-ci. Faites-moi signe dès qu'elle s'achève.

Rochat patiente quelques minutes, le temps de détailler l'aréopage d'éclopés qui vient consulter le docteur Lafitte et les deux autres neurochirurgiens qui consultent pendant cette matinée. La salle d'attente contient principalement des candidats à l'opération d'une hernie discale : ça boite, ça marche courbé, ça a du mal à s'asseoir, à se lever, ça gémit et ça se plaint. Mais il a eu son compte de douleurs et il ne se sent pas obligé de laisser passer cette horde de souffreteux avant lui, il n'a pas assez de temps pour cet humanisme-là.

L'infirmière lui fait signe de se rapprocher, elle décroche le téléphone, salue le docteur Lafitte et lui annonce la visite d'un policier des Renseignements généraux. Elle se tourne vers Rochat :

— C'est à quel sujet ?

— D'ordre privé.

Rochat pense que cela devrait couper court à toute demande d'explication, les RG qui viennent sur votre lieu de travail pour des raisons d'ordre privé, ça fait suffisamment peur à tous les honnêtes gens – surtout aux honnêtes, d'ailleurs. Il ne se trompe pas, l'infirmière lui indique la porte du bureau du docteur Lafitte et lui dit qu'il est attendu.

« Le mandarin est une mandarine » pense Rochat en découvrant le docteur Lafitte. La femme d'une quarantaine d'années qui lui ouvre la porte a les traits fatigués et les yeux cernés, les cheveux noirs tirés en arrière, rayés de quelques lignes grisonnantes, des boucles d'oreilles hors de prix, mais une tenue mal assortie. Un assemblage étrange que l'on ne voit que chez ceux qui ont de l'argent et du goût, mais ni le temps ni le besoin de l'utiliser pour soigner leur apparence.

— Qu'est-ce que je peux faire pour vous, commandant ?

— Rassurez-vous, je vais bien.

— J'espère, sinon je vous aurais demandé de prendre un rendez-vous à l'accueil.

La femme est sèche, assez peu impressionnée, Rochat se dit que pour opérer des cerveaux humains, il faut des nerfs d'acier et un sang-froid à toute épreuve.

— Vous rappelez-vous du cas de Thierry Jourdan ?

— Suffisamment, il est encore assez récent, mais vous devez savoir que je ne peux rien communiquer du dossier médical de mes patients. Même décédés. Et vous avez dit que c'était d'ordre privé.

— Vous direz ce que vous voudrez à vos infirmières, moi je n'ai pas envie qu'on ébruite mon enquête pour le moment. On n'entrera pas dans les détails. Pour aller droit au but : avez-vous une raison de penser que sa mort ne puisse pas être qu'un accident ?

— Je l'aurais signalé à la police avant de signer le permis d'inhumer. Non, une assez tragique rupture d'anévrisme cérébral ayant entraîné une hémorragie méningée, un cas d'accident vasculaire cérébral consécutif à l'irruption massive de sang dans les méninges, et l'hématome encéphalique. Il a été admis aux urgences puis amené dans mon service et mort ici après une semaine de coma.

— Il était jeune pour un accident vasculaire cérébral, non ?

— On est toujours trop jeune pour mourir, mais avec une malformation, du stress et un comportement à risque, cela peut se produire.

— Quel comportement à risque ?

— Ceci est couvert par le secret médical, commandant. Vous devriez demander à sa famille ou à ses proches.

Rochat a bien envie d'insister, mais il se dit qu'Alice pourra leur communiquer les résultats d'analyse et qu'il n'a pas besoin de forcer la main de la neurochirurgienne. Il sourit d'un air entendu, compréhensif et reprend :

— Pardon, évidemment. Sinon, avez-vous entendu parler de l'institut Lucius ?

— C'est le labo du professeur Lancerne, une grande neuro. Il est rattaché au CNRS.

— Vous savez s'ils sont venus au chevet de Thierry Jourdan ?

La chirurgienne se tortille sur son fauteuil, l'air mal à l'aise. « Bingo » pense Rochat, qui lui adresse un sourire d'encouragement à laisser sortir ses mots. « La boucle est bouclée, Lucius est impliqué dans l'étrange disparition du corps de Thierry Jourdan. »

— Je peux vous en parler, ce n'est pas un secret, mais n'en parlez à la famille que si c'est absolument nécessaire. Lancerne vient régulièrement voir des patients dans le coma. L'institut a des méthodes de soin expérimentales qui peuvent parfois faire sortir des malades d'un coma profond. C'est encore une méthode empirique : on ne veut pas créer de faux espoirs, donc on n'en parle que si Lancerne pense qu'elle peut faire quelque chose.

— Et pour Jourdan ?

— La question ne s'est pas posée, il est mort avant. Je ne sais même pas si elle aurait pu faire quelque chose. Il était en Glasgow 4, presque aucun signe d'activité cérébrale, un coma dépassé. Elle ne l'a vu que deux fois, dont une le jour même de sa mort, et elle n'a même pas eu le temps de me communiquer son diagnostic avant qu'il ne décède. Restez discret, je ne voudrais pas qu'on me reproche de ne pas avoir tout tenté, on n'en a pas eu le temps.

Rochat pense que l'explication tient la route, mais il reste un point qui ne colle pas avec les éléments dont ils disposent. Jourdan est-il *vraiment* mort ?

— Concernant le décès, vous n'avez aucun doute qu'il soit bien mort ?

Lafitte le regarde comme s'il lui avait annoncé qu'il était en fait un émissaire de la planète Mars. Il tente de paraître moins tranché.

— Je veux dire, il n'aurait pas pu être dans un coma si profond que vous l'avez cru mort ?

— Je reconnais encore un cadavre, commandant Rochat.

— Il y a eu une autopsie ?

— Non. Évidemment non. Il avait le cerveau à moitié en bouillie, même s'il s'était réveillé un jour, il n'aurait jamais retrouvé l'usage de la parole, ni sa mémoire et aurait eu de sérieux troubles neurologiques. Franchement, ce qui s'est passé est mieux pour tout le monde. Pourquoi voudriez-vous que je le charcute ?

— Pour rien, vous avez eu raison. Je vous remercie.

Il s'apprête à se lever, quand la chirurgienne le retient d'un geste et le questionne avec curiosité.

— Vous n'allez pas faire d'ennuis à Lancerne ?

— Pourquoi pensez-vous cela ?

— À entendre vos questions, ça me paraît possible, donc je tiens à vous dire que c'est une femme extraordinaire. Malade comme elle est, continuer à se dévouer pour les autres, c'est admirable.

— Elle souffre de quoi ?

— Elle n'en parle pas. Mais elle souffre terriblement et ne pense qu'aux autres. Alors, ne la harcelez pas pour rien.

Rochat fait un signe d'assentiment et se lève en proposant à la chirurgienne de retourner sans perdre de temps à ses patients. Ils se saluent et le commandant, perplexe quant au cas de Thierry Jourdan, repart vers ceux qui ne peuvent pas n'avoir rien vu : l'entreprise funéraire qui s'est occupée de Thierry Jourdan. Elle leur doit des explications précises et convaincantes sur la disparition du corps, mort ou vif, du mari d'Alice.

Les *Pompes funèbres du Cercle d'or* sont un bâtiment étroit qui court sur une vingtaine de mètres le long du mur d'enceinte du cimetière de Thiais. La partie boutique est entièrement vitrée, mais derrière les couronnes, les plaques et les cercueils en exposition, Paul ne peut distinguer aucune lumière, un panneau est accroché derrière la porte vitrée indiquant que les *Pompes funèbres du Cercle d'or* sont fermées pour congés pendant une quinzaine de jours.

Un petit parking entoure de part et d'autre le magasin. Rochat a garé son coupé d'un côté et il se rend compte qu'une camionnette et un corbillard sont garés de l'autre. Il s'étonne un peu que les deux véhicules soient laissés ainsi en proie aux intempéries pendant toute la durée des congés de leur propriétaire. Il va jusqu'aux deux véhicules et passe sa main sur leur capot, celui de la camionnette est encore chaud : il a de toute évidence été utilisé depuis peu. Rochat inspecte la rue, il y a des places de parking libres plus proches de l'entrée du cimetière. Par ce froid mordant celui qui s'est garé à cet emplacement venait rendre visite aux *Pompes funèbres du Cercle d'or*, c'est une évidence.

Il sort son Blackberry et compose le numéro du magasin, il l'entend clairement sonner à l'intérieur de la boutique, mais il n'obtient aucune réponse. Il regarde dans les informations transmises par son assistante et récupère le numéro de portable du propriétaire, Pierre Laveau. Il survole dans le même geste l'histoire étonnante de ce prêtre breton défroqué qui a quitté les ordres pour se lancer dans le commerce mortuaire, et compose le numéro. Il laisse sonner jusqu'à pouvoir laisser un message, et, surpris, il lui semble entendre une sonnerie résonner dans le magasin, en provenance de la partie non vitrée, qui doit correspondre au funérarium. Il laisse son message où il demande à Pierre Laveau de le rappeler pour des informations concernant sa patente d'entrepreneur de pompes funèbres.

Il réitère son appel en collant son oreille aux jointures de la porte, une sonnerie lui parvient distinctement puis la messagerie se déclenche, le correspondant venant manifestement de couper son téléphone portable. Rochat met ses mains en porte-voix dans l'encoignure et appelle.

— Laveau ! Je sais que vous êtes là ! Je suis le commandant Rochat, de la DCRI, j'ai juste deux questions à vous poser, on en a pour cinq minutes. Si vous n'ouvrez pas, je reviendrai ou j'irai vous chercher chez vous. Ouvrez-moi avant que je m'énerve !

N'obtenant aucune réponse, Rochat commence donc à s'impatienter, il essaye de faire le tour du magasin, constate qu'il est collé au mur du cimetière. Il ne comporte aucune fenêtre latérale qui pourrait lui permettre d'y pénétrer, mais il est déjà trop agacé pour rebrousser chemin.

Il revient sur le devant et constate que la cheminée de l'incinérateur dégage une épaisse fumée. Il regarde quelques instants la colonne noire s'élever dans le ciel nuageux et tente d'appeler de nouveau sur les deux numéros dont il dispose, au cas où Laveau aurait été trop occupé dans l'incinérateur pour entendre ses appels. Il n'obtient pas plus de réponses et se décide à forcer un peu le destin.

Il sort son Sig-Sauer et entreprend de fracasser la porte vitrée du magasin. Si Laveau est bien là, il devra lui fournir une explication valable à son refus d'obtempérer, si le magasin est vide cette effraction sera mise sur le compte de rôdeurs malveillants. Après trois coups de crosse violents, la porte se lézarde, il frappe de plus belle, soufflant une épaisse buée dans l'air glacial, aucune alarme ne se déclenche pour l'instant. Une dizaine de coups plus tard, la porte se fracasse dans un bruit assourdissant de verre qui chute.

Rochat entre dans le magasin, toujours aucune alarme, ce qui signifie qu'il y a bien quelqu'un dedans. Il appelle.

— Police. Ne bougez pas et restez les bras en l'air !

Il théâtralise son entrée pour justifier son effraction. Il se dirige vers une porte derrière le comptoir d'accueil, il tombe sur un bureau vide, des toilettesvestiaires et salle de bains tout aussi déserts. Le bureau est dans un désordre indescriptible et les vestiaires dans un état de crasse tel que même l'ancien légionnaire qu'il est ne peut réprimer une grimace de dégoût. Les *Pompes funèbres du Cercle d'or* ne se soucient guère d'hygiène et de gestion.

Il ressort et ouvre une autre porte donnant sur une réserve où sont entreposés des cercueils de toutes couleurs et dimensions.

Une puanteur abjecte règne dans la pièce sans qu'il puisse attribuer l'odeur à l'un des cercueils. En revanche, il reconnaît sans aucun doute les miasmes d'un corps en décomposition, sa vie de flic lui a offert la douloureuse expérience de retrouver des cadavres oubliés de longue date. Cette infection lui rappelle celle d'un appartement du XIIe arrondissement où il avait découvert le cadavre d'une grand-mère de quatre-vingt-dix ans, morte oubliée et à moitié dévorée par son chien. On ne peut pas oublier ça. Même si on le souhaite de toutes ses forces, une vie n'y suffit pas.

Il ouvre plusieurs cercueils, mais certains sont fermés ou scellés et résistent à ses tentatives d'ouverture. « Si le cercueil de Jourdan avait été aussi bien fermé, on n'en serait pas là » crache-t-il en abandonnant l'ouverture d'un impressionnant cercueil de bois laqué noir. Malgré la puanteur il pense avoir fait le tour de la pièce et essayé d'ouvrir tous les cercueils entreposés. Il n'insiste pas plus : la pièce pue beaucoup trop et personne ne pourrait sortir d'un cercueil verrouillé en se trouvant à l'intérieur. Il retourne sur ses pas et pousse au hasard.

La troisième porte ouvre sur un couloir qui longe la réserve et se termine sur trois autres portes. La première donne sur un funérarium vide, la deuxième ouvre sur l'incinérateur. Il entre et regarde par la porte vitrée du four. Un cercueil achève de se consumer, il arrive bien trop tard pour savoir ce qui est en train d'y disparaître. Il va jusqu'à la troisième et dernière porte du couloir, c'est une porte en acier isolée qui doit donner sur une chambre froide, il l'ouvre.

La chambre froide est dans l'obscurité complète, il tâtonne le long du mur à la recherche d'un interrupteur qu'il trouve après quelques secondes. Ce qu'il découvre le laisse bouche bée. Au fond de la chambre froide est installé un lit médicalisé avec une installation prête à accueillir un malade en soins intensifs. Le lit est vide, il constate aussi que la température de la chambre froide n'est pas différente de celle du reste du magasin, il n'entend aucun bruit de réfrigération. Il ouvre tous les tiroirs, mais ne trouve, sans surprise, aucun corps.

Quand il fait demi-tour pour regagner le magasin ce qu'il voit au-dessus de la porte lui arrache un sursaut d'effroi. Un serpent empaillé long de plusieurs mètres longe le mur de la chambre froide et a la gueule ouverte juste à l'entrée de la pièce. Rochat jette un œil sur les peintures vaudou qui ornent le mur sur une frise aussi longue que le serpent. Les occupants du lieu rendent hommage à des divinités peu orthodoxes à deux pas d'un cimetière catholique. Il referme la porte sur la chambre froide et ses idoles païennes et retourne vers l'entrée.

Le magasin est désert, il en vient à se dire qu'il a dû imaginer la sonnerie, ou que son propriétaire aura oublié son téléphone quelque part dans le magasin. Il en doute, car il ne voit pas de déclencheur différé sur l'incinérateur et il a bien fallu que quelqu'un le mette en marche. Mais le magasin est vide, et il n'a vu aucune autre porte que celle par laquelle il est entré et ne voit pas comment quelqu'un aurait pu se sauver dans son dos. Il ressort du magasin, les deux véhicules sont toujours là.

Il ne voit plus qu'une possibilité, il aura raté Pierre Laveau de quelques secondes. Juste après avoir garé sa camionnette, il aura mis un corps dans l'incinérateur puis sera ressorti pour aller dans le cimetière en oubliant son portable au moment où Rochat est arrivé. Il se décide à vérifier cette hypothèse, son assistante lui a envoyé une photo du croque-mort, au physique inoubliable, et s'il le voit dans le cimetière il ne pourra pas ne pas le reconnaître. Il lui aura fracassé sa porte, mais il trouvera bien une justification à son geste, s'il le retrouve.

Malheureusement, le cimetière de Thiais est immense, une mer interminable de sépultures diverses et une foule de navigateurs tristes sous un vent froid mordant. Il marche quelques minutes le long des allées, essayant de repérer la tête chauve de Pierre Laveau, mais il ne voit personne qui ressemble au prêtre défroqué.

Frigorifié, le nez rouge et les doigts engourdis, il juge qu'il est temps de cesser ses recherches avant de récolter une angine. Dans les informations dont il dispose, il a aussi une adresse privée dans la commune voisine de Fresnes. Il décide d'aller vérifier à cette adresse et retourne à sa voiture.

Il lâche un juron sonore et blasphématoire quand il voit que la camionnette grise a disparu du parking…

33

La nuit a été longue, intégralement passée assis au bord du lit de Thierry, mais Romain se sent presque en possession de tous ses moyens physiques. L'engourdissement de ses membres a disparu, il reste un peu étourdi quand il fait des mouvements brusques et ne pense pas avoir recouvré l'intégralité de sa force et de sa vivacité, mais il n'en est plus très loin. Il est convaincu de pouvoir profiter de la première opportunité qui se présentera à lui de fausser compagnie aux deux psychopathes qui jouent avec lui depuis deux jours.

Thierry n'aura pas été un compagnon de cellule contrariant, il lui a parlé toute la nuit sans se voir opposer une seule contradiction. Il faut dire que son beau-frère est dans un état lamentable, d'une maigreur à faire peur, couvert d'ecchymoses et d'engelures, son œil gauche est blessé et la blessure est atroce et sommairement soignée. Devant cet état, il a fini par avoir mauvaise conscience et lui a branché à nouveau la perfusion supposée lui redonner de la vigueur, après avoir consommé la moitié du flacon.

Thierry n'a pas esquissé un mouvement, Romain

se demande s'il respirerait encore sans l'appareillage. Il ne sait pas lire les résultats affichés par les appareils branchés sur son crâne, mais s'il devait donner un jugement, il dirait que Thierry est en état de mort cérébrale.

Il est retourné s'allonger sur sa table et a réussi à s'endormir malgré l'inconfort certain de sa paillasse. Après un temps difficile à déterminer de sommeil perturbé, il se réveille en entendant des bruits dans le couloir.

Ses geôliers sont de retour, il serre les dents, l'heure de tenter quelque chose va peut-être se présenter. Il se concentre et essaye de garder son calme. Il faut choisir le bon moment, car il n'aura pas le droit à une deuxième chance, sa première tentative se doit d'être la bonne. Contrairement à ses innombrables castings, cette fois-ci, il devra être bon du premier coup.

La porte s'ouvre et il voit apparaître son tortionnaire rouge affublé de son inconditionnel sourire moqueur. Il entre dans la salle en poussant un chariot portant deux cercueils, qu'il amène entre Thierry et Romain en sifflotant. Romain hésite à se lever et à s'enfuir, mais il ne voit pas le nécrophage et il a peur de se faire surprendre au bout de deux pas vers la liberté. Il se répète qu'il n'aura qu'une seule chance. Son visiteur interpelle justement son acolyte :

— Pierre, si tu as fini la préparation rejoins-moi pour les mettre dans leur cercueil, ils sont un peu lourds.

La silhouette efflanquée du chauve fait son apparition sur le pas de la porte, suivie de peu par sa puanteur étouffante. Il tient dans sa main une seringue pleine dont il fait couler un peu de liquide. Il a revêtu une blouse chirurgicale blanche fermée par une ceinture où est suspendu un scalpel. Romain fait de son mieux pour refréner un tremblement qui pourrait trahir sa motricité retrouvée et le regarde traverser la chambre froide de son pas lent.

Il pose la seringue sur le chariot et s'applique à aider son complice à débrancher Thierry, pendant que l'homme en rouge continue de parler, plus pour lui-même que pour son complice qui n'articule presque jamais de réponse.

— On les met dans la camionnette, je ne sais pas si celui-là tiendra jusqu'à Strasbourg, s'il meurt en route on s'en débarrassera une fois là-bas.

Les deux hommes sont du même côté de la table, il a deux mètres d'avance sur eux, mais pour une course vers la porte le moment n'est pas idéal. Il ne sait pas si la boutique est fermée, auquel cas ils le rattraperaient avant qu'il n'ait rejoint la rue. Il y a trop d'inconnues, il hésite et, avant d'avoir pris une décision, alors que les deux hommes finissent d'installer Jourdan dans un cercueil, l'équilibre est rompu par un bruit de porte qu'on secoue en provenance du bout du couloir.

Cette intervention extérieure réjouit Romain, même s'il regrette de ne pas être allé à sa rencontre, mais à l'instant où il entend ces bruits, l'homme en rouge sort un revolver de son manteau et fait signe au nécrophage d'aller voir de quoi il retourne.

L'apparition de l'arme brise l'opportunité que croyait tenir Romain, le nécrophage s'enfonce dans le couloir et l'homme en rouge se place derrière la porte de la chambre froide qu'il referme, restant aux abois, son arme au poing. Le téléphone de la boutique retentit, ce n'est pas la première fois que Romain l'entend depuis qu'il est enfermé ici, mais cette fois-ci il résonne comme un espoir. La sonnerie cesse, remplacée quelques secondes après par celle du téléphone portable du nécrophage, ce timbre-là s'arrête à son tour, puis reprend une seule fois. Le chauve puant fait son retour dans la chambre froide, l'air préoccupé.

— C'est un flic. Pas le copain d'Alice Montserray, mais c'en est un, il le porte sur sa gueule. Je ne sais pas ce qu'il veut, mais je ne peux pas lui ouvrir, c'est trop risqué.

Comme en écho à la voix grave du nécrophage, les portes du magasin sont de nouveau secouées et une injonction pleine d'autorité leur parvient depuis l'entrée de la boutique.

— Laveau ! Je sais que vous êtes là ! Je suis le commandant Rochat, de la DCRI, j'ai juste deux questions à vous poser, on en a pour cinq minutes…

Le reste n'est plus audible pour Romain car l'homme en rouge vient de refermer la porte de la chambre froide. Il désigne Romain du menton.

— Fais-lui son injection tout de suite, il ne faudrait pas qu'il crie.

Le nécrophage récupère sa seringue, et se penche vers Romain avec une lueur mauvaise. Romain ne peut rien faire, son complice se tient à quelques mètres, son arme au poing. Il sent l'aiguille lui pénétrer dans le bras, il a le regard obnubilé par le scalpel pendu à la ceinture du nécrophage qui se trouve à quelques centimètres de sa main, alors qu'il sent le liquide lui rentrer dans le corps, il tente d'oublier la paralysie terrible qui découlera de cette injection et concentre ses efforts sur le petit bout de métal poli qui oscille à quelques centimètres de ses doigts. Profitant d'un balancement du tissu de la blouse qui le lui rapproche d'un souffle, il tend la main, s'en saisit et le décroche de la ceinture. Il le garde dans sa paume plaquée sur la table. Cette arme rééquilibre un peu les forces s'il doit se retrouver en tête à tête avec un de ses ravisseurs. L'homme en rouge interpelle son complice.

— Il ne va pas nous lâcher, ce flic. C'est trop risqué de traîner avec les corps.

— Il faut qu'on se casse d'ici, répond le chauve.

— On va cramer Jourdan dans l'incinérateur. On n'aura pas le temps de cramer les deux. On va se sauver par le passage vers le cimetière avec l'acteur dans un cercueil, on y restera jusqu'à ce que ce soit redevenu calme ici.

Romain profite de l'inattention du nécrophage pour bouger un peu son bras et faire ressortir l'aiguille de ses chairs, le liquide continue de couler sur la peau de son bras, puis avant que sa ruse ne soit remarquée, il remet son bras dans sa position initiale et laisse l'aiguille le pénétrer de nouveau en réprimant un gémissement. L'homme en rouge rouvre la porte, et emmène Jourdan sur le chariot.

Romain est seul face au nécrophage, qui le bâillonne, sans doute de peur que son injection ne fasse pas encore effet. Romain hésite encore, il a peur du grand chauve, le spectacle de l'avant-dernière nuit lui revient en mémoire et la terreur le paralyse, il n'arrive pas à rassembler suffisamment de courage pour planter le scalpel dans le cou de ce monstre, la haine qui le dévore est moins puissante que la peur qui le statufie.

Il lutte, sa main se resserre sur le manche du scalpel, il va le faire, il peut le faire, c'est une question de survie. Il s'apprête à frapper l'homme qui vient de lui nouer un chiffon autour de la bouche, mais son complice rentre dans la salle avec le chariot, l'arme au poing, à l'instant même où la sonnerie du téléphone retentit de nouveau dans la citadelle assiégée. Romain dissimule son scalpel en un éclair.

— Glissons-le dans le cercueil, j'ai ouvert le passage. Je vais aller me planquer dans le cimetière avec l'acteur. Toi, tu caches le passage avec des cercueils vides, tu te planques dans l'un d'eux, et, quand ce connard de poulet sera enfin parti, tu viens nous récupérer à la sortie Est avec la camionnette.

— Je vais me mettre dans un de ceux qui s'ouvrent de l'intérieur en le verrouillant. Même s'il fouille il ne me trouvera pas.

Joignant le geste à la parole, les deux hommes soulèvent Romain et le placent dans l'un des caissons de bois, sur le chariot. Romain décide de prendre son mal en patience, s'il doit attendre Strasbourg pour leur échapper, il attendra, il n'aura qu'une chance, il ne veut pas la laisser passer. À cet instant, un bruit de coup parvient depuis la boutique. Les deux hommes échangent un bref regard paniqué.

— Il est en train de casser la porte vitrée, il faut faire vite !

Ils rabattent le couvercle de son cercueil en lui laissant un petit espace pour que l'air circule et qu'il ne meurt pas étouffé avant même d'être sorti du cimetière. Il se sent transporté rapidement dans le couloir, puis la lumière décroît quand il entend ses deux tortionnaires se saluer et se donner rendez-vous à la porte du cimetière. Il entend une lourde porte se refermer dans un crissement de pierre, il lui semble aussi entendre le bruit d'une vitre qui se fracasse, mais il s'enfonce déjà dans les ténèbres.

La traversée sombre dure quelques minutes, le chariot cahote sur des irrégularités du pavement et Romain sent peu à peu l'engourdissement gagner ses membres, il a échappé à une bonne moitié de l'injection, mais il craint d'être tout de même paralysé pendant de longues heures. Tant qu'il peut bouger, il entreprend de casser le loquet qui verrouille le cercueil, s'il peut en empêcher la fermeture il pourra peut-être surprendre ses ravisseurs et se sauver dans un moment où il sera sans surveillance.

Ils regagnent le jour, l'air froid pénètre dans le cercueil et vient lui mordre les joues, ils s'arrêtent quelques instants avant qu'il n'entende jurer son kidnappeur.

— Putain, mais il ne va pas me lâcher, celui-là !

Le chariot est secoué par une poussée nerveuse et Romain est balancé dans tous les sens pendant une bonne minute jusqu'à ce que la lumière diminue et que la course s'arrête, indiquant que l'homme en rouge vient de trouver un abri. Son souffle court lui parvient, Orphée cherche à retrouver sa respiration normale.

Puis, il l'entend téléphoner avec une voix indiquant un effort pour dissimuler son stress. « Mauvais acteur », pense Romain.

— Madame, c'est Orphée. Un flic s'est pointé au magasin et nous a obligés à fuir. Je suis coincé dans le cimetière avec l'acteur dans un cercueil, mais le flic rôde dans les parages. Je ne sais pas s'il me connaît et je me suis caché dans les catacombes.

Romain n'entend pas la réponse, il est concentré sur ses efforts autour du loquet, il commence à avoir du mal à bouger et il a trop peu de liberté de mouvement, dans le cercueil, pour ajuster ses gestes. Mais il s'obstine.

— Vous avez raison, il ne faut pas qu'il me trouve avec, je m'en débarrasse. Je sais comment faire pour qu'ils ne le retrouvent jamais.

Orphée raccroche, et le laisse dans un silence glacial, Romain essaye de bouger ses jambes pour voir s'il serait capable de s'enfuir, mais il constate que l'anesthésiant a déjà trop saturé son organisme et qu'il ne serait pas capable de courir, à peine de marcher. Il entend le bruit d'une pierre que l'on déplace à quelques mètres de lui. Orphée déplace le chariot et vient lui ouvrir le couvercle. Il le regarde avec son sourire de fou qui lui illumine le visage.

— Désolé Romain, j'aurais sincèrement aimé que tu aies une fin plus agréable. La vie a tellement peu d'importance qu'il est dommage de la quitter dans de tels tourments. Tu verras que le pire reste à venir. Il y a trop de monde dans le cimetière pour que je te mette une balle dans la tête. Tu vas mourir étouffé dans un cercueil, c'est tout ce que j'ai à t'offrir. Il ne t'aura pas offert une fin agréable, ce flic. Enfin, tu auras au moins échappé aux mains de Pierre : cela aurait été bien pire.

Orphée ponctue cet adieu de son rire moqueur. Romain regrette de ne plus avoir assez de force pour lui planter son scalpel dans le visage, pour fendre en deux ce rire horripilant. Mais le couvercle se ferme déjà sur lui dans un claquement sourd, le plongeant dans des ténèbres désespérantes. Il sent quelques secousses indiquant qu'on déplace son cercueil vers un lieu de sépulture situé en hauteur, une stèle dans une cité mortuaire vraisemblablement, il entend la pierre qu'on remet en place, puis plus rien.

Rien qu'un silence lui rappelant qu'il a encore laissé passer sa chance. La dernière.

34

Victor ne peut avoir Paul Rochat en ligne que quelques secondes, alors qu'il est sur la route entre Rambouillet et Alfortville. Le commandant remonte à toute vitesse sur Paris, pour une réunion à la DCRI, après sa visite infructueuse au domicile de Pierre Laveau. Il est autant pressé de rentrer qu'énervé de s'être fait mener en bateau par le croque-mort. Ils se donnent rendez-vous dans la soirée, chez Alice, pour faire un point sur leurs découvertes et les réflexions qu'elles leur inspirent.

Il demande juste à Victor de vérifier un point avec la jeune femme d'ici là, d'après le neurochirurgien de Mondor, l'accident vasculaire cérébral de Thierry Jourdan s'expliquerait par une prédisposition génétique et par un comportement à risque. Il suggère à Victor de rechercher lequel en interrogeant la jeune femme ou en regardant dans le dossier médical, si elle ignore ce comportement.

Un soupçon sur les causes réelles de la mort de Thierry Jourdan est un dernier élément qui vient s'assembler dans la compréhension qu'a Victor des événements. Il commence à voir avec exactitude ce qui s'est passé, mais il ne sait toujours pas du tout pourquoi ni par qui, même s'il soupçonne un lien avec Lucius et ses travaux. Il garde néanmoins la même priorité, celle d'assurer la sécurité d'Alice et de ses deux sœurs. Il pense aussi se pencher dès que possible sur l'emploi du temps précis du frère d'Alice pour voir si le jeune homme, malgré son message explicite, n'aurait pas été victime d'un enlèvement comme l'instinct d'Alice le lui hurle depuis le début.

Il fait une infidélité à son épicier chinois attitré, la qualité de ses fruits et légumes est plus que douteuse et il ne veut pas ramener des fruits pourris à sa protégée végétarienne. Il s'arrête chez un primeur bio du centre de Vincennes et reprend le chemin de la villa les bras chargés de produits de saison et de bocaux. Il prend aussi deux bouteilles de vin chez un caviste, il réussit à se passer de whisky, mais une abstinence totale est encore un objectif un peu lointain. Il a besoin de toute sa lucidité et être en manque, irascible et perturbé, n'est pas la meilleure solution pour y parvenir, une alcoolémie légère sera plus productive.

Cette fois-ci, il ne trouve pas la jeune femme assoupie ou lisant pensivement : Alice est survoltée et fait les cent pas dans le salon avec une angoisse palpable. Il lui adresse un bonjour chaleureux et souriant, mais au vu de sa réaction, il change de registre.

— Qu'est-ce qu'il se passe, il est revenu ?

— Rassure-toi, il ne s'est rien passé.

Victor va dans la cuisine et commence à ranger les victuailles, Alice l'y suit et il sent la jeune femme piétiner dans son dos.

— Qu'est-ce qu'il y a, Alice ?

— Je suis sûre que Romain a été enlevé et que les jumelles sont en danger.

— Qu'est-ce qui te fait dire ça ?
— J'ai eu l'agent de Romain.
— Il sait quelque chose ?
— Il a vérifié deux ou trois points pour moi. Il a fallu que j'insiste, mais il a fini par le faire.
— Il a trouvé quoi ?
— La société de production où Romain est allé passer un casting l'après-midi de sa disparition est bidon. Elle n'a jamais rien produit et elle ne répond plus au téléphone.
— Elle s'appelle comment ?
Bellanger demande, un peu par réflexe, en ouvrant ses sacs, car il ne connaît pas grand-chose dans le domaine de la production audiovisuelle.
— C'est le plus inquiétant : Les *Productions du Cercle d'or*.
Une pomme s'échappe et tombe sur le sol carrelé de la cuisine. Alice la ramasse et vient à côté de Victor face à l'évier.
— Comme les pompes funèbres qui ont enterré Thierry, ânonne un Bellanger stupéfait.
— Exactement. Ça ne peut pas être une coïncidence.
— Quel intérêt d'attirer ainsi notre attention ? s'interroge Victor.
— Je ne sais pas. Il faut croire qu'ils n'ont pas peur, ni de nous, ni de la police.
— Ils jouent avec le feu. On va finir par les avoir, Alice, je te le promets.
— Tu me crois maintenant quand je te dis que Romain et mes sœurs sont en danger ?
— Je te crois. On peut juste vérifier un truc : Naïma doit avoir fait le tour des *coffee-shops* d'Amsterdam maintenant, non ?
Ils appellent la jeune femme qui a dû visiter plus

d'une cinquantaine de *coffee-shops* du centre historique, sans apercevoir Romain ni obtenir de réponse en montrant son portrait. Elle est épuisée. Ils ne tentent pas de la convaincre de rentrer, la jeune femme a encore besoin de s'accrocher à son espoir, il est trop tôt pour la faire revenir sur Paris. Alice raccroche et reste pensive devant le téléphone, Victor lui pose la main sur l'épaule :

— Elle est courageuse, cette gamine.

— Pas comme moi. C'est ce que tu veux dire, non ?

Alice a les yeux rougis et les mâchoires tremblantes.

— Tu es folle ? Bien sûr que non. Toi aussi, tu es courageuse.

— Moi, je reste ici bien au chaud alors que Romain a disparu… et que Thierry traîne dehors comme un zombi.

Victor laisse la pression retomber, la jeune femme est à cran, il faut qu'elle se calme, il ne pourra pas trouver les mots justes. Mais elle est si fragile et si triste qu'il ne contrôle pas son mouvement et pose sa grosse patte droite sur la joue de la jeune femme, recueillant une larme sur l'ongle de son pouce. Alice ne recule pas, elle laisse même aller son visage dans la main chaude de Victor. Qui gêné de tant d'intimité se sent obligé de demander.

— Il te manque ?

— Qui ça ?

— Thierry.

Elle reste pensive quelques instants. Victor sent sa bouche contre sa paume quand elle lui parle et en conçoit une émotion intense. Quelque chose se serre dans son estomac, une sensation douce et ancienne se réveille.

— Il me trompait.

— Ça n'empêche rien. Si tu l'aimais.

— Il faut croire que je ne l'aimais plus. Il ne me manque pas. Il me fait peur.

— Il doit souffrir.

— Je sais, mais ce n'est plus mon mari.

Victor a du mal à gérer ses émotions, pour tenter de reprendre le contrôle et ne pas se laisser aller à une attitude inconvenante avec une jeune femme dont le mari rôde peut-être seul dans le froid autour de la villa. Il recule sa main. Mais elle ne le laisse pas faire et attrape son avant-bras.

— Si tu retires ta main, je te gifle.

— Pardon.

— Ne t'excuse pas. Tu me fais du bien.

Il regarde le beau visage d'Alice baigné de larmes, il a envie de la serrer et de goûter le sel de ces gouttelettes. Il rapproche son visage, Alice se rapproche aussi et il la sent s'abandonner quand un fracas épouvantable se produit sur la véranda. Ils sursautent et Victor se précipite vers l'origine du bruit en ramassant le revolver.

Arrivé dans la véranda, il est rassuré et énervé : ce n'est rien d'autre qu'un gros bloc de neige qui vient de glisser le long du toit et de tomber sur la vitre du jardin d'hiver. Il sourit en se disant que les dieux devaient vouloir s'opposer à cette liaison illégitime. Il retourne dans la villa et constate que le charme est rompu, Alice a essuyé ses larmes et l'attend aux abois. Il la rassure, elle soupire.

— Décidément cette maison a décidé de me terroriser.

— On est trop sur les nerfs. Tu aurais les résultats des examens de Thierry à Mondor ?

— Je dois avoir ça pourquoi ?

— Le professeur Lafitte a parlé à Rochat de comportement à risque. Tu vois de quoi elle parle ?

— Pas du tout, mais je vais regarder. Prépare-nous à manger en attendant, Albator de cuisine.

Sur ce sourire, Alice remonte dans son bureau. Victor s'emploie à leur préparer un repas végétarien, même l'odeur de la viande dans la cuisine importunerait la jeune femme, alors il s'adapte, tout en pensant à un spectre encombrant qui rôde encore autant dans les esprits que sur les berges.

Une heure plus tard, le repas est prêt et Alice redescend en tenant une liasse de documents à en-tête de l'hôpital Mondor. Elle secoue les feuilles devant elle avec un air perplexe.

— Effectivement, il y a de quoi s'étonner.

— Qu'est-ce qu'il avait ?

— Cocaïne et stéroïdes. Vu les résidus repérés, il devait en consommer régulièrement et de grosses quantités. Au vu de ses antécédents familiaux, c'était du suicide…

— Tu ne t'en doutais pas ?

— Non. Mais il me trompait et je ne le savais pas non plus.

— Tu l'aurais remarqué. Ce sont des substances puissantes, et les drogués se trahissent tôt ou tard.

— Jusqu'à lire les résultats d'analyse, et encore parce que je suis de la partie, ça avait échappé à tout le monde.

— Bizarre, répond Bellanger, songeur.

— Tu crois qu'on les lui aurait administrées à son insu ?

— C'est possible, à petites doses régulières, il devait se sentir incroyablement en forme. Ce surcroît d'énergie est peut-être même la cause de son infidélité.

— Tu es bien un homme, à lui chercher ainsi des excuses…

Alice sourit avec un reste de mélancolie dans le regard.

Ils passent à table et essayent de penser à autre chose pendant le repas, Victor boit les deux bouteilles de vin, mais ils ne parviennent pas à retrouver la légèreté de la veille. Alice a peur, peur que la terre entière se soit liguée contre elle, peur de son impuissance.

Après le dîner Alice appelle les jumelles pour se rassurer et renouveler ses consignes de prudence à des jeunes filles qui ne montrent pas d'inquiétude particulière, malgré le ton angoissé de leur sœur aînée. Une fois le combiné raccroché, Alice se tourne vers Victor :

— Je voudrais partir pour Strasbourg, maintenant.

— La police les surveille, tente de la rassurer Victor.

— Tu parles, ils passent deux trois fois dans la nuit, sans même savoir pourquoi.

Victor lui concède que la protection des forces de police n'est sans doute pas infaillible, faute de réel sentiment d'urgence. Si la menace s'étend sur les jeunes femmes, la priorité est plus auprès d'elles à Strasbourg à les en préserver qu'à enquêter ici sur un laboratoire souterrain et des fantômes encombrants.

— Rochat ne va pas tarder à arriver. On fait un point avec lui et on avise.

— Je ne peux plus rester là sans rien faire.

— Je sais, Alice. Tu me suivras maintenant, tu ne peux plus attendre ici, en lisant, alors que ta famille est menacée.

Dans un silence pesant, ils attendent l'arrivée de leur visiteur du soir, en espérant qu'il soit le seul à venir cette nuit à la villa.

35

Élizabeth avait subi un sort encore pire que celui réservé à ses compagnons de jeux sexuels. Elle était étendue, nue et couverte de sang sur un épais tapis de broussailles. Sa bouche était grande ouverte et laissait dépasser les morceaux de chair sanguinolents des sexes tranchés de nos deux gardes. Je me précipitai sur elle, en criant. À ma grande surprise, elle était toujours en vie, nos agresseurs l'avaient violée, battue, humiliée, terrorisée et profanée jusqu'à ce qu'elle perde connaissance, mais elle n'était pas morte.

Ils ne lui avaient pas tranché la gorge, dans une ultime appréhension, après lui avoir fait subir l'équivalent de dix morts. Sans doute par peur des répercussions qu'aurait eues l'assassinat d'une Occidentale sur le calme de la région, ils ne lui avaient pas porté le coup de grâce. Mais je pense qu'Élizabeth aurait préféré cent fois mourir plutôt que d'endurer ce qu'elle avait subi au long de cet après-midi en enfer.

Je retirai les deux pénis enfoncés dans sa gorge, je nettoyai ses plaies au ventre et aux cuisses avec la petite trousse de secours que nous avions emportée. Elle ne réagissait pas, j'ôtai les bâtons que ces porcs lui avaient insérés dans les orifices, elle ne se réveillait toujours pas. Je stoppai l'hémorragie des plaies les plus profondes en les comprimant avec les tee-shirts de ses gardes morts, sans obtenir d'elle plus qu'un souffle de vie ténu. Je lavai à l'eau du lac les souillures de semence, de matières fécales et d'urine dont ils l'avaient couverte. Elle était dans le coma.

Je l'allongeai en position latérale de sécurité, la couvrai de ses vêtements, en veillant sur la moindre de ses faibles respirations. Le stress avait effacé ma peur et mon écœurement dans une salutaire poussée d'adrénaline.

Après avoir repris mes esprits et analysé la situation, j'ai pris la route pour aller au point de rencontre où nous devions retrouver la Jeep des soldats d'Allada, avant le coucher du soleil. Même si nos agresseurs traînaient encore aux abords du lac, je n'avais aucune chance seule contre ceux qui avaient commis ces horreurs. Notre seule chance, à Élizabeth et moi, résidait dans ma capacité à ramener des secours rapidement.

Je courus sur le chemin de terre qui nous avait menés jusqu'au lac. La terre, boueuse par endroits, ne révélait aucune trace du passage de véhicules motorisés. Les agresseurs n'étaient pas venus en voiture. Je culpabilisais, ce qui venait de se passer était la cause de ma curiosité et de mon acharnement. Les agresseurs ne pouvaient qu'être liés aux sectateurs de la forêt secrète de Vilokan, que j'avais provoqués par mon intrusion dans leurs terres.

J'en étais convaincue car ils n'en étaient pas à leur premier meurtre : les archives des forestiers coloniaux m'avaient révélé l'histoire du lieutenant de La Treille et de sa maison coloniale implantée dans la forêt.

J'avais prétexté des recherches à faire sur un sujet plus anodin et j'avais accompagné votre père dans une de ses visites à Cotonou. Les archives coloniales avaient conservé la mention de la construction de la demeure de Vilokan dans leurs registres. Bien que le lieu fût imprécis, le nom « de La Treille » était indiqué comme étant celui du maître d'œuvre, et la région d'Allada ne gardait pas trace d'une autre construction coloniale de ce type durant cette période. Tout ce que je pus trouver sur le lieutenant et sa maison, au prix de patientes recherches, furent les correspondances reçues par l'officier et restées sans réponse après son décès. Ces lettres, en provenance de sa famille et de sa hiérarchie militaire, m'apprirent les grandes lignes de son aventure.

Cette demeure que j'avais visitée était sa folie et sa perte. Le lieutenant de La Treille était un militaire exalté du début du siècle. Après la fuite des Allemands de leur colonie du Togo, il avait fait partie des troupes dépêchées pour assurer la sécurité du protectorat français du Dahomey. Il voulait se faire construire une demeure digne de son rang et de la puissance coloniale française retrouvée.

Par défi, il construisit la résidence là où tous lui avaient conseillé de ne pas s'aventurer, la forêt sacrée de Vilokan, que j'ai reconnue même si son nom n'apparaissait jamais dans les lettres. Mais de La Treille voulait montrer la force et la supériorité de ses convictions et de sa foi sur les superstitions et les hiérarchies informelles de la Côte des serpents. Il s'était entêté dans son projet, par arrogance et par excès de confiance dans son pouvoir. La correspondance faisait état de disparitions de personnel, de menaces, de nuits mouvementées, le lieutenant paraissait inquiéter sa famille par l'incohérence de ses propos. Sa foi catholique avait été ébranlée progressivement par ce qu'il avait découvert dans la forêt.

Féru de culture hellénique et latine, il avait parlé à plusieurs reprises à sa famille « des psychopompes qui régnaient en maîtres sur la forêt temple ». Ce terme avait éveillé ma curiosité, le psychopompe était, dans les mythes de la Grèce antique, le guide des âmes qui passaient vers l'au-delà. On retrouvait, dans presque toutes les mythologies, ces personnages souvent divins qui assuraient le passage vers la nuit et ses mystères. Passeurs bienveillants des âmes humaines. C'était la première fois que ce terme m'apparaissait dans ce contexte, loin d'Hadès, du Styx et de Cerbère.

Mais les psychopompes allaient prendre une part importante dans notre histoire. Voir apparaître ce terme était pour moi la première indication du culte qui devait être rendu dans la forêt sacrée secrète de Vilokan. Un culte des morts, que je devinais aussi lié à une pratique du voyage astral dont les narrations abondaient dans les mythes de la région d'Allada et qui devait sûrement prendre sa source chez les « psychopompes » de la forêt de Vilokan.

Pour de La Treille, la fin de l'histoire était sordide : les archives officielles de la justice du début du siècle faisaient état de la découverte de son cadavre dans les rues d'Allada, accompagné des cadavres de toute sa maisonnée. L'enquête n'avait rien donné, les soupçons avaient porté sur une troupe de nomades yorubas entre-temps repassée clandestinement dans les colonies anglaises voisines. Sa maison n'était mentionnée nulle part ailleurs dans les archives. La famille n'en avait pas voulu en héritage, elle avait été oubliée.

J'ai marché une bonne heure sur le chemin boueux avant de croiser la Jeep des militaires qui venaient nous récupérer. Ils m'ont suivie jusqu'au lieu du supplice, et ont pris en charge Élizabeth et les cadavres de nos gardes. Je lisais dans leurs regards, non pas l'étonnement de me voir survivre à ce carnage, mais de la colère de savoir que j'en étais la cause. Néanmoins, ils nous ont emmenées à Cotonou.

Élizabeth fut soignée à l'hôpital Behanzin, elle souffrait d'un traumatisme crânien qui allait lui causer un coma d'une semaine qui ne lui laisserait pas de séquelles, physiques du moins. Nicolas fut prévenu par le personnel de l'ambassade et il vint me retrouver au chevet d'Élizabeth. Nous avons décidé de partir pour la France dès qu'Élizabeth serait jugée transportable. Le colonel Adebarri nous a aussi rendu visite, il a pris mon témoignage – qui ne mentionnait pas la présence de Landri, car je ne pouvais me résoudre à l'associer à cette horreur et à causer sa perte. Pour moi, Landri ne pouvait pas être l'instigateur d'une telle abomination, j'étais convaincue qu'il l'avait subie lui aussi. J'avais l'amour entêté et naïf.

Le colonel eut l'élégance de ne pas insister sur ma responsabilité dans ce drame, il nous promit de faire tout son possible pour que ces barbares soient punis. Il insista pour que nous ne nous attardions pas plus que nécessaire à la ferme, que nous y récupérions nos affaires et les résultats de nos recherches et que nous partions pour la France au plus vite.

J'étais la mieux placée pour rassembler les travaux d'Élizabeth et pour emmener tout ce dont nous aurions besoin pour exposer nos résultats à notre retour à Paris. J'étais plus proche des travaux et de l'organisation d'Élizabeth. J'ai réussi à convaincre votre père de me laisser y retourner, sous escorte, et de le rejoindre à Cotonou dès que ce serait fait. Il resterait au chevet d'Élizabeth et veillerait à ce qu'elle soit convenablement soignée dans le très folklorique hôpital Behanzin de Cotonou, où on ne pouvait la laisser seule, il avait les compétences médicales et diplomatiques pour cela.

Ma décision était prise, sans risquer la vie de qui que ce soit, hormis la mienne, je ne voulais pas partir du Dahomey sans avoir percé le secret de Landri et de sa forêt. J'avais l'intention de fausser compagnie à mon escorte et de passer quelques nuits dans la forêt.

Qu'ils me tuent ne me faisait pas peur, l'ignorance

et le renoncement étaient pour moi des condamnations bien plus dures.

Me débarrasser de mes quatre gardes s'avéra bien plus difficile que je ne l'avais pensé. Le colonel leur avait laissé des consignes très strictes et il avait choisi des hommes durs et inflexibles. Ils ne me lâchaient pas d'un pas, la mitrailleuse en bandoulière et l'uniforme complet. Ils étaient très loin des jeunes hommes rieurs qu'Élizabeth manipulait à sa guise, mes sourires et mes poses charmeuses restaient sans effet sur leur concentration et nos relations étaient glaciales. Ils ne me quittaient pas, jour et nuit, j'avais même les pires difficultés à obtenir un minimum d'intimité.

Je prenais mon mal en patience et m'attelais à préparer notre départ, nos travaux sur la pharmacopée primitive justifiaient ces efforts, s'ils avaient pour moi moins d'importance que Landri et ses secrets, ils ne devaient pas être abandonnés pour autant. Et c'est de ces travaux que la solution m'est apparue.

Dans les plantes dont nous avions prélevé des échantillons séchés pour les ramener en France, se trouvaient quelques fleurs d'une espèce rare de Passiflora Kermesina à forte teneur en alcaloïdes dont les propriétés sédatives étaient bien plus fortes que celles des espèces communes en Europe. J'en préparai une infusion très concentrée et la mélangeai à une bouteille de sodabi. Le goût de cola de cet alcool était tellement fort que celui de ma passiflore ne se remarquait pas. J'avais déjà essayé l'alcool de sodabi pour atténuer la vigilance de mes gardes, ils n'avaient pas refusé de boire, mais n'avaient jamais montré de signes d'ivresse ou d'endormissement, ils étaient trop solides pour cela. Mais avec l'adjonction de la passiflore, j'avais bon espoir de les endormir.

À la tombée de la nuit, je leur amenai ma bou-

teille en les prévenant que c'était la dernière de nos réserves. Ils l'accueillirent avec liesse, mais me remercièrent sans chaleur, comme une serveuse. Je m'enfermai dans le laboratoire. Ils s'étaient postés devant la porte de sortie de la ferme et ils avaient condamné, pour ma sécurité, avec des planches et des clous, toutes les fenêtres de l'autre côté de la vieille bâtisse.

Je préparai mon sac, pris quelques provisions. Je surveillais leur consommation de sodabi avec impatience. Je prétendais avoir beaucoup de travail et ne pas pouvoir me coucher avant de très longues heures. L'opacité pour eux des travaux que j'effectuais me permettait au moins cette marge de mensonge.

Ma patience fut récompensée : au milieu de la nuit, quand seuls deux gardes veillaient devant la porte, je constatai les signes d'un endormissement progressif chez les deux hommes. La nuit était douce et calme, avec l'aide du sodabi et de la passiflore, le bruissement du vent dans les broussailles régulier et paisible les enfonçait peu à peu dans un sommeil profond.

Quand je ne les ai plus vus remuer pendant un laps de temps suffisamment long pour témoigner d'un endormissement complet, j'ai ouvert la fenêtre et je me suis glissée dans la nuit avec mon sac à dos. Ils n'ont pas bougé d'un centimètre, mon astuce avait fonctionné, j'étais libre.

Libre de me jeter la tête la première dans la gueule du serpent.

Je n'allumai pas ma lampe de peur que son halo ne me fasse repérer par des rôdeurs ou par mes gardes partis à ma recherche. Je me suis orientée aux étoiles, vers le nord-ouest, où je savais se trouver, à une dizaine de kilomètres, le territoire de Vilokan, objet de mon obsession.

Marcher de nuit, seule dans la brousse est une expérience réservée à des randonneurs expérimentés, ce que je n'étais pas. Cette nuit a été épuisante, stressante mais, au bout de mes forces, quand le jour s'est levé, j'avais parcouru suffisamment de kilomètres, loin de toute route ou chemin, pour me tenir hors de portée de ceux qui allaient partir à ma recherche.

Il me fallut encore quelques heures pour retrouver les Cornes de Vilokan, j'avais parcouru un circuit ondulant dans la brousse, mais je ne me suis pas découragée et, au petit jour, j'ai pu reprendre des repères topographiques tangibles pour réorienter mon parcours dans la bonne direction.

Sous le soleil éclatant d'un midi tropical, je me tenais entre les cornes rocheuses rouges encadrant l'orée de cette forêt pour laquelle je prenais ces risques insensés. Et j'y pénétrai de nouveau, frissonnante à l'idée de percer enfin les secrets qu'elle recelait.

Je retrouvai, passés quelques pas, le calme minéral de cette forêt et son étonnante fraîcheur. J'ai traversé à pas rapides les premières centaines de mètres où elle n'était qu'une magnifique forêt d'irokos pour arriver à la nef de cette cathédrale verte. Les baobabs séculaires firent leur apparition, les espèces rares et inconnues de fleurs, d'insectes et d'oiseaux aussi.

Je ne retrouvai pas la maison du lieutenant de La Treille, j'avais dû la dépasser sans la voir tant sous-bois et canopée étaient épais. Mais je ne m'en souciai guère, le destin tragique du lieutenant n'était pas ce qui m'intéressait à Vilokan.

Je passai deux journées et deux nuits à sillonner la forêt ; il m'en aurait fallu bien plus pour en épuiser la beauté et les mystères. J'étais très loin de me préoccuper de votre père et des recherches qui devaient avoir débuté pour me retrouver. Je profitai de ces moments de grâce, la seule ombre dans mon bonheur extatique était une impression diffuse de surveillance.

Cette sensation ne m'étonnait pas, j'étais sur le territoire des sectateurs de Vilokan, j'avais ignoré leurs mises en garde et je profanais leur temple de ma présence impie. Tôt ou tard je savais qu'ils se montreraient, j'espérais pouvoir les convaincre de ma discrétion et de mon respect pour leurs pratiques et leur garantir mon silence sur leur existence. J'avais bien conscience, après l'incident du lac, qu'ils me tueraient si je n'y parvenais pas, mais tout en moi hurlait que je devais essayer.

La forêt était constellée de bassins et de petits cours d'eau, je ne voyais aucun signe de présence animale, l'absence de singes dans une forêt de ce type était tout sauf naturelle, ils auraient dû y abonder. Dieu merci je ne voyais pas non plus de traces de panthère, l'absence de gibier expliquant sans doute celle de prédateurs. La faune et la flore de cette forêt ne répondaient à aucun des écosystèmes connus de la région.

Une rencontre a fait basculer mon séjour sous la frondaison accueillante de la cathédrale verte. Dans un des petits cours d'eau qui sillonnaient le cœur de la forêt, je remarquai en me désaltérant dans ses eaux limpides un grouillement animal. Le petit ruisseau était parcouru par des centaines de serpents translucides, longs de quelques centimètres, ils se confondaient avec l'eau du ruisseau, pure et transparente. Tous ces serpents suivaient le cours d'eau en ondulant frénétiquement. Stupéfaite par la découverte de ces créatures, je me suis mise à suivre le cours du ruisseau moi aussi.

J'ai suivi ce filet d'eau large d'un mètre et profond d'une main jusqu'à ce qu'il disparaisse sous terre. J'ai fait une centaine de mètres dans la direction de son flux sans retrouver de résurgence de son cours. J'ai fouillé l'épais fourré où le ruisseau disparaissait. J'y ai trouvé une ouverture d'un mètre de diamètre, parfaitement ronde dans laquelle chutaient le ruisseau et ses serpents translucides. L'ouverture n'était pas naturelle, sa circonférence parfaite indiquait ses origines humaines. Le ruisseau tombait dans un souterrain construit par l'homme, par les sectateurs de Vilokan.

Je n'étais plus à une inconscience près, je me suis rapprochée du trou et j'ai écouté la chute de l'eau. Il y avait un bassin en dessous, j'ai fait une tentative avec un morceau de rocher ramassé le long du ruisseau que j'ai laissé tomber par l'ouverture. Après deux secondes j'ai entendu un « plouf » retentissant, la chute était longue, il me serait peut-être impossible de remonter, mais le saut m'a semblé viable.

J'ai éclairé l'intérieur du souterrain avec ma lampe torche et me suis penchée autant que possible pour avoir un aperçu de là où je projetais de me lancer. La grotte était vaste, ses parois lisses attestaient son origine humaine, mais rien n'indiquait un moyen de remonter. Mais je n'avais pas poussé aussi loin l'inconscience pour reculer.

Je pris une inspiration, bloquai mon souffle et me laissai tomber au milieu des petits serpents dans l'ouverture souterraine. Ma chute fut brève et sans surprise : j'atterris dans un vaste bassin souterrain dont mes pieds n'avaient même pas touché le fond. La mauvaise surprise pour moi fut que l'eau grouillait de ces petits reptiles. Je baignais dans des eaux vivantes, vipérines, grouillantes. Partout sur mon corps, je sentais le contact des écailles froides des serpents translucides.

Écœurée, j'ai gagné le bord du bassin, aucun ne m'avait mordue malgré mon intrusion brutale dans leur milieu. Ces minuscules couleuvres devaient être complètement inoffensives. Je secouai ma lampe pour en chasser l'eau et pouvoir éclairer la grotte. Un petit faisceau de lumière provenait de l'ouverture par laquelle j'étais entrée, mais il ne suffisait pas pour me dévoiler ses contours.

La lampe me révéla un mur couvert de torchis blan-

châtre, le sol était régulier, fait de grandes dalles plates. J'étais rassurée, une telle facture humaine devait comporter une issue, il ne me restait qu'à la trouver. Ma lampe éclairait paroi par paroi sans que je distingue une porte ou une cavité, je commençais à m'impatienter et à m'inquiéter quand j'ai croisé un regard pétrifiant.

Les yeux jaunes aux pupilles verticales d'un immense python royal.

Heureusement pour moi, ce regard aux yeux gros comme un globe terrestre était celui d'une peinture. L'immense python était peint sur la paroi et ses anneaux s'étendaient le long du mur. Instinctivement, je suivis la courbe ondulante aux couleurs dorées de sa queue, et je trouvai, à son extrémité, une ouverture étroite ouverte dans le flanc de la grotte.

J'entrai dans ce boyau descendant et humide. Je dus marcher sur une centaine de mètres avant d'aboutir à une passerelle offrant une vue plongeante sur un temple aux dimensions impressionnantes.

Je venais de trouver le lieu de culte d'une véritable cité souterraine.

Quelques années plus tard, des travaux de voirie conduits par des Danois dans la ville de Bohicon, deux cents kilomètres plus au Nord, en découvriraient une autre, plus vaste mais plus récente : la cité souterraine d'Agongointo, que des touristes du monde entier visitent aujourd'hui. Ces deux villes souterraines étaient les premiers foyers d'habitation du Dahomey et de toute l'Afrique occidentale. Celle de Bohicon avait été utilisée comme piège lors des guerres qui ont agité la région au XVIe siècle, puis a été abandonnée et oubliée depuis, jusqu'au coup de pelle chanceux des goudronneurs danois.

Mais la ville souterraine de Vilokan, elle, était toujours habitée depuis sa création des siècles aupara-

vant, par la même communauté de fidèles qui veillaient jalousement sur le secret de leur existence et sur leur forêt cathédrale.

Mais à ce moment-là, ce qui me fascinait, c'était la cérémonie extraordinaire qui se déroulait dans le temple.

36

Victor allume son scanner et s'installe sous la véranda. Alice est montée fouiller dans les affaires laissées par son mari à la recherche de traces de sa consommation de cocaïne et de stéroïdes. Resté seul en bas, il regarde la neige de cet hiver omniprésent s'amonceler sur le toit vitré. Les voix du scanner ne lui apportent aucune information qui titille sa curiosité, rien qui évoque la présence d'un vagabond à demi nu errant sur les bords de Marne. Le bourdonnement régulier de l'appareil finit même par le bercer. Pour éviter de sombrer dans le sommeil, il monte rejoindre Alice.

Il la trouve assise au milieu d'un amoncellement improbable de papiers et de vêtements, la jeune femme décortique avec méthode et acharnement les moindres traces de sa vie de couple avec Thierry. Pas un recoin de la chambre n'est épargné par le désordre, la porte du dressing est ouverte et révèle un capharnaüm épique de tissus en vrac et de boîtes à chaussures éparpillées aux quatre vents.

Victor sourit devant l'étendue du carnage et siffle admirativement.

— Il est temps que je te sorte de là. La villa ne résistera pas à une journée de plus de ce traitement.

— Je suis un peu nerveuse.

— Il va falloir que tu dormes dans une chambre d'ami.

— Heureusement, je n'en manque pas.

Avec un sourire entendu signifiant, je ne serai pas « obligée » de partager la tienne.

— Tu as trouvé quelque chose ?

— Pour la drogue, non. Rien du tout. Par contre, si j'avais regardé ça avant, j'aurais découvert qu'il me trompait.

— Il a laissé des traces de son infidélité ?

— Par poignées, il y a tout ce qu'il faut. Des lettres, des notes d'hôtel, des relevés de banque accablants. Comment j'ai pu être aussi conne ?

— Tu avais confiance, c'est tout. Mais ça veut bien dire qu'il n'était pas très doué pour la dissimulation…

Victor s'assoit à côté d'elle sur un des derniers espaces laissés libres du foutoir qu'elle a semé et lui passe un bras qu'il veut réconfortant autour des épaules, Alice se tourne vers lui et le dévisage.

— Toi, tu n'es pas un menteur ? Hein ? Tu ne me trahiras pas comme ça ?

— Jamais, je te le jure.

Alice sourit et se détend, Victor s'apprête à continuer de la rassurer sur sa détermination à l'accompagner jusqu'au bout de l'épreuve, quand on frappe vigoureusement à la porte d'entrée.

— Il n'a pas vu l'interphone, peste la jeune femme.

— Ça doit être Paul, il n'aime pas les intermédiaires.

— Ni la courtoisie, on dirait.

Alice sort une boîte de cigares et une bouteille de cognac, ils s'installent dans le salon. Paul a des regards amusés vers Victor qui lui signifient qu'il comprend mieux son investissement sur cette affaire maintenant qu'il voit la maison et la jeune femme qui l'occupe. Mais il est suffisamment délicat pour ne pas formaliser verbalement ces moqueries.

Victor fait une infidélité à ses gitanes le temps d'un havane, imité par Paul et par Alice qui adopte avec une sensualité assumée cette habitude virile. Ils échangent les politesses d'usage, le temps pour Paul de se réchauffer suffisamment avant d'aborder les sujets sensibles. Victor commence en résumant ce qu'il pense être l'explication de la résurrection du mari d'Alice.

— On a provoqué son AVC avec des stéroïdes et de la coke. On l'a plongé dans le coma puis on l'a fait passer pour mort avant de le récupérer, avec la complicité des pompes funèbres, et de l'utiliser pour terroriser Alice. Il est vivant et prisonnier.

— Quand il m'a agressée, il était seul.

— Je crois qu'ils sont capables de manipuler les personnes dans le coma, jusqu'à leur faire croire n'importe quoi, ce que j'ai vu chez Lucius est assez éloquent sur ce point.

— D'après Lafitte, votre mari avait le cerveau très atteint, il n'a sans doute plus toutes ses facultés. Et il est sans doute devenu facile à manipuler, tempère Rochat.

— Ce n'est plus mon mari, soupire Alice.

— Je comprends ce que vous ressentez, mais techniquement cela reste Thierry Jourdan. Il est gravement perturbé, mais c'est lui.

Alice ne répond pas, Victor sait qu'elle ne peut accepter de reconnaître ce fantôme comme étant son mari. Paul ne la convaincra pas. Pour mettre un terme à cette situation gênante, il relance sur Lafitte :

— Tu crois qu'elle est complice, Lafitte ? Quand même, signer un acte de décès pour quelqu'un d'encore vivant… Ça la fout mal pour un neurochirurgien réputé.

— Elle est débordée, Lancerne est experte en manipulation et elle lui faisait confiance.

— S'il y a des personnes capables de faire passer les vivants pour des morts, je suis sûr qu'on les trouve à l'Institut Lucius, acquiesce Bellanger avec une moue désabusée. Tu crois que Lancerne agit pour l'Institut ?

— Je dirais que Lancerne travaille désormais seule. Elle a quitté Lucius il y a deux mois, et elle a l'air en disgrâce chez les services secrets militaires.

— Il faut trouver un moyen de lui parler, enrage Victor qui a l'impression de tourner autour du pot.

— Je me suis renseigné auprès de l'équipe qui la surveille. Ça ne va pas être facile, elle est gravement malade. Elle n'est plus sortie de chez elle, ni reçu de visiteurs depuis plus d'un mois. Ses jours seraient comptés.

— De quoi souffre-t-elle ? intervient Alice qui sort de sa torpeur.

— Dégénérescence cellulaire cérébrale.

— Alzheimer ? suggère Victor.

— Non, une autre forme inconnue de maladie neurodégénérative. Il n'est pas impossible que ce soit lié à des expérimentations hasardeuses sur sa propre personne. Elle ne peut presque plus bouger. Pas la coupable idéale pour un juge. Et il va nous falloir un peu plus que des supputations pour amener dans un commissariat une ancienne directrice de laboratoire militaire « secret défense » sur le point de mourir.

Victor ressasse silencieusement sa colère, l'envie de partir pour les Vosges et y forcer la porte de Lancerne le tenaille. Malade ou pas, il la secouerait volontiers pour lui faire cracher ce qu'elle sait et ce qu'elle a fait. Mais Paul ne le suivra pas sur cette voie. Devant son mutisme, Alice le remplace pour la suite des échanges.

— Pour Romain, que pouvons-nous faire ?

— Je vais lancer une recherche dans l'intérêt des familles. Je vous ai amené deux documents à signer pour lancer la procédure. On nous le signalera à toute sortie du territoire ou contrôle d'identité. Mais s'il a été enlevé, ça ne servira à rien.

— La société de production où il a passé un casting a le même nom que les croque-morts de Thiais, précise Victor pour l'information du commandant.

— Ceux-là, ils se sont bien payé ma tête, ce matin. Mais j'y retourne demain avec un mandat de perquisition, j'ai exhumé une vieille histoire de trafic d'organes et je les ai associés à un complément d'enquête.

Pendant que Paul fait signer les documents pour la recherche dans l'intérêt des familles à Alice et les remet dans sa pochette en cuir, Victor se ressert un verre de cognac qu'il boit cul sec avant de laisser exprimer sa frustration.

— Le coup du nom identique, c'est un message qu'ils nous envoient. Qu'est-ce qu'ils veulent nous dire, ces malades ?

— C'est là tout notre problème, on a une idée de ce qu'il s'est passé, sans un début d'élément matériel pour le prouver. Mais surtout, je ne vois pas du tout ce qu'ils vous veulent. Sans mobile, un crime est difficile à comprendre. Ils ne sont pas fous, mais je ne vois pas pourquoi ils s'acharnent sur votre famille.

Le regard de Paul se pose sur Alice et se fait lourdement interrogatif. La jeune femme secoue la tête tristement en signe d'incompréhension et Victor vole à son secours.

— C'est lié à la mort de ses parents. Il y a un compte à régler pour Lancerne, j'en suis certain.

Paul n'a pas l'air convaincu, il grimace en soufflant un épais nuage havanisé :

— S'il y a quelque chose de suspect dans la mort des parents d'Alice, c'est Lancerne qui serait la coupable la plus plausible : il n'y avait qu'elle sur les lieux de l'accident. Alors, pourquoi s'acharner sur les enfants de ses victimes ? Plus de vingt ans après et d'une manière aussi tordue !

— Si on découvre ça, on aura tout compris, conclut pensivement Victor.

Paul termine son verre avec une gourmandise apparente, Victor lui en veut un peu de paraître prendre du plaisir à cette enquête qui, pour Alice et lui, est une douleur continue. Mais il ne peut lui reprocher de les aider avec entrain.

— Qu'est-ce que vous allez faire maintenant ?

— On va partir protéger les jumelles, répond Alice.

— Vous avez sans doute raison, on n'a aucune raison de penser qu'ils comptent s'arrêter à votre mari et votre frère.

Il écrit quelques mots sur un bloc, et tend la feuille à Victor.

— Tiens, c'est les coordonnées d'un commissaire du SRPJ 67[1], je le connais bien, n'hésitez pas si vous avez besoin d'aide à vous recommander de moi… De mon côté, je vais voir ce que je peux obtenir comme info sur la mort de vos parents. Si les services secrets

1. En province, Service régional de la police judiciaire

ont joué un rôle dans l'histoire ça risque d'être coton, mais le procureur qui a ordonné la fermeture du dossier est toujours vivant… et donc potentiellement interrogeable.

Victor raccompagne Paul jusqu'à la porte de la villa. En le saluant, Paul jette un œil par-dessus son épaule pour voir où se trouve Alice et lui demande à mi-voix :

— Tu es sûr qu'elle ne nous cache rien, ta belle blonde ?

— Aussi sûr que de moi-même, Paul. Alice est une victime et elle ne nous cache rien.

Le ton de la réponse de Victor a été un peu plus désagréable qu'il ne l'aurait voulu. Après tout, la question de Paul est légitime. Il sourit pour rattraper sa sécheresse, mais il voit bien que Paul est plus amusé qu'autre chose et ne s'offusque pas de sa réponse agacée.

— Veille bien sur elle, alors. Elle est très belle, ta princesse en danger.

Il s'en va rejoindre son coupé Mercedes. Victor regarde la neige qui s'affale avec mollesse dans la rue et retrouve Alice dans la cuisine. Elle l'interroge avec acidité.

— Tu en es sûr, de ton vieux beau ?

— C'est un ami de longue date, et un homme honnête, regimbe Victor.

— J'espère qu'il n'a pas juste envie de se faire mousser auprès de ses amis des services secrets.

La nervosité de la jeune femme est palpable. Fatigué par la paranoïa générale, et agacé par l'ingratitude d'Alice, Victor monte se coucher sans savoir quoi lui répondre, ni avoir l'énergie pour le chercher.

37

Orphée se délecte des visages écœurés des passagers du tramway. L'odeur du nécrophage fait des ravages dans les estomacs strasbourgeois matinaux. Son odeur de charogne putréfiée a vidé la rame de la moitié de ses occupants, l'autre moitié s'est tassée à l'opposé des deux hommes, avec des regards courroucés, attendant patiemment l'arrêt suivant pour descendre en masse du wagon.

Laveau se tient droit, inflexible, et indifférent à cette agitation, les êtres humains ne l'intéressent que lorsqu'il peut les faire souffrir. Se soucie-t-on des fourmis qu'on écrase en marchant en forêt ?

Ils ont garé leur camionnette sur un parking éloigné du centre-ville, le cœur historique de la capitale alsacienne est piétonnier et leur plan implique l'utilisation d'autres moyens de locomotion. Leur première nuit dans la ville a été fructueuse, ils ont trouvé ce qu'il leur fallait pour pouvoir passer à l'action dès le lendemain soir. Le repérage qu'ils avaient effectué le mois précédent portera ses fruits si les deux jeunes femmes n'ont pas changé leurs habitudes.

Les portes s'ouvrent et les passagers soulagés se

précipitent dans le froid de la place Kléber, en remontant le col de leur manteau, mais en tendant le cou, pressés d'inspirer l'air glacial à pleins poumons. Les deux complices descendent à leur tour, l'appartement des jumelles est à une centaine de mètres de là et ils vont veiller sur elles avec gourmandise jusqu'à l'heure de leur machination.

Ils traversent la place battue par les vents qui soulèvent des colonnes de neige poudreuse dans un ballet qui contraint les piétons qui les défient à d'incessants détours sur l'immense champ blanc qui ne leur offre aucun abri. Ils bifurquent dans la rue des Grandes-Arcades et, entre deux magasins de vêtements pour jeunes citadins, ouvrent la porte de leur appartement. Ils ont loué ce loft où se trouvaient les réserves et les bureaux d'une brasserie voisine transformée en magasin de téléphonie.

Orphée ouvre le sac de voyage qu'il porte en bandoulière depuis la camionnette, il en sort ses armes, son matériel de surveillance et les pose sur le bar séparant la cuisine d'un vaste salon nouvellement rénové et orné de mobilier coûteux, choisi et installé par un décorateur parisien lors de leur dernière venue. Canapés blancs, moquette épaisse couleur crème, lithographies colorées, le tout, baigné par la lumière tamisée des baies vitrées, transpire un luxe ostentatoire qui devrait convenir pour attirer de jeunes mouches obnubilées par la brillance et la facilité.

Le nécrophage traverse le salon, sa présence au milieu des profonds canapés de cuir pleine peau et des luminaires high-tech est incongrue. Orphée se note qu'il devra aérer la pièce et y diffuser du désodorisant une fois que leur piège sera prêt.

Laveau se tient devant une grande glace qui couvre

entièrement le mur sud du loft, en augmentant sa superficie. Il pousse sur un loquet dissimulé dans un mur latéral et provoque l'ouverture d'une partie du miroir qui se détache du mur en avançant de quelques centimètres. Il fait coulisser ce panneau et révèle une petite pièce obscure équipée d'écrans de contrôle et de deux tiroirs métalliques similaires à ceux de la morgue.

Le nécrophage déclenche la réfrigération des deux caissons et en observe le fonctionnement avec un air satisfait. Orphée lui amène des armes qu'il pose sur la table des moniteurs vidéo. Il jette un œil sur les écrans où apparaissent toutes les pièces du loft et son couloir d'entrée.

— Ça ira ? Tu pourras rester enfermé ici le temps nécessaire ?

Le nécrophage le dévisage avec un air surpris et méprisant, Orphée se rend compte de la vacuité polie de sa question et n'insiste pas. Il sait qu'il ne sert à rien d'entretenir l'illusion d'une quelconque conversation normale avec Laveau. Il lui adresse un sourire compréhensif et lui montre la cuisine du doigt.

— Tu vas t'occuper du champagne ? Prépare aussi les autres boissons, on ne sait jamais.

— J'ai préparé assez de paralysant pour toutes les boissons et la nourriture de ce lupanar, ne t'inquiète pas.

Orphée ne s'inquiète pas : bien que « baroque », son complice est d'une efficacité redoutable et d'une détermination totale. Il se dirige vers les baies vitrées et regarde l'appartement en vis-à-vis. Une lumière vient de s'y allumer.

Leurs proies se réveillent et entament les préparatifs de leur journée, il compte bien faire en sorte que ce soit la dernière. Cet ultime sacrifice est indispensable.

S'il veut qu'on lui ouvre les portes noires, les cruautés commises ici-bas n'ont pas d'importance. C'est un jeu, un jeu idiot, tant pis pour ceux et celles qui n'en ont pas conscience. Tôt ou tard, il faudra bien qu'on leur ouvre les yeux.

Dans la cuisine, le nécrophage se livre à l'exercice laborieux et difficile d'introduire des substances étrangères dans une bouteille de champagne. Il s'est muni d'une seringue dotée d'une aiguille de titane et l'introduit dans le bouchon au prix d'efforts intenses. Il y parvient, retire cinq centilitres de Mumm millésimé et injecte la même quantité de sa préparation dans la bouteille. Les autres boissons et victuailles lui posent moins de problèmes. Lorsqu'il a terminé, les jeunes femmes sont toujours chez elles, se préparant pour leur journée. Orphée tend une cagoule à Laveau.

— Couvre ta tête d'épouvantail et place-toi en bas pour les suivre. J'aère les lieux et je t'appelle quand j'ai fini.

Le nécrophage obtempère et sort du loft, Orphée branche la climatisation et vaporise un désodorisant. Leurs deux complices vont arriver, et il ne faut pas qu'ils sentent ou voient le nécrophage, sa présence dérangeante pourrait compromettre tout l'édifice. Il regarde dans la rue, le nécrophage s'est installé derrière un des piliers des arcades et attend les jeunes femmes, il a l'air d'un clochard en maraude, un élément du décor urbain insipide et transparent.

Iris tambourine sur la porte de la salle de bains. Elles ont chacune la leur, mais elle attend sa sœur pour partir et celle-ci est en train de les mettre en retard. Lou a passé la majeure partie de la nuit sur des dossiers de droit communautaire et a eu beaucoup de mal à se lever ce matin. Elles vont être en retard au Parlement européen, où elles travaillent en stage pour le cabinet d'élus français, membres de la Commission économique qui passent leur temps entre Strasbourg, Paris et Bruxelles.

Arriver en retard le jour de l'ouverture de la session parlementaire ne serait pas du meilleur effet. On le leur pardonnerait volontiers – on pardonne tout à leur blondeur angélique –, mais elle ne le veut pas.

Iris s'obstine à ne jamais jouer de ses charmes ni à solliciter la moindre indulgence. Elle veut réussir pour ses qualités propres et pas grâce à la beauté de ses 23 ans. Elle veut être plus irréprochable que le premier des énarques et reste froide et sous contrôle toute la journée. Sa sœur est plus souple, plus souriante et ne rechigne pas à user de ses yeux rieurs pour obtenir avantages ou bienveillances. Elle sait que son insouciance a le don d'exaspérer sa jumelle, comme ce matin où elle sifflote devant sa glace alors qu'Iris est déjà en tailleur et piétine dans le couloir de leur appartement bourgeois.

— Tu te dépêches, Lou ! On va finir par arriver en retard !

— Je préfère arriver cinq minutes plus tard avec des cils parfaits qu'à l'heure et mal fagotée. Pars, je te rejoins.

— Tu sais bien qu'il fait trop froid aujourd'hui. On y va ensemble, en voiture.

Iris peste et trépigne, sa sœur sait pertinemment qu'elle n'ira pas en tramway aujourd'hui et qu'elle a besoin de Lou pour la conduire, puisqu'elle a encore raté son permis de conduire le mois dernier. Elle lève le poing pour recommencer ses protestations matraquées sur la porte quand celle-ci s'ouvre et que Lou lui décroche son plus beau sourire.

— Te casse pas un ongle, sœurette : on y va. On sera à l'heure si ça roule normalement.

Elle lui rend son sourire, Lou jouait juste à l'exaspérer, comme d'habitude. Elles rassemblent leurs affaires, bouclent leur porte-documents et quittent l'appartement. Avec une grimace d'appréhension pour le froid qui règne dans les rues de la capitale alsacienne, elles ouvrent les lourdes portes de bois de l'immeuble et se lancent vers la rue enneigée. Elles marquent un temps d'arrêt sous le couvert des arcades. Iris reprend sa marche, mais se rend compte que sa sœur reste en arrière.

— Qu'est-ce que tu fiches ? Tu as déjà assez traîné ce matin.

— Deux secondes, miss Cœur-de-pierre.

Lou ouvre son sac et prend quelques pièces dans son sac à main et les tend à un pauvre hère qui est appuyé sur une des colonnes. Le clochard est assez pitoyable, grand, décharné, il a la peau d'une pâleur maladive et le regard mort, sans vie. Son imperméable noir est couvert de souillures et son bonnet élimé couvre à grand-peine son crâne osseux. Mais le pire reste son odeur, même dans la rue battue par un vent tourbillonnant elle est étouffante, omniprésente, plus malsaine que l'odeur de crasse et d'urine malheureusement habituelle chez les sans-abri.

Le vagabond accepte les pièces et regarde Lou avec un sourire mielleux qui met les jeunes femmes mal à l'aise. Elles sont heureuses de ne pas l'avoir croisé en pleine nuit et espèrent qu'il ne sera plus là, ce soir, quand elles rentreront. Pour exorciser cette impression, Iris plaisante :

— À son sourire, je crois qu'il aurait préféré un baiser.

— Je sais qu'on n'a pas eu le temps d'être volontaires aux *Restos du cœur* cette année, mais là, tu m'en demandes trop.

— C'est vrai qu'il sentait affreusement mauvais.

— Ne juge pas les gens pour ça, sœurette : il n'a pas le choix, lui.

Les deux jeunes femmes s'engouffrent dans l'entrée du parking Kléber où elles garent leur Fiat 500. Avec un air gourmand, savourant par avance ce qu'il leur réserve, le nécrophage regarde s'éloigner les deux silhouettes, une mauve, une grise, mais il est décontenancé de ne pas les voir se diriger vers la station de tramway. Il jette les pièces de monnaie au fond de sa poche, il a une idée de leur emploi possible. Il prend son téléphone pour prévenir Orphée du changement. Celui-ci ne semble pas préoccupé par cet imprévu et donne ses consignes au nécrophage.

— Ça ne change rien, prends la Porsche et suis-les jusqu'au Parlement. Ce midi, appelle-moi quand tu sauras où elles déjeunent.

Cinq heures plus tard, Orphée pousse les portes de la brasserie *Winstub Ottman* sur les quais verdoyants de l'Ill, à quelques centaines de mètres du Parlement européen. La brasserie est bondée, toutes les tables sont prises d'assaut par le personnel de la Communauté européenne. Les deux jeunes femmes patientent au bar devant des verres de jus de fruit décorés avec une emphase tropicale. Le brouhaha de la salle envahit tout l'espace jusqu'au bar, où les clients qui attendent sont nombreux.

Fendant la foule avec autorité, Orphée vient se placer à côté des jumelles. Dans le tumulte, il ne parvient pas à discerner leur conversation, elles ont des voix fluettes.

L'odeur du munster et des wadëles braisés au pinot noir est si forte que même le nécrophage pourrait passer inaperçu. Orphée s'en amuse, mais il doit remplir sa mission. Il se tourne vers les jeunes femmes et s'immisce avec une impolitesse assumée dans leur conversation en venant se poster entre elles, sans considération pour la conversation qu'il interrompt.

— Je peux vous offrir un verre ?

Les jeunes femmes regardent avec effarement l'intrus vêtu de rouge de la tête aux pieds, qui s'impose avec une outrecuidance rare dans ce quartier de la ville, fréquenté par des diplomates et des politiques aux mœurs très policées. Orphée les dévisage avec son sourire le plus béat.

— Je vous remercie, mais nous avons déjà ce qu'il nous faut, répond Iris avec gentillesse alors qu'elle aurait pourtant envie d'envoyer paître ce cuistre qui doit avoir deux fois leur âge et s'habille comme pour carnaval.

Orphée ne se laisse pas repousser et insiste en plongeant ses yeux dans le décolleté de Lou, qui tourne le buste pour éviter de regretter d'avoir opté pour ce soutien-gorge pigeonnant qui offre une vue imprenable sur ses appas à ce cuistre rougeoyant.

— Je voudrais que nous partagions autre chose que des jus de fruit, souffle Orphée en passant une langue gourmande sur ses lèvres épaisses.

Iris se résigne à devoir causer un esclandre dans ce restaurant qu'elles fréquentent régulièrement, mais ce lourdaud ne leur laisse pas le choix. Elle prépare une saillie cinglante, quand deux hommes s'interposent avec autorité entre le petit homme rouge et les deux jeunes femmes en repoussant de l'épaule l'importun.

— Bonjour, charmantes voisines !

Les jumelles regardent avec étonnement et soulagement les deux chevaliers servants qui viennent de terrasser le petit dragon rouge. Deux très beaux gosses, un peu trop beaux, peut-être, pour être des attachés parlementaires, mais ce défaut est loin d'être rédhibitoire pour les jeunes femmes. Elles apprennent avec amusement qu'ils habitent en face de chez elles et qu'ils les ont reconnues, ils n'osaient pas les aborder, mais quand ils les ont vues importunées par ce drôle de type, ils se sont dit que ce serait peut-être le moment de faire connaissance.

Loin de tous les regards, Orphée quitte la brasserie avec un air satisfait.

38

Une grotte assez grande pour contenir une église s'étendait sous mes pieds. Mais cette église ne contenait pas une paisible assemblée de fidèles : ce qu'elle me donnait à voir ressemblait à la version primitive, mystique et cérémonieuse d'une salle de thalassothérapie. Vingt bancs taillés dans la pierre étaient disposés de chaque côté de la grotte. Sur ces vingt lits reposaient vingt personnes nues et allongées sur le dos, majoritairement des hommes.

Entre les lits circulaient quatre femmes en toge noire, comme celle de Landri. Tous les participants avaient aussi la peau d'ébène et les traits fins comme ceux des Massaï, qui m'avaient tant séduite chez le jeune homme. Les femmes passaient pour s'occuper des gisants qui dormaient tous d'un sommeil profond. Elles les lavaient, les faisaient boire, s'assuraient de leur confort et de leur qualité de sommeil avec des gestes doux et empreints d'un profond respect.

Sur les flancs ocres de la caverne étaient accrochés de grands masques en bois, certains mesuraient plus de deux mètres de haut, d'autres étaient grands comme ma main. Tous représentaient un visage mêlé aux anneaux d'un serpent. Des visages d'hommes comme de femmes, mais surtout masculins. Ça me fit penser à les compter : il y avait vingt masques, soit autant que de dormeurs. Ça ne devait pas être une coïncidence.

L'immense crypte était éclairée par des ouvertures étroites disposées tout le long de son arête supérieure, de laquelle ses flancs descendaient jusqu'au sol pavé de l'étrange salle de soins formant une cale de navire renversé.

En soignant leurs patients, les quatre femmes chantaient des chansons proches de berceuses, apaisantes, lentes, hypnotiques. Face à l'entrée s'ouvrait un puits de trois mètres de diamètre. De là où je me trouvais, je ne pouvais pas voir ce qu'il contenait, je pouvais juste distinguer qu'il était surplombé d'une tête de serpent sculptée dans un bois blanc comme de l'ivoire. La gueule avancée du serpent surplombait le puits et devait permettre de faire coulisser une corde dans ses profondeurs.

L'ouverture dans la paroi où je me tenais faisait face à une autre, similaire sur l'autre flanc. Les deux conduits étaient reliés par une passerelle de cordes, mais je ne pouvais pas traverser sans risquer d'être vue par les quatre jeunes femmes qui chantaient en contrebas. J'étais tellement absorbée par ce spectacle étrange que je n'ai pas remarqué les bruits de pas qui se rapprochaient de moi. J'ai sursauté quand j'ai entendu la voix de Landri m'apostropher avec un ton de reproche désabusé.

— Mais il faudra donc que vous mouriez pour comprendre !

J'ai dû faire un bond spectaculaire et avoir l'air d'un garnement pris la main dans le sac. Car mon attitude a arraché un sourire au jeune sorcier, mais il a vite repris son port altier et solennel où perçaient malgré lui de la tendresse et des regrets.

— Je suis désolé de ce qui est arrivé à votre amie et à ses deux gardes. Nous avons demandé à des mer-

cenaires des bords du Niger de vous faire peur, mais je ne voulais pas d'une telle horreur. Ils sont allés bien au-delà de ce que nous leur avions demandé. Le sang attire le sang. Je suis profondément meurtri par leur comportement abject.

— Je... je savais que vous n'y étiez pour rien.

J'ai bredouillé comme à mon premier bal et j'ai dû rougir jusqu'aux oreilles en prononçant ces mots, encore aujourd'hui j'enrage d'avoir été une telle midinette.

— Je sais que vous n'avez pas parlé de moi au colonel Adebarri, je vous en remercie. Je n'aurais jamais pu retourner à Allada sinon, et c'est important pour notre communauté que j'y aille régulièrement.

— Vous êtes leur lien avec le monde extérieur ?

— Le seul. Je vous suis reconnaissant, mais vous devez partir d'ici maintenant.

Le savoir en dette envers moi, et le savoir innocent des incidents du lac – même s'il en été le commanditaire avoué – a renforcé ma confiance et ma détermination à découvrir leurs secrets.

— Pas avant de savoir ce qu'il se passe dans ce temple, en dessous.

— Rien que des sages qui méditent pour nous et que nous soignons pendant leur transe.

— Et pourquoi ces serpents, cette forêt ? Pourquoi ce secret ?

— C'est une forêt sacrée, il y en a plein d'autres au Dahomey. Nous vénérons Dan le Dieu serpent, comme sur toute la côte atlantique. Ce temple n'a rien de plus que la Cathédrale des serpents que vous pouvez visiter à Ouidah.

— Pourquoi ce secret, alors ? Laissez-moi découvrir vos mythes !

Landri était sur le point de me répondre quand j'ai entendu des bruits de pas provenant du fond de l'étroit boyau qui l'avait amené au bord de la passe-

relle. Un vieil homme, assis sur les avant-bras croisés de deux jeunes porteurs fit son apparition au bout du tunnel, il criait depuis sa position en marchant vers nous. Il criait dans un dialecte fon assez proche de celui que j'avais appris à comprendre depuis notre arrivée. Quelques mots m'échappaient, mais je pense pouvoir restituer le sens de ses propos.

— Ça suffit, Landri ! Tu as assez essayé de la raisonner. Cette femme est un danger pour la communauté que nous avons trop laissé prospérer. Elle ne partira pas d'ici vivante. Nous jetterons son corps dans le fleuve Kouffo.

Landri m'a regardée avec un air triste, il m'a murmuré en anglais en jetant un regard vers la passerelle :

— Sauve-toi. Je ne peux plus rien faire pour toi. Tu n'as que peu de chance d'y arriver, mais ta seule chance est la fuite. Maintenant !

J'ai dû hésiter une ou deux secondes en regardant la passerelle, mais il y avait une telle urgence dans les yeux de Landri que je lui ai obéi et je suis partie en courant sur le petit pont en cordage séparant les deux flancs de la grotte. Des hurlements suivaient ma fuite, mais, de l'autre côté de la passerelle, il n'y avait personne pour me retenir. Je m'engageai sur les cordages oscillant dangereusement sous mon poids.

Le moment était malvenu pour avoir peur ou pour regarder vers le bas, l'adrénaline me fit surmonter mon appréhension. Je traversai assez vite sur ces quelques cordes pendues au-dessus du vide, jusqu'à atteindre l'autre côté de la grotte et m'engouffrer dans un nouveau tunnel obscur.

J'ai perdu le compte des tunnels que j'ai dû traverser en courant, éclairée irrégulièrement par ma lampe aux batteries déclinantes. Dans cette fuite éperdue dans l'obscurité, cette torche était mon seul avantage sur mes poursuivants, qui devaient compter sur des brandons enflammés et sur les puits d'air ponctuellement creusés dans la roche.

Précédant la meute, ma chance aura été de ne pas croiser âme qui vive en courant dans ces boyaux, j'ai traversé quelques grottes humides et décorées comme celle par laquelle j'ai accédé à la cité souterraine. D'autres fresques représentant des serpents m'arrachèrent des frissons d'effroi quand ma lumière croisait leurs regards fixes. Éperdument paniquée, je cherchais une voie vers la clarté solaire, mais ma course ne me proposait que des voies descendantes, pas une seule ne me rapprochait de la surface.

J'entendais des voix, des bruits en provenance des niveaux inférieurs, à chaque fois j'éteignais et j'attendais que les bruits s'éloignent. Des escaliers m'offraient régulièrement la possibilité de descendre vers ce qui devait être la partie habitée du souterrain. Je courais sous son toit, sur ses réservoirs d'eau et ses coulées de lumière naturelle, la ville s'étendait en dessous. Derrière moi la meute ne se rapprochait pas, mais n'abandonnait pas et croissait en nombre et en agressivité.

Je tournais en rond : je m'en rendis compte lorsque je suis revenue au premier réservoir. J'essayai de trouver une voie pour escalader la paroi jusqu'à l'ouverture, en vain : le mur recouvert de torchis n'offrait aucune aspérité et l'ouverture était à plus de dix mètres. Je me cassai un ongle dans une tentative idiote de grimper sur la paroi trop lisse.

J'étais essoufflée, incapable de continuer sur ce rythme. Mais les bruits des voix de mes poursuivants me parvenaient plus nettes. Je n'avais pas d'autre solution que de me cacher dans le bassin aux couleuvres. Avec dégoût, je me dirigeai vers le bord de la large cuvette et je regardai le grouillement des serpents qui s'y ébattaient. Je pris ma respiration et j'y entrai... Je me collai au bord, essayant de rester discrète. Une dizaine d'hommes entrèrent dans la salle. J'entendis un bref conciliabule dont je ne pus pas saisir le sens et deux d'entre eux restèrent dans la salle, pendant que les autres continuaient par la seule voie de sortie, au bout de la queue du python peint sur la paroi.

Les petites couleuvres étaient aussi inoffensives que lors de mon premier séjour dans leur bassin. J'essayais de respirer doucement, les lèvres affleurant la surface, pour ne pas attirer l'attention des deux gardes qui allaient et venaient dans la grotte.

J'étais convaincue que Landri me mentait. Cette communauté avait quelque chose à cacher, tout ceci ne visait pas juste à préserver leur tranquillité et l'harmonie de leur forêt. Cette violence protégeait un secret plus profond et perturbant.

Les mots du lieutenant de La Treille me revenaient : pour lui, ces hommes étaient des psychopompes, des gardiens des enfers, pas une communauté pacifique.

C'est à ce moment que j'ai perçu un changement chez les couleuvres. Pas chez toutes, heureusement, mais certaines d'entre elles adoptèrent un comportement plus perturbant. Elles se pressaient autour de mon visage, je devais les écarter avec la main pour les empêcher d'entrer dans ma bouche. J'étais obligée de prendre des risques et de faire un peu de bruit pour les repousser. Les gardes ne semblaient pas y prêter attention, mais les couleuvres devenaient de plus en plus intrusives.

Je remarquai que celles qui m'agressaient avaient une teinte plus opaque que les autres et qu'elles étaient un peu plus grandes que les inoffensives couleuvres translucides qui ne réagissaient toujours pas à ma présence.

Je constatai avec angoisse que les couleuvres agressives devenaient plus nombreuses, instant après ins-

tant, et se pressaient en masse devant mon visage, leurs têtes pointues essayaient de se faufiler entre mes doigts, dans mes narines, dans mes oreilles. Je devais me débattre de plus en plus farouchement contre ces tentatives immondes d'intrusion. Je laissai échapper ma lampe dans un geste de protection maladroit. Avec elle, sombraient mes dernières chances d'évasion. Mon dégoût et mon effroi grandissant me firent perdre mon sang-froid et ce qui devait arriver arriva.

Mes soubresauts finirent par attirer les deux gardes qui s'approchèrent lentement du bassin, me regardèrent et échangèrent un regard complice.

— Deux bonnes nouvelles. On tient la fuyarde et les serpents sont bientôt adultes.

Ils me tirèrent de l'eau, je ne pouvais rien faire pour m'échapper : les deux colosses auraient pu me casser en deux d'une main et j'étais exténuée, à bout de souffle et d'espoirs.

Ils me tirèrent sur la passerelle puis vers un escalier s'enfonçant dans les niveaux inférieurs de la cité de Vilokan. Mes yeux peinaient à s'habituer à l'obscurité, je ne sais pas comment mes deux gardiens faisaient pour se repérer mais, là où moi je ne voyais presque que ténèbres, ils se déplaçaient avec aisance. Je finis par être jetée au sol sur des pavés humides où je restai prostrée et sanglotante.

J'étais plongée dans un océan de regrets, je me maudissais d'être aussi curieuse et exaltée. Je n'ai pas cessé de me maudire depuis.

Au bout d'une petite heure, des torchères ont éclairé la grotte où l'on m'avait jetée. Le vieil homme assis sur les bras de ses porteurs a fait son apparition et ses hommes sont venus le placer juste devant moi. Il m'a intimé l'ordre de me lever, ce que j'ai fait à très grand-peine.

Le vieil homme n'était plus qu'une tête, son corps était horriblement atrophié, tous ses muscles étaient fondus, et ses chairs asséchées. Son visage plein, aux yeux d'une vivacité féroce, contrastait avec son corps, mort prématurément. Il me dévisagea en silence pendant de longues minutes.

À mon grand déplaisir, je lisais dans ses yeux une convoitise maladive et brûlante. Dans l'état où il était, ce désir était déplacé et devait lui causer bien des tourments, mais cet homme me voulait sauvagement, j'en avais l'inconfortable certitude.

Après cette période d'observation, il m'a parlé d'une voix sifflante :

— Ton arrogance de jeune hyène va être récompensée. Tu voulais connaître le secret de notre communauté vodun. Tu peux être heureuse, je vais exaucer ton souhait absurde. Mais tu ne vivras plus pour en profiter.

39

La cuisine est calme, Alice ne s'est toujours pas levée. Victor ne l'a pas réveillée, il sait qu'elle a encore besoin de beaucoup dormir. Victor termine son café accompagné de sa première gitane de la journée. Le grésillement de son scanner lui sert de compagnon. La litanie des accidents et des incidents de trafic sur le périphérique constitue son rituel de début de journée, aussi essentiel qu'une douche et une gitane pour sentir sa machinerie se mettre en branle. Il entrouvre la fenêtre pour faire disparaître la fumée de son vice parfumé à la nicotine, il vient d'entendre Alice descendre les escaliers et il ne voudrait pas lui imposer de commencer sa journée dans une ambiance tabagique et malodorante. Il lui prépare son café, Alice lui ayant montré des signes probants d'inaptitude à faire fonctionner convenablement son percolateur.

La jeune femme est habillée et prête à partir, il lui tarde manifestement de prendre la route pour Strasbourg. Victor tempère ses ardeurs en lui indiquant son souhait de passer louer une voiture : l'antique Clio de son mari se prête assez mal à un trajet longue distance dans ces conditions climatiques difficiles. Alice accepte sans sourciller, elle est fuyante et taiseuse. Victor s'en inquiète :

— Quelque chose ne va pas ?

— Je m'en veux pour hier soir. J'ai vraiment été conne.

Victor, qui se prépare un nouveau café, hausse les épaules et lui sourit avec autant de douceur que sa bobine balafrée peut en exprimer.

— Pas de soucis. Je sais que ce que tu vis doit être difficile. C'est normal que tu sois à cran, on ne peut pas te juger pour ça.

— Quand même. Je ne sais pas ce que je deviendrais sans toi, et ton ami est extraordinaire de venir nous aider alors que rien ne l'y oblige. Je pourrais témoigner un peu plus de reconnaissance.

Il se rassoit à côté d'elle et lui tend un pot de confiture.

— Excuses acceptées. Prends des forces, la route va être longue.

— J'ai pensé à quelque chose… Mais je ne sais pas si je peux te le dire.

Victor rosit, lui aussi a pensé à des choses qu'il n'ose pas dire à la jeune femme. Il y pense même presque chaque fois qu'il se retrouve à moins d'un mètre d'elle. Il encourage la jeune femme en lui affirmant pouvoir tout entendre, après ce qu'ils viennent de vivre pendant les dernières quarante-huit heures. Après une courte hésitation, Alice soupire comme une personne décidant de se lancer quelles qu'en soient les conséquences et, au grand étonnement de Victor, elle sort un carnet de chèques de sa poche et le pose devant elle.

— J'ai encore pas mal d'argent de côté. Je me suis dit que la moindre des choses serait que je te dédommage pour le temps que tu me consacres.

Victor se raidit, et lui fait des signes de main indiquant son refus catégorique et fait mine de repousser le chéquier vers le bord opposé de la table.

— Ça ne va pas non ! Je ne fais pas ça pour ça !

— Je sais, mais ça me gêne. J'ai regardé les tarifs de détectives privés. Qui seraient moins efficaces que toi et ton ami. Je vous dois au moins ça.

— Alice, arrête : tu deviens vexante. Range ce chéquier et ne me parle plus de ça.

Le ton de Victor s'est fait plus dur, celui qu'il emploie au quotidien avec les truands et les indics, pas celui qu'il réservait à la jeune femme. Mais il se sent blessé par son geste et il agit en autodéfense. Il prend le chéquier et le repose sur les jambes d'Alice. Il a un air fermé qui n'appelle pas à la reprise de la discussion. Alice reste pantoise et bredouille d'une voix éteinte :

— D'accord. Pardon, je voulais juste clarifier les choses.

Victor essaye de contenir sa colère en se persuadant que c'est pour la jeune femme une manière maladroite d'exprimer sa reconnaissance. Il se lève et va poser sa tasse dans l'évier alors qu'il a à peine bu une gorgée. Il tourne le robinet quand un message provenant du scanner le fait sursauter :

Attention. Message prioritaire. Homicide signalé au 28, quai de la Marne à Alfortville. Toutes les unités disponibles à proximité pour un verrouillage de la rue et de la scène de crime jusqu'à l'arrivée du SDPJ. Je répète. Homicide signalé...

Victor et Alice se regardent avec étonnement, ils sont au 30 et le 28 ne peut être que la maison de la voisine. Ils réécoutent le message à plusieurs reprises, puis Victor ouvre la fenêtre de la cuisine et se penche dehors pour constater de visu.

Alice le rejoint et ils assistent au premier acte du ballet des forces de l'ordre sur la pelouse voisine. Le ballet leur avait jusqu'ici échappé, l'isolation phonique de la villa est totale à cause de la voie ferrée voisine.

Une voiture de patrouille est stationnée devant la maison d'Isabelle Lepestre, deux policiers sont devant sa porte. Un des agents en uniforme est penché sur le côté et se tient l'estomac, vomissant tripes et boyaux sur la neige et provoquant une colonne de buée qui donne l'illusion qu'il expulse de la lave. Son collègue est pâle et respire la bouche ouverte en regardant au loin.

Victor a une idée de ce qui peut causer une telle nausée, un cadavre trop ancien provoque toujours ces réactions à des personnes peu habituées. Mais le macchabée trouvé dans cette maison ne peut pas être si avancé. Victor y était deux jours plus tôt et l'occupante était en vie et ne devait dissimuler aucun cadavre.

Il en vient à la conclusion que le crime qui s'y est déroulé doit être suffisamment atroce pour retourner l'estomac d'un brigadier. Il reconnaît les deux policiers arrivés sur les lieux. Ce sont deux flics d'Alfortville, il parie que Tussaud ne devrait pas tarder, l'enquête sera confiée au SDPJ de Créteil, un meurtre est un trop gros dossier pour Tussaud, mais le Morse sera sûrement là pour les accueillir.

Victor devra attendre un peu avant de tenter d'obtenir plus d'informations. Il connaît bien les enquêteurs du SDPJ 94 et, avec un peu de chance, ils le laisseront passer sans problème. Par contre, il vaut mieux qu'il reste discret vis-à-vis de ses collègues de la ville.

Il se retourne vers Alice qui regarde tout ça avec des yeux écarquillés.

— Ils vont sûrement passer te voir pour l'enquête de voisinage. Dis-leur tout ce que tu sais, mais ne leur parle pas de moi. D'accord ?

— Mais je ne sais rien sur cette pauvre dame et je n'ai rien entendu. Que veux-tu que je leur dise ? Et pourquoi ne pas parler de toi ? Tu les connais ?

— Comme ma poche. Mais, je ne suis plus en odeur de sainteté auprès de ceux-là. Il ne vaut mieux pas qu'ils sachent que nous nous connaissons, sinon ils vont me causer des ennuis, et à toi aussi.

Alice le dévisage avec un air soupçonneux.

— Je ne comprends pas. Tu es bien flic, non ?

— Je *suis* flic, mais je n'ai pas le droit d'être actif en ce moment. Je suis « en disponiblité ». On m'a mis au repos. Crois-moi, Alice, le plus simple c'est que tu ne leur parles pas de moi.

— Tu ne me mens pas ?

— Alice, je suis flic à 100 % et vingt-quatre heures sur vingt-quatre. Dix fois plus qu'eux, je te le jure.

Alice garde une attitude distante quand Bellanger essaye de se justifier sans pouvoir avouer qu'on le prend pour un fou et qu'on l'a mis à pied. Il met tout cela sur le compte de sa blessure et de sa convalescence. La jeune femme n'a pas besoin qu'on augmente ses angoisses. Il ne parvient pas à dissiper tous ses doutes, il sent bien qu'elle est encore un peu réticente, mais il la convainc de retarder de quelques heures leur départ pour Strasbourg. Le temps pour lui d'en savoir plus sur ce qui s'est produit dans la maison voisine, car ça ne peut pas être sans lien avec leur affaire.

Il appelle pour réserver une voiture de location. Il ne peut pas sortir sans risquer d'être vu et de devoir justifier sa présence sur les lieux, la rue est maintenant barrée des deux côtés. Il va falloir qu'il ruse. L'interphone leur signale une visite. L'enquête de proximité n'aura pas traîné. Alice va leur ouvrir, Bellanger se cache dans la cuisine.

Il entend Alice répondre qu'elle n'a rien remarqué de particulier pendant la nuit, ni la veille. Qu'elle vit seule ici. Qu'elle ne connaît pas sa voisine. Que celle-ci vient d'arriver dans le quartier et que leurs rapports se sont limités à ce jour à quelques salutations polies. Alice joue bien son rôle de voisine anxieuse et curieuse.

Au ton solennel de la voix des deux flics, Bellanger est convaincu qu'il s'agit d'un meurtre et que la victime est bien la voisine, il peut même discerner l'atrocité de l'acte au ton solennel employé par les deux agents.

Après une dizaine de questions de routine, les deux flics laissent Alice, qui revient vers Victor.

— Merci de leur avoir tu ma présence.

— Je te le dois bien… Et j'ai besoin de toi.

— Ils vont revenir quand le légiste leur aura donné l'heure précise du meurtre.

— On ne sera plus là.

— Ils ne vont pas aimer. Mais tant pis. Tu peux aller chercher la voiture de location ? Je ne peux pas sortir tant que la rue est barrée.

Alice sort et prend la Clio, son témoignage ayant été pris, on lui laisse passer les barrages sans aucune difficulté. Victor regarde, caché derrière les rideaux, le deuxième acte du ballet. Comme prévu, Tussaud accueille les enquêteurs du SDPJ. La seule chance de Bellanger est que le Morse maquettiste quitte les lieux avec ses deux OPJ[1] et cette nullité de Pons, avant que

1. Officier de police judiciaire

n'arrive l'équipe de la PTS et que celle-ci boucle les lieux. Si c'est le cas, dans l'intervalle, Bellanger pourra se montrer et demander à visiter les lieux sans qu'on s'y oppose, pour peu que sa disgrâce ne soit pas parvenue aux oreilles de ses collègues du SDPJ.

Ses souhaits sont exaucés quelques minutes plus tard. Tussaud ressort de la maison avec son pas de sénateur et son costume trop court, traînant Pons dans ses filets. Les deux hommes quittent les lieux avec un air écœuré et remontent dans leur Mégane. Les lieux ne sont plus occupés que par des flics de la SDPJ, seuls les barrages d'entrée et de sortie de rue sont encore occupés par la brigade d'Alfortville, s'ils ne le voient pas, ça peut marcher.

Il sort dans le jardin, il n'y a personne devant la maison d'Isabelle, il remonte le col de son manteau et baisse la tête. Les barrages sont assez loin et s'ils ne sont pas concentrés sur sa silhouette, ils ne le reconnaîtront pas. Il prend une inspiration et traverse le jardin de la villa à vive allure, sort dans la rue et ouvre la porte de la maison. Il jette un œil vers les deux barrages et ne constate aucune réaction, personne ne doit l'avoir vu sortir de la villa. Mais le plus dur reste à venir. Il ne pourra rien y faire, soit le SDPJ est au courant de sa mise à pied et il sera contraint à s'expliquer sur les raisons de sa présence sur les lieux d'un crime, soit il pourra accéder à la maison et constater de visu ce qui s'y est produit. Il risque de sérieux ennuis avec Tussaud et sa hiérarchie, mais il est bien trop impatient de savoir ce que cache la maison pour être arrêté par cette perspective.

Il marche vers les portes de la maison, la neige est piétinée et souillée de multiples traces de pas, il espère qu'ils auront eu la présence d'esprit de photographier l'allée avant qu'elle ne soit souillée, mais il en doute. La porte de la demeure est ouverte, il entre et tombe nez à nez avec un jeune inspecteur rasé de frais, au port militaire du bleu qui fait du zèle. Il ne le connaît pas, ça ne l'arrange pas, car il n'aimerait pas avoir à utiliser sa fausse carte, cela augmenterait considérablement les risques encourus. Le jeune serviteur du bien public l'interpelle peu aimablement.

— Qu'est-ce que vous faites ici ? C'est une scène de crime.

— Je suis de la maison, capitaine Bellanger.

Le poussin l'interroge du menton avec un air qui ne prête pas à confusion, il veut voir sa carte, Bellanger hésite, sortir une fausse carte est un risque trop important, il doit jouer sur la confusion, mais pas mentir ni s'arroger la qualité d'officier de police judiciaire. Ce délit lui vaudrait une révocation définitive et le triomphe de Tussaud.

Mais une bonne étoile doit veiller sur lui, car apparaît en haut des escaliers la dégaine fatiguée d'un vieux routard de la PJ que Bellanger connaît depuis de nombreuses années. La voix de stentor du capitaine Brocard retentit dans la maison.

— Ce charognard de Bellanger ! Éventrez une petite vieille et le voilà qui rapplique pour se goinfrer.

— C'est toi le charognard, Brocard. Je suis ici toute l'année, moi maintenant.

— Veinard, tu dois progresser à la belote.

— C'est pas si calme, la preuve !

Brocard est descendu et lui tend la main avec un sourire chaleureux. Le poussin se faufile dehors en sortant son téléphone et en se désintéressant de Bellanger.

— Tu attires les emmerdes, vieille bourrique. Content de te revoir.

— Moi aussi, Brocard. C'est moche, là-haut ?

— Pire que ça. Tu veux y jeter un œil ? Je fais le tour-opérateur, si ça te branche.

— Toi, tu connais mes vices, tu sais que j'aime bien quand ça saigne.

— Profites-en avant que la PTS ne nous foute dehors. Ne touche à rien, hein ! Ne déconne pas.

— Ça va, je n'en suis pas à mon premier bal.

Brocard lui tend une paire de gants hypodermiques qu'il enfile avec promptitude. Ils remontent ensemble à l'étage, puis au grenier. En haut de l'escalier grinçant, les lattes du plancher se teintent de rouge. Du sang d'Isabelle. Et ce n'est que le début du cauchemar. Brocard siffle entre ses dents.

— Purée, moi je ne m'y fais pas. Profite du spectacle. Cette histoire va filer droit à la Crim, le procureur va trouver un moyen pour la leur confier. Vous ne l'aurez pas, c'est sûr, mais nous non plus. À mon avis, c'est trop tordu pour la PJ. Ne bave rien à la presse. Un truc pareil, ça va filer droit en première page et pour l'instant, ce ne serait pas une bonne chose.

Victor ne répond pas, il sait bien que Brocard parle pour dissiper son malaise, pour éviter de penser à ce qu'il voit, pour garder une distance respectueuse avec l'enfer. Même pour un vieux brisquard comme lui, cette scène de crime est difficile à supporter.

Isabelle est assise dans son fauteuil, le dos à la fenêtre. Elle est nue. Sur ses yeux sont posées deux pièces. Deux grosses pièces en or qui scintillent à la lumière du matin. Le sol du grenier est couvert de sang. À première vue, on ne voit pas ce qui a pu causer cette déferlante de sang. Mais en regardant le reste de la pièce, l'anomalie monstrueuse apparaît. Sur la table à café ronde, celle-là même où Bellanger a posé sa tasse d'infusion deux jours auparavant, un tas rouge et nauséabond est posé en un amas sordide. Victor s'approche et hoche la tête en signe de dénégation.

Sur cette table sont posés tous les organes internes de la peintre. Cœur, foie, poumons, reins, rate, pancréas, intestins… Tout est là, puant les viscères et le sang séché. Brocard continue son monologue. Bellanger se pince le nez pour ne pas être submergé par l'écœurement. Au-delà de l'odeur de sang et de viscères, cette pièce empeste comme un charnier plus ancien. Une odeur de cadavre en putréfaction qui ne coïncide pas avec l'odeur que devrait dégager le cadavre d'Isabelle. Surmontant sa répugnance, Victor se baisse pour énumérer les organes présents dans cet amas immonde.

— Ne cherche pas, tout est là, sauf son cerveau. Qui n'est plus dans sa tête non plus.

— Qui l'a trouvée ?

— Sa galeriste qui est passée ce matin, car elle ne répondait pas au téléphone depuis hier. Elle est en état de choc, on l'a amenée à la clinique Concorde.

Bellanger se rapproche du corps. Isabelle est livide, vidée de son sang. Ses doigts ont les ongles cassés, et sont désespérément crispés. Elle a dû souffrir avant de mourir. Son corps est suturé, il a été ouvert en Y, très proprement, très professionnellement. Ça pourrait être le travail d'un légiste ou d'un chirurgien. Les paupières ont été cousues, un des fils faisant le tour de la pièce d'or et la fixant sur les cavités oculaires. Bellanger se rappelle vaguement une légende parlant d'obole à verser à un passeur pour descendre aux enfers. Il n'est pas sûr que cela ait un lien, mais c'est peut-être le message que l'assassin a voulu laisser. Après avoir massacré la vieille dame, le monstre s'est soucié de lui laisser de quoi payer son passage pour le sombre royaume.

Les cavités sont vides, il n'y a pas d'œil pour leur conférer un renflement, il y a un peu de matière blanche et pâteuse collée sur le coin des paupières. Bellanger se penche pour regarder.

— Du cerveau, sa tête est vide, elle ne doit pas peser plus d'un kilo.

— Il est passé où ?

— Tu n'as pas vu le plus beau… Regarde.

Brocard lui montre une autre table ronde de l'autre côté de l'atelier, Bellanger s'y rend et voit ce que Brocard considère comme le sommet de la visite. Une assiette est posée sur la table, une grande assiette ronde au vert émeraude maculé de sang. Dans le creux de l'assiette demeurent les reliefs du repas auquel elle a servi. Quelques morceaux de cervelle épars sur les rebords. Pas de couverts, le meurtrier aura pris soin de les emporter ou aura mangé avec les mains.

— Sympa comme petit casse-croûte. Il lui a sorti le cerveau avec une espèce de pompe et se l'est boulotté avant de partir.

Bellanger ne répond rien, il vient de remarquer un détail qui l'attire. Posé à côté de la table, il voit le tableau représentant la jeune femme blonde qui l'a interpellé lors de sa visite précédente. Le portrait est posé le long de la chaise qui a servi pour le repas morbide, là encore ça ne peut pas être un hasard si le monstre responsable du carnage regardait ce tableau en mangeant.

Ce tableau est une des clefs du mystère, il faut qu'il le récupère. Il n'est plus à une folie près. Brossard continue de pérorer avec la vulgarité blasée du flic fatigué, penché vers le bas-ventre de la vieille femme.

— Et en plus, ce salopard l'a violée. Les lésions vaginales sont on ne peut plus éloquentes. Avant ou après l'avoir tuée ? Ça, je laisse au légiste le soin de trancher.

— Comment est-il entré dans la maison ? demande Bellanger, indifférent à ce nouveau détail sordide, obnubilé par le tableau qu'il aimerait montrer à Alice.

— Pas d'effraction, sa galeriste avait les clefs. La victime a sûrement ouvert à son agresseur, car son alarme était débranchée. On va…

Il est interrompu par son téléphone portable. Après une brève conversation, il fait signe à Bellanger de le suivre et descend les escaliers. Victor répond à son instinct, il s'empare du tableau d'assez petite taille et le glisse dans son dos. Sous son manteau de cuir long, son larcin sera imperceptible.

Il descend les escaliers à la suite de Brocard, salue son ancien collègue en lui promettant de lui donner des nouvelles et d'aller boire un coup un de ces jours. Il se tient droit, angoissé par la chute possible du tableau qui n'est retenu que par sa ceinture. Après le délai minimum de politesse, il file dans la rue, fait mine d'aller récupérer sa voiture et, une fois que Brocard est rentré dans la maison, profite de l'absence de surveillance pour se faufiler dans la villa.

Il attend une demi-heure qu'Alice revienne, garant laborieusement une 407 noire devant la villa. Victor lui apprend l'assassinat de la peintre haïtienne, lui épargnant les détails du spectacle ignoble auquel il vient d'assister dans la maison voisine. Malgré toutes les précautions de Victor, Alice est très affectée par l'annonce du décès de la vieille dame, le lien possible entre ce meurtre et sa situation la culpabilise cruellement, elle se sent responsable de sa mort, Victor n'arrive pas à la convaincre du contraire.

Il attend un peu qu'elle reprenne ses esprits, mais il lui tarde trop ardemment d'avoir une confirmation, la ressemblance subtile qu'il croit déceler entre la femme du tableau et Alice demande une vérification. Il lui tend le portrait d'une main fébrile.

— Tu connais cette femme ?

— C'est ma mère. À peu près à l'âge où elle est morte, lui répond nonchalamment Alice.

40

Iris descend du taxi pendant que sa sœur règle leur course. Le *Café des Anges* n'est qu'à dix minutes de chez elles, mais avec cette météo dantesque et leur tendance à boire le verre de trop, le taxi est le mode de transport le plus prudent pour leurs sorties nocturnes.

Alex et Théo, leurs deux charmants voisins, auraient préféré les inviter à dîner, mais l'emploi du temps surchargé des jumelles ne permettait pas une telle disponibilité avant la semaine suivante et les deux jolis garçons partaient deux jours plus tard pour Paris et ne revenaient pas avant quinze jours. Alors, ils se sont donné rendez-vous le soir même, après un dîner de travail à la commission des finances, dans ce café *latino* souvent bondé, mais toujours très agréable. Surtout en cette saison, pour se dégeler avec l'illusion d'une soirée dans les Caraïbes.

Iris serre son manteau sur sa robe légère en frissonnant, Lou en s'habillant de manière provocante l'a obligée à se vêtir elle aussi court et sexy pour ne pas ressembler au chaperon délaissé d'une adolescente délurée. Ça réchauffera probablement les garçons mais pour l'instant, ça la frigorifie. Sa sœur la rejoint et elles traversent une petite place pour venir frapper à la porte discrète du bar, coincée entre deux entrées d'immeuble.

Antonio, l'imposant physionomiste du *Café des Anges* les accueille chaleureusement, elles sont des habituées du bar, c'est aussi pour cela qu'elles l'ont choisi comme lieu de rendez-vous. Alice, avec ses incessants appels à la prudence de ces dernières quarante-huit heures, aura fini par les influencer et elles ont choisi cet endroit sûr, où elles sont connues de tous, pour leur premier tête-à-tête avec leurs deux chevaliers servants.

Habituellement, elles se méfient comme de la peste des garçons qui les abordent quand elles sont toutes les deux. Elles ont eu leur compte de lourdauds ayant fait le pari de « se taper des jumelles ». Chacun ses fantasmes, certes, mais elles ne trouvent pas flatteur de servir d'enjeu à des concours machistes idiots, ni d'alimenter la libido de tous les dragueurs invétérés de l'agglomération strasbourgeoise. Alors, elles privilégient les rencontres isolées, et font souvent le premier pas. Mais chaque règle doit connaître des exceptions.

Elles posent leurs manteaux au vestiaire, il n'est pas encore plein, la soirée débute à peine. Elles sont happées par la volée de marches étroites qui descendent vers le club installé sous les voûtes d'une vaste cave qui résonnent déjà au rythme trépidant d'une salsa du *Fania all stars*. À leur entrée dans le bar, tous les regards masculins convergent vers elles, elles font mine de les ignorer, mais obtiennent avec satisfaction la confirmation que leurs efforts vestimentaires ne sont pas sans résultats.

Ceux à qui ils sont destinés ne sont pas encore arrivés, il est encore tôt. Elles se dirigent vers le bar et commandent un mojito et une coupe de champagne. Sur la piste, quelques couples exposent leurs progrès effectués en cours de salsa avec entrain, profitant de l'affluence encore modérée pour arpenter le plancher de bois dans tous les sens. Elles boivent une gorgée de leurs boissons, et Lou reprend son jeu préféré : faire enrager sa sœur.

— Théo me plaît vraiment beaucoup, murmure Lou avec un air mutin.

Elle sait pertinemment que Théo est exactement le type de sa sœur qui aime, par-dessus tout, les grands bruns aux yeux clairs, posés et élégants. Quant à elle, son inclination naturelle vers les Latins musculeux et volubiles est parfaitement satisfaite par Alex, mais elle fait mine du contraire pour agacer Iris. Pourtant, sa sœur n'est pas disposée à tomber dans le panneau.

— Oui, oui, oui, c'est ça… Alors, je te le laisse, ma chérie.

Elles échangent quelques autres plaisanteries douces amères et des commentaires sur leurs travaux de la journée en se laissant réchauffer peu à peu par le déferlement de musiques latines et par leurs premiers verres d'alcool. Mais leurs prétendants ne tardent pas à arriver. Ils fendent avec une virile autorité la foule des noctambules, laquelle s'est considérablement épaissie depuis l'arrivée des jeunes femmes. Apprécier cette mâle arrogance n'est pas dans les habitudes d'Iris, mais l'élégance un peu tapageuse, les montres hors de prix et les tenues de créateurs des deux arrivants dégagent une sensualité à laquelle il lui est difficile de résister.

Les deux garçons se dirigent droit vers elles avec des sourires à damner.

Sans hésitation, Théo salue Iris et Alex Lou. Leur galanterie et leur précision sont remarquables, car les deux jeunes femmes ne sont pas faciles à distinguer et il faut généralement plusieurs mois à leurs amis et collègues pour ne plus se tromper dans ce type de situation.

Les deux jeunes hommes ont réservé une table, où du champagne les attend déjà au frais. Iris n'apprécie pas non plus l'ostentation, mais elle ne le laisse pas paraître, car ce soir elle a un peu envie de se laisser tourner la tête. Elles se laissent emporter jusqu'à la table.

Le duo des galants y rivalise de charme et de délicatesse, alternant plaisanteries, confidences, regards enjôleurs et danses avec une maîtrise et une aisance étourdissantes. Les jumelles n'ont pas le temps de souffler ni de reposer leur verre qu'on les entraîne vers un autre sujet, un autre éclat de rire. Elles ont conscience d'être le centre d'intérêt de la soirée, le point de convergence de regards de convoitise ou d'admiration, dus autant à leur ravissante gémellité qu'à l'élégance et à l'habileté à la danse de leurs partenaires. Iris est grisée, elle l'introvertie, a perdu la notion du temps et se laisse aller dans ce tourbillon moelleux et sucré.

Lou n'a pas le souvenir d'avoir auparavant constaté un tel relâchement chez sa sœur. Elle est heureuse pour elle, et ne compte pas lui gâcher ce moment d'abandon. Mais, malgré son insouciance et sa légèreté naturelle, la perfection de cette soirée la met… mal à l'aise.

Sans doute parce qu'elle a plus l'habitude des séducteurs et de ce type de soirée, elle trouve que leurs deux cavaliers sont trop parfaits. Aucune aspérité, prévenants, beaux, tendres, complices, bons danseurs, sachant écouter. Tout cela est un peu trop beau pour être vrai, elle ne croit pas au prince charmant et pense que tout homme a son lot de cadavres dans un placard et que, tôt ou tard, les portes s'ouvrent sur les défauts.

Elle, ça ne la dérange pas : elle n'attend pas grand-chose d'eux, l'obtient et passe à autre chose. Quand on n'espère rien, on ne peut pas être déçue. Mais pour sa sœur, cette situation est nouvelle et elle se sent responsable de son éventuelle déconvenue. Iris est beaucoup plus fragile et sensible qu'elle le laisse paraître, elle se protège beaucoup et là, Lou a l'impression que sa sœur s'abandonne sans retenue. Elle ne voudrait pas la voir blessée.

Taraudée par cette responsabilité inattendue, elle devient très attentive. Vigilante à tout ce que disent les garçons, elle recoupe leurs déclarations, essaye de les interroger séparément. C'est assez difficile, car les deux ne se quittent pas d'un pouce. Pour ce qu'elle parvient à obtenir comme information, elle ne trouve pas d'incohérence dans leurs explications.

Ils sont étudiants en droit à Strasbourg, projettent de devenir avocats, leurs parents sont riches et vivent sur la Côte d'Azur, ils se connaissent depuis le lycée... Leurs discours reprennent parfois des tournures un peu trop identiques, qui peuvent laisser augurer une concertation préalable. Mais rien de très inquiétant, ce ne seraient pas les premiers beaux parleurs à répéter leurs gammes avant d'entrer en scène.

C'est un petit détail qui lui met vraiment la puce à l'oreille.

Elle accompagne Alex au bar pour commander des consommations, prétextant ne pas vouloir le quitter un instant. Elle reste collée à lui quand il paye la bouteille de champagne et quelque chose l'intrigue : Alex règle la bouteille en liquide, ce qui n'est pas étonnant. Il sort une liasse épaisse de son portefeuille, ce qui s'explique puisque les deux jeunes hommes ont l'air très aisés. Mais elle a le temps d'apercevoir l'unique carte de crédit. Ce qui déjà est un peu maigre pour un garçon fortuné. Mais surtout, c'est une carte bleue ordinaire : ni Gold, ni Premium, ni Platine, ni Amex… Une carte bleue standard, pas même internationale ! Ce serait un signe de modestie appréciable si cela ne collait pas du tout avec l'ostentation des tenues, des accessoires et de la liasse de billets de 100 euros.

Lou n'en parle pas à Alex, mais elle est convaincue de ne pas être loin de toucher du doigt l'un des cadavres du placard. Ils ne sont pas aussi riches qu'ils le prétendent. Ce serait plutôt touchant… mais elle est gênée, dans ce cas, par les sommes d'argent considérables qu'ils dilapident en champagne pour leur plaire, alors qu'un train moins fastueux n'aurait rien enlevé à leur charme.

Ils retournent à leur table. Iris et Théo y ont franchi la première étape du flirt et s'embrassent avec une absence de retenue qui confirme à Lou que sa sœur est dans un état second. Elle ne peut tout de même pas lui gâcher ces moments pour une simple supposition sur la fortune réelle de leurs prétendants, ce qui semble pour l'heure être le moindre souci de sa sœur.

Elle toussote pour ramener le couple constitué à la décence. Elles connaissent les employés et bon nombre des clients du bar et elles ne les ont pas habitués à se vautrer dans les canapés. Strasbourg est un village et elles y sont connues. Un peu honteuse de cette inversion de leurs rôles habituels, Iris se ressaisit et malgré ses joues rouges et ses cheveux en désordre, reprend une contenance.

Lou, de son côté, se détend et essaye de se laisser aller un peu à la sensualité ambiante. Après tout, si leurs compagnons font d'énormes efforts financiers pour leur plaire, le moins qu'elle puisse faire c'est de profiter de leurs largesses. S'ils ne sont pas assez confiants en eux pour croire que les deux jeunes femmes ne les trouveraient pas moins séduisants avec moins d'argent, c'est dommage pour leurs porte-monnaie, mais cette faiblesse les rend encore plus irrésistibles, et il serait dommage de ne pas en profiter. Quitte à partager les frais une fois la vérité révélée.

La soirée, déjà bien entamée, se prolonge une petite heure avant que les deux jeunes hommes leur fassent part de leur envie de changer d'air. Il est près de trois heures du matin et les jumelles confessent avoir, elles aussi, eu leur dose de rythmes latinos pour la soirée.

Ils remontent vers la surface. Avant de s'extraire du *Café des Anges,* les jumelles vont faire un tour aux toilettes pendant qu'Alex va chercher la voiture des don Juan. Iris et Lou profitent de cette trêve pour tenir un bref conciliabule de cabinet de toilettes.

— T'es intenable ce soir, sœurette, raille Lou avec un sourire complice.

— Pour une fois, je me lâche.

— Ils en font un peu trop, non ?

— Des tonnes. Mais qu'ils continuent, ça me plaît bien.

— S'ils veulent nous amener chez eux ?

— On accepte. Enfin moi, j'accepte et sans hésiter ! affirme Iris en riant aux éclats.

Puis, marquant une pause pour regarder sa sœur, elle change de ton pour l'interroger :

— Qu'est-ce qu'il y a ? Quelque chose ne va pas ? D'habitude c'est moi qui te ramène sur terre…

— C'est ça qui me dérange, si tu ne me freines pas, il faut que je le fasse moi-même.

— Bienvenue chez les adultes. Mais pour ce soir… Lâche-moi la bride.

Les deux jeunes femmes, remaquillées, ressortent pour retrouver Alex qui les attend au vestiaire avec leurs manteaux. Elles sortent avec un bisou d'au revoir pour Antonio, et se laissent mener vers une Porsche Cayenne noire qui vient de s'arrêter devant le café.

Encore un détail qui ne colle pas du tout avec la carte bleue, note Lou. Que croire : la carte bleue ou tout ce luxe affiché ? Elle monte à l'avant, Alex lui ouvre la porte et prend le volant. Derrière, Théo et Iris ont repris leurs embrassades.

Alex glisse l'air de rien :

— On a pensé finir la soirée chez nous. On a du champ' au frais et de la meilleure musique que toutes les boîtes de la ville. Qu'en pensez-vous ?

Avec un regard désabusé pour sa sœur, en plein baiser fougueux sur la banquette arrière, Lou sourit et rend les armes :

— Avec plaisir Alex, nous sommes à vous.

Elle se dit qu'au moins, si la soirée tourne mal, elles n'auront pas loin à faire pour rentrer chez elles. Une rue à traverser et elles seront rentrées.

Regardant attentivement la Porsche Cayenne s'enfoncer dans les artères strasbourgeoises, Orphée démarre sa camionnette de fleuriste. Pendant qu'il se faufile à la suite du gros 4 × 4 qu'il a lui-même loué la veille au soir dans une agence spécialisée dans les locations de véhicules de prestige, il appelle le nécrophage pour lui dire d'aérer le loft, puis de regagner sa planque derrière les miroirs pour y attendre que le piège fonctionne.

Il n'est pas mécontent de pouvoir bouger, cette soirée d'attente dans la camionnette lui a semblé interminable.

Sans compter qu'à chaque passage d'une patrouille de police, qui aurait pu finir par trouver son immobilité suspecte, il a dû se coucher à plat ventre sur le fauteuil passager pour éviter d'attirer leur attention.

Cette traque leur aura coûté cher en temps et en moyens, mais ils font pour l'instant un sans-faute. Leurs chiens de meute ont débusqué les deux biches, les forcent et les mènent vers la horde.

Leurs proies sont en route vers l'hallali.

41

J'appris pendant les années qui suivirent que le terme « vodun », qu'employait le vieux sorcier pour qualifier leur communauté, ne faisait pas référence au nom de leur dieu ou de leur religion. Ils ne vénéraient pas les esprits, les Voduns, comme les autres adeptes de ce culte de par le monde, ils ne croyaient pas en un Dieu unique que ce soit le Man-Whu *du vaudou, ou un autre. Non, ils vénéraient l'esprit de leurs morts et l'essence même de la vie.*

C'est très précisément ce que désignait pour eux le terme « vodun ». Littéralement, il pouvait se traduire du fon par « Ce que l'on ne peut élucider », ou « Ce que l'on ne peut réduire ». Il constituait pour eux un principe divin source de la vie, indiscernable pour l'œil humain et pour ses moyens techniques.

Ce qu'en Occident, on appelle « âme ».

Le culte vaudou répandu de par le globe, avec ses oripeaux et ses diableries empruntées au catholicisme spectaculaire des missionnaires, était à l'origine un culte rendu au principe essentiel de la vie, à l'étincelle de conscience qui anime la chair et la rend humaine, et dont la présence différencie l'homme de la matière. En traversant les plaines et les océans, ce culte s'était travesti, édulcoré, oublié, perdu pour n'en garder que le nom et une partie des rituels. Cette dégénérescence s'était produite d'autant plus inéluctablement que ses sectateurs originels gardaient leur culte secret et que son expansion s'est faite contre leur gré, sous le joug des luttes ethniques et de l'esclavage transatlantique qui ont bouleversé la région d'Allada.

Le serpent vénéré par tous les pratiquants du vaudou béninois était, pour les adeptes de la forêt de Vilokan, le gardien du principe divin qui nous anime, celui qui l'amène et le retire, celui que l'on peut invoquer pour le protéger, pour le rallumer ou pour veiller à son retour au néant dans la paix des vivants et des morts. Un gardien de l'au-delà, un psychopompe – au sens des Grecs anciens et du lieutenant fou – permettant aux humains de découvrir les frontières du néant, comme je n'allais pas tarder à en faire l'expérience douloureuse.

Par choix, ses gardiens vivaient reclus, coupés du monde et veillaient sur le secret de leur existence. Pour eux, cette situation devait rester immuable, ils se considéraient comme les serviteurs du Serpent. Leur rôle était de veiller sur les portes, sur le royaume des ombres et sur l'harmonie entre les esprits des morts et le monde des vivants. Cette mission était sacrée et capitale, la marche du monde ne devait en rien venir la troubler.

Au gré des conflits ethniques incessants, qui ont agité le royaume du Dahomey pendant des siècles, et des ravages amenés plus tard par les esclavagistes puis les colonisateurs, leur secret est devenu à la fois plus précaire et plus essentiel. La violence du monde et l'appétit de pouvoir des hommes devaient être tenus à l'écart du vodun et de l'équilibre fragile dont ils avaient la charge.

La forêt de Vilokan était pour eux plus qu'une cathédrale végétale et souterraine, ils la soignaient et la préservaient car elle était le théâtre unique et indispensable de l'évolution paradoxale d'une de ses espèces, un miracle biologique impossible à reproduire et qui se serait arrêté à la moindre modification de cet écosystème minutieusement entretenu.

Cette évolution était le don du dieu Serpent, son miracle accompli pour leur prouver qu'ils étaient ses serviteurs élus.

Vouloir le découvrir faisait de moi une ennemie mortelle.

Ils me laissèrent croupir dans cette grotte humide et froide pendant un laps de temps que je ne saurais estimer, ma montre était arrêtée et la lumière du jour ne me parvenait pas. Une femme inflexiblement muette m'apporta plusieurs fois de l'igname et de l'eau. J'ai vu, pendant ce séjour forcé, Landri passer devant la grotte et me regarder avec le même air triste et impuissant. Mon sort était scellé et il n'y pouvait plus rien.

Le vieux sorcier aussi m'a rendu visite plusieurs fois, il se contentait de s'arrêter à l'entrée de la grotte, toujours tenu par ses deux porteurs, de me toiser avec un étonnant mélange de mépris et de concupiscence qui me faisaient froid dans le dos.

Je pensais à votre père, que j'avais trahi et qui devait me chercher partout sans aucun espoir de me retrouver. Personne n'était au courant de ma quête, personne ne me savait ici, et personne n'avait de raison de venir m'y chercher. Je ne regrettais pourtant pas mon geste, la soif de découverte est un moteur pur et légitime. Je ne pouvais pas m'en vouloir d'y avoir succombé. C'était mon métier, ma vocation et j'en assumais les conséquences avec autant de dignité que ma situation me le permettait.

Quand ils vinrent me chercher, c'est cette dignité qui me permit de ne pas crier, de ne pas me débattre en vain. Tous m'annonçaient ma condamnation certaine : je devais mourir ce jour, après avoir été sou-

mise au jugement de Serpent. J'étais une infidèle, une impie – ce qui n'était pour eux pas trop grave, car ils ne cherchaient à convertir personne – mais surtout je représentais une menace pour leur communauté et sa mission. Pour cela, j'allais être jugée et condamnée. Ils auraient sans doute aimé que je pleure, que je les implore, mais je m'y refusais. J'étais la victime de la justice expéditive d'une secte de fanatiques, je ne voulais pas leur faire l'offrande de mon avilissement.

On me nettoya de la tête aux pieds et on me fit enfiler la même tunique noire que celle qui habillait hommes, femmes et enfants dans la cité souterraine. Je me suis étonnée de cette attention, alors qu'on me promettait une mort rapide. On m'a répondu que rien ne devait venir troubler le jugement des serpents et que mon apparence et mon odeur devaient être les plus neutres possible. Pendant un temps, je caressais l'espoir que mon jugement consiste à être immergée dans le bassin par lequel je m'étais introduite dans la cité. Mon premier séjour dans ses eaux s'était passé très calmement, les petites couleuvres ne se souciant pas un instant de ma présence. Mais le souvenir des mêmes reptiles tentant de s'introduire en moi par la bouche, les oreilles et les narines, quelques heures plus tard, me fit déchanter.

La suite des événements aussi.

Une fois ma toilette rituelle terminée, on me conduisit dans la grande salle voûtée où j'avais aperçu les gisants. Ils les appelaient les « veilleurs ». Ceux qui, pendant leur transe préservaient le monde des morts et restaient à leur écoute, c'est eux qui prévenaient la communauté des dangers pesant sur leur forêt et sur la paix de leurs ancêtres.

Ils étaient toujours allongés et soignés par les mêmes femmes. Le seul changement notable dans le temple se trouvait autour du puits au fond de la nef de pierre. Là se tenait le vieux sorcier entouré des aînés de la communauté et de Landri. Tous formaient un arc de cercle autour de l'ouverture surplombée par la sculpture de tête de serpent.

On m'amena au bord de ce puits. Pendant que mes geôliers m'attachaient les mains avec une fine corde de liane, le vieux sorcier m'accusa avec solennité :

— Ton obstination et ta volonté réitérée, malgré nos avertissements, de venir perturber l'équilibre de notre forêt sacrée et le secret de notre communauté font de toi une menace que nous ne pouvons pas relâcher dans le monde des hommes.

— Je ne vous veux aucun mal ! tentai-je désespérément de les convaincre.

— Ta présence en ces lieux est une menace suffisante. Nous ne pouvons prendre aucun risque. Mais ne gaspille pas tes dernières forces, le jugement ne viendra pas de nous, mais de ceux mêmes dont tu mets l'existence en péril.

Prononçant ces paroles, il désigna le fond du puits, je suivis son regard, mais je n'y vis rien d'autre qu'une ouverture noire, profonde et silencieuse. La corde en liane fut enroulée autour d'une encoche sur la tête sculptée du serpent, et on me poussa fermement vers le bord du puits. Le sorcier continuait son discours, mais je n'y prêtai plus attention, focalisée sur ma survie. J'ai résisté, par réflexe plus que par espoir de leur échapper. Ils étaient trois, bien plus forts que moi et mes mains étaient entravées. Alors, malgré mes ruades et mes coups de pied, j'ai été poussée dans le vide. Les mains liées au-dessus de ma tête, on m'a descendue lentement dans les profondeurs du puits. Quelques secondes plus tard, sans surprise, mes pieds sont entrés en contact avec de l'eau, une eau glacée, mordante. Je tremblais de la tête aux pieds en m'y enfonçant, mais le froid n'était pas le pire de ce qui m'attendait dans ces eaux.

Autour de mes jambes, je n'ai pas tardé à sentir des

contacts tourbillonnants. Des serpents, des milliers de serpents. Leur contact était différent de celui des couleuvres du premier puits, plus ferme, plus assuré. Ils tournaient autour de moi comme une meute de chiens qui, attendant leur repas, piaffe autour de son auge. Ils ne me mordaient pas, je sentais juste le contact de leurs naseaux reptiliens se presser entre mes cuisses, contre mon ventre, sur ma poitrine, mon cou et mon visage.

Ils ne me parurent pas plus gros que ceux du premier puits, juste plus forts et déterminés. Quand mon visage entra dans l'eau, le bouillonnement se fit frénétique, l'eau clapotait comme si on y jetait du gravier à pleines poignées. Mon arrivée déclenchait une hystérie telle qu'il aurait été vain d'y résister.

Les mains attachées au-dessus de la tête, je ne pouvais me protéger. Je serrai les dents, aussi fort que je le pouvais... mais, lorsque mes narines entrèrent dans l'eau glacée, je me retrouvai sans ressource, à la merci de ces petits monstres intrusifs. Je retins mon souffle, mais je sentais les serpents lutter frénétiquement entre eux pour être le premier à se faufiler en moi. J'ai pleuré, de peur et d'impuissance : cette mort s'annonçait atroce, j'allais être noyée, dévorée de l'intérieur par une horde de serpents. Avant même que je ne manque d'air, l'un d'entre eux, plus vif et vigoureux, devança ses congénères et força son passage dans l'un de mes orifices nasaux. La douleur fut atroce quand il perça le passage vers mes sinus... je perdis connaissance dans un dernier hurlement désespéré étouffé par l'eau glacée.

42

Depuis leur départ, Alice est tournée vers la vitre passager de la 407. Elle ne desserre pas les dents et laisse Victor seul avec le grésillement de son scanner. Il se concentre sur sa conduite. Il fait nuit, les routes sont encombrées par le flux des personnes rentrant du travail, la neige fondue rend la conduite malaisée et l'allure lente.

Cette relative lenteur ne fait rien pour améliorer l'humeur d'Alice qui proteste même chaque fois que Victor s'allume une cigarette. Elle ouvre alors sa vitre malgré le froid glacial et culpabilise Bellanger par ses frissons sonores. Victor peut beaucoup supporter de la jeune femme, mais il ne peut pas rester des heures sans fumer, ça lui est physiquement impossible, alors il passe outre ces reproches muets.

L'humeur d'Alice s'est dégradée quand elle a dû accepter de retarder leur départ pour Strasbourg. La police technique et scientifique a envahi la maison de la peintre, des cordons jaunes ont été disposés sur ses portes et une nuée de techniciens en combinaisons blanches a commencé son inspection minutieuse de la scène du crime. Victor est resté absorbé par la contemplation de cette agitation, ils ne pouvaient pas partir, les voitures voulant sortir étaient fouillées aux barrages mis en place aux deux extrémités de la rue. Bellanger ne voulait pas avoir à justifier sa présence sur les lieux auprès de ses anciens collègues. D'expérience, il savait que ce bouclage du quartier ne durerait que le temps pour la PTS de faire les prélèvements et d'emporter le corps. Après le quartier retrouverait sa liberté. Il a donc fait son maximum pour convaincre Alice de rester patiente.

Toute l'après-midi, il a servi de bouc émissaire à l'angoisse de la jeune femme, à toute autre personne il aurait sèchement répondu ; mais à elle, il passait presque tout. Pour l'occuper, il lui a demandé de ressortir toutes les photos de sa mère dont elle disposait. Cette initiative, anodine au départ, a provoqué une réaction inattendue.

Alice lui a posé sur la table de la cuisine une boîte à chaussures pleine de vieux clichés jaunis et racornis. Elle lui a fait comprendre qu'elle n'avait pas envie de participer à la fouille dans ces archives poussiéreuses. Victor s'y est attelé, regardant une à une les photos, beaucoup de photos datant de la naissance des enfants du couple Montserray. Alice, Romain et les jumelles en bas âge accompagnés d'une mère souriante et épanouie et d'un père à l'air rêveur ne regardant jamais vraiment vers l'objectif.

Hormis la confirmation de la ressemblance entre Alice et sa mère, somme toute logique, c'est une photo prise à l'entrée du laboratoire Montserray-Lancerne qui provoqua le trouble de Victor. Sur ce cliché, Nicolas et Virginie Montserray se tiennent aux côtés d'Élizabeth Lancerne. La photo a dû être prise le jour de l'ouverture du laboratoire, c'est la seule à être si ancienne.

Le père d'Alice y apparaît souriant, détendu et bronzé au milieu des deux femmes. Virginie, elle, est pâle et maigre, son regard a quelque chose de fiévreux, d'inquiet. Elle a l'air rongée de l'intérieur par une maladie pernicieuse. Mais c'est surtout de voir pour la première fois le visage d'Élizabeth Lancerne qui trouble Bellanger.

Il éprouve en la regardant une étonnante impression de familiarité. Il n'a jamais vu cette femme qui se tient aux côtés de Nicolas Montserray, il en a la certitude. Mais, pourtant, son visage lui est familier. Plus que ça, il se sent fasciné par son expression : souriante, mais un peu trop raide.

Au-delà de l'étrange sensation de déjà-vu qu'il éprouve en regardant Élizabeth, ce cliché est lourd de significations. L'attitude des trois chercheurs trahit une situation anormale : les sourires forcés des jeunes femmes qui contrastent avec l'allure épanouie du père ; l'état physique apparent de Virginie ; la raideur peu naturelle de la pose d'Élizabeth, Victor croit voir se dessiner les causes qui vont mener ce trio au drame, quelques années plus tard.

Il a tenté de s'en ouvrir à Alice, mais la jeune femme n'est pas disposée à se plonger dans le passé tumultueux de sa famille. Il a gardé cela pour lui, a glissé la photo dans sa poche, et il le ressasse encore quand la voiture s'extirpe enfin de la barrière de péage marquant la sortie de la région parisienne.

Le trafic devenant plus fluide, Alice commence à retrouver le sourire. Elle se détourne de sa contemplation morne du paysage nocturne et boueux des bords d'autoroute pour se tourner vers Victor et le regarder comme une chatte surveille du coin de l'œil un oiseau qui la croit assoupie. Victor lui sourit :

— Ça va mieux ? On est de nouveau sociable ?

— Moui… J'aimerais juste savoir ce que tu me caches.

— Toujours parano.

— Tu ne t'en sortiras pas comme ça. Pourquoi avais-tu si peur des flics d'Alfortville ? Ne me dis pas que c'est parce que tu es en repos. Je n'y croirai pas.

Victor soupire, à trop vouloir la préserver de ses turpitudes passées et de sa mise à pied, il ne parvient qu'à créer un climat de suspicion qui renforce l'angoisse de la jeune femme. Il se décide à lui dire une partie de la vérité pour mettre un terme à cette situation.

— J'ai pété les plombs, je suis au placard et je n'ai pas le droit de m'impliquer dans une affaire en cours. S'ils l'apprennent, je risque la révocation définitive.

— Pourquoi as-tu « pété les plombs » ?

— Histoire de cœur. Ma femme m'a quitté, j'ai mal digéré la séparation et je suis devenu trop franc-tireur à leur goût. Je me suis mis à boire, aussi.

— Ça doit être le cas d'un flic sur deux, non ?

— J'ai poussé le bouchon trop loin, ça m'a valu la balafre que tu aimes tant. On m'a poussé à demander une affectation plus calme, j'ai accepté. Mais j'ai voulu y jouer au cow-boy, parce que j'aime faire le flic comme ça. Mon commissaire ne l'a pas supporté et il s'est arrangé pour me faire mettre à pied. Je n'ai plus le droit d'enquêter, ni de me prévaloir du titre d'officier de police judiciaire.

— Et s'ils t'avaient vu avec moi, ils en auraient conclu que tu menais une enquête pendant ta mise à pied.

— Et avec ton histoire de mort-vivant, ça les aurait définitivement convaincus que je suis devenu dingue.

— On fait la paire : Albator et sa folledingue !

— Pour le meilleur et pour le pire.

Alice hausse les épaules, sourit à Victor et allume la radio à la recherche d'une station musicale.

Une fois passé Reims, ils s'arrêtent dans une station-service pour faire le plein. Victor décroche à peine le tuyau malodorant servant du gazole quand il voit Alice s'agiter dans la voiture et lui faire de grands signes de la main, lui demandant de revenir dans l'habitacle. Il repose le bec verseur et ouvre la portière.

— Je viens d'entendre un message par ton scanner. On est recherchés, ils vont nous arrêter au prochain péage !

— Qu'est-ce que tu racontes ? marmonne Victor, en se rasseyant au volant.

— Là, à l'instant ! Ils viennent de confirmer la mise en place du dispositif je ne sais plus quoi... Ils ont donné nos noms et nos signalements et ils ont spécifié qu'on est recherché pour une affaire de meurtre. Notre interpellation est prioritaire pour toutes les forces de police !

Victor récupère sa carte bleue et s'assoit, il redémarre la voiture et va la garer sur le parking de la station-service. Il attend une répétition du message, et, au bout de quelques minutes, la confirmation de ce que vient de lui raconter Alice lui est fournie par la voix d'un commandant de gendarmerie.

Un dispositif visant à les intercepter se met bien en place. Leur voiture a été repérée quelques kilomètres en amont et la gendarmerie réagit, dans l'urgence. Mais un barrage les attend effectivement à la prochaine barrière de péage. Ils sont considérés comme armés et dangereux. Suspectés de meurtre, leur recherche et interpellation sont la priorité de toutes les forces de police de l'autoroute. Victor se prend la tête entre les mains et essaye de comprendre leur situation. La police sait à quelle heure ils ont passé le dernier péage avant Reims et ils ne vont pas tarder à envoyer des motards s'ils ne les interceptent pas d'ici quelques minutes à la prochaine barrière, à dix kilomètres de là. Les sorties d'autoroute sont elles aussi surveillées, ils sont pris dans la nasse. Alice panique :

— Qui veulent-ils qu'on ait tué ? La voisine ?

— Je ne vois pas qui d'autre… Mais ils sont allés très vite. C'est notre départ qui a dû accélérer les choses. Ils croient qu'on s'enfuit.

— Mais comment peuvent-ils croire qu'on a tué cette pauvre Isabelle ?

— Le tableau que j'ai pris, peut-être. Ou quelqu'un m'aura vu rentrer chez elle, il y a deux jours.

— On peut tout leur expliquer, on n'a rien fait, ça ne peut pas aller loin, crie presque Alice.

— On en aura pour au moins quarante-huit heures de garde à vue. Un meurtre comme celui-là, ils ne nous lâcheront jamais avant la fin de la durée maximale prévue par la loi. Même s'ils n'ont rien de concret contre nous, ils nous cuisineront jusqu'au bout. On ne peut pas laisser les jumelles sans protection pendant deux jours de plus.

— Non ! C'est hors de question ! Qu'est-ce qu'on fait alors ?

— Tu prends ton sac, je file à la station-service nous acheter deux ou trois trucs et on laisse la voiture. On ne pourra pas sortir de l'autoroute avec elle.

Alice obtempère et rassemble leurs affaires, Victor

achète de quoi manger et se laisse tenter par une bouteille de whisky, s'ils doivent marcher dans le froid, ça sera utile. Il prend aussi une couverture polaire et une lampe torche. Il craint devoir fuir à travers champs.

Ses craintes se trouvent fondées, il surveille la station-service pendant cinq minutes, le temps de voir s'ils ne pourraient pas se faufiler dans un coffre ou dans la benne d'un poids lourd et se faire transporter de l'autre côté du péage. Mais aucune opportunité ne se présente. Il y a trop de monde dans la station pour envisager de contraindre un automobiliste à les aider sous la menace de son revolver, si on les voit faire, ils seront arrêtés au péage et une prise d'otage fournirait aux policiers une raison suffisante pour les coffrer aussi longtemps qu'ils le voudront.

Ils ne peuvent pas attendre plus longtemps, les motards ne vont pas tarder à passer. Il faut qu'ils aient pris un peu d'avance. Il entraîne Alice avec lui vers le fond de la station.

Derrière le magasin, les terres de la Champagne pouilleuse s'étendent à perte de vue. Un vrai paysage désolé, sans lumière ni abri. La nuit est avec eux, jusqu'au petit matin personne ne pourra les retrouver dans cette étendue déserte. Il retire la batterie de son téléphone portable et demande à Alice d'en faire autant. Passé ce grillage, ils seront des fugitifs, leurs portables permettraient leur localisation.

— Ça va être dur. Tu es en forme ? s'inquiète Victor.

— Pour mes sœurs, je le serai.

Victor soulève le grillage et aide Alice à se faufiler dans la friche, il lui passe leurs affaires et il prend la même sortie.

Ils partent aussitôt, droit devant eux, à marche

rapide. Victor évite d'allumer leur lampe, ils traversent des étendues de neige boueuse, ils se félicitent de s'être chaudement chaussés, mais la neige finit par détremper leurs pantalons et leur glacer les jambes.

Ils sont fondus dans l'obscurité, la lune les éclaire juste assez pour ne pas se perdre de vue. Victor ouvre la voie et signale les anfractuosités et les embûches. Concentrés sur leur marche, ils ne se parlent plus et ils s'éloignent de l'autoroute en s'enfonçant dans une plaine battue par les vents. Ils doivent rapidement mettre une distance assez grande entre eux et la station-service, pour échapper aux recherches éventuelles qui seront lancées aux alentours de leur voiture abandonnée. Il fait de plus en plus froid au fur et à mesure de leur avancée. Leur souffle devient court, leurs pas lourds. Ils restent dans l'angoisse de voir surgir à tout moment les projecteurs d'un hélicoptère ou d'une voiture de police au détour d'un chemin, cet aiguillon les empêche de ralentir.

Ils marchent ainsi pendant plusieurs heures à une allure soutenue. Au milieu de la nuit, ils n'ont croisé personne et les lumières de l'autoroute ne sont, depuis longtemps, plus visibles. Par sécurité, ils n'ont emprunté aucun chemin et n'ont traversé que plaines, champs et sous-bois clairsemés, Victor s'assurant à intervalles réguliers avec leur lampe qu'ils ne tournent pas en rond. Alice montre des signes de fatigue. Mais refuse de s'arrêter.

— Je pense aux jumelles. S'il leur arrive quelque chose cette nuit je ne pourrai jamais me le pardonner.

Victor ne sait pas quoi répondre pour la réconforter, ils prennent quelques gorgées de whisky pour se donner un peu de chaleur. Cette randonnée est épuisante et glaciale.

Alors que les cuisses de Victor commencent à lui donner des signes de fatigue et de faiblesse, ils croisent leur première construction depuis la station-service. C'est une ferme. Une grande exploitation rectangulaire avec un corps principal et des granges unies par un mur d'enceinte en pierres meulières. La bâtisse est perdue au milieu des champs, sans vie apparente, ni aucun voisinage. Ils se dirigent vers les portes qui ouvrent sur la cour centrale, mais elles sont closes. Le bâtiment est sombre et silencieux. Il est bientôt quatre heures du matin, ils marchent depuis plus de six heures. Il est temps de trouver un moyen de locomotion ou de se reposer. Victor se hisse au-dessus du mur et regarde dans la cour. Il ne voit ni lumière ni voiture, ni chiens. La ferme a l'air abandonnée depuis longtemps.

— Il n'y a personne. Pas de voiture.

— Merde. On continue ?

— Non. Tu as besoin de repos. Il doit bien y avoir une route à proximité de la ferme. Demain on arrêtera la première voiture qui y passera. Mais pour cette nuit, ça suffit.

Alice ne proteste pas, elle se laisse hisser sur le mur et descendre de l'autre côté. À la lumière de leur lampe, la ferme leur révèle sa désolation, des bidons et des détritus jonchent sa cour, ses murs sont couverts de graffitis indéchiffrables. Ses fenêtres sont condamnées par des planches, mais la plupart sont à moitié arrachées. Entrer à l'abri du vent est assez aisé, mais l'intérieur poussiéreux est aussi désolé que glacial.

Ils ne visitent pas toutes les pièces du corps de ferme, les étages sont bloqués par l'effondrement des escaliers et certaines portes sont condamnées. Ils trouvent une grande pièce rectangulaire qui devait être la salle à manger. La pièce est couverte de tags et son sol est jonché de canettes vides, de capotes usagées et de papiers gras. Manifestement, l'endroit sert de rendez-vous nocturne aux jeunes désœuvrés de la Champagne pouilleuse.

Ils s'arrêtent là, la pièce a le grand avantage de ne pas sentir l'urine, ses visiteurs l'ont déblayée et elle est, de loin, la plus accueillante.

Victor sourit et espère ne pas tomber sur une bande de néo-babas se roulant des pétards. La vue de la cheminée au fond de la salle contribue pour beaucoup à son soulagement. La cheminée est pleine de cendres et donne l'impression d'avoir été utilisée récemment. Même si elle a sans doute besoin d'un ramonage intensif, il décide d'essayer d'y allumer un feu.

Alice est transie, ils sont trempés et si la cheminée refoule, ils l'éteindront et aéreront la pièce.

Sous les sarcasmes d'Alice qui se moque de son peu d'aptitude à la vie sauvage, il récupère des planches sèches et du papier, des magazines pornos devant dater des années soixante-dix à en juger les épilations sommaires des acteurs, et s'applique à leur faire un feu digne de ce nom. Après quelques tentatives infructueuses, il parvient à obtenir une flambée satisfaisante. Ils s'installent devant l'âtre et constatent que la cheminée remplit toujours son office et évacue la fumée sans refouler vers la pièce.

— Tu n'as pas peur qu'on voie la fumée ?

— En pleine nuit ? Non. Et on partira tôt, demain matin. Et on en a besoin.

— Oui, je n'en peux plus d'avoir froid.

Ils mangent leurs sandwichs sous vide accompagnés

de quelques rasades de whisky, ils soupirent d'aise et de soulagement, ils ne tardent pas à avoir assez chaud pour se débarrasser de leurs chaussures qui leur meurtrissent les pieds. Après un long essai infructueux, Victor finit par éteindre son scanner, qui ne capte plus aucune fréquence de police susceptible de leur indiquer l'état des recherches engagées. L'appareil qui leur aura permis d'échapper à la police n'a pas supporté leur randonnée dans la neige. Il a pris l'humidité et ne fonctionne plus. Ils vont devoir se passer de lui. Il en prend son parti, soupire et se relaxe.

Alice, elle aussi, paraît oublier pour un temps ses angoisses, elle cesse de s'agiter et de parler des jumelles. Victor ne pense pas que la détermination de la jeune femme faiblisse, mais il sait que la fatigue agit parfois comme un tranquillisant et contraint à la quiétude.

Une fois leur maigre repas terminé, Victor s'allume sa première gitane depuis le début de leur fuite et tend la couverture polaire à Alice. Elle s'en drape et lui fait signe de venir avec elle partager un peu de sa chaleur. Il obéit sans manière et vient s'asseoir contre Alice. Ils s'entourent de la couverture sans échanger un mot.

Après un petit instant de timidité, sans doute parce que la fatigue abaisse leurs défenses mutuelles, Alice prend sa cigarette, l'écrase sans un mot, et leurs lèvres se rencontrent enfin.

43

Mon inconscience a duré plusieurs jours, presque une semaine aux dires de Landri. Mais le plus pénible fut mon réveil. J'avais une fièvre terrible, si terrible qu'elle me faisait perdre conscience de là où j'étais et de ce que je venais de vivre. J'avais perdu la notion de l'espace et du temps et c'est tout juste si je savais qui j'étais. Mon crâne était vrillé de douleurs intolérables qui me faisaient crier et me tordre sur le sol de la nouvelle geôle où j'avais été amenée. Tout ce qui me restait de conscience était concentré sur la survie à la douleur.

Dans cette terrible épreuve, on s'occupait de moi avec plus de soin et d'attention qu'auparavant, j'avais conscience de visites régulières des femmes soignantes et de Landri. On me faisait boire, on me lavait et on me nourrissait. Ma survie à ce moment était déjà un signe d'étonnement et de respect de leur part. Pour eux, il paraissait certain que j'aurais dû remonter morte du puits. Et il n'en avait rien été.

Pourtant, j'ai bien failli périr des suites de cette expérience atroce, j'étais blessée aux sinus et au cerveau, mon corps luttait contre une infection sévère, j'avais perdu beaucoup de sang et les douleurs étaient terribles. Mais j'ai tenu bon. Grâce surtout à Landri, dont la présence régulière et les paroles réconfortantes me donnaient des raisons de m'accrocher, un repère stable et bienveillant.

Ma convalescence a duré plusieurs semaines. Peu à peu la fièvre a reculé, la douleur a persisté plus longtemps, elle survient encore, et reviendra toujours. Mais ses manifestations se sont adoucies et espacées. Les tremblements convulsifs ont disparu et j'ai fini par recouvrer l'appétit et des capacités motrices normales.

J'avais survécu au jugement du Serpent.

Ce que j'ignorais encore c'était que ce jugement m'avait modifiée définitivement. Je l'ai compris en parlant avec Landri, lorsqu'il m'amena mon premier vrai repas, pris assise, avec des couverts, dévoré avec impatience et gourmandise, malgré l'absence de viande du régime alimentaire de la cité souterraine. Il me regardait avec son sourire affectueux et m'a parlé avec un respect nouveau et très palpable.

— Tu es une personne extraordinaire, tu en as conscience ?

— Parce que j'ai survécu à votre punition ?

— Ce n'est pas une punition. C'est le rite que doivent passer les jeunes sorciers de la communauté pour devenir des veilleurs. Peu y survivent, et jusqu'à ce jour aucun de ceux qui l'ont passé pour y être jugés n'y avait survécu.

— À part avoir des maux de tête à devenir fou, ça apporte quoi de survivre à cette abomination ?

— Tu portes le serpent maintenant. Pas symboliquement, mais vraiment, le serpent qui est entré en toi y est resté, et y vivra aussi longtemps que toi. C'est un endoparasite qui vivra en toi. Juste là, à la jonction temporo-pariétale.

Il tapote l'arrière de son crâne, au-dessus de son oreille. Devant mon air horrifié, il a dû se sentir obligé de me rassurer.

— On vit très bien avec, n'aie pas peur. Enfin pas

moi, je ne suis pas un veilleur, mais Bakary, notre guide, et nos vingt veilleurs vivent avec sans souffrances.

— Ils sont dans le coma !

— Non, ils sont en voyage astral, ils se réveillent régulièrement.

— Bakary n'a pas l'air en forme non plus. On dirait une tête sans corps.

— C'est la substance qu'ils prennent pour déclencher le rêve du serpent qui cause cette maladie. Une dégénérescence cérébrale qui finit par frapper tous ceux qui consomment régulièrement cette substance, avec ou sans serpent.

J'ai connu une petite crise paranoïaque, alors qu'il me parlait, je me suis mise à sentir bouger ce serpent dans mon crâne, j'ai crié, et j'ai commencé à me palper frénétiquement la tête à l'emplacement supposé de mon parasite. Landri m'a prise dans ses bras et m'a calmée.

— Tu es des nôtres maintenant, le serpent t'a acceptée. On ne te fera plus de mal. Tu voulais vivre parmi nous et découvrir notre secret. Tu es devenue une partie du secret.

J'ai repris mon calme. Il n'avait pas tort : si j'étais libre, je pensais pouvoir m'enfuir et rejoindre Paris où un chirurgien pourrait me débarrasser de ce parasite. Il fallait que je tienne et que je leur cache mes réelles intentions.

L'attitude de la communauté vis-à-vis de ma présence avait effectivement complètement changé. Tous me dévisageaient avec déférence et répondaient à toutes mes demandes. J'ai pu découvrir l'intégralité de la cité, plus d'un millier de salles creusées sous la roche abritant chacune une famille ou un lieu de vie collective. Les puits de lumière n'éclairaient pas les salles directement, mais des torches disposées réguliè-

rement complétaient la luminosité. L'enchevêtrement des salles constituait un labyrinthe complexe, dense et malgré mes nombreuses et libres promenades de découverte, je ne parvenais pas à trouver une voie regagnant la surface. Et mes questions sur ce sujet restaient sans réponse, même Landri – qui devait pourtant le savoir puisqu'il allait régulièrement à Allada – esquivait le sujet. Je ne pouvais pas insister sous peine de voir mes intentions de fuite dévoilées.

Je ne sentais pas le serpent, j'avais parfois des migraines, mais je ne sentais jamais sa présence, au point de finir par douter de la réalité de son existence.

Le seul dont l'attitude à mon encontre n'avait pas varié était Bakary, le sorcier continuait à me défier du regard et à me mépriser ouvertement. Je comprenais, à ses remarques, que tant que je n'aurais pas fait preuve de mes capacités au voyage astral je ne serai pas, pour lui, autre chose qu'une intruse à écarter.

Landri m'a confié que Bakary œuvrait, jour après jour, pour qu'on me fasse prendre la drogue activant le « psychopompe » – c'est ainsi que j'ai pris l'habitude d'appeler mon petit locataire. Landri n'avait jamais connu Bakary aussi énervé et autoritaire, ce qu'il demandait était contraire aux usages : c'était de moi seule que devait venir cette décision.

L'obstination de Bakary à vouloir me la faire ingérer me faisait peur, ses intentions envers moi ne pouvaient pas être bienveillantes. Il transpirait de haine et de jalousie et, Landri me le confirmait, je n'inventais pas cette haine. C'était un piège. De toute évidence, Bakary espérait se débarrasser de moi de cette manière.

Pourtant, j'allais finir par demander moi-même à prendre cette drogue et à me jeter dans le piège du vieux sorcier.

44

Malgré l'entrain qu'elle se force à afficher pour ne pas corrompre le plaisir de sa sœur, Lou ne se sent pas à l'aise. Le gros 4 × 4 est neuf : ses cuirs sont vierges de toute trace, rayure ou éraflure, son habitacle exhale l'odeur caractéristique des voitures récentes, ses boîtes à gants et vide-poches sont immaculés. Elle jette un œil au compteur kilométrique et constate qu'il affiche quelques milliers de kilomètres, suffisamment pour laisser normalement apparaître des signes d'utilisation. Tout ceci évoque immanquablement une voiture de location.

Lou n'arrive plus à comprendre quel jeu jouent les deux jeunes hommes, la location d'une voiture de ce type est complètement superflue pour jouer aux séducteurs, ou alors, il y a des voitures plus à même de faire rêver des filles que ce gros 4 × 4 bourgeois, prétentieux et polluant. Les mises en garde d'Alice lui reviennent.

Sur le coup, elles n'y ont pas prêté tellement attention, leur sœur est dans un état psychologique précaire depuis la mort de son conjoint et la découverte de son infidélité. Ces appels ont persuadé les jumelles de la nécessité de la convaincre d'aller consulter un psychiatre pour l'aider à surmonter l'épreuve. Elles lui en avaient parlé peu après la mort de Thierry, quand elle a commencé à montrer des signes de dépression, mais elles n'ont pas assez insisté. Leur position de dernières-nées de la fratrie n'a pas aidé à leur donner du poids pour convaincre Alice. Quant à Romain, il plane au-dessus de la vie avec désinvolture, c'est donc à elles, les cadettes, de prendre en main leur sœur.

Mais ses délires sur une menace rôdant autour de la famille font maintenant frémir Lou. Le comportement de ces deux séducteurs a des incohérences qui l'alarment, même s'ils ont l'air vraiment drôles, légers, charmants et innocents… pour qu'elle les croie capables du pire. Mais ils peuvent n'être que des appâts. Tout cela est allé tellement vite, elle aimerait pouvoir en parler à sa sœur, mais celle-ci continue de s'abandonner sans retenue dans les bras de Théo. Elle cherche son regard dans le rétroviseur.

En vain, Iris est collée à Théo, la tête renversée sur la banquette pendant qu'il l'embrasse dans le cou, elle a une main glissée dans l'échancrure de la chemise du jeune homme et se laisse caresser la poitrine au travers de sa robe avec un abandon sensuel que Lou ne lui a jamais connu. À force de les dévisager, c'est le regard bleu de Théo qu'elle finit par croiser. Il lui sourit avec une assurance narquoise.

— On ne te choque pas, au moins ?

Elle rougit, bredouille une vague dénégation pendant que le couple reprend une attitude convenable. Ils sont arrivés. Alex actionne l'ouverture de leur box, et ils y garent la Cayenne. Une fois sortis de la voiture, Alex se rapproche d'elle en lui demandant si tout va bien pour elle, parce qu'elle a l'air un peu angoissée.

— On n'a pas l'habitude de suivre des garçons le premier soir, c'est tout.

— Mais on va juste boire un verre ou deux. On n'est pas dangereux !

Il rit avec une innocence fulgurante, comme s'il trouvait les angoisses de Lou incongrues et irrésistibles. Pendant qu'ils se dirigent vers l'entrée de leur immeuble, elle tente de se convaincre de l'absurdité de ses inquiétudes. Alex se serre contre elle avec tendresse, il lui murmure qu'elle peut rentrer chez elle, si elle veut, qu'il comprendrait, qu'il l'inviterait à dîner à son retour de Paris. Il est doux, prévenant et d'une sensualité folle. Lou ne sait toujours pas quelle attitude adopter, mais elle ne veut pas laisser sa sœur seule, alors elle se laisse aller contre l'épaule d'Alex et suit les jeunes hommes vers leur appartement.

Les deux îlotiers saluent Antonio. Le physionomiste du *Café des Anges* est une vieille connaissance de la police strasbourgeoise. Dans le bon sens, il a toujours fait preuve d'une grande intelligence et d'une grande finesse dans ses rapports avec les forces de l'ordre, que ce soit pour les affaires de drogue ou de mœurs qui transitent par son café, les îlotiers savent pouvoir compter sur lui pour une collaboration franche et efficace. Alors, ils viennent le saluer à chaque relève, pour prendre le pouls de la nuit et du quartier.

Le bar est bondé, Antonio les fait entrer rapidement pour ne pas garder la porte ouverte et laisser le bruit troubler la quiétude du voisinage.

— Ça va, les gars ? Vous voulez un café ?

— Pas le temps, mais merci. Comment ça se passe ce soir ?

— Y'a du monde, mais c'est tranquille, pas d'embrouilles. Deux trois mecs bourrés c'est tout.

— Tu n'as pas vu une des personnes qu'on t'a demandé de surveiller ?

— Personne ne s'est pointé ce soir. Mais…

Antonio marque un temps d'arrêt, il hésite à parler d'une chose relativement anecdotique et qui pourrait gâcher sans raison la soirée de quatre personnes. Un des flics le relance d'un hochement de menton, et il se lance :

— Les jumelles Montserray, que vous deviez surveiller avant-hier, elles étaient là ce soir.

— Ouais, on ne les suit plus. Je ne sais même pas pourquoi on nous a demandé ça.

— En tout cas elles sont reparties ce soir avec deux mecs que je n'avais jamais vus ici.

— Ça doit arriver souvent, non ? C'est bien pour ça que les mômes viennent ici.

— Pas elles, c'est pas leur genre. Et les mecs en faisaient des tonnes. J'ai trouvé ça un peu bizarre.

— OK, on va passer par chez elles en rentrant, c'est pas loin d'ici.

— C'est deux chouettes filles, ne leur gâchez pas leur soirée.

— Pas notre genre, Antonio, on est des *gentlemen*, tu sais bien.

Antonio les regarde partir avec dédain : « Des *gentlemen*, tu parles ! Des bourrins racistes et idiots, oui. » Il a appris depuis longtemps à tenir sa langue et à se faire aimer de ceux qu'il méprise, il n'aime pas faire du zèle, mais les deux compagnons des jumelles lui ont laissé une impression étrange. Des gigolos, ils lui ont fait penser à des gigolos et, vu que ce n'est pas du tout le genre des jeunes femmes, qui n'en auraient guère besoin, il ne peut pas s'empêcher de trouver ça bizarre. Suffisamment pour en parler aux îlotiers.

Orphée est arrivé avant les jeunes femmes et leurs compagnons. Comme convenu, ceux-ci ont emprunté un chemin indirect lui laissant le temps d'arriver en premier à l'appartement. Les deux appâts remplissent leur rôle à merveille, il ne regrette pas le temps passé à les choisir et à préparer cette soirée. Cet enlèvement en douceur est sans risques et bien moins fatigant qu'un arrachage violent. Le nécrophage s'est dissimulé dans sa cache, derrière le miroir et il peut, quant à lui, attendre dans le local technique du rez-de-chaussée.

Les deux étudiants sont des *escort-boys* occasionnels, recrutés sur Paris et payés une petite fortune pour séduire les jeunes femmes, avec l'aide des informations qu'il a collectées après deux mois de filature et d'enquête. Les deux hommes croient satisfaire les désirs d'un riche pervers obsédé par la gémellité et qui souhaite filmer leurs ébats avec les jumelles. Ils sont arrivés la veille et ils ont répété leur rôle avec Orphée. Tout se déroule comme prévu pendant ces répétitions.

Dans très peu de temps maintenant, les quatre noctambules seront profondément endormis par les puissants narcoleptiques introduits dans le champagne. Au réveil des deux jeunes hommes, les jumelles auront disparu, ils les croiront parties, ce qu'Orphée leur confirmera par téléphone en leur reprochant leur endormissement. Il les paiera par courrier la moitié de la somme convenue et les deux gigolos seront repartis pour Paris sans avoir le moindre doute d'avoir été les complices d'un enlèvement.

Le nécrophage, les jumelles et lui seront partis dès cette nuit. L'appartement loué en liquide sous un faux nom, comme la voiture, ne laissera aucune trace. Seuls les deux gigolos permettraient de faire un lien entre Orphée et la disparition des filles. Mais il y a peu de chance qu'ils apprennent un jour cette disparition et, à supposer qu'ils prennent le risque d'exposer leurs activités parallèles, à part un signalement, ils n'auraient pas grand-chose à donner aux forces de l'ordre.

Orphée interrompt son autosatisfaction prospective, il entend des bruits dans le couloir d'entrée et il doit être plus vigilant sur les événements. Il aime le jeu que représente ce piège, et il est un peu fasciné par les jumelles : dans le vaudou, les vrais jumeaux aux traits gracieux sont considérés comme des divinités, des *marassas*, des êtres supérieurs. Alors il a un peu peur d'avoir à leur faire face, seul. Ses restes de religiosité et de superstition le rendent nerveux à la simple évocation de cette situation. C'est aussi à cause de cette peur qu'il a opté pour ce mode opératoire par tiers interposé.

Les deux couples passent devant lui, ils rient et sont insouciants, mais dans ce monde tout peut tourner au cauchemar en un instant, Orphée a souffert pour le savoir et prend un plaisir malsain à le faire comprendre à tous ceux qu'il tient en son pouvoir.

Lou se laisse porter par la vague, elle attend d'avoir un moment d'intimité avec sa sœur pour échanger sur le sentiment étrange qui l'habite depuis leur départ du *Café des Anges*. Elle fait de son mieux pour rire aux plaisanteries de Théo quand ils montent les escaliers, mais au fond d'elle, une alarme retentit toujours et l'empêche de profiter pleinement du moment.

Théo ouvre la porte du loft, et allume les lumières de ce bel endroit à la décoration récente et onéreuse.

Là encore, Lou est gênée par ce décorum. Tout sent le neuf, l'appartement serait un appartement-témoin pour une entreprise de décoration d'intérieur qu'il ne serait pas différent. Les garçons les débarrassent de leurs manteaux qu'ils accrochent dans un dressing à l'entrée du loft.

Les jeunes femmes se laissent tomber dans le canapé de cuir blanc cassé qui leur offre une vue saisissante sur la place Kléber enneigée et ses tourbillons de flocons portés par le vent. Iris a toujours les pommettes rouges, sa sœur lui sourit et lui fait signe de la suivre aux toilettes, mais elle n'a pas le temps de se faire comprendre que Théo revient avec une bouteille de champagne et s'installe entre les jumelles.

Sous la table est disposé un magnifique tapis rouge imitant un parterre de pétales de roses. Lou se rappelle l'avoir vu sur un site Internet de design et en profite pour tester un peu Théo :

— Il est très beau, votre Nanimarquina. Vous l'avez acheté où ?

À son air surpris, elle voit bien que Théo ne sait pas de quoi elle parle, il échange un regard avec Alex qui vient de les rejoindre avec les coupes, mais ne répond pas.

— Votre tapis… C'est bien un Nanimarquina, non ?

— Ah ! Le tapis ! Pardon je ne m'en rappelais plus. Mais c'est ça oui. Très beau hein ?

Lou sent une boule grossir dans son estomac, personne n'achète un tapis à plus de 5 000 € sans se rappeler le nom du *designer*, même le plus blasé des parvenus. Elle se lève.

— Je vais me rafraîchir. Tu viens, Iris ?

Sans laisser à sa sœur le loisir de réfléchir à sa demande, elle l'attrape par la main et la tire vers la salle de bains à l'étage, pendant que les garçons ouvrent la bouteille de champagne en leur disant de ne pas y passer la nuit, car ils s'ennuient sans elles. Une fois dans la salle de bains, elle referme la porte et se tourne vers sa sœur qui s'est installée devant la glace.

— Je ne les sens pas du tout ces deux mecs.

— Tu ne vas pas tout gâcher. Pour une fois que je passe une bonne soirée !

— Iris… On n'achète pas un tapis comme celui-là sans connaître sa marque. L'appart n'a jamais été habité. C'est comme leur bagnole : ils en font trop.

— C'est les conneries d'Alice qui te sont montées à la tête.

— Peut-être, mais je veux qu'on y aille.

— Tu fais chier. Je suis bien, moi.

Sans répondre Lou se met à ouvrir les portes des placards de la salle de bains et inventorie les produits qu'elle y trouve, rien que du très usuel et neuf pour la plupart. Elle le montre à Iris :

— Tu crois que ce sont les produits de beauté de deux mecs aussi élégants et soignés que Théo et Alex ? À part une brosse à dents et de la mousse à raser, il n'y a rien.

— C'est peut-être leur garçonnière. Ils habitent ailleurs.

— Même, il y aurait plus de produits de beauté… Tu le sais, que cette histoire ne tient pas debout. Je ne sais pas ce qu'ils veulent, mais moi je veux me barrer.

— Théo est adorable.

— On se casse sans leur dire au revoir ou leur laisser la possibilité de nous retenir. On file tout de suite, Iris. Je t'en supplie.

— J'abandonne, je ne vais pas t'obliger à rester,

ni rester toute seule. Mais c'est dégueulasse de se barrer comme ça.

— On leur enverra un SMS pour leur dire que tout ça allait trop vite pour nous. Si c'est des mecs bien, ils comprendront, et ils nous rappelleront. Sinon tu ne perds rien.

— Une belle nuit de sexe, quand même.

— Arrête de faire la chatte en chaleur, ça ne te va pas. Suis-moi.

Lou ouvre la porte et entraîne sa sœur dans les escaliers d'un pas vif. Quand elles se dirigent vers l'entrée, les deux garçons les interrogent, coupes à la main.

— Où vous allez ? Le champagne vous attend.

— On va prendre quelque chose dans nos sacs et on arrive.

Elle ouvre le dressing silencieusement, tend son manteau à Iris et tourne la poignée de la porte d'entrée. La porte est close ! Théo a fermé à clef et ne les a pas laissées sur la porte. Lou serre les dents et annonce à sa sœur.

— On va retourner dans le living, le temps de leur prendre les clefs… et on se casse.

— C'est ridicule, ils ne nous veulent pas de mal, autant leur dire qu'on veut partir.

— Si on ne peut pas leur prendre les clefs, c'est ce qu'on fera.

Elles retournent dans le salon, affichant leurs plus beaux sourires. Lou voit les clefs posées sur le bar, Alex est juste à côté d'elle et lui tend une coupe de champagne. Elle se colle à lui et prend le verre. Ils trinquent, Lou boit la moitié de son verre d'un trait pour se donner du courage et embrasse fougueusement Alex à sa grande surprise.

Dans la rue des Grandes-Arcades, la Peugeot 308 des îlotiers s'arrête devant l'appartement des jumelles. L'un de deux flics regarde par la fenêtre et constate que toutes les lumières sont éteintes. On leur a demandé de venir régulièrement s'assurer de la sécurité de ces jeunes femmes mais, en passant toutes les deux heures, cela ne sert à rien. Ils ont fini par ne plus le faire. Ils ont suffisamment de choses utiles à accomplir pour perdre leur temps à passer devant les fenêtres d'une paire de jolies blondes. Si Antonio ne leur avait pas parlé d'elles ce soir, ils n'auraient même pas fait le détour.

— Elles ne sont pas là.

— Tu parles, elles doivent avoir mieux à faire en ce moment.

— Qu'est-ce qu'on fait ?

— On fume une clope et on rentre, j'ai ma dose pour cette nuit.

À quelques mètres de là, coincé derrière la porte du local technique, Orphée trépigne. Le nécrophage doit l'appeler dès que leurs proies se seront endormies. C'est plus long que ce qu'il espérait, le somnifère est à effet presque immédiat, cinq minutes après l'absorption, ils dormiront profondément.

Il résiste à l'envie d'appeler Pierre et se contente de lui envoyer un SMS lui demandant où ils en sont.

Le champagne est un peu acide, il est frais et de qualité, mais son goût est désagréable. Lou préfère penser à ça, plutôt qu'au baiser profond qu'elle donne à Alex. Son effusion n'est pas sincère et ça la met mal à l'aise. Pourtant, il remplit son usage, Alex est suffisamment surpris et troublé pour ne pas remarquer qu'elle a mis la main sur le trousseau de clefs et qu'elle les glisse dans sa poche. Elle se retire des bras d'Alex et lui sourit.

— J'en avais envie depuis trop longtemps. On retourne à nos sacs, et on revient.

— Mais qu'est-ce que vous cachez là-dedans ?

— De la coke. On n'était pas sûres que vous en vouliez.

Lou se surprend elle-même de l'aisance avec laquelle elle ment au jeune homme, il faut croire que son stage dans la politique commence à porter ses fruits et qu'elle a maintenant l'aplomb des bluffeurs professionnels.

— Bien sûr que si. On en a même un peu.

— Ah non ! Ça suffit ! Vous nous avez assez gâtées. On prend la nôtre.

Elle attrape sa sœur qui paraît gênée de ne plus savoir quelle conduite adopter vis-à-vis de Théo, et l'emmène de nouveau dans l'entrée. Leurs manteaux sont par terre, elles les ramassent et Lou introduit la clef dans la serrure. Sa tête lui tourne légèrement, elle ne comprend pas pourquoi, avec un tel stress, elle devrait être survoltée alors qu'elle se trouve molle et commence même à voir flou. Elle parvient tout de même à ouvrir la porte et se précipite dehors en tirant sa sœur. Elle entend les voix des garçons qui se rendent compte de leur fuite.

Elles dévalent les escaliers sans prêter attention aux cris de leurs deux ex-compagnons de soirée. Elles se ruent vers la sortie de l'immeuble. Lou entend Iris râler et lui dire que tout ceci ne tient pas debout, qu'elles agissent comme des allumeuses. Mais Lou ne ralentit pas et pousse la porte de l'immeuble malgré sa vue qui se trouble et une envie de dormir qui l'envahit inexorablement.

Orphée reçoit rapidement la réponse du nécrophage, elle lui arrache un juron : les deux jeunes femmes quittent l'appartement. Il doit agir vite. Il appelle le nécrophage :

— Tu t'occupes des deux gigolos. Qu'ils ne voient plus jamais le soleil. Moi, j'intercepte les deux salopes.

Il n'attend pas la réponse, il doit remplir sa part du travail, on ne leur pardonnerait pas un échec, les filles doivent être entre leurs mains dès ce soir. Indifférent au carnage que sa demande cause probablement à l'étage, il sort son revolver et se précipite dans le couloir. L'arrachage en douceur n'est plus qu'un lointain souvenir, il va devoir avoir recours à la violence, il doit faire vite et sans aucune hésitation. Ne pas se laisser freiner par sa superstition, ces jumelles ne sont pas des marassas, ce ne sont que deux jeunes idiotes, deux proies.

Il les voit descendre l'escalier et se ruer dans le couloir, il est en retard d'une dizaine de mètres, il les braque de son revolver au moment où la porte de l'immeuble s'ouvre et s'apprête à leur hurler de ne plus bouger.

Mais ce qu'il aperçoit dans la rue par l'entrebâillement de la porte lui fait retenir le cri qu'il comptait pousser et il n'émet qu'un gémissement étouffé.

Au milieu de la rue des grandes arcades, une voiture de police est arrêtée à quelques mètres d'elles, qui ne l'ont pas vu jaillir à leur poursuite. Elles se ruent vers leur immeuble sans un regard vers l'arrière. Il range son arme en maudissant sa malchance, cette voiture de patrouille tombe vraiment mal. Ils vont devoir agir vite pour corriger cet échec.

Ils avaient un deuxième plan, plus brutal et plus

risqué, mais ils vont devoir le mettre en œuvre sans attendre. Il remonte vers l'étage, retrouver le carnage qu'a dû causer le nécrophage.

Dans la rue, les deux îlotiers voient passer les jumelles au moment où ils terminent leurs cigarettes et s'apprêtent à redémarrer leur voiture. Les deux jeunes femmes titubent comme sous l'effet de l'alcool et peinent à ouvrir la porte de leur immeuble.

— Les oiseaux regagnent leur nid.

— Avec du plomb dans l'aile.

— C'est sûr, elles sont complètement bourrées.

— Ça m'en a tout l'air. Mais à part une gueule de bois, elles ne risquent pas grand-chose.

Ils les regardent ouvrir la porte et entrer sans un regard pour la voiture de patrouille. Une fois qu'elles ont disparu, les deux flics remontent leurs vitres et mettent le contact.

— Tout va bien, on dirait qu'il fait du zèle, Antonio.

— Oui, elles sont parties se coucher et on devrait en faire autant.

45

C'est d'une conversation avec Landri que m'est venue l'envie de me faire administrer la drogue activant le psychopompe. Je le questionnais sur les rites de Vilokan quand il en est venu à me parler de la cérémonie d'initiation des veilleurs.

C'était cette cérémonie qui devait être organisée si je décidais de me faire initier en tant que veilleuse, ce qui était mon droit puisque le serpent m'avait choisie. Son principe et son déroulement étaient simples. Les veilleurs commenceraient par un cycle de chants et d'invocations du serpent, puis l'un d'entre eux me ferait ingérer la drogue, la prendrait avec moi et m'accompagnerait dans mon premier voyage astral.

L'étendue du pays qu'il me ferait visiter échappait aux mots de Landri, il n'en connaissait que ce que la tradition orale des chants et des invocations lui avait appris, il n'avait aucune expérience de ce voyage. La réalité de cet au-delà était le secret des veilleurs, et nul à part eux n'avait le droit de le partager.

Au-delà de la curiosité, qui n'avait toujours pas cessé de me tisonner, un aspect de la cérémonie m'attira tout particulièrement. Aux dires de Landri, cette cérémonie avait lieu à la surface, dans la forêt cathédrale. Donner mon accord pour être initiée implique-

rait donc que je sois conduite à l'extérieur. Ce que mes recherches et visites ne parvenaient toujours pas à me permettre.

Mon envie de contempler de nouveau le ciel était physique. Plus qu'un sentiment d'emprisonnement, je ressentais une claustrophobie grandissante, je ne supportais plus d'être entourée jour et nuit... enfin, si cette notion avait un sens dans un monde de glaise privé de soleil. Je voulais sentir le vent, je voulais regarder l'azur et j'étais prête à affronter le piège de Bakary, si c'était là le prix à payer pour revoir la surface.

Après tout, j'avais déjà échappé à son premier traquenard. Il n'imaginait pas me voir sortir vivante du puits aux serpents. J'avais confiance en moi, et dans le soutien de Landri. Si je voulais un jour quitter la cité souterraine et revenir à Paris consulter un chirurgien pour faire enlever l'endoparasite lové dans mon hémisphère cérébral gauche, je devais accepter l'initiation.

Je demandai à Landri pourquoi lui n'avait jamais demandé à devenir un veilleur, il était l'un des hommes les plus intelligents et respectés de la communauté et si quelqu'un devait en devenir le maître, c'était bien lui.

— Je ne peux pas, mon rôle est d'assurer le lien entre la communauté et l'extérieur. Je suis le seul à parler couramment vos langues et à connaître votre monde.

— Personne n'est irremplaçable, tu pourrais former ton successeur.

— Je suis allé à l'université en France, ça demande beaucoup de temps et de moyens. Si je suis soumis au jugement du serpent et que je meurs, la communauté perdra son lien avec la surface. Cette menace sur notre communauté est trop importante pour que je prenne ce risque.

— Tu serais un chef plus digne que Bakary.

— Bakary est prudent et sévère. Je crois que l'uni-

vers requiert cette attitude. Le vodun doit être préservé de la folie des hommes. À n'importe quel prix.

Je ne pouvais pas lui donner tort même si, à ce moment, l'existence du vodun ne m'apparaissait pas encore clairement, l'équilibre précaire de l'écosystème de leur forêt, et l'autarcie harmonieuse dans laquelle vivait la communauté, n'auraient pas résisté à un contact avec la civilisation. Le dialogue et le respect des cultures primitives n'étaient encore qu'un mode de pensée marginal à cette époque et les essences de bois précieux présentes dans la forêt cathédrale auraient entraîné sa mise en exploitation sylvicole intensive. Ceci quelles que soient les protestations de ses habitants initiaux et légitimes. Pour la communauté de Vilokan, il n'y avait pas d'ouverture raisonnée au monde possible, leur culte et leur forêt impliquaient un secret absolu.

Quand je lui fis part de ma volonté d'être initiée, il ne tenta pas de m'en dissuader. Il ne voyait pas quel rôle je pourrais tenir dans la communauté si je n'allais pas au bout de cette démarche. Je ne pouvais pas rester, à vie, une spectatrice extérieure au milieu de la cité. Il ne chercha pas à en minimiser les risques, ni les conséquences sur ma santé. Les veilleurs débutants ne revenaient pas toujours de leurs voyages astraux. Parfois, ils se perdaient dans les anneaux du serpent et leur corps restait à jamais une carcasse sans vie dont la communauté continuait de s'occuper jusqu'à l'arrêt de ses fonctions mécaniques.

Il me recommanda d'être prudente et de suivre à la lettre les précautions qui me seraient indiquées par les veilleurs. Mon retour à la vie matérielle en dépendait.

Malgré ces recommandations fébriles, je ne pus m'empêcher de relativiser l'expérience que j'allais connaître. De nombreuses cultures de par le monde pratiquaient le voyage astral à l'aide de substances psychotropes. J'en avais fait moi-même l'expérience au

Mexique avec l'ingestion d'une drogue chamanique, le peyotl. Votre père et moi avions connu une expérience de sortie de corps et d'hallucinations sûrement assez proches de ce que j'allais vivre. Le danger résidait dans l'ingestion d'une trop grande quantité de drogue ou d'une éventuelle réaction allergique à la substance générant un choc anaphylactique. Tout ceci était connu et déjà abondamment pratiqué et documenté dans la documentation universitaire.

Quand j'ai sermonné, amicalement, Landri sur ses études de médecine qui auraient dû lui apporter suffisamment de recul vis-à-vis de ces récits et expériences, il s'est emporté, avec dans la voix une certaine inquiétude.

— Ne confonds pas les hallucinations ou les rêves que peut engendrer l'ingestion de drogues avec ce que tu vas vivre. Tu n'es pas dans une communauté hippie ou chez des charlatans comme il en pullule aujourd'hui aux États-Unis.

— Je l'ai vécu moi-même !

— Ce que tu as vécu est un simple dysfonctionnement de ta conscience, une ombre lointaine de ce que tu vas vivre lors de ton initiation.

— Comment tu peux le savoir ? Les expériences de sortie de corps sont toutes différentes d'un individu à l'autre !

— Pas celles-là, Virginie. Le monde que tu vas visiter est immuable. Comme la mort.

Je n'argumentai pas plus, je ne pouvais pas espérer une attitude rationnelle de la part d'un sectateur, même si celui-ci était docteur en médecine. Ce débat aurait été stérile. J'étais, de toute façon, résolue à aller voir par moi-même.

Bakary accueillit avec joie ma décision, il cacha ses réels motifs de satisfaction derrière l'importance de former un nouveau veilleur dont le point de vue et les différences culturelles seraient riches d'enseignement quant au monde des morts.

Son état de santé empirait. Depuis mon arrivée, j'avais l'impression que son corps devenait de plus en plus faible et fragile. À part son visage, il ne bougeait presque plus, je voyais sa respiration soulever sa cage thoracique squelettique, mais à part ce mouvement régulier et quelques tressaillements de ses mains, il était immobile et d'une maigreur cadavérique.

Il ne fit pas mystère de son état de santé, et m'annonça sa volonté d'organiser mon initiation avant que ses forces l'abandonnent. Son empressement était tel que la cérémonie allait avoir lieu dès le lendemain, et les préparatifs devaient commencer sans attendre.

Quand je suis sortie de la chambre obscure, presque mortuaire, de Bakary, je n'ai pas prêté attention à son sourire satisfait, ni à la lueur de convoitise qui illuminait ses yeux. J'étais euphorique à l'idée de retrouver l'air libre, de voir le ciel et de sentir le vent sur ma peau. C'était tout ce à quoi j'étais capable de penser à ce moment, en me faufilant entre les gardes et porteurs du vieux sorcier mourant.

Le lendemain, deux veilleuses sont venues me chercher aux aurores, prenant à peine le temps d'échanger les salutations d'usage, elles m'ont guidée dans le dédale de boyaux souterrains jusqu'au niveau supérieur, celui des bassins, des puits de lumière et des passerelles, que j'avais exploré au début de mon séjour. Nous nous arrêtâmes dans l'une des grottes qui ne comportait que deux entrées et aucune voie vers le sommet : je le savais pour l'avoir explorée en vain, dans le but de trouver un puits praticable.

Nous nous tenions au milieu de la grotte quand une corde apparut, lâchée depuis une ouverture que je ne voyais pas, et tomba juste à côté de notre petit groupe. J'ai levé la tête et j'ai remarqué, entre les racines d'un immense baobab, un trou d'un mètre de diamètre, sombre, creusé dans la terre. J'aurais pu passer cent fois dans cette grotte sans en remarquer l'existence.

Les deux veilleuses m'ont passé la corde autour des hanches et m'ont rassurée en me disant que j'étais attendue à la surface et que tout allait bien se passer. Puis on m'a hissée sur plus de dix mètres, dans un conduit noir et silencieux, je frôlais la paroi glaiseuse en me balançant, mais après quelques minutes, j'arrivai à la surface, tirée par quatre mains fermes puis remise sur mes jambes.

Le jour se levait sur la forêt, basilique au silence impressionnant. Les rayons de soleil, qui transperçaient la canopée, étaient suffisants pour m'aveugler tant je n'étais plus habituée à la lumière. Je clignais des yeux longuement, mon cœur palpitait et je me sentais étourdie. Mais après cet instant de vertige, inévitable après un si long séjour sous terre, j'ai fini par pouvoir regarder autour de moi.

Nous étions une cinquantaine, Bakary et ses porteurs, les veilleurs, rejoints par mes deux guides, Landri et une trentaine des membres les plus anciens et respectés de la communauté.

Le temple de surface était installé entre la dizaine de troncs du même baobab géant, un colosse comme il ne m'a plus jamais été donné d'en voir. L'arbre devait avoir plus de mille ans et couvrait une superficie proche d'un hectare.

Entre ses troncs, certains morts, certains jeunes, pouvait se tenir aisément une centaine de personnes. Sans venir en son centre, il était difficile de remarquer qu'il ne s'agissait que d'un seul et même arbre. Un regard extérieur le confondait avec une petite forêt plus dense au cœur de la forêt cathédrale. J'avais moi-même dû passer plusieurs fois sous ses frondaisons sans comprendre l'étendue de ses ramifications.

Mes souvenirs de jeunesse me ramenèrent à l'esprit un châtaignier, d'une taille et ancienneté similaires, que j'avais visité sur les flancs de l'Etna, en Sicile, pendant mon adolescence.

Cet arbre millénaire était le dôme de la forêt cathédrale, son apogée architectural.

Ses racines formaient un cirque naturel tout autour duquel était assise l'assemblée. En son centre, un tronc mort, à la courbure rejoignant le sol, faisait office d'autel. C'est sur cette estrade que Bakary se tenait, porté par ses deux gardes impassibles et musculeux.

Les veilleurs étaient debout, disposés de chaque côté de l'autel. On m'a priée de venir me tenir droite au milieu de cette assemblée. J'obtempérai et, une fois que j'eus gagné ma position, Bakary fit un geste des mains signifiant le début de la cérémonie.

Je dois dire que je n'en menais pas large, l'excitation de me retrouver enfin à l'air libre était contrebalancée par l'émotion et la tension que je sentais dans tous les regards. L'air frais me faisait le plus grand bien mais, sous une telle surveillance, je ne me faisais pas d'illusion quant à ma capacité à prolonger cette virée à l'air libre plus longtemps que ce que la communauté de Vilokan le jugerait nécessaire. Le passage que j'avais utilisé pour sortir n'offrait pas de perspectives d'évasion, seule et sans corde il me serait impossible de l'emprunter. Une fois la cérémonie terminée ma situation ne changerait que marginalement.

Les chants des veilleurs commencèrent, accompagnés d'une mélopée de Bakary. Les porteurs avaient allongé le sorcier sur une large branche du tronc mort. Je remarquai à ce moment un masque posé au pied de ce fût. Chaque initié ayant déjà le sien, dans le temple souterrain, celui-là devait m'être destiné. Il était d'un bois très clair, presque blanc et représentait un visage de femme. Il serait le symbole de mon entrée dans la caste des veilleurs.

La cérémonie d'incantation dura à peine un quart d'heure, je restai tremblante au centre de l'assemblée, incapable de comprendre le sens de la mélopée et de ses scansions, pourtant chantées en fon, mais dans une version plus ancienne de ce langage que celle utilisée dans la cité, et qui, chantée, me devenait incompréhensible au vu de mon état nerveux.

Passé cette incantation au dieu serpent, mes deux guides vinrent vers moi en tenant un bol de grès. Il contenait un liquide transparent, un peu blanchâtre, comme une eau très calcaire. J'ai vu dans le même temps qu'on apportait le même bol au vieux sorcier. Il allait être mon initiateur, ce n'était pas une bonne nouvelle, mais je n'en ai pas été surprise, il ne pouvait en être autrement au vu de sa volonté à me voir initiée.

À la demande de mes guides, j'ai avalé d'une traite le contenu du bol, liquide onctueux et légèrement sucré. Les chants redoublaient d'ardeur, maintenant accompagnés du roulement d'une dizaine de djembés. La cérémonie ne devait se tenir que très rarement. Les membres de la communauté qui ne faisaient pas partie de la caste des jardiniers sillonnant la forêt cathédrale, prenaient un plaisir immense à cette liberté retrouvée le temps d'une initiation. L'air libre devait leur manquer à eux aussi, et ils se laissaient aller au chant et à la musique avec une joie communicative.

Bakary avait bu, lui aussi. On me demanda de m'allonger le long d'une racine, un tapis de fougères sous la tête. Je me laissai emporter par la vague douce des chants et du vent léger de ce matin à l'air libre. Le soleil transperçait maintenant la canopée avec plus de vigueur, ses rayons éclaboussant la forêt et conférant un aspect doucement irréel à l'ensemble de la scène.

Je cherchai Landri des yeux, pour le trouver, souriant et chantant, au dernier rang des fidèles. Il paraissait juste un peu moins euphorique que les autres sectateurs, sans doute parce que lui avait l'habitude de pouvoir se promener en surface sans contraintes.

J'échangeai un regard avec lui quand j'eus l'impression de le voir bouger. Comme s'il s'éloignait de moi, sans un geste, en restant immobile et souriant. Après un instant de surprise, je me suis rendu compte que l'ensemble des sectateurs reculait et que j'avais l'impression de me décoller du sol doucement. Je jetai un regard tout autour de moi pour faire une constatation étonnante.

Je me voyais moi-même, allongée sur le sol, le long de la racine du baobab. Je m'éloignais de mon enveloppe physique lentement, comme un ballon s'envole si on lâche sa corde. Mon corps avait les yeux fermés et dormait paisiblement. Je n'ai pas paniqué, cette expérience était plus douce et moins traumatisante que l'absorption de peyotl. Je me rappelai la phrase d'Hemingway concernant l'expérience de mort imminente qu'il avait connue pendant la Seconde guerre mondiale : « Mon âme a quitté mon corps comme un mouchoir de soie quitte votre poche. »

En douceur, subrepticement, j'entrais au royaume des morts, guidée par mon serpent psychopompe, selon les croyances des sectateurs fidèles du vodun.

Je remarquai que la lumière avait décru, autour de moi le soleil ne perçait plus la canopée, la nuit avait repris ses droits. Le bruit de djembé ne me parvenait plus directement, il était comme étouffé sous un oreiller, sourd et de plus en plus faible au fur et à mesure de mon ascension.

Tout autour de moi dans les branches, dans les feuilles et même dans les fidèles assemblés au creux du baobab, je sentais une vibration subtile. Comme si tout le réel était parcouru d'une onde frémissante. Cette sensation était angoissante, tout ce que je voyais donnait l'impression de pouvoir se déchirer d'un instant à l'autre. Pour révéler quoi ?

Je commençais à trouver cette expérience moins agréable quand j'ai vu, juste en dessous du faîte des arbres, la silhouette de Bakary qui m'attendait. Ses contours étaient un peu flous et je pouvais voir au travers de cet ectoplasme. Il ne prenait cette apparence que pour pouvoir communiquer avec moi, et j'avais conscience que ces formes n'avaient pas lieu d'être au niveau de conscience où nous nous trouvions. Mon propre corps était quinze mètres plus bas, et avec lui, toutes les contingences physiques.

Je m'arrêtai auprès de Bakary, il me souriait plus chaleureusement que jamais et il m'indiquait le ciel.

— Poursuis l'ascension. Tu auras terminé ton initiation quand tu seras entrée dans la gueule même du serpent. N'aie pas peur, c'est le rituel ancestral pour devenir un veilleur. Nous avons tous fait ça. Tu dois aller vers la lumière et en revenir clairvoyante. Tu seras libre après ça.

Même sans les indications du vieux sorcier, dont je me méfiais, mon parcours m'attirait irrésistiblement vers le ciel. J'étais portée par un courant ascendant fort par lequel je me laissais guider. Je ne savais pas de quelle gueule du serpent parlait Bakary, mais je me tenais prête à cette rencontre mystique.

Une fois que j'eus quitté la forêt et que je me retrouvai au-dessus de la cime de ses baobabs, l'environnement se fit plus hostile. J'avais l'impression que la température chutait vertigineusement. Je détournai alors mon regard de la masse verte et chaleureuse de la cathédrale pour faire un tour d'horizon... Ce que je distinguai me terrorisa.

Je voyais plus loin que je n'en ai jamais eu l'occasion, comme au sommet d'une immense tour au milieu de plaines infinies. Je voyais l'océan, je voyais l'Afrique s'étendre sous moi sans limites. Mais tout était noir, froid, sans vie. Les couleurs avaient disparu au moment de ma sortie de la forêt. Rien ne bougeait dans ce tableau négatif et sordide de la réalité. Seule persistait l'onde invisible qui transperçait la forêt, tout ce paysage était lui aussi tendu par ces courants invisibles qui me donnaient l'impression de pouvoir déchirer le décor à tout moment.

Le silence m'oppressait, je tournai les yeux vers le ciel pour voir vers quoi mon ascension me menait, mais je n'y vis que du noir. Un noir intégral et intense. Pas une étoile, ni un nuage pour venir en rompre l'implacable monotonie. Qu'allais-je faire au bout de cette montée irrésistible ? Je ne voyais aucun serpent, ni aucune lumière.

Peu à peu, je pris conscience de subtiles variations dans mon environnement ; je continuai ma progression dans un silence glacial, mais je ressentis d'autres personnes parcourant le même chemin. Je ne pouvais pas les voir, ni les sentir, ni les entendre, mais je les percevais : je n'étais pas seule. Tout autour de moi, de toute l'Afrique, et d'ailleurs, des âmes suivaient le même chemin. Elles passaient beaucoup plus rapidement que moi, leur passage ne durait qu'une fraction de seconde, mais elles étaient si nombreuses que je finis par ressentir ces fulgurances comme un crépitement incessant et insupportable.

Je pris conscience que ces autres voyageurs éprouvaient une peur terrible, dans un long cri de douleur et d'incompréhension. Presque aucun ne faisait cette partie du voyage dans la sérénité. Cette expérience était terrifiante, même pour ceux dont la vie n'avait été que souffrance. Je sentais passer les âmes, je sentais la vie quitter la terre. Je percevais le vodun. C'était lui qui faisait vibrer les choses dans la forêt, c'était lui qui quittait les corps des mourants pour disparaître dans le noir.

Cette conscience devenait presque douloureuse, partager la mort de milliers de personnes est une expérience atroce, comme si je mourais plusieurs centaines de fois chaque seconde. J'étais pressée que l'ascension s'achève. Je levai les yeux désespérément vers le ciel et je vis ce qui l'obscurcissait. Un spectacle que je ne pourrai jamais oublier et que les mots sont bien trop faibles pour décrire.

Le ciel était constitué des anneaux d'un serpent immense, entourant la terre dans son étreinte noire et visqueuse. Ces anneaux, larges de plusieurs milliers de kilomètres, coulissaient les uns contre les autres dans une lente reptation. C'est en lui que se fondaient les âmes hurlantes des mourants qui me vrillaient le crâne de leur terreur.

Ma propre peur m'oppressait, le message de Bakary me revenait : chercher la gueule du serpent et y trouver la lumière. Cependant, prise dans le flux qui me portait vers le ciel, je n'avais aucune liberté, la gueule du serpent viendrait à moi ou je ne la verrais pas. Les yeux rivés sur la masse noire ondulante et silencieuse qui glissait au-dessus de moi, je cherchai désespérément autre chose que le lent défilé des écailles luisantes vers lesquelles fusaient les âmes hurlantes.

Il fallut que je parvinsse au bord de cette muraille, proche de la toucher, pour qu'apparaisse une variation. Je pouvais presque sentir le contact de la mort, le contact squameux du reptile. C'est à ce moment-là que mon but m'apparut. Sortant des anneaux, soudainement, une gueule en tout point similaire à celle des petits psychopompes, mais de la taille d'un estuaire venait vers moi dans une lente ondulation.

Je ne comprenais pas pourquoi Bakary m'avait laissée seule pour affronter le regard sans vie et immobile du serpent. S'il était mon guide pour l'initiation, son rôle eût été de m'aider à la surmonter, non de m'expédier vers ces anneaux où se perdaient les âmes. Je lui en voulais et trouvais sa vengeance pathétique. Il avait chaque jour l'opportunité de me faire assas-

siner par un de ses gardes, alors que cette manière de me faire souffrir était d'une lâcheté répugnante.

Le serpent vint jusqu'à ce que son mufle touche presque mon visage. Difficile de dire s'il me regardait tant ses yeux n'exprimaient aucune émotion. Deux boules de pierre noire dont la fixité me tétanisa. Je ne peux toujours pas évoquer ce que cet instant produisit en moi sans être emportée par le frisson de celui qui se tient debout au bord d'un abîme. Tout pouvait s'arrêter ou renaître dans cet instant, plus rien n'avait de limite. J'étais au cœur de la Création, face à la source du vodun, à l'origine du monde.

La gueule s'ouvrit lentement. Comme me l'avait annoncé Bakary, un tunnel s'offrait à moi. Une longue trouée noire d'où émanait, en son centre, une lueur pâle. La lumière mentionnée par le vieux sorcier se trouvait là, devant moi, je n'avais plus qu'à me laisser glisser vers elle pour accomplir mon destin.

Était-ce dû à un reliquat de croyance chrétienne, ou aux cris des âmes déchirant l'espace autour de moi ? Mais je ne pus franchir le pas. Je suis restée interdite, bloquée devant la béance du reptile. Cette lumière était une fin, je pressentais qu'il n'y aurait jamais de retour à ce voyage. Si j'allais vers elle, je mourrais, et je ne reviendrais jamais vers le monde des vivants. La tentation était forte, mais je ne pouvais pas me résigner à mourir.

C'était ce que voulait Bakary, je ne savais pas encore pourquoi, mais il exigeait que mon âme quitte mon corps et disparaisse, me laissant à jamais assoupie dans la forêt cathédrale.

Ma volonté de ne pas lui céder fut la plus forte, plus forte que la tentation d'éternité qui irradiait au bout du tunnel. Je tournai le dos à l'éternité, repoussai le mufle du reptile et me débattis pour retourner vers le sol. Je luttai mètre après mètre pour ramper du ciel vers la terre et fuir le regard mort du serpent.

Chaque effort me ramenait vers la vie. Dans ma lutte, je perdis la sensation du passage des âmes autour de moi, je n'étais plus tendue que vers un seul but : regagner la forêt.

Ce combat me sembla durer des heures. Derrière moi, le mufle du serpent suivait ma descente, restant toujours à portée de choix : je pouvais renoncer à chaque instant et plonger dans la gueule de l'éternité. Mais ma colère et ma rancœur contre le vieux sorcier étaient telles que je restai imperméable à la tentation. La colère et la haine sont des moteurs puissants.

Mon opiniâtreté fut récompensée, la forêt se rapprocha de moi. Lentement, je nageais comme dans des sables mouvants dont je m'extirpais, je sortais du piège que m'avait tendu Bakary, j'échappais au serpent et à la mort qui m'était promise.

Je pensais être sauvée quand j'ai traversé la canopée de la forêt cathédrale, mais sous la cime des arbres, un spectacle tout aussi terrifiant m'attendait.

Je ne tardai pas à comprendre l'agitation qui régnait dans la communauté. Tous dansaient autour du tronc, tous semblaient en transe, possédés. Les yeux fermés, les gestes presque convulsifs ils se livraient totalement au rythme des djembés.

Cette liesse collective ressemblait en bien des points à celles que j'avais pu constater lors des cérémonies vaudou auxquelles j'avais assisté. Les adeptes se laissent porter par la transe et deviennent les « chevaux » des esprits qui prennent possession de leur corps. Je considérais ces pratiques comme des défouloirs sociaux, où tous pouvaient donner libre cours à leur fantaisie sans avoir à l'assumer le lendemain. Mais au milieu de cette liesse, quelque chose me frappa alors que je me rapprochais de la communauté.

Je dansais.

Au milieu de la foule des sectateurs, je dansais.

Mon corps dansait.

Libéré de ma présence, il se laissait aller au rythme des percussions et se déhanchait d'une manière triomphale, provocatrice et presque obscène, sous les encouragements des autres danseurs.

Landri se tenait en retrait de cette agitation, il ne participait pas à la transe et regardait la scène avec une inquiétude palpable. Sur le tronc, Bakary reposait immobile, il respirait lentement veillé par ses porteurs. Ceux-ci semblaient se préparer à l'emmener. Je regardai ce spectacle saisissant le temps de comprendre ce qui se passait sous mes yeux.

Les porteurs soulevèrent Bakary avec prudence, indifférents à la transe des fidèles autour d'eux.

Je compris. J'acceptai l'incroyable.

Bakary n'était pas là pour m'attendre, mais pour me voler mon corps. Sa convoitise et sa jalousie s'étaient incarnées dans cette manipulation. Toutes ses manigances n'avaient que ce but. Éperdument jaloux de ma jeunesse et de ma beauté, il m'avait volé mon enveloppe charnelle et en usait avec délectation sous mes propres yeux, persuadé de m'avoir envoyée dans un voyage sans retour.

46

Victor s'embrase, la fatigue accumulée au long de cette pénible randonnée nocturne se dissipe en un instant, la sensation de froid qui engourdissait ses membres aussi. Tout cela est balayé par une onde de chaleur qui irradie depuis son ventre jusqu'au bout de ses doigts fébriles. Il n'a pas un instant d'hésitation, cette volonté hurle en lui, leur passion doit se consommer cette nuit, dans cette ferme abandonnée, poussiéreuse au milieu des champs.

Ses caresses empressées sont tremblantes, il n'a plus ressenti une telle ardeur depuis des années et en est étourdi. Il peine à déshabiller Alice, il est maladroit comme un adolescent, mais Alice ne le lui fait pas remarquer, elle n'est qu'abandon et douceur et elle lui laisse reprendre peu à peu une attitude virile.

Le corps d'Alice est le puits de délice qu'il espérait, ses seins, pleins et ronds, réagissent à la plus furtive des caresses. Ses hanches, fines et douces, se tendent quand il les frôle. Il se perd en baisers et crie presque de satisfaction quand il sert contre lui ce corps chaud et palpitant. L'abandon de la jeune femme se transforme vite en appétit et en passion. Elle le plaque au sol sur la couverture polaire, l'enfourche, le guide en elle. Elle secoue sa crinière de lionne blonde et, les mains appuyées sur la poitrine de Victor, elle commence une douce succession de vagues qui font frissonner Victor de plaisir au rythme de ses reins. Ses mains explorent chaque grain de peau de l'amazone avec une exaltation inépuisable. Leurs gémissements envahissent longuement la ferme abandonnée.

Ils finissent par s'endormir, imbriqués l'un dans l'autre et roulés dans la couverture, alors que le jour est sur le point de se lever. Leur sommeil ne dure que deux heures, dès que le soleil envahit la pièce au travers des planches disjointes de ses fenêtres, ils se réveillent et leurs instincts de fuyards prennent le dessus, après un baiser scellant leur union pour la journée à venir.

Ils se rhabillent en frissonnant, Victor voit disparaître avec un pincement nostalgique les courbes délicieuses de la jeune femme, alors que son parfum s'évanouit de ses narines. Ils rassemblent leurs affaires en se plaignant de ne pas pouvoir prendre un café. Victor a les jambes lourdes, des courbatures terribles derrière les mollets, mais il se sent bien, apaisé. Les bras ballants, il suit du regard le moindre mouvement d'Alice qui roule la couverture, il la serrerait volontiers dans ses bras, mais le temps presse. La romance devra attendre la fin de leur fuite. Leurs pas sont sans doute visibles dans la neige et risquent de mener à eux les recherches de la gendarmerie. Cette pensée le fait redescendre sur terre et il s'active.

Ils sortent de la ferme et traversent sa cour. Il aide la jeune femme à passer par-dessus le mur. De jour, la campagne alentour n'est pas plus animée que de nuit, à perte de vue s'étendent des champs de betteraves enneigés. Le paysage est même encore plus effrayant, impitoyable et dénué d'humanité que Victor l'a imaginé pendant leur randonnée nocturne. Le chemin qui part de la ferme est couvert de neige et est invisible. Mais du haut du mur, Victor aperçoit la petite route qu'il rejoint à un kilomètre environ de la bâtisse.

Ils marchent dans cette direction, leurs muscles se réchauffent et les courbatures s'effacent. Mais, lorsqu'ils atteignent la petite départementale, ils n'ont pas vu passer une seule voiture. Ils s'arrêtent un instant au bord de la route, le temps de déterminer dans quel sens l'emprunter. Victor hésite à rallumer son téléphone pour consulter un plan : toujours aucune voiture à l'horizon, dégagé dans les deux directions.

La chaussée est à peine déneigée, elle n'a pas été salée depuis plusieurs jours et elle est couverte de plaques de verglas et de neige durcie. Emprunter cette route doit être un véritable calvaire pour l'automobiliste qui s'y aventure. Victor ne s'étonne pas de n'y voir aucune circulation.

Il opte pour la discrétion et il décide de marcher sur le bas-côté en attendant de croiser un véhicule, sans rallumer son téléphone. Ils se remettent en marche, guettant fébrilement le paysage, mais tout reste interminablement désert. Dans cette région de camps militaires et de culture betteravière, les habitants se font rares et doivent craindre l'état de la chaussée. La terre, la terre et rien que la terre. La vie qu'il a fuie dès son adolescence en désertant la ferme familiale et sa mère remariée. Les siennes sont bien plus au sud de la France, mais elles ont cette même rudesse silencieuse qui l'oppresse. Victor est devenu un urbain incurable, cette paix monacale l'angoisse, les horizons dégagés lui donnent le vertige. Il soupire et confie cette aversion à sa compagne.

— Tu as tort. La terre est ce dont nous sommes faits. Sans l'étincelle de vie, nous ne serions que des petits tas de boue inerte. Nous sommes de la même matière. Quand nous la salissons, nous nous salissons nous-mêmes.

Victor s'apprête à lui répondre que lui, il doit être fait de bitume… quand il aperçoit une voiture à l'horizon. Il préférerait qu'Alice reste en retrait le temps de vérifier qu'il ne s'agit pas d'une voiture de police, mais les accotements de la route sont plats et il n'y a pas un arbre à des kilomètres alentour, aucun moyen de se cacher.

Si la voiture est un véhicule de police, ils sont cuits. Après une minute d'attente angoissée, il peut s'assurer que ce n'est pas le cas. Ils tentent de l'arrêter mais, malgré leurs gestes de bras, la berline ne s'arrête pas et continue sa route, indifférente aux demandes des deux randonneurs. La prudence, ou l'égoïsme, du conducteur lui aura épargné de se voir voler sa voiture, mais elle ne sert pas leurs intérêts et Victor s'agace de ce temps perdu.

Ils marchent encore quelques kilomètres sans croiser quiconque, quand ils aperçoivent au loin un groupe de maisons et quelques arbres. Puis, un panneau indiquant l'entrée d'une localité : la Grande-Romanie. Non loin de ce panneau, ils finissent par distinguer un petit groupe de pavillons récents et occupés. Les deux fuyards se dirigent vers le plus isolé d'entre eux, dont les lumières sont allumées.

Il embrasse Alice, lui annonce qu'ils vont devoir faire des choses désagréables, mais que c'est le prix à payer pour conserver leur liberté et assurer la protection des jumelles.

— On va éviter la violence et on les dédommagera, mais il nous faut une voiture et un téléphone.

Alice acquiesce, elle lui dit être déterminée et prête à faire ce qu'il faudra pour être à Strasbourg au plus vite. Une plaque indique la présence de chiens dangereux, Victor passe outre et ouvre le portail. Aucun chien n'aboie, il entre dans la cour et fait signe à Alice de le suivre. Leur présence au bord de la route risquerait d'être remarquée depuis les pavillons environnants. La neige amortit leurs pas sur le gravier de l'allée et ils se plaquent rapidement le long du mur du pavillon. Ils le longent, arrivé à côté de la fenêtre éclairée, Victor risque un regard à l'intérieur.

Il voit un couple de personnes âgées prenant leur petit déjeuner en pyjama et robe de chambre. Un chien de taille modeste à leurs pieds. Une brusque honte lui noue l'estomac, son instinct de flic répugne viscéralement à agresser deux personnes âgées chez elles un matin d'hiver. Il se rassérène en se convainquant qu'il n'y aura aucune violence et qu'ils leur laisseront un joli paquet de billets pour leur faire oublier cette expérience désagréable. Il cherche un moyen d'entrer. Il fait un tour du pavillon sans succès, le garage est fermé et les portes aussi. Ils ne peuvent pas rester à découvert si longtemps. Il se prépare à forcer une porte-fenêtre quand il entend la porte d'entrée s'ouvrir, il s'y précipite et arrive pour voir sortir le chien des propriétaires, un corniaud inoffensif.

Avant que son maître n'ait le temps de refermer la porte, Victor la bloque et repousse le retraité en pyjama, fermement mais prudemment, dans l'entrée du pavillon. Il lui intime l'ordre de se taire et lui demande de rester calme. Alice le suit et ils referment la porte derrière eux. Il entraîne le vieil homme jusqu'à la cuisine, lui demande de s'asseoir, sous les interrogations paniquées de sa femme qui peine à comprendre ce qui se passe.

— Restez calmes. Nous avons besoin de votre téléphone et de votre voiture, c'est une question de vie ou de mort. Nous vous paierons pour cela, mais nous ne vous laissons pas le choix.

Pour appuyer sa demande, il montre le revolver sous son aisselle. Il demande les clefs de voiture au vieil homme qui, tremblant de la tête aux pieds, lui remet un trousseau. Alice surveille le couple pendant que Victor fait un tour du pavillon pour trouver un endroit où les enfermer le temps qu'ils s'enfuient. Il déniche un cellier qui pourra remplir cet office et retourne dans un petit bureau utiliser le téléphone.

Il appelle Rochat. Il est encore tôt sans doute, et il ne peut joindre que sa messagerie, le numéro de son appartement et celui de son bureau ne répondent pas non plus. Il ne laisse pas de message pour ne pas laisser une trace qui pourrait compromettre son ami dans la fuite de deux fugitifs. Il consulte nerveusement son répertoire, il ne peut pas laisser son portable allumé longtemps sans courir le risque d'être repéré. Il retrouve le numéro de Brocard, son ami de la SRPJ 94, et décide de tenter sa chance. La grosse voix embrumée par le sommeil du commissaire lui répond après des sonneries insistantes.

— Bellanger ! Mais dans quelle merde tu t'es fourré ?

— Je n'ai pas tué la vieille, Brocard… je te le jure.

— Il y a un an, j'en aurais mis ma main à couper, mais tu es devenu tellement bizarre ces derniers temps.

— Pas à ce point, je t'en prie, crois-moi : c'est une question de vie ou de mort.

— Rends-toi et explique-toi avec la Crim. Ils ne sont pas si cons.

— Tu n'as plus l'enquête ?

— Tu parles, je ne l'ai pas gardée plus d'une heure après qu'on s'est vus.

— Qu'est-ce qu'ils ont contre moi ?

— Aucune idée. Le fait que tu sois venu sur les lieux a dû peser, mais ce n'est sûrement pas tout. Je les trouve sacrément pressés de te mettre le grappin dessus, ils doivent avoir du lourd.

— Tu pourrais essayer de te renseigner ?

— Tu me demandes quand même d'aider un criminel en fuite, Victor !

— Tu n'es pas sur écoute et tu ne vas quand même pas croire que j'ai pu faire ça à une femme qui a l'âge de ma mère.

— Je n'y crois pas, non. On m'aurait dit que tu avais découpé un dealer en morceaux, j'y aurais cru. Mais pas ça. Néanmoins, tu m'as pris pour un con en venant fouiller sur la scène de crime, alors que tu étais mis à pied.

— Pardon, je te dis que c'est une question de vie ou de mort.

— Bon, j'imagine que tu ne vas pas me dire où tu es, ni me donner un numéro, alors rappelle-moi ce soir. Je ne te promets rien, mais je vais passer quelques coups de fil. Cette histoire n'est pas nette et j'aurais voulu savoir de toute façon.

— Merci.

— Ne me remercie pas. C'est un échange, tu me raconteras dans quel merdier tu t'es fourré en contrepartie.

Victor n'essaye pas d'argumenter, il sait bien qu'il ne pourra pas tout dire à Brocard, lui raconter l'affaire serait lui avouer sa destination, il lui en donnera juste assez pour étancher sa curiosité de vieux poulet. Il raccroche l'antique combiné France Télécom. Sur le bureau sont disposées des photos de famille encadrées. Des gens souriants et sincères.

Il ne peut s'empêcher de songer au cliché qu'il garde dans sa poche. Il le sort et le pose sur le sous-main en cuir rouge du bureau. Quelque chose cloche dans l'attitude des trois scientifiques, comme si cet équilibre n'était que de façade, une comédie maladroite pour dissimuler une tension dramatique. Il sait bien qu'il ne trouvera pas la clef de l'énigme en regardant ce cliché, mais c'est le visage de Lancerne qu'il veut revoir. Il pense savoir où il a déjà vu ce visage. Il ne l'a pas réellement vu. Il l'a rêvé, il l'a subi pendant ses songes, on le lui a imposé pendant son coma. Ce visage est celui de la femme au fauteuil roulant qui était à ses côtés à sa sortie du coma. Il en est certain maintenant.

Il s'assoit. Il a du mal à discerner l'étendue des implications de cette révélation. Lancerne le connaissait avant le début de l'affaire. Elle s'est penchée sur lui avec attention et l'a manipulé pendant son coma. Soit il s'agit d'une coïncidence et elle l'a juste soigné, comme le lui a proposé Lucius, car son cas correspond à ceux traités par l'institut ; soit il ne s'est pas retrouvé mêlé à cette affaire par hasard. Si cette deuxième hypothèse s'avère exacte, il ne sait pas quels intérêts il sert peut-être. Il ne sait pas lui-même où tout cela le mène, et il ne voit pas à qui cela pourrait profiter. Son seul rôle pourrait être de servir de bouc émissaire et d'attirer sur lui les recherches de la police, mais ça lui semble peu pour justifier une telle machination.

Il est perdu dans ses pensées, quand il entend des éclats de rire en provenance de la cuisine. L'événement est tellement incongru qu'il lui faut quelques secondes pour l'accepter, mais les rires reprennent, il distingue la voix d'Alice et celles des retraités. Il se rue vers la cuisine. Un rire n'est pas inquiétant en soi, mais tout imprévu dans cette situation tendue peut être une source de danger potentiel.

La scène à laquelle il assiste le rassure, ils ne courent aucun danger. Alice est assise à table avec les deux habitants du pavillon et elle boit un café en échangeant des plaisanteries avec le couple, qui termine son petit déjeuner. Alice lui fait signe de s'asseoir et de prendre un bol. La vieille dame lui tend une chaise.

— Vous auriez dû venir ici au lieu de passer la nuit dans la ferme Uvenard. Il n'y a plus que des rats et de petits voyous là-bas.

Alice le regarde avec un sourire resplendissant et lui pose la main sur le bras.

— On y a passé une bonne nuit quand même.

Puis, se tournant vers Victor, en désignant le retraité :

— Monsieur connaît bien cette ferme, il y a travaillé pendant des années comme ouvrier agricole.

— Appelez-moi Louis ! Faut pas vous inquiéter, monsieur Victor : on n'aime pas les flics par ici. Vous pouvez prendre ma voiture. Mais ne me l'esquintez pas ! Avec ces routes verglacées, c'est dangereux de rouler aujourd'hui.

Victor capitule et sourit, il ne pensait pas que le grand banditisme gangrenait à ce point les campagnes françaises et que le moindre retraité se transformait en complice volontaire du premier truand en cavale. Flic est un boulot ingrat dans un pays de rebelles, provocateurs du berceau au tombeau. Alice explique son plan :

— On laissera la voiture de Louis dans une gare et on leur signalera. Louis viendra la récupérer en train.

— Vous savez que vous vous rendez complices de fuyards ? prévient Victor pris par la culpabilité.

— J'ai encore le droit de prêter ma voiture, non ? Ou alors, on peut plus rien faire, dans ce pays ! On est encore obligés de travailler à 70 ans parce que nos pensions sont trop faibles, et on devrait rendre des comptes parce qu'on prête sa voiture !

Victor l'apaise alors que la vieille dame lui sert un bol de café fumant.

— Si vous ne signalez pas notre présence, il y a peu chance qu'ils viennent vous interroger. Si c'est le cas, vous dites qu'on vous a loué votre voiture.

Il pose quelques billets de cinquante euros sur la table, tout en pensant qu'il en laissera plus dans la voiture une fois arrivés à Strasbourg. La maîtresse de maison les empoche sans sourciller, la conscience de la valeur de l'argent reste une valeur sûre dans les campagnes.

Ils terminent leur café et acceptent la rasade de gnôle que leur propose le vieil anarchiste survolté, malgré les protestations de sa femme qui pense qu'il est trop tôt, mais qui finit par en prendre un verre avec eux. Louis leur indique la route à prendre pour éviter les plaques de verglas et les éventuels barrages de gendarmes. D'après lui, il n'y en a qu'une poignée à Coutisols, la bourgade voisine, et ils sont bien trop frileux pour se lancer dans un dispositif d'envergure d'aussi bonne heure.

Louis les conduit jusqu'à son antique Renault 21

break, il leur donne les dernières consignes de prudence et, pendant que sa femme offre des fruits et du pain à Alice, il lui montre l'utilisation des commandes de la voiture. Précaution superflue que Victor fait mine d'écouter religieusement, en fumant sa gitane, comme un ado à qui son père confierait pour la première fois la voiture familiale.

Ils remercient chaleureusement leurs hôtes et prennent la route. S'ils ne perdent pas trop de temps sur le verglas, Strasbourg est encore à trois heures de là, et les jumelles ont toujours besoin de leur protection. Alice ne paraît pas trop tendue, elle est sans doute, comme Victor, soulagée de la manière dont s'est déroulé leur vol de voiture.

— Il va falloir ruser, j'ai peur que les flics s'attendent à ce qu'on aille voir tes sœurs.

— Au moins s'ils les surveillent, elles ne risquent rien.

Il ne dit rien pour l'en dissuader, Alice n'a pas besoin qu'il la plonge dans l'inquiétude, mais il doute que la surveillance policière soit suffisamment étroite pour mettre les jeunes femmes à l'abri de tout danger.

[illegible] entre les [illegible] de [illegible]
[illegible]
[illegible]
[illegible]
[illegible]
[illegible]
[illegible]

[illegible] pour [illegible]
[illegible]
[illegible]
[illegible]
[illegible]
[illegible]

[illegible]
[illegible]
[illegible]

[illegible]
[illegible]
[illegible]
[illegible] filer avec les deux

47

Le nécrophage ouvre calmement la porte de son réduit. Le miroir coulisse et il entre dans le salon sous les regards médusés des deux jeunes hommes, qui arrêtent leur course vers la porte d'entrée. Il les a vus boire du champagne, il sait donc que la violence et l'urgence sont superflues : le temps va jouer pour lui inexorablement. Il fait signe aux deux jeunes hommes de rester silencieux, il voit dans leur attitude qu'ils attendent de lui une explication à sa présence.

— C'est moi qui devais vous filmer avec les deux filles, si vous n'aviez pas tout fait louper.

— On a fait tout ce qui était prévu.

— Pas assez bien. Mais ne faites pas un esclandre dans l'immeuble, le propriétaire n'apprécierait pas. On va vous payer quand même. Asseyez-vous et finissez le champagne, je vais aller le chercher.

— Je suis sûr que si on les rappelle, ça marchera la prochaine fois. On les tenait, je ne sais pas ce qu'il s'est passé.

— On va voir ça. Mais pour ce soir, c'est terminé.

À leurs mines écœurées, le nécrophage remarque que son odeur vient de leur parvenir. Mais ils ont aussi l'air un peu groggy, trop pour s'en inquiéter ou demander des explications. Ils s'assoient sur le canapé et terminent leur coupe.

— Il n'est pas très bon, votre champagne.

— Il a d'autres qualités.

Pierre s'assoit sur un fauteuil en face des gigolos et leur sourit tendrement. Il les regarde cligner des yeux, se demander ce qui leur arrive, ils tentent de se relever mollement du canapé, trop profond pour leurs forces déclinantes. Il leur propose de leur faire un café, ils acceptent et cessent d'essayer de se redresser pendant qu'il se dirige vers la cuisine.

Quand il revient avec ses tasses bouillantes, les deux jeunes hommes dorment profondément.

Il pose les tasses et s'assoit entre eux. Il leur prend les mains et les porte à son visage, il renifle longuement l'odeur des deux garçons. Puis il se redresse et enfourche Théo. Posé sur les genoux du jeune homme il se penche vers lui comme s'il voulait lui parler à l'oreille. Alors qu'il murmure, ses mains se posent sur le cou de Théo, et il serre violemment. Le jeune homme ne se réveille pas, il meurt dans son sommeil pendant que le nécrophage lui annonce ce qui l'attend de l'autre côté des portes.

Il vérifie longuement que le jeune homme ne respire plus, et, une fois la certitude acquise, il ne résiste pas à la tentation. Il mord sauvagement dans la joue du mort. Il grogne et agite la tête comme un charognard sur une bête morte, arrache un morceau de chair qu'il avale avec un gémissement de satisfaction.

Le visage plein de sang, il enfourche Alex qui continue de dormir. C'est à ce moment qu'Orphée entre dans l'appartement, il vient s'asseoir dans le fauteuil et prend une des tasses de café, non sans avoir demandé la confirmation qu'elles ne sont pas droguées. Il regarde son sinistre acolyte, le visage plein de sang, poser ses mains autour du cou d'Alex et serrer avec brutalité.

Le jeune homme se réveille, il a une sorte de soubresaut convulsif qui alerte le nécrophage qui lui parlait à l'oreille. Il lui plonge son regard dans les yeux pour se délecter de la panique et de l'incompréhension du jeune homme qui tente vainement de se débattre. Les narcoleptiques qu'il a ingérés sont bien trop puissants pour qu'il y parvienne. Il meurt rapidement, avec le rire du pervers comme ultime accompagnement.

Orphée est reconnaissant envers Pierre de ne pas lui imposer le spectacle d'une de ses nouvelles gourmandises. Il l'aide à poser les deux cadavres dans les caissons qu'ils avaient prévus au cas où ils devraient dissimuler les jumelles. Pour les deux jeunes hommes, l'aération sera superflue, mais ils ne les gêneront pas en attendant que le nécrophage décide de les dévorer.

Une fois le salon débarrassé, Orphée appelle leur commanditaire. Il sait qu'elle ne dort pas, qu'elle ne dormira pas avant d'avoir les jumelles en sa possession. Il ne se trompe pas, elle répond à la première sonnerie. Il lui annonce leur échec. Il ne lui a jamais connu un éclat de voix, mais là il sent bien qu'elle est furieuse. L'échec de l'enlèvement est une nouvelle désastreuse pour elle, et la présence policière durant la nuit l'alarme.

Elle lui annonce son arrivée le lendemain matin, accompagnée, pour mettre en place le plan alternatif avec eux. Ils font la liste de ce qu'Orphée doit faire le lendemain matin pour préparer cette nouvelle tentative. Un nouvel échec est exclu, quels que soient les moyens à employer, ils devront mettre la main sur les jumelles.

Il fait part à Pierre de l'arrivée de leur maîtresse. L'événement est d'importance, ils ne l'ont plus vue depuis des mois et ils savent qu'elle représente leur unique espoir.

Le lendemain, posté devant les baies vitrées, Orphée regarde la masse compacte et fumante des promeneurs qui se déversent dans la rue piétonne à la recherche des soldes les plus alléchants, malgré le froid mordant. Mais ce n'est pas la vision de cette foule qui suscite l'intérêt d'Orphée. Ce qui l'inquiète ce sont les passages réguliers d'une voiture de patrouille qui s'arrête chaque fois de longues minutes devant l'appartement des jumelles.

Une telle journée d'activité commerciale justifie amplement le passage régulier de la police pour limiter l'agressivité des quelques mendiants placés à l'angle de la place Kléber, et pour intercepter les voleurs à la tire qui abondent lors des journées des soldes. Mais ces arrêts répétés devant l'appartement ne lui disent rien de bon. Il ne s'est finalement rien passé hier soir qui justifie la demande d'une protection de la part des jumelles, elles ont éconduit deux prétendants un peu trop entreprenants, mais elles n'ont subi aucune agression ni menace. Rien qui légitime une surveillance de leur domicile.

Il ne les a pas vues sortir de l'immeuble, il n'a pas vu non plus la moindre lumière provenant de l'appartement, les jumelles dorment. Au vu du narcoleptique qu'elles ont ingéré, hélas trop peu de temps avant leur fuite pour la réussite de leur plan, elles vont sûrement dormir encore une bonne partie de la journée.

Orphée passe quelques coups de fil, leur nouveau plan nécessite une importante logistique et des formalités administratives à accomplir. Il s'y attelle avec dévotion. Il s'interrompt pour intercepter le nécrophage qui se prépare à sortir, habillé en clochard, pour se poster en bas de l'immeuble des jumelles.

— Reste là ce matin, Pierre. Avec ton odeur tu vas créer un tel bazar que les flics vont te demander de déguerpir. Il vaut mieux que nous restions discrets aujourd'hui. Tu te placeras cette nuit.

Le pervers ne répond rien et se contente d'aller se terrer dans le réduit en compagnie des corps des deux jeunes hommes. Orphée ne préfère pas savoir ce qu'il va y faire. Il a d'autres soucis et ne veut pas se laisser déconcentrer.

Il a presque terminé quand elle arrive.

Orphée descend l'accueillir à l'entrée de l'immeuble. Il aide ses deux porteurs à monter son fauteuil dans les escaliers. Son état a empiré. Elle n'est plus qu'une tête posée sur un squelette autour duquel pend misérablement un tailleur de marque. Seul son visage est inchangé, avec ses longs cheveux tirés en arrière, elle garde la même prestance et le même port altier.

Élizabeth Lancerne est proche de la mort. Elle ne doit plus peser qu'une trentaine de kilos et ne peut plus bouger un seul muscle sous son cou, sinon au prix d'efforts inhumains.

Elle est accompagnée de deux fidèles adeptes du vaudou qu'Orphée lui a présentés et qui sont devenus ses hommes de main, le prolongement de son corps devenu inerte. Deux hommes apeurés, superstitieux et serviles, complètement terrorisés par Lancerne et qui mourraient plutôt que de la décevoir. Leur aide sera précieuse pour la mise en œuvre de leur plan.

Les porteurs installent Élizabeth dans le salon. Elle peut suffisamment bouger un doigt pour actionner la commande de son fauteuil électrique et répondre au téléphone pour lequel elle a une oreillette. Mais d'après Orphée, dans très peu de temps, elle ne pourra même plus bouger cet index qui lui confère un semblant d'autonomie.

Le nécrophage sort du réduit, il s'excuse d'être couvert de sang, ce qu'Élizabeth lui pardonne avec le sourire d'une mère indulgente. Elle connaît les souffrances de Pierre Laveau, elle l'a soigné pendant des années, tout comme Orphée. Elle seule sait ce qu'ils ont traversé, c'est à elle qu'ils doivent d'être en vie et d'avoir gardé l'espoir, elle seule peut leur donner les moyens de traverser les portes sombres en conquérants, et non plus en victimes pour l'éternité.

— Vous n'avez vu personne rôder autour des filles depuis votre arrivée ?

— Non, madame… À part nous et les flics.

La voix du professeur faiblit, elle n'est plus qu'un souffle modulé, que seul un silence complet permet de comprendre. Mais ses yeux brillent de la même intelligence et du même besoin de vengeance que la première fois qu'il l'a vue.

— Ce n'est pas possible, elle doit réagir. Elle ne peut pas laisser ce carnage continuer.

— Je n'ai vu personne, madame.

— Ça changera quand nous aurons les jumelles.

— L'autre sœur, Alice, vous savez où elle se trouve ?

Même si elle fait partie du plan, Orphée ne voudrait pas qu'elle vienne perturber l'enlèvement en paniquant les jumelles.

— Ne vous inquiétez pas pour elle. Elle doit être libre pour nous être utile, vous le savez bien.

Lancerne est confiante, et Orphée ne peut pas imaginer un seul instant qu'elle se trompe. Alice et son compagnon de fortune serviront leur cause.

48

Comme prévu, ils appellent Louis pour lui signaler que sa voiture l'attend sur le parking de la gare de Strasbourg. Ils lui ont laissé cinq cents euros dans la boîte à gants et un petit mot sur le fauteuil passager. Ils sortent de la cabine téléphonique. Bellanger regarde vers le sol, la tête rentrée dans les épaules : il a peur à chaque instant de croiser une patrouille de police qui le reconnaisse.

Le trajet s'est déroulé sans encombre, Bellanger a le coup de volant assez sûr et le verglas ne leur a pas posé de problème important. Ils ont évité l'autoroute et n'ont pas croisé de barrage. Ils sont arrivés avant l'heure du déjeuner. Mais, même s'ils ont faim, ils ont d'autres priorités et se contentent de tromper leur appétit avec les fruits donnés par leurs complices rebelles du troisième âge.

Ils se sont arrêtés à une friperie dans la banlieue de Strasbourg, idée de Bellanger pour se confectionner un déguisement susceptible de tromper les patrouilles de police. Il leur reste à trouver un hôtel. Ils choisissent un établissement un peu décati en espérant qu'on ne leur demande pas leurs papiers d'identité. Ils doivent malgré tout glisser un billet de cinquante euros au réceptionniste et jouer au couple illégitime pour y parvenir, mais ils finissent par obtenir une chambre pour la nuit sous un nom d'emprunt.

Pendant qu'Alice prend une douche, Victor entreprend de se raser le crâne. Sa barbe est maintenant assez épaisse pour masquer partiellement sa cicatrice, il la noircit avec du cirage pour finir de la dissimuler et chausse d'épaisses lunettes de soleil. Désormais chauve, barbu et avec des lunettes, il ne ressemble plus du tout à la photo de son dossier qu'ils ont dû diffuser à toutes les forces de l'ordre. Avec une écharpe autour du cou, une casquette et sa parka élimée, il aura l'air d'un clochard, et il faudrait un flic très attentif et physionomiste pour le reconnaître.

En se plaignant qu'il n'y ait pas de place pour eux dans la petite cabine de douche, Alice le pousse à en prendre une, affirmant qu'il n'est pas besoin d'être vraiment sale pour avoir l'air d'un clochard. Elle se moque gentiment de son nouveau look et l'embrasse sur le crâne en le poussant vers la douche. Quand il en ressort, Alice est allongée sur le lit en sous-vêtements et regarde le plan de Strasbourg déplié devant elle.

— On n'est pas loin de leur rue, on peut presque y aller à pied.

— Ça ira plus vite en tramway.

— Tu connais Strasbourg ?

— J'y suis venu pour le marché de Noël, il y a quelques années.

Victor doit avoir dans la voix le reliquat de la douleur qu'il ressent à se rappeler ce séjour de Julie – un de leurs derniers bons moments à deux – car Alice lui demande après l'avoir scruté en biais par-dessus le plan :

— Tu y étais venu avec ton ex-femme ?

— Oui.

— Tu souffres encore quand tu y penses ?

Victor s'assoit nu au bord du lit, et se frotte les jambes avec sa serviette. Alice vient derrière lui, à genoux sur le lit, son ventre chaud collé sur sa nuque, elle caresse son crâne nu et le tient entre ses seins, semblant apprécier sa douceur nouvelle.

— Je souffre, mais ce n'est pas parce qu'elle me manque.

— J'espère.

— C'est juste parce que ça me rappelle quel salaud j'ai été avec elle. Je ne sais pas si je suis fait pour aimer une femme, Alice. J'ai été atroce avec Julie.

— On apprend en vieillissant. Tu me rends heureuse, Victor.

— J'ai peur de devenir jaloux, impatient et violent… comme avec elle.

— Tu ne seras jamais violent avec moi, j'en suis sûre.

Elle le tire en arrière sur le lit, il bascule et se retrouve sous elle. Elle l'embrasse en riant, ses mains s'emparent de son sexe, elle lui sourit.

— Je sais comment récompenser quand on est doux avec moi. Tu n'auras jamais envie d'être violent.

Ses lèvres descendent sur son cou, son ventre et son pubis pour s'arrêter sur son sexe déjà tendu pour la plus douce des caresses.

Quand Victor se relève du lit dévasté pour s'habiller, il remarque qu'Alice a un regard triste et se retourne vivement pour attraper ses vêtements. Il s'étonne de ce changement d'humeur chez la jeune femme qui riait et gémissait encore quelques minutes auparavant.

— Qu'est-ce qu'il y a ?

— J'ai honte. Mes sœurs sont peut-être en danger, Romain a disparu, et je me comporte comme une chatte en chaleur.

— Tu risques tout pour eux, après tout ce que tu as traversé, tu as bien le droit à un peu de bonheur, non ?

— T'as raison. Assez parlé. Allez, Albator : on se dépêche !

Son entrain sonne un peu faux, mais Victor s'en contente et ils finissent de se rhabiller. Ils prennent le tramway, Alice se serre contre lui et pose sa tête sur son épaule. Victor met un certain temps à comprendre les regards étonnés des autres usagers, mais de toute évidence les passagers du tramway s'étonnent de voir une telle tendresse complice entre un clochard et une jeune femme élégante. Il résiste à la tentation d'en rajouter un peu en l'embrassant, et lui glisse à l'oreille :

— On est en train de leur jouer un remake de *La Belle et le clochard*. C'est mignon, mais pas très discret.

Alice se recule en riant. Elle reprend une attitude rigide et fait mine de ne plus voir Victor à côté d'elle.

— Excusez-moi, monsieur. Je ne sais pas ce qui m'a pris.

Leur programme est simple, Victor se postera dans la rue et fera la manche toute la journée. Alice circulera parmi le flux des passants et passera régulièrement devant l'immeuble. Ils vont essayer de repérer et d'enregistrer l'ensemble de l'éventuel dispositif policier installé autour des jumelles pour les intercepter. Victor est certain que le téléphone des jeunes femmes a été mis sur écoute, c'est la procédure normale de recherche de fuyards. Il est aussi convaincu que la police surveille physiquement les jeunes femmes. Il est possible qu'une planque soit installée dans un immeuble voisin, mais le délai est un peu court. Ils n'ont peut-être pas eu le temps de réquisitionner un appartement donnant sur la rue et se contentent de passages réguliers de la patrouille et de flics en civil.

Il va falloir jouer serré, Victor a l'œil suffisamment aiguisé pour reconnaître un flic en civil. Mais il sait aussi qu'un bon flic risque de le repérer au cours de la journée. Son déguisement est bon, mais son comportement doit être juste. Être clochard ne s'improvise pas aussi rapidement.

À la sortie du tramway, il se sépare d'Alice. Il la regarde partir avec la gorge nouée, elle lui manque déjà. Il sort sa bouteille de whisky et boit généreusement à son goulot, prenant soin d'en laisser couler abondamment sur sa parka. Il aura une odeur insoupçonnable, et la petite brûlure dans son ventre est un réconfort agréable avant de monter sur scène.

Dans l'indifférence de la foule, il s'installe devant la sortie d'un immeuble d'habitation, à cent mètres de l'appartement des jumelles. Il n'ose pas s'installer plus près, car il pense que les vagabonds qui s'installent juste devant seront surveillés par les patrouilles. Il pense à l'ironie de la situation qui fait qu'il se retrouve dans le rôle du surveillant des blondes qu'il a lui-même pourchassées au tout début de cette folle histoire.

Il pense aussi beaucoup à Alice, à l'incroyable capacité de la jeune femme à passer du rire aux larmes en un instant. Elle peut plaisanter avec légèreté et, le temps d'une brise, plonger dans une mélancolie terrible. Il a conscience que cet état n'est pas normal, que la jeune femme montre là des séquelles des épreuves qu'elle a subies. Il lui faudrait certainement une assistance psychologique. Mais Victor trouve cela troublant, attachant, inattendu. Il ne sait jamais quelle va être son humeur, c'est une pochette-surprise permanente.

Au milieu de ses pensées qui vagabondent, il observe malgré tout attentivement les allées et venues dans la rue des Grandes-Arcades. La patrouille passe toutes les demi-heures, ce qui est le double d'une cadence normale pour une rue de ce type un jour de grande fréquentation. À chaque passage, la 307 des policiers s'arrête une longue minute au bas de l'immeuble des jumelles. Il voit deux voitures différentes, patrouillant en alternance.

Il regarde passer Alice devant lui à intervalles réguliers, la jeune femme se fond dans la foule, mais s'arrange pour ne pas être trop loin de lui à chaque passage. Elle lui adresse des sourires furtifs, mais prend garde à ne pas laisser paraître qu'ils se connaissent.

La journée s'écoule au rythme des gitanes qui viennent à manquer, sans que Victor puisse remarquer la présence de policiers en civil. Il n'y a pas de voitures stationnées dans le coin. Il n'a remarqué aucune allée et venue régulière, ou personne attendant sur les trottoirs. À part lui, les seules personnes à n'avoir pas quitté la rue de la journée sont Alice et quelques autres clochards installés un peu plus loin à l'angle de la place Kléber.

Il ne croit pas qu'un flic se soit déguisé en mendiant, ce n'est pas dans les habitudes maison. Il craint bien plus la planque dans un immeuble. Peut-être avaient-ils un appartement déjà réquisitionné pour une autre affaire, c'est possible : l'endroit est très central.

Les jumelles ne sont pas sorties de la journée. Il

sait qu'elles sont chez elles, car il a vu, au milieu de l'après-midi, les lumières s'allumer. L'attente lui fournira la meilleure méthode pour savoir quels sont les moyens mis en œuvre pour leur surveillance. Il les suivra dès qu'elles sortiront. D'ici là, il est plus prudent de se tenir à distance.

À la nuit tombante, les magasins ferment leurs portes et la rue se vide progressivement de sa foule. Alice va s'installer derrière les vitres d'une grande brasserie d'où Victor peut la voir et lui faire signe au besoin. Il ne reste bientôt plus qu'une poignée de clochards. L'un d'eux s'approche de Victor en claudiquant.

— T'es nouveau dans le coin, toi.

— Oui. Je viens de Paris.

— Si tu veux pas d'ennuis, il va falloir me donner dix euros.

— Pourquoi ?

— C'est ma rue, ici. Et avec l'autre qui pue l'cadavre, ça fait trop de nouveaux qui viennent bouffer dans ma gamelle. Alors, si tu veux pas d'ennuis…

Victor prend une poignée de sa sébile, dix euros constituent la presque intégralité de ses gains de la journée.

— Je te donne tout si tu me dis qui est l'autre nouveau.

— Il n'est pas là. Mais tu ne peux pas le rater, il est chauve comme toi, mais au lieu de sentir le whisky, il pue tellement le macchabée qu'il ferait gerber un croque-mort.

Le racketteur s'en va, en traînant toujours la jambe, puis disparaît. La température chute vite avec la disparition du soleil et de la foule, le vent s'engouffre dans la rue, et il fait rapidement plusieurs degrés en dessous de zéro. Bellanger serre les dents et boit quelques gorgées de whisky. Il marche un peu, car il sent l'engourdissement gagner ses jambes. Il passe devant Alice et échange avec elle un long regard qui le réchauffe pour un temps.

Les lumières du logement des jumelles sont allumées. Victor guette les fenêtres alentour à la recherche d'un appartement qui pourrait être une planque de flics. Les seules fenêtres où il aperçoit des gens qui paraissent regarder dans la direction des fenêtres des filles sont les baies vitrées d'un grand loft ultramoderne situé juste en face. Il ne pense pas que cela puisse être une planque de flics, trop luxueux. Un tel dispositif ne peut pas se monter en une journée. Par contre, il mémorise la silhouette du petit noir trapu vêtu de rouge qui regarde vers les jumelles.

Sur le coup de 9 heures, les jumelles sortent de chez elles, accompagnées de deux autres jeunes femmes que Victor a vues entrer dans l'immeuble sans savoir à qui elles rendaient visite. Les quatre élégantes partent à pied dans les rues de Strasbourg. Victor voit Alice se lever. Il lui fait un signe de tête lui indiquant qu'elle doit suivre ses sœurs. Alice obtempère et s'enfonce dans la nuit à leur suite.

Victor leur laisse un peu d'avance et regarde les mouvements alentour. Personne ne prend le même chemin. Il attend autant qu'il peut, mais quand il risque de perdre Alice de vue, il part à sa suite. Ils marchent, dans cette procession incongrue, pendant quelques centaines de mètres. Victor voit Alice s'arrêter à l'angle d'une petite ruelle.

Il marche vers elle quand il remarque une Porsche Cayenne noire arrêtée à quelques mètres. Il a vu cette voiture les dépasser quand ils ont quitté la zone piétonne peu auparavant.

Ce n'est pas une voiture de flic. Là encore, il a l'impression que les jeunes femmes ne sont pas surveillées que par la police. Il ne veut pas attendre pour en avoir le cœur net. Il marche vers la Cayenne sans regarder dans sa direction, il passe sa main dans son manteau pour attraper la crosse de son Manurhin. Mais avant qu'il n'arrive à sa hauteur, le gros 4 × 4 démarre vivement et le croise sans qu'il puisse l'arrêter dans une gerbe de neige fondue. Il note la plaque d'immatriculation, mais ne peut rien faire d'autre pour l'empêcher de disparaître dans la nuit.

Victor retourne vers Alice qui s'enfonce un peu dans la ruelle et l'attend sous un porche. Il la rejoint. Elle se colle à lui, l'embrasse, et après un moment de tendresse, elle lui indique un petit restaurant au milieu de la ruelle.

— Elles sont là-dedans. C'était qui, la grosse voiture noire ?

— L'origine de nos ennuis, j'en mettrais ma main à couper. Tu peux surveiller le resto le temps que je passe un coup de fil à Paris ?

— Oui. Je vais aller au chaud dans le petit bar là-bas.

— Je te suis, j'utiliserai leur téléphone.

Ils entrent dans un petit bar de nuit fréquenté par toute une faune de zonards et d'étudiants amateurs de rock qui viennent se saturer les oreilles des sonorités grasses du *Heavy Metal* diffusé dans l'établissement. Dans cet environnement, l'apparence de vagabond de Bellanger ne déclenche pas trop de haussements de sourcils, une fois enlevés son manteau imbibé et sa casquette molle, il se fond sans difficulté dans le décor.

Il laisse Alice à une petite table proche d'une fenêtre et se rend au bar. Il achète un paquet de cigarettes blondes, faute de mieux, commande deux bières et se fait prêter un téléphone. Le serveur ne peut rien lui proposer d'autre que son propre portable, le bar n'a pas de téléphone fixe pour les consommateurs, Victor lui donne cinq euros en dédommagement et s'isole un peu de la cohue bruyante du bar pour appeler Brocard.

— Ils ne t'ont pas encore chopé ! persifle le commissaire goguenard.

— Je les connais trop bien. Alors, tu as des infos ?

— Rien de rassurant pour toi, mon vieux. Cette histoire n'est pas claire.

— C'est-à-dire ?

— Il n'y a pas grand-chose dans ce dossier contre toi. Ta venue sur les lieux après le meurtre et quelques empreintes dans la maison. Normalement, pas de quoi déclencher une telle hystérie. Tu sais quelque chose sur ce meurtre ?

— Je pense, oui. Enfin, j'espère être sur la piste des assassins en ce moment.

— C'est peut-être ça, alors. L'affaire a été refilée au plus politicard des commissaires de la Crim. Je l'ai eu en ligne à la passation du dossier et il avait une approche normale, mais apparemment le parquet l'a fortement incité à privilégier ta piste. Ils savent peut-être que tu détiens la clef et ils ont flippé quand tu es parti.

— Je ne peux comprendre cette affaire que si je suis en liberté.

— Si tu t'expliques avec eux, ça peut sans doute s'arranger.

— Comment ont-ils su que je partais dans l'Est ?

— Aucune idée.

La suite de la conversation n'apporte rien à Bellanger, Brocard continue d'essayer de le convaincre de se rendre pour s'expliquer, il a sincèrement l'air de craindre que cette affaire finisse mal. Mais Bellanger ne croit pas qu'il lui ait tout dit, pour qu'un dossier aussi vide déclenche un dispositif de recherche nationale interservices et interarmes comme celui mis en place sur l'autoroute, il faut que cette démarche ait été appuyée en très haut lieu, au ministère.

Bellanger se demande si sa visite chez Lucius n'est pas la vraie raison de cet emballement. Il est peut-être, sans en avoir vraiment conscience, en train de fouiller dans un secret d'État embarrassant pour le pouvoir, ou dans un dossier militaire sensible classé secret défense.

Pour ce qui est du départ, si les flics ont été très malins et réactifs, ils ont peut-être rapidement découvert ses deux visites chez la victime et son lien avec Alice, découvert aussi que la jeune femme avait loué une voiture et déduit qu'ils allaient utiliser ce véhicule de location pour fuir. En une journée d'enquête, ce serait rapide, mais un flic avec un bon instinct y est peut-être parvenu.

Il sert une version édulcorée et elliptique de l'histoire à Brocard, il ne parle pas de la menace sur les jumelles ni de leur venue à Strasbourg, mais lâche les noms de Lucius et de Lancerne. Après tout, s'il doit leur arriver quelque chose, que Brocard ait une piste ne sera pas une mauvaise idée.

Il appelle aussi Rochat et retombe sur sa messagerie. Cette fois-ci, il lui laisse un message expliquant leur situation. Ils ont besoin de garder leur liberté de mouvement, cette affaire doit venir de haut et si une personne est capable de savoir ce qu'il se passe dans les couloirs du ministère, c'est bien Rochat. Bellanger espère que son ami acceptera de continuer à lui apporter son aide malgré la tournure des événements. Il lui laisse aussi la plaque d'immatriculation de la Porsche pour qu'il identifie son propriétaire.

Il rejoint Alice, au grand dam d'un jeune amateur de hard rock qui essayait de la convaincre de prendre un verre avec lui.

— Alors ?

— Je pense qu'on gêne. Nos questions sur Lucius et sur l'histoire de tes parents dérangent. Je ne sais pas pourquoi, ni qui, mais on dérange. C'est pour ça qu'on veut nous arrêter. Le dossier est vide.

— Qu'ils protègent ma famille s'ils ne veulent pas qu'on le fasse !

— Je sais, on ne peut pas se rendre. La Porsche de ce soir est une menace bien trop réelle pour qu'on se laisse mettre hors du jeu.

— On va pouvoir aller parler à mes sœurs ?

— Demain, je pense. La surveillance n'est pas si serrée. Je vais guetter encore cette nuit. Mais si je ne vois rien, demain, en évitant les patrouilles, on ira les voir.

— Il me tarde, soupire Alice.

Ils commandent un hot-dog pour Victor, quelques fruits obtenus par les yeux de biche végétarienne d'Alice, et deux autres bières. Ils ont une vue dégagée sur la sortie du restaurant et le temps pour se réchauffer et prendre des forces. La nuit de Bellanger va être longue et froide. Il tuerait pour pouvoir la passer dans les bras d'Alice, mais la sécurité des jumelles implique qu'il les surveille cette nuit. La menace est tangible autour des jeunes femmes et il la pressent imminente. Alors, il se contente de quelques caresses et baisers au-dessus de la table bancale du bar noyé sous les décibels.

En caressant la joue d'Alice, Bellanger essaye d'assembler les pièces du puzzle. Il se croit manipulé par Lancerne, il pense aussi que leur enquête intéresse, ou dérange, en haut lieu, certainement à cause des travaux de Lucius. Il sait que Lancerne est à l'origine des tourments du mari d'Alice, qu'elle est probablement responsable de la disparition de Romain. Mais il ne comprend pas à quoi tout cela rime. Pourquoi Lancerne l'aurait-elle manipulé pour qu'il enquête sur elle ? Pourtant, elle l'a sorti du coma et provoqué son arrivée à Alfortville. Il en est maintenant convaincu, même s'il n'ose pas en parler à Alice.

Il n'a jamais compris pourquoi il avait choisi cette affectation parmi toutes les voies de garage qu'on lui a proposées, instinctivement il avait demandé Alfortville, comme sur un coup de tête. Il pense comprendre d'où lui est venue cette toquade. Lancerne peut s'infiltrer dans le coma d'un malade et lui pratiquer une forme de suggestion hypnotique incroyablement coercitive. Il en a vu l'ébauche lors de sa visite chez Lucius et il en a subi sur lui-même les avancées.

Il faudra, tôt ou tard, qu'il ait une explication avec le professeur Lancerne, mourante ou pas.

Alice cesse de lui embrasser la paume de la main pour lui dire qu'elle veut passer la nuit dehors avec lui. Il tente de l'en dissuader, ils seront bien trop repérables à deux, mais la jeune femme est entêtée. Elle lui arrache un accord. Ils se relayeront dans la rue : elle, à la terrasse de la brasserie jusqu'à sa fermeture ; lui, dans la rue jusqu'au lever du soleil. Puis, elle prendra le relais dans le premier café qui ouvrira. Ils dormiront en alternance et ne resteront jamais ensemble trop longtemps. Elle ne pourrait pas dormir en le sachant seul dans la rue.

Il est minuit passé quand les jumelles sortent du restaurant. Après un dernier baiser, Alice part à leur suite, Victor sort à son tour et ferme la marche avec l'espoir et la crainte de voir réapparaître la Porsche noire. Rien de tel ne survient, et ils regagnent la rue des Grandes-Arcades où les filles remontent dans leur appartement.

Victor et Alice s'installent séparément dans la brasserie et évitent de laisser paraître qu'ils se connaissent. Victor entreprend de scruter un à un les consommateurs de l'établissement, il pense que les flics en civil peuvent y être installés, faute de planque. Mais après une heure de veille, il n'a rien remarqué confirmant cette crainte et il desserre sa vigilance pour la reporter sur le ballet des noctambules et des toxicos qui balayent la rue de leurs pas titubants.

À trois heures du matin, la brasserie ferme, Alice part trouver refuge dans un club à quelques centaines de mètres de là. Victor s'installe sous un porche d'immeuble, il s'enroule dans la couverture polaire qu'il a emmenée, roulée dans un sac, et se cale dos au mur et yeux vers la rue. Il fume cigarette sur cigarette, le tabac blond ne lui donne pas la morsure dont il a besoin, sa douceur l'écœure, mais il préfère ça à l'abstinence.

Un seul autre clochard est assez insensible au froid et au vent pour tenter de passer la nuit dans cette rue. Un grand échalas, chauve comme lui, qui reste assis sous les arcades, peu avant l'appartement des jumelles. Il doit être extraordinairement accoutumé au froid, car il n'est vêtu que d'un manteau léger et ne réagit pas aux bourrasques glaçantes qui s'engouffrent sous les arcades et qui ont fait préférer l'autre côté de la rue à Bellanger. Ça ne peut pas être un flic, aucun n'endurerait une telle planque sans alerter son syndicat dans la minute. Pour supporter une telle température sans sourciller il faut vraiment avoir l'habitude de ces conditions de vie.

Victor en conclut qu'il doit s'agir d'un véritable vagabond.

Les patrouilles de police passent dans la rue toutes les heures et chassent les quelques dealers qui traficotent dans les parages. Elles s'arrêtent un peu devant l'immeuble des jumelles et repartent. La première fois la patrouille s'arrête devant Victor, un des flics lui demande s'il veut qu'ils le signalent aux travailleurs sociaux, Victor fait l'ivrogne et baragouine des insanités à propos des lits infestés des dortoirs du SAMU social. Les flics n'insistent pas et ne s'arrêtent plus de la nuit. Son déguisement marche à merveille.

Il somnole jusqu'à l'aube, réveillé à chaque bruit dans la rue, passants, patrouilles, poubelles… Sans qu'il ne relève rien de particulièrement inquiétant.

Au petit matin Alice arrive, juste avant l'ouverture du premier bar, où ils se rejoignent autour d'un café. Victor est maintenant persuadé que la surveillance policière se limite à l'écoute téléphonique des jumelles et au passage régulier des patrouilles d'îlotiers. Il leur faudra être vigilants, mais rien ne les empêche plus d'aller voir les jumelles, sauf l'heure bien trop matinale encore pour une visite dominicale.

Victor baîlle à s'en décrocher la mâchoire, Alice est épuisée par sa nuit affalée sur les banquettes d'une boîte de nuit à somnoler entre deux tentatives de drague maladroites et avinées. Dans la rue, quelques fourgons font leur apparition, des livreurs surtout mais aussi des déménageurs, se font ouvrir les plots barrant la rue pour effectuer leur besogne matinale. Victor scrute leur ballet avec attention. Les camions de déménagement se sont arrêtés devant l'immeuble des jumelles, mais les déménageurs se sont fait ouvrir les portes de l'immeuble d'en face.

La patrouille de police passe et vérifie les autorisations municipales des trois camions de déménagement présents dans la rue. Le dimanche est la journée dédiée à cet exercice dans la rue piétonne. Victor est un peu anxieux, il lui semble avoir reconnu l'homme en rouge de la veille quand il est venu ouvrir aux déménageurs.

Les deux hommes en combinaisons jaunes ressortent de l'immeuble quelques minutes plus tard et chargent deux canapés à l'arrière du camion. Les meubles ont l'air particulièrement lourds à en voir leurs efforts pour les amener jusqu'au plateau élévateur électrique.

Ils descendent encore deux ou trois petits objets et sont rejoints par un homme de petite taille qui porte un imperméable noir, mais que Victor soupçonne d'être le voisin rouge un peu trop curieux de la veille. L'homme se dirige vers les portes de l'immeuble des jumelles et ouvre la porte aux déménageurs. Les trois hommes y entrent, ils portent des bâches roulées sur leurs épaules.

— Ça craint, lâche Victor en se levant.

— Les déménageurs ?

— Je ne les sens pas.

— Qu'est-ce qu'on fait ?

— On y va, tout de suite.

Ils courent dans la rue, vers l'immeuble des jeunes femmes. Quand ils arrivent dans le hall d'entrée, Victor sort son Manurhin et ils se précipitent vers l'étage des jumelles.

49

Le vieux sorcier dansait avec l'arrogance obscène du voleur impuni. Le regarder triompher ainsi me causa une douleur presque suffocante. Il n'existe pas de viol plus terrible que de se faire déposséder de son propre corps.

Sous le choc, je flottai sans but pendant quelques instants, ce qui m'arrivait était trop monstrueux pour être compris et intégré rapidement. Ma conscience refusait de valider ce que je voyais, je devais rêver, ça ne pouvait pas se passer.

Cette hébétude dura le temps pour moi de faire le tour de l'assistance, de passer devant Landri sans qu'il puisse remarquer ma présence. J'ai vu son air surpris, gêné, j'ai eu l'impression qu'il comprenait ce qui se déroulait, qu'il saisissait quel piège odieux Bakary avait mis en place. Je vis la rage impuissante dans ses yeux, il se rapprocha du corps de Bakary, le regarda avec doute et amertume.

Bakary s'amusait de mon corps sans pudeur ni retenue, au spectacle de cet usage intolérable, la colère prit le pas sur le doute. Je haïs ce vieux monstre comme il n'est pas imaginable de haïr. Personne ne peut comprendre l'étendue de cette haine, elle devint totale, puissante comme une lame de fond, l'envie de voir mourir le vieux sorcier, de le tuer moi-même, m'a envahie. Il était dans mon propre corps, sa mort était la condition de ma survie.

Je griffai l'air de mes mains sans chair, ma rage était vaine, je n'avais aucune prise sur le matériel, j'étais condamnée à être la spectatrice impuissante de la décadence de mon enveloppe charnelle.

Je voyais mon visage sourire, d'un rictus qui n'était pas le mien, je ne souriais jamais de cette manière. Le changement d'âme pouvait se voir physiquement, un œil habitué à me regarder aurait pu remarquer que c'était une personne différente. L'âme d'une personne métamorphose son physique, comme une main emplit un gant. Même s'il le contrôlait, ce corps ne serait jamais celui de Bakary, il ne pouvait en proposer qu'une parodie, une marionnette.

Cette constatation m'a fait reprendre mes esprits, je devais trouver un moyen de regagner mon corps.

Bakary me croyait absorbée dans les anneaux du serpent, morte et disparue pour l'éternité. S'il avait cru nécessaire de m'y expédier, c'est bien qu'il craignait que je récupère ma place. C'était donc possible.

Je tournai et retournai dans l'assemblée des fidèles qui dansaient, comme possédés, au rythme des djembés. La « décorporation » s'était produite sous l'effet d'une drogue activant le serpent psychopompe dans nos cerveaux. Bientôt cette drogue cesserait de faire effet, la suite logique à cet arrêt aurait été que nous regagnions chacun notre enveloppe charnelle. Mais Bakary ne devait pas avoir fait tout cela pour s'offrir une récréation de quelques minutes.

C'est à ce moment que j'ai remarqué le manège de ses porteurs, ils soulevaient la tête inerte du vieux sorcier pour lui faire avaler à petites gorgées un nouveau bol de la décoction blanche. Tout en dansant, mon enveloppe en faisait de même, buvant à pleines gorgées au bol de cette drogue, la laissant couler le long de mes joues.

J'ai compris sa machination, ses porteurs prolongeraient l'état de transe tant que le vieux sorcier serait en vie. Et il escomptait finir ses jours dans mon corps.

Landri se tenait toujours à ses côtés, cela m'étonna, pourquoi lui manifestait-il tant d'attention ? J'allai tourner autour de Landri et remarquai que ses lèvres bougeaient. Il faisait ses adieux au vieux sorcier, je crus voir mes derniers espoirs s'effondrer. Landri était son complice, il savait ce qu'il se passait et il faisait ses adieux au sorcier. J'étais trahie, on me volait mon corps et l'homme en qui j'avais confiance avait participé à ce vol monstrueux.

J'ai voulu savoir, j'ai voulu tout entendre, connaître le moindre mot de sa trahison abjecte. Le voir s'avilir, se salir dans cette infamie dont il était le coauteur. Je me suis rapprochée de ses lèvres, sur lesquelles j'avais fondé tant d'espoir heureux. Les sons continuaient de me parvenir de manière diffuse, il m'a fallu me coller à la bouche de Landri pour discerner ses paroles exactes.

Ses mots furent d'un réconfort infini, prononcés de sa voix douce, ses mots m'étaient destinés, loin de me trahir, il essayait de m'aider, dans l'espoir que je ne sois pas morte. Il ne rendait pas, comme je l'avais cru dans un moment d'angoisse jalouse, ses hommages au vieux fou, il tentait avec ferveur de renouer le contact avec moi.

— Entre dans son corps et fais-le mourir. Virginie, si tu m'entends, tue ce vieux monstre. S'il meurt, son vodun ne lui survivra pas. C'est ta seule chance.

C'était logique, le vodun de Bakary mourrait avec lui et rejoindrait les anneaux du serpent, mon corps serait libéré de cette présence malsaine et je pourrais en reprendre possession.

Cependant, cette idée était difficile à mettre en

œuvre. Je ne savais pas comment faire pour provoquer la mort de ce vieux porc. Il était allongé sur une racine du baobab aux mille troncs, entouré de ses deux porteurs. Bakary ne pouvait pas se mouvoir par lui-même, et si j'en prenais le contrôle je n'aurais l'usage que d'une enveloppe moribonde, inapte à l'action et incapable de mettre fin à ses propres jours.

J'essayai dans un premier temps de pénétrer dans cette enveloppe inerte, elle n'offrait pas de résistance, mais je ne faisais que la traverser sans avoir le moindre contrôle sur elle. Je ne savais pas comment procéder pour avoir une influence sur le monde dans lequel j'évoluais, aux frontières du visible et de l'invisible.

Puisque je ne pouvais pas avoir une influence sur le matériel, j'ai décidé de concentrer mes efforts sur l'invisible, sur cette énergie vibrante que je ressentais depuis ma « décorporation ». Je sentais les pulsations du vodun tout autour de moi. C'est cette énergie qui était la solution. Cette vibration qui irradiait dans tout ce qui m'entourait. Je devais la suivre, la sentir et me laisser guider par son rythme. Ma conscience était faite de la même énergie, du même flux, il me suffisait de trouver la vibration juste, la tonalité exacte pour me fondre dans le vodun et pour pouvoir le manipuler.

Comme une radio recherche la bonne fréquence, j'essayai de me mettre sur le même rythme de pulsation que le vodun. De suivre ses courbes, d'être portée par sa vague. Cela m'a pris de longues minutes pendant lesquelles les porteurs de Bakary soulevèrent le corps inerte du vieux sorcier et se dirigèrent vers le puits menant à la cité souterraine. La cérémonie n'était pas terminée, mais le vieil homme regagnait un endroit sûr et isolé pour y continuer son rêve immonde.

Quand je suis parvenue à adopter le même rythme de vibration, le voile s'est déchiré, j'ai découvert qu'il y a derrière le monde un champ d'une noirceur infi-

nie, où le temps et la matière n'ont pas cours. Le monde matériel a disparu, je ne le voyais plus, mais je savais pourtant exactement ce qu'il s'y passait, je ressentais toutes les choses du vivant, les plantes, les hommes, les animaux, les insectes, la moindre parcelle de vie m'était familière. Je pouvais savoir où elle était, ce qu'elle ressentait, nous faisions partie de la même entité, tout comme les parties du même corps.

Cette sensation était grisante, elle me donnait un sentiment de puissance extraordinaire, je sentais ce qui devait être le véritable rôle des veilleurs, la connaissance de l'énergie qui anime le vivant. Je n'avais pas plus de pouvoir sur ce flux, mais je pouvais sentir chaque menace pesant sur le monde, sur la moindre de ses étincelles de vie.

Partout où cette menace se manifestait, je sentais le mufle du serpent. Il était omniprésent, il était la matière même qui entourait le vodun, il lui donnait vie et l'absorbait.

Il était difficile de ne pas se laisser attirer par lui, sa présence agissait comme un aimant puissant, ce pouvoir était le péril qui guettait les veilleurs, celui de se laisser entraîner dans les anneaux du serpent.

Ce danger était vif, le serpent représentait le repos, le calme et la quiétude, rester à distance de ses anneaux impliquait une lutte permanente et épuisante. Je me suis rendue compte que chaque instant passé me rapprochait inéluctablement de lui, je devais écourter ma découverte de son monde où il m'absorberait.

Je suis partie à la recherche du corps de Bakary, sa vibration était singulière, vie sans âme, dénaturation du vodun, son enveloppe était facile à reconnaître. J'ai compris que ses porteurs le descendaient dans le puits et je me suis précipitée vers eux, dans l'espoir de profiter de cet instant.

Entrer en lui a été d'une simplicité déroutante, le

vodun circule librement si une volonté l'anime. J'eus l'impression de chuter, une chute lente et étourdissante et j'ai ouvert les yeux. Brutalement ramenée au monde matériel, j'ai mis quelques secondes à prendre mes repères. J'étais dans un corps sans force motrice, un simple réceptacle.

Je compris que cet état était la conséquence des voyages dans l'autre réalité, à force de se désincarner, le corps d'origine devenait malade, incapable de répondre. Seul le cerveau continuait à fonctionner, siège d'une étincelle vitale partagée entre deux niveaux de conscience.

Je ne sentais rien, je voyais seulement, mais je vis que j'étais tenue dans les bras d'un porteur qui était, lui, suspendu à la corde qui le descendait vers la cité souterraine. Dans l'étroit boyau de glaise, j'ai essayé de me débattre, de faire réagir ce corps inerte. En vain, je n'ai réussi qu'à remuer faiblement la tête. Mes lèvres bougeaient, je pouvais parler, mais je ne pouvais pas demander au porteur de lâcher l'enveloppe de Bakary dans le boyau. Il n'aurait pas obéi et j'aurais révélé ma prise de contrôle.

La nuque du porteur s'offrait à moi. Je répugnais à accepter la manœuvre atroce qui me venait à l'esprit, mais je n'avais pas d'autre solution : les manœuvres de ces hommes m'avaient mise dans cette situation, il n'était pas injuste qu'ils en payent le prix. Ils m'avaient acculée à ce comportement animal, je ne devais pas hésiter ni avoir honte.

Je regardais la veine palpitant au cou de mon porteur, cette jugulaire qui irriguait son cerveau de vie. Je devais le mordre de toutes mes forces, comme un animal sauvage, sans aucune pitié. Je n'avais pas le temps d'hésiter ou de chercher une autre issue, la descente diminuait chaque seconde les chances de succès de mon évasion.

Sans un cri, j'ouvris la bouche et je plongeai mes

dents dans la jugulaire du porteur. Je serrai avec l'énergie du désespoir, aussi bestialement que les forces déclinantes du vieux sorcier le permettaient. Ma morsure désespérée butant juste sur les vertèbres cervicales du porteur.

Malgré les sens émoussés du sorcier, je sus que j'avais fait mouche, les chairs fines se sont déchirées sous mes dents et je sentis le flot de sang couler dans ma bouche. Je n'ai même pas été écœurée, ce corps n'était pas le mien.

Le porteur a poussé un cri de surprise puis de douleur, il a bien essayé de se contorsionner pour me faire lâcher prise, mais je tins bon, serrant encore et encore pour l'obliger à utiliser ses bras pour me repousser. Mon obstination était telle qu'il n'eut pas le choix, il dut me relâcher pour porter ses mains à ma tête et me repousser.

Il me parlait, il croyait avoir affaire à Bakary qui pris de panique l'aurait agressé par erreur, il essayait de me calmer. Je ne glissais pas, il me retenait avec les jambes et me serrait la tête. Mes dents étaient trop profondément plantées dans ses chairs pour qu'il m'arrache de son cou sans se faire déchiqueter la veine.

Par chance, alerté par ses cris, l'autre porteur avait interrompu la descente, me laissant un peu de temps pour parvenir à mes fins. Je fis ce qu'il voulait éviter : je tirai en arrière brusquement, emportant un morceau de chair avec moi. J'entends encore le craquement de ses muscles et tendons qui se déchirent, et je le sens toujours, le goût du sang âcre sur ma langue. Il hurla, porta ses mains à sa plaie d'où jaillissait un flot de sang... et me lâcha.

Je crois avoir ri pendant la chute. J'étais soulagée et sous le choc de ce que je venais de faire, égorger un homme avec mes dents. J'ai ri nerveusement alors que ma bouche débordait de sang, comme un démon carnivore.

Je n'eus aucune douleur quand je me suis fracassée sur le sol de la grotte. Le corps de Bakary ne sentait plus rien, je ressentis juste une violente poussée, comme si on m'éjectait de cette enveloppe, et une aspiration verticale rapide et vertigineuse.

Quand j'ouvris les yeux, j'étais au milieu de l'assemblée des sectateurs, tous s'étaient figés dans leurs danses et leurs libations. Une cohue paniquée secouait l'assemblée, ses membres s'interrogeaient. Après cet instant comme suspendu, où seul le vent dans les branches de la forêt se faisait entendre, une agitation s'est propagée dans la foule, même si certains sont restés interdits et sceptiques, la grande majorité se mit à courir vers le puits. Les cris des porteurs leur étaient parvenus, et à ce moment les appels de celui resté à la surface ameutaient pour avoir de l'aide.

Mon crime avait porté ses fruits, j'avais réintégré mon corps. J'ai ramassé mes affaires, remis ma toge noire et mes sandales. J'étais résolue à fuir, à courir dans la forêt et à m'éloigner au plus vite de la cité, de la secte et de ses serpents. Mon corps m'était revenu, comme si tout cela n'avait été qu'un rêve, mais l'heure n'était pas à l'analyse introspective, je n'allais pas avoir beaucoup de temps pour m'enfuir, les questions attendraient que je sois loin de ce piège.

J'ai regardé autour de moi, il restait quelques sectateurs qui me dévisageaient avec curiosité. Mon attitude les étonnait, j'étais supposée être Bakary dans sa nouvelle enveloppe charnelle. Mon désintérêt pour ce qu'il venait de se passer, où son corps et ses porteurs étaient impliqués, ne s'expliquait pas. Je restai figée sous leurs regards, comme un voleur à l'étalage pris sur le fait.

J'en étais à me demander comment j'aurais dû réagir, si j'avais encore été Bakary quand des hurlements sont parvenus du puits.

Le corps ensanglanté et inerte du porteur venait

d'être remonté par l'ouverture. Sa tête penchait sur le côté, sans vie, et un filet de sang s'écoulait de son cou jusqu'à ses pieds. Les derniers sectateurs qui me gênaient se sont dirigés vers ce spectacle macabre. Je n'aurais sans doute jamais plus une opportunité similaire, je devais fuir.

C'est ce que je fis, enjambant les racines du baobab, je me frayai un chemin jusqu'à la forêt, je ne savais pas quelle direction emprunter. Je connaissais un peu la forêt, mais pas suffisamment pour m'y orienter. J'avais là un désavantage certain sur ceux qui allaient partir à ma recherche. Eux la connaissaient par cœur, mes chances de leur échapper étaient minces, mais je n'avais pas d'autre choix.

Je m'extirpai des racines du fabuleux baobab, la forêt était toujours aussi calme et accueillante. Je me glissai sous sa protection, et m'apprêtais à courir droit devant moi quand une main s'est posée sur mon épaule.

Landri me souriait. Il m'avait suivie jusqu'à l'orée de la forêt, il devait être le seul membre de la communauté à avoir compris tout ce qui venait de se dérouler au centre du baobab aux mille troncs. Il voulait assurer la sécurité de la forêt secrète.

— Tu n'y arriveras pas seule. Tu ne connais pas la forêt. Dans cinq minutes, ils seront tous après toi, et ils te rattraperont.

— Aide-moi à fuir. Personne ne la connaît aussi bien que toi.

— À une condition.

— Laquelle ?

— Tu ne révéleras à personne l'existence de ce lieu et de notre communauté. Et tu ne feras jamais retirer le serpent endoparasite de ton crâne. Je veux ta parole sur ce point. Tu sais que Vilokan ne survivrait pas à cela. Et, à part Bakary, elle ne mérite pas de disparaître.

Je n'ai pas eu à faire un grand effort pour lui

faire ce serment. Je ne comptais pas raconter ce qui m'était arrivé, à personne. On m'aurait prise pour une folle. Et je ne pouvais qu'être d'accord sur la nécessité de préserver la forêt cathédrale de l'avidité et de la bêtise des hommes, révéler son existence détruirait cet endroit magnifique et corromprait cette culture millénaire. Je n'avais aucun droit de décider de leur destin. S'ils voulaient rester cachés, ils le resteraient tant qu'ils parviendraient à s'isoler du monde.

Une fois ma parole donnée, Landri me guida à travers la forêt cathédrale. Nous l'avons traversée à vive allure, Landri la connaissait parfaitement, mais les recherches allaient être rapides et massives, le temps nous était compté.

Dans cette fuite sous haute tension, je ne pouvais pas essayer d'analyser ce qui venait de m'arriver. L'urgence était à ma survie. Il me faudrait des semaines pour, au calme, pouvoir questionner cette expérience.

Toute ma rationalité me crierait que je venais juste de vivre une expérience violente d'hallucinations due à une drogue psychotrope plus puissante que celles que j'avais déjà eu l'occasion d'expérimenter, plus puissante que toutes celles déjà connues par la médecine occidentale. Mais cette expérience ne se prêtait pas à l'analyse rationnelle, elle serait toujours pour moi une question de croyance, une question intime de foi et de confiance. Ce que je venais de vivre m'avait paru réel, mais je ne pouvais juger qu'à partir de mes sens. Si la drogue les avait détournés, mon jugement était faussé. Il ne me restait que mon intime conviction, mais je peinais à la forger.

Guidée par la main ferme de Landri, je parvins jusqu'aux cornes de Vilokan sans être rattrapée par les sectateurs. La savane s'étendait devant moi, Allada à quelques kilomètres me mettrait définitivement à l'abri. Landri me saisit par les avant-bras.

— Ils ne se risqueront pas en dehors de la forêt. Vas-y ! Tu es sauvée. Mais ne me trahis pas.

Je me suis jetée dans ses bras et l'ai couvert de remerciements. Je l'ai embrassé avec ferveur, j'avais attendu ce moment si longtemps. À la fin de notre étreinte, il m'a tapoté le côté du crâne.

— Si tu ne parviens pas à revivre normalement parmi les tiens, grâce au serpent, tu pourras toujours revenir parmi nous. Tu es des nôtres maintenant. Si tu ne nous as pas trahis, tu pourras reprendre ta place parmi les veilleurs.

— Mais j'ai tué Bakary.

— Tu t'es défendue. Laisse passer un peu de temps, je ferai en sorte que tu sois la bienvenue... si tu dois revenir.

Nous n'avions pas le temps pour de plus longs adieux, je partis dans la savane, laissant la forêt cathédrale et son monde du serpent derrière moi.

J'ai couru comme une possédée, jusqu'à l'épuisement. J'étais déjà consciente que ce que je venais de vivre était impossible, que je devais avoir eu une hallucination. Cette expérience de sortie de mon corps était plus forte et déstabilisante que celle que j'avais vécue au Mexique, mais tout cela ne pouvait pas être la réalité.

Je sais que c'est ce que vous pensez en lisant mon récit. C'est normal, je pensais la même chose à ce moment. Je me croyais folle, droguée et manipulée. Mais avec les années, j'ai dû donner du crédit à cette expérience, car vous pâtissez aujourd'hui de ses conséquences directes.

Je sais qu'il doit vous être difficile de croire les paroles de ce fantôme qui se présente comme votre mère après tant d'années, mais vous peinerez à trouver une autre explication aux événements qui vont suivre.

50

Les couloirs de l'immeuble sont déserts. À 7 heures du matin un dimanche, ses habitants dorment encore profondément. Alice et Victor grimpent quatre à quatre les marches menant au deuxième étage et à l'appartement des jumelles.

Victor, son arme à la main, brûle d'impatience d'avoir enfin l'occasion d'en découdre avec les instigateurs de cette affaire. Sa violence naturelle, qu'il contient depuis qu'il accompagne Alice, demande à sortir, il bout, et se sent prêt à l'affrontement.

Il a un peu peur pour Alice, il aurait bien aimé qu'elle se tienne à l'écart de cette intervention, mais il sait qu'il n'aurait pas réussi à la dissuader de le suivre et ils n'ont pas le temps de se disputer à ce sujet.

Jusqu'à la porte des filles, ils ne remarquent rien d'anormal, aucun bruit ne leur parvient. Ils s'arrêtent devant l'entrée. Victor colle son oreille contre le bois de la porte et entend distinctement des bruits de pas. Autour de la serrure, il remarque une petite série de rayures parallèles qu'il attribue à son ouverture par des intrus bien équipés. Il prend son inspiration, saisit la poignée et ouvre la porte lentement, concentré et veillant à ne faire aucun bruit.

Il ne voit personne depuis l'entrée, il fait signe à Alice de rester devant la porte, il doit avoir l'air suffisamment convaincant pour couper court à une réponse de la jeune femme. Il entre.

L'appartement est silencieux. Après un petit vestibule, un long couloir dessert six portes réparties de chaque côté, avant de se terminer par un vaste salon éclairé par les fenêtres donnant sur la rue des Grandes-Arcades. Victor avance dans le couloir jusqu'à la première porte ouverte qu'il aperçoit, se colle contre le mur, tend l'oreille et entend des chuchotements. Il pivote et se place dans l'ouverture en braquant l'intérieur de la chambre avec son arme.

La pièce est une chambre couleur chocolat et bleu ciel. Sur le lit est allongée l'une des jumelles en nuisette. Deux hommes se tiennent à son chevet. Le plus petit, qui a retiré son imperméable, arbore un improbable costume trois pièces rouge. L'autre est l'un des déménageurs en combinaison jaune. Tous deux sont penchés vers la jeune femme qui a l'air de dormir profondément.

Victor comprend pourquoi quand il aperçoit une boule de coton imbibée et posée à côté de la jeune femme. Du chloroforme, vraisemblablement. Le petit homme tient une seringue et s'apprête à faire une injection à l'endormie. L'irruption de Victor interrompt son geste alors qu'il fait s'écouler un peu de liquide de la pointe de l'aiguille. Les deux paires d'yeux convergent vers lui et les attitudes se figent. À tel point qu'il est superflu pour Victor de leur demander de ne pas bouger.

Au pied du lit est posée une bâche dont l'usage ne

fait pas de doute pour Bellanger, la jeune femme allait être emballée dedans et descendue dans le camion de déménagement.

Victor sait qu'il doit agir rapidement, le troisième ravisseur doit se trouver dans la chambre de l'autre sœur, il doit avoir mis hors d'état de nuire ces deux-là avant de s'occuper du dernier. Il sort de sa poche les paires de menottes jetables qu'il a emmenées et s'approche des deux hommes. Il garde un œil sur la porte au cas où le troisième tenterait de le surprendre. Ils ne disent pas un mot, le petit homme rouge a néanmoins un sourire ironique qui met Victor mal à l'aise. Il ne voit pas ce que la situation peut bien avoir d'amusant.

Il leur fait signe de se tourner face contre mur, ils obtempèrent sans regimber. Victor pose un genou sur le lit et colle sa main sur la gorge de la jeune femme. Son pouls est régulier, le pire est sans doute évité. Il s'apprête à attacher les poignets des deux ravisseurs quand il aperçoit le troisième complice, arme au poing, dans l'encadrement de la porte.

Les deux hommes se dévisagent, l'enjeu vital de la situation a bloqué leur décision, la mort n'est pas une décision facile à prendre. L'instant est comme suspendu, les yeux dans les yeux, deux parachutistes au bord du vide. Les deux armes pointées l'un vers l'autre, ils savent que celui qui appuiera le premier sur la détente causera sa propre mort en retour. Ils auraient pu tirer à l'instant où leurs yeux se sont croisés, ils ne l'ont pas fait, un bras de fer psychologique vient de commencer.

Victor sait que le temps ne joue pas pour lui, les deux autres hommes dans la pièce vont intervenir, rompre l'équilibre des forces, et lui prendre son arme, il doit tirer, prendre le risque ultime, juste guetter le moindre relâchement de l'attention de celui en combinaison jaune, le moindre détournement de son regard. S'il parle à ses deux complices, Victor tire ; s'il les regarde, Victor tire.

Comme s'il lisait dans ses pensées, il se contente d'avancer vers la chambre sans un mot et sans détourner son regard des yeux de Victor. Leur concentration devient presque hypnotique, Victor sait que dans quelques secondes cette concentration les figera, qu'ils perdront une fraction de seconde de réaction, il doit tirer juste avant, juste avant l'engourdissement de son bras.

L'un des sbires contre le mur doit avoir senti qu'il se passait quelque chose, Victor a l'impression qu'il bouge subrepticement pour savoir ce qui se trame dans son dos. Victor ne peut pas le regarder : il signerait son arrêt de mort. Il attend que son adversaire cède et jette un œil vers son complice, il faut que cela arrive avant que les deux hommes ne se jettent sur lui.

Celui en jaune est maintenant dans l'encadrement de la porte, ils sont encore chacun d'un côté de la balance, en équilibre précaire. Tout peut basculer. Tout va basculer.

L'homme doit maintenant pouvoir voir ses deux complices derrière Victor, la situation devient désespérée. Victor va devoir tirer en sachant qu'il sera abattu en retour. Il aura au moins la satisfaction d'en avoir eu un, et il n'aura plus qu'à espérer qu'Alice ait eu l'idée d'appeler la police. Il doit tirer.

Juste à l'instant où il prend cette décision, le type qui le tient en joue est violemment frappé sur le crâne par un vase en verre, qui explose sur le côté gauche de sa tête. Il ne tire pas en tombant et s'effondre dans le couloir.

Victor a le temps d'apercevoir Alice, mais celui en

jaune se jette sur lui et l'entraîne dans une chute sur le plancher de la chambre.

Le déménageur est jeune et déterminé mais, à ce jeu, Victor est surentraîné et doit peser vingt kilos de plus que son agresseur. La lutte est violente, mais il reprend le dessus, soulève son assaillant avec ses bras et ses jambes et le repousse sur le côté. Il a gardé son arme à la main malgré l'assaut et il le plante dans le ventre du ravisseur allongé à côté de lui.

— Bouge encore et je te troue les tripes !

L'homme se résigne. Victor se relève. Alice s'est emparée du revolver de l'agresseur qu'elle a assommé et le pointe vers le Noir en costume rouge, qui ne bouge pas d'une oreille et se contente de continuer de les regarder avec son sourire moqueur.

— Merci, Alice. Tu m'as sorti d'un mauvais pas.

— J'ai eu assez de veuvage comme ça.

Victor passe les menottes jetables au déménageur, il les serre juste assez, en lui remontant les bras dans le dos, pour lui faire sentir qu'il a encore mal aux côtes suite à leurs roulades sur le sol de la chambre. Alice s'est assise sur le lit et prend le pouls de sa sœur. Victor la rassure.

— Ils l'ont juste chloroformée. Elle s'en tirera avec un léger mal de tête.

— Et Lou ?

— Je ne l'ai pas vue, elle doit être encore dans sa chambre.

Alice sortie de la chambre pour chercher sa sœur, Bellanger attache le ricaneur, qui n'oppose aucune résistance, tendant même les bras vers lui pour lui faciliter la tâche.

— Tu ne vas pas trouver ça drôle longtemps, je te le promets. Pourquoi vouliez-vous kidnapper les jumelles ?

L'homme ne répond pas, Victor est prêt à tout pour lui arracher les explications qu'il attend. Il lui enfonce violemment le canon de son revolver dans la bouche, l'homme continue de se laisser faire.

— Qui t'envoie ici ? C'est Lancerne ? On ne va pas appeler les flics, je t'assure que tu vas morfler.

Il retire son arme de sa bouche et frappe l'homme à l'estomac, la violence du coup de poing le plie en deux et il tombe aux genoux de Victor qui le repousse du pied vers le sol. Alice entre dans la chambre interrompant le passage à tabac qui allait commencer.

— Elle dort sur son lit, ça sent le chloroforme dans la chambre.

— Pas de piqûre ?

— Non, ils n'ont pas dû avoir le temps. Qu'est-ce qu'on fait ? On appelle les flics ?

— Pas avant d'avoir eu une conversation… poussée avec monsieur.

— Ça va t'attirer des ennuis, non ?

— Peut-être, mais il ne sortira pas d'ici avant d'avoir parlé.

Alice regarde l'homme assommé à l'entrée de la chambre, il respire encore et Victor juge plus prudent de lui passer les menottes avant un éventuel réveil. Il a de petits morceaux de verre incrustés sur le côté du crâne, et il saigne d'une douzaine de plaies. Alice a frappé fort, il a sans doute un trauma crânien, mais n'a pas d'artères touchées, ses saignements devraient s'arrêter.

— Il va avoir besoin de soins, votre complice. Vous feriez mieux de parler rapidement si vous voulez finir au complet.

— Vous perdez votre temps, nous n'avons pas peur de mourir.

Le deuxième déménageur toise Victor en lui assenant cette vérité discutable. Victor comprend à son regard extatique qu'il a affaire à un illuminé religieux, l'homme brûle d'une foi déraisonnée.

— Il ne nous manquait plus qu'une bande de fanatiques.

Victor porte Iris jusqu'à la chambre de sa sœur, et l'allonge sur le même lit : il n'a pas envie qu'elle reprenne connaissance au milieu d'une scène de torture. Il ouvre la fenêtre pour débarrasser la pièce de ses odeurs de chloroforme et laisser l'air frais réveiller les filles. Il est déterminé à arracher la vérité de la gorge de ces malades quels que soient les moyens employés. Quand il revient dans la première chambre, il interrompt Alice qui retire les morceaux de verre du crâne de sa victime.

— Laisse-le souffrir, on s'occupera de ça quand ils nous auront craché ce qu'on veut savoir.

— Ça ne vous servira à rien. Nous n'arrêterons que quand nous aurons ce que nous voulons.

Le petit homme rouge est assis sur le bord du lit, il regarde Victor avec son arrogance retrouvée. Victor se dit que s'il continue à lui sourire ainsi, le torturer ne sera pas si difficile.

— Qu'est-ce que vous voulez ?

— Virginie Montserray.

— Elle est morte il y a vingt ans.

— On le croyait aussi, mais elle est bien vivante.

— Quoi ?

— Elle détient quelque chose que nous voulons. Je ne pense pas que vous puissiez comprendre.

Alice est entrée dans la chambre et se tient à côté de Victor, il la sent nerveuse. Alors qu'il s'apprête à poser une autre question, elle l'interrompt :

— Comment savez-vous qu'elle n'est pas morte ?

— Moi, je ne le sais pas. Mais celle qui nous envoie en est persuadée.

Lancerne ! C'est elle le cerveau, Victor le pressentait. Il se demande si la vieille professeur n'est pas juste devenue folle. Certes elle est malade, gravement malade, mais il est possible que ses fonctions mentales aient été affectées. Toute cette histoire ne serait que le fruit du délire d'une femme mourante aux poussées délirantes, qui aura entraîné derrière elle une poignée de ses anciens patients les plus dérangés.

— Où est Romain ? s'inquiète Alice.

— Dans un cercueil au cimetière de Thiais. Sûrement mort à l'heure qu'il est.

— Espèce d'ordure !

Alice se jette sur lui et le gifle à pleines mains, Victor laisse passer l'orage, la jeune femme a besoin d'extérioriser sa rage et le Noir ne l'a pas volé. Alice s'épuise et se calme. Victor reprend l'interrogatoire. Il arrache et note l'emplacement exact de la tombe de Romain et essaye de faire parler le petit homme sur ce qu'ils veulent obtenir de Virginie Montserray. Mais il ne lui extirpe plus aucune autre information, l'homme rouge se contente de sourire avec morgue. Victor a des envies de violence qui lui montent comme une nausée, mais il sait que ce serait vain : il a affaire à un malade mental. C'est celle qui les manipule qu'il doit retrouver. Il pose la main sur l'épaule d'Alice.

— Va voir les jumelles, il faut qu'elles se réveillent. On va appeler la police et partir avant qu'elle n'arrive.

— Tu veux aller où ?

— Chez Lancerne. On va inverser les rôles, ça va être à notre tour de la harceler.

51

Ma course dans la savane dura jusqu'à la tombée de la nuit. L'âpre contact de la terre sèche et la brûlure du soleil ne parvinrent pas à me ramener complètement à la réalité. Je ne pouvais fermer les yeux sans penser au mufle du serpent, à la vibration du vodun. Cette expérience était et resterait obsessionnelle. J'allais me rendre compte que ni les années ni mes efforts pour oublier n'effaceraient jamais ces souvenirs. J'étais et je suis toujours marquée au fer rouge du psychopompe.

En pleine nuit, mon arrivée à Allada fut discrète, je pensais que c'était mieux pour tout le monde. Je m'orientai, non sans peine, dans la ville que j'avais quittée des semaines auparavant et je me présentai à la caserne, un long bâtiment disgracieux entouré de hangars disloqués.

Le colonel Adebarri ne me consacra que peu de son temps. La rébellion marxiste battait son plein dans la région et il avait d'autres soucis que mes tribulations. Je crois même que seule la perspective de me mettre dans l'avion au plus vite et de ne plus jamais me revoir l'empêcha de devenir désagréable et violent envers l'Occidentale écervelée qu'il voyait en moi.

Suivant les suggestions appuyées de son aide de

camp, un capitaine hautain et expéditif, j'attribuai ma disparition à un enlèvement par un groupuscule révolutionnaire sévissant dans la région, ils me donnèrent tous les détails nécessaires pour les accabler. Leurs combines contre révolutionnaires m'indifféraient, je voulais respecter ma parole et garder secret l'existence de la forêt cathédrale de Vilokan.

Deux jours plus tard, je fus transférée en Jeep jusqu'à Porto Novo. Votre père et Élizabeth étaient rentrés en France un mois plus tôt, me croyant morte et ayant abandonné les recherches. La nouvelle de ma réapparition ne leur parviendrait que quelques heures avant mon arrivée.

Physiquement, le médecin qui m'avait auscultée à Allada n'avait rien remarqué d'inquiétant ou d'anormal dans mon état de santé. Les examens que j'allais passer en France à mon arrivée confirmeraient ce diagnostic.

J'ai quitté la République du Dahomey sans me rendre compte de ce qui m'arrivait, on me confia au personnel de l'ambassade qui s'occupa de prévenir ma famille et on me mit sans délai dans le premier avion pour Paris. Ma présence dérangeait, j'avais désobéi, m'étais mise en danger et avais gêné les relations entre la France et son ancienne colonie, dont le régime était devenu moins insupportable depuis qu'il s'opposait à une guérilla marxiste.

Mon cas fit quelques entrefilets dans la presse de l'époque : « L'otage des communistes. » Mais puisque mon histoire était cousue de fil blanc, elle n'a pas été surexploitée politiquement.

Je doutais de ma capacité à reprendre une vie normale, cette expérience m'avait marquée, transformée. Il fallut tout l'amour de votre père pour me ramener dans ce monde.

Il m'accueillit à l'aéroport avec empressement

et gentillesse. Même avec les années, il n'a jamais exprimé un seul reproche pour ce que je lui avais fait subir, ni prononcé un mot sur les zones d'ombre de la version officielle de mon enlèvement. Il était pressé de nous voir reprendre une vie normale et me soutenait indéfectiblement.

À son retour en France, il s'était associé à Élizabeth pour fonder un laboratoire privé et sortir de la sphère du CNRS. Les découvertes de plantes aux propriétés astringentes durant notre séjour ouvraient des perspectives prometteuses sur le marché des crèmes cosmétiques. Il y avait là moyen de gagner beaucoup plus d'argent que ce que le CNRS pouvait nous laisser espérer. Le montage financier du Laboratoire Montserray-Lancerne était bouclé, le terrain acheté et les travaux de construction sur le point de commencer.

Je ne m'y opposai pas. Les cosmétiques ne m'intéressaient guère, mais j'avais obtenu de votre père la promesse de pouvoir me consacrer aux travaux de mon choix sans leur rendre de comptes, tant que mon apport à leurs travaux compenserait les coûts de mes recherches personnelles. J'éprouvais le besoin vital de démêler le vrai du faux, le rêve de la réalité, l'hallucination du voyage dans l'au-delà. J'avais besoin d'un labo et de beaucoup de moyens et de temps pour y parvenir.

Mes relations avec Élizabeth ne se sont pas arrangées à mon retour. Pourtant, je lui avais sauvé la vie, mais elle me tenait pour responsable de ce qui lui était arrivé. Et surtout, de toute évidence, la nature de ses relations avec votre père avait encore été ambiguë pendant mon absence. Elle avait sans doute cru pouvoir me remplacer dans son lit tôt ou tard, et ma réapparition brisait cette perspective.

J'étais la responsable du drame qui hantait encore ses nuits et je l'empêchais de conquérir l'homme qu'elle aimait. Nos relations étaient glaciales et se limitaient au strict nécessaire pour la gestion du laboratoire.

J'ai joué le jeu, je me suis laissé absorber par leur projet. Mais le mufle du serpent n'était jamais très loin de moi. Dès que je fermais les yeux, je continuais de le sentir tapi dans l'ombre, source de toute vie et de toute mort. Mais je faisais presque bonne figure. Votre père s'inquiétait de mes absences et de mes cauchemars : il m'incita à consulter un psychiatre, ce que je fis quelque temps, choisissant un grand spécialiste en neurologie pour pouvoir échanger avec lui sur certains aspects de mes recherches.

Le peu de ce que je lui racontais de mon expérience et de mon comportement quotidien conduisit ce médecin à me croire atteinte de schizophrénie. Cette affection se déclenchait souvent chez les femmes de mon âge, et fréquemment à la suite d'une situation de stress extrême. Ma consommation de drogues et de cannabis était un facteur aggravant. Devant l'insistance du praticien à me prescrire un traitement à base d'antipsychotique, je craignais qu'il ne donne l'alerte et me fasse interner. Il fallut que je me referme et refuse toute aide, je dus dissimuler la majeure partie de ce qui m'était arrivé lors de ces séances répétées, et j'y ai mis un terme dès que votre père l'a accepté.

En fait, j'appris à faire semblant, à avoir l'air normal et à masquer mes terreurs et mes angoisses. Mes examens médicaux étaient bons, j'évitais tout examen de ma jonction temporo-pariétale où la présence du psychopompe aurait pu être interprétée comme une malformation, cause de ma supposée schizophrénie. Je passai au travers de ce diagnostic, et, pour tous, mon enlèvement est devenu de l'histoire ancienne, un cadavre à ne pas déterrer.

Je me jetai avec une ambition dévorante dans le projet du laboratoire, non pas que je me sois décou-

vert un intérêt quelconque pour les cosmétiques, mais parce que j'avais besoin de moyens importants pour mener mes propres recherches. Il me fallait beaucoup d'argent et rapidement.

Nos efforts furent couronnés de succès, nous déposâmes de nombreux brevets et, au bout de trois années d'existence, le laboratoire nous rapportait déjà des sommes importantes. Suffisamment pour me permettre d'acheter du matériel d'imagerie médicale et de commencer les travaux sur le fonctionnement de mon propre cerveau.

Mon sentiment, quand je pus constater que le serpent psychopompe existait vraiment, fut très mitigé. Au fil des mois, je m'étais mise à espérer le contraire. Si tout ceci n'avait été qu'une hallucination, une psychothérapie m'aurait guérie. J'aurais peut-être préféré être schizophrène. Mais malheureusement, la petite bête immonde était bien lovée dans ma boîte crânienne. Une petite spirale, grosse comme une pièce de monnaie, deux centimètres au-dessus de mon oreille gauche. On ne pouvait en distinguer ni la tête ni la queue, mais, pour moi, sa nature ne faisait aucun doute. Ce n'était pas une tumeur, ni une malformation, c'était un psychopompe.

Sa présence au quotidien se faisait sentir dans tous ces rêves, ces terreurs et ces absences qui jalonnaient encore mes journées. Physiquement, je ne le sentais pas, mais son emprise sur mon psychisme ne déclinait pas, au contraire. Le psychopompe réclamait sa drogue, continuellement comme la vague érode la falaise, sa volonté venait tenter de m'y contraindre. Je connaissais les souffrances d'une droguée en sevrage sans jamais avoir le soulagement de la substance. Rien n'a jamais estompé cette torture. J'étais une veilleuse, je ne faisais plus que partiellement partie de ce monde et ma souffrance était le prix à payer pour pouvoir y rester.

Les années ont passé sans que je puisse trouver comment desserrer cette emprise. Vous êtes venus au monde, tous les quatre, et je vous ai aimés, et vous aime encore, aussi intensément que mon existence tourmentée me l'a permis. Chacune de vos naissances a été une rémission merveilleuse de mes tourments, votre père était un mari aimant et patient, le laboratoire grandissait et nous rendait riches. Mais Élizabeth et moi étions torturées par nos démons.

Le mien était ce petit monstre qui réclamait sa drogue, le sien était un monstre aux yeux bleus que l'on nomme « Jalousie ». Pour cette pauvre femme, vos naissances étaient un supplice. Elle ne s'est jamais mariée, vivant toujours des miettes de notre vie, des bribes d'attention que lui concédait Nicolas. Sa vie devait être une torture aussi odieuse que la mienne. Le serpent qu'elle avait, elle, dans le crâne était cet homme qu'elle aimait et dont elle assistait, chaque jour, au bonheur dans les bras d'une autre.

Je ne veux pas me dédouaner, mais c'est bien cette haine infernale qu'elle me vouait, en représailles de ses espoirs déchus, qui porte la responsabilité de notre drame.

Malgré votre arrivée et les travaux du labo, je me suis lancée dans la recherche de la seule chose qui pourrait soulager mon enfer quotidien. Le psychopompe réclamait sa drogue, je devais la lui fournir. J'ai consacré tout mon temps libre à la recomposition de cette substance qui avait activé le psychopompe lors de ma dernière nuit à Vilokan.

Ce principe chimique que mon organisme réclamait était la pièce manquante de ma compréhension. Si elle était la cause d'hallucinations, je devais en avoir la preuve ; si je n'étais qu'une droguée en manque, victime de crises de schizophrénie provoquées par un cerveau perturbé par la prise de psychotropes, je devais le prouver et me soigner. Mais si cette drogue déclenchait le psychopompe et me transportait dans un aspect de la réalité inaccessible aux sens et techniques humaines, c'était une découverte majeure, une révolution copernicienne.

Je me suis fait envoyer du Bénin quantité de plantes et d'animaux, tout ce qui aurait pu entrer dans la composition de cette drogue. Mais je n'y retournai pas, j'avais trop peur d'y rester.

Parallèlement, je me suis passionnée pour tous les récits de voyages astraux et expériences de mort imminente. Cette drogue était liée à ce passage et chaque parcelle de vérité sur ce sujet orientait mes recherches et mes espoirs.

Au-delà de la satisfaction du monstre qui vivait en moi, ces recherches pouvaient apporter des réponses sur la nature même de notre conscience, sur son passage vers l'au-delà, sur la nature même de la vie.

J'ai tenu ma parole, jamais je n'ai parlé de la communauté de Vilokan ni de mes travaux. J'avais pourtant de grandes difficultés pour mes expérimentations. Je devais tout faire presque seule et les risques d'accident n'étaient pas nuls. J'ai multiplié, pendant des années, les soirées dans les sous-sols du laboratoire. Il m'a fallu beaucoup de temps et de tentatives avant de reproduire la substance nécessaire au psychopompe. Toute ma connaissance de la pharmacopée vaudou et de la flore de l'ex-Dahomey n'y suffisait pas, mes souvenirs des achats de Landri au marché d'Allada non plus. Il m'a fallu beaucoup de lectures sur les psychotropes et des essais maintes fois répétés.

Mes travaux prenaient de l'ampleur, j'étais moi-même étonnée de tout ce que mes expérimentations me permettaient de découvrir. J'explorais des territoires inconnus concernant les états paradoxaux du cerveau, les expériences de mort imminente et de sortie de corps. Par sécurité, je ne consignais dans mes dos-

siers qu'une partie de mes résultats, je gardais dans ma seule mémoire les éléments déterminants. J'avais peur d'Élizabeth, peur des médecins et même peur de votre père.

Vers juin 1988, plus de vingt ans après mon retour, je suis parvenue à reproduire la drogue du psychopompe. La P8, comme je l'ai baptisée, puisqu'elle était ma huitième tentative, m'avait provoqué une brève expérience de sortie de corps lors d'une prise en toute petite quantité le jour même de sa finalisation. Sa composition complexe, mélange de plantes originaires de la région d'Allada, provoquait une accélération massive de la production de dopamine par le cerveau.

Les conséquences à long terme sur l'organisme de cet accroissement anormal de la présence de dopamine m'étaient inconnues. Le psychiatre m'avait parlé du rôle du système dopaminergique dans la schizophrénie, la plupart des antipsychotiques prescrits avaient pour but de diminuer la production de dopamine. J'envisageai de m'en faire prescrire pour accompagner une prise régulière de P8, mais ne pouvant pas retourner chez un psychiatre, j'ai essayé d'en synthétiser moi-même.

Mais, le serpent réclamant son dû, je devais prendre une quantité plus importante de P8, même si je n'en connaissais pas encore les effets à long terme. L'obsession ne faisait que croître, je devenais une femme absente et une mère négligente, tout en moi était tendu vers cet objectif.

Un soir d'août je me suis enfermée dans mon laboratoire, j'ai finalisé le mélange d'une quantité suffisante de P8 pour connaître de nouveau une expérience de « décorporation » complète. Je me suis allongée sur un lit de camp que j'avais installé dans le laboratoire et j'ai ingéré ma préparation. Je n'ai pas attendu long-

temps la confirmation de son efficacité, le mouchoir de soie *d'Hemingway est sorti de sa poche.*

J'ai retrouvé avec soulagement la vibration du vodun. Il n'y avait rien de vivant, à part moi, dans le laboratoire. Je ne ressentais donc que des vibrations lointaines, mais je flottais avec ravissement dans la pièce autour de mon corps. J'hésitais à m'élever ou à quitter le monde physique pour me laisser porter par les vibrations du vodun. Je savais que dans les deux cas, je devrais faire de nouveau face au mufle du serpent.

J'étais loin de penser que le danger qui me menaçait viendrait d'une tout autre direction.

J'ai ressenti une vibration plus forte dans le vodun, quelqu'un se déplaçait dans le laboratoire désert. Les vigiles n'étaient pas supposés entrer la nuit dans les locaux, leurs rondes se déroulaient en dehors du laboratoire dans le petit parc environnant. Seuls Élizabeth, votre père et moi connaissions le code d'ouverture de ses portes.

Cette intrusion se rapprochait, descendait dans les escaliers menant aux sous-sols et à ma zone privée. J'étais la seule à en avoir les clefs. Cette intrusion était frauduleuse et, en elle-même, une menace pour le secret de mes travaux. Mon corps dormait profondément et je ne pouvais pas le réintégrer avant la fin des effets de la drogue.

C'est totalement impuissante que j'ai vu Élizabeth Lancerne entrer dans mon laboratoire. Elle en a ouvert les portes avec un double des clefs qu'elle n'avait pu obtenir qu'à mon insu. Elle est venue à mes côtés, a pris mon pouls, je l'ai vue sourire et me donner des claques comme si elle cherchait à me réveiller ou à tester la profondeur de mon sommeil.

Comme je ne réagissais pas, elle a sorti une seringue de sa poche et l'a posée sur le plan de travail avec un haussement d'épaules. Elle s'est penchée, elle a ouvert les placards et sorti deux bouteilles que je n'avais jamais vues. Deux bouteilles d'alcool. Elle les a ouvertes et en a renversé le contenu sur moi et sur le lit de camp. Elle a ouvert un flacon d'éther que je conservais dans une armoire sécurisée et l'a répandu sur le sol du labo. Elle a remarqué le flacon que j'avais utilisé pour boire la drogue, il en restait un peu dans le fond, elle l'a reniflé et a refermé le flacon avant de le glisser dans sa poche.

Puis, elle a allumé mon ordinateur et a commencé à consulter mes notes. J'étais folle de rage et d'angoisse à me demander ce qu'elle pouvait bien manigancer, je ne pouvais pas croire que sa jalousie puisse la pousser à de telles extrémités.

Je l'ai regardée fouiller dans mes travaux, j'espérais à chaque instant que mon voyage s'interrompe et que je puisse regagner mon corps. Élizabeth a semblé entendre un bruit, elle s'est levée avec l'air contrarié et anxieux. Elle s'est approchée de moi et m'a attaché les jambes avec une sangle. Elle se rasseyait à peine quand votre père est entré.

Ce qui suivit allait bouleverser notre vie, et la simple évocation de cette scène m'est encore douloureuse aujourd'hui.

52

Victor ressort de la chambre des jumelles, laissant Alice veiller sur leur réveil. Il va dans le salon pour appeler Rochat. Il préfère laisser à Paul le soin d'expliquer à la police ce qu'il se passe dans l'appartement, il a peur d'être arrêté avant d'avoir une chance de s'expliquer. Ils doivent aller dans les Vosges : Lancerne doit parler et payer. Les explications avec le SRPJ attendront qu'ils aient terminé.

Il grimace en traversant le couloir, une odeur nauséabonde inexplicable règne dans l'appartement. Il va dans le salon et ouvre les fenêtres pour aérer et dissiper cette odeur de charogne putréfiée qui sature l'atmosphère, il allume une écœurante cigarette blonde pour faire écran, et il appelle son ami avec un des téléphones portables des filles.

— Paul ! Ça me fait du bien de t'entendre, j'essaye de te joindre depuis deux jours.

— Tu as vu les heures auxquelles tu appelles !

— Je suis un peu dans la merde, je fais ce que je peux.

— Tu y es jusqu'au cou, je te le confirme.

— J'ai pas tué la vieille !

— Je m'en doute. Mais tu es la seule piste de la Crim, ils ne vont pas te lâcher.

— Je les tiens, ses véritables assassins. Ils ont essayé de kidnapper les sœurs d'Alice. Je les ai arrêtés.

— Formidable. Tu as appelé les flics ?

— Non. Je ne veux pas perdre de temps. Je vais aller parler à Lancerne. Je préfère que tu les préviennes toi. Donne-moi une demi-heure et signale la tentative d'enlèvement des jumelles.

— Pourquoi l'ont-ils massacrée, cette pauvre vieille dame ?

— Je pense qu'elle était en relation avec la mère d'Alice. C'est elle qu'ils veulent.

— Ils savent où elle est ?

— Ils la cherchent. Je crois qu'ils commettent tous ces crimes pour l'obliger à se montrer. Je ne sais même pas si elle est au courant que sa famille se fait massacrer à cause d'elle. Ce sont des dingues !

— Je suis sûr qu'Alice ne te dit pas tout, Victor. Elle doit savoir où est sa mère. Il faut que tu essayes de le découvrir. Fais-la parler ! C'est le seul moyen d'arrêter tout ça.

— C'est Lancerne le seul moyen d'arrêter ça. Et j'y vais maintenant. On a assez attendu.

— D'accord. Garde ce portable avec toi que je puisse te suivre de loin.

— Dernière chose : je sais où est Romain.

Il indique à Paul l'emplacement du cercueil renfermant le jeune acteur malchanceux, tout en chassant l'air en vain, la puanteur de l'appartement ne se dissipe pas. Paul lui souhaite bonne chance avant de raccrocher, ils ont maintenant une demi-heure pour quitter les lieux.

Alice sort de la chambre des jumelles pour lui

demander d'où vient cette odeur abominable. Il hausse les épaules pour signifier son ignorance, et va vérifier les canalisations des toilettes. La porte de la chambre où sont enfermés les ravisseurs est toujours fermée, et les toilettes sont normales. Il explique à Alice qu'ils ne vont pas tarder à partir et que les problèmes d'égouts qui refoulent dans l'appartement des jumelles attendront ses prochaines visites comme beau-frère réparateur bénévole. Alice rit et l'embrasse.

— Elles se réveillent, les petites ? s'inquiète Bellanger.

— Elles grognent quand je les secoue, mais elles ne se réveillent pas. Je les ai habillées, que les flics ne déboulent pas et les trouvent les fesses à l'air.

— Ça aurait égayé leur début de journée, à ces braves fonctionnaires. Mais on ne peut pas les laisser endormies avec les kidnappeurs dans la pièce voisine.

— Ils sont attachés et enfermés.

— C'est pas assez. On va les foutre dans leur camion et les enfermer dedans. Je vais aussi récupérer les clefs de leur Porsche, on va la prendre pour aller chez Lancerne.

Victor ouvre la porte de la chambre où sont enfermés les ravisseurs, les trois hommes sont assis l'un à côté de l'autre sur le bord du lit. L'inconscient s'est réveillé et ne saigne plus, son réseau de cicatrices a formé une épaisse croûte qui lui couvre la moitié gauche du visage. Victor leur demande les clefs de leur voiture et l'emplacement du parking. Il les prend dans leur poche, les fait se lever, et les dirige vers la sortie. Le petit rouge renifle bruyamment et lui adresse un sourire moqueur.

— Ça sent bon ici, vous ne trouvez pas ?

— Ça pue le cadavre, mais ça ne m'étonne pas que vous aimiez.

— Tout dépend du cadavre dont nous parlons.

Victor le pousse du canon de son Manurhin. Alice n'est plus dans le couloir, il l'appelle, mais n'obtient pas de réponse. Il entre dans la chambre des jumelles, qui dorment toujours profondément. Il appelle de nouveau et, dans le silence de l'appartement, il se rend dans le salon en se faisant précéder par ses trois prisonniers.

La scène qui s'y joue lui arrache un cri de surprise. Il voit d'abord Alice, serrée dans les bras du vagabond qu'il a croisé durant la nuit. L'homme est immense, Alice ne lui arrive qu'à la poitrine. Au-dessus de la jeune femme, qu'il tient par le cou, émerge sa tête cauchemardesque. Son crâne chauve et osseux et ses yeux fixes de dément. Deux billes de folie pure enfoncées dans des orbites noires. L'odeur vient de lui, elle est immonde.

Les trois prisonniers s'écartent, Victor braque son arme sur le monstre, il n'est pas armé, Victor lui intime l'ordre de relâcher la jeune femme immédiatement, sinon il n'hésitera pas à le renvoyer aux enfers qu'il n'aurait jamais dû quitter.

La seule réponse qu'il obtient vient d'une petite voix sifflante dans l'angle mort du salon.

— Ça ne sera pas la peine, monsieur Bellanger. Le père Laveau a encore une mission à accomplir ici-bas.

Victor entre dans la pièce et voit la femme qui vient de lui parler. C'est Élizabeth Lancerne qui vient de lui répondre, engoncée dans un fauteuil roulant électrique qui lui maintient le cou droit. Les informations de Rochat sur son état de santé étaient rigoureusement exactes : cette femme est mourante, sursitaire. Victor jubile, il va pouvoir avoir les explications qu'il attend sans aller se perdre dans les Vosges.

— Professeur Lancerne ! Je suis impatient d'entendre ce que vous avez à me dire pour expliquer ces horreurs.

— J'en serais ravie, monsieur Bellanger, mais j'ai peur que nous n'ayons pas beaucoup de temps avant l'arrivée de la police.

— Laissez-moi en juger. C'est moi qui tiens le flingue et en général c'est celui-là qui décide.

— Me croyez-vous désarmée ?

— Vous ne paraissez pas dangereuse à première vue.

— Je ne suis pas folle au point de ne pas avoir prévu une petite sécurité.

Avant qu'il ne lui réponde, il entend Alice gémir sous l'étreinte de Laveau. Victor sent la colère lui serrer la gorge, il résiste à l'envie de tirer sur le monstre dont l'odeur lui agresse les sens depuis son entrée dans la pièce.

— Votre monstre ferait mieux de relâcher Alice, ou je vais le buter.

— Pierre, relâchez la jeune femme. Nous n'avons pas besoin de cela. Détachez nos amis, nous partons.

— Vous ne bougerez que si je vous en donne l'ordre. C'est clair ?

Victor agite son arme sous le nez de Lancerne pour lui signifier qu'elle devrait commencer à réaliser qu'elle ne dirige rien, dans cette pièce. Il ne voudrait pas en arriver à devoir gifler une malade, mais il s'y prépare.

— Ne soyez pas vulgaire, monsieur Bellanger. Pensez plutôt aux *Chants de Maldoror*.

Après une seconde de surprise, cette phrase incompréhensible résonne dans la tête de Victor comme un coup de gong. Sa vue se brouille rapidement et il se sent défaillir. Il tente de s'appuyer sur une étagère qu'il renverse et il trébuche à cause de sa désorientation. Un engourdissement l'envahit, parasitant sa perception de l'environnement. Il ne parvient pas à se redresser, ses jambes sont molles et il ne voit presque plus rien. Il se sent partir et il appelle dans un dernier effort avec une voix chargée de ses regrets et de son impuissance.

— Alice ! Je…

Victor ne termine pas sa phrase, fondu au noir, clap de fin. Il s'effondre…

53

Quand votre père est entré d'un pas décidé dans le labo, Élizabeth a eu l'air surpris et elle est restée figée devant l'écran de mon ordinateur, puis elle s'est reprise et s'est levée pour le toiser avec défi.

— Il va falloir que tu choisisses maintenant, Nicolas.

— Qu'est-ce que tu fais, Élizabeth ? Tu es devenue folle ? Mon Dieu ! Comme j'ai eu raison de te suivre ce soir !

Il fit le tour de la pièce et constata que j'étais attachée, que la pièce était imbibée de produits inflammables. Il jetait des regards furieux vers Élizabeth qui continuait de le narguer :

— Mettons un terme à cette mascarade, Nicolas. Tu ne l'aimes plus, elle est folle et elle nous empêche de vivre notre amour depuis trop longtemps.

— Si un jour je dois la quitter, je la quitterai, ça ne sert à rien de faire ça. Tu vas finir en prison pour cette connerie, Élizabeth.

— Je n'écoute plus tes promesses et je ne suis pas folle, moi : j'ai assuré mes arrières. Je n'irai pas en prison.

Je ne voulais pas croire ce que j'entendais, votre père entretenait une liaison avec Lancerne. L'ap-

prendre ainsi était déjà odieux, mais le pire allait venir au fil des explications d'Élizabeth.

— Tu ne risques rien, mon pauvre chou : les travaux de ta schizo paranoïde intéressent les services secrets français, russes et américains. On a l'embarras du choix pour notre destination, ils nous ont tous offert un pont d'or.

— Pour faire quoi ?

— Pour poursuivre les travaux de Virginie.

— Ce sont des fantasmes. Elle est dérangée depuis son retour d'Afrique, tu le sais bien.

— Je sais qu'elle est schizophrène, mais elle n'est pas sans talent, ses travaux intéressent au plus haut point. Ils m'ont même aidé à pirater son ordinateur, à couper l'alarme et à faire des doubles des clefs. Ils seront bien obligés d'assumer ce que je vais faire maintenant, et de m'aider... Sinon, tu vois le scandale.

— À qui as-tu vendu ton âme ?

— Je sers mon pays. Je ne vois pas ce que ça a de si déshonorant.

Même si rien dans mes travaux enregistrés dans l'ordinateur ne mentionnait l'existence de Vilokan ou du psychopompe et que, heureusement, le secret de la forêt cathédrale n'était pas menacé, voir mes travaux dévoyés et utilisés à des fins militaires était le pire qui puisse m'arriver. J'exécrais l'armée et la recherche militaire, l'État français bourgeois et néocolonialiste ne devait pas utiliser mes travaux pour Dieu sait quel projet militaire mégalo et immoral. Des soldats ne pouvaient rien comprendre à l'âme humaine et au miracle de la vie, leur intérêt allait se résumer à contrôler et détruire, comme pour tout ce qu'ils touchaient... et cette perspective m'horrifiait.

Je pardonnais ses errances à votre père, j'avais été une épouse si distante et obsédée par mes recherches que je ne pouvais pas lui en vouloir de s'être laissé enjôler par Lancerne qui le poursuivait de ses assi-

duités depuis des années et devait profiter du moindre moment de faiblesse ou de découragement pour parvenir à ses fins obsessionnelles.

— Ils vont financer mon nouveau laboratoire : le laboratoire Lucius[1]*, il y a de distingués hellénistes dans l'armée. Tu dois juste savoir dans quel camp tu es, mon chéri.*

— Je ne vais pas te laisser tuer Virginie. Ça, il ne faut pas y compter.

Lancerne s'est rapprochée de lui, j'ai remarqué qu'elle avait ramassé sa seringue en passant devant le plan de travail. Je voulais hurler pour prévenir votre père, mais personne au monde ne pouvait m'entendre crier. Elle s'est collée contre lui.

— On sera libres, mon amour. On ne l'aura plus dans les pattes. Les services secrets nous couvriront, ils ont trop envie de s'approprier les découvertes que je leur ai laissées miroiter. Ils sont prêts à tout. Notamment à nous rendre riches.

— On est déjà plein de fric. Tu es folle, Élizabeth. J'ai eu le tort de te donner de l'espoir pour ne pas perdre une maîtresse et un labo, mais je ne t'aime pas. J'aime toujours Virginie et tu ne la tueras pas. Ses travaux sont à elle et je ne pense pas qu'elle veuille que les militaires posent leurs pattes dessus.

— Tu ne m'aimes pas ?

Votre père a essayé de la repousser, mais elle s'est accrochée à lui avec une énergie diabolique. Il s'est mis à lui crier au visage avec un ressentiment nourri par des années de colère rentrée :

— Non, tu n'es qu'une sangsue qui se colle à moi depuis trop longtemps. J'aurais dû arrêter cette connerie plus tôt, mais j'avais trop peur pour le labo. Je

1. Lucien de Samosate (120-180 environ), rhéteur et satiriste de Syrie qui écrivait en grec, auteur notamment des *Dialogues des morts* et de *Sur le deuil.*

ne t'aime pas, Élizabeth. Tu es sèche et égoïste : je ne finirai jamais ma vie avec toi.

Sur ces mots, il a réussi à la repousser. Élizabeth s'est reculée, j'ai remarqué que sa seringue était vide. Elle a saisi un paquet de cigarettes, et, quand votre père a fait un premier pas pour l'empêcher de l'allumer, elle a sorti une arme de sa blouse et l'a pointée sur lui.

— Ne bouge pas. Je veux tuer cette salope et tu ne m'en empêcheras pas. Tu as fait ton choix. Tu aurais pu être heureux avec moi, j'aurais fait une meilleure mère pour tes enfants. Mais tant pis pour toi.

— Laisse mes gosses en dehors de ça ! Pauvre tarée !

Lancerne sortit son briquet et alluma une cigarette. J'ai vu des larmes dans ses yeux qui m'ont fait comprendre sa souffrance... Il m'est difficile de ne pas la haïr, mais sa douleur était terrible. Alors qu'elle recrachait sa fumée, la tête rejetée en arrière, votre père a montré ses premiers signes de faiblesse et s'est appuyé sur le lit à côté de mon corps sans vie. J'ai essayé de reprendre le contrôle de mon enveloppe, en vain : la drogue faisait encore effet et j'étais bien trop sous le choc de ce que je venais d'apprendre.

Élizabeth montrait sa seringue vide à votre père avec un sourire triomphant.

— Tu ne vas pas tarder à t'endormir mon chéri. J'avais prévu ça pour ta folle adorée, mais elle dormait déjà. Puisque tu l'aimes tant, tu vas crever avec elle. Je te donne une dernière chance. Tu veux venir avec moi ?

— Va te faire foutre, pauvre malade !

Votre père a essayé d'attraper Lancerne, mais il était déjà tellement ralenti par le somnifère qu'elle l'a esquivé d'un seul pas. Conscient de son impuissance, se tenant au plan de travail, il est venu vers moi et il est tombé à genoux à côté du lit de camp.

Il s'est penché vers mon corps et m'a murmuré quelques mots d'amour et de pardon que je garderai pour nous. Puis, il a fermé les yeux.

Lancerne a secoué la tête avec dépit et a laissé tomber sa cigarette dans une flaque d'éther, tout s'est embrasé... Alors que les flammes se propageaient dans le labo, elle a ressorti une disquette de mon ordinateur, puis elle est sortie d'un pas rapide et s'est dirigée vers les escaliers sans jeter un regard en arrière, vers le brasier qu'elle venait de créer.

Les flammes ont rapidement envahi tout le laboratoire, je nous ai cru perdus. Mais votre père a rouvert les yeux. Son endormissement était feint, même si la drogue commençait à le terrasser, sa volonté l'empêchait de sombrer. Il s'est battu avec la sangle et m'a détachée. Quand il m'a prise dans ses bras, le labo était en feu.

Nous stockions beaucoup de produits inflammables dans les pièces voisines, et au vu de la taille des flammes, l'explosion n'était l'affaire que de quelques minutes. Votre père titubait, il ne parviendrait pas à nous porter jusqu'au parc, je le sentais au fléchissement de ses jambes et à ses clignements d'yeux forcés.

Il m'a portée jusqu'aux escaliers, mais il s'est effondré sur la première marche. Il est tombé en me protégeant. Il est resté immobile, engourdi, ses derniers mots auront été de s'excuser envers moi – et envers vous – pour ses erreurs.

Nous n'avons pas eu la vie que votre père méritait.

Le laboratoire n'était plus qu'une boule de feu, l'explosion était imminente. Mais il faut croire que le serpent ne voulait pas encore de moi ce jour-là. Car dans une tentative presque instinctive, je me suis jetée dans mon corps et avec l'énergie du désespoir, je me suis battue contre les effets de la drogue et j'ai réussi à reprendre possession de mon enveloppe corporelle.

Je pense aujourd'hui que je dois cette survie à l'ins-

tinct de conservation de mon endoparasite qui a dû avoir conscience de l'urgence vitale de la situation : si je mourais, il mourrait. Pour sa propre survie, il m'a aidée à reprendre le contrôle.

J'ai essayé de tirer votre père dans les escaliers, mais il était bien trop lourd pour moi. Ma seule chance était d'aller chercher des secours au plus vite. J'ai grimpé les marches quatre à quatre, je me suis précipitée dehors, mais je n'ai pas eu le loisir d'appeler de l'aide. Je franchissais à peine les issues de secours du laboratoire que celui-ci explosa, le souffle m'a projetée sur une dizaine de mètres. Et l'ensemble du laboratoire s'est effondré derrière moi.

Je suis restée étourdie dans l'herbe pendant quelques minutes. À mon réveil, le parc bruissait de secouristes et de pompiers. J'ai hésité à aller les rejoindre, mais ce que je venais d'apprendre m'en a dissuadée. Si Élizabeth avait vendu mes recherches à l'armée, ils allaient me mettre le grappin dessus et ne pas me lâcher jusqu'à ce qu'ils aient tout ce qu'ils voulaient savoir. Il était hors de question pour moi de me retrouver à servir de cobaye dans un laboratoire militaire. Je haïssais l'armée et la recherche militaire, je ne voulais pas devenir l'Oppenheimer du monde de la mort. J'aurais préféré mourir. En l'état, les travaux que Lancerne avait pu copier ne lui permettraient pas de comprendre ni de reproduire les effets du serpent psychopompe. Tout au plus, elle pourrait utiliser les propriétés de la drogue P8 sur des personnes se trouvant déjà dans un état propice aux expériences de sortie de corps ; son utilisation de mes travaux ne la mènerait pas aussi loin qu'elle pouvait l'espérer.

Ses commanditaires finiraient par s'en mordre les doigts. À la condition qu'ils ne me rattrapent jamais... Je savais que vos grands-parents s'occuperaient de vous bien mieux que j'aurais pu le faire moi-même. Malgré mon amour, j'ai toujours été une piètre mère, mon aveuglement et mon obstination avaient déjà coûté la vie à votre père, rester près de vous vous aurait mis en danger. Je vous devais la sécurité.

Mon salut était dans la fuite et dans un retour au Bénin. Nicolas mort, c'est auprès de Landri qu'était ma place. Là-bas, dans la cité souterraine de Vilokan.

Je n'avais plus qu'un peu d'argent liquide sur moi, j'allais avoir besoin d'aide pour quitter la France, mais j'ai déchiré mes papiers comme on coupe la corde qui vous retient au quai, j'ai fourré les morceaux dans mes poches et je me suis faufilée discrètement dans le parc en évitant d'être vue.

54

La première sensation que Victor recouvre lui vient de ses joues, une douce caresse qui se répète le long de son visage. Ce réveil l'apaise et lui permet de ne pas sursauter ou crier en ouvrant les yeux. Quand il le fait, ils s'ouvrent sur le visage d'Alice qui le contemple avec un air triste et résigné. Sa bouche est pâteuse, mais il ne se sent pas nauséeux ou engourdi par un sommeil narcoleptique très long. Il se sent frais et dispos et cette impression le surprend, après ce qu'il pense être un long sommeil provoqué par des drogues. Alice lui adresse un petit sourire lèvres pincées et l'embrasse sur le front.

— Tu es de retour ? On s'est fait avoir en beauté.

— On est où ?

Victor dit cela en se redressant et en inspectant les lieux où ils sont enfermés. Ils sont dans une cage, une grande cage de plusieurs mètres de long fermée sur un de ses côtés par une paroi rocheuse, brute et humide. Les barreaux sont anciens, mais suffisamment entretenus pour ne pas être rouillés et paraissent assez solides pour ne pas nourrir d'espoirs d'évasion. Le sol de leur cellule est en brique, rouge quand on chasse la poussière qui les recouvre. Ils sont allongés sur une partie surélevée où sont disposées à leur attention quelques couvertures et une bouteille d'eau. La geôle donne sur un long couloir désert et glacial.

De l'autre côté, une autre cage leur fait face. Victor ajuste son regard, encore embué par le sommeil, et voit la silhouette des jumelles enroulées dans des couvertures, toujours plongées dans un sommeil profond, à en juger par leur respiration lourde.

Sur leur gauche, au bout du corridor, une ouverture est fermée par une grande grille en fer forgé. Derrière elle, Victor peut apercevoir les cimes d'arbres enneigés. À leur droite, la paroi rocheuse fait un coude et s'enfonce dans l'obscurité.

Tout est baigné dans un silence minéral. Il fait froid, le vent s'engouffre régulièrement dans le couloir et les couvertures ne sont pas inutiles, malgré un radiateur électrique qui tente de réchauffer leur cellule.

— On est dans les Vosges. Chez Lancerne, lui répond Alice en se couvrant avec une couverture écossaise.

— Son ancien parc à loups, se remémore Victor de la lecture des infos sur Lancerne.

— Oui, enfin l'ancienne lubie de sa mère, persifle Alice avec une moue dédaigneuse.

— Comment sais-tu ça ? s'étonne Victor.

— J'ai cru le comprendre en l'entendant parler.

— Les jumelles ne se sont pas réveillées ?

— Si. Pendant le trajet. Elles étaient mortes de peur, elles paniquaient tellement qu'ils leur ont fait une piqûre pour les calmer. J'ai à peine pu leur parler.

Victor vient se coller à elle, il la serre dans ses bras pour la protéger du froid, il s'en veut d'avoir échoué, de s'être fait avoir aussi facilement. Il ne peut pas se pardonner de n'avoir jamais été à la hauteur de l'amour des femmes de sa vie. Il a abandonné sa mère, car il étouffait à Perpignan, il a terrorisé Julie parce que sa jalousie le rendait fou, et maintenant il échoue à protéger Alice alors qu'il n'avait plus rien d'autre à faire de sa vie.

— Excuse-moi. Je ne les ai pas vus venir, je ne sais pas comment ils ont réussi à me droguer sans que je m'en aperçoive, gémit Victor au bord des larmes.

— Tu as fait ce que tu as pu, mais c'est bizarre, j'ai l'impression que tu as réagi sur une phrase, plus que sous l'effet d'une drogue.

— Je ne vois pas quand j'aurais été drogué.

— Je ne pense pas que tu l'aies été. Tu ne me caches rien ? Tu n'avais jamais vu Lancerne avant ? questionne Alice avec le ton d'une personne convaincue de savoir ce qu'elle cherche. Elle avait l'air de te connaître, elle.

Il se sent obligé de lui dire la vérité, l'échec de leur plan vient peut-être de ce qu'il a caché et à défaut de pouvoir le corriger, il doit, au moins, des explications franches à sa compagne : il lui désigne sa cicatrice.

— Quand j'ai fait mon coma, il y a deux mois, je crois qu'elle est venue à mon chevet plusieurs fois, avoue Victor en se frottant le front.

— Pourquoi tu ne m'as rien dit ! crie pratiquement Alice avec une incompréhension palpable.

— Je ne voulais pas avoir l'air fragile ou douteux. Je ne voulais pas te faire peur, répond Victor en serrant Alice et en la couvrant de baisers coupables.

— Elle t'a hypnotisé. Tu es programmé pour réagir à certaines situations.

Alice le repousse pour le regarder dans les yeux et le convaincre de ce qu'elle lui annonce.

— C'est possible, oui. Et elle va me le payer, je te le jure.

Il sait que la jeune femme a raison, il a été manipulé pendant son coma, comme les cobayes de l'institut Lucius. On a utilisé l'abaissement de ses capacités de réflexion et de défense pour lui faire subir des suggestions hypnotiques et les ancrer profondément dans son subconscient. Il réagit à des stimuli que Lancerne a déterminés. Il a été programmé pour s'évanouir en entendant *Les Chants de Maldoror*, et sûrement pour d'autres choses.

Il est la victime de ce qui intéressait tant les militaires dans les travaux de Lancerne. Elle est capable de programmer des personnes dans le coma pour les faire réagir d'une manière prédéterminée à un stimulus extérieur donné. Un outil aux perspectives prometteuses pour l'espionnage et le contre-espionnage français, il comprend mieux les moyens mis en œuvre et le secret entourant les travaux du laboratoire Lucius.

La sensation qu'il éprouve est vertigineuse. Il a, en lui, son propre adversaire, il ne peut pas se faire confiance à lui-même. Il ne sait pas quelles sont les suggestions qu'on lui a imposées, il ne peut pas savoir quelles seront ses réactions à venir. À tout moment, Lancerne peut de nouveau utiliser ce qu'elle lui a imposé et faire de lui sa marionnette. Il est incontrôlable et dangereux pour Alice. La jeune femme doit sentir son désarroi, car elle reprend la valse de ses caresses sur le visage de Victor.

— Ça se soignera, Victor. Dès qu'on sera sortis d'ici, on te fera soigner.

— Je suis un péril pour toi ! Comment peux-tu me faire confiance maintenant ?

— J'ai besoin de toi. On fera attention c'est tout.

Il faudra que j'aie toujours une arme sur moi. Je serai moins vulnérable quand mon garde du corps s'évanouit, plaisante Alice qui réussit à redonner un peu de force à Victor.

Ils entendent des pas dans le couloir, Victor se lève et va se coller aux barreaux, il tend le cou et voit arriver Laveau depuis le côté sombre du couloir. Le monstre déambule, intégralement nu, au milieu des cages. Victor ne voit pas Lancerne, ce qui ne le rassure pas : il craint que le grand chauve nauséabond soit incontrôlable en l'absence de sa maîtresse.

La silhouette décharnée de Laveau passe devant leur cellule sans leur jeter un regard, se plante devant celle des jumelles, se penche pour amener son visage au plus près des deux jeunes femmes endormies et reste immobile. Il donne l'impression de sentir l'air de la cellule, de profiter de cet instant avec une délectation maladive. Son dos nu, maigre et couvert de cicatrices et de plaies purulentes s'arrondit au rythme de ses respirations profondes.

Victor sent Alice bouillir à ses côtés, elle secoue les barreaux de la cage et se met à crier :

— Ne les touche pas, espèce de porc immonde ! Tu m'entends ? Ne les touche pas !

Laveau ne prête pas attention aux cris d'Alice, il reste concentré sur sa contemplation. La scène dure quelques minutes, puis Laveau se redresse lentement. Il se tourne vers eux et fait deux pas en direction de leur cachot. Son sexe est tendu devant lui comme une insulte et une menace. Il sourit. Alice secoue les barreaux avec l'énergie du désespoir.

— Espèce de monstre, je te tuerai de mes mains si tu touches aux jumelles !

— Je n'ai pas encore les clefs de leur cage, mais

si tu ne veux pas que Lancerne me les donne, il va falloir être coopérative. On attend beaucoup de toi, ne nous déçois pas, sinon je m'occuperai d'elles avec joie.

Puis, sans prêter l'oreille à la réponse d'Alice, le monstre chauve se détourne d'eux et repart de son pas lent vers les profondeurs sombres du couloir. Alice reste la tête appuyée sur les barreaux, tremblante.

Victor la prend dans ses bras et la ramène vers les couvertures. Il l'assoit sur leur paillasse et tente de la calmer. Il y parvient en quelques minutes et ne peut plus retenir les questions qui se pressent dans sa tête :

— Il y a bien quelque chose que tu sais sur ta mère et qu'ils veulent obtenir. Sinon à quoi tout cela rimerait-il ?

— Non, Victor. Je ne sais rien sur ma mère. Je ne sais pas ce qu'ils veulent. Je n'ai pas vu ma mère depuis 1988, je n'étais qu'une enfant. Pour ce que j'en sais, elle est morte. Tu vois bien qu'ils sont dingues. Tout cela ne rime à rien.

— Tu dois avoir raison, ce sont juste des malades…

Victor fait semblant d'être convaincu, car il ne se sent pas digne d'insister, lourd de ses propres mensonges et dissimulations. Il reprend une voix ferme pour tenter de remobiliser la jeune femme :

— Il faut que nous tenions, Paul va se rendre compte de notre disparition et il est au courant pour Lancerne. Il va venir nous chercher. Il faut qu'on tienne jusque-là.

Ils fument une cigarette pensivement, tenir va être difficile si le monstre puant s'en prend aux jumelles. Il leur faudra sans doute mentir de manière assez crédible pour gagner du temps en attendant les secours. Victor se demande si Alice lui fait encore confiance, elle n'aurait pas tort de se méfier de lui après ce qu'il vient de se passer. Si elle sait quelque chose qu'elle veut préserver, elle doit avoir peur de se confier à quelqu'un qu'elle sait manipulé par Lancerne. Cette constatation lui fait mal, mais si elle lui cache la vérité, elle a sans doute raison. Il vaut mieux qu'il n'insiste pas.

Alice se serre contre lui et l'embrasse avec ardeur, il est un peu surpris par cette étreinte sensuelle, dans le cadre assez lugubre de leur cellule, mais il répond avec application aux baisers de la jeune femme.

— Fais-moi l'amour.

— Maintenant ? Mais ils peuvent arriver d'une minute à l'autre pour nous interroger, s'inquiète Victor en regardant vers le couloir désert.

— Je sais ce n'est pas l'endroit, mais je ne sais pas si on aura une autre occasion de le faire. On arrive à la fin, j'en ai peur, murmure Alice d'une voix blanche.

Elle a les larmes aux yeux et serre Victor avec rage.

— Je ne veux pas partir sans avoir fait une dernière fois l'amour avec toi, je t'en supplie !

Elle n'a pas tort, ils sont sur le fil du rasoir depuis plusieurs jours, et chaque instant qu'ils passent ensemble peut être le dernier. Lui aussi ressent cruellement la fragilité de leur relation, la fin possible de cette grâce qui leur a été donnée. Il sèche les larmes d'Alice avec des baisers fiévreux et il cède à l'appel de leurs sens.

Sous les couvertures rêches de leur paillasse en brique qui leur maltraite les genoux et les reins, mais avec une intensité qui frôle la dévotion, et l'intensité d'adieux déchirants, ils font miraculeusement l'amour.

Ils s'embrasent et se consument, nus dans des couvertures qui ne cessent de glisser sur leurs reins et qu'ils remontent d'une main fébrile. Ils s'aiment comme un défi, nimbés par un nuage de buée que provoque la chaleur de leurs corps dans l'air froid de la cellule. Indifférents au reste du monde et à leur propre avenir ils ne sont plus que plaisir haletant, défiant la mort, suspendus au bord du précipice.

55

Le voiturier de l'hôtel Meurice attrape le trousseau de clefs que lui tend Paul Rochat, avec ce sourire complice qu'il doit réserver pour les clients amateurs de voitures de sport. Le commandant lui rend chaleureusement sa mimique obséquieuse : il est d'excellente humeur. L'inquiétude qu'il ressentait pour son ami s'est dissipée au vu des autres événements de la journée, le risque encouru par Victor est un petit prix à payer compte tenu de ce que cela peut leur apporter.

Il se presse vers les portes de l'hôtel, il fait toujours un froid glacial dans la capitale et sa tenue de soirée en soie et cachemire supporte mal les bourrasques givrantes qui dévalent dans la rue de Rivoli en cette fin de week-end.

Bien que de bonne humeur, il est un peu las et aurait apprécié une soirée de repos, son dimanche ne lui aura accordé aucune minute de répit. Depuis l'appel de Victor du début de la matinée, il n'aura pas cessé de courir. Seul le doux parfum de revanche et de luxure émanant de son rendez-vous du soir lui aura donné le courage de ressortir et de couper court à un repos régénérateur, malgré la perspective de son départ, prévu aux aurores le lendemain matin.

Il a commencé cette journée épique par une visite en urgence au cimetière de Thiais. Là-bas, il a fouillé une à une les niches funéraires indiquées par Victor. Une d'entre elles lui a réservé une surprise de taille, elle contenait un cercueil alors qu'il s'agissait de concessions encore non attribuées, et, dans ce cercueil entrouvert, gisait un jeune homme qu'il a reconnu comme étant celui des photos données par Alice. Romain Montserray y était prostré et, les doigts en sang, attendait qu'on le libère.

Le jeune homme était dans un état catatonique profond. Il l'a cru mort quelques instants, mais malgré son état d'hypothermie, il était encore trop chaud pour que son corps soit celui d'un cadavre. Après des vérifications fébriles, il lui a trouvé un pouls, faible mais régulier. Il a appelé les secours qui ont emporté en moins d'un quart d'heure le jeune homme à l'hôpital Mondor.

Romain Montserray a eu un peu de chance. Il a réussi, avant de voir ses forces l'abandonner, à tordre le loquet du cercueil avec un scalpel, suffisamment pour y laisser entrer un mince filet d'air. Son état presque végétatif a limité ses besoins en oxygène et en eau au strict minimum. Il a survécu aux quatre jours passés enfermé dans ce cocon molletonné qui aurait dû lui être fatal. Son état n'a pas encore permis d'entendre le récit de sa mésaventure, ni de permettre à sa compagne de venir à son chevet. Sa perfusion devrait lui permettre de se refaire une santé, mais pas avant deux ou trois jours.

Cela fait plutôt les affaires de Rochat, qui connaît les grandes lignes de ce que l'acteur aurait pu révéler, et n'a surtout pas envie qu'une indiscrétion dans la presse par un des membres du corps médical vienne contrarier la délicate opération en cours.

La suite des événements de la journée l'a amené à prendre une décision difficile et potentiellement dangereuse pour les quatre otages de Lancerne et ses séides.

Il avait dû peser de tout son poids pour que le dispositif lancé pour arrêter Victor et Alice soit suspendu. La première réaction des militaires et de la Crim avait été de les arrêter au plus vite, c'est lui qui les a persuadés de changer de méthode après que Victor leur a filé entre les doigts sur l'autoroute

L'intervention de Victor à Strasbourg a semblé, dans un premier temps, mettre un terme à l'opération qu'il a initiée avant qu'elle ne porte ses fruits mais, heureusement, sans qu'elle ait engendré de dégâts collatéraux. Si l'affaire s'était arrêtée là, ç'aurait été presque un coup pour rien pour les services de renseignements. Mais l'honneur était sauf pour tous avec l'arrestation de cinq criminels et la possibilité d'une explication serrée avec Élizabeth Lancerne.

À son retour à Paris, il a découvert le retournement de situation dans l'appartement des jumelles. Le succès de Lancerne et le départ des camions pour les Vosges ont changé la donne.

Il a provoqué une réunion en urgence dans les locaux de la Direction des renseignements militaires. Rochat a parfaitement profité de l'embarras des service concernés sur ce dossier, et de l'absence de Dussart pour prendre le commandement de l'opération périlleuse qu'il les a convaincus de prolonger d'une journée.

En l'absence du colonel, parti améliorer les dispositifs d'information des forces françaises en Afghanistan, l'état-major de l'armée manquait de poids dans ce dossier, et ils se sont laissé convaincre d'abandonner le commandement des opérations à la DCRI. D'autant plus facilement que l'opération comporterait des risques importants de dérapage sur le territoire national, et que Rochat disposait d'un atout de poids grâce à la confiance que lui porte Victor, l'un des protagonistes essentiels du piège.

Il continue de marquer des points, mais même avec la découverte de Romain Montserray encore en vie, résultat qu'il a imputé à sa manœuvre audacieuse, il est toujours sur une corde raide.

Pour l'instant, il a pu capitaliser sur ce résultat, et a obtenu la prolongation de l'opération jusqu'au lendemain midi. À cette heure, le dispositif d'intervention du GIGN[1] investira le parc animalier de Lancerne et ils n'auront plus que quelques heures pour obtenir des résultats tangibles avant de livrer ces criminels aux forces de police. Les lieux ont été repérés, cartographiés et préparés en l'absence de Lancerne la nuit précédente, l'intervention devrait pouvoir se dérouler sans perte humaine.

Ils ont laissé le camion de déménagement partir pour les Vosges sous une surveillance discrète, la situation n'est pas usuelle, mais il la croit sous contrôle.

Tout est allé si vite depuis la découverte du corps d'Isabelle Lepestre, et de sa correspondance intrigante avec l'affaire, qu'il espère avoir pris les bonnes décisions pour sa carrière… et pour Victor. Mais il est trop tôt pour qu'il en ait la certitude.

Arrivé à l'accueil de l'hôtel, il se fait indiquer la chambre où il doit retrouver son rendez-vous vespé-

1. Groupe d'intervention de la gendarmerie nationale.

ral. Le petit triomphe qui se prépare est un avant-goût délicat de celui qu'il connaîtra s'il réussit là où Dussart, Lancerne, l'Institut Lucius et les renseignements militaires ont échoué pendant plus de vingt années.

S'il y parvient, cette opération fournira à la recherche militaire française sa plus belle réalisation depuis *Frenchelon*[1], une arme au potentiel extraordinaire dans la lutte contre le terrorisme, et pour l'espionnage économique. Bien plus que les protocoles de communication et de suggestion hypnotiques pour des personnes en coma profond, aux résultats lamentablement aléatoires, laissés par Lancerne : un psychotrope de manipulation des esprits d'une puissance sans égale à ce jour.

De quoi assurer des lendemains fastueux à la carrière de Rochat.

Il continue de s'en délecter par avance quand il arrive au cinquième étage de l'hôtel. Tout n'y est que calme et appel à l'abandon. Il ne compte pas y résister. Il frappe doucement avec l'index sur la porte de la chambre 94, on lui annonce que la porte est ouverte. Il se glisse à l'intérieur.

Madame Dussart a gardé ses bas. Mais rien d'autre.

Rochat se dit qu'assurément la place du colonel est bonne à prendre.

1. Surnom du système d'espionnage des télécommunications français.

56

Une seule personne était susceptible de m'apporter une aide discrète dans ma fuite : Isabelle Lepestre, une peintre que j'avais rencontrée lors de sa première exposition en France, quelques années auparavant, et avec qui j'avais immédiatement sympathisé.

Une originale, qui me rappelait mes années d'insouciance hippies, que je ne pouvais plus présenter à votre père, car il se targuait d'avoir mûri et de vouloir un cadre de vie et des amis plus conformes à son statut de pater familias, *directeur d'un laboratoire de recherche et candidat potentiel à la mairie de Vincennes.*

Plus qu'une amie, Isabelle était devenue un jardin secret, une complice, une confidente. Elle était la seule avec qui je pouvais aborder certains aspects de mon séjour à Vilokan, en restant assez évasive pour ne pas compromettre la sécurité de la communauté, mais en trouvant un relais et une aide pour tous les aspects du voyage astral que je souhaitais expérimenter.

Pour être clair, ses amis et elle expérimentaient beaucoup des drogues que je créais. Je leur fournissais gratuitement des hallucinogènes qui nourrissaient leur créativité, et en échange je relevais méticuleusement les comptes rendus de leurs expériences qui venaient compléter et enrichir les miennes. Ils ne portaient pas de psychopompe, et leur aide ne pouvait être que parcellaire, mais elle était bienvenue.

C'est vers elle que je me suis tournée pour obtenir de l'aide dans ma fuite. Isabelle avait fui les Duvalier, elle avait connu la torture et la résistance à une junte militaire. Elle comprenait mes préoccupations et elle serait muette jusqu'à la mort sur ma destination et mes travaux. Je suis restée quelques jours chez elle, le temps qu'elle se procure, par ses improbables connexions dans la diaspora haïtienne à Paris, des papiers à mon nom et un passeport suisse parfaitement contrefaits. Ce laps de temps m'a permis de reprendre mes esprits, de faire le deuil de Nicolas et de renforcer ma détermination à m'éloigner de vous, pour ne plus vous mettre en danger.

J'ai décidé de ne pas utiliser les papiers helvètes fournis par Isabelle pour fuir. Je ne voulais pas laisser de traces de mon départ, même maquillées. Je savais les services secrets capables de beaucoup d'acharnement, et donc de percer un jour cette couverture et de remonter jusqu'à moi grâce à cette piste.

J'ai utilisé une filière qui ne laissait aucune trace, qui fonctionnait tous les jours dans l'indifférence quasi généralisée. Chaque semaine, des passeurs amenaient, et amènent encore, des immigrants en provenance de l'Afrique de l'Ouest sur les côtes espagnoles. Avec un peu de moyens, il m'a été assez facile d'utiliser le même canal en sens inverse.

Avant de quitter Paris, puis la France, j'ai arraché le serment à Isabelle de veiller sur vous, de veiller à ce que vous ne souffriez jamais du passé de votre mère. Je savais que notre héritage et l'éducation de vos grands-parents vous garantiraient stabilité et affection, si des éléments extérieurs ne venaient pas tout compromettre. En échange de cette protection, je me suis engagée à continuer de lui fournir ses tisanes

« magiques », source inégalable d'inspiration artistique, et donc de fortune, pour la peintre.

J'ai payé des passeurs pour qu'ils me transportent avec eux dans leur voyage retour, sous couvert d'un reportage et d'une carte de presse bidon, et avec l'aide de quelques billets, on ne m'a pas trop posé de questions. Une arme m'a aidée à écarter les dangers les plus marquants de ce périple dans les bas-fonds de la misère humaine. Des plages de l'Andalousie à Tarifa, puis à la Mauritanie, au Mali et pour finir au Niger et enfin au Bénin, ma route aura croisé le flot continu de ces chasseurs d'espoir que leur terre aride exile dans l'illusoire perspective de prendre part au banquet occidental, ou d'en ramasser les miettes.

Au bout d'un mois de ce voyage exténuant, je suis arrivée à Allada avec une dizaine de dollars, une arme et mes faux papiers comme tout viatique. Autant dire que mon voyage ne comprenait pas de billet retour.

Paradoxalement, j'avais quitté le royaume du Dahomey aux prémices de sa révolution marxiste-léniniste, et j'y revenais pour assister à la fin de ce même régime, dans un pays désormais nommé République du Bénin. Le gouvernement de Mathieu Kérékou, inoxydable président et leader du parti communiste local, était exsangue, l'administration absente ou corrompue, le pays livré à lui-même.

J'avais suivi par la presse française la vie du pays, je savais donc que les communistes avaient déclaré le vaudou illégal et en avaient proscrit le culte. Mais je savais aussi que Mathieu Kérékou avait son propre marabout et que tout ceci n'était que façade. La répression des cultes ancestraux n'était pas la véritable priorité de ce régime, finalement assez tolérant sur ce point. Mes espoirs de retrouver la communauté de Vilokan telle que je l'avais quittée étaient fondés.

Je regagnais une terre assez différente de celle que

j'avais laissée. Moins joyeuse, moins accueillante, moins colorée. Partout les traces de l'activité humaine montraient les stigmates de sa salissure, de son exploitation déraisonnable des terres et des hommes, de son mépris pour le règne animal, de sa cupidité aveugle et suicidaire.

J'évitais de me faire voir dans Allada, il aurait suffi qu'une personne me reconnaisse vingt ans après pour que ma couverture se déchire en lambeaux. Virginie Montserray était morte et devait le rester.

Par un petit matin terne, j'ai quitté les faubourgs d'Allada pour me diriger vers les cornes de Vilokan. Ce chemin, je ne pouvais pas l'oublier. Pourtant, le paysage avait changé, les terres agricoles improductives se succédaient là où la savane s'étendait. Les forêts avaient disparu, victimes de l'exploitation intensive des essences de bois précieux et, sur les dix kilomètres qui me séparaient de la forêt secrète de Vilokan, je n'avais pas croisé, ni vu ou entendu, la moindre manifestation de vie animale.

Cette désertification brutale faisait monter en moi une angoisse irrationnelle, celle de voir mon voyage se terminer dans une plaine aride et déboisée, la crainte de voir la cathédrale verte rasée et la cité souterraine transformée en entrepôts militaires ou en silos à grains. Mais, au bout de ma marche forcée, la forêt cathédrale m'apparut entre ses deux cornes rouges baignées par le soleil levant. Elle était inchangée, épargnée par la course destructrice de l'activité humaine. Landri et les sectateurs avaient réussi à sauvegarder leur petit monde d'harmonie et d'équilibre.

Consciente de la fragilité de ce qui m'entourait, j'en passais l'orée avec délectation, cet environnement était un baume merveilleux, le réconfort tant attendu après un mois de pérégrinations hasardeuses et dangereuses. J'ai marché droit devant moi au milieu des cornes, j'ai traversé la première couche des irokos pour arriver au cœur de la forêt cathédrale, cette parenthèse silencieuse parsemée de baobabs selon un schéma strict et séculaire.

Il a fallu plusieurs heures de mes chants frénétiques à gorge déployée pour que les sectateurs se soucient de ma présence. C'est sur une des ramifications du baobab aux mille troncs, alors que je cherchais en vain le puits menant à la cité souterraine, que j'ai retrouvé Landri.

Il me regardait avec le même air complice et moqueur que celui dont il me couvrait à chacune de mes fantaisies vingt années plus tôt. J'ai su à l'instant qu'il m'avait reconnue et qu'il était heureux de me revoir, même si une petite inquiétude irisait le coin de ses yeux, comme auparavant.

— Est-ce bon de rentrer à la maison après un si long voyage ? J'espère que tu reviens sage et porteuse d'espoir pour la communauté. Ces temps sont les plus périlleux que nous ayons jamais traversés.

— Ça me fait un bien fou, oui. Je suis un peu plus sage qu'il y a vingt ans, mais je n'ai que mon énergie et ma foi à opposer à la marche folle du monde.

— Sois tout de même la bienvenue. Tu as respecté ta parole...

Puis il a ajouté, avec un mouvement circulaire de bras désignant la forêt :

— Tu es ici chez toi, et nous allons avoir besoin de toutes les énergies pour sauvegarder notre secret.

Il m'a guidée vers le puits et m'a descendue dans les profondeurs de la cité, je n'étais pas anxieuse, je savais que, cette fois-ci, je pourrais remonter quand je le voudrais.

La cité en elle-même n'avait pas changé, en aucun point. Elle était telle qu'elle avait été construite des siècles auparavant. Immuable. Landri en était devenu le guide, il avait pris la relève de Bakary après une courte période de conciliabules. Il était le premier guide de la cité souterraine à ne pas être un veilleur. C'était contraire aux usages, mais les menaces planant autour de la communauté impliquaient que son guide soit un homme connaissant parfaitement le monde extérieur et ses subtilités.

Il n'avait pas été initié, le risque encouru était trop important, la communauté ne pouvait pas perdre un deuxième guide et son seul lien vers l'extérieur dans un temps si court.

La cité avait été bien inspirée de faire ce choix. Landri avait mené d'une main habile les sectateurs pendant les années troubles de la République du Bénin, marxiste-léniniste. À l'arsenal des superstitions, des menaces, des sacrifices et des intimidations qui assuraient jusqu'à ce jour la quiétude de la forêt cathédrale, il avait dû ajouter des méthodes tristement contemporaines.

La communauté n'était pas sans ressources, le tribut des guerres passées, enterré en son sein, lui garantissait une assise financière suffisante pour jouer de la seule arme qui pouvait lui garantir sa pérennité en ces temps troublés : la corruption.

Landri avait su acheter la bienveillance de l'administration jusqu'à ce jour. La forêt ne faisait toujours pas partie des terres collectivisées destinées à l'exploitation par les fermes sylvicoles d'État. Mais cette protection avait coûté cher, et les réserves financières de la communauté ne permettraient pas de continuer sur ce mode indéfiniment.

Mon rôle était tout tracé. Dans un premier temps, Landri et moi fûmes mariés. Je n'étais pas la première épouse de Landri, mais sa huitième, et j'ai pris ma place dans son harem. Cependant mon statut de veilleuse me conféra un rôle prépondérant.

Je devins le lien entre le pouvoir administratif et le pouvoir religieux, entre le monde du serpent et le monde physique. Bras droit de Landri, mon influence était importante dans les luttes de la communauté. Je repris mes voyages dans le monde du serpent, au grand contentement du psychopompe qui n'avait cessé de me réclamer sa nourriture.

Je suis devenue experte dans les mouvements du vodun, suscitant même l'admiration des plus anciens des veilleurs. Mon attente pour revenir dans ce monde avait été si longue que mon enthousiasme à le découvrir était immense. Je le dévorais, je suis même devenue familière de la présence du mufle noir. Je me suis habituée à lui : il ne me fait plus peur maintenant, il ne tente plus de m'attirer en lui, il sait et je sais que je le rejoindrai un jour, mais que ce moment n'est pas encore venu. Nous cohabitons dans les ombres.

La chute du régime communiste du Bénin ne fut pas une bonne nouvelle pour la communauté. L'exploitation des ressources naturelles du pays allait être cédée parcelle après parcelle à des multinationales au pouvoir de corruption sans commune mesure avec celui de la communauté.

Au fil des ans, la menace s'est précisée, les terres environnantes ont été cédées, les dernières forêts sacrées de la région contenant des essences rares ont été mises en exploitation. Des voitures aux couleurs des filiales d'entreprises françaises d'exploitation forestière se sont montrées de plus en plus régulièrement aux alentours des cornes de Vilokan.

Maintenir le secret et préserver l'équilibre de la forêt cathédrale sont devenus des combats politiques intenses. Nous ne pouvions plus attendre cachés dans la cité souterraine. Le combat devait avoir lieu à Cotonou, à Porto Novo et dans toutes les instances internationales. Malgré mon passeport suisse, je ne pouvais avoir qu'un rôle d'éminence grise, et c'est Landri qui menait ces combats publics avec acharnement.

Je me contentais d'utiliser mes connaissances pour

rédiger sous son nom des lettres et libelles à diverses publications scientifiques de la FAO, de l'IPGRI, de l'ICRAF, de la WWF[1]*... J'ai réussi à donner une crédibilité conséquente à Landri qui est devenu un leader et un symbole de la protection des forêts primitives africaines.*

Malheureusement cet activisme pour la préservation de la biodiversité n'allait pas suffire à protéger durablement la forêt cathédrale des appétits destructeurs des exploitants forestiers et miniers.

1. Successivement *Food and Agriculture Organization*, *International Plant Genetic Resources Institute, International Centre for Research in Agroforestry* et *World Wide Fund for Nature.*

57

Les jumelles se sont réveillées pendant la nuit. Leur panique a sorti Victor et Alice du sommeil. Ils ont dû répondre à leurs questions angoissées jusqu'au petit matin. Malheureusement, ils ne pouvaient pas insister sur l'intervention probable des forces de l'ordre. Tenir ces propos aurait risqué de compromettre les chances de succès de cette intervention s'ils étaient parvenus aux oreilles de leurs geôliers.

Sans cette perspective d'une fin favorable, l'angoisse des deux jeunes femmes s'est révélée impossible à contenir et sa nuit blanche passée, en vain, à tenter de les rasséréner pèse sur Victor quand leurs geôliers font leur réapparition.

Le premier à traverser le couloir est Laveau, sa grande carcasse décharnée passe devant les cellules, accompagnée de son odeur répugnante. Les jumelles se terrent au fond de leur cage, blotties l'une contre l'autre, tremblantes de la tête aux pieds comme deux proies apeurées. Victor sent Alice s'énerver quand le monstre se rapproche de la cage des jeunes femmes et hume ostensiblement l'air de la cellule.

Mais cette scène ne trouve pas de prolongement, le

bruit du fauteuil électrique d'Élizabeth Lancerne se fait entendre et le nécrophage disparaît par les grilles donnant sur l'extérieur. Victor peut apercevoir qu'il neige à gros flocons sur le paysage forestier qui s'étend au-delà des grilles.

Dans son armature mobile, Lancerne vient s'arrêter devant leur geôle. Elle est seule. Le petit homme en rouge et ses acolytes ne se montrent pas. Victor entend leur voix depuis le fond du couloir et comprend qu'ils préparent leur départ. Lancerne les toise un bref instant, la nuque raide dans son fauteuil articulé qui lui permet de tourner la tête avec l'aide d'une assistance motorisée.

— Cette réunion familiale aura été brève. J'ai bien peur de devoir vous séparer dès cette matinée, indique le professeur avec une moue triste qui ne convainc pas Victor de sa sincérité.

— Vous ne voyez pas que Virginie est morte et que tout ceci ne vous mènera à rien ? tente de la raisonner Bellanger, qui cherche surtout à gagner du temps.

Il espère toujours une intervention rapide des forces de l'ordre. Leur disparition doit être connue depuis près de vingt-quatre heures, il a eu le temps au téléphone d'expliquer à Rochat le rôle de Lancerne dans cet enlèvement. Le commandant a suffisamment d'influence pour obtenir une vérification rapide des lieux de séquestration potentiellement utilisés par le professeur, et son ancien parc à loups doit figurer en tête de cette liste.

L'intervention ne devrait pas tarder, il faut qu'ils restent là encore quelques heures.

— J'ai des informations dont vous ne disposez pas, monsieur Bellanger. Virginie Montserray est vivante et votre amie, sa fille, le sait pertinemment. N'est-ce pas, Alice ?

Celle-ci reste assise sur la paillasse. Comme intimidée par la présence de Lancerne, elle n'ose pas regarder dans sa direction et fixe le sol entre ses pieds. Élizabeth cherche à accrocher son regard, mais la jeune femme ne relève pas la tête.

— Vous n'avez pas une seule preuve ! reprend Bellanger. Pourquoi Alice tairait-elle à tous que leur mère est vivante ?

— Parce que sa mère le lui a ordonné ! Mais demandez-lui donc quelle relation elle entretenait avec Isabelle Lepestre ? La meilleure amie de sa mère depuis plus de trente années.

Victor se tourne vers Alice. Il ne doute pas d'elle, mais il aimerait qu'elle réponde aux accusations de Lancerne pour dissiper ses soupçons. Alice le regarde et comprend qu'elle doit répondre. Elle tourne ostensiblement la tête vers le mur pour parler :

— Je ne connaissais pas Isabelle Lepestre, c'était ma voisine depuis deux mois et c'est tout.

Élizabeth manque s'étouffer d'indignation :

— Une voisine qui ne passe pas trois mois sans venir dans la ville où vous résidez, par hasard sans doute. Et ce systématiquement depuis plus de vingt ans. Et qui écrit après chacun de ses passages à une mystérieuse correspondante suisse.

— Je ne comprends rien à ce que vous racontez. Je n'ai jamais revu ma mère. Si Lepestre pouvait la contacter, vous auriez dû le lui demander au lieu de la tuer.

— On lui a fait dire ce qu'elle savait. Malheureusement, elle ne savait pas où se trouve votre mère. Mais je suis sûre que votre mère sait où vous, vous

vous trouvez. Je suis sûre qu'elle sait exactement ce qui se passe, mais qu'elle refuse encore de se montrer !

Élizabeth perd de son calme et de son assurance, ses yeux s'écarquillent et elle postillonne abondamment en poursuivant sa tirade :

— Parce que c'est une salope égoïste et déconnectée des réalités de ce monde. Elle préfère jouer avec vos vies que risquer de partager son petit secret. J'en crève de sa saloperie, elle le sait, mais après tout ce qu'elle m'a fait, elle me laissera mourir sans comprendre !

Victor a conscience qu'il serait plus prudent de faire profil bas, Lancerne a l'air dérangée. Augmenter sa colère peut s'avérer dangereux. Mais il ne résiste pas à la tentation de pousser un peu plus loin la provocation pour voir quelles informations cela fera jaillir. Par instinct, il joue sur une corde qu'il devine enfouie à l'origine de cette affaire :

— Vous n'aviez qu'à ne pas vous approprier ses travaux. C'est de votre faute si vous en subissez les conséquences.

— Je subis les conséquences de son égoïsme : elle ne communiquait rien sur ses travaux ! Elle estimait l'humanité indigne de ses découvertes ! Je n'ai agi que pour le bien commun. Et aujourd'hui encore ! Mes actes peuvent sembler violents et contraires à la loi, mais la postérité me jugera !

La professeur se fatigue, Victor se rend compte que cette tirade lui demande beaucoup plus de forces qu'elle n'en dispose. Loin de l'apitoyer, cette constatation renforce sa décision, il va pousser son avantage. L'ego des scientifiques reste un levier incomparable.

— Qu'est-ce que ses travaux peuvent avoir de si formidable pour justifier que vous tentiez de la tuer, que vous tuiez son mari, celui de sa fille, son amie et un de ses enfants ?

— Cette illuminée a effectué des travaux d'une intuition et d'une finesse incroyables. On ne peut même pas dire qu'elle était en avance sur son temps puisque ce qu'elle a fait ne ressemble à rien de ce que nous ont depuis apporté les neurosciences. Elle a travaillé sur le fonctionnement du cerveau d'une manière expérimentale radicale, découvert des psychotropes, des neurotransmetteurs aux effets sur le cerveau recelant des potentialités extraordinaires. Elle a mis à jour les fonctionnements paradoxaux du cerveau face à la mort, elle a mis le doigt sur l'essence même de l'âme humaine. Que sont quelques vies face à toutes celles que nous pourrions sauver avec un tel enseignement ?

— Ça fait vingt ans que vous possédez ses travaux, qu'est-ce que vous pourriez en tirer de plus ? Pour l'instant, vous n'en avez pas fait grand-chose.

— On a fait le tour de ce que nous pouvions comprendre. Ses travaux sont difficiles à appréhender, il nous manque des données, on a des comptes rendus d'expériences que nous ne sommes jamais parvenus à reproduire. L'institut Lucius est en bout de course, elle seule a les clefs.

— En voyant ce que vous avez fait à Thierry Jourdan, je comprends qu'elle ne veuille pas vous les donner.

— C'était un échec lamentable…

La voix de Lancerne semble, pour une fois, indiquer un réel regret. Elle peine à poursuivre.

— Il devait remplir votre rôle, celui d'informateur, il devait nous signaler toute apparition de Virginie Montserray dans l'environnement de sa femme.

Je voulais le conditionner pour ça. Mais son AVC lui a causé trop de dommages. Ses fonctions cérébrales étaient trop réduites, je n'ai pas pu en faire ce qui était prévu. Alors, je l'ai utilisé pour envoyer un message à Virginie. Pour lui dire que je suis prête à tout et que je tuerai ses enfants un à un si elle ne se montre pas.

— C'est monstrueux, vous avez vraiment perdu la raison.

— Je n'ai pas le choix ! Les militaires m'ont traitée comme une folle, ils m'ont coupé les crédits et humiliée. Je ne voulais plus avoir affaire à eux, je devais me débrouiller seule avec Laveau et Orphée. Laveau étant croque-mort à Thiais, l'idée qu'il a eue était séduisante et réalisable. Jourdan serait mort de toute façon, son AVC a été trop destructeur.

Victor sourit, ce besoin du professeur de justifier ses actes, en faisant mine d'oublier que l'AVC de Jourdan a été provoqué par ses soins, prouve que, même pour elle, ils ne sont pas si faciles à absoudre. Derrière Lancerne, les jumelles s'agitent et l'insultent, elle n'y prête pas attention, sa peau est tellement fine et diaphane qu'elle donne l'impression de n'être qu'un film transparent sur un écorché de laboratoire blanchi à la Javel. Alice reste dans le fond de la cage, la tête entre les mains, comme si voir et entendre Lancerne lui était insupportable. Bellanger relance, gagnant du temps :

— Et à moi, que m'avez-vous fait ?

— J'ai utilisé votre accident. Vous étiez le candidat idéal pour remplacer Thierry Jourdan. J'ai profité de votre coma pour pratiquer une série de suggestions hypnotiques. C'est la grande force des expériences de mort imminente : elles s'imprègnent en vous bien plus profondément qu'un rêve ou une hallucination, elles deviennent réelles. Il suffit de savoir en effacer le souvenir conscient, le réflexe reste, mais vous ne pouvez pas le savoir. Sur vous, ça a parfaitement fonctionné. On a utilisé Jourdan pour favoriser votre rencontre avec Alice et votre conditionnement a fait le reste, c'est vous qui m'avez signalé l'importance d'Isabelle Lepestre quand vous avez vu chez elle le portrait de Virginie. Malheureusement, cette garce de Montserray n'a pas daigné se montrer malgré les menaces sur sa famille. Son égoïsme n'a pas de limites, elle préfère sans doute voir ses enfants se faire massacrer un à un que de partager ses secrets.

Victor se rappelle son trouble et son évanouissement, il se rappelle aussi son téléphone qui s'est retrouvé dans sa main à son réveil. Ce qui l'écœure le plus c'est de deviner que son intérêt pour l'affaire et son attirance pour Alice auront été programmés par Lancerne. Il se rend compte que l'origine de ses sentiments est factice et cette découverte le vide de ses forces. Il murmure, les yeux dans le vague :

— Tout ça pour courir après un fantôme… Vous êtes condamnée, Lancerne. Ça ne sert plus à rien. Laissez-nous partir, Montserray est morte, elle ne reviendra pas vous soigner.

Lancerne actionne son fauteuil et se détourne des cages. Sur le côté de son crâne, au-dessus de son oreille gauche, Bellanger aperçoit une cicatrice ronde de la taille d'une pièce de monnaie. Il frémit en se demandant quelle expérience atroce Lancerne aura tenté sur elle-même. Il en est encore à estimer le degré de fanatisme nécessaire à une telle folie quand Laveau fait sa réapparition. Il est couvert de neige et agité, Lancerne lui fait un signe de tête.

— Ouvre la cage de ces deux-là et amène-les assez loin de la grotte. On va partir sous peu.

Devant les regards interrogatifs de Victor et d'Alice, elle ajoute d'une voix qui indique que ses forces déclinent et que cette conversation doit s'arrêter.

— Je sais que Montserray est vivante, je l'ai vue de mes propres yeux, il y a deux mois, à Genève. Qu'Alice sache ou non où elle se trouve, je vais vous donner une semaine pour la retrouver. Je garde les filles. Je vais aller me cacher avec elles, là où personne ne nous cherchera.

Apprendre que leur mère serait en vie plonge les jumelles dans le silence. Victor ne sait pas quoi en penser, Lancerne est peut-être assez dérangée pour avoir imaginé cette rencontre.

Il n'a pas encore assimilé l'information quand, sur l'indication de Lancerne, Laveau lui jette au travers de la grille une puce de téléphone portable.

— Je vous appellerai là-dessus dans une semaine. Si vous ne l'avez pas retrouvée, ou si vous tentez quoi que ce soit, Laveau s'occupera des gamines. Je vous garantis que vous ne voulez pas savoir ce qu'il leur fera. Ne tentez rien d'idiot, je n'ai plus rien à perdre. Vous m'amenez cette salope de Montserray ou ces deux pétasses crèveront dans des conditions vraiment dégueulasses.

Laveau vient vers eux avec un visage inexpressif. Il leur ouvre la grille. Victor est tenté de se jeter sur lui, mais il voit, à l'angle du couloir, Orphée et ses deux complices, armes aux poings, qui l'en dissuadent. Tout en s'éloignant, Lancerne ajoute de sa voix sifflante proche de l'extinction :

— Vous n'êtes pas obligés de me croire, mais je

ne la tuerai même pas. Malgré tout ce qu'elle m'a fait. Je veux juste comprendre comment est fait son psychopompe. Je ne veux pas mourir sans avoir compris… C'est tout ce que je veux…

À la fin de la phrase de Lancerne, Laveau leur fait signe de se diriger vers les grilles. Sous une escorte silencieuse, on les raccompagne jusqu'à l'extérieur pendant que Lancerne disparaît dans l'obscurité, emportée par le vrombissement électrique de son fauteuil.

Victor prend la main d'Alice pour la rassurer, et parce qu'il a besoin de se prouver que ce qu'il ressent pour elle est réel et durera bien au-delà de son conditionnement.

Une grande forêt d'épicéas enneigés s'étend devant eux.

58

Malgré nos efforts, nous avons, peu à peu, perdu du terrain. Nos recommandations, nos mobilisations et le soutien de diverses ONG ne nous ont permis que de reporter l'échéance. Ce combat, nous sommes des milliers à l'avoir perdu de par le monde, le cynisme de l'argent triomphe sous toutes les latitudes.

Officiellement nous sommes parvenus à obtenir que notre forêt ne fasse l'objet d'aucun projet gouvernemental et que sa concession ne soit pas accordée à un groupe étranger. Mais dans les faits, la situation devenait intenable.

La présence d'essences rares, aux prix de marché élevés, attirait des bandes de bûcherons profanateurs armés jusqu'aux dents et prêts à tout pour repartir avec leur butin, rien ne pouvait dissuader ces braconniers obnubilés par la perspective d'argent facile et rapide. Rapide pour eux, couper un arbre prend trente minutes quand il met trente années à repousser.

Les incidents violents se succédaient, nous avons connu quelques échauffourées sanglantes. Nous n'avions pas le choix, pour préserver la forêt de ces bandes de voleurs, seule la violence fonctionnait. Mais nous n'étions pas assez nombreux pour protéger toute la zone et la lèpre de la cupidité gangrenait les bordures de la forêt sacrée.

Les terres sur lesquelles elle avait poussé étaient riches et extraordinairement fertiles pour la région. Alors que la population du Bénin croissait vertigineusement, la tentation de les convertir en terres agricoles se faisait, elle aussi, de plus en plus difficile à endiguer. Nous contenions les pouvoirs publics, mais là aussi la base était impossible à contenir. Les propriétaires de terres agricoles voisines de la forêt ne cessaient de déclencher des incendies pour tenter de rogner sa surface et d'étendre leur emprise. Nous luttions pied à pied pour contenir cette progression mais, année après année, nous cédions de larges pans.

Cette lutte avait transformé la communauté en armée. Tous tendus vers la protection de nos frontières, nous négligions l'entretien de notre forêt et nous ne rendions pas le culte au serpent comme la tradition l'imposait. Le moral des sectateurs baissait à chaque nouvelle entaille dans le tissu vert de la cathédrale et pour la première fois de son histoire, la cité souterraine envisageait de quitter la forêt et de se fondre dans le monde extérieur. La communauté doutait du bien-fondé de sa mission.

Pour beaucoup d'entre nous, c'est ce relâchement qui allait causer notre perte.

Selon moi, la cause est bien plus prosaïque. Nous avons été les victimes du fléau qui ravage la planète entière, contre lequel nous nous sommes retrouvés impuissants : la pollution. Elle tua la forêt sacrée.

Les anciens nous avaient alertés au milieu des années quatre-vingt-dix, ils constataient une lente diminution du nombre des serpents dans les bassins.

Après une courte période de dénégation, nous avons fait faire des analyses de l'eau et nous nous sommes rendu compte qu'elle contenait des traces de nitrates et de résidus de produits chimiques d'épandage. Tous issus des exploitations agricoles et de leurs pratiques intensives.

Nous pouvions protéger les bordures de la forêt, mais nous ne pouvions pas en protéger les frontières invisibles. L'air, l'eau et le sol amenaient des éléments qui menaçaient son équilibre. Le miracle de la naissance et de la croissance des serpents psychopompes tenait à l'environnement très spécifique de la forêt sacrée. La corruption progressive du monde alentour allait bouleverser le fragile équilibre de cet écosystème.

La diminution du nombre des psychopompes allait s'avérer impossible à endiguer.

Nous avons tenté de purifier l'eau, d'en rétablir l'équilibre, au moins dans nos bassins. Nous avons aussi essayé de faire changer les pratiques des exploitations utilisant des herbicides trop puissants, mais ces filiales de multinationales de l'agroalimentaire ont joué de leur influence pour conserver leurs pratiques d'optimisation à court terme de leurs récoltes. Nos efforts se sont soldés par un échec. Inexorablement, année après année, le nombre de psychopompes a diminué.

Il faut comprendre l'importance de ce serpent dans l'organisation de la communauté pour appréhender quel a été l'impact de cette diminution dans les esprits des sectateurs de Vilokan. La forêt cathédrale perdait sa fertilité, et avec elle, c'est notre communauté qui devenait stérile.

Accepter cette mort progressive était extrêmement douloureux et agitait la communauté, qui menaçait de s'embraser à chaque incident. Cette tension poussait les sectateurs aux extrêmes. Certains souhaitaient en venir à la lutte armée ou au terrorisme, d'autres voulaient utiliser le pouvoir du vodun pour contraindre l'humanité à changer. Ces deux options auraient entraîné la fin violente de la cité et la tra-

hison de son secret et de ses traditions. Landri et moi luttions pour les en dissuader. Nous y parvenions, mais en conséquence, la plupart se tournaient vers une autre extrémité.

Ils cédaient à l'appel du monde et rejoignaient la ville, ou les plantations qui les accueilleraient comme travailleurs sous-payés. Ils abandonnaient une communauté qu'ils jugeaient perdue. Nous les laissions partir, seuls les veilleurs et leurs secrets ne devaient jamais retourner au monde. Les sectateurs juraient de garder le silence sur la cité souterraine, mais, de toute façon, ils ne connaissaient pas suffisamment le vodun pour le trahir.

Peu à peu, alors que la menace sur les serpents et sur notre forêt sacrée se faisait de plus en plus forte, le nombre d'adeptes diminuait.

Nous dépendions désormais des pouvoirs publics pour protéger nos frontières.

Il y a de cela cinq ans, alors que la forêt avait perdu les deux tiers de sa superficie et que les serpents psychopompes n'apparaissaient plus qu'au rythme d'une dizaine à l'année, Landri est tombé gravement malade. Un cancer, conséquence néfaste de son activité dans le monde corrompu en dehors de la forêt. Refusant tout traitement, il est rapidement devenu incapable d'assumer son rôle de leader et de représentation dans les instances internationales. Personne d'autre que moi dans la communauté n'en avait les capacités. Vingt années après, j'ai dû faire mon retour dans le monde, sous le nom de Louise Becherraz, citoyenne suisse.

J'évitai la France et je pris soin, grâce à Isabelle, de ne jamais croiser votre route. J'évitai les photos, les déclarations publiques, les grandes assemblées. Mais je devais me mêler au monde, ce qu'il restait de la forêt dépendait de moi.

Jusqu'à peu, j'ai mené ce combat. Mais la forêt a

continué de disparaître. Rognée peu à peu par l'ignorance et la cupidité. Ce miracle écologique et mystique, ce savoir millénaire sur les frontières de la vie, allait disparaître. Je ne faisais que reporter l'échéance.

Landri est mort peu avant la disparition des derniers serpents psychopompes, il y a de cela moins de deux années. Il aura eu la chance de ne pas connaître les derniers instants de sa communauté. Il est mort avec l'espoir que tout pouvait encore renaître.

Cet espoir, je ne l'ai plus.

Sa mort, et la disparition des derniers serpents, ont vidé la communauté de son sens. Les derniers sectateurs ont procédé à la destruction de la cité souterraine. Il était pour eux hors de question qu'elle connaisse le même sort que celle d'Agongointo à Bohicon et qu'elle devienne une attraction pour touristes en mal de sensations vaudou bon marché.

Alors, on a fait s'effondrer ses galeries supérieures, une à une, rendant inaccessible ses réseaux plus profonds, ses merveilles d'architecture primitive, ses sculptures et ses temples. La cité de Vilokan s'est tassée sur elle-même.

Ainsi disparaissait, de la main de ses derniers membres et dans un silence idiot, une des plus vieilles sociétés humaines et un savoir précieux sur les limites de l'existence.

Ironie du sort, avec le serpent disparaissait aussi le secret qu'Élizabeth et les militaires français convoitent maintenant aveuglément. Peuvent-ils comprendre que je n'ai plus rien à leur donner ? Je suis la dernière des veilleurs, après moi, il n'y aura plus de psychopompe.

Je n'ai pas pu me résoudre à abandonner la forêt, ni à cesser le combat. Avec une dernière poignée de sectateurs, nous avons concentré nos efforts sur la préservation du baobab aux mille troncs, ultime vestige de la forêt cathédrale et témoin muet de la civi-

lisation disparue de Vilokan. Deux fois veuve, je suis devenue l'une de ces vieilles passionarias *qui défendent à la fois leur cause et leur progéniture.*

Il était hors de question de faire de cet arbre une attraction touristique. Il était tout ce qui restait de notre civilisation, on lui devait le respect. Ma seule chance de le préserver était d'obtenir la protection des quelques hectares de terre l'environnant. J'ai donc prolongé la lutte de Landri pour la préservation des forêts sacrées du pays auprès du pouvoir politique béninois comme auprès des instances internationales.

C'est lors d'une des réunions de la WWF à Genève que s'est déroulé l'incident qui nous a plongés dans la situation inextricable au cœur de laquelle nous nous débattons aujourd'hui. Ce jour où vos vies ont basculé vers l'enfer.

59

Le froid…

Le froid est réel, il ne fait aucun doute : tangible et mordant. Victor se raccroche à cette sensation pour conserver une prise avec leur cheminement alors que ses pensées voudraient divaguer vers ce dont il vient d'avoir la cruelle confirmation. Il est manipulé depuis le début de cette histoire et il ne peut même plus savoir si ce qu'il ressent et pense vient de lui ou si on le lui a suggéré pendant son coma.

Lancerne a beau être folle, ce qu'elle lui a dit est vrai, il le sent. Il sent en lui cette fêlure, cette incertitude. On a manipulé son consentement, on a perturbé sa perception des événements. C'est pour cela qu'il tourne en rond depuis sa sortie de l'hôpital, qu'il est incapable de reprendre sa place dans la société et de se comporter normalement vis-à-vis de ses collègues.

Dans ce maelström de sentiments amers, il sait pourtant que ce qu'il ressent pour Alice est juste. Il y a peut-être été préparé, mais il ressent un réel attachement pour la jeune femme qui résistera à l'épreuve du temps. C'est sa dernière certitude. Il lui serre la main avec tant de force qu'elle finit par s'en plaindre.

Ils avancent lentement, enfoncés jusqu'à mi-mollet dans une poudreuse qui craque sous leurs pas. Autour d'eux, les épicéas pointent leurs hiératiques colonnes vers un ciel gris menaçant. Ils doivent être à des heures de marche du premier bureau de tabac, Victor fouille nerveusement dans ses poches, mais aucun miracle ne se produit, elles sont vides : il a fumé sa dernière cigarette des heures auparavant, le manque devient cruel.

Il doit parler à Alice, il ne sait pas par quoi commencer, mais il sait que la situation implique qu'il la rassure, qu'il lui offre un soutien indéfectible et une perspective d'avenir. Il doit se sortir de ses rêveries morbides et assumer son rôle. Il tente de redonner un but à leur fuite désarticulée et muette :

— Tu as une idée de ce que ta mère pouvait faire à Genève ?

— Comment veux-tu que je le sache ? Les élucubrations de Lancerne ne concernent qu'elle. Tout ce que je sais c'est que cette folle a tué Romain !

La voix de la jeune femme indique qu'elle est proche de la rupture, elle ne va pas tarder à ne plus pouvoir faire face. Victor interrompt leur progression et la serre contre lui. Elle se laisse faire, molle, manifestement absente.

— On doit essayer, Alice ! Lancerne et ses monstres sont assez fous pour mettre leur menace à exécution, on doit continuer de se battre. Mais il va nous falloir l'aide de la police, on ne s'en sortira pas tous les deux.

— Tu crois que ça peut marcher ? Ils te recherchent pour t'arrêter !

Alice se redresse et recherche le regard de Victor.

— Il va bien falloir que je m'innocente, je vais leur amener les vrais coupables.

— Ils ont déjà couvert Lancerne par le passé et

nous, on les dérange, c'est surtout pour ça qu'ils veulent t'arrêter.

— Il y a trop de cadavres maintenant, et elle n'a plus rien à leur donner. Ils ne la couvriront plus, assène Victor en tentant de s'en convaincre lui-même.

— De toute façon, on n'a plus le choix…

— Non, on ne s'en sortira pas mieux tous les deux. Le temps qu'on retrouve la civilisation, ils auront disparu et on sera incapables de les retrouver… À moins que…

Victor se retourne vers le promontoire rocheux d'où ils viennent et qu'ils aperçoivent encore entre les troncs des épicéas. Il n'y a pas une seule route qui part des grottes. La sortie doit se trouver plus loin, après un passage souterrain.

Victor échafaude un plan : rentrer par les grilles et essayer de se glisser dans le camion, les surprendre à leur arrivée, libérer les jumelles, se venger.

Il en fait part à Alice. Il lui explique que cette offensive peut paraître désespérée, mais qu'elle peut surprendre, et c'est un atout de poids. Il n'y a pas d'issue sans risque à cette situation, ils ne savent pas où trouver Virginie Montserray, à supposer qu'elle soit encore vivante, et contrairement à ce que pense Lancerne, ils sont incapables de lui trouver sa « rançon ». S'ils préviennent la police, ils mettent la vie des jumelles en danger. Lancerne est désespérée et mourante, elle n'hésitera pas à tuer et ses acolytes la suivront jusqu'à la tombe. Quitte à prendre des risques, Victor préfère les prendre lui-même, maintenant, et garder leur destin en main.

— Tu oublies un point délicat. Une seule phrase de Lancerne et tu tombes dans les vapes, lui répond la jeune femme qui ne retrouve pas de combativité.

— Je ne dois pas lui laisser l'occasion de la prononcer. J'en ai marre d'être une victime. C'est ce que tu ressentais il y a peu. Rappelle-toi.

Il recueille l'assentiment muet de la jeune femme, ils s'embrassent et, sans un mot, font demi-tour et reprennent leur marche, cette fois-ci vers les rochers. Ils essayent de rester à couvert de la forêt pour ne pas être surpris par une possible sortie de la grotte d'un des ravisseurs et ils remontent la centaine de mètres qui les séparent de la grotte. Ils longent silencieusement les rochers et arrivent le long de la grille qui barre l'entrée du tunnel. Ils attendent des bruits provenant des cages qui indiqueraient des mouvements, mais le tunnel reste silencieux alors que quelques flocons de neige recommencent à tourbillonner devant eux, annonçant une nouvelle averse imminente.

Incité par le silence, Victor risque un regard dans le tunnel. Il est plongé dans l'obscurité, les ampoules nues accrochées au-dessus des cages sont éteintes. Après quelques secondes d'adaptation de sa vue, Victor constate que les cages sont vides. Les jumelles ont déjà été emmenées. Le tunnel est désert. Il tente d'ouvrir la grille, mais elle est fermée par une chaîne massive et il ne parvient même pas à l'entrouvrir. Il jure entre ses dents.

— Ils n'ont pas perdu de temps. Il faut trouver l'autre sortie.

Le promontoire rocheux est immense, des deux cotés ils ne distinguent qu'un mur de roches longé par une barrière d'épicéas enneigés. Le contourner risque de leur prendre des heures, ils n'en ont pas le temps. Victor regarde en l'air et constate que le promontoire ne s'élève qu'à quelques mètres au-dessus d'eux et qu'il est possible de l'escalader pour atteindre son sommet, couronné d'épicéas clairsemés, car trop exposés aux vents et aux tempêtes. Il se tourne vers Alice et lui prend les mains.

— Je vais grimper et essayer de les retrouver avant qu'ils ne partent. Mais toi tu vas repartir par la forêt et tenter de regagner le village le plus proche pour prévenir les flics.

— Tu es seul contre quatre ! Je ne peux pas te laisser !

— Tu ne m'aiderais pas beaucoup. Et tu sais que je ne suis pas fiable. Je ne sais pas ce que Lancerne m'a mis dans le crâne, mais je suis dangereux pour nous deux. Je t'assure qu'il vaut mieux qu'on se sépare. Mais on se retrouvera vite… je te le jure.

Alice se serre contre lui et colle son visage sur sa poitrine.

— Tu crois qu'elle t'a obligé à m'aimer. C'est ça ?

— Ne dis pas de conneries ! Tu es la plus belle chose qui ne me soit jamais arrivée. Je te défends d'en douter.

Victor lui prend le visage et le tourne vers le sien.

— On va libérer tes sœurs et on aura la vie devant nous, Alice. Fais-moi confiance.

Après une dernière effusion qui galvanise Victor, ils se séparent. Il a convaincu la jeune femme et Alice reprend sa marche vers la forêt, lestée des dernières recommandations de Bellanger.

Il entreprend d'escalader le promontoire. Il trouve une voie assez simple, offrant des prises régulières et saillantes et se lance sans perdre de temps. Il a pourtant beaucoup de mal à se hisser au sommet, ses doigts sont engourdis par le froid et le gel rend certaines prises glissantes et cassantes. Il manque à plusieurs reprises de chuter et déchire son pantalon. Il s'écorche les mollets et se tord un peu la cheville. Mais il serre les dents et termine son ascension avec détermination. Quand il parvient au sommet, il ne voit plus Alice, elle a disparu dans la forêt et cette perspective lui étreint le cœur quelques secondes, puis il part en courant le long du promontoire.

Il ne peut s'empêcher de penser à Alice, il pense avoir pris la bonne décision, mais il a malgré tout peur que la jeune femme peine à trouver des secours. De là où il se trouve, il domine la forêt de quelques mètres, mais ne distingue pour autant rien d'autre que la morne étendue des cimes d'épicéas. Le premier village doit être à des kilomètres et il a peur que la jeune femme manque de forces avant d'y parvenir.

Pour l'aider, il sait ce qu'il lui reste à faire, il doit prendre le contrôle de la situation, désarmer les quatre ravisseurs et utiliser leurs téléphones pour appeler des secours. Physiquement, il se sait plus fort qu'au moins trois d'entre eux. S'il les surprend un à un, il aura ses chances. Il doit juste éviter de croiser le monstre à l'odeur nauséabonde avant d'avoir une arme en sa possession. Il a une petite chance d'y parvenir, s'il agit intelligemment et que les circonstances l'aident.

Le promontoire tourne vers le nord, il continue de suivre son bord, et il ne tarde pas à apercevoir le but de ses recherches. Le long du flanc nord du promontoire, un immense chalet domine un chemin enneigé qui serpente vers la forêt.

Le chalet a un large toit en bois, mais ses murs sont en brique rouge clair typique de la région, ses fenêtres sont condamnées par des planches et il n'est pas entretenu. Derrière le chalet une cour bétonnée, couverte de neige, donne sur une ouverture dans la roche plus large que celle par laquelle Victor et Alice sont sortis. Garé devant cette ouverture Victor peut voir le camion de déménagement et la Porsche noire qui les ont amenés de Strasbourg. Victor se rapproche de l'habitation et s'allonge pour surveiller les allées et venues.

Il tremble de froid, la neige qui s'infiltre par son pantalon déchiré lui fait claquer des dents nerveusement. Mais il s'accroche et reste immobile, le temps d'observer le ballet des trois hommes de main qui chargent le camion.

Victor ne voit pas trace de Laveau. Le plus dangereux de ses adversaires reste impossible à repérer.

Quand Orphée ouvre la portière du 4 × 4, il aperçoit Lancerne et les jumelles installées dans la voiture, les filles ont l'air d'être attachées. Orphée prend ses consignes et retourne vers ses deux hommes de main.

Le ballet des allers-retours vers les grottes reprend, mais il y a toujours au moins un des ravisseurs dans la cour. Victor se dit qu'il doit essayer d'en surprendre un pendant que ses complices sont dans la grotte. Mais il s'inquiète de ne pas voir Laveau. Il ne voudrait pas être surpris par l'arrivée du monstre avant d'avoir pris le contrôle d'une arme.

Il scrute la forêt en contrebas, à la recherche de traces du ravisseur manquant. Il ne l'aperçoit pas. Le grand prêtre défroqué ne se montre pas. Il doit être terré dans les souterrains.

En bas, le chargement risque de se terminer, Lancerne et les jumelles sont prêtes et le départ peut se produire d'un instant à l'autre. Il doit se dépêcher s'il veut avoir une chance de surprendre un homme de main isolé. Il reprend sa marche le long du promontoire pour trouver un moyen de descendre discrètement vers le chalet.

Il repense à Alice, s'il échoue et que la jeune femme ne parvient pas à atteindre les secours, il ne la verra peut-être plus jamais. Cette perspective lui serre la gorge, mais il chasse ces sombres pensées pour se concentrer sur ce qu'il a à faire.

Le vent et la neige qui tourbillonnent sur le promontoire l'empêchent d'entendre les craquements des branches d'épicéas qui se rapprochent progressivement dans son dos.

Il ne peut pas se douter que rien ne va se passer comme il l'espérait.

60

C'est dans le confort ouaté d'un palace genevois que l'incident s'est produit. Je sortais d'une conférence sur la préservation de la forêt primitive du Gabon, écœurée par les torrents de mensonges démagogiques qu'on nous y avait servis. À peine sortie de l'amphithéâtre, je suis montée dans un ascenseur pour regagner le rez-de-chaussée, y chercher un taxi pour me ramener à mon hôtel, moins luxueux tant par choix que parce que mes ressources s'amoindrissaient. Les portes se sont refermées sans que j'aie prêté attention aux personnes qui se trouvaient déjà dans la cabine. L'appareil entamait à peine sa descente feutrée qu'une petite voix sifflante a résonné dans mon dos.

— Virginie ?

Je ne me déplaçais que sous le nom de Louise Becherraz, mais ce nom était suffisamment ancré dans mon inconscient pour que je ne puisse m'empêcher d'y répondre. Par réflexe, après une journée fatigante, mon instinct de conservation détourné par de sombres pensées, je me suis retournée.

— Oui ?

Ce « Oui » je n'aurai pas assez du reste de mes jours pour le regretter. Notre vie aurait pu continuer son cours paisiblement sans cette réponse hâtive, sans ce regard posé sur la femme dans le fauteuil roulant derrière moi. Pourquoi a-t-il fallu, après vingt années, que se réveillent ces vieilles haines ? Que se réveillent ces vieilles jalousies ? Que se réveillent ces vieilles colères ?

En une seconde, le drame s'est écrit.

Mes yeux se sont posés sur cette femme, sur Élizabeth Lancerne, et tout ce qui allait arriver était gravé sur ce visage. Ses yeux me dévisageaient avec une flamme dévorante, un léger tremblement de ses lèvres trahissait son émotion. Elle ne pouvait plus bouger, sinon je pense qu'elle m'aurait sauté à la gorge. Son histoire s'écrivait dans son handicap et dans la petite cicatrice ronde que je devinais sous ses cheveux tirés au-dessus de son oreille gauche.

Tant de temps passé à tenter d'exploiter mes notes et mes résultats de recherches, à tourner autour de la vérité sans parvenir à poser le doigt dessus. Elle a dû se contenter de l'ombre de la vérité et de certains de ses effets secondaires.

J'ai compris que cette longue période d'échec avait accru sa haine, que de me voir à cet instant l'embrasait, mettait le feu à cette rage accumulée depuis vingt longues années. Toute sa frustration de n'avoir pu ni me prendre mon mari, ni comprendre mes travaux se déversait par ses yeux.

Il était inutile de nier, je ne pouvais rien dire, elle m'avait reconnue, je ne suis même pas parvenue à me retourner et à quitter son regard. Il a fallu que les portes de l'ascenseur s'ouvrent et que les autres passagers descendent pour que je me sorte de cette contemplation hypnotique.

J'ai été tentée de l'étrangler, là, à cet instant. Je savais que si je ne le faisais pas, elle mettrait tout en œuvre pour avoir sa vengeance. Elle venait d'avoir la confirmation que j'étais en vie et que je la narguais.

Elle a brisé sa vie et sa santé sur mes traces, elle allait me poursuivre de sa haine. Je le savais, mais j'ai été incapable de me jeter sur elle. Je le regrette aujourd'hui.

J'ai reculé, j'ai parcouru quelques mètres dans le hall de l'hôtel en marchant en arrière. Je l'ai regardée actionner son fauteuil et avancer silencieusement vers moi. Je devais fuir. Je ne portais pas mon badge, elle ne pourrait pas savoir sous quel nom je m'étais inscrite au congrès. Je devais disparaître avant qu'elle ne trouve un moyen de me retenir. J'ai couru.

Je me suis enfuie en courant dans Genève, j'ai parcouru les rues dans le désordre, haletante, tentant de me persuader que tout cela était un rêve.

Mais j'ai senti pendant cette course qu'une nouvelle lutte devait commencer, j'ai senti que vos vies étaient en jeu. Lancerne n'avait pas d'autre prise sur moi, mais elle vous avait, vous. J'ai compris qu'elle n'hésiterait pas à vous menacer pour m'obliger à lui revenir, et pour obtenir sa victoire finale.

Cette femme était allée jusqu'à s'ouvrir le crâne à l'emplacement du psychopompe pour s'y livrer à Dieu seul sait quelle expérimentation dangereuse. Sans l'endoparasite, elle ne pouvait pas parvenir à reproduire les résultats de mes expériences. Elle n'avait réussi qu'à détruire sa propre santé en usant et abusant du P8, elle souffrait manifestement de la même dégénérescence que le vieux sorcier, et elle partageait avec lui sa haine envers moi.

Ses jours étaient comptés, au vu de son état, ses muscles cardiaques n'allaient pas tarder à se paralyser eux aussi et la tuer. Nous devions tenir quelques mois, le temps que le serpent l'absorbe dans ses anneaux.

J'ai regagné mon hôtel, rassemblé mes affaires et j'ai quitté Genève sans perdre de temps, avant que toute recherche ne puisse me retrouver. On allait m'attendre en France, à vos côtés, Lancerne allait tout faire pour me contraindre à y revenir. Je ne pouvais pas me jeter dans la gueule du loup. Au-delà de ma vie, c'est mon secret et le reste de la forêt sacrée que je devais continuer de protéger.

Je suis retournée au Bénin, à Allada, et j'ai contacté ma seule alliée. J'ai demandé à Isabelle de veiller sur vous, de me dire tout ce qui vous arrivait et de me signaler tout événement anormal dans votre vie.

Je ne voulais pas rester sans rien faire, j'allais combattre Lancerne. Je ne disposais pas de ses moyens et je ne pouvais pas me montrer, mais j'étais résolue à gagner ce dernier combat depuis ma retraite, dans une petite rue proche du marché, où j'avais traqué Landri des années auparavant.

Isabelle a accepté de m'aider. Les connaissances du monde de l'au-delà qu'elle avait acquises grâce à moi, au fil des ans, en avaient fait une fidèle du vodun dévouée à ma cause et prête à tout pour m'aider. Je crois que quelque part, elle me considérait comme une sorte de déesse. La culture vaudou qui la baignait depuis son plus jeune âge la rendait susceptible de croire en l'incarnation de divinités au milieu des hommes, c'est ce qu'elle pensait de moi.

Elle m'identifiait à une divinité vaudou essentielle, Legba, le Gardien des portes. Elle voyait en moi une incarnation du Porteur des clefs, sorte de saint Pierre exotique, celui par lequel commence toute prière, celui qui porte la voix des hommes jusqu'aux dieux et celui qui les guide vers l'au-delà.

Cette dévotion me servait, Isabelle m'était fidèle et je pouvais être sûre qu'elle vous protégerait comme ses propres enfants.

Peu de temps après, Thierry Jourdan mourait dans des conditions étonnantes et je comprenais que

Lancerne venait de passer à l'action. Alice allait être sa première victime. J'ai demandé à Isabelle de venir s'installer à côté de chez elle et de la surveiller.

Mon dernier combat venait de commencer.

61

Paul Rochat étire ses muscles endoloris. Le véhicule de commandement blindé du GIGN est trop exigu pour sa grande carcasse. Il y est enfermé depuis deux heures et ses jambes commencent à avoir besoin de se dégourdir.

La situation n'est pas encore idéale. Il inspecte un à un tous les moniteurs de contrôle disposés devant lui. Le commandant de l'unité du GIGN affectée à cette opération l'aide silencieusement dans cette recherche de l'élément manquant. Mais ils ne voient nulle part trace de Pierre Laveau.

Le commandant ne desserre pas les dents depuis son arrivée, Rochat sent bien que cette mission met mal à l'aise ce militaire expérimenté et prudent. Il n'a pas tort, cette opération est hors cadre : s'ils se plantent, la sanction sera terrible, Rochat le sait et l'accepte, mais le commandant se sent entraîné dans un combat où il n'a rien à gagner. Il aimerait être ailleurs et cela se sent malgré sa rigueur et son professionnalisme irréprochable.

Rochat prend donc les décisions et les risques, il regarde une dernière fois les écrans de contrôle et se résout à donner l'ordre d'intercepter la fuyarde. Il espère que Laveau ne la suit pas en évitant les caméras, sinon ils seront contraints de précipiter l'assaut final, mais il ne peut pas laisser Alice Jourdan atteindre le prochain village et risquer de compromettre la confidentialité de l'opération.

Il appuie sur le commutateur du micro de commandement :

— Unité 4. Procédez à l'interception de la jeune femme. Et amenez-la au PC. Pas de bruits, pas de cris.

Rochat s'éloigne du micro et regarde l'interception se dérouler sur un de ses moniteurs. Deux hommes surgissent de la neige dans leur tenue de camouflage gris et blanc et se dirigent vers Alice sous le couvert des épicéas. En quelques secondes, ils la prennent par surprise, l'un d'eux la bâillonne d'une main ferme et ils la conduisent fermement vers le véhicule de commandement.

Rochat scrute tous les écrans à la recherche d'un mouvement indiquant la présence de Laveau non loin du lieu de l'interception, mais il ne voit rien bouger, le commandant non plus. Il se rassure, leur intervention est restée secrète. Il jette un œil sur les autres écrans, Victor est en train d'escalader les rochers, et Lancerne et ses complices retiennent les jumelles, attachées, à l'arrière de la Porsche Cayenne. Ils vont devoir intervenir sous peu, avant qu'ils ne s'enfuient.

Il est un peu déçu, ils ont décalé l'arrestation de Lancerne de deux jours dans le but de voir Virginie Montserray intervenir, mais il doit admettre que cette option a été un échec. La mère d'Alice ne s'est pas montrée et reste un mystère opaque.

Il sort du véhicule blindé pour accueillir Alice. La

jeune femme arrive flanquée des deux soldats qui la serrent de près. Ses yeux jettent des éclairs.

— Bonjour, Alice. Ravi de vous revoir en vie, sourit Rochat en faisant signe aux soldats de relâcher leur étreinte.

— Qu'est-ce que vous attendez ? Les jumelles sont là-haut, en danger, vous voulez quoi ? Qu'elles se fassent massacrer, comme Romain ?

— Calmez-vous. On va intervenir, on s'assure que cela se passe sans dommages.

Il fait monter la jeune femme dans le blindé et l'installe sur une chaise pliante inconfortable. Il lui sert un café et lui pose la main sur l'épaule.

— Romain est en vie. Il a été un peu secoué, mais on l'a sorti à temps. Il va aller mieux rapidement, vous le verrez bientôt, si vous nous aidez.

— Il est en vie, soupire Alice avec un soulagement intense, indifférente à la demande induite par la phrase de Rochat.

Celui-ci n'insiste pas, le moment serait mal choisi. Il a d'autres urgences à régler et la jeune femme, sous le coup de son émotion, n'est pas réceptive. Il retourne vers le mur de moniteurs. L'ensemble de l'ancien parc animalier a été préparé par les équipes du GIGN. Des caméras espions surveillent chaque parcelle du parc et de ses tunnels. Une équipe est en place, tout autour du chalet et de sa cour arrière, prête à intervenir à son signal.

Il ne voit plus Bellanger, il actionne quelques télécommandes changeant l'angle de vue des caméras disposées au-dessus du chalet pour essayer de le retrouver.

En vain. Bellanger a disparu.

Rochat jure entre ses lèvres et se tourne vers le commandant.

— On ne va pas les perdre un à un dans la nature. Bellanger risque de tenter quelque chose de dangereux pour lui et pour l'opération. Il faut y aller maintenant avant qu'il ne complique tout.

— C'est également très dangereux de lancer une intervention sans avoir « logé » tous les protagonistes. On a deux individus potentiellement menaçants hors de notre surveillance. Ils risquent de parasiter l'intervention et de mettre des vies en danger.

— Il faut y aller, hors de question de laisser Lancerne regagner une zone habitée. Le secret est essentiel pour la suite de l'opération.

Le commandant ne répond pas, mais montre le micro à Rochat, lui laissant implicitement la responsabilité du déclenchement de l'opération. Rochat en a assez de ces militaires pusillanimes qui, à ne prendre aucun risque, ne gagnent jamais rien. Il empoigne le micro. Les trois ravisseurs localisés sont dans la cour et des lacrymogènes sont installés à l'entrée du tunnel pour les empêcher d'y trouver refuge. Le moment est bon.

— Déclenchement de l'opération d'extraction des otages dans deux minutes à partir de mon signal. Préparez-vous ! Rochat regarde sa montre et règle son chronomètre. Il inspire et donne le départ du compte à rebours.

Sur les écrans de contrôle, il voit l'équipe du GIGN se mettre en position d'intervention. Une vingtaine d'hommes se répartissent tout autour de la cour bétonnée, équipés d'oreillettes, en tenue de camouflage, avec en mains leur fusil d'assaut P90 FN Herstal, équipé d'un système de visée infrarouge et d'un silencieux. Sans un mot ni un bruit, avec l'aisance et la précision d'hommes ayant répété des dizaines de fois ce type de situation.

Il regarde son chronomètre, il reste trente secondes avant le début de l'assaut. Il ne voit toujours pas Bellanger ni Laveau. Il va falloir surveiller les alentours avec soin et fouiller le haut du promontoire rocheux dès la fin de l'intervention. Il ne peut pas laisser Victor regagner la civilisation, ni laisser ce fou dangereux de Laveau continuer ses saloperies. Mais la priorité immédiate est de reprendre le contrôle de Lancerne et des jumelles.

Les deux minutes se terminent. Rochat reprend le micro et donne le signal de l'assaut.

— Trois, deux, un… Go !

Les hommes se lèvent d'un bond et fondent sur la cour bétonnée. Rochat actionne l'explosion des bombes lacrymogènes disposées à l'entrée du tunnel, un épais nuage de fumée apparaît. Les souterrains seront inaccessibles pendant plusieurs heures. Si Laveau s'y trouve, il n'y tiendra pas plus de quelques secondes.

Dans la cour, les hommes de main mettent quelques secondes à comprendre ce qui se produit, ils jettent un regard désespéré vers l'entrée du tunnel et voient l'épaisse fumée blanche qui s'en échappe, et dont les effluves lointains leur piquent déjà les yeux. Seul Orphée réagit, il se rue vers la Porsche Cayenne, alors que les deux autres lèvent les mains et restent immobiles.

Orphée se saisit de la poignée conducteur, un des soldats se tient devant la Porsche et le braque avec son PM. Orphée n'obéit pas à ses injonctions, il rit à gorge déployée. Rochat n'en croit pas ses yeux, mais Orphée hurle de rire en sortant une arme de la poche intérieure de sa veste rouge. Il rit encore quand il lève le revolver. Le soldat n'a pas le choix, il tire une rafale sur le petit homme qui continue de rire quand la rafale le cisaille. Il est projeté en arrière, du sang se répand sur la neige. Orphée continue de rire quand la mort l'emporte.

— Une bande de putains de cinglés, jure le commandant du GIGN.

— De plus en plus réduite, commente Rochat avec un sourire.

Les soldats plaquent les deux hommes de main au sol et leur passent des menottes. Ils ouvrent la voiture et extirpent Lancerne sans ménagement. Rochat ne la voit pas bouger les lèvres, il ne pourrait pas dire si le professeur est encore en vie quand un des soldats la prend dans ses bras et l'emporte. Il attrape le micro.

— Faites gaffe à Lancerne, j'en ai besoin vivante !

Le soldat qui la porte acquiesce et le rassure, Lancerne est en vie. Les jumelles hurlent de joie quand les soldats les sortent de la voiture. Ils prennent les clefs des menottes dans la boîte à gants de la voiture et les libèrent. Les filles embrassent leurs libérateurs, joie puérile et déplacée au vu de la suite prévue de l'opération. Rochat souffle. Il faut les mettre à l'abri, le site n'est pas encore sécurisé. Tant que Laveau sera en liberté, il faut qu'ils restent extrêmement prudents.

Rochat se lève. Il prend le micro et donne sa dernière consigne. L'intervention n'a duré que trente secondes, chronomètre en main.

— Opération terminée. Amenez-les tous dans le chalet et sécurisez les lieux. J'arrive.

Il demande à un sous-officier de lui signaler tout mouvement repéré par les caméras et il sort du véhicule en emmenant Alice. Il dégaine et se fait accompagner par deux autres soldats. Le commandant ferme la marche, arme au poing.

La présence de Laveau dans la forêt les rend tous nerveux.

62

Victor l'a pourtant senti venir. Au sens propre : il a flairé l'odeur nauséabonde du croque-mort quelques secondes avant que celui-ci ne se jette sur lui. Il était absorbé dans la préparation de sa tentative de libération des jumelles. Tous ses sens focalisés sur les mouvements dans la cour.

Quand la puanteur lui est parvenue, il a compris. Mais ses muscles tétanisés par le froid n'ont pas eu une réaction assez rapide. Il s'est retourné, il a vu le nécrophage fondre sur lui, un morceau de rocher à la main et le visage inexpressif malgré l'effort.

Il a essayé d'esquiver, pliant le tronc sur sa gauche et tendant un bras devant lui. Mais il n'a pas pu éviter le coup, violent, sur le crâne. Assené d'un bras prolongé d'un gros caillou aux arêtes saillantes. Son esquive incomplète lui a pourtant certainement sauvé la vie. Elle a amorti le coup suffisamment pour éviter que son crâne vole en éclats sous le choc. Il a tout de même perdu connaissance à l'instant de l'impact.

Il ne sait pas combien de temps s'est écoulé depuis qu'il a été frappé. Quand il ouvre les yeux, il se trouve dans une grotte. Il fait sombre, la lumière du jour parvient à peine suffisamment pour lui permettre de voir autour de lui. Mais il aurait préféré ne rien voir.

Il est couché sur un sol gelé. Le fond de la caverne est pris dans la glace. Il a atrocement mal à la tête. Du sang lui recouvre le visage, il tâtonne et trouve une vilaine blessure entre sa tempe et son oreille droite. La plaie ne saigne plus, il a un mal de chien et la vue trouble, mais il ne saigne plus. Il aurait besoin d'une radio et d'une période de repos, mais sa survie est en jeu, il serre les dents et inspecte autour de lui.

Le monstre n'est pas là, il entend des bruits de pas claquant sur la glace quelques mètres plus haut vers la sortie de la grotte. Mais il est seul. Il s'assoit. La tête lui tourne. Il se frotte le visage avec de la neige et recouvre un peu de lucidité. Il tourne la tête et vérifie l'état de sa nuque. Elle a l'air d'être indemne. Il bouge les jambes et les bras. Il a peut-être une chance de s'en sortir.

Il cherche autour de lui ce qui pourrait lui servir d'arme et c'est là qu'il les voit.

Des corps, posés sur la glace, non loin de lui. Des membres épars, déchiquetés. Il retient un haut-le-cœur et dénombre deux têtes dans l'entrelacs sordide des os et organes répandus sur le sol gelé. Il voit deux visages de jeunes hommes, fauchés au début de leur vingtaine, aux yeux éteints.

Les membres sont comme arrachés, les séparations sont un hachis de muscles et de tendons. À de nombreux endroits, sur chacun des membres et organes, il croit remarquer la présence de morsures. Comme si un animal avait commencé de s'en repaître dans le fond de cette tanière. Bellanger pense aux loups qui peuplaient ce parc animalier, mais il se rend compte que l'explication la plus tristement plausible est que ces morsures sont l'œuvre du croque-mort, du nécrophage.

Les crânes des deux jeunes hommes sont ouverts, sciés sur le sommet, il peut apercevoir la cavité crânienne vide. Leurs cerveaux en ont été aspirés, le meurtrier de la peintre continue de signer ses forfaits avec sa gourmandise abjecte. Au bout d'un des bras arrachés, une main est restée crispée sur une coupe de champagne. Détail sordide qui indique au moins que les jeunes hommes sont morts après un dernier moment agréable.

Bellanger attrape la flûte vide. C'est le seul objet qu'il ait vu qui peut lui servir d'arme. Elle est brisée sur le haut et ses bords tranchants peuvent sectionner une gorge.

Il a du mal à desserrer les doigts crispés par le froid et la rigidité cadavérique. Quand il y parvient, il adresse une promesse muette aux deux victimes. Il va tuer le monstre responsable de leur mort. Maintenant.

Des coups de feu étouffés lui proviennent de l'extérieur de la grotte, ils paraissent lointains, mais il est certain qu'ils vont attirer l'attention du nécrophage et que le moment sera bien choisi pour le surprendre. Quand la rafale se termine, Bellanger est debout et marche prudemment vers la sortie de la grotte.

Victor est aveuglé une seconde par la lumière du jour, mais il voit la silhouette du nécrophage se découper dans un halo blanc. Laveau est assis, totalement nu, sur un bloc de pierre, la rafale ne semble pas l'avoir inquiété. Il tient un paquet de chairs sanguinolentes dans la main gauche et picore dans cet amas de sa main libre. Il regarde vers la forêt d'épicéas qui entoure une petite clairière au milieu de laquelle donne la grotte.

Il n'est pas possible d'approcher vers lui à couvert. La caverne n'offre pas d'autre issue. Victor essaye d'avancer vers lui silencieusement, il n'y a plus d'autres coups de feu qui auraient pu masquer le bruit de son approche. La forêt est de nouveau silencieuse, seule la mastication du nécrophage rompt ce calme blanc.

Pas à pas, Victor se rapproche du nécrophage, il n'est plus qu'à trois mètres de lui quand Laveau tourne la tête vers l'intérieur et dévisage Bellanger.

Victor ne lui laisse pas le temps de réagir, il se rue vers lui, bras armé pour lui planter la coupe de champagne brisée dans la carotide. Le pervers laisse tomber son repas sur la neige et tente de se redresser.

Avant qu'il n'y soit parvenu, Victor l'a frappé au cou, le mouvement de l'illuminé l'a gêné et il n'a pas ajusté son attaque, mais il a touché sa cible. La coupe se plante dans son long cou maigre, un peu trop latéralement pour l'égorger mais elle reste plantée entre la carotide et la jugulaire. Le nécrophage ne paraît rien ressentir et frappe violemment Victor au foie, Victor relâche sa prise, abandonnant la coupe dans le cou de Laveau.

Laveau se relève et se tient face à Bellanger. Ils se toisent quelques instants et commencent à échanger des coups violents. Bellanger frappe plus fort que son adversaire, mais celui-ci semble insensible à la douleur et à l'étourdissement.

Peu à peu, le nécrophage se rapproche de Victor qui cogne à en perdre haleine sur cet adversaire impassible, lequel ne cherche même plus à lui rendre ses coups. Laveau tend ses longs bras et enlace Victor, serrant d'une étreinte trop puissante pour que Bellanger s'en extirpe. Il se sent soulevé du sol par son adversaire qui, face à lui, le fixe de son regard inexpressif. Il a le visage maculé de sang et il pue le cadavre. Il ouvre grand sa bouche infernale et dévoile sa dentition anarchique, rongée par la pourriture. Il veut déchiqueter le cou de Bellanger.

Victor lui assène deux coups de boule violents, sans que le nécrophage ne desserre son étreinte. Victor comprend qu'il ne parviendra à rien de cette façon. Il bloque sa tête contre son cou pour en protéger l'accès et repousse du front la bouche du nécrophage. La pestilence aigre du monstre le prend à la gorge, il a envie de vomir, cette odeur de charogne est insupportable.

Ce dégoût lui rappelle les propos du professeur Dubreuil, chez Lucius, sur le prêtre défroqué qui s'est cru bloqué dans le « huitième Cercle des enfers », contraint de passer l'éternité collé à des cadavres en décomposition dans un fleuve aux eaux glaciales et puantes. Il comprend que cet homme est là, face à lui, le prêtre damné est Pierre Laveau.

Ils luttent front contre front pour faire céder l'autre, Victor a les muscles du cou douloureux à force de pousser, il ne tiendra plus très longtemps face à la force de l'appétit du nécrophage. Il voit la coupe de champagne toujours figée dans le cou du monstre. La coupe s'est remplie de sang, comme si le cou du nécrophage était une fontaine où la remplir. Bellanger se dit que s'il parvient à l'enfoncer plus, il forcera Laveau à desserrer son étreinte. Mais il ne peut pas l'atteindre tant la pression de ce malade inhumain sur son front est forte. Il faut qu'il détourne les efforts du monstre.

— Tu crois que servir Lancerne te permettra d'échapper au huitième Cercle, c'est ça ?

Le monstre diminue sa pression, ce que vient de lui

dire Victor lui arrache une réaction. Bellanger, conforté dans son intuition, poursuit sur le même chemin :

— Tu te trompes. Le huitième Cercle, c'est elle qui te l'a fait connaître. C'est elle qui t'a manipulé pendant que tu étais dans le coma, ton enfer est *sa* création.

— C'est faux, elle va nous ouvrir les portes et nous sauver de cette mort-là !

La voix grave du nécrophage ne laisse pas paraître le doute. Mais il a diminué sa pression pour répondre, encore un effort et Victor aura sa chance, la seule.

— Cette notion de huitième Cercle provient d'un livre que j'ai vu dans son bureau au labo Lucius. Le fleuve, les morts que tu étais obligé de manger, l'odeur, le froid. C'est d'elle, tout ça ! Elle t'a transformé en monstre…

Bellanger peine à respirer dans l'étreinte du nécrophage, il reprend son souffle et tente de prendre une voix autoritaire :

— Père Laveau, je vous ordonne de vous repentir avant qu'il ne soit trop tard pour votre âme !

L'immonde bête recule la tête et regarde Bellanger avec incrédulité. Victor sait que cela ne durera pas et il profite immédiatement de cette opportunité.

Il plonge le crâne vers le cou de Laveau, offrant ainsi son propre cou aux dents du nécrophage, mais qui ne réagit pas assez vite pour en profiter. Victor plaque son front sur le pied de la coupe de champagne et pousse de toutes ses forces le verre cassé dans la gorge de Laveau. Il sent la flûte s'enfoncer plus profondément, jusqu'à toucher les vertèbres du monstre.

Laveau ne crie pas, mais il relâche son étreinte et laisse Bellanger retomber au sol. L'air surpris, il incline la tête sur le côté et porte sa main droite au tesson fiché en lui. Il le tâte quelques secondes, pendant que

Victor, au sol, tente de reprendre son souffle. Puis il le retire de ses chairs, doucement, sans grimacer. Victor espère voir du sang jaillir de la plaie.

Mais cela ne se produit pas. La coupe sanguinolente ressort du cou de Laveau, un filet de sang s'écoule le long de son corps nu. Mais le sang ne gicle pas. Aucune artère n'a été tranchée. Laveau n'est pas mortellement blessé. Le combat va devoir reprendre.

Bellanger sait qu'il n'a aucune chance dans un nouveau combat frontal avec le monstre. Dans les yeux du prêtre, il voit sourdre une rage inédite qui lui confirme qu'il ne pourra plus essayer de le manipuler en lui évoquant le huitième Cercle. Son adversaire sera sourd et impitoyable. S'il veut rester en vie, il vaut mieux qu'il tente de fuir.

Au-delà des dix mètres de clairière, la forêt d'épicéas lui offre une échappatoire. Il est moins fort et surtout moins résistant à la douleur que le nécrophage, mais il espère pouvoir courir plus vite et plus longtemps que son poursuivant. Alors que Laveau s'avance vers lui pour tenter de le saisir de nouveau, il se lève et s'enfuit en courant vers l'orée du bois.

Il va moins vite qu'il ne l'aurait espéré, ses jambes sont lourdes, engourdies par le froid. Il n'est pas totalement remis de son choc sur le crâne, ni de cette lutte âpre. Ses jambes s'enfoncent profondément dans la neige, il ne court pas, il n'y arrive pas, il fait de grandes enjambées maladroites. Il sent son odeur de charogne juste derrière lui.

Il s'arrache, fait des efforts surhumains pour accélérer sa course. Il s'est enfoncé dans la forêt depuis une centaine de mètres quand il voit le bord du promontoire. La clairière se trouvait au centre de celui-ci, il est toujours au-dessus des tunnels. Les coups de feu devaient provenir d'en bas, du chalet. Sa chance est de rejoindre l'origine des tirs, il espère qu'ils sont dus à une intervention de la police.

Laveau est derrière lui, à bout de souffle comme Bellanger. Si Victor ralentit sa course pour descendre dans les rochers, le nécrophage va le rattraper. Il ne peut même pas ralentir, Laveau n'est qu'à trois mètres de lui. S'il veut descendre, il va devoir prendre des risques.

Les épicéas sont à une dizaine de mètres du bord du promontoire, il ne peut pas espérer sauter jusqu'à eux et s'y accrocher. Il doit sauter et tomber dans la neige. Il sait que le promontoire n'est haut que de quatre ou cinq mètres, et avec l'épaisse couche de neige pour amortir sa chute, cette option n'est pas suicidaire. Dangereuse, mais pas suicidaire.

Il ne ralentit pas sa course, prend sa respiration, pose son pied d'appel et bondit. Il espère ne pas tomber sur un rocher. Sinon, sa fuite s'achèvera là.

Il reste suspendu dans les airs un bref instant, porté sur une trajectoire horizontale par son élan. Il voit les épicéas se rapprocher et il chute vers le sol enneigé. Sa réception est douloureuse. Il tombe sur ses pieds mais, sous la poudreuse, un caillou lui tord le pied dans un craquement de mauvais augure. Il bascule en arrière et s'affale de tout son long sur l'épais tapis neigeux.

Il ne perd pas de temps et tente de se relever. Mais sa cheville lui arrache un hurlement de douleur. Elle est foulée, assurément. Il ne pourra plus courir avant un moment. Il se retourne et voit Laveau descendre au milieu des rochers. Prudemment, calmement, comme s'il avait compris que son adversaire ne pourrait plus s'enfuir.

Bellanger tente pourtant de s'éloigner. Sans espoir

de fuite, il essaye de reporter l'échéance, sa cheville lui fait horriblement mal. Il avance en boitant jusqu'à arriver aux épicéas. Il s'appuie sur l'un d'eux quand Laveau le rattrape, il sent son odeur immonde et ses mains se poser autour de sa nuque.

Le nécrophage serre et tire Bellanger vers le sol. Il ne peut plus résister, il est à bout de force. Il tente d'agripper le tronc de l'épicéa, mais il érafle l'écorce de ses ongles en chutant.

Laveau le retourne et s'assoit sur lui. Bellanger tente de le frapper, mais ses coups manquent de force et ne font même pas reculer le nécrophage.

Son bourreau lui sourit, un sourire plein de compassion, un sourire destiné à un condamné. Il tient une pierre dans la main droite ; de l'autre, il caresse le visage de Bellanger avec une forme de douceur.

Victor essaye de se cabrer, de projeter son agresseur hors de position, mais là encore il manque de force. Il pense à Alice, il regrette, mais il sent qu'il ne pourra bientôt plus l'aider, le monstre est trop fort et lui est trop faible.

Laveau sent sa capitulation et semble s'en délecter. Il lève la pierre au-dessus de sa tête pour fracasser le crâne de Bellanger qui essaye de chasser de ses pensées le fait que le nécrophage va certainement dévorer son cerveau, il ne veut pas mourir sur cette image.

Il ferme les yeux.

Le coup ne vient pas. Il rouvre les yeux pour voir Laveau figé, un petit rond rouge sanguinolent au sommet du front. Puis un deuxième rond apparaît arrachant un tressaillement au nécrophage, un filet de sang est projeté à l'opposé du trou et vient maculer la neige. La tête de Laveau s'incline sur le côté, le nécrophage a une sorte de sourire déçu. Et il s'effondre.

Bellanger essaye de se débarrasser du cadavre qui l'empêche de se relever. Il y parvient à peine, quand il voit arriver Rochat, encadré par deux hommes en tenue de commando. L'un des deux soldats qui avancent dans la neige porte en bandoulière un fusil à lunette au canon encore fumant. Rochat tend le bras à Victor et l'aide à se relever.

— On est arrivés juste à temps, on dirait.

— J'étais à bout de force, gémit Bellanger qui peine à se tenir droit.

— Heureusement qu'on a placé des caméras partout. On a vu ta fuite.

Rochat appuie sur un bouton du récepteur installé dans son oreille et parle dans le petit micro qui descend du récepteur à sa bouche.

— On a récupéré la dernière cible et le dernier ravisseur est neutralisé. Cessez les recherches et sécurisez les accès au site.

Bellanger s'appuie sur les deux soldats et ils entament leur retour vers le chalet. Victor couvre Rochat de remerciements.

— Ne me remercie pas encore. Tout n'est pas terminé.

Rochat refuse d'en dire plus, il demande à Victor de patienter au chalet, il accepte juste de lui dire qu'Alice est en vie et qu'elle l'attend. Cette perspective suffit à redonner du courage à Bellanger, qui continue pourtant de grimacer à chaque pas.

63

L'intérieur du chalet est aussi désolé et poussiéreux que son extérieur manque d'entretien. Seules une cuisine et une chambre paraissent utilisées régulièrement et offrent des conditions d'hygiène acceptables. Bellanger n'arrive pas à comprendre comment une personnalité comme Élizabeth Lancerne peut finir ses jours dans un tel taudis.

Les murs sont rongés par des traces d'humidité noirâtres, les papiers peints se décollent par pans entiers et jonchent le sol. Les tableaux, lustres et meubles sont recouverts d'une couche de moisissure florissante. Le chalet sent le moisi, la pourriture et la mort.

Dans la cuisine un commandant de gendarmerie prend un café avec un de ses lieutenants. Rochat les rejoint pendant que Bellanger est amené jusqu'à la chambre où l'attendent Alice et les jumelles.

La pièce est obscure, une ampoule nue peine à éclairer la pièce aux volets fermés et condamnés par des planches. Le lit haut et ancien est équipé pour permettre l'accès à une personne handicapée. Mais pour le moment il accueille Alice et ses sœurs qui crient de joie quand Victor fait son apparition. Il embrasse

Alice avec empressement. Quelques minutes auparavant, il ne croyait jamais la revoir.

Malgré la joie qui les étreint, Victor se demande pourquoi ils restent ici : ils devraient être acheminés d'urgence vers l'hôpital de Saint-Dié, au lieu de traîner dans ce mouroir. Il écoute la conversation entre Rochat et le commandant. La cuisine est au bout du couloir et leurs voix lui parviennent dans le chalet silencieux. Celle du commandant du GIGN trahit une colère montante.

— Il va être difficile de garder le secret avec les deux morts dans l'intervention !

— Il y a quatre morts. Bellanger nous a signalé les cadavres de deux victimes supplémentaires. Mais ça nous arrange.

— Je ne vois pas comment ? Et on a trois prisonniers sur les bras ! Que voulez-vous que j'en fasse ? On devrait déjà les avoir placés en garde à vue. Leurs avocats vont avoir la partie facile.

— Lancerne n'ira pas jusqu'au procès. Elle est mourante. Pour l'instant, considérez que l'opération n'est pas terminée, officiellement vous cherchez encore des suspects et des corps. Vous me descendez les jumelles dans le sous-sol du chalet et vous montez Lancerne. Mettez-la dans une chambre de cet étage. Je m'en fous si c'est un dépotoir. Je dois lui parler.

— Je tiens à vous dire que je désapprouve vos décisions. On va vers un désastre judiciaire.

— Mais c'est moi qui dirige l'intervention, alors vous me montez Lancerne, vous descendez les filles et vous restez dehors avec vos hommes jusqu'à ce que je vous appelle. Ce qui va se passer dans le chalet ne regarde que moi.

La voix de Rochat n'incite pas à la discussion.

Victor échange un regard étonné avec Alice, mais ils n'ont pas le temps de partager leurs impressions que déjà deux soldats entrent dans la chambre et demandent à Lou et Iris de les suivre. Victor proteste, mais les gendarmes passent outre. Il n'est pas en état de s'interposer et il n'imagine toujours pas que son ami puisse agir d'une manière contraire à ses intérêts. Alors, il tente de rassurer les jumelles en leur promettant que ça ne sera certainement pas très long et que, d'ici quelques heures, elles seront chez elles. Alice ne partage pas cet optimisme.

— Ton ami est en train de nous faire un sale coup. Ce n'est pas clair ce qu'il se passe ici.

— Paul ne peut pas être une menace pour nous. Je le connais depuis des années, il a parfois des méthodes particulières, mais c'est un homme droit, ne t'inquiète pas.

— Pourquoi nous garde-t-il enfermés, alors ?

— Il a sûrement des points à préciser. Quelques infos à nous demander avant de nous laisser et de transmettre Lancerne et sa bande aux flics.

— Je crois qu'il veut la même chose que Lancerne.

— Il se fout de Lucius et de ces conneries !

— On ne va pas tarder à le savoir.

Ils voient un soldat porter Lancerne dans la chambre voisine. Elle ne parle pas et paraît de plus en plus faible. Elle a beau être la cause de toutes ces horreurs, Victor aurait presque pitié d'elle. Pas Alice, à en juger par les éclairs de haine pure que lancent ses yeux quand elle la regarde passer. Paul suit de peu le gendarme. Quand il passe devant leur chambre il vient fermer la porte, Victor l'interpelle :

— Que se passe-t-il Paul ? Pourquoi nous gardes-tu ici ?

— Je dois parler à Lancerne d'abord. Je passe vous voir après. Si vous êtes raisonnables, ça va vite se terminer.

Il ferme la porte sans laisser le temps à Victor d'insister. Alice et lui méditent sur ce qu'il entend par « raisonnable ». Victor n'a même pas eu le temps de demander des cigarettes, il se ronge les ongles pour tenter de tromper son manque, mais l'angoisse le rend irritable. Alice est silencieuse, elle semble plongée dans un tourment intérieur profond et refuse de s'ouvrir à Victor malgré ses multiples demandes. Ils attendent dans la chambre, qui empeste la poussière, que Rochat daigne leur parler.

Quand il finit par ouvrir la porte, Alice détourne ostensiblement le regard dans une attitude qui rappelle celle qu'elle avait face à Lancerne. Elle a manifestement choisi de considérer Rochat comme un ennemi. Ce dernier s'appuie contre le mur de la chambre, face au couple assis sur le lit. Dans la petite pièce obscure, il est presque entièrement dans le noir, seules ses mains accrochent la lumière quand il les agite en parlant.

— On va faire bref : Lancerne m'a confirmé ce que je savais déjà. Virginie Montserray est en vie et elle nous doit des explications.

— Ma mère ne vous doit rien ! coupe Alice d'une voix sèche.

— Vingt ans de travaux, des millions d'euros investis pour des résultats incertains. Si, j'insiste, elle nous doit beaucoup…

La voix de Paul se fait plus conciliante :

— Ça n'a pas de sens. Je vous assure qu'elle ne risque rien, Alice ! Pour l'incendie du labo et la mort de votre père, les faits sont prescrits maintenant. Elle peut revenir sans craindre la prison.

— Elle n'a pas mis le feu au labo, c'est Lancerne ! Comment pouvez-vous dire ça !

— Moi, j'ai eu le témoignage de Lancerne. Mais vous, Alice, vous le savez comment ?

Il y a un silence pesant dans la pièce, Alice se renferme dans son mutisme. Rochat penche la tête hors de l'ombre, il a un petit sourire triomphant.

— Vous voyez bien, Alice. Vous en savez plus que ce que vous avez bien voulu nous dire. C'est vous qui n'avez pas été honnête avec moi. Ni avec Victor. Le temps des explications est venu.

Alice ne répond rien, elle ne regarde plus ni Rochat ni Victor. Bellanger est troublé, il ne peut pas croire que la jeune femme lui ait menti depuis le début de l'affaire. Pas elle. Il se tourne vers Paul :

— Tu sais tout ça depuis quand ?

— Quand tu as pris la fuite, la Crim s'est emballée sur ta piste d'autant plus que ton intérêt pour Lucius avait électrisé les militaires, ils voulaient vous coincer rapidement. J'ai demandé une réunion avec les Services secrets militaires. Ils m'ont raconté l'histoire de Lancerne et de la mère d'Alice. J'ai compris que Lancerne essayait de faire sortir Montserray de sa retraite. On a décidé de laisser faire en contrôlant pour qu'il n'y ait pas de victimes. Mais on aurait bien aimé nous aussi que Montserray réapparaisse.

— Tu te rends compte des risques qu'on a dû prendre ?

— On vous surveillait. Rappelle-toi du clochard qui t'a taxé 10 euros, c'était un de mes hommes. On contrôlait tout depuis votre arrivée à Strasbourg, je t'assure que je ne voulais pas qu'il vous arrive quoi que ce soit. Mais maintenant il faut que tu comprennes que ta copine doit parler. Sinon le ton va devoir changer.

Alice sort de sa torpeur, elle a l'air enragée.

— Vous êtes aussi cinglé que Lancerne ! Ma mère est morte ! Comment faut-il vous le dire !

Rochat jette sur le lit une poignée de photos qu'il gardait dans sa poche.

— Extraites de la vidéosurveillance d'un palace genevois, il y a de cela deux mois. Elle a un peu vieilli, mais vous reconnaîtrez sans peine votre mère. Lancerne avait ça dans ses papiers. Et surtout, Alice… ne me dites pas que vous ne le saviez pas !

Il jette une série de photocopies à côté des photos.

— Copies d'e-mails envoyés par Isabelle Lepestre, votre voisine assassinée, à une dénommée Louise Becherraz. Citoyenne suisse qui n'existe pas, car c'est la fausse identité de Virginie Montserray. Regardez juste le premier mail, vous comprendrez.

Victor y jette un œil anxieux, le message au-dessus de la pile dit : « J'ai vu Alice hier, elle va très bien. Son mari est un imbécile, mais ta fille est une charmante jeune femme… » Rochat se rapproche d'Alice.

— Il faut arrêter vos mensonges, maintenant. Votre mère ne risque rien, elle nous apprend ce qu'il y a à savoir sur ses travaux et elle sera libre. Vous aussi. Ne m'obligez pas à devenir désagréable.

Alice relève la tête, elle est en larmes. Elle crache entre ses dents avec un air enragé qui brûle comme un baroud d'honneur.

— Allez vous faire foutre ! Je ne vous dirai rien…

— Laisse-la, Paul ! tonne Victor en se redressant, prêt à en venir aux mains pour protéger Alice.

— Arrête, mon vieux ! Elle se fout de toi depuis le début. Je suis ta seule aide dans cette histoire. Cette fille est folle et sa mère aussi…

Rochat change de ton et devient très menaçant :

— J'ai fait ce que j'ai pu pour que ça se passe en douceur. Mais voilà ! Soit Alice se décide à nous dire où est sa mère, soit je vous fous tous à l'ombre jusqu'à ce qu'elle change d'avis. Les jumelles auront des cheveux blancs avant qu'elles ne revoient le soleil.

— Tu ne peux pas faire ça !

— J'ai quatre cadavres, dont deux meurtres sanglants que tu as toi-même découverts, sans compter la peintre. J'ai aussi tous les moyens possibles et imaginables de *créer* des preuves. Personne ne sait ce qu'il se passe ici. Je vous fous tout sur le dos : Lepestre et les deux autres victimes, les deux dingues déjà morts seront vos complices. Qui ira croire en vos conneries paranoïaques ? La Crim t'a toujours dans le collimateur pour Lepestre, je n'ai qu'à les pousser un peu dans ce sens. Ce n'est pas demain que les deux petites entreront à l'ENA, je vous l'assure.

Un silence pesant s'installe dans la chambre. Rochat pianote sur le mur en regardant Alice. La jeune femme, voûtée et tremblante après sa poussée de colère, lève les yeux vers lui et demande, avec une résignation palpable :

— Je peux avoir un ordinateur ? Je préférerais écrire ce que j'ai à vous communiquer.

Rochat, l'air un peu étonné, acquiesce et sort de la chambre. Il revient quelques secondes plus tard avec un ordinateur portable, qu'il tend à Alice.

— Voilà… Content de vous voir devenir raisonnable. Il n'y a pas de connexion Internet, alors ne perdez pas votre temps à essayer de la prévenir. Je compte sur vous pour avoir autre chose que des âneries à lire d'ici deux heures.

Il pose l'engin sur le lit. Victor est persuadé qu'il bluffe, il ne pourra jamais leur faire porter le chapeau pour les trois meurtres. Jamais il ne prendra non plus le risque de les voir déballer leur version de l'affaire dans les médias, il ne pourra pas mettre sa menace à exécution. Il peut leur nuire, ruiner la carrière de Victor, des jumelles et d'Alice, mais il ne pourra rien de plus.

Pourtant, Victor n'a pas envie d'en débattre. Lui aussi veut savoir ce que cache Alice et ce paradoxe le paralyse, il ne sait plus quoi répondre. Il se contente de soupirer et de regarder Rochat avec mépris. Celui-ci ne s'en offusque pas et ressort de la chambre en leur plaidant, d'un ton paternaliste :

— Croyez-moi ou pas, je m'en moque, mais c'est aussi pour vous que je fais tout ça.

Il a à peine franchi le seuil de la chambre qu'Alice retire une de ses chaussures et en extrait une clef USB plate. Elle l'introduit dans le portable, sans un mot, et se plonge dans la rédaction des aveux promis. Victor n'ose pas l'interrompre pour lui demander ce que contient la clef USB et il s'assoit au bord du lit, son crâne rasé endolori dans les mains.

Alice lui a caché la vérité, il ne se sent pas trahi pour autant, il se demande juste comment la jeune femme pouvait savoir qu'il n'était pas fiable. Il ne veut pas admettre qu'elle ne lui a pas fait confiance.

64

Mes inquiétudes se sont avérées fondées. Autour d'Alice, un étrange ballet s'est mis en place. Isabelle m'a signalé la présence d'un entrepreneur de pompes funèbres un peu dérageant, tant par l'étrangeté de son apparence que par son empressement à s'occuper de l'enterrement, ou par ses allées et venues à toute heure du jour et de la nuit dans la rue, comme s'il observait Alice.

Peu à peu, elle m'a aussi rapporté la dérive de ma fille aînée. Alice se laissait glisser vers la dépression, seule, incapable de se prendre en charge ou de demander de l'aide. La mort de son mari et la découverte de son infortune conjugale avaient brisé sa vie déjà marquée et fragilisée dans sa jeunesse par la disparition tragique de ses parents.

Alice allait avoir besoin de mon aide. La machination odieuse de Lancerne comptait me contraindre à voler à son secours par l'utilisation cruelle d'un Thierry Jourdan au cerveau ravagé et manipulé par les rêves atroces que Lancerne lui avait fait subir pendant son coma.

J'ai demandé à Isabelle de redoubler d'attention, je ne savais pas ce que je devais craindre le plus : une agression extérieure ou une volonté propre d'Alice de mettre fin à ses jours.

La culpabilité m'oppressait, je ne pouvais pas supporter de voir ma fille subir les conséquences de mes engagements et la voir perdre contact avec la vie à cause du règlement de compte provoqué par Lancerne.

Pour court-circuiter les machinations de cette vieille folle, je me suis décidée à avouer toute mon histoire à Alice et à lui demander de se mettre à l'abri. J'ai envoyé de la P8 à Isabelle. Pour le cas où Alice aurait eu du mal à croire en mon histoire, une ingestion d'une dose minime de la substance l'aurait convaincue. Je n'avais pas d'autre moyen, une communication directe m'était interdite.

Isabelle a accepté de m'aider dans cette démarche. Depuis des années, elle tentait de me convaincre de sortir de mon silence. Elle pensait que mes enfants auraient pu partager mon secret, qu'ils en auraient été dignes et que de me savoir en vie leur aurait été d'une aide précieuse. Mais je n'avais jamais cédé, je pensais avec obstination que pour vous protéger, il valait mieux vous garder éloignés de tout cela.

Le soir de la première apparition du fantôme de Thierry Jourdan allait précipiter nos décisions. Le bal des inconnus entrant et sortant de la maison d'Alice a alerté Isabelle. À la sortie du méprisable proviseur de son collège, Isabelle a décidé que le moment était venu de venir en aide à Alice.

Pour ce qu'elle pouvait apercevoir de ses fenêtres, Alice avait l'air effondrée, et son instinct lui criait que ma fille allait faire une connerie. Elle m'a prévenue et elle est sortie dans le but de tout dire à Alice avant qu'il ne soit trop tard.

Je recevais quelques minutes plus tard un appel désespéré depuis le téléphone de la villa. Isabelle était arrivée trop tard, elle venait de trouver le corps ina-

nimé d'Alice. Ma fille venait de mettre fin à ses jours en absorbant une quantité létale de somnifères.

À des milliers de kilomètres de moi, mes choix venaient de tuer ma propre enfant. Seule, désespérée, abandonnée, ma fille s'était suicidée.

Devant elle, une lettre pathétique racontait sa douleur : la mort de Thierry, sa trahison, l'apparition du spectre, la folie dont elle se croyait atteinte. Le comportement misérable du proviseur comme dernière goutte d'eau, Alice venait de craquer et de décider d'abandonner le combat.

Isabelle voulait appeler les secours, mais je ne voulais pas rester sans rien faire. Mon secret avait causé non seulement beaucoup de douleur, mais encore la mort de ma fille. Je trouvais juste que cette connaissance serve à lui venir en aide.

J'étais bien placée pour savoir que les frontières entre la vie et la mort ne sont pas aussi nettes qu'elles nous apparaissent depuis notre enveloppe terrestre. Je caressais donc l'espoir de pouvoir changer le cours des choses. Là où personne d'autre n'aurait pu intervenir, dans les anneaux du serpent, là où bat l'énergie du monde.

De mon expérience de veilleuse, je savais qu'il était inutile d'espérer infléchir la trajectoire d'Alice si son corps était altéré par une trop longue inconscience et par les substances ingérées. Je n'avais que quelques minutes devant moi. J'ai agi d'instinct, sous l'emprise de mon désespoir et de ma culpabilité. Une tentative un peu folle, totalement interdite par le culte du vodun et par les veilleurs.

Je savais que l'âme d'Alice devait déjà se trouver dans les anneaux du serpent, l'ascension ne dure que quelques secondes et je n'avais aucune chance de m'opposer à cette fusion. La seule chose que je pensais pouvoir faire était de redonner vie au corps d'Alice.

Les secours ne seraient jamais arrivés à temps pour lui faire un lavage d'estomac, lui administrer un dosage d'amphétamines et lui faire un massage cardiaque. Le temps qu'Isabelle les prévienne et qu'ils interviennent, Alice aurait été irrécupérable.

Moi, je pouvais agir plus vite.

J'ingérais une dose massive de P8, la plus forte que je n'aie jamais prise, une dose risquant de prolonger ma transe bien au-delà de ce que mon corps pouvait supporter comme période d'abandon. Mais je ne voulais pas me trouver dans l'incapacité de terminer mon sauvetage à cause d'une réintégration précipitée dans ma pauvre enveloppe.

Mon idée était simple, prendre le contrôle du corps d'Alice, forcer son cœur à battre de nouveau, son estomac à rejeter les somnifères et son organisme à fonctionner, puis m'échapper de ce corps. Je pensais qu'en la réanimant, le serpent serait forcé de libérer l'âme de ma fille et de la laisser réintégrer son enveloppe.

Comme toute personne connaissant un état de mort clinique, Alice aurait eu le temps de vivre une expérience de mort imminente sûrement saisissante, mais son âme reviendrait et elle se réveillerait ramenée sur terre par la force de sa matrice.

Les veilleurs prétendent que ceci est possible. On peut, si on le fait assez rapidement après l'arrêt des fonctions cérébrales, ramener une personne à la vie en forçant son corps à revivre. Cette pratique est interdite dans la communauté, elle est sacrilège, contraire à la volonté du serpent. Ceux qui s'y laissaient entraîner le payaient par l'exclusion du cercle des veilleurs. Dans les faits, cette expérience était devenue une superstition, personne n'avait connu directement un veilleur l'ayant pratiquée. Je n'avais donc aucune idée de comment je pouvais y parvenir, mais j'étais résolue à le faire pour ma fille.

Une fois ma sortie de corps complète, j'ai traversé le vodun jusqu'à arriver au chevet d'Alice. Le temps nous était compté, je n'ai pas hésité un instant, j'ai plongé dans le corps de ma fille. Celui que j'avais eu en moi, auquel j'avais donné la vie, il m'incombait en ce jour de le ranimer, de rallumer la flamme que j'avais alimentée et que mes turpitudes avaient soufflée.

Comme à ma première expérience de ce type, lors de ma prise de contrôle du vieux sorcier, j'ai facilement pénétré le corps d'Alice. Je suis tombée en elle, comme on tombe dans un rêve. Ça m'a semblé d'une facilité déconcertante.

Mais une fois en elle... Quelle n'a pas été ma souffrance ! Une douleur infinie, terrifiante. La douleur d'un organisme dans les affres de sa ruine. Chaque fibre, chaque muscle, toute la chair d'Alice hurlaient d'agonie. Il n'y a pas pire douleur que la mort. Je le sais depuis ce jour.

Je souffrais comme si on m'avait plongée encore et encore dans un bain de lave. C'est à cette douleur que je devais mettre un terme. Je devais la surpasser, ordonner aux organes de taire cette souffrance et de fonctionner de nouveau. On dit que la volonté peut repousser la mort, je devais en apporter la preuve.

La lutte a été terrible, le corps d'Alice refusait de vivre, il était saturé, envahi d'un somnifère dans des quantités fatales. J'ai combattu centimètre après centimètre, j'ai conquis les premiers battements de cœur, les premiers hoquets.

Isabelle a été d'une grande aide, elle a fait vomir la femme inerte que je réchauffais, elle lui a fait ingérer un cocktail détonnant d'excitants et de cardiotoniques que seule une vieille hippie férue d'expériences interdites pouvait posséder. Nous avons gagné. Au bout de nos efforts, la vie nous a récompensées : Alice est redevenue autonome.

Malheureusement, cette victoire allait me laisser un goût amer, une sensation d'impuissance achevée et, cette fois-ci, irrémédiable.

Le corps d'Alice reprenait vie, les soins d'Isabelle entretenaient l'étincelle que j'avais su lui redonner. Mais cette enveloppe restait vide, le vodun d'Alice avait disparu. Il avait rejoint les anneaux du serpent et ne revenait pas occuper son corps.

Malgré le P8 qu'Isabelle lui a fait avaler, l'enveloppe que j'avais ranimée resterait vide, le temps d'un coma de quelques heures, voire de jours si les médecins s'acharnaient à le maintenir. Mais jamais plus il ne serait le siège de l'âme de ma fille. Ce n'était plus qu'un tas de chair, une machine organique dénuée de volonté propre.

J'avais échoué. Alice était morte.

Lancerne avait frappé plus fort qu'elle ne le pensait, elle ne voulait probablement pas pousser si vite Alice à une telle extrémité. Elle voulait m'attirer vers elle en la harcelant jusqu'à ce que j'y sois contrainte. Elle avait brûlé cette cartouche, elle allait se tourner vers mes autres enfants, vers Romain et vers les jumelles.

Si elle n'avait pas déjà commencé à les menacer, c'était désormais une question d'heures. Je ne pouvais pas rester sans rien faire. Je venais de perdre Alice, il m'était impossible d'imaginer continuer de voir Lancerne causer la perte de ma famille sans essayer de la protéger.

Je ne pouvais pas revenir en France où les militaires m'auraient mis la main dessus et menacé mon secret, et cette cause que j'avais défendue pendant des années et à laquelle j'avais consacré ma vie. Mais je ne pouvais pas laisser à la seule Isabelle le soin de protéger ma famille. C'était mon rôle. Je devais l'assumer.

Il faut que vous compreniez que je n'avais pas le choix, l'odieuse profanation à laquelle j'allais me résoudre m'était imposée par les circonstances. Alice était morte, je n'allais pas lui faire de tort en faisant ce qui allait suivre, elle m'aurait compris, j'en suis sûre. Elle m'aurait pardonnée pour cela et j'espère que vous en ferez autant.

J'avais une semaine devant moi, je pouvais rester en transe pendant cette période, j'avais pris suffisamment de P8 pour y parvenir et celui que j'avais envoyé à Isabelle pouvait alimenter le corps d'Alice pendant cette période. La limite était celle de mon corps, abandonné dans une chambre dans l'arrière-cour d'un temple vaudou d'Allada, le temple de Dan l'espérance, puisque vous ne tarderez pas à le chercher. Mon corps pouvait rester sans eau, ni soin pendant une semaine. Passé ce délai, il s'éteindrait et entraînerait mon âme dans les anneaux du serpent. Il me restait donc une semaine pour vous sauver.

Je rentrai dans le corps d'Alice. Une fois débarrassé des somnifères qui l'empoisonnaient, il serait l'instrument qui me permettrait d'assurer votre protection. J'allais habiter le corps d'Alice pendant ce laps de temps qui m'était donné. J'allais attirer sur moi l'attention et les manœuvres de Lancerne et solder toutes nos haines.

Isabelle est restée avec moi jusqu'à l'arrivée de Victor, elle s'est faufilée dans le noir quand il est entré dans la villa, emportant avec elle les somnifères et ses médicaments. J'ai eu deux jours assez difficiles, les somnifères continuaient de polluer le corps d'Alice et de compliquer mes mouvements en me privant d'énergie. Mais j'ai surmonté cette épreuve.

Victor vous racontera ce qui nous est arrivé depuis son arrivée dans la villa et notre folle course pour vous sauver. Je lui dois à lui aussi des excuses sin-

cères, je l'ai utilisé dans cette quête, comme Lancerne a pu le faire aussi, je ne vaux pas mieux qu'elle pour cela. Mais votre vie était en jeu.

Pour essayer de me faire pardonner par lui, je dois lui dire que je n'ai pas fait semblant, ce que j'ai éprouvé envers lui était réel, même si ce sentiment était paradoxal, absurde. Je ne pouvais pas aimer, ni être aimée alors que j'étais une mourante occupant le corps d'une autre. Mais il est des choses qui résistent à toute logique et qui se moquent des contraintes.

Pardonne-moi, Victor. Merci pour ces derniers moments de bonheur.

Aujourd'hui, dans cette chambre sordide, je sais que mon chemin touche à sa fin. Mon corps, au Bénin, est en train de s'éteindre. Je peux révéler l'existence du vodun et de la communauté de Vilokan, je meurs, et j'entraîne avec moi les derniers vestiges de cette civilisation. Il sera trop tard pour Lancerne ou pour les militaires français. Ils ne pourront jamais retrouver ou créer un serpent psychopompe, les derniers ont disparu, sacrifiés sur l'autel de leur folie consumériste.

Chaque espèce qui disparaît de notre monde, et il y en a des centaines chaque jour, emporte avec elle des secrets et des miracles qui nous seront à jamais inaccessibles. C'est l'ironie de l'histoire du serpent psychopompe, si précieux mais mort dans l'indifférence.

Qu'ils lisent cette lettre m'importe peu, ils n'en croiront pas un mot, me traiteront de folle et rejetteront mes explications. Tant mieux, je n'espère rien d'autre. Que vous compreniez ce qui vient de se passer est ma seule préoccupation. Je n'aurai été qu'une bien piètre mère. Je ne sais pas si vous me le pardonnerez un jour. J'ai été heureuse de pouvoir vous voir, Lou et Iris, vous êtes merveilleuses et je sais que votre vie le sera elle aussi. Je regrette de ne pas avoir eu l'occa-

sion de serrer Romain dans mes bras. S'il me lit, je l'embrasse et lui souhaite le meilleur.

Je termine d'écrire ceci en captivité, il va falloir que je confie ce testament à un agent des services secrets français, j'espère obtenir de lui qu'il vous transmette cette lettre.

Je prie dans l'espoir que tout ceci vous parvienne et que vous me compreniez. Je vous aime.

65

Victor sursaute lorsque Paul entre dans la chambre. Quelques heures se sont écoulées dans la pièce sombre et silencieuse et il s'est presque assoupi pendant qu'Alice pianotait sans relâche sur le portable. Paul vient se placer devant elle, qui lève la tête et ferme l'ordinateur sans un sourire pour le nouvel entrant.

— J'ai terminé. Vous saurez tout ce qu'il y a à savoir. Mais je veux que vous me juriez de transmettre ce texte à Victor après l'avoir lu et copié.

— Je m'y engage. Vous avez ma parole, Alice, jure Paul en tendant la main vers le portable.

Il s'en saisit et ressort de la chambre sans un mot, visiblement pressé de découvrir le contenu du texte enregistré par Alice. La jeune femme a les larmes aux yeux. Victor ne résiste pas à la tentation de lui demander ce qu'elle vient d'écrire.

— La vérité. J'ai commencé depuis une semaine à raconter tout ce que je vous ai caché. Tu liras le texte, je n'ai pas la force de te redire ce que j'y ai écrit.

Victor se rapproche d'elle pour la prendre dans ses bras et la consoler, mais la jeune femme se dérobe et échappe à son étreinte.

— Quand tu auras lu ce que j'ai écrit… Avant cela je préfère que nous gardions nos distances. Je suis trop mal à l'aise.

Il respecte son souhait et se tient à distance. Quelques heures s'écoulent, Alice reste prostrée, les yeux anxieusement fixés sur la porte, tendue dans l'attente du retour de Rochat. Victor somnole par moment malgré son inquiétude. C'est Rochat qui les sort de leur torpeur, Victor l'entend téléphoner depuis la cuisine, mais il ne peut discerner le contenu des conversations. Il voit qu'Alice aussi tend l'oreille. Elle semble, elle, comprendre ce qu'il se passe aux bribes qui lui parviennent, car elle a un petit sourire moqueur.

Les portes du chalet s'ouvrent et Victor entend des échanges entre Paul et les militaires. Il prend des dispositions pour leur départ, ce qui indique qu'il est satisfait par ce qu'il vient de lire et qu'il s'apprête à les libérer.

Du moins, c'est ce qu'espère Victor.

Quelques minutes plus tard, la porte de la chambre s'ouvre à nouveau et Paul rentre dans la pièce. Il jette l'ordinateur sur le lit, à côté de Victor, et lui adresse avec morgue :

— Tiens, lis ça. Tu vas voir, c'est édifiant. J'espère que tu me remercieras après…

Puis il se retourne vers Alice qui le regarde avec soulagement.

— Oui, Alice. Tout le monde va pouvoir lire ta création, rassure-toi. Je pense que tout le monde doit la lire pour avoir conscience que tu as besoin de soins adaptés à ton état.

— Je le savais, répond Alice avec un soupir dédaigneux. Votre réaction est si prévisible.

— Pas difficile à deviner. Mais bon, pour l'instant

vous restez enfermés le temps que nous vérifiions l'adresse à Allada. Si votre mère s'y trouve, on vous libère. En attendant, je vais vous faire amener à manger.

Il ressort, Victor se plonge dans la lecture du texte. Alice ne doit pas supporter de rester à ses côtés pendant qu'il découvre la vérité, car elle demande à sortir pour se réfugier aux toilettes. Totalement absorbé, Victor est depuis longtemps seul dans la chambre quand il termine la confession qui l'a abasourdi. Il hoche la tête, stupéfait. L'histoire d'Alice-Virginie le laisse pantois. Il est perdu dans ses interrogations, quand il voit Rochat sur le seuil de la chambre avec un plateau. Il le regarde, l'air inquiet. Comme il voit que Victor a fini sa lecture, il entre.

— Il va falloir l'aider, Victor. Alice est schizophrène, comme sa mère.

— Ça vous arrange de le penser surtout, persifle Victor qui croit ce qu'il vient de lire.

— Elle est schizophrène, Victor. J'ai transmis son texte à un psychiatre, ça ressemble à un trouble dissociatif de l'identité, mais il faudra du temps pour poser un vrai diagnostic. Sa mère était, elle aussi, schizophrène, son dossier médical est épais comme un annuaire, elle a manifesté les premiers troubles à son retour d'Afrique. Les drogues ont fait beaucoup de dégâts durant ces années d'expérimentations effrénées. Elle souffrait de schizophrénie paranoïde et était sujette à des hallucinations et à une paranoïa incontrôlable.

— Pourquoi vous intéressez-vous à ses travaux, si vous la croyez folle ? Elle ne les a pas imaginés vos complots sordides…

— Sa maladie ne l'empêchait pas d'être brillante. Il y a plein de grands esprits qui souffraient de schizophrénie, le peintre Van Gogh, le champion d'échecs

Bobby Fisher… Elle était folle, mais brillante dans son domaine. Son intelligence n'est pas en cause, mais elle avait une malformation au niveau du lobe pariétal, c'est une fréquente cause de schizophrénie. Et c'est héréditaire, Victor. Alice souffre de la même maladie que sa mère. Le déclenchement s'est produit, chez elle aussi, après un choc émotionnel à la mort de son mari. Sa mère a dû vouloir lui faire essayer le P8, cette substance a de lourds effets secondaires chez les personnes sujettes à des crises de schizophrénie. Résultat de ce naufrage : elle s'est inventé une nouvelle personnalité pour se protéger, celle de sa mère dont l'histoire l'obsédait. Son cas va intéresser beaucoup de psys, mais il faut que tu prennes tes distances par rapport à ce qu'elle a écrit. C'est une construction, une psychose.

Victor tente de combattre, mais sa voix indique qu'il renonce déjà à la victoire :

— Comment aurait-elle pu savoir tout ça ? Seule sa mère peut raconter ce qui lui est arrivé !

— Elles ont été en contact régulier, par Isabelle Lepestre. Sa mère lui a bourré le crâne avec ses propres délires : la forêt sacrée de Vilokan, le royaume du serpent… C'était dans la tête de Virginie Montserray et nulle part ailleurs. C'est là où elle se réfugiait pendant ses crises. Ce sont des hallucinations, Victor. Une schizo au cerveau rongé par le LSD et Dieu sait quelles autres drogues qu'elle a pu créer. Elle s'est cramé le cerveau et, malheureusement, elle en a fait de même pour sa fille. Si le P8 a un effet particulier sur elle, et sur sa Alice, c'est juste à cause de cette malformation qui les prédispose à la schizophrénie. Sinon, ce n'est qu'un hallucinogène surpuissant que l'armée a cru, à tort, pouvoir utiliser comme instrument de manipulation.

— C'est trop facile. Moi, je crois à son histoire. Tout ça doit pouvoir se vérifier, tout ce qu'elle raconte… La cité souterraine, la communauté !

— Ça pourra être vrai pour partie, il y a sûrement des groupuscules mystiques de ce type au Bénin. Mais ses délires sur ses expériences de sortie de corps et sur le monde des morts sont typiques des hallucinations engendrées par la prise de drogues psychotropes. Les militaires se sont laissé embobiner par Lancerne, ses drogues ont bien quelques effets, discutables moralement, sur les personnes dans le coma, mais il n'y a malheureusement rien d'autre dans cette histoire que la folie héréditaire des Montserray et l'usage irraisonné des hallucinogènes à la fin des années soixante. Elle va avoir besoin d'aide, Victor, il faut que tu sois raisonnable et que tu acceptes la seule explication rationnelle qui s'impose.

Paul s'assoit à côté de Bellanger, lui tend un sandwich qu'il refuse et commence, lui, à en manger un.

— Si tu ne me crois pas, j'espère que tu croiras les psys qui te diront la même chose. Je suis sûr qu'elle a la même malformation que sa mère au lobe pariétal gauche. Cette histoire s'effondre sur elle-même, ne t'y accroche pas. Repose-toi, fais-toi soigner, oublie et reprends du service. Je t'aiderai.

Après un petit moment de silence, Paul regarde Victor avec un air alarmé :

— Ça fait combien de temps qu'elle est partie aux toilettes ?

Sans attendre la réponse, il se lève d'un bond en lâchant son sandwich, suivi par Victor qui, lui aussi, trouve que la jeune femme s'est absentée depuis bien trop longtemps.

66

Les toilettes sont vides. La jeune femme n'a pas pu aller très loin, les portes du chalet sont fermées à clef et les fenêtres condamnées. Si cela ne suffisait pas, il y a une cinquantaine de militaires suréquipés tout autour du chalet. Elle n'a pas pu sortir. Rochat se précipite dans le couloir et ouvre les portes une à une en criant le nom d'Alice, Victor le suit, réellement inquiet pour la jeune femme, mais boitant à cause de sa cheville douloureuse.

Les portes claquent, s'ouvrent sur des pièces vides et poussiéreuses. Jusqu'au bout du couloir, jusqu'à la chambre où était enfermée Lancerne.

Rochat, en s'en rendant compte, jure entre ses dents, il n'a pas fermé la chambre à clef, Lancerne ne risquant pas de s'enfuir. Il entre. Victor entend un cri de colère, un « Merde » retentissant. Il se précipite et constate l'ampleur du désastre.

Son cœur se serre, son monde s'écroule. Un « Non ! » plaintif lui glisse entre les lèvres. Il n'a pas la force pour plus, il n'aura plus jamais la force pour plus.

Le dos de Rochat masque la scène, ses épaules massives occultent les corps, mais le peu qu'il en voit lui suffit pour comprendre en un instant que tout est fini.

Il voit les jambes d'Alice baignées dans une flaque de sang noir. La chambre sent le sang, la mort. L'odeur lui prend à la gorge. Rochat se précipite sur le corps d'Alice, Victor le suit. Il aperçoit à peine Lancerne, visage bleui et tête penchée en arrière. Distrait par ce regard fugitif vers le cadavre du professeur, il glisse, sa cheville brisée se dérobe sur la flaque de sang et il s'effondre de tout son long sur le plancher. Il reste allongé, baignant dans le sang tiède, le sang d'Alice qui lui imprègne les joues et le torse. Il ne veut pas se relever, il sait que ça sera la dernière fois qu'il pourra ressentir sa chaleur.

Rochat l'arrache à sa torpeur, il le secoue et l'aide à se relever en lui reprochant son manque de sang-froid. Il ne répond pas, tout lui semble si lointain.

Alice s'est ouvert les veines d'un morceau de verre. Avec une volonté de mourir implacable, elle a suivi le sillon d'une de ses veines sur son bras gauche, l'ouvrant sur toute sa longueur. Elle a perdu tout son sang en quelques minutes. Elle ne s'est laissé aucune chance.

Victor comprend : elle s'est vengée. Virginie Montserray se savait perdue, elle a emporté Lancerne avec elle pour être sûre que rien de cette haine survive, pour être sûre que cette affaire s'éteigne avec elles dans l'incompréhension et le silence forcé. Elle a livré son histoire incroyable et plus aucun témoignage ne viendra l'amender. Elle a tiré le rideau.

Paul Rochat, accroupi aux côtés d'Alice, semble comprendre que tout est perdu. Il s'assoit sur ses talons. Son téléphone sonne, il le sort de sa poche et répond.

Victor ferme les yeux d'Alice, ou de Virginie, il ne sait plus.

Il se dit que ce corps est celui d'Alice, que l'âme de Virginie n'est plus là, qu'il est étranger à cette dépouille. Il a aimé une femme qui n'existait pas. Une chimère qui vient de s'évanouir, le laissant seul et sans but, comme un naufragé du désert poursuivant le mirage d'une oasis et se retrouvant les mains pleines de sable, trop loin de toute caravane, condamné.

Il ne fait pas attention à la conversation de Paul, le monde se résume à une main froide dans la sienne et à un bourdonnement confus dans ses tympans. Il reste tétanisé jusqu'à ce que Rochat le secoue.

— Reviens avec nous, Victor. C'était écrit, hélas. Elle était folle, trop atteinte pour que cela finisse autrement. On aurait dû s'en rendre compte plus tôt. Je suis dans une belle merde, moi, maintenant.

— Tu l'auras bien cherché.

— J'ai essayé de t'aider, Victor ! Je ne suis pas responsable de tout ça…

Paul montre son téléphone à Victor :

— On vient de retrouver Virginie Montserray, morte à Allada. Là où elle l'avait indiqué à sa fille. Morte de soif et d'épuisement. Elle s'est laissée mourir. Elles étaient folles ! Victor, il faut que tu te reprennes !

Rochat se lève et va vérifier que Lancerne est bien morte. À la voir, ça ne fait aucun doute, Alice-Virginie l'a étouffée avec un oreiller moisi qui repose sur le sol aux pieds de la scientifique. Il lui ferme les yeux et soupire.

— Sept morts. Des millions d'euros engloutis dans un laboratoire inutile, tout ça pour une histoire de jalousie et de drogue. Drôle de condensé de Mai 1968 et de ses conséquences, tu ne trouves pas ? Elles sont fermées, les portes de la perception…

Victor ne peut pas partager l'ironie de Paul, il est bien trop abattu par la mort d'Alice. Il est couvert de son sang, l'odeur de la mort lui emplit les narines. Il se rend compte que son propre sang coule, il sert avec tant de force le morceau de verre cassé qui a servi à la jeune femme qu'il vient de se couper profondément la paume.

Paul tourne en rond dans la pièce en parlant à voix haute. Victor se lève sans l'écouter : il ne comprend plus rien de ce qui sort de la bouche de son ami.

— Il va falloir trouver une version crédible, on ne peut pas dire qu'on les a laissées seules le temps de ce massacre… On me reprocherait le non-respect de la procédure. Le mieux, c'est qu'on raconte qu'on les a retrouvées comme ça. Tu entends, Victor ? Il faudra que tu tiennes le même discours que moi.

Victor n'écoute pas, il sort de la chambre, Paul le suit. Il va dans la cuisine, Paul lui parle encore. Un bourdonnement qui se veut réconfortant, mais qui masque mal sa peur pour sa propre carrière. Peur égoïste et déplacée, Victor a envie de vomir. Il demande à sortir prendre l'air. Paul le regarde un instant puis il doit le trouver pâle et il lui ouvre la porte.

Victor sort, l'air frais lui mord les joues. Il respire profondément et son écœurement le quitte. Sous les yeux inquisiteurs des militaires, il fait quelques pas vers les épicéas.

Paul fait signe aux militaires en faction, il leur demande de veiller sur Victor, dans son état il ne risque pas d'aller loin, mais cette histoire a suffisamment dérapé comme cela. Il va devoir commencer à ouvrir son parapluie et à passer des coups de fil pour se couvrir. Tout ça pour les travaux d'une schizophrène victime des hallucinations engendrées par ses propres drogues qui auront réussi à entraîner Lancerne et les services secrets militaires, aveuglés par leurs ambitions, sur ses hypothèses délirantes.

Virginie Montserray morte dans son arrière-cour béninoise, personne ne pourra jamais décrypter ses travaux, il ne restera de cette affaire qu'une drogue capable de procurer des hallucinations si réalistes qu'on peut les utiliser pour manipuler des personnes à la raison entravée physiquement ou psychiquement, mais qui ne sera jamais utilisée à cause de ses effets secondaires dévastateurs. Paul cesse de rêvasser, il regarde une dernière fois avec commisération Victor s'éloigner dans la neige et se préoccupe d'éviter les effets secondaires de cette affaire sur sa carrière.

Victor marche en boitillant, le vent le traverse, il n'a plus assez de matière pour le faire dévier, il n'est plus rien qu'un fantôme.

Il marche droit devant lui dans la forêt. Tout autour, les flèches des épicéas se perdent dans la brume. Son pantalon déchiré et sa chemise ne lui offrent aucune protection contre le vent glacial qui balaye les bois. Mais il ne sent rien, il est tellement confus que ni le froid, ni la douleur de sa cheville ne parviennent plus à traverser le brouhaha de ses pensées.

Il regarde son sang couler de sa main sur la neige. Il la faire fondre en creusant de petites cheminées rouges. Comme tout ce qui l'entoure. Comme toute cette affaire qui vient de fondre dans le sang. Il est comme fasciné par les veines sanglantes que creuse son propre fluide dans la poudreuse.

Victor ne croit pas qu'Alice et sa mère aient été folles. Il croit qu'elles ont emporté avec elles un secret millénaire. Il croit que l'homme est aveugle au mystère qui l'entoure et qu'en corrompant la nature il perd toute chance de percer l'énigme de sa propre création.

Autour de lui la nature glaciale et silencieuse porte un message, cette forêt est aussi une cathédrale, toutes les forêts sont des cathédrales.

Il tombe à genoux et se souvient d'un poème auquel son esprit perturbé se raccroche, le temps d'une longue plainte douloureuse.

La Nature est un temple où de vivants piliers
Laissent parfois sortir de confuses paroles ;
L'homme y passe à travers des forêts de symboles
Qui l'observent avec des regards familiers[1].

1. Charles Baudelaire, *Les Fleurs du mal* ; premier quatrain de « Correspondances »

Remerciements

Ceci est un premier roman, j'ai donc beaucoup de monde à remercier…

Refermez vite le livre si cela vous ennuie, mais il est essentiel à mes yeux de remercier les membres du comité de lecture Les Nouveaux Auteurs dont l'enthousiasme a donné corps à ce projet.

Un grand merci également à mon éditeur, qui prend le risque de se lancer à mes côtés dans cette aventure.

Et surtout, tout mon amour à Nathaly, Sacha et mes parents dont le soutien et la patience ont permis à tout ceci d'exister.

[illegible]

[illegible]

[illegible]

[illegible]

[illegible]